婚前诱惑

郑洁 著

由恋爱走向婚姻的路到底有多长？
两个人齐心齐力的坚持何时才能修成正果？

中国出版集团公司
China Publishing Group Corp.
華文出版社
SINO-CULTURE PRESS

目　录

楔 子

太阳的最后一粒残骸是血红色的，轻曼地溶于林梢又渐次销形匿迹。民俗村民俗宾馆的西窗渐沉于黯淡，如在尘世风霜里耗尽青春的红颜，孤寂而失意。

室内灯火乍起时，映着两男两女的面孔，熠熠生辉。他们吃饭、喝酒、神侃，在优雅的室内乐中十分放松。

季涛神情时而冷寂，用阴沉而怨恨的眸，盯视他的哥哥季波。

童年的暗流，孤独地流淌在季涛心上。汹涌的黑浪在漫长时光里蒸发成气体，每个毛孔都散发出不可名状的气息。

靠窗坐着的段冰清一袭裙装妩媚撩人，亲切地往吴菲面前的小碟里布菜：“多吃些，明儿不要再失足了。”她的眼神警觉而敏感，待人的态度看起来热情有余却难以推心置腹。

吴菲的长发如水流泻，一脸任人宰割的温柔，作傻作愚地笑着道谢、安享。有一种距离，怎样无视都难以忽略，怎样努力都难以消除。

欧美式装饰的房间洋气十足，飘逸着法国葡萄酒的芳醇。枝型壁灯发出柔和光晕。季涛冷静审视着几人的酩酊，低叹着穿越长廊，心灵的某个触角在天光下蔓延出黑色的光。

办完住宿手续，他搀着歪歪斜斜的吴菲往前走。吴菲满面买醉者的痛楚，话语含糊不清：

“你要真的不爱我，就摊牌，别为，那四十万，怎么着。当时我是，给你治病……”

他搀紧她，辛酸、不语。红尘纷扰，光有爱远远不够。

季涛开门，扶着吴菲上床，看着她酣睡，如瀑长发在洁白的枕上摊晾成一堆黑云，酡红的脸，鲜红的唇，共同散发出强烈诱惑。

他在灯下静静地凝望，惟愿时光停滞，情愫暗涌，非刻意就能回避。他爆着粗口关好灯，躺上另一张床，饱受折磨，透过黑暗反复审视自己，人类的情欲和自制力在互斗。

夜色凝滞于世间每个角落。吴菲嘟囔着坐起：“WC，WC……”

他急忙扶她往外走：“旅客爆满，这儿卫生间正检修……”

走廊里昏黄的灯，映出她淡薄的身影。他看着她步态蹒跚地进入走廊尽头的公厕。

他返回，身子大字型摆在床上，呈几何级数增长的欲望被一次次湮灭。

是不敢爱吗？是不敢还是……

他的固守硬如铁棒，心底的奉行从不动摇。也许，她的翩影如鸿，终是他心底的一片凄美月光，心又一次痛得彻底……

听到段冰清在隔壁发出一声尖叫时，他一下子弹起来，弹跳着来到隔壁。

房门大开着，萤白的灯光冲散了满屋的暧昧气流，床上的两个裸体人是季波和吴菲。

错位的，荒谬的，却又如此真实的，羞辱！

段冰清和季涛一样如被烈火炙烤，强劲的热力势要冲破肺管，指尖都在发抖。

吴菲看到季涛在灯影里摇叶般瑟瑟，脸上层层溢开的错愕、狐疑、愤怒。

“啊，啊——”吴菲尖叫着撕扯自己头发，心里的一片山头轰然坍塌。

“你这贱货，连大伯哥也勾引！”段冰清五官纠结怒指吴菲，眸中倒影出熊熊烈火：“这么不要脸，这么没心没肺，你的体重应该很轻吧？”

季波罪犯一般头低垂着：“醉了……”

段冰清一个耳光打在他脸上：“知道你们早就想劈腿了，长着个人样却不干人事……”

不堪承受的打击和颠覆，飓风于空茫大地不过如此，雷霆于静远天空不过如此。眼前是满床的混乱，那些曾经迷惑、炫目、炽烈的情感，被突如其来的伤害包裹起来，无一保留地抛向黑暗深渊。

段冰清发疯般撕打吴菲。季涛抓住她胳膊用力一甩，暴喝一声：“够了——”

第一章　咫尺人孤零

当飞机从芝加哥机场飙升穿云而行，起了一阵忽上忽下的颠簸，抛这座城市如不留情面的风月。地面成了一整个辽阔圆弧，月球巨大而清晰，依稀可见凸凹不平的斑点。

空姐妙音悦耳：乘客同志们请注意！现在有强气流，飞机颠簸比较厉害，请大家系好安全带，注意安全！

季波的黄色T恤水磨蓝牛仔裤，顾盼间倜傥尽显。发动机声震耳，颠簸稍缓后，他回头见妈妈在座位上萎蔫着，如同经霜衰草。自爸爸逝世至今，妈妈一直如此。他心抽痛，不由揽住身旁女友段冰清："终于回国了。"

浓密的云在周际飘逸，向上高远天空，向下辽阔大地。一女孩意兴盎然地举起相机。段冰清一笑间媚态别具："季波你得有心理准备啊，中国和美国不同。在中国，一个大项目建在哪儿要政府说了算，别指望像美国一样，都企业主导。"

季波轻柔地拍拍女友："知道，这些你都告诉我N遍了。"

段冰清敏锐地抬头看他："嫌我啰嗦了？"

季波鼻梁上架着秀郎镜，眼里只有少年的热情洋溢和意气风发，绝无懒散、傲慢或轻狂："哪里，你是电，你是光，你是唯一的神话。"

段冰清甜蜜依着他："越来越贫了。"眼角弧度优美地上挑着："在美国写字楼里白领可以不穿外套、不系领带；大学教授可以穿牛仔裤、耐克鞋上课，而这些在中国，就是二逼。回国后你要注意些。比如你身上这衣服，重要场所不能穿的。"

季波目光通透："当然，在美国没有贵族、贱民、等级、王室等这套东西。因为美国发展进程没有封建社会这一阶段。"

段冰清轻笑："曾被封建思想禁锢的中国人，现在思想大大地解放。小三横生，老板的媳妇儿，就没有大的了。”

季波面色温润，一望浩然：“这些，美国一个世纪前就很普遍。每次回国住的酒店，洗头房、洗脚房、卡拉 OK、夜总会等场所之多，啧啧……”笑谈间气度不凡：“正如白岩松所说，没有谁的青春是容易的，每一代都有每一代的宿命、委屈、挣扎、奋斗，没有什么可埋怨的。”

云稍见稀薄，若有若无。下面的城市象是浸在清澈的水里，如海底世界的珍奇。

段冰清往他身上起腻：“我希望回国后你更像个爷们儿，要 MAN，要能扛事儿，要正经，要纯良。男人二十是奔腾，三十是微软，四十是松下，五十是联想。北京女孩喜欢盯欧美、海归，你会永远爱我吗?”

飞机飞的更高，云就象北方的雪，洁白而没有一丝踩踏的痕迹，远处一些稍浓的云片，如同雪融后露出的湿地。

季波低头抚她发丝，一声轻笑：“这话我回答过 N 遍了。可别问你和我妈同时掉河里的问题。我妈会游泳，而我不会。我要下去救你，我妈肯定得救我，你就危险了。我身边有你这么个还算上得厅堂下得厨房的媳妇儿，挺满足的，就甭管街上谁是 Dcup，谁是大美腿了，至少把哈喇子咽回去……”

段冰清猛地坐直，投去锥子般的目光：“还算？什么叫还算？你丫行啊，能说到做到吗？我自小缺钙长大缺爱，一定要找个疼爱我的老公。”

季波英气勃勃的样子可以给故事里的俊男当模板：“必然。失信于女人何以取天下。”

段冰清颊上绽开妩媚笑意，紧靠他肩：“生命不在乎长短，但求活的灿烂。即使没有人为你鼓掌，也要优雅的谢幕，感谢自己的付出。”

季波有些共鸣地激动：“冰清，我发现你越来越多真理了。回国后，我负责赚钱养家，你负责貌美如花。”

段冰清身子一扭：“才不呢！既宅又腐，前途未卜。大女人不可一日无权，小女人不可一日无钱。我要努力地赚!”

星光闪闪，如同乱梦，好像永恒。秦楼月飘渺旖旎，引得离人伤感。

北京的春天，经过沙尘暴涤荡的天空灰黄得像图像模糊的旧照片。吴菲和林敏敏在哥德咖啡厅靠近橱窗的位置坐着，隔窗可望见外面天空的一抹流霞。

吴菲的手机响起，妈妈惯常的忧女忧孙腔调：“菲菲啊，今儿双休，你在干什么啊？得赶快处个朋友。你表妹儿子已经五个月了。邻居老李家的闺女也结婚了，你张阿姨才有福气呢，这么快就抱上外孙了。人老了图个啥？就图个子孙承欢。你什么时候结婚，说啊？”

吴菲胸口憋闷，一手在桌子上胡乱画圈，揶揄道：“妈，我现在去给你绑架一女婿行不？”

“你这孩子，都成剩斗士了，还有脸和你妈置气！不说你了。”妈妈气得挂了电话。

灯红酒绿的城市，太多的身不由己。二十七岁的吴菲，已辨不出哪一处凸凹起伏的雪痕留存着他那熟悉、温暖的足音；她日渐单薄的身姿已耐不住琴韵梅雪经年的沁熏。衣带渐宽，画眉为谁？高楼伫立，肠断谁知？

吴菲端起咖啡一口气喝完，幽然一叹：“唉！无论何时何地谈起我婚事，我妈总会情绪失控瞬间泪崩。春节回苏州，初一到初七我都在紧锣密鼓地相亲。最高频率一天见五个人。害得我睡觉就得数羊，一只羊两只羊三只羊……”

街道上有车驰过，是没有声音的萧索。天地之间的某种静谧，如同人不愿吐露的记忆。

林敏敏好奇地探头：“相那么多亲，就没有一个来电？”

吴菲推开面前杯子：“来什么电？我都成绝缘体了。这不让人活的世道，不结婚就是变态，结婚不生小孩就成现行反革命了。”

林敏敏深觉同情地点头：“悲催！春节成了中国式逼婚的高发期。几乎每个情人节、光棍节、春节，都是审判变态和现行反革命的法定日子。旧剧《租个女友回家过年》，每到春节都咸鱼翻身再火一把。仅迅雷看看网站，该剧的播放次数超过1.2亿。下一个情人节，咱们这些剩斗士干脆组团去影院买单号票，把情侣们统统隔开！咯咯咯……”林敏敏姿势优美地在空中挥手，如将军的杀伐果决。

吴菲快速搅拌着咖啡：“这招数不新，网络上类似的恶搞号召一拨接一拨。也怨不得咱们单身族这么阴损，寒假、暑假遭遇的一轮轮中国式逼婚使人大伤元气；情人节大街小巷打出专为情侣打造的招牌，就像利刺往心里扎。他大爷的，咱们实在无法厚道。”专注打量着林敏敏的桃红色低胸吊带衬衣和白色迷你裙：“哇塞，你这打扮太拉风了！迷人指数超标。”

林敏敏以肘拄着桌面，精致的五官上写满郁闷，手一摆：“毕业这么久了，我最近搬出学校，租了一二十平米的地下室。”

吴菲不可置信，好奇地将她打量："看你这，星光四射的，租地下室？有这么狗血吗？"

林敏敏忧郁的眼神穿越橱窗，射向远方的摩天楼："在北京，像我这样住地下室的北漂艺人多了去，外表风光八面，内里困顿不堪。这个圈子是个十分变态的生态链。想当明星，必得维护形象。我不得不忍痛放血，买高档服装装修门面。没经济来源，就跟爸妈要钱。花着爸妈的血汗钱，内疚，羞愧！我只希望快速成名。"端起玻璃杯抿了一口，纤细的玉指，珍珠甲片闪着温润的亮色，声音突然欢快：

"菲菲，下午两点陪我去试镜好吗？一导演助理约好的。"

吴菲歪着头，欣然："好吧，时间就像乳沟，只要挤，总会有的。咱舍命陪君子。"

林敏敏有些感动，探身道："你来北京不就是为了一个人吗？现在和他……还鸡肋着？"

吴菲满面烦躁，一挥手打断她："说点儿别的！"

两人就学生时代忆苦思甜了好一会儿，走出来时林敏敏看着吴菲的满脸愁闷道：

"菲菲，颓废点没啥，可别把自己整报废了。找男朋友甭看他长得是否一表人渣，帅不帅都是随便长的。要遇上钻石级别的啊，咱一定要出现在他家户口本上，当不了他老婆就做他后妈。现在的许多女人，白天是非诚勿扰，晚上是让子弹飞，结果就有了很多肇事孤儿。"

下午太阳很大，一点半时她们已在建国门附近的酒店门前碰头，林敏敏高挑的个子精美的五官，时尚、性感的连衣裙，让吴菲忍不住高呼："敏敏，这身打扮还是拉风啊！"

两人拉着手进入酒店的旋转门。

大厅里陆续有男人进出，向她们投来暧昧目光。

两点时她们进了电梯，来到指定房间时，见偌大的总统套房里阳光充足，已有五六个女孩花朵般洒满各处，各个青春靓丽气质不俗。一个红衣女孩正在拿粉饼擦脸，一个黑衣的在涂抹口红，洗浴间里的一个黄发美女正在对镜整理胸罩。

也没有人招呼，和林敏敏同站门口的吴菲有些尴尬，正寻思找地方坐下，一个高鼻梁白皮肤的美女将提着的 LV 手袋往床上一甩，斜睨着她们，撇嘴：

“真好笑！这种土包子也想当明星！”

众美女目光齐刷刷射向她们，接着起了一阵哄笑。

林敏敏也不示弱，鄙夷的目光向LV瞪去。

见一个三十多岁的男子走进来她们纷纷围上去，用肉麻的强调叫着强哥强哥。男人身后跟着一个黄头发男助理，白嫩的肌肤，羞怯的眼神，大概二十多岁，带个假发就如伪娘coser。

“各就各位，各就各位。”被称作强哥的男人嗓音充满磁性，一丝不乱的头发铮亮的皮鞋，国字脸上一双敏锐的大眼，看起来颇俱魅力。他可能习惯万花缠身，敷衍的眼神和那些一见美女就掉魂的男人天壤之别。他赶牛羊般地向左右摊手，示意她们让道。

一个美女忙不迭拉椅子，还令人感动地以纤纤玉手做抹布，将铮亮的椅子又抹一次。

强哥也不客气，桌前稳坐，举手拢拢纹丝不乱的头发。

一个美女殷勤递上王老吉：“强哥，快喝些，去去火。”

另几个美女相互呶呶嘴、使眼色，流出讥笑神情。

男人不撒那美女一眼，低头翻包：“这会儿忙，先放着，谢谢了。”带着古人柳下惠的淡定、从容，从包里拿出笔记本，翻开，对众美淡然环视：“面试开始，个人应试内容就按单上的来。”

吴菲站在墙角，仔细观察她们的面试，各个无不煞费苦心地展示自己。

一个麻花辫女孩的面试内容是相亲，她拉着强哥对戏。堪做伪娘coser的年轻男子马上在桌上摆好鲜花、茶杯等，作为道具。强哥和女孩对坐，满脸温柔笑意：

“你对我的第一感觉怎样？”

女孩闪亮的黑眸盯着强哥：“忽如一夜春风来，千树万树梨花开。糟粕所传非粹美，丹青难描精气神。”

强哥点头：“你是文学范儿，喜欢读那一类书？”

女孩目光笃定：“军书十二卷，卷卷有我名。”

强哥：“我们都是大龄青年了，你原先有过男朋友吗？”

女孩双扣手，充满激情：“十年生死两茫茫，不思量，自难忘。”

强哥动容：“死了，怎么死的？

女孩：“山无陵，江水为竭，冬雷阵阵夏雨雪。他去抗震救灾……”

强哥："你对爱情有什么看法？"

女孩："柔情千丝万缕，化作和风细雨。死生契阔，与子成说。执子之手，与子偕老。天长地久有时尽，此情绵绵无绝期。"

强哥："你真是才华横溢。"

女孩："小姑未嫁身如寄，莲子心多苦自知。一寸相思千万缕，人间没个安排处。"

强哥笑了："假如我答应娶你，你还会不会对别人动心？"

女孩："波澜誓不起，妾心古井水。"

强哥："不过，我正打算去美国两年，你能等我回来吗？

女孩："此去经年，应是良辰美景虚设。便纵有千种风情，更与何人说？独自凭栏，无限江山，别时容易见时难！夜夜思君不见君，泪化长江水。望夫处，江悠悠，化为石，不回头！"

强哥笑着站起来："好了好了，怕了你，你该去国际写作中心面试。"

轮到LV美女时，她跳的是艳舞，也拉着强哥配合。LV自备了碟，弯腰打开电视机下面的DVD，裙子短得几乎露出屁股。

音乐飞，艳舞起，LV美女还故意将领口拉得很低，露出傲人的乳沟。挤着那双很媚的眼，对强哥放射出强电流。

吴菲在音乐声里肉麻不已，扭头窗外浮想联翩的同时，忽听到音乐带着悠扬的颤音停歇，那助导在喊林敏敏名字。

彼此进行了简短的问答后，进入才艺展示。

林敏敏轻烟般的笑十分含蓄："跳贴面舞，你可以吗？"

那助导眼珠转着，勾起嘴角，很有奉献精神地说："可以奉陪。"

音乐又起，两人很快贴在一起，紧紧抱着对方的腰，姿势火爆到喷血。动作非常娴熟，牢牢吸引着大家眼球。LV在一旁看着，眼瞪得像要滴血。

吴菲在震耳的音乐声里思索着林敏敏的艺校经历，想娱乐圈不成文的游戏规则：尼玛的，一个女艺人要有勇气接受形形色色男人的性要求。比如跳贴面舞这活儿，大多是社会上好逸恶劳、专吃青春饭的混混儿干的……

吴菲正在红尘起舞世事沉浮中绮思，只听旁边一美女小声道：

"瞧，他那儿，反应多强烈！"

几个女子同时交头接耳发出窃笑。吴菲只觉脸上发烫，暗自感叹，每年能崭露头角的新星寥寥无几，大量的艺校生被压在艺术的金字塔底层，想成名，就想着走潜规则。某集团执行总裁、出品人，曾在微博上晒出收到的私信：哥，我陪你睡，你能想办法让我进北电或中戏吗？他回复：不好意思了妹，哥这两天身子不便。

林敏敏的面试在吴菲的羞愧、感慨里结束。那 LV 美女站得像被悟空施了定身法的妖孽，直到强哥的手恋恋不舍地离开林敏敏的腰部。

林敏敏将众人视若无物，把助导手臂紧紧搀着，抱得贴着胸脯，娇波含情：“强哥，你是我的贵人，今晚忙吗？我想好好报答你……”

强哥身子微躬着，通红的脸色证明着他的热血喷涌。他现在很担心会导致前列腺疾病一类的问题，遂不假思索地开颜：“可以，今晚嘛，没应酬。”

看到 LV 美女从洗舆间出来，林敏敏更是紧挽助导手臂，以 PK 优胜者姿态仰视着她，成就感汪洋恣肆。

LV 美女气急败坏地摔门而去。

林敏敏拉着那助导，窃窃私语，两情甚密。

文学范儿美女对林敏敏撇嘴，不屑道：“都是千年的狐狸，玩儿什么聊斋？”

几个羡慕嫉妒恨又怅然若失的美女各怀情绪悄悄离开。

吴菲看看时间尚早，便乘了公交回到公司，在玻璃门外碰到保洁阿姨，笑道：“阿姨好。”

她从包里掏出电子钥匙，对着玻璃门一按，步态轻盈地进入，打开电脑，戴上耳机，正学英语时季涛来了电话。

她站起来，欠身拿起手机，看到一片柳叶在窗口滑着曲折的弧线降落，姿势的优美胜过飞花。季涛那熟悉的声音听起来阴沉冷寂：

“那个人从芝加哥回来，现在我们就去接。我借的车，到马家堡？”

第二章　和风闹燕莺

吴菲细长的眉梢挑起惊奇："那个人？他不是你哥吗？我这会儿在公司。"挂了电话吴菲来在洗手间，从包里拿出小镜看看，镜子里映出一张疑虑重重的脸，虽娇艳如花，然瞳仁罩着雾气。

五年的时光飞梭，有多少飞沙走石？

她不敢想，不敢回首。

五年的时光，他们由网友变成恋人，温情满满。

没有更加恢弘庞大的词来形容这种情绪，只用满满。于她，人生美好的感情就这样尘埃落定，不容置疑，不容否认。

五年前毕业，她毅然不顾家人劝阻，来到北京，与华丰传媒公司签了合同。当她拿着合同出现在他面前，面对他灵魂出窍般的惊诧，她笑得风生水起妩媚撩人：

"我要和你住一起，你把那个小间腾给我，我们平摊房租。"

看得出他的激动、隐忍，令她心痛。她扑进他怀里，他的体温通过单薄衣服传递，令她通体温暖，眩晕的幸福，天旋地转。她告诫自己别哭，泪水却一滴滴湿了衣襟。

世人皆醉我独醒，世情淡泊依如蜜。

而今回首，那些渺茫的青春岁月懵懂得可笑：捧着康乃馨，在天寒地冻的马路上一腔悲情地飞跑，为疗某同学的情伤，俨然自己有扭转乾坤的神力，自己的行为将用来印证人类辉煌历史；捧着言情小说，幻想自己就是其中的某一女主角，会等来一个力拔山兮气盖世的白马王子。

手机又响，阻断旧忆，他在振机催促。她匆匆将长发梳理，神速打开背包，薄施脂粉淡扫蛾眉，轻点珠光口红已毕。如瀑发丝衬着纯白无袖连衣裙，如百合枝头挺立，娇翠酣美。走出写字楼的玻璃大门时，见宽阔的停车场边，季涛在车里向他招手，面向阳光，脸上有着病态的苍白。

每当觉察到他的苍白，她的心便倏忽揪痛，痛感迅速蔓延全身。

发生在梦里的传奇，总是有序地罗列着无尽美好，虚幻如诗般耐人寻味。而现实却总如掌心纹路般的凌乱，麻烦到找不出一丝所谓的简介。

吴菲笑着上车，车辆转弯，扶着方向盘的季涛视野开阔，目光抚摸着长城厚厚的墙垛，穿越时光穿越距离，感受三朝帝都荡气回肠的英雄成败气息，悱恻缱绻的爱恨情仇故事。

凤凰木在路边遮天翳日，鲜红的花朵开得如火如荼，明艳惊心，配着鲜绿色的羽状复叶，仿佛要争做世间最为色彩鲜艳的树木。

从白广路到瓷器口，吴菲的脸沐浴在久违的霞光里，一切都看似温馨实则郁闷。车流如长龙，一抹白色从车前飘过，她始惊觉，那边的梨花竟然开了满树。

季涛开着车，脸被透窗霞光洒上金色，惯常的静默。那个来自大洋彼岸的男声在耳边如风回鸣：“……爸爸自驾旅游，遭遇山体滑坡不幸遇难。我已遵照爸爸遗嘱，转让了芝加哥的生意，变卖了房产。这次送爸爸骨灰回到故土，我准备在国内发展……爸爸临终前攥着我手说，他这一生最对不起的两个人，就是你和阿姨……”

吴菲深情凝望季涛，目光转为狐疑：“借的车啊？你搞得这么隆重，看起来却不高兴?”

“我在想，他一句弟弟，就换了我妈一生悲苦?”季涛紧绷着唇，面色莫测。心念如风，总会在有意无意间刮起那些凌乱记忆。边缘模糊的画面混合着往日生活的伤感片段，如白云驹，变幻纷纭。那些不堪回首的少年生活如白驹过隙，一一闪过，真正的痛，在心的深处，不敢碰触。变幻纷纭的思维总会突然定格在他丨岁时的那个冬夜：

大雪纷纷，带着一种吞没世界的霸道。妈妈背着高烧的他，气喘吁吁，深一脚浅一脚地走在求医的路上。寒冷的空气在皮肤上触摸，他在妈妈单薄的脊背上，牙齿咯咯地响。黑夜的颜色随风旋转着，在他们的周遭不停翻动。如同死神，肆意摇动黑色的翎毛。

“阿姨挺不容易的，我们以后要好好孝顺她。”吴菲语声凝重，发自肺腑，凝眉问道：“他妈也回来了吧?”她指的是季波。

杨花飞泻，涌满天际，曼舞于淡红山崖，一种刻骨铭心的感动，源自于亘久的记忆。

“那还用说。”季涛目光幽深如潭，握着方向盘的手青筋突暴，一个走神，只听吴菲大喊：“红灯！”伴着一声清晰的刹车。

经过朝阳公园桥往前直走，车很快驶入机场北线。

季涛把车泊进停车场时，从车里拿了纸牌，纸牌上写着两个大字：季波。

接机的人很多，无序、喧嚷。他们在人群里站定，季涛把手中牌子高举着，目光在如云乘客中浏览。一个矮胖妇女走过来，身上的西服打着褶皱，羞怯的神情：“我是季波，你是俺姐夫的同事？”季涛笑指纸牌：“季波，那是我哥。”

矮胖妇女张大嘴露出参差的牙齿：“我错了，我错了。”转身就走。

“哎，瞧那个！”吴菲朝人群中指，轻柔拍他手臂。季涛望去，见一气宇轩昂的青年男子果真似曾相识。他拖着一大箱子，右边跟着一穿艳红上衣黑色短裙、身材高挑的黄发美女，双肩上提着挂着。左边有一身穿浅荷色套装，脖子里系着荷花图案丝巾的中年妇女，虽是半老徐娘，仍有几分动人几分脱俗。季涛直视着那个女人，眸底冷寒。他们三人正跟着一大帮人从出口的右边往外走。而季涛他们正在左边等着，听到一个年轻妈妈在威胁哭闹的孩子：

“别闹，再闹妈妈可要揍你了！我告诉你，这里不是美国纽约，是中国北京，我已经可以揍你了……”

季涛拉着吴菲手，皱着眉头跑步追去。几人在人群中遭逢，握手，寒暄。

季涛握着中年妇女的手，叫蕴姨，复对着那个如他般伟岸、俊雅的白净男子叫了声哥。

季波看着他，愣神片刻后喊着弟弟。他们紧紧相拥，看得出他的心潮激荡，手臂微微发抖，紧紧地，如同拥着一份生死情谊。

季涛很快地扫了段冰清一眼，见她眼角上挑的丽眸十分狐媚。他敛住心神，声音里是浮夸的热情：“哥，你们一路辛苦了。”

“涛，真是麻烦你了。”季波紧握他手，目光浸润如水温柔。

人声鼎沸，季涛脑际浮想联翩：前两年，他在病中饱受熬煎，生命悬于一线，而他在大洋彼岸纸醉金迷，灯红酒绿。多少年，他在冰天雪地里艰难拔节，他在阳光雨露间绽放枝叶。

范依蕴的目光掠过兄弟二人的肩头望向远方沉浸在霞影里的京都，有着恍若隔世的迷惘。她眼角的细纹掩不住天成风韵，皮肤光滑，五官秀美，满脸沧海桑田光阴偷换的惊叹和伤感，仿佛许多年的时光一闪而逝。

吴菲站在季涛身边，定睛打量眼前的红衣美女：艳红的外披，里面同色吊带，下配黑色牛仔西裙，脚上珠光红色高跟鞋；修长的腿上没穿袜子，裸露出白腻的肌肉；眼角上挑出狐媚的弧度，长睫眨动间闪射出机智，略带几分桀骜。

霞色静幽，风微微吹拂面颊，丝丝生凉。吴菲握住她手，笑得桃李春风："我叫吴菲，很高兴认识你，你真漂亮!"

"我段冰清，彼此彼此!"目光交错，在头顶霞片里倒影出疏离。

吴菲接过她肩上背包："你累了，我帮你提。"她的话像冬日阳光，字字温暖心扉。看着段冰清头顶那一抹阳光，笑得灿然如霞："你看，咱俩一样高。"

季涛引着季波范依蕴在前，往停车场走，吴菲段冰清紧紧随后。女性间的话题会很快深入生活，从交流中得知她们的体重竟然相同。"你看着比我苗条。"吴菲说话时正在避开一个迎面而来的手提拉杆箱的男人。

"我腿粗些。"段冰清看着吴菲那显然比她饱满的胸部，一抹艳羡滑过眸底。

时令已入春分，草坪里的七星花绽放着紫红花蕊，梧桐叶浓密蔽日。一行人穿越擦肩接踵的人流，来在泊车处装了行李。

南来北往的人把机场挤得水泄不透。季涛一言不发地引着他们上车。耳际人声喧嚷，他的内心冷寂如死。夜半清醒的烛火摇曳不眠的寂寞，长城上惨白的古道把月色放逐，飘零的落叶将故事染黄，人的容颜已苍老如苔。

白色轿车汇入公路上游鱼般的车流，很快到达预订的大中原酒店。

酒店的霓虹灯映着紫霞，光彩夺目。酒店门前有喷泉和奔马雕塑，门口站着立得倍儿直的保安和身穿旗袍佩着红绶带的迎宾小姐，一脸模式化的浅笑，伸臂请入。

把行礼等携带物放入预订房间，稍事休息。季波换上的白衬衫经过暴晒，带着浓重的阳光味道。几人徒步来在奢华中不乏婉约的荷花亭，分礼落座。服务员上来，各人点了喜欢的菜品。

一朵流霞飞过窗口，璀璨灯火照亮墙上醉八仙图。

季波朝椅背一靠，双腿岔开，悠哉悠哉地介绍女友："这是我女朋友冰清，我们是娃娃亲。"咧嘴一笑。海外之风常常勾勒出对祖国的幻想，痛感时时侵袭乡情。

段冰清在桌下暗踢季波脚，低声道："坐好，中国不带这样随便的。没礼貌。"

季波一边坐正身子，自语：“我还是觉得，不拘礼节使交往轻松、自在些。”

季涛的黑色西装红色领带映衬着满面端肃，指向吴菲：

“我朋友，一般的，华丰公司外事部翻译。”

吴菲听着季涛强调的一般，一时心上黯然，感觉像是一颗贝壳，曾以为被捡回就要携在身边视若珠宝，哪料却是被扔进一只收集奇珍的陶罐里闲置。悲哀的感觉也已习惯。如同那贝壳，安然接受境遇是不可改变的宿命。

范依蕴含笑询问季涛近况，目蕴关怀。季涛神情卑谦地介绍自己：

“以前在公司干，现在自己跑纺织品推销。”他看到吴菲那莲一样洁净的笑靥溢出窗外，一不小心撞碎满地月光。

范依蕴藏着歉意，态度诚恳：“如果你需要帮助，请别客气。你们弟兄俩要好好处着。你爸……才高兴。”不由红了眼角。

季涛欠身给范依蕴夹菜：

“阿姨，北京不好混，五环左右房价 2 万一平米，买一套大房要几百万，工薪族要不吃不喝工作几十年。有的人不吃不喝一辈子未必买得起。父子两辈人努力几十年，才有希望买上房子。一房捆一生，还想什么小康？而在富二代，不过是泡妞时的一辆跑车。中国现在的贫富差距可大了，物价涨得像开飞机。”

范依蕴说话间拉整裙摆：“美国人买房虽没国内媒体说的那么容易，但比起国内老百姓，压力相对要小。一房只要 10 几万，20 万以上都是又大又好的房子。工薪族买个 15 万的房子大概得攒十来年。”

吴菲不由艳羡：“那么多人想定居美国也能理解，中国现况是：教育，希望进去，绝望出来；医疗，小病进去，大病出来；房产，蜗居进去，房奴出来；演艺，玉女进去，小姐出来；监狱，窦娥进去，疯子出来；官场：海瑞进去，和绅出来；煤窑，蹲着进去，躺着出来；大学，校花进去，残花出来。”

范依蕴笑看吴菲：“美国人口少得恐怖，哪儿都没有熙熙攘攘的人群。刚去时感觉挺清净，没过多久就觉得无聊。住在二线城市的美国年轻人都会往纽约、洛杉矶等大城市跑。”扭头季涛：“你们自个儿努把力，想买房时，我们可以帮你。”

季涛的黑眸闪闪发亮，那是濯濯的希冀之光，见吴菲也笑望着他，意外收获的兴奋。吴菲对冰清套近乎：“美女，羡慕你哎！”

段冰清撩撩头发，下巴微微仰着：“有什么？我当年要去芝加哥时，我妈都拿出白色恐怖的力量来镇压，我用抗击侵略者的力量来反抗。我们母女消费那么多枪剑做无谓的对垒，现在我都后悔死了！学这个狗屁舞蹈。”

窗外花纷花谢，云舒云卷，婆娑的树影里隐着沧桑世事，或明或暗在喧嚣的红尘中，显现出一种深邃的意境。

九州的黄昏从空洞无物的天空向大地蔓延，长城安静得无边无际。后海边的海棠花一树一树灿烂地绽放。人世纷扰，止于这仿若战罢玉龙三千万的夜晚。

吴菲和季涛十分默契地对视，微笑。他们总是彼此顾虑着对方的感受，从不强加任何东西，也不妄加猜测和行为约束。两人只要在一起，就简单、纯粹地快乐着。

一些东西会沦落在时光的缝隙，而另一些会随着时光的流失弥久益坚。

范依蕴低头拿出三个红包给季波。近距离看去，她的皮肤下隐着淡淡的斑，毕竟青春已失，什么脂粉能抵抗住岁月的风霜？

季波会意，将三个红包推给季涛，正正眼镜说：“区区薄礼，你，阿姨、妹妹的。”突然发现少了吴菲的那份，季波歉意地：“少了一份，真是不好意思。”目光停滞在吴菲身上，只见她长发飘飘五官俊美眼波妩媚清秀娴雅，静静地坐成一幅美人图。他尴尬笑着，从包里掏出一信封，往信封里装了十张一百元面额的美金，推给吴菲：“不成敬意。”

吴菲推脱不过，只有收下，轻笑道谢，忽瞥见段冰清盯着她的目光锐利如锋。她心轻轻一颤，如芒刺背。暮色覆盖大地，华灯和高楼，车辆和行人，都像城市蓄谋的伎俩。

宴会开始，大家碰杯，美味美酒美言不绝。文君的多情，相如的才思，小乔的娇艳，公瑾的英姿，谈笑间，浊酒大白里那些渔樵武夫纷纷的旧事。

散席时，季波没与人一个个地道别，而是向大家挥手：“Well，so long everybody！”这并不是他对人缺少敬意，而是源于美国人不讲究各种繁缛礼节的习惯。

繁花散尽，午夜的街头风开始凛冽。段冰清拉着季波返回房间。

冰清到卫生间照镜子、洗脸、梳头、换睡衣，拍完爽肤水出来，见季波正在打开密码箱收拾行李，将一些衣物拿出来，一些放到箱底。

冰清忽瞪着眼拧他，季波膀子猛地一缩，回头道：“怎么了你？”

段冰清眼里漫着小女子的嫉妒：“对她摆阔好，我肯定没她温柔。”

季波合上箱子，放于衣柜，把段冰清揽坐床沿，温柔地拍着她手：“冰清，做人要厚道。别用这口气和我说话好吗？她可能就是我弟弟的女朋友。”

段冰清抱臂，嘴角流出不屑：“指不定谁女朋友呢。我不高兴你那样对她殷勤。”

季波困惑地摊开双手：“一面之交，何必呢？冰清，别愧对了你这名字。”

段冰清冷笑着：“妻不如妾，妾不如妓，妓不如偷，偷着了不如偷不着，男人就这德性。还好意思给我上岗上线？”

季波觉得好笑，从后面揽住她：“我愿意把所有的爱都给你。每天能看到你，是我最大的幸福。我这只是为我弟弟。”

段冰清叛逆地耸起好看的鼻子，鼻翼上皱起几道细微折痕：“你弟弟？你脑子进地沟油了吧？你妈妈抢了他妈妈的老公，你抢了他爸爸！”

季波眸中亮起火光，半天才道：“你有完没完，我走了，你自个儿住这儿吧。”拂袖欲行。

段冰清朝他瞪眼：“你去召小姐，我去召少爷，咱们各忙各的。”

季波再三压抑，腹内还是火起：“我可真恼了！”

段冰清朝他腋窝挠去：“你恼啊，你恼啊……”

季波求饶，两个人在床上滚作一团。

第三章　暖风花草香

月亮初开俯瞰大地，万物躺在一片风语里，昏昏睡去。自1271年元朝在北京建都至今，城市的灵魂，成了隐匿在青砖红瓦缝中的叹息，成了飘逝在林烟云层中的传说，成了见证几百年人世沧桑、王朝辉煌的坚定因子。它常常于月落乌啼的时刻相依天籁，把京都的古朴与现代，演奏成一首华美的乐章。

季涛开着车将吴菲送回马家堡时，仿若星雨的萤火虫在树下跳跃。

迎春花灿烂于夜幕，香气浓密，芳香的空气中似乎漂浮着某种甜蜜、神圣的东西。季涛说得把车给朋友送去，吴菲下车，扒着车门，有些担忧地问：“远吗？别回去太晚了。”

“不远。”季涛说着，凝神给车调头。

吴菲笑着，隔着玻璃窗向他摆手，凝望着车后尘烟，明亮的眼波渐沉于浓厚夜色。

这晚她梦到她穿着洁白的裙子，长发被风飘得飞扬，白色的裙裾飒飒地响，宛如绵绵无尽的相思。她和看不清面孔的新郎照相，林敏敏穿着同样的礼服挤了过来，要和他们合影。一帮人冲着林敏敏喊：明星，明星，新娘是明星！

季涛坐着102路电车路过菜市口北，进入果子巷时，见街两旁的小商铺都已关闭，不宽的街道陷入夜晚的沉寂，与它白天的热闹迥异。那些卖水果的、卖煎饼果子的、卖糖葫芦的、卖杂货的、理发的、修衣服的、磨刀剪的地摊都已不知去向。这些摊主都是靠手艺维持生计、养活老人孩子的穷人。这里早在解放前就是穷人集聚的地方，明清时进京赶考的人为了节省开支，大都住在这一带。

季涛进门时蹭掉了木门上已斑驳脱落的油漆，门口墙上有一大片灰印子，显得肮脏。客厅十几平米，靠里墙摆着张栗色长桌和五斗柜，上边放些杂物。右侧靠墙边放着张枣红色的八仙桌，桌下放着四个木凳。左边墙上挂着一个老式挂钟，下面是一个破旧的三人沙发，四处弹簧突起。季涛进屋时看看不到十点钟，便从卫生间拿出木盆，兑了水，从五斗柜里拿出按摩膏：

“妈，坐下，我给你洗脚、做足底按摩，延年益寿。”只要是不去外地，他天天坚持。

他妈妈吴秀兰推脱不过，只有坐在沙发上安享。做了一天医院保洁工的她，微眯的眼缝向外洒出无精打采的光，说着一成不变的话题：

“这世界都变成啥样了，男孩子都多大岁数还不结婚。女孩子都要当老姑婆。你爷爷那辈上，像你这年纪，再过几年都抱孙子了……”

季涛心思悄转，酸楚、杂乱掠过黑眸，终转温润笑意：

“妈，你别操心，我会让你抱上孙子的，啊。”

季涛的笑意让人感动，心头却是沧海桑田，星移斗转。自持有几分过人处，他不肯轻附低就。对人际关系的理解，自修胜于媚俗，不投缘不欣赏者权当陌路。学生时有过一两个至交，自到社会上就不常联系，君子之交淡如水，自少年时他就欣赏这句。

吴秀兰脸上的隐忍好似与生俱来，惯常的愁闷思索使她很不开心：

“涛，我想看到你和你妹妹都有个好前程，死也安生。妈这把年纪了，就盼儿女了。”

季涛拿毛巾在吴秀兰脚上擦着：

“妈，你不老。你看北京这儿，六七十岁的老太太都精神着呢。妈你放心，妹妹会比我强。这是个弱肉强食的世界，我们必须自强，否则非被人踩成地毯不可。”

季涛看到妈妈身后的暗灰墙壁上有一些杂乱无章的水渍，像是脏了的画。木质百叶窗在风蚀雨袭中变了形，随风发出吱咛吱咛的碎响，像是不堪承受时光之重。初租时，他曾花了几个晚上的时间整理房间，又找来旧宣纸裹成锥形，罩住裸露的灯泡。

“涛，啥时候咱在北京买了房子，妈就安心了。要实在买不起，你也别太憋屈自己，咱回乡下，咱祖祖辈辈都在那过活。”吴秀兰目光如隧道之幽远。

季涛用毛巾擦手，端起白瓷茶杯，低头吹出涟漪，热雾覆盖了脸色：

“妈。既然出来了，咱就不能再回去，一定要变成北京人。”

夜太漫长，把往事都凝结成霜。梦在远方，后海的一波碧水在灯色里荡漾。

吴秀兰思索很久，盯着儿子眼睛：“涛涛，和菲菲处得挺好吧？为啥就不结婚?”

季涛抬头，在明亮光影里对妈妈温厚一笑：“嗯。”月照高楼，花披红妆，那些风起云涌的过往，那些快乐无忧，那些缠绵情殇，都在心底静静流淌。

吴秀兰曾经的满月脸已经凹陷，拿起身旁一块衣料，笑得眼角都是褶子：

“这是菲菲给我买的，这女孩，是个大好人，每次来家，又干这又干那的。她不光脾气好，长相更是没挑。妈可就不懂了，你们为什么拖着?涛啊，可别让熟鸭子飞了。听说现在北京的这些女孩啊，琴棋书画不会，做饭洗衣嫌累。像菲菲这样又漂亮又勤快的，哪儿找去?”

洗完、按完，季涛低头给妈妈穿上袜子，酸涩、挣扎等复杂情绪在心头掠过，抬头，灯光映出他眸中痛楚：“妈，她家里还不知道。我也不能太亏人家了。”心绪隐秘、纠结。

吴秀兰惊疑之中提高声音：“啥?你的意思是，菲菲家里不同意吧?”

季涛低头：“她爸在澳洲，她妈也挑剔，让女儿裸婚，嫁个蚁族，会觉得侮辱。”一时屋内陷入沉寂，窗外万家灯火，如同群星闪烁。栀子花坚守素心香气，不附不依。

“天啊！原来这样……”吴秀兰起身回卧室时步态凌乱脊背强直。

季涛端着茶杯送她进房：“妈，别想那么多……”人生主要目标遥遥无期，心绪杂芜，一时间五味杂陈，他语气迟疑：“妈，妹妹还在上学，供她毕业我再考虑自己。”踽踽回房，打开电脑，旧忆像是掌心里的水，不论是摊开还是紧握，终究还会从指缝中一滴滴流淌。

第二天吴菲来到在格子间，匆忙整理了桌面、打茶，接到林敏敏的长信：

抱歉啊菲菲，我没想到昨天会有那么强的竞争对手。我竭尽全力巴结助导，献身……我知道你会瞧不起我，可我顾不上这个！要在剧组里出人头地，至少要过10个男人的关，谁不是这样?我要成名，我要赚钱，我不想住地下室，不想再哈巴狗一样做人。我要当大牌，要在北京争得一席之地！我不能回家！为上这学，我家里房子都买了！我爸妈现在身体那么差，可还得风里雨里卖豆浆，我还在花着他们的血汗钱……

吴菲一声不响地反复阅读信息，眼框慢慢变红，伤感不已的同时，又感叹女星们的可敬可畏。能够在高压下勾五关睡六将，一路走到山花烂漫，的确不易！

林敏敏再次联系她是在一个多月之后，吴菲正在电脑上处理资料，看到林敏敏来电挂了，用办公室电话拨过去：“敏敏，你好吗?”

林敏敏的声音甜脆悦耳：“菲菲，我又在H宫剧中演了宫女，虽然没台词，但我还挺高兴！他带着我到片场参观，且要引荐给名导，出演OX剧女一号。同行的几位女孩众星捧月般围着我转，那种大腕的感觉好极了!”

“祝贺你！敏敏。”吴菲挂了电话，想着演艺圈的游戏规则：卖身卖艺卖青春，用欢笑与泪水，献爱与自由。演好了，鞠躬拜票谢观众，演砸了，诚恐诚惶不成眠。顶三五载虚浮名，挣七八吊养老钱。终归零落成泥，随风飘散。观众总有新宠，不复念旧人。

季涛电话又来：“菲菲，你忙吗?告诉你一事儿。这世道，有钱就好办事儿。季波借着政府招商引资的东风，又有段冰清妈的学兄，建委主任赵恒帮助，现在已注册了‘宏远房产开发公司’。开业庆典上，区领导亲临剪裁，区长亲致贺词。”

吴菲一手拿笔在纸上胡乱画着，一边笑道：“这事儿不奇怪，你不叫季波哥哥有些奇怪。别人莺歌燕舞、热闹非凡的后面，都是雄厚资金作铺垫的。”

季涛的口气不无艳羡：“季波很快揽了个工程——‘安居新城’，总投资3亿多，地理位置优越，升值空间相当高，是政府重点扶贫项目。一期工程近5万平方米，总投入资金就8000万元人民币。我给他介绍一设计师，等会带他去报到。”

吴菲赞道：“你能这样就好。你们是亲兄弟，范阿姨又对你那么好。”

季涛：“不聊了，这会儿正开车呢!”

吴菲关切道：“你注意交通安全。”

“安居新城”一期工程即将启动时，季波在办公室忙得不可开交，一边接电话、手机，还不停签秘书递上的材料。窗外的风摇曳着柳的翠袖，石榴花灼灼烈烈，虫儿在草间感动自然之奇。

门开处，季涛领着一位狭长眼睛的寸发男人走进来，向季波介绍：

“哥，这位就是我说的那员猛将，李子翔，国家一级建筑师。雅格、天地、祥瑞大厦，他都参与设计过。有了他，你将如虎添翼。”

季波放下电话，向椅子上一靠，笑着伸臂：“好啊，快请坐。”

李子翔在季涛示意下毕恭毕敬地递上建筑师资格证书。

季波凝神看过，分别给他们倒茶，心底的坦荡为他平添了人格魅力：

“这几天忙得很！还真多亏了我弟弟。李工程师，你明天带上履历表来上班。我弟弟的朋友就是我的朋友。关于‘安居新城’停车场和花园的设计，我想看看您能否提些修改意见，再和我们的陈工程师合计合计。两人智慧胜一人嘛。”

李子翔答应着，低头在茶杯里吹起细微涟漪，细长眼里幽光闪烁。

季波又道：“我们公司是个高度民主的公司，美国企业的管理模式。在这里你没有必要刻意讨好我，也没有必要在任何人面前低三下四。我和员工一起吃饭一起上班。我自己开车，不用司机。”

季涛扭头听风在窗外吟唱，窗前跳跃的阳光，掠过他脸色的莫测。

秘书小姐进来，低语，季波急忙站起。季涛起身要走，被季波喊住，表情关切：“最近耽误你很多事，阿姨还好吗？有困难别忘说一声。”

季涛望着季波，眉宇间一丝浓郁的无奈、挣扎：“我妈她，身体一年不如一年，我常在外面跑，不能好好照顾……”

望着两人身影在走廊里消失，季波费神思索着季涛的话，拿起手机，拨通季涛号码：“涛你做好准备，晚上我这儿若没应酬，咱们把阿姨请出来吃顿饭。你总是不让去家看望她。”

草坪旁不知名的花儿共处一地，在柳树下舒展着花瓣，绽放着艳蕊，敞怀拥抱着阳光。

车流如游龙，绵延不息的趋势。热闹的城市寂寞的灵魂。

季涛扭头望着坐在出租车上的李子翔，意味深长：“好好干，一旦赢得老板信任就好了。”

李子翔揣摩半分钟，竖着眉毛望季涛，笑道：

“哥们，你从哪儿冒出来的哥啊？以前都不见你提到他。”

季涛的笑里掺着淡淡的忧郁：“不怕老兄你笑话，他是我同父异母的哥哥。”

李子翔幽然一笑，不语。

手机响，原来是通州一家服装厂催要货物。那女厂长在电话里埋怨说：

“定好的送货时间，你怎么又拖延？近来总不守时。以前你可不是这样的啊。”

季涛连声道歉：“对不起对不起，近来家里有点儿特殊事。我马上送过去，麻烦你把货单发我手机。”

回到纺织厂自己的小仓库里，季涛按着手机上发来的货物清单，装了满满一车。

送货回来时天色已晚，灿阳、紫云，夕阳西下时的落日斜晖，掠过天安门、故宫、八达岭长城。他脱了汗湿的衣服洗完澡时，微弱暮色倾覆苍茫大地，丝丝缕缕的灯光照进来，和他忧郁沉寂的脸色融为一体。吴秀兰正在厨房择菜，自语：

“菜价再这样涨下去，房子就要跟白菜一个价喽!”

手机来电一闪一闪，季波的声音热情奔放：“涛，我们在亚东饭店等着，要不去接你们?”

空气静寂凝重，季涛脸色冰冷：“哥，我送货才回来，很累，能不能改天再……”推脱不过只好准备赴宴。正在做饭的吴秀兰从厨房探头：“早些回来啊涛。”

时间已晚，坐公交肯定耽误，他咬着牙打的来到饭店门口，进了鲜花装饰的旋转门，来到约定的雅间，见季波、段冰清、吴菲已在坐等。季波指着一眉目俊秀的青年向季涛介绍：

“段智兴，冰清弟弟。”眉目间一抹急切：“阿姨呢?”

季涛笑笑：“今晚在医院值班的清洁工家里有事，她替班，不能来了。”

季波满目失落，伴着一声轻若游丝的感喟。

段冰清说话间笑得艳丽：“看看咱们美女帅哥，绝佳配对。今晚不醉不归!”招呼上菜。

大家依次就坐，服务员倒酒，众杯相碰，饮下。季波又自斟一杯，一饮而尽，环视众人：“一期工程将要开始，我们兄弟姊妹忙了这么久，今晚一家人相聚，我非常高兴！给大家敬个酒，祝大家事业飞升生活幸福爱情甜蜜!”接着一一敬酒，众人杯来见底，极尽欢畅。

段智兴闹着拼酒，其间段冰清替季波喝了一杯。伶俐的冰清有慧根，另有如火热情将他融化。季波时时暗中关注冰清的同时，也看见吴菲时时关注着季涛，也替季涛喝了一杯。

谈笑风生间轮番敬酒、碰杯。佳人国色天香，男子玉树临风，映着烛光，满屋香凝。

段智兴酒后特愤青：“咱们喝酒不比官员，咱们喝自己的，舒坦。据资料记载，1955 年中国人均收入是韩国的 3.2 倍，日本的 1.1 倍。经过几十年翻天覆地的增长，2008 年中国人均收入是日本的3%，韩国的7%。韩国、日本从来没说经济翻番，中国却说翻了很多番。”

段冰清接着愤青：“发改委成立至今只做过两件事：涨价，替涨价辩护。”

段智兴：“保不住自己的工作，保不住自己的房子，保不住自己的家，保不住自己的权利，保不住自己的安全，保不住自己的自由，保不住自己的生活！”

季涛低着头，面对美酒美色，满桌佳肴，童年往事飞絮般飘落心房，目光一点点变得黯淡、飘渺。

毕业后数年的都市浮华里，他幼年的悲苦生活总会不期而至，心痛到无声。沉默是他语言的一种，比任何语言都具有说服力。只有相知，只有心才能听懂的一种语言。

吴菲满面喜庆之气地说笑、喝酒，悄悄在桌子下碰季涛脚尖。无论什么环境，只要感受到季涛的存在，吴菲都会有幸福和满足感。

夜月一帘幽梦，柔风十里浓情。欢娱随流水，片片飞花弄影，柳烟笼翠，正销凝。

季涛手机乍响，众人停止说笑。

季涛接听：“苏经理好……关于你那个副食店的转让，尽量另找别人吧……别误会。那个地儿，我确实看中了。但关键是现在手头紧，凑钱的事，不好办……好好好！回头咱再商量……好嘞，就这样了。”

季波的目光所至处，太阳也要减些光芒。他温和而亲切的眼神，透着平和、安逸、关切：“涛，哪里的副食店？可以去看看，如果能做，你就接过来。”弟弟笑容清淡目光沉郁，他想为他除掉那些困苦生活的烙印。

季涛低头垂目：“哥，关键是……”

季波手一摆，打断他的话：“钱能解决的问题都不叫问题，我支持你。”

季涛面带愧色，心怀希冀，抛弃羞赧：“那，算我借的……以后赚了钱还你。”

季波笑着点头。段冰清在桌底下狠踩他脚，笑着给桌上众人倒茶。

季波忍不住身子一耸“哎呀”一声。

段智兴、吴菲、季涛急忙看他身后，齐问：“怎么了？”

季波轻笑，不语。

期间段智兴眉飞色舞地谈笑，那一份超然出世的执拗态，似乎是与生俱来的不凡。他轮廓分明的含笑丹唇，闪亮的眼睛，看起来桀骜脱俗飘然出尘。

第四章　难释心头伤

酒店门外，南风劲，吹落红满地，翠柳夜露轻，鹧鸪花下无力。

吴菲多喝了酒，思维迟钝，去洗手间时来到廊东，目光迷离中看到段智兴穿着服务员服装站在不远处的一个门口，正为一个顾客拉开一道门，门外通着街道。

她往卫生间走，头晕晕昏昏的，暗泛猜疑，回眸处那客人拿着公文包冲着街道方向走，谁知“哎呀”一声，抱头惨叫。

段智兴哈哈笑着跑回房间，脊梁挺得倍儿直，成就感汪洋恣肆。

原来，那栩栩如生的门和街道只是段智兴皮箱里的道具，张贴在过道里的墙上。

顾客追来要和段智兴动武，骂道：“你小子在这儿使坏，当这儿是你家堂屋啊？”

吴菲和段冰清左右赔礼道歉，那人适才作罢。

他们饭毕往外走，见一个个雅间人满为患，快餐厅里座无虚席。看着一拨拨酒足饭饱左顾右盼追寻美色的男人。季波好奇地问：“这满桌满桌的男士在用餐，难道他们都是单身么。”

季涛轻笑：“当然不是。”

季波狐疑：“难道他们不喜欢他们的家庭吗？”

段智兴凑上来以简化繁：“哥，这是中国文明之一。”

夜霭氤氲，山沉月照。季波开车把吴菲送回，又把季涛送到骡马市大街果子巷附近，刚一返回，副驾上的段冰清推他一把，笑容如霜风之冷凛：“我琢磨今晚这事儿，人家阿姨是有意不来的。”

季波侧脸，街灯映着满目疑惑：“为什么？”

段冰清嘴角上挑着：“你喝多了？这还用问！人家对过去不能释怀。你当人家弟弟，未见得人家当你哥哥。胡乱承诺，你这爱心也未免太宽泛了吧？”

季波目光一暗，继而反驳：“冰清，我不能见危不帮，它违背了我做人的原则。”

段冰清瞪着眼睛：“哎，把傻老美的话当口头禅了。”想着段冰清桌上笑颜桌下使绊的动作，季波的神情鄙夷不屑：

“老美是傻，可中国人灵活到让人目瞪口呆。”

“哼！”段冰清脖子一拧，面朝车窗：“我这都实话。你当人家自家兄弟，人家当你什么？我不许你给他钱！”

季波一笑：“给他钱？人家那是借，以后会还的。”

段冰清挑眉：“借的？以我看那是要。故意在你面前装穷叫苦，那心也不知在什么阴暗胡同里放着。许多人借钱，那都是有借无还。”

街上车辆已稀，车开得颇随意。季波扭头向段冰清作出笑脸：“宝贝儿，钱财乃身外之物，生不带来死不带去。你甭替它操心，别给我绷着个小脸儿，好吗？”

“我不许你借给他钱，否则没完！你的智商余额明显不足，快找个地儿充值去吧！”

“好好，听宝贝的。”

“哈哈，”段冰清丽眸悄转，扒着季波肩头嫣然，明眸灼灼凝着他脸：“我只是试探下你。”

星月似梦，荷叶连连，荷杆纤纤，满地幽香迷倒众生。

季涛到家门口时，给吴菲打了电话，问道：“到家没有？”

吴菲电话里充满温情：“我到了，你呢？”

“你早些睡吧，晚安。”季涛电话里的牵挂明明显显，又语气淡淡。

吴菲手拿着手机听着那深海般无波的声音，心里真是莫名的酸楚。觉得他越来越像一奇特容器，在容器边缘一点东西都看不到，只猜想里面必是个波澜壮阔的世界，会不由自主的心怡神驰。

是否？断桥边的才子将零落西风，他的足音将遥不可闻？

她只能强烈地控制住，这一夜的无眠，在泪眼中看见墙角的花独自绽放。

就算再想哭，也要微笑着说一句：他大爷的！

季涛的寂寥脚步响在骡马市大街果子巷附近的这座楼下。见楼周围环着参天古树，枝叶繁茂地迎着日月，欲扬还抑地展示着曾经的风月。不知从那儿伸过来的爬山虎漫了红墙，绿得俨然绿得张扬，似乎要为这经历了十数载沧桑的楼体挡住南来北往的风。这种靠着结实的结构支撑朝晖夕阴的建筑，竟得以在栉次鄰比的新建筑物群里执着于古拙和陈腐，让浸了多年风浪的旧事在阳光下敞亮裸露。许多的蝶经年飞舞来去，如同人随时光变迁的期许。

季涛进门时见母亲吴秀兰正在弯腰拖地，五十多岁的她已有了丝丝银发，因半生的悲苦和劳累过早地驼背。

“妈，你歇歇，我来拖地。”季涛说着抢过拖把，三下五去二拖完，在洗手间放下拖把，边拿起木盆接水，边扭头向外：“妈，你快坐那儿，洗脚。”

吴秀兰正在抹桌子，头也不抬道：

“不洗了，你快睡吧！看看这地拖的，就没人家菲菲拖的干净。”

季涛已端着水盆站在沙发前，脸被水雾覆盖着，看不出情绪。

吴秀兰知道拗不过儿子，只有坐进沙发，接受服务，忽然凝眉：

“涛涛，你好长时间都不去外地跑推销，一直在家里。不会是生意出问题了吧？”接续着往日唠叨：“这世界都变成啥样了，男孩子都多大岁数还不结婚，女孩子都要当老姑婆……”

季涛在地上蹲着，仰头对妈妈一笑，语气铿锵：

“生意没出问题，以后我不用东奔西跑搞推销了。你也不用去医院做保洁。妈，福祸轮回，三十年河东河西。也许很快，我会让你过上好日子！我不是有钱人的后代，但我要做有钱人的祖宗。”

季涛陷于暇思，神游天外。

吴秀兰满脸惊诧：“别说没谱话。不跑推销，你想干啥？公司你又不想进，嫌工资低。干什么都得投资很多钱的，现在生意不好做，弄不好就亏本。”

季涛在妈妈手臂上轻轻一拍：“妈，你放心，要干什么，我心里有数。现在事情还没定下来。”他性子偏向自苦，又暗藏激流，眉目郁郁，甚少开颜。偶有笑容昙花一现，也有火红秋阳的味道，藏着些沉郁。

吴秀兰审视着儿子的脸：“你李阿姨儿子今天在富丽华大酒店订婚。”

季涛目流疑问：“哪个李阿姨？”

“你这孩子，记性真差。就是上次给你介绍女朋友的那个。涛涛啊，你的病，那叫疑难杂症。好歹现在各项指数恢复正常了，妈觉得这是菩萨保佑咱们。老天待咱们不薄了。做人要守本分，你还希望天上掉馅饼？小心它掉下铁饼，把人砸晕……”

季涛给妈妈按足底穴位，眼前映出十年前的乡下，母子冒暴雨抢收庄稼的情形。头顶乌云翻滚，天空闪电不断，大雨倾盆淋得人睁不开眼。装满玉米的车打在水洼里，季涛拼尽全力拉车，脸上分不清汗水泪水和雨水。

静静的小屋，灰白的墙壁，一只飞蛾迎着灯火奔赴得义无反顾。时光安然流淌，愿过往的梦魇都化作空气和尘粒四分五裂。季涛用毛巾擦着妈妈脚，看着妈妈满脸的沧海桑田目光沉毅："妈，我会让你过上好日子的。"

这套一厨一卫的出租屋有个弧形小阳台让人喜欢。向阳一侧的红墙上有着苍翠的藤蔓蜿蜒到阳台来，在夏天带来凉爽。前时季涛妹妹季琳大学放假，从花鸟市场买了几盆杜鹃养在阳台上。其中一盆杜鹃花株很高，枝繁叶茂，上面绽放着多朵鲜艳的花，还有无数含苞待放的花骨朵。买来后它一直在开花，这些花朵凋了，就有新的花朵开出来，且不断地打蕾。尤其是冬天里，那水红的花朵娇艳欲滴，绝胜海棠。给这破败的屋子平添了无限生机。

看着妈妈回房，房间里灯灭，靠在床头的季涛熄了灯，点上烟。一点火光在黑暗的室内明明灭灭，一如他波澜起伏的心事。

父母离异，姐姐生病，因治疗不及时而夭折，妈妈疯癫了。她四处乱跑，见女孩就抢，被人打得身上青一块紫一块，抱头嚎哭。外婆无奈住进家里，看人眉高眼低的同时照料着地里的庄稼和幼年的季涛。

季涛常于深夜，听到妈妈压抑的哭声。他经常做梦，在梦里他扑在一个人身上，那些灵魂断折处不停淌血，心痛得没有任何语言和理智。血一行行流在地上，绽成一簇簇妖艳的花，盛开于他洁白的衬衣。

那一夜的村子里叶舞飘扬，夏虫呢喃，伴着蝉的呼朋引伴。夜月凄清，照耀着乡间小路，像一条扔在地上的绳，荒草、沙砾、一枝一叶清清楚楚。萤火虫在丛林里一明一暗，宛如日夜交替时光飞逝。吴秀兰沿着小路从三十里外的城里跑回，抱了一个襁褓里的小孩，说是在医院门口找到的女儿。自此尽心呵护，言谈举止渐如常人。不再哭骂，也不再抢人家孩子，不再挨打。

仲夏的夜晚，阳台上的杜鹃像窗帘般遮了光线，浅睡中隐约觉得闻得到花香，听得楼下市井车辆川流，人群熙攘，觉得活得丰实。要的就是这喧攘而寂寞的俗世，因着心里落寞。每日忙碌于事，生怕裸露出心底的一隙苍白。

季涛给吴菲发去信息：菲菲，你在干什么？我在想你……

没有回信，他静静躺着，夜月从窗缝倾泻的光辉又冷又寒，没有人看到季涛的笑，笑着笑着就流下泪来，泪光渐渐隐没于黑暗之中。

吴菲的出租屋在马家堡的一个公寓楼里，散发着寂寞、伤感气息。

屋里一室一厨一卫，一床一桌一柜，凑合遮光的窗帘是自己装的。

她正在卫生间洗衣服，听到手机响急忙对着水管，冲净沾满泡沫的手，在裙子上抿着出来。妈妈习惯性问话："菲菲，你在干什么?"

温润柔情热烈了双眸，吴菲挑起嘴角：

"妈，我在洗衣服，你近来身体可好?"

"好，退休了没事干，每天去瑜伽馆。骨头硬了，练着挺受罪。菲菲，春节相亲的那几个，难道一个都没联系？真是让我操心啊！你爸总是催我，说女大不中留，留来留去结怨仇。我们都急死了……"

吴菲控诉："还说呢，七天我都相亲十几次。上班后和同学交流才知道，我竟然和她，还有她的闺蜜，和同一个人相了亲，比黄梅戏还黄梅戏！妈，我都成相亲恐惧症了，失眠。"

她在灯影里凝眸，谁穿花捻香在宋词的一端，记取了东池宴的初见。谁又在她青碧的眉弯，将朱砂轻点，任由相思的波，涟漪了数年。双颊顿时染红，宛如出水的莲，盛开在江南。

"不说了不说了。"妈妈语气烦躁，又转舒缓："菲菲，最近林敏敏和你联系没?"

吴菲拧起略嫌疏淡的眉毛："唉！她迷到演艺上了，总想成章子怡、巩俐第二。"

"她爸妈退休工资都不高，那时为供她上学，两口子每天推着自行车，走街串巷卖豆浆。又花了血本，六十平米的房子只买了二十万，一家人挤在出租房里。她年龄不小了，不知会折腾个啥样？那个圈潜规则那么厉害。"

吴菲对妈妈数说见闻："潜规则厉害，但也不是想被潜就能被潜。投资方、赞助商、制片方，这些有实力玩潜的人，个个都万花丛中过，片叶不沾身。他们要看人有没有发展潜力，有发展潜力的才有被潜的价值，那么多等着被潜的美少女都在排队呢。"

"谁都知道这行。并不是一进圈子就能被潜，也不是一潜就潜到能帮助她们成功上位的那个人。灯光助理，摄影助理，灯光老大，摄影老大，服装、道具、场记、执行导演、助理导演……那些想成名的小演员，就一路过关上床。她们想：我给你潜，你得给我机会。玩潜的想：想这好事儿的美女多了，我为啥要潜你？你哪一点吸引我非要睡你？瞧，这潜与被潜方还得斗智斗勇，多阴险！"

“也不是所有明星都靠潜规则上位。走潜规则的人一路被潜下去，也不一定能红。敏敏的道黑着呢！要我说，还是安分做人好……”又听妈妈数说些将剩的大逆不道，挂了电话才看到季涛信息，她回信：

我难道不想你吗？可为何……

按键后发送失败，大概他关机了。她坐到电脑前，陷于苦闷的深渊。

二十四楼外箫声不断。黄浦江的浩瀚，东方明珠的婉媚。她看见月光照彻的渡口，如水般剔透。她在凤凰台上粉面含羞，偷偷回味，初见那夜的音乐旖旎，花木风流。

QQ 响，季涛妹妹季琳发来文字：菲菲姐，你好吗？又邀请视频。

吴菲接受视频，敲出文字：琳琳，你不在实习吗？

季琳在视频里笑，发来文字：快要毕业了。同学们都在疯狂地找工作！季琳又发来文字：感冒了，怕去医院破费，于是对灶上师傅说：给熬点姜汤喝吧。师傅说：姜那么贵，你还是去医院吧……在视频里笑得向后仰着，又发来文字：希望你和我哥早些走向红地毯。

吴菲发去痛苦表情和文字：你哥，他不要我……不由红了眼圈。

季琳：你别这样理解，我哥，他可能怕……

吴菲：他怕什么？请直言。

季琳：他怕委屈了你，怕你家里不同意，最后出岔儿，会害了你。我哥很善良，从不伤害别人，哪怕一只小动物一棵小植物。小时候，他从不和我抢东西，有了好吃的他不舍得吃，都给我留着。除了过年过节，我家几乎不吃肉。偶尔饭里沾了肉，哥哥就挑啊挑的，挑出来夹到我和妈妈碗里。

和季琳聊了很久，关电脑，洗澡，躺床，吴菲辗转思索着，如何让他放开心结，如何把自己的情感需求告诉父母。

明光连邸第，帘影动，散红光成绮。玉潭园的花极其灿烂，如火如荼。忽一日风起便在刹那间谢了芳华。水面上摊开一片厚重的红，飘飘荡荡地，与夕阳彩霞相映成一片绚景。

季波开着车在马路上疾驶，车里坐着段冰清。他边打方向盘边向副驾上的冰清介绍：

“‘安居新城’一期工程顺利开工，相关的宣传也走入市场。中西合璧的建筑风格，楼群之间一百米以上的距离，欧美式的花园设计，采光、通风良好。市民们争着抢购，仅一个星期就预售四十多套。”

冰清双手挽着两边发梢，美目含笑：

“情况比我想象的还好，还是中国好，我们的神。”

月沁榴花十里。塘间娇荷凝碧。季波的车避着车辆和行人，驶进“万佳副食店”前的停车场时，见季涛已在门前站着。季波拉着冰清下车，冰清背着LV包，时尚的打扮，红色的高跟鞋好像燃烧的火苗。

两人笑着和季涛打招呼，三人一起走进副食店，见这个三间门面的店铺里开着冷气，另有琳琅满目的商品和熙攘的人群。

季波指着流动的人群道：“这个店经营不错。”

三人从副食店出来，见云若江舟东流去，月痕已到深深处。

季波驾车走向街道，兄弟间商量好要去安居新城看看。行至红绿灯处，见两男子因停车发生争执，骂脏话，殴打，掐脖子。其中一人叫嚣着：

“我公安局有人！怕你啊！”

对方回应：“我检察厅也有人！咱试试看！”

季涛笑着想起最近网友们的造句：我国务院有人，我城管有人、我火葬场有人、我美国有人、我肚子里有人……他不由皱眉：这个时代真是精彩纷呈，人们讥讽不正之风，却处处托人找关系；恨贪官，却又拼命报考公务员；骂垄断，却又削尖脑袋往高薪单位钻；人们愤怒，不是因为不公平，是因为他们处在不公平的不利位置。他们不是想消灭这种不公平，而是想让自己处在不公平的有利位置。

第五章　春日人空瘦

段冰清觉得今晚挺无聊，皱着眉头，心中烦躁，路过一家内衣店时，她大叫：

“停车，我要下去买东西。”

车停路边，她回头道：“我自己打的回家。”转身朝那家“靓姿内衣专卖店”走去。

季波驾车前行。京华风云数千年来一成不变地喧嚣，不息的霓虹灯如城市不灭的希冀。美发店、快餐店、歌舞厅、浴足房，四处是活跃的欲望和满足。

南风呼呼，车在“安居新城”停下。二人下车，季涛见这里并非想象中的乱七八糟，用以宣传的广告墙将工地团团围住，高高隆起的建筑上装饰着各种户型标图，施工工地成了一处景观。这些图案每到夜晚就会被彩灯点亮，为城市增辉。

透过墙体，季涛看到黄色的大塔吊在往返忙碌着。季波递过来一瓶可乐，绿格子T恤衬着俊朗面容，在迷离的灯光下熠熠闪光。他音带磁性，充满关切：

“涛，不如在这里给你们留套房子。你只管住着，以后有钱了，再慢慢还。你和吴菲好像处得不错？该抓住的可得抓住噢！咱们不小了。”

灯光透过高大的廊柱被风扯着，映得季涛的脸忽明忽暗，他受惊似地：“不，绝对不行！副食店，你已经帮我了。至于菲菲，她对我那是没得说。可人家一白富美，凭什么嫁我一屌丝？”他眼神躲闪，心有余悸，看到季波身后，一排高大的建筑在城市灯火里巍然屹立。

“什么啊？别看重身外之物。”季波低头嘀咕：“级别，身世，在美国不讲这一套的，只看重人这一个体。”冰凉的液体落于眼睫，树梢哗啦响动，原是落雨。广告牌、高脚灯、树叶、花木都变成亮晶晶的物体，城市在视野里迷蒙一片。

季涛电话响。他接听："吴菲……行，你稍等。"

待季涛挂了电话，季波笑道："快去吧，我保驾护航。"

两人上车，车灯打出巨大而灼烈的光影，迅速离开工地。

望眼欲穿的吴菲掀起窗帘一角，对着细丝般的雨幕，怅惘地想着自己的未来、归宿。对周遭一切常怀悲悯，即使在梦中也得不到真正的休息。她常梦见被陌生人或怪兽追逐驱赶，被恶毒攻击或肆意谩骂，被热爱得死去活来或被无情遗弃。一切人间惨象之所以轮回百度，原是因一颗奇异敏锐多愁善感的心。它所触之处无一例外地凸显出生活的样貌。

季涛于细雨霏霏中来到咖啡馆外，见帘内佳人，帘外赤栏板桥，青棠燕梢。

吴菲在绮思中看到季涛的白衬衫静雅、沉郁。

灯光幽蓝水清浅，音乐低回，恰适合酝酿柔情。

"瞧，头发都湿了。"她温柔地拿着纸巾为他擦拭，又叫了杯果汁。

果汁是橙色的，隔着透明杯子，在他的搅拌里如同混沌难辨的世像，不能明析。

他对着吸管猛抽了几口，缓缓向她叙述了今晚的一切，末了握着她手，目光热切："菲菲，等我那些事情有起色时，你敢把咱俩的事告诉家里吗？"

他平静的神情隐忍着刺痛肌肤的寒冷，诸多的往事，诸多的心愿，在心房如潮起伏，

一切希望如在眼前，又遥遥无期。

"那些事情……哪些？"她心十分纠结，没有羞赧，语气坚定："我愿意跟着你，这是我俩的事。我要听家里的，就不会来北京。我怎么来的，你难道忘了？"

她抽开手，真切的痛楚着。

他眸中忧色更浓："现在都在拼爹，我先天弱势。假如天平两边，路人甲博佳人一笑的跑车，路人乙两辈人的辛苦攒来的一房。美女会选择哪个？所谓的公平，纸上谈兵！'寒门难出贵子'的讨论已红遍网络。工薪层和小康族的后代也很难出人头地。社会的各个层面都被少数的上层人操控。上层人站在高处俯视蚁族，就如人类俯视爬行的蚂蚁。"

他情愿时光虚浮真爱流走，也强似被现实的细枝末节耗尽温情，徒留伤心。

"假如路人乙是你，我要两辈人辛苦攒来的一房！你还不相信我吗？吐槽有什么用？"她不会轻易扼杀存在于生命底质的追求自由和幸福的欲念，她的这种

欲念不为金钱和世俗约束。她并不博爱，但却是个容易陷入爱潮的女子，常沉溺于他的郁寂、忧伤、幽深里，如寻奇者誓要探得谷底兰花的秘密。

“菲菲，”他思想成熟而悲观，激动地再握她手：“你能有这样的想法，我特别感激！但请你等等，等我好起来。别人拥有的，我都要给你！”

他总是带着惯有的坚硬，语气和情态，如一切已经成型的固体，不能伸缩和改变。

炽热的心溶进冰冷的社会现实，她的笑黯然失色。

早抽条，迟做絮，不见花开，但见花飞处。阅读着她的黯然，他的心深深刺痛着。

夜阑珊，人群散。晚间的月亮以它温柔的幽光沐浴大地，高耸的大楼银光闪闪，笼雾的胡杨树梢浮动着白云。

相拥着走出咖啡馆，在冰冷而又濡湿的空气里，他们浅浅拥抱，轻轻说再见，雾水蒙着吴菲眼眶。他的拥抱温暖如阳春花事，无声弹指间，芳华刹那永记。

地铁载着他们向不同方向走，开得像无影无痕的过眼烟云。相向的车隔着两道玻璃，刚才还深情相拥的人，一时间面目模糊，形影如纸扎公仔般的难以辨认。擦肩的瞬间往昔淡去，认不清谁是谁的谁，今生和前世。灯火、广告牌、贴着美女头像的水泥柱，在眸底迅速沉落。

季波回到旧鼓楼附近的家里，见枝型吊灯散发着温暖的光晕，透窗而入的风里夹着花香。妈妈和段冰清以同样的姿势坐在沙发上对着茶儿，神情却是迥异。妈妈是惯常的温婉神情。冰清双手并拢放于膝上，一些心猿，一些意马。

季波对着冰清笑：“你怎么来了？”

冰清朝他翻起白眼：“我不能来吗？”

范依蕴边向后拢着头发边埋怨儿子：“你这孩子，有这么说话的吗？”

季波急忙抱拳对着她俩：“抱歉，抱歉！你们大人别计小人过。”

范依蕴故作愠怒地扭头瞪视：“你这孩子，说话真不靠谱。”儿子自幼性格温顺、腼腆，对她百依百顺，这使她有着恣肆的成就感，忽捶捶右边膀子，表情痛苦：“近来这儿总是发困。”

段冰清伶俐地替范依蕴捏肩，殷勤而关切：“阿姨，你去检查检查，别是肩周炎什么的。”心思宛转，对着季波道：“季涛借钱的事，阿姨知道不？”

范依蕴正在嗑瓜子，吐出瓜子皮时面有惊诧，仰头儿子：“季涛，他借钱了?”

季波点头，在沙发一端坐下，目含笑意和恻隐：“他也没说，但我想帮他。听说他好像不太健康，养家糊口的，挺不容易。”

范依蕴心思随目光低转片刻，脸色灰暗到了极点，数十年流光一瞬飞渡。她站起来踱到门口又转回来，意味深长地盯着儿子：“儿子，我尊重你的意见。他想干什么?”

季波满脸的钦佩和赞许：“妈，有你这话就好了！我想帮他盘过来一家副食店，这家人急着出国做生意，一锅端，所有货物打折处理。”

范依蕴点头： “妈相信你的眼光。你刚做生意，也不容易，妈支持他十万。”

“阿姨!”段冰清霍然起立，手里的瓜子洒在地上，挑起眉头。见范依蕴莫名其妙地看她，冰清神思飞转，忙拽她手：“阿姨，你真是中国传统式优秀女性的典范。”

商业上的跌宕起伏俱以金钱铺垫。有了季波的资助，经过多方准备，金秋时节，“安居新城”二期工程开始时，季涛的万佳副食店面貌一新地投入营业。

副食店门前彩虹桥高悬，鼓乐震天。新店营业，生意火爆。琳琅满目的商品，人山人海的顾客。肉类、水产、果蔬、食品礼盒、饮料等主题货柜台挤满了挑选商品的顾客，收银台前排着长长的队伍，购物车也全线告急。保健品、烟酒、高档礼盒等都摆放在最醒目的位置，大多数都在做促销活动。早上刚刚垒起的瓜子山、糖果山，一天完后就被夷为平地，几乎是每天进多少卖多少。

似乎一下子时来运转，季涛云淡风轻，只是忙、累，几乎没时间考虑潜藏于心中的计划，可那个计划如影随形，时时会葳蕤蒿草般，把心房爬成一片荒原。

后海里的星星不再潜游，流淌不息的海水似浮满珍珠，泛着闪闪发亮的涟漪。京都进入温馨之梦。季涛坐在灯下边和吴菲网聊边思索：记忆若是无边无际，为什么人始终无法淡化一些东西?可见，文字的注释不如现实的存在来得真切。

他其实知道，自己的心深处，一直向往一种安宁无争的，没有驰骋和愤怨的生活。

繁忙得疲于奔命，时间停不下来，不容考虑情感和婚姻。直到第二年五一节，季波相约出去游玩，季涛没拒绝。

浩天如镜，湖光山色空濛。温风送来阵阵怡人花香。阳光金色的衣袂飘拂过狂肆的野蒿，碧树凝烟。季波驾车在高速公路上疾驶。他们相约去稍近处新开发的景点——瑶池仙泉。

副驾上坐着段冰清，后座上坐着季涛和吴菲，另有冰清弟弟段智兴。车后备箱里放着段智兴的一皮箱宝贝。说是宝贝，其实大家都不知装着何物。临走时冰清感觉奇怪：

“去定居啊！把家当都带上了。”

段智兴只是神秘一笑，眼神闪亮，眼风凛冽。他自恃天生奇才，凡所到处，若是父母不在，他一定要把人群搞得沸腾，沸腾到将要蒸发。

段智兴靠右边车窗坐着，吴菲靠左边车窗，挨着中间的季涛，满目欣然。风撩起她齐而薄的刘海，吹着她光洁滑腻的脸，一半活泼一半矜持。她纤细的手轻轻搭在季涛臂上，见山影映入他的黑瞳，一抹忧郁写在没有阳光的脸上，眼神迷蒙如雾。

一阵飘忽的花香似有似无地向车内卷来。

“真香啊。”吴菲说话时纤指向窗外原野指着。她脑后的马尾散落在肩上，快活地随着车身的颠簸跳跃，跳跃出心中噌噌燃烧的火苗。心里的快乐像江边在风里飘荡的柳条。

他们来到瑶池仙泉，天地一片浩然。

下了车，段智兴看着冰清随风摇曳的裙裾：“段大小姐，你不冷吗？”

冰清仰着下巴：“这样才接近江南水乡女子。”人若要从众随俗，被人赞美有何了不起？孤独者能够脱颖，才是人生的精彩。

段智兴竖起指头：“段大小姐勇气可嘉，佩服！”

吴菲在白石小道上袅娜前行，拉上季涛敞开的夹克衫拉链：“这地儿空气冷，小心冻着。”

季涛紧紧攥住她手，见瑶池仙泉坐落在一条由东向西的狭长沙滩上，占地面积约两万亩，有天然的游浴场和体育训练基地。它与西山森林公园等风景名胜区隔水相望，有索道连接西山龙门。近来又建了民俗村和民族博物馆，民族歌舞厅、民族广场以及激光喷泉、水幕电影等。

风景区里不同风格的民族村寨分布其间，错落有致，各展风姿。丰富多彩的村舍建筑、生产、生活、宗教习俗，如实地展示出各少数民族风情，成为这个民俗文化村的缩影。

季涛季波等一行人欲游西山，唯段智兴要独自行动，剩下金童玉女般的两对情侣，登上青石铺陈的山道，佳木葳蕤，光阴在人声鸟啼中往返着交替，像一场生命的玄机，等待着智者点破谜底。走出索道房，随着游客前行。上山时见草长木茂，遮绕幽径，花自芳菲，水自成溪，其间瀑布飞流，奇石耸立。

季涛见一颗枝叶繁茂的树上挂着许多红带结子，便取下一条，见上面写着“走鸿运保平安”六字，凝神思索：梦里的诗词与纤指，清醒与迷醉。世间的谁和谁曾经擦肩，又回眸用火焰去点燃，那些不灭的情缘。

山道很窄，丰沛的雨水和松软泥土使得两旁的植物茂盛，连荆棘都摊手摊脚地长出粗枝大叶，几乎将石阶掩住。吴菲不小心被青藤绊了，差点滑倒，近处的季波急忙搀扶。段冰清见了面色立寒，在伸往头顶的枝干上狠狠捋了一把叶子，阔步前行。

季波放开吴菲，匆匆跨下一层石阶，追着段冰清说：

“走了这么久，累了吧？下山歇会儿去。”

段冰清不理，嫉妒在心里泛滥，将手里的青叶用力向后一甩。

下山的路上，僻静处苔痕上阶，冷风凄凄，一群鸟扑棱棱向空谷飞去，洒下一些飘飞的羽毛。石缝里的黄色泥土混合着一些沙粒。风吹动树叶的声音颇有节奏感，沙沙，沙沙。四人走出索道房，随着人流来到下坡口处。段冰清只顾左右寻找弟弟，忽见一个直径足有两米以上的铁球从高处滚下来，所有人俱惊慌失措大喊大叫着四处躲避。铁球随着惯性，下滚的速度渐低。

游人找来了景点管理人员。

段智兴不知从哪里冒了出来，尖削的下巴扬出傲气，黄白色的脸型轮廓，看起来冷硬、执拗。他悄悄碰碰段冰清，闪亮的眼映着山野的绿，溢出促狭的笑意。

段冰清看看轻易抱起铁球的景点管理人员，狠狠地拧段智兴：“你要吓死人啊！”

景点管理员瘦高个，苍瘦的脸色像营养不良。他用力在球上踩，球立即碎了，露出里面白色的泡沫。他大声告诉大家：

“你们看，这是一个泡沫球，上面涂了褐色。不知是哪个恶作剧的家伙在搞鬼。”目光扫过众人，眼风犀利。“惊扰了大家，我这里表示抱歉！”

一个胖妇女不饶不依：“还不是你们景点管理不严？把人整成这样，以后谁还敢来？”

众人七嘴八舌议论纷纷夹着谩骂。

从风波中脱身，经冰清提议去傣族村寨，由身穿工装头扎马尾满面堆笑的姑娘指引着进入傣族村，左拐右转地走着，来到一栋小竹楼外。

修竹围成的院落，户外数棵苍松，一拨拨人往返出入。进院时，门口服务员建议他们换了拖鞋。近似方形的竹楼以数十根粗竹子支撑，悬空铺着竹楼板，茅草覆屋顶。

他们忐忑着走上竹楼梯，平静在身际铺展，阳光葳蕤如水草般，扩散成透明色飘在屋顶，一起一伏间掠人灵魂。

穿着傣族服装的姑娘正在跳美妙绝伦的孔雀舞，三弦弹起来，舞裙摆起来。步履铿锵，荡扬着人的从容和自信。欢歌悦耳醉人，明晃晃的阳光，从某个切面不断涌来，尘世的一切，都浸泡在安逸泛滥的明媚里。

他们兴高采烈地在服务员的引领下过起傣族泼水节。泼水前先要拜佛，姑娘们用漂着鲜花的清水为佛洗尘，然后开始泼水嬉戏，互相祝福。季波、段冰清、段智兴、吴菲随着许多游客加入泼水行列，起初用手和碗泼水，后来便用盆和桶，越泼越激烈。鼓声、泼水声、欢呼声响成一片。流光摇曳着生长，不知什么花香阵阵飘来，在天地间弥漫得久远悠长。

季涛只做观客。风吹过修竹南墙，香雾弥漫，纤尘不起。吹起他额前发丝，忧郁孤寂。他看到竹楼顶上伏着一缕阳光，闪着悲伤却亮眼的金色。

太阳的最后一粒残骸洒落在竹楼顶上，如同抹血。他们在黄昏时分吃到了喷香可口的竹筒饭，在夜幕垂降中参与了赛龙船、放飞灯等传统娱乐活动。玩了一天，几人俱累，在民俗村附近的民俗宾馆雅间分礼就坐，吃宵夜、喝酒，在和谐的室内乐中十分放松。

段冰清往吴菲面前的小瓷碟里布菜：“多吃些，不要再失足。”她警觉而敏感的眼神，待人的态度看起来热情有余却难以推心置腹。

第六章　那夜上错床

吴菲作傻作愚地笑着道谢、安享。有一种距离，怎样无视都难以忽略，怎样努力都难以消除。葡萄酒白酒一起，他们在闲侃里杯来见底。欧美式的装饰繁复却洋气十足。房间里飘逸着美味佳肴香气，法国葡萄酒的芳醇，还有枝型壁灯发出柔和的光。

季涛神清气爽地坐着看余人酩酊：吴菲趴在桌上，冰清半依着季波，段智兴仰在椅子背上，桌上杯盘狼藉。

季涛低叹着穿越长廊，灯光映出他孤独的影子，心灵的某个触角在天光下蔓延出黑色的光。来到民俗宾馆的登记住宿处，见眼睛长得很为脸省地儿的中年妇女磕着瓜子看着电视，对他待理不理。季涛敲着桌面说要住宿，那妇女乜斜过来一眼："满了。"吐出一个瓜子壳，神情倦怠地朝左边一努嘴："那边还有三房间，卫生间都在修，只能用走廊那边的公厕，你们住吗?"眼睛直管盯着电视。

季涛回头看到冰清在门外的树影里由季波搀着呕吐，吴菲也靠墙蹲着缩成一团，皱眉道："将就一晚吧，唉!"在一声轻叹中办理手续。

天空无月，透着灯火的玻璃门上如蒙淡霜。

一个剪着沙宣头的圆脸服务员领着他们开了房门，指了厕所的大致位置。踉踉跄跄的季波和冰清相互搀扶着进了 105 房间。季涛把醉意深沉的吴菲扶进 106 房，为她脱鞋袜、外衣，扶她躺下，盖好。在灯下静静地凝视她，惟愿时光停滞，情愫暗涌，非刻意就能回避。

季涛捶了自己一把，关门出来。隔着 107，他推开 108 虚掩的门，要和段智兴一起睡。

段智兴已安放好他的一箱宝贝，直起身来，正要点头答应，昏暗的记忆丝线中闪出一道亮眼的光，目光轻得像没落到地面的絮子，一把将季涛推到门口：

“你们都那个多少年了？甭跟我在这儿装柳下惠！你去那儿睡，咱俩都舒服……”将门从里面反锁，任季涛叫破嗓子。

季涛无奈回到106，洗漱已毕，见酣睡的吴菲如瀑长发在洁白的枕上摊晾成一堆黑云，酡红的脸，鲜红的唇，共同散发出强烈诱惑。

夜色倾泻并凝滞于世间每个角落。

105房里，段冰清睡着时手臂压着放在床头的手机，来电产生的震动使她惊风般坐起。一看是妈妈的，她皱眉穿上外衣，起身到门外去接，怕影响季波睡觉。妈妈喜欢絮叨，每个电话都不少于半个小时。她还得听圣旨似地殷勤着，提前挂了就犯欺君之罪。

走廊的灯火映出冰清窈窕的影子，她缓缓走着接听电话，不觉间已走了很远，靠在停车场旁的树下。四下里很静，一辆车发动引擎的声音响在身后有些惊悚。买菜必然讲价的妈妈花了许多会使她事后心痛肝痛的话费，反复告诫她要管住弟弟，别让他出什么意外。说一次他把一条橡皮泥捏的毛毛虫放到一个女孩臂上，女孩吓得摔了一万多元的苹果笔记本电脑，然后索赔；一次他在一个地痞的必经之路上使“绊马索”，结果导致一个孕妇跌倒，被人家老公赶上来打了一架。

妈妈的唠叨像秋后淫雨连绵不断，冰清唯唯诺诺答应着，那些反复的叮嘱使她心里甚烦，一概左耳进右耳出，最后回道：“妈，我冷，要回去睡了。”

可她妈妈继续怨语叠叠：“你爸啊，越来越不行了，整天一说话就跟我急，那坏脾气像块又臭又硬的石头。要是外头有了人，他肯定也特会温柔……”

冰清的眸子在暗夜里闪射亮光，生气地截断她：“妈，看你，这话多不着边际！”……

灯火悄移花影，长空寂寞浮动。

吴菲起夜从公厕出来，一阵细微的风不知从哪里吹来，胃里的酒阵阵上泛，四肢酸软头脑发晕，钻进黑咕隆咚的房里，倒头便睡。哪知正睡到一人身上，想必是季涛。与痴爱者温暖的肉体相触，每一个毛孔都骤然张开表示欢喜，她在黑暗中起了一阵颤栗。接踵而来的异样体验如同吸食鸦片，明知不可以，却偏要尝试。直到被他紧紧抱住。

许久以来的期待漫长而灼烈，内心形形色色的念头，在放肆的欲望里几何级数的膨胀。颤栗，无措，幸福，昏晕，融合着日积月累的激情，在体内泛滥，如洪流冲破坚堤，一任他欺上身，她欲拒还迎。激情的癫狂和放肆，索性借酒释放。她在呼吸急促、波浪起伏中助他完成每一个动作。抚着她的裸体，他变得异常温柔，吻如雨点，落在她的唇、腮、耳、颈，一直下滑。当感觉下体被撑破时疼痛难忍她没有尖叫，粗重的喘息转折、起伏带着颤音，如同母羊被宰前的哀嚎。随之他不再温柔，生猛冲击。

巨大的痛感带着微妙的欢畅袭来，她的战栗和喘息前浪夹着后浪，冷汗淋漓，局部的尖锐痛感慢慢被快感替代。她紧紧抱着他，出了很多的汗，棉质的身体随着他激浪般的冲击起伏。

黑暗的覆盖中他们紧紧纠缠着，如两条拼死相搏的兽，不把生命在此中耗尽誓不罢休。

几度巫山，几度云雨，只争朝朝暮暮。

门悄悄响动时他们沉溺欲海毫无觉察，当灯被打开时伴随着段冰清绝命般的一声尖叫："啊——"

萤白的灯光冲散了暧昧气流，床上的两个裸体人如从天堂跌入地狱。

吴菲仰躺着，湿刘海抿在额头并成一缕，看到伏在身上的季波，死亡般瞪着眼张着嘴，发不出任何声音。

错位的，荒谬的，却又如此真实的，羞辱！

……

他们的车冲破雾霭霏霏时，民俗村依然沉睡，路边骑车少妇的花裙子膨胀在晨风里。从远处传来逐渐激烈的雨声，在车顶交叠波折，将心淋湿在无边的雨里。

吴菲站在傍晚的公园，仰视被摩天轮的骨架切割的天空，蓝得不沾一丝杂尘，如同海水般的清纯。紫霞逃遁，孩子们的欢声在耳边闹着，隔世般的陌生、疏离。

那夜的他大刀阔斧，开天辟地，给她以深深的震撼。他的吻粗犷如疾风暴雨风卷残云，有着力拔山兮的壮美；他的力非凡，恣肆纵横，有着攻城掠地的剽悍。她在感慨中迷离、陶醉，愿意陪着他醉生梦死，一生一世。她轻抚他腰际，看到窗口夜色被风月渲染，有着浓浓的娇媚、温暖。她脑际一切皆空，只想着怎样绽放，才能给他最美。

哪料荒谬得彻底！难道是情深缘浅？今晚，谁又能读懂我独泣西风泪的清寒？若果真是命中注定你我就这样离殇写满，何时还能回到你吹箫我弄笛，颠倒菊兰的从前？轩窗下轻捻针线，将柔情深深织进缁衣和寒衫。

手机响，一看季波号，她挂了。再响，依旧不接。又拿起手机拨季涛号，对方以其人之道还治其人之身般的，死活不接。她在摩天轮附近走，哼着他们共同制作的歌曲：

枝头春寒，黄昏庭院。悄无言，销魂孑然。粉泪空弹，但望楼前，心中想，梦中盼。归去来兮，行乐休延。命由天，富贵何年？小窗静坐，水声澹澹。恨风来劲，云来卷，月不圆……

手机铃响起：“嘀嗒铃嗒铃嗒铃嗒，时针它不停在转动，嘀嗒铃嗒铃嗒铃嗒，小雨它拍打着水花。嘀嗒铃嗒铃嗒铃嗒，是不是还会牵挂他。嘀嗒铃嗒铃嗒铃嗒，有几滴眼泪也落下……”

待铃声即要结束时，吴菲擦泪，忐忑看来电，希望是他。却是华丰的副总打来的：

“小吴，你在哪？一起吃个饭吧。”

抑制着心里泛起的厌烦情绪，吴菲勉力答道：“去哪儿?”

对方欣然：“后海的‘老地方’，我开车去接你。”

少顷车来，一深邃眼睛的男人在车上对着她笑得坦然。她提裙上车，汽车拐弯，汇入喧闹的车流。悬空的电线，霓虹闪烁的店铺，升腾的炊烟伴着飞扬的絮。

静雅的饭店，门前两丛翠竹，四季海棠映着轩窗，大堂里服务员青春靓丽。

白色餐桌中间有一束怒放的康乃馨，花瓣上的水珠如同人的泪。她勉强应酬着的闲聊应当有愧于男人的兴致勃勃、满桌的佳肴。扭头时倏见季涛和两个姑娘对坐在一处边吃边聊，情绪相当热烈。

一阵刺痛来自腑深处，很快涌向四肢百骸，心骤然沉重如石。她凝神望去，那个齐刘海皮肤雪白的少女正是他的妹妹季琳，另有一颧骨稍高媚眼流波头扎马尾的女子。

她对华丰副总说那边遇到了熟人，走过去，向他招呼。他似乎没听见，只顾低头吃喝。季琳站起来介绍身旁女友：“菲菲姐，这是我朋友白小琮。”

她撩了那女子一眼，觉得她的嘴向下撇着，不好看，又走至近处轻拍他肩。

那个叫白小琮的丰满女子对她挑眉，满面不屑：“你好没自尊哎？无聊!”

她无暇搭理她的鄙夷和季琳的笑脸，如水目光只凝望他。他悠然抬头，脸在灯影里烙下宁静、隐约的疏离，目光淡漠与她对视：“钱，我会还你的。”他面色静美波澜不兴，如同影视剧中俊男的美妙特写。

文字的刺中比剑还利，她双肩微颤，步态凌乱地往回走。爱是朱砂，虚空总如烟花，它的凋零只需一刹那。摇曳的灯光忽明忽暗，如生死两界的变换。

她坐下来只是喝汤，不知如何应答副总的话。那副总驾车送回途中她不停流泪，到了租住处马家堡时，被行人和车辆拥挤着的混乱路程，都在她无声的痛哭中变成舞台背景。在租住的公寓前下车，男人撩撩头顶稀薄的头发，深邃的眼里流着疑惑。

季琳的电话一直打来，她不接，无法诉说。胡乱洗漱，躺在床上看着窗口的昏暗天光泪眼婆娑。屋内死一般沉寂，在窗口徘徊的风不知何时停止呜咽，唯有竹叶清香幽幽，在无声的悲哀里随夜色来去，融入无底的冷清。

不知如何输成这般，心不知不觉地痛，就像农民站在杂草漫着庄稼的田里，痛楚于这无法打理的荒芜。

曾经，他对她身体的拒绝使她茫然，就像不知道为何有的尘粒可以随风飞走而有的只能堕入泥潭丰富了泥沼；就像不知道为什么有些东西不能变成诗词和美酒，只能沦于糜烂和腐朽；就像走失了亲人，茫然于生不见人死不见尸的日子还好过些，总想着他有生还的可能。

而如今她，分明如期盼、寻觅多年，却突然见到了亲人尸体那般痛不欲生。

不知道为何苦心经营五年的情感会变成这样，毫无凭据的疑问、懊恼、痛惜、追悔，充斥着每一条血管和神经末梢。她拿毛巾捂住嘴哭，叹流年暗换韶华人面，欢娱苦短！此后红尘万丈，谁可以陪她醉千年?

段冰清正在参加区里举办的“靓姿杯新人新作舞蹈大赛”。

星月一般璀璨的灯光，此起彼伏地洒落在舞台前摆设的杜鹃上，洇出一片瑰丽的红。宣传部、文化局、区文化委员会的领导依礼分坐，在镁光灯闪烁中以全神贯注的姿态关注着舞台。冰清跳的是民族舞——傣族女子独舞“绿衣仙子”。素颜绿衫，青丝墨染，彩扇飘逸，若仙若灵，水的精灵一般，仿佛从梦境中走来。天上一轮春月开，月下的女子时而抬腕低眉，时而轻舒云手，手中扇子合拢握起，似笔走游龙绘丹青，玉袖生风，典雅矫健。乐声清泠于耳畔，手中折扇如妙笔如丝弦，转、甩、开、合、拧、圆、曲，流水行云若龙飞若凤舞。

一阵阵掌声响过，只见她衣袂飘动处，从容而舞，形舒意广。心似遨游无垠太空，自由畅想；似俯身，又似仰望；似来、似往；似雍容不迫，又难抑惆怅；像飞翔，又像步行；像是竦立，又像斜倾。于逸态中不失法度，手眼身法都应着鼓声。纤细的罗衣随风飘舞，缭绕的长袖左右横出。络绎不绝的姿态飞舞散开，曲折的身段手脚合并。

段冰清优美的舞姿和身段迎来一阵阵掌声喝彩。

此时，范依蕴和冰清母亲范成芳正在家里看电视台的现场直播。

范依蕴在面前的玻璃茶几上摆着瓜子、水果，把削好的苹果递给范成芳，指着电视屏幕："你看啊，冰清这次肯定得头奖。这孩子，有舞蹈天赋却没用场，亏了。"

范成芳摇头，满目淡泊："跳得好未必能获奖。现在啊，什么都讲潜规则，处处都是潜规则。舞跳得好有什么用？奖了也白奖。我本来不让她学这，唉！"

范依蕴向耳后抿抿短发："这活动是区文化文员会举办的，那咱找他们活动活动？获奖总不是什么坏事。"

范成芳凝神片刻，展颜："说的也是，可区文化文员会咱好像没关系。"

范依蕴的笑颇显暧昧："有，听说你那个学兄赵恒女儿在市文广新局，还挺拿事儿。你让冰清找找她啊！"经历化作人生沉积的感悟，她的嘴角常挂微笑，脸上云淡风轻。自美国回来，熟人们都说她有了很大变化。风雨沧桑近二十年，不变才怪。她以枝头花朵化作秋天里呵护树根的花泥，内容丰富。

范成芳似嗔似笑地撇了范依蕴一眼，头低在暗影里看不清表情："不想和他说话，从他背叛开始……我那时一心和他结婚的，谁知道他那么花心。男人哎……"打住了。

范依蕴："芳姐，到现在你还放不下啊？感情上谁没个挫折，我……"

范成芳磕着瓜子埋怨："唉！事事都得找关系。这原本完整的社会，现在分层太明显了。权贵社会像一层浓密粘稠的树脂，把老百姓向上的路粘着。你不要命地向上冲啊，结果是被粘住粘死。我们自小所受的教育都被颠覆了！说什么平等，人生来就不平等。平民上升渠道都在关闭，有志者事也难成，吃尽苦中苦，还是人下人！"

范依蕴笑起来："芳姐你愤青本质不改啊？不是现在的社会这样，哪个时代都是这样。"

电视中仍在对舞蹈大赛进行现场直拨，灯光忽明忽暗中，新姿如画翩翩来，精美的节目呈现出京都舞蹈创作的一派新意。

舞台上烟雾散去，又纷纷扬扬落下雪蕊。这些舞蹈的精灵，时而旋转着轻盈的身子，时而唱出哗啦啦的歌声。他们的一生，如昙花一现，然而在精彩的背后，隐藏着死亡的召唤。但他们毫不畏惧，勇敢地投向大地母亲的怀抱，在雪霜中孕育着新的生命。

范成芳欲来商量儿女婚事，这会儿话归正传：“男大当婚女大当嫁，他们拖着不结婚，什么意思呢?”

范依蕴眉心拧出三道竖纹：“我说过季波几次，他总说忙得顾不上结婚。这算什么话？我也想早些抱孙子，可这事，总不能强迫吧?”

范成芳把目光里的怨气一抑再抑：“忙，就不结婚了？都知道他们处着，又不结婚，人家闲言碎语的，我们全家都没法做人。我家冰清的心可都在季波身上。姑娘家，耽误不起。”

范依蕴目流歉意：“这我都知道，真是不明白现在的年轻人。”

范成芳：“他们不懂事，咱们总不能也不懂事吧？咱得催着点儿!”

范依蕴：“是的，我们得催。”

熏风无力，流云疏淡。酒楼里的客人还在推杯换盏，各处服务场都有流动的男女在纸醉金迷。夜空上星月的光辉照不散人间声色犬马。

第二天明媚的阳光洒落于杏林时，天空白云轻涌，如静静流淌的江河暗流。段冰清呼吸着花香，来在文广新局赵莉的办公室。她见她并没有想象中的年轻，烫过的长发披在肩上，还算时尚。不太自然的双眼皮显然是人工的，那张已失去丰润的脸细致妆扮过，脂红粉白。

段冰清暗想见到怪胎了，现在谁还擦胭脂啊？经济飞升，人类环保意识早已提高了。从食物到打扮，都崇尚一个自然。

赵莉让她坐下，目光虽然隔着远山，却笑得眼尾和两腮都是细纹。待段冰清说明来意，她稍稍顿了一下，然后耷拉着眼皮含笑答应，又对着 QQ 响个不停的电脑，神情兴奋，敲击键盘的手指十分利索。

第七章　欢情何其薄

段冰清忐忑着走出文广新局大门，回想着对赵莉的全盘印象，心里十分不踏实。她对迷恋网聊者不感冒，从赵莉脸上皱纹的深度分析，她大概不下四十，抹了粉涂了胭脂，妆扮得像个欢场卖笑女子。听说在局里可以呼风唤雨，何为成功秘笈？

段冰清不愿进入公务员序列，从老爸身上他早悟透，想在政治上混出点儿名堂，一生都得时仰时俯时笑时哭，所有的人生表情都不是发自肺腑。冰清不喜欢虚伪，喜欢实实在在地活着，爱干什么就干什么，爱穿什么就穿什么，爱吃什么就吃什么。不要作钱的奴隶。如果手头有钱，买一件出产于巴黎的国际限量版貂皮大衣也未尝不可。如果有人说她是物质主义或享乐主义，她不反对。记得有一晚偷听到爸妈的对话，爸爸语声恳切低沉：

"女孩子，还是不要沾染政治！"

现在她才明白，进入公门并非易事。爸爸这两年东磕头西烧香的，弟弟段智兴的公务员身份还像挂在天空的太阳，观之温暖却不可触摸。

段冰清满目伤感地看着石榴花在路边一瓣瓣飘下，似看见自己二十八岁的青春在苍白的晨曦和昏黄的暮色里凋零。身边有汽车驶过，风扫落叶的声音哗啦哗啦。

这些天她和季波很少通话，昨宵夜半，枕上梦中又见。痛楚袭来，她发了信息：楼市如何？我想见你。犹豫再三，把结尾的句号改成了感叹号。

季波回信：忙，没时间。他正背抄手站在窗前，见琼枝玉桠华盖峥嵘，日高风摇花香气清。处理那么多公司事务，那些心事才下心头又上眉头。

依稀花如香雪海，她伫立花丛，指尖拈红，轻挑慢捻，姿态袅娜如轻烟，瞬间覆盖万里河山。她的眼眸无端向艳，有着烟花一般的醉软。

那夜民俗村的鸳鸯错配，那如胶似漆的缠绵间，他分明感到她体内久违的一种阻力，刺激又新奇，触发起他更加强劲的征服力。那时无暇相询，酒意泛滥。那些拥抱至今还纠缠，像是春藤绕干，枝繁叶茂的放肆，延伸出醉生梦死之念。

她果真人如其表，纯真。是从未被采摘、品尝的鲜果。季波往后拢拢头发，抿嘴一笑。童话，神话，竟存于人间。

回味和把玩，品鉴和回旋。她是山明水秀的三千里河山，风情婉然。盛开于她舌间柔软的倾城之恋，一生一世，他只想停留在那一天，再也无憾。

自初识，她那温柔娴雅的神情常使让他回味，又同时自责。

金风玉露的相逢，那情形如旖旎之梦。如今再要重温她的美好，却是万万不能。

像赖以抗击外界的基石突然挪空，酸楚的黑浪长驱直入心海，将什么东西骤然淹没。还有愧疚，无颜面对弟弟。

电话响，范依蕴的：“儿子，昨晚你回来那么晚，在外头干些什么?”

季波蹙眉：“妈你放心，都几个朋友一起喝酒。”

“妈就怕你交上那些乱七八糟的人。现在的女孩子啊，可不比从前，不找白马王子，就找经济实用男。你和冰清可是青梅竹马吧，这孩子长相气质都不错，聪明劲儿又是百里挑一。人家追你都到了美国，够诚的了。这年头，男孩子难得找个真心爱你的女孩儿。你们处了这些年，都不知道你为什么拖着不结婚。你要替人家想想，别让人家姑娘家坏了名声……”

“妈，这些我都知道。”他正接着电话见门被打开，正好不想再听教条，便说：“妈，我忙起来了。”看到来人立转笑脸：“阿姨请坐。”

剪着短发穿着套装裙子的范成芳腹部有些发福，径自走到沙发前坐下，朝季波摆摆手，笑得眼尾许多褶子：“波啊，最近和冰清怎么了?”

“没怎么……”

“她昨晚又哭了，问也不说。我和你妈合计着，你们这么多年了，相互间的了解够深了。干脆把婚结了，省心。”太阳在上空悬着，照得整个城市熠熠生辉。人在阳光里走，如游鱼穿水而过。写字楼旁的花在阳光里绽放着美妙的一瞬。

季波倒茶，递给范成芳：“阿姨，是这样的。这段时间我的确很忙，冰清知道的。婚事，等工程交付使用后再说。”面色沉闷，心思烦乱。

范成芳听他托辞忍不住窝火，把教师口才发扬光大，酝酿很久的怨气如流水倾泻：

“我们家拿猪头找不到庙门了？你瞧你那德性，样儿大了你？装得人五人六儿的，满肚子的幺蛾子！糟践着你们家老爷子留那点儿破钱，整天在这儿游手好闲，低着个头想嗅蜜，走在街上看见个半老徐娘你都不错眼珠儿的盯着人家看，看见个小尖果儿魂儿都颠了。给你介绍个有头脸的赵，你死着个老脸也得给巴结上。你甭跟我在这儿耍哩格儿楞！就欠哪天遇上个概儿不吝的，给你一板儿砖，你就知道什么是肝儿颤了！”见季波转面，她转到他跟前：“您这是唱的哪出儿啊？劳人半天的吐沫星儿都打水漂了，跟你这使大招儿抖机灵儿的人嚼舌头？”

季波隐忍得肌骨发痛，只是不语。

段冰清参赛后第八天上午九点，初选结果在电视上公示，落选的段冰清在客厅摔坏了电视遥控器，骂道：“黑社会，真他妈太黑了！赶明儿我一颗原子弹把它妈的全报销了！”

范成芳戴着金丝老花镜，正在往段智兴的格子衬衣上钉扣子，对着呼呼喘气的女儿斥责：“你说你一女孩儿家，一大清早儿的就站在这儿满嘴跑火车，半点儿不着调。我这都运一脑门子气了！不公平的事儿多了，咱又不靠跳舞吃饭，不稀罕那个奖！”低头埋怨：“我早说不让你学这……帮季波料理生意挺好，每天上下班，陪着他参加各种应酬，也不错，锻炼人。现在和他闹别扭，闲在家里，整天乱发脾气……”

段冰清朝范成芳瞪眼：“妈，你啰嗦够没？”

一贯把家人当学生教育，如今学生顶撞老师成了家常便饭，范成芳这个退休老师对于学生的无礼早已介意不起。她把衣服扣子钉好，往旁边一撂：“这个赵，做人还是没个准谱儿，交代他屁大点儿的事，你说他就放了我鹰了？合着我那点儿吐沫星子全打水漂儿了！”

段冰清已换了睡裙出来，气咻咻道：“就文广新局那女的，那么大年纪了，脸皮儿都皱了，还涂脂抹粉儿，一看就是傍家儿！看人那个眼神儿，好像别人都在抢她风水。我早知道她根本不会帮忙！我不是要拿这个奖，我是想要争这口气！”

夜晚躺在床上冰清在手机里对季波哭诉：“我不甘心，学这些年，凭什么我会败给她们？”

季波温声安慰：“乖，别难过啊，事情也许没你想象的那么糟糕。”他扭头窗外，霓虹闪烁，日消夜长的某种浪潮，把京都之夜搞得喧嚣。

段冰清有着火山喷发般的怒气：“你这话可是哄小孩儿呢！榜都贴了。我还能想什么好？”哭得颤栗，上气不接下气。

疏离着却难弃歉意，季波凝神片刻道：“别哭，别哭，明儿给咱赵叔联系，你去找他，或许有救。”

接完电话关机，段冰清将自己沉于黑暗，瞪大眼睛看着窗外天光，一夜辗转反侧。凌晨时朦胧一会儿，醒来时已红日映东窗，胡乱吃了点儿东西匆忙走出小区。穿越草坪时，夏日的风拂动她紫色的裙裾如生紫烟，映衬着小径边的竹叶清翠如玉，煞是宜人。一路见绿茵铺地，垂柳翻飞。暖风过处，有落红漫天，馨香扑人鼻息。她看到许多人在胡同口来往，小贩陆续在摆摊。街上车水马龙的喧闹态，太阳明晃晃地流光溢彩，浮在攒动的人头之上。城市处处涌动着欲念和渴求，历经沧桑而精力不减。

建委主任赵恒并不肥胖，经常锻炼造就青年人般挺拔的身子，精光闪烁的眼睛镶嵌在一张皮肤松弛的脸上，他正接听女儿电话：“……这次我们局长亲自参与评奖、表彰。你介绍那段冰清什么人啊，长得像妖精，一看就讨厌……”他听到敲门声说着请进，见段冰清一袭紫裙妩媚娇艳不由目光凝住，神情错愕：“你……”

段冰清亭亭而立，轻轻一笑艳压桃李：“赵叔叔好，我叫段冰清，范成芳女儿，咱们见过的。”打量着他想什么叔叔？改了年龄才没退休吧？应该叫伯父。

赵建委眼底一抹光亮一闪而逝，伸手让座，，耐心听完冰清来访事因，皱着眉头手扶桌沿，目光在冰清身上打转了几圈，语气关切：“要真这样，我可得问问。想参加决赛并不难……”说着拿起电话。

段冰清神情局促：“可是，叔叔，初选榜上没我名儿。”

赵恒从话机上转过头来，收尽冰清的惶急，目光在越窗而入的光影里旖旋：“游戏规则是少数人定的，我这直接给局长电话。”拨号，敞着嗓子大声大气：“武局长，我建委赵恒……问你一事儿，你们这次那个舞蹈大赛搞的挺好……嗯，什么时候复赛？……三天后？动作可真快……这两天我有事儿跟你说，这会儿我这儿有客人，随后联系。”挂机，坐回椅子，望着冰清，安慰：“你放心，这多小的事儿。你留个联系方式在这儿，可以回去了。上午我比较忙。”

段冰清这时正望着窗台发呆。窗台上的吊兰连花盆一起向外悬得将要掉下去的样子，让人忍不住想去扶起。她闻言回过神来，在纸上留了手机号码。走出建委大门，她迎着闪亮的阳光，心里一片雪野般的苍茫，和一些悬空的不踏实感，每一步都似要踩进冰窟窿一般。

从建委往回走她心情糟透了，乘公交逛了王府井商场，从银联卡上刷去6698元，买了件品牌裙子。一直琢磨着赵恒态度，不知他是帮还是不帮。世间人情比纸还薄，谁能悟透？心情一糟糕她就买话梅吃，在往来的顾客中穿梭，接连吃了两袋话梅后走出商场，到家已是午阳如酣，屋子里飘起饭菜香味。她悄悄把品牌裙子放进房间，见不拘言笑的爸爸板着脸对着电视机，妈妈已端了饭菜出来。段升平扭头冰清目光严厉："你弟弟呢？"

范成芳道："一大早就出去了，这会子谁知道疯哪儿去了。"

段升平目光尖锐地盯着段冰清，如同盯着现行反革命："见不得你们年轻人这懒散劲儿！整天懵着个头过日子。我们当年……"

范成芳用反革命的胆略瞪起眼睛："又要革命威风，还让不让我们娘俩吃饭了？"

段冰清拿起筷子，看着段升平笑道："我爸干革命一辈子，不要革命威风哪成？"

段升平眉目间常常凝着一丝类似抑郁或歉疚似的东西，用筷子敲敲桌子，神情俨然："吃饭时不许闲谈！"

范成芳放下筷子："你都成了反动军阀了？"

三人吃过饭，段冰清帮妈妈收拾完桌子，见父母又在习惯性地拌嘴。妈妈边拖地边说邻家的女人如何如何好福气，整天皱着个脸啥事不做，要出门也只买自己用的化妆品和衣服。老公下班回来连灶房的东西都买齐了，跟她说话都请示领导般的低声下气。又说自己的儿子段智兴虽然顽皮些，但脑子好使嘴巴流利，把胡同里几个女孩都说得看见他就像看见情哥哥。将来娶了媳妇儿一定会哄得她不知东西南北，谁积德嫁给他谁的福气。不过就有那点臭犟脾气，那也是从他爸身上继承的。

段升平扭头，严厉反驳："说着说着你又把我扯进去了？"

范成芳的火力点转向女儿："咱这儿东边李家的闺女都结婚怀孕了，下边赵家的小儿麻痹女儿也嫁了人，上边儿王家都抱上外孙儿了。"弯腰将一团纸放进纸篓："男人四十一枝花，女人三十豆腐渣。男人越剩越宝贝儿，女孩儿越剩越垃圾。女孩儿剩久了就像商场里的旧衣服，打折处理人还得挑三拣四……"

段冰清正在抹桌子，把抹布狠狠一摔："妈，你还有完没完？"

范成芳把拖把往地上一杵："怎么了，又嫌我啰嗦了不是？嫌我啰嗦就早些儿结婚……"

段冰清哀求地："妈，拜托！你不能一天到晚把结婚二字绑在嘴上吧？结婚这事儿，总不能像上街买菜那样随意吧？"

范成芳双脚叉开，双手将拖把抱在胸前："冰清，你脑子没进地沟油吧？你给我仔细想清楚了！这一棵树上吊着你还挺乐意？要我说他季波愿意结婚就结，不愿意总也不能把我闺女这样吊来吊去的。我们家哪一点配不上他们呐？二锅水给我们温着什么意思呢！"

范成芳的埋怨滔滔江水般没有消停的趋势。段冰清到门外偷偷擦去眼泪，下楼时走得慌张，如同被人追着的小偷，膝盖发软，拐角处差点儿崴了脚脖。来在楼下花圃前，才发觉胸部一口气憋得闷痛，这股闷痛在胸腔的某条线上串着，很快蔓延到脊背。她张口呼吸，感觉它上不去下不来，憋痛的难受。她下意识地大张着嘴接连向空呼吸，如此几次后憋痛感轻些，十分钟后缓缓消失。她见午后的天空十分晴灿，透过千朵万朵压枝低的海棠花树撒在铺鹅卵石的小径上。身旁，一枝浓艳低垂，仰头，一片缭绕的金光。细长发丝被风撩起，荡起微波，轻飘飘地掠过花香、浮尘。

手机突响，一看陌生号，接听时一个苍老男声道："小段啊，我是你赵叔叔。"

花枝上流动的阳光，折射出隐隐光华。段冰清笑容立现，叫得甜蜜："赵叔叔好。"

赵建委在电话里冠冕堂皇："我在 XX 宾馆 207 号，如果方便，你来这儿交流下关于舞蹈大赛事宜。我四点还有会，挂了。"

什么啊？去宾馆？段冰清低头凝思，彷徨不定，神情忧郁。她当然很想获奖，但不愿赴宾馆去和一个老男人"交流"关于"舞蹈大赛事宜"。

碧云冉冉，径中海棠还依旧。看看手机不到一点，至少还有两个小时可以权衡，段冰清蹲在海棠树根，时间就这样随日光悄悄流淌，几片残红随风起舞。直到接近三点，赵建委气焰嚣张的电话她都没动手机。

缄默比文字更有说服力。万物之灵的人，有所为有所不为。

段冰清起来时没站稳，一个趔趄跌向花树，撞落了树上花瓣，纷纷扬扬撒了一头一身。再看手机上时间，她不由鄙视自己，为个虚名，为个一面之缘的老男人挣扎、煎熬了两小时。

日光悠然地在草坪上流淌，下午三点时的小区索然安静。段冰清想着季波温柔的眉眼，忘记彼此多久没有肌肤之亲了，他到底是何心态？疏离是为吴菲吗？心一阵一阵的抽痛，酸楚不堪。电话又响，妈妈的：“冰清，你上哪儿了？”

段冰清闷声道：“妈，我在小区里走走。”青树葳蕤，荫蔽层楼。朱阁藏春，琐窗闲愁。

范成芳声音提高儿分贝：“在小区走个什么劲儿啊你，快去找季波说事儿。今年他要不把婚给结了……”顿了一下：“咱可不当齐天大剩，让他当钻石王老五去，一准后悔得跳楼！”

段冰清笑了：“妈，你这名词还挺赶潮流的。”

“瞧他那大样儿，被我臭骂一顿。平时他那大嘴叉子一张不挺能白活的吗？那会子怂头日脑的变没嘴儿葫芦了？我瞧他就两个字，理儿亏！你去找他说理儿，看他啥态度。咱得一颗红心两手准备，我都跟你红姨兰姨黄姨说好了，她们都在给你物色对象。”

看妈妈那架势，若是和季波近期结婚没谱，她还非得张三李四王五麻子的嫁了？情何以堪！感怀那时依偎在他肩头，一梦千年谁在孤独等候？知否月上柳梢头，人比黄花还瘦？

心里的钝痛沉重绵长，手攥得出了汗，给他发了信息，她来到他们常聚的咖啡馆里。

雁啼斜阳里，人在青山外。

她在玻璃窗里斜坐，神情黯然。一次次告诫自己要坚强，却一次次被乐声挫伤。

季波踩着阳光如约而至，看到冰清的瞬间，眉眼间溢出和善笑意，在她面前坐下。

第八章　今日已非昨

壁灯散发出温和光晕，使人心不由自主的柔软如水。她双臂抱着，下巴扬着："你今天必须说实话，还爱不爱我？"

季波平视的目光看起来很坦然："你经常问这，这还用说吗？"

段冰清身子在座上猛地一耸，声音尖利："我不许你总是这样模棱两可，不行的，你必须正面回答我！"

牵挂，猜忌，伤害，争吵，曲终人散还不甘。情人间莫不如此。附近座位上人向他们瞩目，季波左右望望，难掩尴尬，不由烦恼："咱俩这是干啥，来作电灯泡？"

段冰清拍着桌子："你老实些，不许绕开话题！到底爱不爱我？"

夕阳又送远山，谁还长伫在那晚，攒紧着往昔思念？远去了瑶池仙泉，远去了桃花人面，谢了那并蒂的莲，只剩下凛冽风寒。季波心中酸涩，薄凉一笑："你这问题，太小儿科了吧？我到底爱不爱你，你可以用心去感受。"

段冰清不弯不绕："少来这套，受够了你！不想再和你耗下去了。男的越耗含金量越高，白银都能耗成钻石。女的越耗越糟粕，耗成老草牛都不吃！"胸口起伏："今儿奉命而来，我妈说了，要不结婚就拜拜，咱谁也不耽搁谁！"

季波低头不语，吸了一口咖啡，苦涩，脸埋在阴影里。

段冰清怒火灌胸："就你的那些破事儿我都不计较了，你还在这儿给我装。一碰到关键问题你就装吧！为什么不打开天窗说亮话？别以为现代女性会像以前一样忍让，苦守个寒窑，一等二十年。这时代男女平等！老公不如情夫，情夫不如少爷，少爷不如蓝颜，蓝颜不如……"一时灵气窒塞，接续不了崭新的创意。

"段大小姐，我们以后别见面了！只剩吵架，什么意思呢！"

"曾经你是我的唯一，如今你是公共的！我等着你关心，等得关了心！季家少爷，谁想和你吵了？”

“我这样侮辱你，你受得了吗？”季波火大了：“好好好，你去找情夫，我去当少爷。”站起来，拎起公文包要走。段冰清怒喝：“站住！”抢先往外走，对着一旁服务员：“让这一色狼结账！”

突然的名誉扫地使季波无地自容，很快就发现扫地的不止是名誉，还有段冰清举手之劳掀翻的两个杯子一个紫砂壶，咖啡在地上四溢开来。

“损坏的都算账！”段冰清手臂扬起，昂首而去。账单递来，二百九十三元。季波想这最后一个三，或预示着他们以散字收场，递去三百元，不要找零。季波走着生着闷气，心绪甚恶。这发飙的女子如此凶悍，别想着他会娶她！她父母给她起错名了，什么冰清？就如古代后宫女子叫娴的阴狠，叫良的无良。中国文字多有被误用处，颇俱讽刺！

坐回办公桌，他接了一杯水喝着想，冰清的“老公不如情夫……”和“妻不如妾”的应对关系，她暴怒时的话原是重视他的，他们的感情足够这样吵架。虽然她当众说他色狼，使他莫辨，但他原谅她了，最多相会时挪个地儿。

京都的傍晚并不似南方那般酷热，段冰清踏着夕阳漫步，再怎么努力都踩不住自己的影子。蝉在林间不知忧患地聒噪着，又尖又长的声音怎么听都弥漫着悲伤凄哀之气。冰清想人其实是很容易被环境侵染的。当空气里游离着或悲或喜或鄙夷或敬仰的气息时，再怎么提示自己坚强，再怎么缩紧毛孔，日久天长，都会不知不觉地被那种气息所笼罩，被那种气息渗入肌肤钻入毛孔，而后人与环境天人合一，如同水到渠成。

手机响，妈妈的：“冰清，谈的怎样？回来吃饭不？”

段冰清看着一只鸟从头顶飞过，极力控制着悲伤的语音：“妈，我这就回去。”

到家后，她如实向妈妈汇报了和季波约见的过程，冰清做好了被骂做“没出息”、“不成器”的思想准备，摆出一副厚黑面孔。没料到妈妈这次出奇地冷静，放下盛饭的勺子，敞着喉咙道：“既然他不仁，也别怪咱不义！老范，咱老乡情谊也该到头了。冰清啊，女孩子要想找个好人家，得先有个好身份。我都打听好了，你李姨外甥女儿的那个幼儿园过几天要招舞蹈教师。到时你去应聘，记着拿上你的文凭及相关证件。”

段冰清认为妈妈说的有理，点头称是：“妈，我要有那个舞蹈获奖证书，肯定好些。”

范成芳懊恼道："可惜初选就被弄出来了，这什么社会，哎!"

段冰清并没告诉妈妈去找赵恒之事，想起赵恒那张色迷迷的脸，如同背上爬了毛毛虫般瘆人，垂眸道："妈，你别操心。也许我有法儿获奖呢!"

灯光映出范成芳的满目疑惑："什么？你有法儿?"却见冰清从沙发上站起，回房去了。

城市的灯火如同群星闪烁，段冰清孑然立于阳台，风吹得头痛欲裂，直到北斗发暗，才回房洗漱，躺床上辗转反侧，度过一个难熬之夜。第二天上午九点钟，她给赵恒发信息：昨天有事耽误了，抱歉！按了发送键，手机旋即响起，赵恒的："小段，我今天上午没事，可以去谈谈你参赛的事吗?"似见窗外晴空突然黯淡，忍不住厌恶、忐忑，又想着季波不拿她当碟菜的冷漠、傲慢，她想她必须撑起自己，便故作欢快之声：

"可以。"

"好，等我电话啊。"赵恒挂了电话又让秘书在XX宾馆定了房间，然后电话告知段冰清，又通知司机："XX宾馆，开个小会。"

段冰清犹豫再三，且自责是否自己过于敏感，也许领导只是喜欢在清净处谈事而已。

思前想后心意冷，她决定赴约。

段冰清接到复赛通知时并无半分惊喜。复赛后三天贴榜出来，她得了二等奖。接着举行的颁奖典礼，区宣传部长、市文广新局局长亲自颁奖，电视台做了实况转播。

次日的季波家，恰逢他偶得闲暇，母子同坐在电视机前，范依蕴指着镜头惊喜地说："儿子你看，那不是冰清吗？她得的是二等奖。虽有些亏了，但还是有公平存在的。"

季波兴致勃勃地看着电视镜头："别看她长得花儿似的，其实骨子里是棵松。在芝加哥艺术学院时，她练功特卖力，是系里的尖子生。"

范依蕴抿抿鬓发："现实社会生存压力这么大，人人都得有争胜心，这必须的。叫我说冰清这孩子真不错，和我也投缘。你们究竟怎么了？近来好像很少联系。又不是小孩子，这样一会儿好一会儿恼的。真是搞不懂你们!"

季波笑道："妈，你别操心，你儿子都成人了。"

范依蕴瞪着儿子："不操心？你把你妈看成什么了？傻子？眼看人家都抱孙子了。你要不想惹我生气，让我多活几年，就注意搞好和冰清的关系，早些结婚才是正理儿。”

此时，可容纳数千人的影剧院里，颁奖典礼已进入尾声。几位领导为了显示鱼水关系的融洽，和蔼可亲、笑容可掬地和获奖者合影。镁光灯闪烁中的一张张表情，定格成有幸与尊贵领导合影者此生永不泯灭的记忆。凤箫声动，玉壶光转，一如花树堆雪的江南。观众一簇一簇，络绎不断，宝马雕车，燃金雪柳。

段冰清捧着获奖证书和五千块奖金走在街头，没有喜悦没有幸福，也没成就感。这个潜规则横行的社会，官贵、富豪掌握着全部的社会资源，各种看似公平的竞争其实都已被内定填满，现实的纠结磨蚀了人的幸福、满足感。那遗在空中的絮，在街灯里闪着细微的鳞片。不知是谁细微的轻叹，在灯火阑珊处流转。

已近子夜，四面俱寂。银月东斜，掠起飘叶如飞。仿佛时光还未老去，段冰清背着小包踽踽前行，听得夜风吹动晚礼服裙子，如飒飒叶声。

之前，文广新局设的招待宴上，坐在局长身边，不时替局长布菜添汤的赵莉说得清楚，关于这次“靓姿杯新人新作舞蹈大赛”，局里要存档，获奖者一人得交份获奖感言。坐在冰清身旁的胖男人是大赛赞助商，“靓姿”的老总。大腹便便的他满面油光，两只桃花眼闪闪烁烁，不时侧脸凝视冰清，给她添汤布菜。冰清有些羞愧地低头，暗想自己又不是领导。临别时他特意递给她一张名片。冰清见他走路时身子好像失重，非为醉酒醉色，而是腹部过于庞大难以支撑平衡。他走出很远又回头，目光在冰清身上久凝，似要把她刻进灵魂，还算俊朗的脸上明明白白写着好色。

段冰清踩着灯影往前走，正要从包里翻出那张名片扔掉，手机响得激烈，妈妈的：

“冰清啊，你到哪儿了？要不要你弟弟去接你啊？”

冰清把声音装得开朗：“妈，不用了。天气正凉快，我想自个儿走走。”等妈妈叮嘱完她挂了电话，思索着如何把获奖感言写得精彩。她想所谓的获奖感言，于获奖者来说就是获奖体验。思索着获奖体验，冰清抱起膀子，在夏夜的街头竟觉出冷寒。

那天上午那个宾馆房间，那个说他可以左右季波和她命运的满面皱纹的老头，在短暂的交流后，猛地把正要抽身而出的冰清抱住，说咱们在美国见过，你这丫头特出眼，让人一见就喜欢。你只跟我一次就这一次我一定会让你获奖！

我这人从来言而有信说一不二！段冰清起初头懵的厉害，也不知为何不欲反抗，后来就嗔着脸让他跪下，说你跪下我就答应你。赵恒真的跪下了。她看到他头顶的白发有些发呕，也有征服天下的骄傲。他起来后满脸的狠色，三下五去二像农民剥玉米般动作娴熟地把她剥光，要和她洗鸳鸯浴。被剥去衣服的段冰清此时又变得虚弱，如外表瓷实的马铃薯露出非常虚的一大团无关紧要的须。她虽说已不是处子，但赤裸裸地面对一个肌肉松弛的裸体陌生老男人，还是感到非常窘迫和羞赧。不仅如此，她接着感到了真切的痛苦——

洗完澡他就扑在她身上近乎狞笑着说："你搞艺术，我搞你，我这是深入艺术。"揉面团般揉她，把她乳头噱痛，又把她柔软的身子当做铺盖挤压。他在床上威力不大，三下两下就疲软了。还埋怨她乳房太小，以至于他的性功能发挥不了应有的潜力。又在她乳房上狠揉，连番拨弄乳头，难受得她只想尖叫，心里暗骂你他妈的老油条真会放虚伪屁！期间他还连续接着电话，停下动作压着喘出的粗气说今天上午在外开会，再来电时又说在外协调一事，回头联系。

被赵建委不遗余力折腾得浑身难受的段冰清走出门来就忍不住哇哇大吐，思考着值与不值、廉耻与尊严、纯洁与肮脏的问题，心灵的痛楚胜过肉体，眼泪止不住哗哗地流。路过的阿姨急忙追问怎么了？说有病就快去医院。段冰清说谢谢阿姨我只是犯了胃炎不需要去医院。在阿姨疑惑的审视里她起身前行，步伐风里雪花般凌乱，暗骂社会糜烂成坏红薯了。从见面的那天下午到第二天上午，赵恒就不消停地缠着她，刚上班就去宾馆，还冠冕堂皇地美其名曰开会，协调事儿。这老油条政客分明是闲的发飙，腐败堕落透了！

池塘边蛙声一片碧草幽幽，玉炉沈水袅残柳。往前走着翻看手机，上面有多个未接电话，大都妈妈的，没有季波一个，让她心酸，比白日数倍放大的痛楚在胸臆间狼奔豕突。乳腺在隐隐作痛，数日来一直如此，是那老油条政客狠命揉搓的遗留，获奖的代价，痛苦向谁诉？

这场浓睡消不去的残酒，多少年后还会熊熊地烧在心头？

季涛骑着电动车停在她身边："你啊，这么晚了还一个人在这儿走？"瑶池仙泉事件如一条分水岭，使季涛和吴菲、季波和冰清的关系变得奇妙、复杂。他们牵挂而膈膜地处着，摆脱不了俗世男女相处的模式，时爱时恨，时宽恕时猜忌，时谅解时敌视，还有愧疚和委屈。

冰清抬头，见城市夜景在季涛肩头那边，摩天楼映着月色如同沐霜。她看到他微挑的星目凛冽的眼风，惯有的冷峻里蕴着关怀，还有一种莫辨的东西。

以往若不为迎合季波，她一白富美凭什么理这屌丝？谁要说有纯精神式的恋爱、友谊，她会觉得他们是类人猿、山顶洞人，现在这什么社会？不崇尚物质的人都有点井——横竖都二。

如今她满怀的失落、伤感，迎着他的关切，如同油漆被汽油稀释。异样的感受从心底涌起，一种心思突如其来，她对他扬起嘴角：“有时间没？聊聊去。”

他好像很乐意，拍拍车后座，待她坐定，凝视她：“大美女，去哪儿？”

她长发一甩：“随你便。”

季涛的电动车载着段冰清，朝都市深处驶去。

在茶坊相对而坐，房间装饰典雅，古乐袅袅从房顶流泻，有心旷神怡的效果。夜间不宜喝茶，段冰清点了两杯天然的茉莉花。待穿着唐装的服务员张罗已毕走出门去，段冰清拿起两杯香气袅袅的花茶摇摇，浅黄色的茉莉花在茶杯口拥挤着往上露头，如同争名夺利的众生。她觉得不须伪饰，就直白出击：“自从那时，他就冷淡我。你俩现在怎样？”很多事，都介于不说憋屈和说了矫情之间。

他低头、痛楚、纠结、羞惭已毕，掏烟，点燃，吐出一口烟雾，郁色如炽：“就那样。”

她盯着他眼睛，眸子里光色旖旎：“我可诚心和你推心置腹，瞧你这话，说了等于没说。”

他不语，猛烈地抽烟，脸色被烟笼着，阴晴难辨：“看得出，你很在乎季波。爱和不爱，都是寂寞的一种形式而已。”

“难道你，不在乎她？”段冰清在灯光下忽闪着眼睛，一些隐秘心事忽暗忽明。

“人，有时候难逃宿命。”季涛低头吹开杯口茉莉花片，语调低沉：“世界上没有救世主，无论命运如何，我们都应该好好活着。用我们的手，去创造奇迹。水因受阻而出声，人因挫折而成熟。”

看来不善言语的他并非愚痴或无思想无情趣，那郁郁的眼神和冷峻的脸，都有些青年男子的倾人魅力。他像望不到底的隧道，使人急于探秘。桀骜不容段冰清轻易暴露内心，她转面窗外：“说过的一切很真心，才发现一切都因太天真。一个人的生活，虽然会很寂寞，但至少不会受伤害。”倏见他眼中一抹温柔而坦诚的笑，将她的灵魂消融其中。

人生总有许多巧合，两条平行线也可能交汇。

他顺着她的目光转面窗外，夜的黑侵入瞳孔，飞扬、嚣张。

京城的夜凉如水，窗外的红尘万千。不断有烟花升起，绽放和幻灭，琢磨不清虚幻和真实。

当所有语言都失去意义时，窗外风骤起，扬起几簇树叶拥挤着靠拢，发出欢快的撞击声。它们的枝桠相握在云中，筛下一片黑的天空。

第二天早上，阳光万缕劈开乌云时，段冰清来到季波办公室里。房间窗帘半拉着，半明半暗给人以宁静淡泊。季波没在，她看到他放在桌上的手机，急忙拿起翻看，脸色风起云涌。她背对门口逆光站着，指关节攥得咯咯作响。听到熟悉的脚步声她没有放下手机，转过身来怒目而视，举着手机质问："这上面很多已拨电话，都是她的。什么意思？"

季波强自支撑起笑容："就想向她道个歉，没别的意思。"想起他去找她，她当着同事面向他大吼的情形，心里不是滋味得简直找不到任何滋味了。

他冷漠、烦躁的眼神，分明不把她当回事。段冰清五官纠结面容扭曲："道歉？想重温旧梦吧？长的像个人，从来不干人事儿！"为了爱情走向婚姻，她已摈弃那么多不良情绪，可于事无补，伤害和欺骗继续。

"你不说话我以为你意识有问题，你一说话我确定你人品有问题！"季波满脸透红，要抢回手机，怨语急促："还我手机，每个公民都有保守隐私的权利。你别没事找事你！能不能让我有所保留？别让我忍无可忍……"

"骗子，男人都他妈的骗子！"段冰清躲闪着，扬起手臂摔了手机，又往桌上一扫，文件夹、茶杯、手机等七荤八素全部落地。季波气得猛地把她推向门口。

第九章　他晚来风急

段冰清流着眼泪往外走，一路上在想：婚姻，就是女人找到个想骗她一辈子的男人；恋爱，就是女人找到个想骗她一阵子的男人。

被骗一辈子和被骗一阵子，究竟哪个更为不幸？经济社会核算经济，究竟哪个更值？

几乎所有女人都前赴后继进入恋爱、婚姻，由此，女人都喜欢被骗，乐此不疲。

如果天空会哭，如同乌云有言，风便是泪的历史。

季波的办公室恢复静谧，此刻的宁静，无法弥补它刚刚受到的战争损伤。它如神般冷静地凝视着尘世，全程目睹男女之爱由高频、全效、节能而逐渐被拔下生命的插头。

直到段冰清身影消失，季波站在那儿，没有痛苦的感觉，只是茫然着。茫然雾霭般伪装了潜意识，让某种沉睡般的思想开始抽枝。这种萌芽般的思想可能会带来某种毁灭性的东西，它铁手般狠箍着他的心脏，流出无奈和痛恨的汁液。

重新组合手机，庆幸它还好好的。看到妈妈来电他急忙挂了，用电话打过去，只听妈妈在电话里笑语妍妍："我儿子真乖，知道多使手机辐射大，对身体不好。让你抽空多给冰清联系联系，记住了吗？"

季波懊恼："妈，她那性子实在不好，动不动就和我发脾气。我想我们要吹灰了。"人老去西风白发，蝶愁来昨日黄花，欲回首已是天涯。

范依蕴提高声音："哎哟喂！儿子，你可不能随便说吹，这对不起我和你范阿姨几十年的感情。你范姨挺可怜的，冰清的妹妹打小在医院里丢了。如今就冰清这一个女儿，养得心肝儿宝贝儿似地。人家姑娘和你处了这些年，说吹就吹了，妈这老脸怎么见人呢？小姑娘家就喜欢在爱人面前使小性子。要是不使，那是人不爱你……”

妈妈继续说了什么，季波听不清楚。郁闷的情绪一直蔓延到傍晚。

天河黯淡，夜月空濛，轻笼着岭色千重。繁华千朵凝香，烟水连天蕴碧。

季涛的眉头紧紧敛着，愁闷之色映着夜光，他的脸看起来十分阴沉。手机一路响，他一看便挂。他在长街上踽踽而行，灯光拉长并扭曲着他的影子，有一种让人揪心的痛。

街的拐角处有一酒吧，流转的灯光忽明忽暗，像女子撒向路人的暧昧眼神，勾勒出男人的无尽绮想。近日忙中偷闲，他常来此独自品酒，实则是品尝孤独、忧伤。

音乐缠绵，灯光迷离，足以挑起人内心深处的柔软。

季涛在一个僻静处坐下，见窗口浮动着修竹和花影。他点了鸡尾酒，摇着杯子，惊觉酒的颜色如同死人的血。他轻轻抿着酒，耳边回荡着忧伤的歌：

> 嘀嗒嘀嗒嘀嗒嘀嗒。时针它不停在转动。嘀嗒嘀嗒嘀嗒嘀嗒，小雨它拍打着水花。
>
> 嘀嗒嘀嗒嘀嗒嘀嗒，是不是还会牵挂他。嘀嗒嘀嗒嘀嗒嘀嗒，有几滴眼泪也落下。嘀嗒嘀嗒嘀嗒嘀嗒，寂寞的夜和谁说话。嘀嗒嘀嗒嘀嗒嘀嗒，伤心的泪儿谁来擦……

季涛知道侃侃的这首歌早已问世，却因《北京爱情故事》而走红。之前中国移动平台上这首歌的名字叫《寂寞的夜和谁说话》。看来成大事须赖天命，非完全优良天赋和后天努力所能达到。

窗外琼花修竹弄清影，座中男女或相拥或对视，偶偶低语。

乐声带着忧伤气息飘出窗外，在夜色里犹豫、徘徊了很久。

季涛隔着窗玻璃仰望寂寥夜幕，感叹音乐声把忧郁也装饰得如此富裕，使人意欲责备命运却说不出口。风透窗而入，飘向桌面吹向门后，携着飞扬的旋律在洒满幽美的空间里婉转流淌。茉莉花开映暗满天星斗，为了这美丽的绽放，它不知经历了多少无言的守候。

风摇红烛，玻璃杯里的酒带着晶莹颜色，几杯下肚，窗前竹影横斜，他也看不顺眼，闭目抱头，耳听一个婉柔的女声：“一人喝，多没劲儿？我来陪你。”

他猛一抬头，见段冰清坐于面前，一袭黑色长裙趁着大波浪栗红卷发，妩媚神秘。他凝望她，目流困惑。她在桌子上一拍："气死我了！"

他茫然看着她。她欠身向前，将舞蹈大赛获奖证书往他面前一摊："看看，无用的劳什子，害我白费力气！"红唇微微张着喘气，鼻翼纵出几道细纹，看起来十分懊恼。

烛影摇红的画面，像是出水的莲。她的音量有些失控："我去李阿姨亲戚那家幼儿园应聘，录用了。可那些小皇帝太难伺候！动不动就哭，惹出我脾气来，他们更哭得厉害。我被解雇……"她神情哀哀，用涂了蔻丹的手拿起酒瓶，倒了满满两杯，一碰，一口气饮下，把另一杯递给他，媚眼如丝如水："喝了，今晚，一醉方休。"

爱是一场危险的狩猎游戏，以报复，以放纵。烛光摇曳，乐声中，高脚杯里琼浆潋滟。有一抹香，是静止的旖旎，在乐声里暗涌。

已经不知喝了多少酒，他看着眼前女子，目光由迷离转为透彻脊骨的寒冷。推开她搭上来的手，喊来服务员结了账，一径往门口走去，步态凌乱，目光茫然。

街头，灯影凄凄。琼花冲月而放，缀玉枝头，孤鹜旁依，月清花洁。

吴菲的笑靥静谧如画，雪地梅花，出尘脱俗，绽放于夜色，让他一阵阵心痛如绞。如今他不敢设想爱情的未来，一想未来思绪就被风吹了回来。

一张珍爱收藏的织锦，竟被污了。季波那张冠玉般的脸，配着撒旦般的笑，让他彻骨痛恨，只想撕毁。

他开始奔跑，漫无目的的步子如风卷残叶般凌乱、无序。在奔跑中他看不清行人、车辆、高楼、店铺。

一辆灰车倾轧而来，伴随着司机的川语斥骂："瓜娃子，找死吆？"

轻微破皮，他右臂弯着，在事主和路人好奇者的扰攘里痛苦难当，轻举妄动便痛得流泪。一辆黑色轿车紧跟着停下，带着清晰的刹车音。

风吹凄惶，吹起酒意更浓。模糊的视线和痛感里，他看到她在靠近，弥漫的馨香，美艳的脸，如绽放在夜色里的罂粟。

梦中的季涛隔着一笼翠烟，见季波拉着吴菲上车，他狂癫般追着他今生今世的眷顾，喊得声嘶力竭："菲菲！不可以的，你快回来！"

吴菲回头看他，翠绿的长裙鼓荡出万千风情，长发逶迤成黑浪，遮去了半拉脸。眼睛竟如影视剧中的妖魔，喷射出幽然红光，尖利的语声划破长空："你这个屌丝，我早就爱上他了！”挽住季波手上车，撒来一抹轻蔑嘲笑。

他紧追过去，死命地拉住吴菲裙裾，目光里有愤怒和祈求，也有痛楚和哀怨。

车已发动，他攥紧着裙裾死活不丢。又一个腾跃跳到车上，要砸破车前玻璃，夺回属于他的女子。

季波举枪向他射击，砰砰砰，几颗子弹打碎了车玻璃。

他倒于路旁，头破，血溅五步，好痛。忽听耳旁有人呼唤：“季涛，季涛。”这声音似乎远在天边，又似乎近在咫尺；有些熟悉，又有些陌生。

他慢慢睁开眼，臂痛消减，菊花形吊灯发出淡黄的光，紫色帷幔笼罩出一室温馨。身上是雪白、洁净的被子。

他正躺在宾馆里的床上，肌肤上的微痛在延绵，思想载浮载沉。闻到香水味，女人在低头打盹，稠密的卷发在灯光下闪着刺目的红光。

段冰清抬起头，细致的妆容掩盖不了眼窝的暗色：“看你，喝了酒，在街上乱跑。好则无险，却把人吓坏了！”目光幽怨，语声温软。

脑际闪过街头一幕，便知前情。酒意依旧重，心中依旧恨，他闭上眼睛转过身，瑶池仙泉那如同烈火焚身的一幕顽固地定格于脑海，另一个男人的赤身覆盖着他珍爱的女友裸体。

无法干涉仇恨，他的血液里顿燃熊熊的火，于罪恶无关，于尊严有染。

段冰清媚眼如丝，低头看他，低语喃喃：“你，以后别，折磨自己，好吗？”缓缓扑进他怀，不料被他推开，她恼恨地瞪他：“你，不是男人……”

吻是昼夜交替的风暴，席卷而来时毫无征兆。季波的拒绝化作她心里恶毒的欲念，又是善于怀春的女子，对征服男人感觉良好。

男人充满挑战和取胜欲，成功也预示着征服女人，征服另一个男人的女人，提升尊严和价值。他目中怒火迅速淹没于蒸腾欲望和复仇理念里，猛地将她揽住，灭灯，征服，掠夺。手指缓缓，蜿蜒着向前。内心感受的缺失与伤害，他要最大限度地释放。

左右环绕，紧紧拥抱。一场暗战上演在夜色里。进攻和迎击，挣扎和纠缠，欢快着奔跑，追逐着嬉笑，像白云散满山野。莫道她弱柳扶风，旺盛的青春激情燃烧成烟花，在黑暗中妖媚绽放。皓腕胜雪，桃花人面，那水墨起伏的山峦间是风情万千。窗外那一片落花纷扬，满地猩红的狼藉。

狂潮，一浪接着一浪，把神魂冲向天际，坠入平地。

他放在桌上的手机一直闪亮着，每个来电都闪出吴菲的名字。

不知何处箫声起，如同航行在海中的一张帆，在无际的黑夜中悠悠漂浮。

窗内，人一如既往地放纵情欲；窗外，风一如既往地恣肆吟唱。

清晨，美人蕉英英艳艳地开着，热情饱满得似乎要召唤回失去的春天。

万佳副食店后面的办公楼勇士般巍然屹立于风里。穿着职业装的员工们正在副食店门前的广场上进行每日半小时的体操。几只灰鸟从屋顶斜飞下来，逗留在树枝上，树叶随着它们的吵闹上下起伏。

商店后楼的第三层，季涛的办公室外，背着挎包、穿着烟霞裙的吴菲，捧着玫瑰等了很久，忧伤地张望，深感挫伤，心脉跳动无力，浑身瘫软，强自支撑。她望望东方逐渐染开的玫瑰色朝霞，望望楼梯口，不停打手机。一遍遍的关机提示，她黯然魂销。从昨晚至今，她打他手机最少三百次，深陷于这种无底的悲哀、伤感里。头顶忽阴忽晴的天，一如她凝满疑虑又阴晴莫测的脸。她眼窝发青，因为失眠。远远看到季涛走来时，她嘴角弯出的一抹欣喜一闪而逝。待他走近，她急忙迎上去："昨晚，你怎么不接电话?"

他心忐忑，神纠结，撩了她一眼，是没有焦聚的那种，理直气壮："和几个哥们喝酒，醉了，被人抬走都不知道。"径直走到门口。

东方的霞色淡去，头顶的天空暗下来，一大片乌云集聚。她紧跟着他，细声细气："以后可别这样了，你不知道人家多牵挂，一夜都没睡好。"依稀杨柳岸晓风残，青条垂双肩，小桥月明江南。他们携手拂花径，眼波流转，盈盈顾盼，且向灯火阑珊。桃花树丛，画堂西畔，香囊暗递，锦瑟轻传。

"嗯，知道了。"他言语短促脸色淡然。她以他风度翩翩，仁善温婉，堪作一世固守和留恋。他看见她眸中盛开的洁净、明艳，如荷立池畔。

不咸不淡地说着话，已到办公室门口，她倚着门，习惯性说话前摸下鼻子："昨晚在哪儿喝酒？我有首都影剧院的票，想和你一起去看谢霆锋、周杰伦演的《逆战》，可一直联系不上你。"一抹委屈在眼底氤氲，化作白亮的泪光，闪闪欲滴，被她隐忍、遏制。她的脸上是任人宰割的温柔，那特别通透的眼神，是藏不住秘密的表示，几乎要让人看做蠢。

"在家。"他一意显示坦然，而不加思索，耷拉着眉眼。

她的心咚地一声闷响，如被重锤击中，不由细眉挑起："你在家?"她知道，信口雌黄需要天赋，而他在这方面先天不足，一说谎就会耷拉眼皮。

"嗯。"他低头往茶杯里放茶叶，添开水，升腾的热气遮蔽了脸色。

窗外淅淅沥沥下起了雨。滴答，滴答，一如她心沥血。痛楚、猜疑、悲伤，夹着怨恨终于决堤，她哑声哭着：“你到底在哪？昨晚打你电话不接，我就一直在家里等你！”他曾说要寻芳，载酒去扬州的三月，觅得芳洲千樽不醉的风流。她说沈园的明月依旧，楼船夜雪时候，等他在金陵渡口。而今物是人非，多少番雨疏风骤，飙卷了那点绛唇的温柔。让她忧心如焚朝叹暮泣，无法参透。

“乐意在哪儿就在哪儿，你甭管！”他缓缓落座，带着谴责意味的目光锐利如锋，隔着一室霞光迫得她五内生寒。

怀中玫瑰红得耀眼，几年来，总代表他们相见的心情，激动，兴奋，陶醉，沉迷，迎向他，曾是那么欢喜，欢喜到万分。她一个雀跃，花花裙子，花花世界，全都为之旋转。如今它们猝然落地，花瓣如心碎裂，片片狼藉。

窗外寒风肆意呼啸于顶楼之上，一阵狂肆的雨点紧跟在响雷后面。

多少天来她执意在等，等到激情在黑夜的缠绵里升温，又一次次降到冰点。

他的斥责是这炎炎夏日的霜雪，瞬间冰封和扼杀了她的执着、坚决、希望。

雨点敲打在遮阳蓬上如同擂鼓，玻璃窗上没有流淌的水珠，只有混乱交错的水渍像难以选择的路。

她的怒，不可遏制，箭一般冲出来，在楼梯拐角处被绊，险些跌倒，膝盖骨酥软酥软的，不听使唤。站在楼下望着雨幕愣神数秒后，她毫不犹豫地冲进去，奔向大街，跑得头发纷乱，脸出奇地煞白。渐渐地，她开始气喘吁吁，步子慢下来，背影摇摇摆摆，两条腿摆动时很艰难，就像两条在逆流中用力滑动的桨。街道两端的雨水流动着，发出河流一样的声响。一树树青枣在雨水中闪闪发亮，参差其中的青叶摇晃不止，如同她的身子。阴雨弥漫的空中，红色的石榴花耀眼无比。她大张着嘴，冲着天空嚎哭。哭声盘旋在楼顶、树梢，在逐渐喧嚣的雨幕中显得单薄，瓦解不了雨声的嚣张和激越。

五年的爱情随着残花夭然不见，流落，离散，还有握不到手的温暖。

曾经的温情、相知相惜骤然销毁，身边只有落花片片，将往事深掩。心里的酸痛无法言述，包里的手机一直响，她想是他的，不接。眼前，阴暗而陌生的城市，凛然的风模糊了一切。水雾在楼顶泛起，无法辨识那向天空伸出枝干的是什么植物。无法想像它的风华源自何处。冷冷的街道冷冷的人。偌大的京都，她是一尾失水的鱼，游离了曾经的生活轨道，在炎凉的世间，苟延残喘。

手机的响铃毫不气馁，赌气似地不停聒噪。她已经湿透，裙子紧贴在身上，嗒嗒地向下滴着雨水。她苍白着脸来在店铺的檐下，从包里翻出手机查看，原来是苏州老家的电话，急忙拨回去，妈妈的声音听起来那么温馨：“菲菲啊，我刚才打了那么多电话你都没接。妈都担心死了！”

在痛哭里哑了嗓子，她擦着继续涌出的泪，鼻音浓重：“妈，你有事吗？我刚才上班路上，没听到电话。”吴菲妈妈声音里有了疑惑：“菲菲，你刚才哭了？为什么啊？快告诉妈妈！”吴菲竭力抑着悲痛，故作欢快道：“妈，人家熬夜，又感冒，嗓子哑了。”

吴菲妈急道：“熬什么夜啊？对身体可不好！怎么会感冒了？”吴菲撒娇似地叫了一声妈，“明天大会，有很多工作要做，就熬了一个夜。没事的，妈，感冒快好了。”

“噢，噢，知道了。以后可别再熬夜，影响血液循环的。女孩子会很快熬老的哎！”

“知道了妈。一大早打电话，有事吧？”她鼻子猛地一抽，泪珠子流水般洒落。

“当然有事。你爸从澳洲回来，我们商量好了，明天起程去你那儿。你爸想去看看你。我现在退休了，反正也没事做。”吴菲迟疑、祈求的口气，“妈？不来行吗？我在这儿住得挺不方便的。”她怕爸妈看到马家堡的住房简陋。

第十章　别泪似雨倾

她妈妈横眉瞪目埋怨起来："小丫头片子你真不懂事！不回来看我们还不让我们去看你？我们票都定了，一定要去的。"埋怨当初就不让她来北京，可她就是不听话。挂了电话她又看到十几个未接电话，都是季涛的。

一片刚刚飘下来的树叶，带着没有尘土的绿色，它在接近她时被风左右了命运，漂浮于地面，让雨水欺身。站在街头的吴菲发现她现在无处可归，去发廊洗了头，再去附近服装店随便买了件印花棉裙换下身上湿衣，又去逛商场，拿着银行卡疯狂购物。

每当心情糟透时她就靠此法缓冲。学生时受了爱嫉妒的女生折腾和老师的批评，她就会买许多东西，一个人躲在寝室拼命的吃。由此，她觉得自己就是一不折不扣的购物狂。今天她买了饼干、快餐面、凤爪、杨梅、龙眼、薯条等副食，还有两套裙子。在商场吃了盒饭，打的在公路上跑，在一个咖啡馆停下，打电话约华丰传媒公司副总——那个眼睛深邃的谢顶头男人。

他们在咖啡馆坐了一个下午。

她只是打发时间，那男人明知如此，却也乐意，天南海北地陪喝陪侃陪笑。

男人被电话叫走时，高楼的影子已在梧桐树过滤的夕阳里没落，向阳面那侵染的血红在一抹一抹地变淡。寂寞、忧伤的情绪迫着吴菲，如影随形。她走出门时发现雨已停了，走上小路，见路在两旁植物的潮湿里无限忧郁地向前延伸。她拿出手机，发现手机上有许多未接电话，季波的还有季涛的。她皱着眉头把季波的电话删去，翻着季涛发来的信息：

菲菲，对不起！你在哪里？我很牵挂!!!

她反复看着信息，舍不得删除。一咧嘴，想笑，却又哭了。委屈和悲愤不能消除，他牵挂她吗？担心她吗？可能只是一点点歉疚、不安而已。她捂着闷痛的胸口。

一路苦思，她不自觉来到他们长聚的幽林，悲思在前路的虚无缥缈里，不闻林间鸟声啾啾，不闻旁边行人足迹。世间一切都烟消云散，唯他的影子翩翩而来。她就那么走着，全然不觉时光流逝。暮色重重将大地覆盖，她也一无所知。弯月斜挂，幽然月光无声无息从枝叶间倾洒路面，四周出现一片晶片似的光斑闪烁。

她分花拂柳在幽径口，一个黑影挡在面前，抬头看到季涛的笑："我才忙完，你不知道有多担心你！找了你两个小时了。"他的黑眸中有些濡湿的情绪，拉住她手致歉，解释昨夜醉酒不归，乃和朋友同住。

稍觉释然，吴菲的清澈眸子在灯影里闪亮，满面柔细情谊："那你为什么跟我说在家?"

他垂目，嘴角弯成喜笑的弧度："怕你不高兴呗。你知道，我很在乎你的感受。"

终因前事有愧，她告诉自己该豁达些，遂嫣然一笑，语声温柔："好了，不说这了。"

他抿平她额前乱发："饿坏了吧？走，吃饭去。"

情人间总是至疏至亲。他们选择的是烛光餐厅。银色烛台上插着许多只红烛，有古代宫廷的意境。盛开的杜鹃海棠在一旁争奇斗妍，摇曳的烛光，优雅的萨克斯里是烛光晚餐之歌：

一杯红酒把真心透露……气氛再浪漫都不够，烛光晚餐像一场美梦，想这样望着你到永久，一束玫瑰，交到你手……

歌词唱入了座中人心坎，吴菲的笑在乐声和花香酒香里溢开，眸子在烛光里熠熠生辉。举杯和他相碰，扭头玻璃橱窗外，夜风肆虐，掠起浮尘，鸟儿成群结队地飞掠。

第二天他们一起去车站接吴菲父母，安置进"万佳"副食店附近的宾馆。季涛情绪激昂地主持了接风宴。老于世故的吴菲妈识破了他们的关系。饭后母女要谈隐私，吴菲爸在宾馆呆着，吴菲妈独自来到吴菲租住处马家堡。

吴菲的屋里挂着粉红色的窗帘外加同色红纱，粉红色的帷幔和窗帘异曲同工，靠卫生间放着简单的厨具、桌凳，一张小木床、一个木柜。床上铺着淡红色卡通图案的床单，整体布局实用、和谐又不失浪漫。

吴菲妈云髻高挽，看起来端庄舒雅。她拉开帷幔，坐在床边，摸被褥，按床面，扭头吴菲：“菲菲，铺得少吧？这床睡着舒服不？”

吴菲正在将叠好的衣服放进衣柜，扭头笑道：“舒服啊！”回身从床头拿起睡衣：“妈，我洗澡。你躺床上歇会儿。”

看着女儿进卫生间，吴菲妈轻叹一声，目光所及处，见床头柜没有合严，一张纸露在外面，她拿出仔细看过，脸色立变，如临悬崖般的，惶恐和忧愤交织。起身敲卫生间门：“菲菲，快些洗！”

吴菲洗完澡出来，看到妈妈的样子吓了一跳：“妈，你怎么了？”

吴菲妈将季涛的病历扔给她，目光犀利语声沉痛：“我现在才知道你执意要来北京的真实目的。可这事儿你不该瞒我！”

吴菲嘴唇动着，咽下一口口唾沫，在一屋沉寂里心思杂乱满面羞愧：“妈，我……”浓睫乱颤，水光四溢。

吴菲妈身子微微抖着，擦着眼泪，恨铁不成钢地怨愤着：“俗话说，生我者不苛，我生者不苛。世界上只有父母的爱是无私的，只有父母会贴心贴肝地为儿女着想。可婚姻这么大的事，你竟然瞒着我们？我和你爸会害你吗……”说着，泣不成声，哭诉她枉费心血培养了一个傻女儿，竟然为一个绝症患者折磨这些年，为一个虚构的生活框架搁置自己的似锦前程！

吴菲听到妈妈说季涛是“绝症患者”时语声激切：“现在他都好了。癌症病人还能痊愈呢！妈，你别一竿子把人打死！”

吴菲妈的隐忍终于爆发，站起来，将军发令般把手向空一扬：“只听说再多障患者死的，没听说好的，除非骨髓移植。你这是怎么了？吃了地沟油危害到心脏了？”争执激烈，母女各持己见互不想让。后来吴菲妈气得说话语无伦次，抖着手拽住吴菲说我也不用跟你个不知好歹的毛丫头讲理了，你必须跟我回去，要不然我就死在这里！我看他人挺好也挺英俊也不嫌他是个生意人也同情他，可我不能看着我女儿的一生幸福葬送在一个绝症病人身上！吴菲坚持说无论他怎样她都不离不弃。吴菲妈气得狠狠地掴了女儿一个耳光。

吴菲捂着脸懵了片刻后哭喊：“我不回去，就是不回去！”

吴菲妈抖着手指头指着吴菲往门外退：“你……好！”

夜色无语，悲伤凝固，吴菲伏在床上痛哭。

那天竹篱茅舍，流水小桥的约见，有些像远古的上元。那夜画楼烛还未残，春宵已过半，檀尽香不散。雪肌玉肤，春山幽涧，烛光被相思蕴染。他轻捻梅花将桃腮偷看，她娇羞的躲闪，无限妩媚地放纵着柔情和温婉。他的剑眉舒展在她的一笑嫣然间，让流转尘世的她沉醉着，迷途不返。

季涛不声不响进来，揽起吴菲，温热的手掌为他擦泪，阴郁的目光紧盯着她哭红的眼睛：“菲菲，我都听到了，这么多年，我真心感谢你！现在我想好了，你走吧……”

吴菲惊诧到呆滞，流泪、呜咽：“感谢？你一直不能放下你的嫌弃，趁机打发走我……”

“你走吧！我不想再说……”他神色无比痛楚，抑着无法诉说的痛苦。

吴菲目光茫然、怔忡，终从凄迷、无序中涉出，泪流满面：“在我最迷惘时，你把我拉出误区，拯救了我，也掠走了我的心。原指望就这样有所归属，可爱情终究靠不住，你现在竟然赶我走……”

母女对话，他在外面听得清楚。季涛语气冷硬：“留下来，你只会后悔……”心思杂芜如无法打理的野草，愿意让她选择较为幸福的活法。来到门外，夜色覆盖着他的脸，有一种真切的酸楚、无奈、冷寂。

往事历历在目，千思万绪俱上心头。望着季涛的背影在灯影里渐渐模糊，吴菲扑倒在床上呜咽，抽搐，悲绪难止。风移影动，枝叶婆娑，四下里一片漆黑。浓稠夜色掺着悲情，如丝网将人裹得透不过气。

她愿意饮鸩止渴，可他却那么决绝，罢了！

蛾眉能自惜，别泪似雨倾，休唱阳关第四声。

还未进入得到他的天堂，已经被打入失去他的地狱。

西天残月如霜，杜鹃鸟声声泣血，道着离人苦。

季涛第二晚送走吴菲一家，雨已停歇。一溪月色，点破黄昏，夏日熏风，微微拂过心房酸楚。坐落在骡马市大街果子巷附近的这栋楼墙壁颜色灰暗，楼道处有些漏水的痕迹，像水墨画。楼顶上飞着炊烟，如蒙薄雾。楼房散落得像失意人的心事，楼体水泥斑驳脱落，露出掉着粉末的红砖。楼梯已被蚂蚁筑巢。可这楼体却形散而神聚，有一股压抑的心声外泄——活着。活着二字有千钧之重，哀不可闻。活着的沉重总是沉落在望不到底的深渊里，飘起来的云和雾，好似流言的虚张声势。

楼层里的一个小单元，门窗都是褪色的淡红，还积了一层微尘。吴秀兰忙得像厨子承接了喜宴，在厨房和客厅间往来奔着。不大一会将饭菜、餐具摆放齐整，让季涛招呼客人李子翔坐了，她急忙出门，去医院夜值。

季涛追到门口，目光沉郁地望着母亲被风吹动的发丝："妈，说过多少次让你把工辞了，你为什么还要去啊！"

吴秀兰已经走下二楼，在一棵树下推了自行车，回头，灯光映着她眉目间的沧桑："妈身体好着呢！让我每天坐家里？没人说话老着急。"陌生的城市陌生的人，工作着，安慰灵魂。她仿佛一台不停转动的机械，永远那样忙碌、精确。

季涛望着妈妈身影在夜幕里消失，低叹一声，坐回桌边，斟了酒，两人吃得开心喝得开心。为副食店生意忙碌着，不容人用多少时间去怀恋、伤感。他知道吴菲随父母回到苏州后，在蓝天文化公司工作。他们还通话，相互询问工作和生活。当然，也会诉说相思。段冰清也会和他联系。他会羞愧、自责，但如大多数男子般，对美女不习惯拒绝，一被感官激奋或控制就身不由己。况且，他可非仅至此。

酒足饭饱，两人歪在沙发上闲聊。季涛给李子翔点烟，也给自己点了一支，歪着头，颇具深意地上下打量他："感觉你在那儿挺得意的，这证明我的眼力不错。瞧这西服笔挺，寸发也留起来了，还吹得这样一丝不乱照见人影的。"

李子翔的满心喜悦在细长眼里跳跃，欲盖弥彰，低头向桌下烟灰缸，弹弹烟灰："工程进展顺利，估计明年主题工程基本完工。老板很信任我。这人嘛，要懂得满足。我一定不负季总栽培，努力为公司发展出力献策。"他笑起来眼尾有了褶子，话题一转："全赖兄弟你指引，李某期待着有朝一日咸鱼翻身。"

极淡的花香从敞着的窗口飘进来，在头顶徐徐袅绕。季涛幽深一笑，伸出大拇指："不要咸鱼翻身，要鲤鱼跳。这年月，指望安分守己拿工资，饿死。"

李子翔一声叹息似有若无，说话忘了程序："老弟，你老哥也有坚定信念你知道吗？你老哥我这个建筑工程师的信念是自立门户，盖起一座座大楼。可理想丰满，现实骨感。理想与现实之间落差太大了！现在都在拼爹，我怎么没一个富得流油的爹呢。"发觉失言，急忙住口。

面前果盘里放着苹果香蕉，灯光里酝酿着水果香，映出季涛眸底冷辉："理想这玩意儿，实现它是个艰难的过程，需要一步步脚踏实地，不容易。"

李子翔连连点头："信念这玩意不是说出来的，是做出来的。光荣在于平淡，艰巨在于漫长。虽说现在工资不低，可上有老下有小，基本属于月光族。"话锋一转："你知道'安居新城'最近发生的事吗？"

季涛在沙发上坐直身子，光洁的额头在灯光里闪亮："什么事？"

李子翔抿抿纹丝不乱的头发："相关部门接到举报，说我们公司存在着'违章占地、没按规划设计建筑、在建材上以次充优'等等情况。季总处处烧香，结果前两项罪名免去，但质检部门检查结果出来后，我们公司被处以罚款。季总辞退了主抓建材采购的那家伙，还有那个季总从美国引进的工程师。两个家伙不知怎么就合谋了，人为加大设计概算、超标准设计。从多取设计费用入手，到巧妙改写建材数目……现在，季总把这些都交给我了。"

季涛眼里，一丝隐秘的火花一闪即逝："好啊，天将降大任于斯人也。你是说负责进购建材这块儿，也让你管了?"

李子翔点头，有些得意的神情，翘着二郎腿，仰在沙发上吞云吐雾。

季涛凝结着的眉头一松，低头寻思，悠然开口："工程的造价，包括宏观决策方面的内容，又包括各种定额、价格在内的，微观控制方面的内容，非常复杂！把握好尺度很不容易，谨慎些则会两全其美。水至清则无鱼啊。不是有一句建筑单位的口头禅嘛：赚钱不赚钱，全靠预算员；包工又包料，赚钱有道道……"他直视着窗外无边夜幕。早知道他有个酒店服务员出身的傍家儿，私底下的花销有多大，得看人家的胃口。男人难。

李子翔瞪大眼睛看着季涛，惶惑片刻，受惊般跳起来："老弟，你这话可没拿哥当自己人！请你告诉季总，我李某明心见性，明人不做暗事的!"拍着胸脯，满面肃穆："我保证不辜负他的栽培，'安居'的事就是我李子翔自家的事!"

窗外，都市欲望在夜晚泛滥成灾，完整的社会分层更明显，每个阶层的生活背景、环境相去甚远。平民阶层劳累了一天回蜗居休息，上层社会的另一种生活、工作刚刚开始。不同阶层的生活状态和思想形成截然不同，就像不同世界的人，形同陌路。若非维护共同利益，我不愿读懂你的悲伤，你别想走进我的世界。

季涛从容不迫地坐在灯下，抽了一口烟，世界的喧嚣渐渐在窗外夜幕里静下来。徐徐吐着烟雾的他看起来有着高山深海般的莫测，让人预计不到里面的丘壑。忽起身，扶李子翔坐下，仗着酒意，话语暧昧："我明白我明白，有好事就分享的，那是兄弟；有事了，二话不说帮忙的，那是兄弟。咱兄弟这辈子就这缘分。"两人接着喝茶话家常，许多心事各自在心里酝酿。将近十点时，季涛送李子翔到门口，把一张价值一万元的副食店金卡硬塞给他，口中说着："李兄以后发财，可别忘记我。"

李子翔再三推脱不下，无奈领情，满怀愧疚和不安地踏上楼梯。

季涛送他下楼，站在树下望着他背影消失。灯火映着他阴晴莫测的脸，渐渐湮灭于暮色。

云破月花弄影，凌波路冷秋无际。送走李子翔返回满屋寂寞沉静，有一些落寞惆怅伴着静寂起自心底。他打开电脑，上线，登陆QQ，见吴菲的头像一闪一闪。点击对话框，看到吴菲发来的文字："今天，实在无法推脱爸妈，见了爸爸朋友的儿子。他也是苏州人，毕业于上海财经大学，现在苏州中发银行工作。"

季涛不眨眼地盯着那串文字，狂跳的心如被巨灵掌拽着，生痛而冰冷。

解语花？断肠草？舍弃了吗？为何如此心痛，直到颤栗？

双肩微颤，胸口起伏，他眼神空洞盯着电脑，灵魂在酸楚、悲伤之潮中淹没，最终艰难涉出，他敲出两字："恭喜！下线。"

黄花庭院，青灯夜风，白发秋霜，心事谁同？

门响处吴秀兰回来，将手中布包放于门口鞋架上，欣喜道："涛涛，明天下午抽空接你妹妹，她毕业实习完了。"

第十一章　夜深愁寐醒

季涛正在关电脑，扭头客厅："妹妹回来了，好啊！几点到站？"

"五点左右。要是她哥和她嫂子一起去，可不把她小丫乐坏？"吴秀兰想起吴菲，明朗的脸在灯影里暗下来："涛涛啊，不是妈说你。你怎么把菲菲弄走了？煮熟的鸭子怎么就让她飞了呢？这样的好女孩，你上哪找去？唉！医院里和我搭班的于姨，儿子和儿媳今天从老家赶来看她，可般配的一对，听说那女孩都怀孕几个月了。我的命不好啊。"

"妈，我明天及时去接琳琳。"季涛心口发闷发堵，已打好了洗脚水，示意吴秀兰在沙发上坐下，勉强做笑："妈，人家吴菲很快就有男朋友了……"

吴秀兰身子在沙发上一弹："啊？我这命真苦啊！"脚猛一前伸，不小心撞翻了洗脚水。

下午绵云似织，季涛正和李子翔在上岛咖啡坐着闲侃，隔着玻璃橱窗，看花静卧在阳光下吐蕊，风把竹影变得极有弹性，这时收到妹妹季琳信息："哥，五点十分到站，我拿着行礼不好走。你到十四车厢，三站台。"

季涛急忙回复："放心吧！"一看时间，霍然起立："得去西站接我妹妹。"和李子翔道别。

站台上人来人往，东西南北的人，天南海北的腔。阳光热力十足，季涛眯着眼睛站在三站台十四车厢门口，看着下来五个男性四个女性后，穿着运动装剪着齐刘海留着齐耳沙宣发的季琳跳下来，笑得像一只欢快的雀。他急忙接过她的行李，放在地上："丫头，毕业了？"

季琳抱住季涛肩，满脸的激奋："哥，哥！你快看我胖了没？"一双单大眼明澈如水，小巧的鼻子和微微上翘的嘴，都显出任性、俏丽。身材纤细高挑，在合体的运动装下荡漾出激越的青春。

霞光给季琳罕见的雪白皮肤打上一层淡晕，她十分亮眼，鼻尖汗珠，颊上泛着胭脂红。季涛的黑瞳里映出她的笑靥，在霞光里收起眸底沧桑：“不管胖瘦，你都是我的好妹妹，在哥眼里你都最美。”记忆的隧道通向往昔，妹妹得知他患再障，哭成泪人，抢在妈妈前面去给他配型、做骨髓移植。

季琳撒娇般搡着季涛：“哥，少瞎掰！人家怕胖呀，到底胖了瘦了？”

季涛咧嘴笑着：“实话实说，没瘦，皮肤特好！”

季琳一拳捶去：“哥你什么眼光呀？我坚持锻炼减了五斤！”又灿然一笑，露出两个浅浅梨涡，风情四溢。

兄妹们拿着行李，说笑着走到出站口，季琳突然大叫：“哥，哥，杯具了！”季涛忙问事因。季琳说我洗面奶忘车上了！季涛摇头：“大惊小怪！你这丢三落四的毛病啥时候能改？小时候上学时你忘了背书包，放学时你忘了拿作业本。”

季琳朝西边太阳瞄了一眼，俏皮地向哥哥吐舌头。手机响，季涛一看那个号，虎起脸，挣扎过后还是勉强接了：“对，是妹妹回来了……不了，我妈在家里等着……什么？冰清在‘怡园酒店’定好房间了？好，我们现在过去……我妈去不了，她在医院干活。”记不起多久他们都没联系了。挂了电话，他暗恼李子翔多嘴，让情绪冰封，让心事冻结，凝眉，给妈妈吴秀兰打了电话：“妈，对不起啊，我和妹妹碰到熟人走不开，吃过饭就回去……放心，我不会把妹妹弄丢的。”

季琳不满地朝着哥哥，眼瞪得没了黑眼珠子：“哥，你怎么这样啊？谁请的？你怎么不让妈出来吃饭？”偏头，乌黑的眼珠咕噜噜转着，审视季涛：“也没见你腰有多粗皮有多厚呀，就这都嫌弃妈了？我偏要让妈和咱们一起，这就给妈打电话。”太阳在她身上涂了淡金，棕色的头发光彩熠熠。她拿出手机就要拨号，被季涛止住：“别打，妈不能去的。”脸色在光影里黯淡：“他是美国回来的，咱们的那个哥。”

季琳一步跨在季涛前面，惊诧淡去，嘴角耷拉着：“明白了，哥。我也不想去，我想回家陪着咱妈。”

季涛拍拍妹妹薄削的肩：“琳琳乖，咱们得去。”

从刚在这里驻足的那刻起，他就用热切的眼神浏览北京，决心把这里作为永久的阵地。他会在烟飘花飞的晨昏独立于天地，敞开胸怀，感悟帝王们雄浑的霸气。也会在雾袅雨落的时刻守着静寂，听着伤感的曲子，寻觅远古扑朔迷离的浪漫和雅人飘泊的诗意、飘缈的风情。

这种追寻专注又热切，象鼓荡于腹底的久远向往，逐渐演变成一种渴念。渴念着于月华满天之夜，以恬静的灵魂轻轻触摸那些泛着光泽的音符，触摸岁月霜尘纷扰的清冷。

依依孤鹜残霞，隔水疏林几家。怡园酒店水云间里，酒菜已经摆好。季波、季涛、季琳、段冰清、段智兴、李子翔分礼坐下，季涛对季琳一一介绍了众人。季波目流遗憾盯着季涛："又不让阿姨来？"季涛说她在医院值班。季波说那只好抽时间登门拜访了。段冰清暗暗用胳膊肘拐了季波一下，对着众人嫣然一笑。

大家共同碰杯，畅饮，季波举起酒杯，环视众人，心底的坦荡使得他笑容爽朗，十分具有诱惑力："妹妹学成毕业，就要成为社会的有用之才。我这当哥哥的远在美国，没有尽到爱护的职责，深为愧疚！今天在为妹妹洗尘之际，给各位敬个酒，祝大家幸福、健康、快乐，事业腾飞，万事如意！"一饮而尽，分别给大家敬了酒。众人俱饮，只有冰清以身体不适为由拒绝。随后，各自依礼敬酒。翠袖殷勤，金杯错落，玉手琵琶，归雁横秋。

季琳酒量小，已至半酣，又天真烂漫之性，端起酒杯来到带着秀郎镜、看起来温文儒雅的季波跟前，笑得桃花灿烂："大哥，你不是我想象中的恐龙……"转面指着季涛："你比二哥还帅气。来，咱们cheers。"感觉好坏，产生于一瞬。季琳自动划分了大哥二哥，笑着与季波碰杯，饮尽。目光温软，似是沉醉在春风里，柳丝画船，烟波醉软，香雾霏霏。

季涛警觉收尽冰清眼里一闪而逝的剑气，和段智兴目中的欣赏、痴缠，见季琳扒着季波肩膀还要碰杯，急忙喝止，并拉回位子。

段智兴端起酒杯来到季琳面前，目光里荡起春潮："cheers！祝妹妹越来越漂亮。"他白色西装，红色领带，一颦一笑尽显倜傥。见季琳有些恍惚，他笑意更深："去年寒假，咱们见过。"

几年的大学生活历练，季琳退去了曾经的羞怯、腼腆，语气夸张："小鬼头，段皇爷，跟咱大哥学着点儿。"醉眼迷离中凝望季波，娇波含媚风情万种。

段智兴让季琳喊他哥哥，季琳偏让他喊她姐姐。接着两人攀年龄，段智兴说谁小就自罚一杯。季琳拍手赞成。结果段智兴长季琳一岁，她只有喊着哥哥，饮酒。季涛怕季琳喝醉，要替她喝，季波也站起来自告奋勇。段冰清难抑妒气，在桌下猛踩季波脚尖，用手机发信："没事献殷勤，非奸即盗！"

信息提示，季波一看，面色立寒，回信："不像人话！她是我妹妹。"

段冰清回信："家弟媳都抱了，何况野妹妹？"她知道季琳是捡的，他们完全没有血缘关系。

季波回信：“我可是拿她当亲妹妹！人家小女孩天真无邪，你完全不可理喻！真后悔今晚让你来！”

段冰清不理会季波，端起酒杯和季涛碰杯，长睫毛眨动，意味深长道：“cheers！一切尽在不言中。”

季波只当她是赌气，觉好气好笑。

李子翔举杯和季波碰，见他失神，关切道：“季总，咱们今天只喝酒，业务上的事搁下。喝了这杯酒，一感谢您各方关照，二贺您兄妹重逢，三祝您事业飞升。”

宴毕兴尽，一伙人正说笑着往外走。看着一拨拨离开的男人吆三喝四，季波好奇：“他们都独自出来聚餐，难道都没有太太吗？”

李子翔两手一摊：“中国国情，没办法。”

季涛手机响，一业务户要求面谈，说在林海酒店等着。季涛也有些醉后瘫软，说明天见，挂了。

天空明月清风，地上灯影迷离。

段智兴此时已凭着他爸的老关系成了某机关公务员，平时开着他老爸的车上下班，那叫一个牛逼。他抢着把季琳行李放到车上，要送她回家。季琳和季波道别回头，也不好拒绝，应邀坐上段智兴副驾。

季波有些醉意，忘了和段冰清怄气，一直挥手，招呼她上车。路边芭蕉荫满中庭，叶叶心心，舒卷着旧情。

段冰清站在酒店门外的棕树下，风吹动卷发如同花浪奔腾，惊心的美丽。她故意不理季波，又接到妈妈电话，嘹亮地答应着：“妈，我一定看好你儿子。我这就追着他，和他一起回家。”遂上了段智兴车，跟在季涛车后，往骡马市大街果子巷附近驶去。一路无言，暗藏心事万千。是谁娇羞的回眸，还在忆起那夜温柔？若红豆相思依旧，若雁字回时月满西楼，她还欲轻解罗裳兰舟独泛，载了那一搦风流。

骡马市大街果子巷附近这条小路略显狭窄，季涛将车停下，见月光下的紫堇花如霞似雾蔚为壮观。远远看到自家窗口的灯光，在夜色里孤寂又凄清。母亲吴秀兰打来电话：

“涛涛，琳琳呢，你们还不回来啊？”

季涛：“十分钟十分钟，妈你别急。”挂了，又急拨段冰清手机，声音和面容一般冷寂："听清楚了。要么你们姐弟回去，要去我家就说是朋友，只能这样说，记好了！"远远看到整栋楼几乎暗着，只有自家窗前的灯在夜色里亮着，那般温馨又那般孤寂。

季涛下车，仰头玉露清冷，洗昊空银汉无波，比常夜清光更多，尽无碍桂影婆娑。

致虚极，守静笃。他低声嘱咐季琳几句。季琳瞪大眼睛看着他，迷惘地点头。几人走进院子踏上楼梯，见楼梯仄且陡，连灯也没有，均以手机照明。

吴秀兰倚门望着，见来了人急忙倒茶让座，只说家里寒碜可别见笑。段智兴说阿姨别客气，都是自己人，哪里会见笑？屋子里的陈设简陋，五个人加进来，已见拥挤。季琳抢先向母亲介绍，说段冰清是哥哥朋友段智兴是自己同学。吴秀兰又拿瓜子又削苹果，安定了客人，拉季琳在身边坐下，紧紧攥着女儿手，目不转睛地凝视，语声沙哑："琳啊，你好像瘦了。"

季琳笑得花枝乱颤，双手拍着膝盖："妈，听到瘦字我真高兴！减肥成功了。"

吴秀兰抚着女儿头发，嗔道："不兴减肥！哪里肥了？女孩子富态些好。杨贵妃比败了梅妃，薛宝钗比败了林黛玉，可见得胖人不比那些瘦人差。"说的一屋人哄笑。

敲门声骤响，季涛开门见是冬瓜脸女房东，急忙赔笑："大姐你好，请进来坐吧。"做出请的姿势。

那女房东沉着脸抱臂直立，保持着和租房者划清界限的姿态："瞧你们这些打漂儿的，租房时说好一个人住的嘛，结果住两个。现在好了，他大爷的这么大一屋子漂儿在这儿摆龙门阵，也不看什么时候，尖孙儿尖果儿的半夜套瓷。可别干出什么事儿，赶明儿炮儿局去了。你们既然来北京了，就该知道这儿是首都，是高度文明的城市。别把那些乡下习气带到这儿，要多改造自己，向我们北京人的高度文明学习。"怕沾染似地一甩臂："我瞧你们明摆着占我房租便宜不是？房租到期了，赶快给我交了。千万别给我掉腰子，半不拉地颠儿了，把我房租瞎了。本不想催你们，摧着我也抹不丢地。"使完厉害过把瘾，蹬蹬蹬地上楼去了。

吴秀兰满面尴尬，深谙北京浮华与冷漠的季涛拳头握得关节发麻。段智兴盯着房东消失的地方面色激愤。段冰清本是要冲出去吵的，忍下火气坐着，似笑非笑地低头翻看手机。季琳虽然不太懂她那些北京语，也听出许多侮辱，冷脸半天，站起来说：“妈，哥，你们别跟这小市民一般见识。我明天就出去找工作，要找外企。咱们好好干，要买咱自己的房子，不住这破屋子了！咱们要在北京这儿生根、发芽！”

“对，我妹妹有骨气。”季涛朝季琳翘起拇指。

喝着茶闲聊一会儿，季琳把东西往吴秀兰房间放，段智兴抢着动作。段冰清紧跟着季涛回房，把门反锁上，扑进季涛怀里，却被推开。

季琳拾掇着衣物，突然大叫：“杯具了，我包忘饭店了！”

段智兴急忙喊段冰清，段冰清出来时颊泛酡红，段智兴深深看她，催她打了订餐电话，少顷饭店反馈消息，说找到了包。段智兴领着季琳开车返回，季琳拿到包一看目瞪口呆：“里面只有信用卡哎，新买的手机，600元钱都飞了？”在服务员一脸无辜、保安喋喋不休的描述里她只能自认倒霉，怅然地怀怨道谢而出。

车驶向马路时季琳闷声道：“我不知是不是该说那句谢谢。但愿他们像说的那样无辜、伟大。难道奥运多几个冠军，多几个神六升天，我们就变成真正的强国了？”

送季琳到果子巷尽头刚一拐弯，段智兴手机响，同事的，说是科长突发脑溢血送到301医院，让他火速赶去。段智兴急忙把车停到路边，火急又歉意：“我们科长住院，我得赶紧去，没法儿！你告儿我姐，让她自己回去。”

季琳回来不见段冰清人影，吴秀兰朝季涛屋里指指。母女见房间门已锁上，目光如心思闪烁不定，唏嘘着，不明悲喜。

季涛和段冰清以目光交战着，段冰清手机不断闪烁，是季波的，她一直不接。自从那次肌肤之亲，她竟失控，着魔般迷恋他的——笨拙和刚猛。

她安享着人生的另一番风景。因醉梦醒后，依稀记得那番温柔。卷帘人不知过了多少春秋，不知多少番雨疏风骤，海棠花还依旧，不知那爱可曾到头。

季涛看着段冰清，石榴红衬衣热情饱满，如同她放纵的欲望。黑色迷你裙下，露出她细长、匀称的大腿，十足诱惑。她的媚眼，他的体内热力，猛地掀开她衣服。

她喘息着，突然制止他：“你不爱我，你恨他。”

膨胀的激情如被关上水龙头的水管，一瞬截断。世事沧桑，伤痛难忘，季涛的记忆之墙在黑暗中轰然坍塌。那夜北风怒吼，母亲在他的病床前哭声嘶哑。她哭求段家联系远在美国的季波，可他们在医院望眼欲穿，等到魂断。

母亲哭声依稀回荡，化作眸中缕缕不绝的怨恨之光。脑际忽又闪现瑶池仙泉那不堪入目的一幕，他抱紧她：“别胡说，我不敢爱你，愧疚，他是我哥哥。”吻滑过她光滑腹部，目光变得饥渴如狼。窗台上杜鹃花发出呼啸声，如同梦呓，如同低语。

重门正锁深楼，月上帘钩。池塘外绿水悠悠，月光在水面浮荡，仿佛在停，在走。情，夜深愁寐醒。人孤零，萧萧月三更。

季涛手机响，段冰清汗津津趴在他肩头，见电光闪烁处跳跃着吴菲两字。季涛刚按接听键，段冰清大声道：“涛，我的胸罩呢?”

季涛猛地推开她，黯然走至阳台，月亮隐去芳华，虫子叽啾，叶声沙沙。他点支烟，心事随明灭火光斑驳。暗夜下的寂寂市井，隐隐东风深处，从街衢缝隙间走过的女子步履蹒跚，不知为何失魂。摩角楼高层的一个孤窗透出一豆光亮，不知谁人煎熬无眠。一个小飞虫撞进眼里，揉得角膜发痛，他沾了一身夜露回屋，见段冰清已睡，嘴微微张着，如同诉说。与吴菲交往的片段暴成微粒，在灯下起舞翩跹。他仰头望着窗口昏暗天光，暗祈今宵别梦寒。

第十二章　隐形的翅膀

年轻漂亮的女孩找工作很容易，不久季琳已到西利亚软件公司上班。这是家大规模的跨国公司，在许多国家都有分公司。在京城的这个公司占地上千亩，职工近万人，仅技术开发研究所就有一千多名专家，有着现代化的先进技术和管理。

季琳在公司负责网站的美工全屏设计，使用 div + css 架设和更新，和以前认识的白小琮成了同事，同一个办公室，两张桌上坐着。白小琮负责产品的界面设计、编辑、美化等工作。两人的工作相辅相称，近距离更便于交流意见和切磋。为了传资料方便，她们相互加着 QQ。这天已到下班时间，季琳传给白小琮一个文件，看到白小琮的最近日志：

> 今年网友投票选出的春节聚会“毒舌”问题，没任何铺垫便摘取桂冠的是：“谈朋友了吗？什么时候结婚啊？”常有网友用邮箱或微博私信向卞庆奎求教：可不可以租个女友（男友）？怎么租？卞庆奎说：“当初创作时根本没想到，《租个女友回家过年》这样的桥段会在生活中上演，可见逼婚猛于虎啊！”

季琳缺乏同感地说：“家长们怎么想的啊，婚能是逼的吗？”挥动鼠标，给网页更新。

白小琮照了下小镜子：“我今年二十八岁了，老觉着就该退出婚恋市场了。我妈硬逼我相亲，这两年都相几十人次了。”

季琳嗤儿一笑：“哇塞！几十个就没相中一个啊？条件太高了吧？”

白小琮变了色：“什么条件高？你咋和我妈一个口气？你知道那都什么人啊！有一个都三十多了还嫌我老。还有一个和我同龄却好像还没断奶，被他妈领来，还一口一个我妈说我妈说……有一个秃顶头更自大，见面就说：实话说吧，你不是我想象中的对象。女过三十豆腐渣，你现在也将近豆腐脑级别。不过我可以退而求其次，前提是你家得出买房的首付，房产证上还得用我名。我靠，这什么人哪？我英勇地拂袖而去。”

从初中到高中，她严守母训，尚是妈妈发现她和任何男生打交道，便以怀疑眼光审视，如临大敌，不出三天便把对方家境、背景调查得一清二楚。甚至打电话给男生或他们家长，以证明女儿有无早恋。隔三差五到校“突然袭击”实地视察。大学四年，她感情空白，临毕业和经济系一个男生共坠爱河，遭妈妈强烈反对。理由是他家在农村，兄弟姊妹多，结婚后她会受拖累。二人分手，白小琮大病一场。之后全力工作，一晃已过了黄金岁月，几次恋爱，婚姻无着。

季琳眨着眼睛道：“小琮姐，一定得选好人，别急着进入婚姻。婚姻是爱情的坟墓并不可怕，可怕的是小三儿还要来盗墓。不是有那句话吗？没有挖不倒的墙角儿，只有不下功夫的小三儿。

白小琮无限感慨：“你说现在的已婚男人吧，各个巴着望着出轨。女人还抢着进入什么坟墓？暴尸街头比做弃妇干净多了。”

季琳收拾着桌面，关了电脑，偏头瞅着白小琮：“因为婚姻给不了安全感，所以有许多女性宁愿剩着。但我还是想找到自己喜欢的人，和他结婚。”

白小琮未老先衰的模样：“你小丫才几岁？我都不敢说喜欢了，一说我妈就吵：‘你都多大了？该理性些了！喜欢能当吃当喝啊？捡差不多的结婚算了，慢慢培养出感情就喜欢了。’可男人喜欢的对象永远在变化着。所以良家妇女都有危机感。有的整天都在跟踪、查岗，我说这叫蠢驴。明明在捶背，却说在开会……”关了电脑，把钥匙手机装进小背包里。两人各自穿了外衣，走出门外，白小琮回头用遥控钥匙关了玻璃门，进入楼梯间。季琳傲然看着不锈钢映出自己的影子：“怕什么他会变啊，自己先学着变得了。查什么岗啊，让他查你岗得了。”

白小琮目流赞叹：“聪明，我赞成。”忽然凝眉：“就怕你是嘴上英雄。”看着季琳一直在拿不锈钢当镜子，不由咧嘴：“如果照镜子要上税，恐怕大多女人都得破产。”她的一双有故事的眼睛总让人费神猜想，配着长睫毛显得楚楚动人。突出的颧骨显出个性，仿佛要告诉男人们：别对我有歪三扭四念头，我一条路走到黑都不转弯，小心你后院失火前院水漫金山！

季琳：“我强烈谴责和鄙视那种动辄一哭二闹三上吊的女性，不把自己弄成个秦香莲王宝钏杜十娘红楼二尤誓不罢休。值吗？对那些个臭男人，要是他有了外遇，我自个儿吃好穿好喝好玩好工作好，在不吵不闹中淡定优雅，等着看他和三儿谁先崩溃。”

走出电梯，穿越写字楼大厅来到外面，见马路上车流络绎，两旁高楼危台凝伫，苍茫烟树。远方暮色空蒙云模糊，糊涂了西子妆束。她们刚要往公交车站牌那儿走，见近旁停车处，段智兴从一辆车上下来，手里捧着一束玫瑰和康乃馨的组合，眼里溢着深情：“琳琳!”也不顾有人在场，递上鲜花。

季琳脸色骤红，惊诧中隐着怒气：“你……这是做什么？”一甩胳膊，转身疾走。

她的呵斥引来过往人审视的眼光，段智兴脊背强直地杵在原地。

白小琮的眼睛很媚，眉毛高挑，肩跨带着流苏的紫色背包，围着段智兴转了一圈，上下打量，笑道：“帅哥，不要搞得太隆重哟。”疾步追上季琳：“小姐，你这是干嘛啊?”回头审视段智兴，含笑提醒：“瞧人家那公务员范儿，还难得的尖孙儿。他喜欢你，追求你，这多好的事儿啊！你不要稀里糊涂的就给弄瞎了。我告儿你，这世界啥都有，就是没有后悔药。”

季琳向里拢拢肩上的包：“要男人是衣服的话，他不是我喜欢的那款。瞧那个笑，白痴似地，肤浅！我心目中的白马王子……”凝视西方天际若有所思：“他不是这范儿。”

白小琮的紫色风衣被风鼓起，看着季琳，目光在暮色里闪烁不定：“我看你丫人不错，就拿你当自个儿姐妹看。什么世道了，你还白马王子？这世界满地都是灰不溜秋的驴。所以女同胞就很失望，所以女同胞就很痛苦，要么剩着，要么就骑着驴找马。这款驴的名称叫经济实用男。所以现在不光男人出轨，女人心理出轨率和男人成正比。”回头扫视段智兴：“就这个，一看就经济实用加标准尖孙儿，哪儿找去？你这赶上一步两范儿，多好！可别过几年悔青肠子了。”

“就他?”季琳挤眉弄眼地朝白小琮附耳：“不高不矮不胖不瘦不三不四，没前没后没脸没皮没心没肺。”说着站住，凝神片刻，回头走近无精打采的段智兴：“不是我说你啊段，我这刚到这儿，你总得注意个影响吧？让人怎么看我呢?”指指白小琮：“今儿我和白姐有事儿，对不起了啊!”拉着白小琮就走。

歪着头坐在车上的段智兴，隔着玻璃看季琳和白小琮消失于视线，满脸的迷惘、不服。

少顷，便陷于初见的怀想，心沉醉在她那一抹恬静如花的笑容里。思恋、牵挂、猜疑、嫉妒，一切都变得有理有据。

他格式化自己，却不是为了删除记忆。

季节的变换好似只一个转瞬，不因人的困扰、挣扎稍有迟缓。

中秋的桂花黄灿灿挂满枝头，大街小巷的扑人鼻息和眉眼。梁上的飞燕，参破的禅和千年的缘。

段冰清半卧在沙发上吃着话梅，百无聊赖，望月越窗而入。

明月如霜降，映出她心底的一片空茫。世味嚼蜡，尘事如沙。范成芳多次催促，季波一直推迟婚期。恨如离离芳草，还行还远还生。

她重做宏远地产开发公司售房部经理，和季波之间，总似云遮雾罩着。烟水悠悠，难载烦愁，恨满东州。他们面对时脸色冰冷言语短促，如同冷战的俗世夫妻。

手机响，季波的，她目光静幽，接听："喂。"

他在电话里的声音如窗外夜月毫无温度："明天，赵叔儿子结婚，咱们一起去。"不容商量，挂了电话。

她听着嘟嘟的挂机音，怅然而恨：他是老虎她是猫，吃定了？

赵建委几次相约，她均以身体不适为由推辞。斗胆不怕他恼，受不了。那次事后她的乳房隐隐刺痛数天，去医院妇检。无法说是过分挤压所致，医生诊断为乳腺增生，说若耽误治疗会转化乳腺癌。她惊白了脸，只有吃药，吃了两个多月药痛症才消，恐惧！

她告诫自己要学会忘记，可思想不能抑制，时时想起季波、吴菲的床上景象。暗夜里她睁着疑惑的眼睛，怎么再相信人生之路依傍着爱人不会受伤？纷乱世像，她怎么再相信痴情于谁一人，凄楚就不会再折磨她疲惫的身心？如何去验证，让她投入全身心的那个人，不会在她长长的、乏透了的心路之端，抚平她心灵褶皱的同时，再悄悄插入一把尖削的冰刀？

段冰清把手机朝沙发上猛地一仍，随着话梅核吐出一口怨气，却把那东西吐在垃圾篓外，又欠身捡起放入篓里。想起这几天，好几个男的都热情邀她趁节日外出旅游。她知道他们只贪新奇、图刺激，毫无真情。即使有真心相待者，她冰冷已久的心如同雪地里的钢铁，无论如何都热不起来。

流云如絮自长城卷过，夜月憔悴，飞花心事，残柳眉梢。

"姐——"段智兴从门外进来，将一件海水蓝印着白花的真丝连衣裙在段冰清面前抖开，面上挂着霞光的味道："这裙子你喜欢吗？姐。"

"嗬！谁让你给我买裙子了？谁让你买了？"段冰清耸着眉头夺过裙子，用挑剔的眼光左甩右甩翻看。

段智兴夺回裙子背在身后："谁给你买？美的你！"

段冰清咧嘴瞪眼打击报复："知道了，你送季琳的。那小丫头哪一点好？脸白得像妖精！就把你迷住了，整天围着人家打转转，没出息！人家现在人在外企，说不定早就傍老外了，一脚把你这小白脸踢得远远的。"指指他："看你这裙子，起码也值个四五百块！尽糟蹋钱！"

"姐，姐，你怎么了？什么脸白得像妖精？咱妈不也是吗？我告儿你，你这是嫉妒！嫉妒咱妈没把你生的和人家季琳一样白；嫉妒人家老农妈妈皮肤黝黑却生个白雪公主。"把裙子在段冰清眼前晃着："你看清没？香港货，双节优惠销售，打五折也一千多！我就送她，这叫好马配好鞍。"

段冰清闻听夺过裙子摔在地上："哎呦喂？都一千多？瞧你这德性！又在咱爸妈那揩油？也不想想，咱爸妈都老了，可不比以前，又上班又开公司那阵儿。"

段智兴气呼呼捡起裙子，目中缕缕惋惜、心痛化作汹汹怒火，一瞬燎原："你更年期了你？我给琳琳补的生日礼物。过两天国庆节假，我们要自驾游。"正要上楼又回过头来："你去不去？去就把你捎上。我这一菩萨，看你一人呆屋愁白了头，空悲切。"

段冰清心思宛转，颊露笑容："我去，再喊几个人。"脑际闪过季波的冷淡和季涛的冷峻，纷乱情绪野草般葳蕤。孤独？空虚？报复？人生每个阶段，每个人都不可避免地沦为漂泊者，每份情感都不会永久地驻扎心灵。或是令人怀恋的散满月光的站台，或是枫叶飘舞的树林。而人类心灵如海，负载着一叶叶舟楫，正向着灵魂的家园寻觅。

"喊谁？"段智兴问，希冀和热望滑过瞳仁，见窗外明月如霜。

段冰清朝段智兴扬起下巴："你想打仗，又怕自己不行，就想拉两个人做炮仗，德性儿！"

段智兴被看破心思，有些羞恼："段冰清，随你怎么想，爱去不去！"

段冰清打好算盘，向弟弟乜斜着眼："本姑娘我喜欢积阴德。多几人一起，吃好喝好还好玩，也不浪费钱。"

段智兴凝视着她，琥珀妖瞳涌起邪魅的笑，正中下怀却故作懵懂："段冰清，你的意思是攀上季涛?”估计好玩的季琳要追着哥哥，且好。

段冰清双手交叉，悠闲放于腿上，眸光低转：“别问我。”

段智兴指着她，目流狡黠：“小奸巨猾!”转身要走。

段冰清对着他背影：“小谋深算!”

范成芳拉开房门，埋怨：“冰清啊，你怎么总和弟弟斗牙磨嘴?快睡吧!”

这陈旧的四合院子还是那般幽暗摸样，陷在高楼的夹缝里像一片零丁的孤岛。风吹落叶飘满院，摇漾了一秋的丰沛。

旭日升，风浩荡，秋高气爽。段智兴的车上坐着段冰清、季涛、季琳。大家说说笑笑行至城外，一些疏林和村庄徐徐在视线里呈现、消失。

段冰清昨晚就决定不和季波一起参加那个婚礼。她拿出手机，想按键，又关机，随他处置。

季涛手机响，一看是白小琮的，眼角余光扫一下冰清，犹豫着没按接听键，脑际闪过许多和白小琮相对的镜头：

妹妹生日，她提着菜点水果来在家里，他们对视的瞬间，她有些微的失神。

那日下雨，妈妈让他开车去接妹妹，白小琮说她没带伞，挤到车上。绕了大半个城送她回家路上，她兴致高昂滔滔不绝。执意请他家里坐坐，他婉拒。

中秋节，她随季琳来到家里，拿着水果月饼等，大包小包的。说是爸妈回老家看奶奶了。他看得出她眼底的浓浓风情。

车窗开着小缝，风吹得季涛额前起了漩涡，他思绪驰骋：

吴菲也曾为他旧地重返，乘车赶赴车站迎接她的时候，每一寸思绪都变成一叶张满风的帆。无情的时空，彼此的思念，编织出无限焦灼和期盼，随着时光的流失挥之不去；又像一把刀，把心砍杀得淋漓破碎。到最后，抽刀断水水更流。

绵长而浓烈的思恋，蚀骨灼魂的伤感。

无奈的他，曾乘南去的列车，到她的家乡苏州，那片盛产宋锦的土地上，凭吊残破的情感。分别的站台她泪眼相望，他心酸楚惆怅。车窗外的黑色群山，城市灿星般的灯火，小山村的宁静交叠着神秘，喧嚣、宁静。

他一次次告诫自己，深爱一个人，放手未必不是好。

天空没有翅膀的痕迹，而鸟已经飞过。人生中无悔之境，已牢牢侵染于翅膀中。

季琳的眸子映着车窗外的玻璃，晶晶闪亮。她以关注的目光看着哥哥，研究着季波和哥哥眉目的相似。去外企没通过招聘，乃季波拜托赵建委照应。季波一家在美国时，曾帮助赵恒一亲戚去留学。赵恒或美国考察或携家眷旅游观光，季波父亲季天正都极尽地主之谊。

手机音乐持续响着，在众人的注目里季涛按键接听，白小琮略显沙哑的音质如同拌蜜：

“涛哥。你在哪？今天天气不错，我想出城走走，打琳琳电话她关机。”她工艺美术学院毕业就应聘到外企，近来推脱了前浪拥着后浪而至的相亲对象，使父母在强大的亲友团里丢了面子。往日每个双休的相亲活动，现在变成了季琳季琳。父母气得直吵架，坏脾气的妈妈把电饭锅都砸了。

一竿风旆桥西路，人物风流闻上古。煌煌霞光将长空染得瑰丽。车上的季涛面色如深水无波：“琳琳在这儿，你和她说。”把手机递给季琳，季琳一听是白小琮急忙伸手拍着段智兴：“停车停车！本来就是让小琮去的，可我忙忘了。”对着手机声音欢快：“白姐，你会掐会算啊？我们正出去玩呢！今儿一大早打你电话你关机。这会儿我手机没电，昨晚忘充，自动关机了！”

第十三章　春风莲烛影

白小琮笑得咯咯响：“大小姐，你怎么总是忘这忘那啊？”

季琳嘟着嘴：“这是天赋，遗传基因，我想丢掉，但没办法啊。”问清了白小琮正在骡马市大街果子巷口，季琳挂了电话便命段智兴掉头去接，段智兴惟命是从乐受差遣。车在拐弯处和一迎亲车队狭路相逢，段智兴驾驶技术不太熟练，车差点撞在一辆扎着彩花的黑色轿车上。两车的车窗几乎同时打开，季波从扎着彩花的黑色轿车里探出头来：“你们这是……去玩？”季琳探头欢叫：“大哥，大哥！”

段智兴耸起眉头阅读着季琳的喜悦，琥珀色眸子映着阳光，流出酸楚、困惑。季波含笑对季琳等人点头，看着段冰清，面露不悦：“说过有事，你却关机。”段冰清扭头车窗外，面色冷寂如雨中刺玫，一语双关：“无关紧要的人，无关紧要的事。”招呼段智兴：“走！”

段智兴朝季波一瞪眼，一踩油门，车飞驰而行。刚刚接近骡马市大街果子巷附近，季涛手机又响，李子翔在电话里说：“涛子，你在哪？我这会儿去见你。”

季涛皱眉：“这会儿……恐怕不行。”

李子翔的声音像要着火：“非得这会儿啊涛子，再晚不行了！”

人生是一场牌局。季涛面色如常：“好好好，来家谈。”耳听那边李子翔道：“来金玉酒店吧，这儿方便些。”挂了电话，见身穿粉红底色韩版裙、头扎马尾、捧着鲜花的白小琮绕着车辆避着行人，从马路那边向他们奔来，快步如风地走，裙裾飘如轻云。突然“哎呀”一声蹲下握住脚脖，花在地上摔得乱七八糟。

季琳急忙过去，原是她不小心崴住脚了。白小琮被季琳搀到车上，悲悯地看着变形的花束：“瞧，都摔成这了。”把有些凌乱的花束塞给季涛，也递去委屈幽怨的眼神，喊着脚痛，眼泪吧嗒吧嗒地直掉。一擦，涂了睫毛油的眼睛就成了大熊猫。季琳不停给她递纸巾。段冰清在一旁，把厌弃的眼神往白小琮身上泼洒，只觉得她那嘴长得往下撇着，好像时时在发出不屑、不满一类的信息。揣摩着老人们常说的话：女子嘴大不贤良。

阳光裹着风啸，池塘边芙蓉临水娇艳无比。段智兴倒也洒脱，笑着把白小琮送往附近骨伤医院，留下季琳照顾，再把季涛送往金玉酒店门口。季涛下车时，段冰清追下去喊了声涛，对着他的回眸，分明期盼。

季涛面色深水无波，冷静挥手：“认准身份，看准场合。”大步而去。

段冰清低声叹息，被风浮动的空气涟漪里，映出憔悴心事。

段智兴见段冰清望着季涛背影失意，意味深长道：“姐，别忘了，人，学会尊重自己，把好度。”段冰清提裙上车，瞪着眼睛斥道：“你懂什么？我心情不好，想凑份热闹罢了。”

段智兴笑着摇头，发动引擎，汇入街上车流的长龙。

段冰清看着白云在车窗外飞，于忿忿不平中眼珠疾转一会儿，给季波发信息：婚事你一直借故推迟，我关机是因心情不好。妈让我看住段智兴这小祖宗怕他惹祸，恕不能奉陪！

金玉酒店聚龙阁里，见季涛进来李子翔急忙站起，握着他手入座：“涛子……”

季涛关切道：“什么事这么急？”

李子翔红着脸，讪笑：“老哥那点儿事，你是知道的……”目中羞愧、挣扎之色变淡，涌上大英雄力拔山兮的气概：“我和陈晓红的事，已闹得河东狮吼知道了，整天寻事吵骂，整个一超级泼妇。人家晓红，啥时间都小鸟依人的……”

季涛目光尖锐地盯着他：“明白了，你想离婚。”

李子翔耷拉着嘴角，点头：“是，是的。”又似痛苦难言：“都四十岁了，不想走这条路，但实在没法。”

季涛想了很多，告诫：“记得有那句最俗的话，家花没有野花香，野花没有家花长。现在，除了那些不懂事的小年轻儿，还有人离婚吗？要离那得离多少次啊？大家都不离了，懒得。该怎么着怎么着，将就过日子，不影响事业发展。”

李子翔低头苦思，迟疑良久，又说：“日子都过不下去了，你说这俩人每天张口骂动手摔的。事情明摆着，离了两个孩子可怜。你哥我也不想离，可我不得不一颗红心两手准备……”手机响，他接听：“好，你上来陪陪季总。”

季涛凝目处，一个三十岁左右的艳妆女人走了上来，还算漂亮，气质也凑合，高挽发髻耳环摇曳裙裾飘荡满脸欢笑。

李子翔迎着她进来落座，介绍：“晓红，这是季总，咱们的恩人。”又向季涛：“陈晓红，金玉的老板。”李子翔有了些愧色：“家里刚换了房，孩她妈把我工资卡都收了，晓红扩大经营，房租要到期了……”低头把右脚在地上踩动着，“我实在不好到我们季总那儿……”

雕花窗外阳光飞扬跋扈的气势，有风吹进，不自觉的冷，季涛压下千回百转的诸般情绪，不动声色：“要多少？”

李子翔说：“十万，一年期限，到时一定还你！”

季涛想着一颗棋子的问题，毫不犹豫地点头应允。

陈晓红情绪激动，千恩万谢，亲自倒茶，又俯在李子翔耳边窃语、甚为亲密。

忽一剪着短发又胖又高的中年妇女出现在门口，走路时脸上赘肉乱颤，仇恨目光扫视三人，终扑向李子翔，尖声喊道：“好你个姓李的，我就知道你不干正事……”

季涛一瞬认清形势，气定神闲地把陈晓红揽到身边，对胖妇笑道：“嫂子，你就不准我哥陪陪我们？”

胖妇傻眼，瞬间失措，旋即对季涛讪笑：

“季总别误会，我刚才没看清人，只怕他……您大人大量……”

李子翔气壮山河地挺着脊背，指着她鼻子发飙：“下作货，泼妇，工资卡给了你，还整天对老子疑神猜鬼无事生非！还来这儿丢人现眼的，快给我滚出去！”

胖妇低着头红着脸，絮絮叨叨地对季涛说了许多家里的难处，临走到楼梯口嘀咕道：“真是，男人有钱就变坏，女人变坏就有钱，都不论老少了！等老娘赶明儿钱攒够了……”

陈晓红握着季涛手连声道谢。吃饭时李子翔喊来一桌人，说是陪季总喝酒。午餐很丰盛，陈晓红敬酒一群男人，众人兴致特别高。其间有不知情者在陈晓红身上揩油，她俱嬉笑怒骂应对自如。

第二天晚上，季涛在办公室给李子翔一张十万块的银联卡，看着他走进夜幕，脸色阴沉。想起治疗再障时吴菲给的那些钱，他咬起牙，目中水光如深海浪波。

无论世界如何喧嚣，心里总有一方角落静谧无埃。

他们多少天没联系了？他记不清楚。

白小琮和段冰清不停来电，他不接。白小琮发来信息：“我和琳琳在一起，想请你出来喝咖啡。”他轻轻一笑，不回。

又有吴秀兰来电：“涛涛，你田姨家闺女多好啊！你咋不见呢？另外那个白小琮，对你也有那点儿意思，你怎么整天不冷不热的？这小琮除了嘴有些大，不太好看，条子气质可就没得说。我问你，你是不是心在那个冰清身上？依我看这女孩长相虽好，可有点儿不靠谱。咱家里穷，盛不下人家。”

季涛：“妈，你说的这些我都知道。我是男子汉，要先立业后成家。”是英雄就该拔剑纵马，征战讨伐，睥睨天下，风流不假。

吴秀兰对着老式诺基亚皱起眉头：“先立业后成家？人家和我差不多年纪的都抱孙子了。这话你说几年了，把菲菲这个准媳妇都说跑了。唉！妈老了，不中用了，说话不响了。”眉紧紧皱着，深深叹息。

季涛避重就轻：“妈，你才五十多岁，不老。你没看北京这些老太太，七十多岁身体都硬朗着呢，都会跳蹦蹦。”

吴秀兰的一脸凄哀像是上辈子带来的：“涛，别给我扯远了。你就不听我的啊！你心里一直放不下菲菲吧？可世上没有后悔药。”走到窗前见银月当空，枝叶清冷：“涛涛，天晚了，你快回来睡吧。”

季涛转到桌前，摆正乱放的文件：“妈，你睡吧。今天在单位有点事儿，就睡这儿了。晚安!”挂了电话，想着妈妈关于婚姻的絮叨，一个念头在心底雕琢：不能先于吴菲进入围城，否则会终生愧疚不安。纵然金戈铁马征战讨伐纵横天下，那些流水杨花，秦楼峨眉，万千粉黛，谁堪与她比肩？她那侠骨丹心，恰如梅花。

窗外月色纯净，在枝叶上闪烁如一簇簇银色的花蕊。

“唉!”他怅叹，神情冷寂如风中青芜。

一点残红欲尽时，乍凉秋气满屏帏，疏桐叶上三更月。

“安居新城”二期工程进入尾声，销售情况良好。虽然和相关职能部门的周旋、应酬很多很累，但季波的眼里折射出的是无尽胆略和豪气干云，绝无懒散、傲慢或疲惫。他像在国外一样，悠闲地靠在老板椅上讲电话，脚伸向办公桌：

“涛，你和阿姨琳琳挤那出租房里，多不舒服。安居这儿三楼这套一百平米的房，采光通风好还不用乘电梯，方便住。阿姨肯定喜欢。你把身份证拿来，办了证你们搬过来。别考虑钱。”心底的坦荡使他满面生辉。

季涛：“哥，你能这样为我们着想，我很感激！副食店经营行，能顺利、良性发展，我得凑钱还你。至于住房嘛，真不能再拖累你了！”

季波：“涛，你这是不拿我当自家兄弟。”

季涛：“不是。”挂了电话，他眸现一抹冷笑：去那儿住？我不是白痴！

不久后他在崇文门新世界商场东，按揭买了一套三居室。

搬家宴设在“万佳副食店”附近新开张的“万佳鱼香”，丰富、实惠。

季涛、季琳招呼众亲友坐了几桌，由李子翔等几个哥们分别作陪，吴秀兰、段家姐弟、白小琮、李子翔老婆等人另坐一桌。

春风莲烛影，莫问此时情。

李子翔老婆忽然说：“季总怎么没来？”欲趁酒宴之随便，询问许多，以证实她对老公的怀疑。

吴秀兰不明就里：“哪个季总？”

挨着李子翔老婆坐的季琳急忙在桌下踢她，季涛也用眼色制止。季波本是执意要来，季涛无奈用段冰清制止。段冰清只得告诉季波，她弟弟从季琳那儿得知，吴秀兰一提起季波一家就犯心痛病，痛得满脸汗珠不带人色。

惦着季波，季琳不免失落，招呼开宴后终得欢颜。众人都给吴秀兰敬酒，她竟然轻松应酬过去。那些个凄冷寒夜，她总是抱着酒瓶，取暖烧愁。宴至半酣，白小琮端着酒杯来和季涛碰杯，眸如点漆，漾着春潮。段智兴不停往季琳面前布菜，妖魅瞳孔闪闪烁烁。

段冰清厌恶和不屑的目光盯着白小琮，将桌子拍响：“吴姨家今天乔迁之喜，大家同喜同贺！”众人碰杯，白小琮归位。

段冰清不习惯过于约束自己，她觉得不需要通过婚姻找长期饭票。煮饭、换灯泡、搬重物这类活，可以轻松让钟点工搞定。社会的发展使女性可以更从容、更有底气地选择另一半，大可不必委曲求全。

李子翔老婆暗中看去，已悟白小琮心思，在心里把她归于狐狸精一流，目光流出鄙视。她和邻座的段冰清咬耳朵，两人同起往外。段冰清让李子翔老婆在前，她自己在后，路过白小琮身边时，见她正眉飞色舞地望着季涛说笑，趁人不备，以最小幅度的动作最大的力气，将白小琮推得往桌前猛倾过去。白小琮下颏在桌上磕得酸痛，惊叫着朝后看，段冰清已袅袅前行。众人往白小琮身后看，多以为她在卖弄风情。

饭后回程，一路见风翦杨柳衬得木芙蓉更加风姿绰约。段冰清无心观赏，坐在车上蹙眉望着段智兴："琳琳心没在你身上，一开始神不守舍的，也不知犯了什么邪？你却为她神魂颠倒。连一小丫都搞不定，瞧你段皇爷那能耐！"

段智兴凝眉不语，将翻涌的心潮作波澜不兴状，恰似专注驾车。

段冰清看出弟弟的作，一时心猿，一时意马，转了话题："你看见白小琮没？下作相！"女人总是免不了嫉妒，或妒才或妒色，争风吃醋。

段智兴手扶方向盘目视前方："姐，你对人家有成见。"

车在路面上开得平稳，商铺、车辆、行人、立交桥飞掠眼底。路过和平里社区时，见地坛公园松风古砚寒，藓土白石烂，蕉雨疏花绽，小阑干又添青竹两三竿。段冰清仰头，一缕月光飞上眉际："你替我整一下白小琮，我有办法让季琳归顺。"

段智兴来了劲，转而狐疑："有办法让她归顺？"摇头轻笑："你这话我连标点符号都不相信。"心痒难抑，投去探究目光："有这必要？"

段冰清笑道："蔫了？生的伟大，死在花下呢！为 MM 两肋插刀呢！"

段智兴扬起眉毛："段冰清，不带教唆自己弟弟犯罪的哎！"扭头一笑。

段冰清傲然仰着下巴："下软蛋的鸡，嘴上英雄。用二 B 形容你，人家铅笔都不愿意！"

段智兴的笑带着邪魔之气："谁下软蛋了，段皇爷出马，天下无敌。"加速疾驶。

风萧萧，如临寒秋，苏州的老巷子里落叶堆积，一片悲凉意。

吴菲拎着工作包回到家里，奶奶正在往桌上端饭："菲菲啊，今晚熬的百合绿豆粥，你不是要保持苗条嘛，快洗手吃饭。"

吴菲嗓子有些沙哑："嗯，中午灶上菜咸了，口渴。"

"瞧瞧，"从屋里出来的黄欣审视女儿脸色："女孩大了没人家娶，真是可怜。"她总是下意识地把熟女剩女和凄凉划上等号，一看到女儿疲惫的脸色、听到女儿感冒时沙哑的嗓音，脑海里就会跳出"孤苦伶仃、好可怜"之类的字眼。

吴菲洗完手坐到桌前，同学珊珊来电："菲菲，趁假期，我老公答应招呼孩子，咱们去香港玩玩吧？”

吴菲说好啊，我没去过香港呢。

黄欣将筷子放桌上，猛地转身，如遇洪水猛兽般的色变：“不行菲菲！你哪儿都别去。我都把你相亲日程安排好了。”

吴菲只好推了姗姗的约，低头，黯然：“整天相亲相亲，没一点儿自由。”

奶奶老眼里射出怜悯：“菲菲啊，你都快三十岁了，婚事没谱，你妈都愁得整夜失眠。”

黄欣拢起鬓发让女儿看：“你把你妈白头发都急出来了，就忍心？”起身，拿出来一个本本：“这是近来我和你奶奶费心为你挑选的相亲对象，一共十二个。这几天全排上，至少一天得见两个。”

吴菲翻着本本，上面密密麻麻地写满相亲对象的信息，她感受复杂，心上黯然。

见女儿这般情形，黄欣又开始抹泪：“你只顾自己快活，根本不管我和你爸你奶奶的死活。我们都整夜睡不着，满脑子都是你的婚事。女孩子越大越难嫁，你还让我们活不？你奶奶都七十多岁的人了。”

“欣啊，别说了，让我孙女好好吃饭。”奶奶颤巍巍地给吴菲递上筷子。

彼此再无言语，一顿饭在沉闷中结束。吴菲帮妈妈收拾桌上残局，被黄欣推回房里，抚肩捋发，无限柔情：“好女儿啊你歇歇吧，养足精神咱明儿相亲。”

第十四章　可怜女儿心

看着妈妈叹息着出去，吴菲郁闷地趴在电脑桌上，漫无目的地网游，看到一条微博引用了韩寒的话：

> 小学不许我们谈恋爱，中学不许我们谈恋爱，甚至大学了还反对我们谈恋爱。但等到大学一毕业，所有家长都希望马上从天上掉下来个各方面都很优秀，且有一套房子的人和自己儿女恋爱、结婚，想得很美啊！

她对着电脑苦笑，自语："我悲惨生活的真实写照！"尽管很排斥相亲，可她难以应对家人苦口婆心的轮番上阵，爸爸的国际长途三天一次。

第二天一早她被妈妈叫醒："菲菲，快起来吃饭，得好好打扮打扮。这两天要能把婚事给定了，我们就烧高香喽。"

中午阳光甚好，小区、公园、商场、酒店、美发、美容等公共场所，少女们各展妩媚，或有护花使者陪着，花朵似地遍布。

吴菲随着父母来到约定的酒店，见对方来了一个庞大的"陪审团"，不由皱眉。

黄欣眉开眼笑地拉住一胖妇人向女儿介绍："菲菲，这是你君姨。"

那个叫"军医"的直立着，尽力在收拢肚子，王熙凤拉林黛玉般拉住吴菲笑："长这么靓啊，菲菲，小时候我还抱过你呢！怎么，不记得了？黄欣，你可真有福气！"接着，一一介绍"陪审团"众人："这是他爸，他妈，这是他小姨，他叔叔，他婶婶，他大姑妈，二姑妈，他姑奶，邻居张阿姨……"

我的个神，这个庞大的陪审团众人都用审判员般的目光打量吴菲。她一一握手、寒暄下来，头也昏了眼也花了。将眼泪憋回肚里，但听双方家长喋喋不休地交流，拿各自儿女说事，吹得天花乱坠：

“我这儿子啊，打小就听话，见了女孩就脸红，绝对不好色的哎！结了婚，婚姻稳定是没得说的了……”

吴菲暗自鄙夷：脸红？不自信吧？不好色？月球的？看嫦娥看腻了。

“我家菲菲啊，整个小区认定的乖乖女，恋爱都没谈过……”

哇塞，老妈你这么说话不脸红啊？没恋爱过？我是后天变态还是先天不足？相亲陪审团的成员们，你们可仔细看清楚了，本姑娘发育正常思想正常雌激素正常一切正常！

吴菲斜目微窥那瘦得麻杆似的相亲男，他正百无聊赖地翻看手机。

午后三点相亲宴结束，走出酒店大门时，妈妈急匆匆递上化妆包，紧张得像要行军打仗：“菲菲，快补补妆，四点后还有一场，一起吃个晚饭。晚上九点还有个咖啡厅见面的，十点多结束就行。”

这天吴菲被母亲领着相了三次亲，回到家里已接近午夜。她精疲力竭肌肉僵硬地换鞋、拿睡衣、放水洗澡前听到妈妈在讲电话：“小刘，也还没睡啊，正好说事儿。明天上午我家菲菲有空，见面时间定在十点吧。好好好，就这了。”

吴菲拿着水龙头靠墙叹息，恨不得来个晕厥、中风。

国庆假期的最后这天四个时间段她相了三次亲，其中一次是男方的局长姑妈单独相看。

家门前灯光温暖，吴菲想起女局长那白狼似的眼神，便止不住心寒。跨进门时她就接二连三地打呵欠，灯光里妈妈的满面失落和烦愁宛转成鼓励：“瞧我们菲菲这么优秀，哪里就找不来好人家了？我一定会有个好女婿的，时间而已！”

珊珊来电：“菲菲啊，我从香港回来了，玩得挺没意思，看景不如听景呗！想听听你的相亲战果。”

吴菲有气无力依着沙发：“才回来，累死了……”道了晚安挂了电话，妈妈突然变得喜滋滋地：“哎，我早该托姗姗帮你留意着了，更年期，真浑！菲菲啊，你看人家姗姗那能耐劲儿，和你一样大，儿子都三岁了，还是国企副总夫人。你得多和她联系联系，融入她那圈子，说不定能早些给我钓个金龟婿回来。”

吴菲早听得五味翻转，眸里溢满水光：“高中时我和姗姗一个寝室，她男朋友就换了一茬茬。你不让我跟她玩，说会学坏。现在你又这样说。”她知道姗姗靠着个“干爹”，一毕业就进了国企，做中层管理。上班两个月就把大学男友甩了，让公司的年轻副总补了缺。恋爱、结婚，进行顺利。他们给她介绍过几个金领男，全是那路拼爹货，或暴发户嘴脸或没品没涵养，或嫌她不是妙龄少女。相亲路山程水程，风霜雨雪，何时是尽头？吴菲黯然伤神之际，妈妈唠叨再起："从小到大，我家吴菲聪明伶俐又有上进心，样样都比姗姗强，可比不上人家祖坟风水好呢！所以就这样耽搁着。老天，你什么时候开开眼啊！"

吴菲如明星赶场似地忙，几乎每天都与各式各样的人相亲，时间安排得爆满。人声鼎沸、喧嚣纷纭都化作擦身而过，没有悲伤没有愁怨，没有冤屈没有仇恨，到夜晚回来照镜，那些男人脸一张张化为无色无味无形的空气，唯自己憔悴形销，不成模样。

不知道败在哪里？

其实也是知道的。

一日在暮色茫茫中进门，妈妈递给吴菲一红一黄两个小本本，脸上是胜券在握者的骄傲，眉开眼笑："这是'佳音相亲俱乐部'会员证，才一百块，不贵！这是'妈妈相亲团'VIP团员证，登记费更便宜呢，五十。"又兴奋地拿出一沓她精心制作的"征婚简历"，吴菲看到，上面贴的都是她最为满意的照片。

黄欣满脸得意，眉飞色舞："这下好了，你只管忙你的，以后哪儿有相亲会，妈就去给你投简历。咱母女齐上阵，全面撒网重点逮鱼，就不信，姗姗一定比我家菲菲命好，哼！"转身哼起黄梅戏：为救李郎离家园，谁料皇榜中状元……

双休日，"佳音相亲俱乐部"门口，大龄男女还有他们的陪同者，擦肩接踵。

这里今天在举行集体相亲会。

吴菲被妈妈牵着来到门口，听到一对母女在窃窃私语：

"八分钟哎！这么仓促。"

"机会稍纵即逝，缘分只要几秒。乖女儿，眼擦亮点儿，把握好哎！"

黄欣在大堂递上会员证，服务员领着吴菲上了二楼，与一个约莫四十岁的男士同桌坐着。桌上摆着瓜子和糖果。

男人的西服袖子有几道褶皱，面色无华，眼袋有形，磕着瓜子，把瓜子壳全部吐到地上，嚼的也响吐得也响。

吴菲想到她幼时第一次吃到冰糖葫芦的情形，就这德性，一点不差。

见吴菲落座，男人目光一亮后凝住，挺直脊梁，扶正领带："嗯，这批还不错。我上次参加的集体相亲，惨透了！那年龄啊，都阿姨级别的……”

在男人的注目里她如坐针毡心如锥刺，什么这批那批啊，是萝卜还是白菜？你还阿姨呢，装嫩！

是非恩怨付诸一笑，成败得失不用挂心。她对着他浅浅一笑。

男人有些失魂，接连问她年龄、学历，履历、工作、爱好、家庭情况，这一系列次次相亲必然要重复的问题。一问一答间，活似申报户口或求职。

走出门时她告诉自己千万要坚强，可却又一次被当头阳光把心灼伤。把男人捧上的名片扔进垃圾篓，她转身碰到妈妈急切的目光：“怎么样菲菲？这个人就大你十来岁，我看得出他很喜欢你，‘来电’就可以马上结婚，你可不能再挑剔了……”

心已老，身疲累，耳朵嗡嗡，泪水汹涌，她垂直着往前走，听不到妈妈在说什么。

后来，所有的假节日都用于相亲，相亲的经历痛到心里，酸到骨缝，有冤无处诉。

那晚月上柳梢头，一相亲男约她看电影，趁着灯火昏暗，用胳膊在她胸部蹭来蹭去。吴菲终于从尴尬、无所适从中爆发，积累的仇恨和屈辱如一簇簇剑气，从每个毛孔渗出。她狠狠推开她，起身要走，在屏幕映射的幽光里泪流满面。

“老婆，你咋了？”男人说着，如被激起兽性的禽类，猛地将她揽在怀里，掀起裙子，往私处侵犯。

吴菲费力挣扎，不堪屈辱，尖叫：“谁是你老婆？放开我！”

男人狠狠拧她乳房，大骂：“叫什么叫？勾上野男人就不承认是我老婆了？也不看看行市，老女人还在这儿装逼！”

几乎整个影院的人都向他们注目，近处的人们都在用相当责备的目光抽打她。吴菲捂脸哭着往外跑，气闷得像要窒息，所有的理智和尊严都被男人的谩骂和人们的目光抽空。回到家里双目已经通红，受惊小鹿般缩进沙发，哭得上气不接下气。在妈妈的追问下，她哽咽着将这晚遭遇如实叙述，满以为要强的妈妈会以雷霆般的怒气骂他祖宗八倍，或找介绍人算账。谁知黄欣长长的沉默化作一声低叹，拍着女儿肩说，女孩子年龄大了，找对象难，遭遇不良，在所难免。又失重般跌进沙发，陪着抹泪。

丽日东升的清晨，过双休的吴菲难以休息，随妈妈黄欣进了公园。妈妈将贴着她靓照的征婚信息贴在醒目处的一棵老柳树上，回头对吴菲笑逐颜开：“柳树精都为牛郎织女做了媒，看我女儿多俊！保不准他老人家再显灵一回，给我找个好女婿。”

吴菲有些悲悯地看着妈妈，欲言又止，她能说什么？日光灼灼，一枝一叶分明，清新得让人欢喜让人忧。她的心房，却残垣蔽霜。感谢妈妈苦心孤诣，她强颜欢笑指着前边：“妈，听说那边木芙蓉开得很好，咱们看看去。”公园的墙上、树上都贴满征婚启事，给人的感觉就是到了征婚市场。母女二人分花拂柳往前走，观赏着风景，交流着思想。吴菲言语沉重：

“妈，我不想看到你整天为我操心成这样。婚姻讲个缘分，找不到合适的鞋，我情愿赤脚。婚姻其实是椰子，外面挺大一壳，里面并没多少甜。”

黄欣正在看一只蜜蜂往花心里钻，受惊般地猛一扭头，审视着女儿脸：“哎哟我的好闺女，你这想法可不对头！婚姻就像一件棉衣，避寒又保暖。甜的多了不是好事，会祸及心脏。女孩子不结婚绝对不行！北京那个病鸭子，你得彻底忘掉。”母女们聊着逛着，见公园一隅，木芙蓉果真开得美艳惊心。接近中午时，黄欣发觉又转回原处，惊叹潜意识的强大。她看到一个三十岁左右的男子在阅读一则征婚启事，神情相当专注。黄欣见他身形高大，皮肤微黑，眉目还算俊朗，便上去搭讪：“小伙子……”话音未落，她被猛地推了个趔趄，一个胖大婶横在面前，如临宿世怨敌般地瞪眼：“没看到我先来跟他谈吗？真是没规矩！这种事也能抢吗。”

吴菲急忙搀扶着妈妈站稳，大声道：“你这人怎么这样啊……”无地自容，心灰得连灰都找不到一粒，想帮妈妈，却因过分尴尬，难搜说词。

胖大婶脖子一扭，临危不惧的战士般高昂着头，双手叉腰：“我就这样，你怎么着?”

黄欣按住胸，迫使自己平息怒气：“大嫂，看你这么大年龄了，我真的不想和你计较。但凡事都要讲个理儿吧？你先来他就一定能成你女婿？婚姻这事，靠的是个缘分。”

吴菲恨不得钻进地缝，脸上发烧，拽着黄欣：“妈，咱们走——”

胖大婶仰头一笑：“哈哈，瞧你闺女多懂事。这么一花骨朵都嫁不出去，她婚事肯定被你耽误了！”

炙热的太阳直射地面，晒得花蔫柳憔，刺得人睁不开眼。勉力按捺着的黄欣闻言怒火攻心，觉眼前一晃，整个人被一大团黑雾淹没。

“妈，妈啊——”吴菲抱起昏倒在地的妈妈，尖声的哭喊催心折肝。

风吹叶舞的下午，一群鸟儿从马路旁边的树梢飞过。段智兴从单位开车，来到季琳所在的外企。

季琳正在电脑上加班，进行页面的更新设置，齐耳的短发已齐肩长，且做了时兴的梨花烫，衬着雪白的皮肤黑色的职业装，端庄之中添了妩媚。

她和白小琮边加班边聊着：“白姐，你今天不开心。”

白小琮动了下鼠标，从电脑上埋过头来：“我天天都不开心。拼爹的社会，咱们努力一辈子，被人一个爹轻易撂倒。昨天参加朋友生日聚会，遇上我们一邻居，部级的，带着‘干女儿’出入场合，经常的。”

季琳嗤之以鼻：“娱乐圈很多女明星，都是靠‘干爹’上位的。”

白小琮心思突转：“段冰清那么拽，靠什么？靠心眼？那天你们的搬家宴上，她偷偷推了我一下，害我差点栽倒。你知道那什么体验？就是一下子将要掉入万丈深渊的感觉，心一直慌着。”按住胸口：“要是一个人走在悬崖上，对掉进深渊有得提防，不那么可怕。可那天在歌舞升平的世界里坐着，深渊出其不意地要让人陷进去，那感觉特恐怖。”

季琳习惯性地嘟起嘴：“说真的，我也不喜欢段冰清。可是没办法，我大哥二哥都拿她当朋友。所以我啊，就只有对她笑。开心了笑，不开心了过会儿再笑；高兴了就乐，不高兴了就使劲乐！”白小琮一生气，更显得嘴唇向下瞥着：“和人接触的时间越长，我就越喜欢狗。狗它永远是狗，人很多时候都不是人。”季琳大笑：“英雄所见略同。白姐，我佩服你！”

白小琮：“轻易不要和人玩感情，玩感情，他会让你哭的很有节奏。还有，许多人，曾经是无话不说，最后却无话可说。”季琳没心没肺地问：“白姐，你曾经沧海过？”

白小琮：“说没有你信吗？这几年，每天回家，我家的议事日程上写的都是相亲相亲相亲！李家儿子，张家孙子，刘家外甥，赵家侄子……哎呀，说起这些，我头都大了。相过亲的那些人的姓名啊，有些我忘了，有些我全忘了，所以我剩着。”来人去事都倒映在她明亮的眸子里，使人只想探究。

季琳正在把一个文件存进邮箱：“白姐，现在剩女多了，剩者为王呢。我觉着大龄未婚男女呢，就像是坐巴士的坐过了站。有的是因为巴士上的座位太舒适了，坐上就不愿下车；有的是因为不认识自己该下的站台。终身不结婚的男女呢？他们就好像是巴士司机。”

白小琮站起来，似有太多悲凉过往，温润笑意摆在脸上粉饰太平：“好的爱情是你透过一个人看好世界，坏的爱情是你为了一个人看糟世界。你扭头走过，他们就把你忘了。世界有多大，男人的花园就有多大。”

对于相亲，反对不是目的，而是一种积极生活的手段。白小琮认为她不是不尽孝道，只是想生活得更好。有钱人的生活没钱人的爱情，鱼与熊掌最好兼得。她当然怕剩，但更怕没来及享受爱情就迈向坟墓。她的 QQ 日志和微博上有这条“围脖经典语录”：

> 爸爸妈妈，如果我暂时嫁不出去，请别怪我不努力！是因上帝在随机发配，而月老老眼昏花，我心里能看到他，只是他被月老挡住。穿梭于街，茫茫众生，大海捞针。街上凡是长得像您女婿的，我都挤上去多看几眼。我也很累，我不跟人比早，只比以后的幸福有多少。

当初转发这条微博时，她不忘补充两条：

1，一定要找个 soulmate（精神伴侣），并夸张地附言：掌柜的，多给几个，打包带走。

2，在春天种下一个人参娃娃，想在秋后收获无数 Man。

季涛是一幅白衣胜雪的画卷，让她初潮的心事，在羞赧与欢悦之间，不停变换。

季琳移动鼠标：“唯一可以霸占男人回忆的方法就是：活的更好！你花去吧，我不撒你，我游我的百花洲。”

白小琮站着捶捶腰，将一张废文件扔进桌旁纸篓：“事到其间不自由，可不像你说的这样悠闲，不信你试试。男人说：女人如衣服，流行如此变幻，衣服的开销日渐昂贵；女人说：男人没一个好东西，但毕竟是我们最大的买方市场……”若梦中人无缘，她情愿醉卧江南，画堂西风，鸳鸯屏暖。何妨丹青描峨眉，胭脂点素颜，藤萝染翠烟，缠枝结牡丹。那管谁掩了脸颊，谁依了绣榻，将鸿鹄勾画，谁的柳眼桃腮化作了一江春流。

第十五章　天涯碧云秋

季琳打开一个网页："依我看，女人要有骨气，要么谈恋爱到结婚，要么玩玩别上心，要么高傲地单身。何必用自己的青春调教别人的老公，还那么认真?!"

白小琮："男人对女人就像女人对衣服，要是有足够的钱和时间，整天琢磨着去哪哪的服装市场选衣服。要是看中的没买，那是没条件。没条件的就惆怅，整天惦着，想办法创造条件，直到如愿。旧衣服再多，还要被新衣服诱惑。买了新衣服，也不代表要扔掉旧衣服，除了特别讨厌的，偶尔还要把旧衣服翻翻、穿穿。"电话突响，母亲的声音透着十万火急："小琮啊，说过今晚在天坛饭店聚会你怎么还磨蹭着不来？你舅妈他们早就到了，大家都在等你。你越来越不听话了!"

白小琮站到窗前满目厌烦挑着眉峰："妈，我这儿加着班呢，明天老板要验收。"

她母亲在电话里命令道："不行，今晚这个你不见不行！你表姐表妹都领着老公来捧场了。我这就让你舅开车接你去？吃完饭再去加班。"

白小琮无奈投降："好好，我这就打的去，不用接了，挺麻烦的。上次坐他车，又闯红灯又追尾的，人都吓死了。"电脑也不关，走到门口时又回头招呼季琳："我家亲戚聚会，我吃过饭就回来，要不要给你带个盒饭?"浩渺京都，她一直都是个虔诚的爱情守望者，渴望在一段铭刻肺腑的邂逅之后，将美满和幸福一沓沓支取。

季琳扭头冲着她笑："谢谢，我不爱吃盒饭。去相亲啊?"

白小琮连连摇头："不是不是。"一闪身进入电梯。无数的日子，她都盼望一骑着雪白骏马的翩翩君子，驮着她驶往人生的幸福驿站。于是，在白云苍狗中凭韶华如水而逝黯淡了朱颜。如今他终于出现，她知道爱情不是童话，但耐心可以换来圆满结局吗？忍受冷寂，倾尽等待，但愿迎来他日窗前共赏明月，而不是空守孑然，良辰美景奈何天。

段智兴避过白小琮进来时，见办公格子间宽敞明亮，左右玻璃墙透着光影。正中的影壁上悬挂着西利亚软件公司既有意象又有神秘感的标志——一个虚幻的似虹似月的飘逸曲线，中间滑过一道电闪雷鸣般的利箭。

季琳见段智兴进来急忙放了手中鼠标站起，笑容灿若明霞："Good afternoon，Your majesty。"她戏称他段皇爷。

段智兴的脸映着室内灯光，暖意融融，琥珀色瞳仁光辉流转："嗯，工作环境不错。"将一花篮水果放于桌旁，看一眼手机："五点多了，走吧，吃饭。"看着季琳一双水波潋滟的乌瞳镶嵌在白玉般的脸上，仙子般出尘脱俗，想来所谓的玉骨冰肌欺雪凌脂，不过如此。

季琳觉不好推辞，便婉然一笑，百合花般的娇美："我得先完成今天的页面更新，再说吃饭。下午开会耽误了。"指着另一张桌子："要不，你先坐那儿玩一会儿？她出去了，晚饭后才能回来加班。我们老板明天要全盘验收。"

"行，你尽管忙，我奉陪到底。"段智兴气度从容地坐在白小琮的办公桌前，打开电脑，坐下，上线，QQ 叽叽地响个不停，扰乱此际宁静。

看来段智兴网友很多，网上交际良好。季琳那边正专心致至操作，笑道："拜托，关上 QQ 声音好吗？扰得我不能安心。"她的桌上放着一幅画像，相框里的季波对她笑着，常使她心阵阵发痛。此时她急忙收了相框，放于案台下。

段智兴弯腰关了音箱上的开关，用眼角余光扫视季琳，见她目不旁视沉入自己的设计，不由暗喜。他把这台笔记本电脑桌面上的文件全部转移，又在桌面上先按了 print 键，在程序—附件中打开画笔，选择菜单中的编辑—粘贴，再点击文件，选择保存为 JPG 格式。又关掉画笔，打开图片，把鼠标指着图片，点击右键，选择了"设置为背景"，他在按 print 之前，先点击鼠标右键，选择查看，去掉"显示桌面图标"的对勾。

仅仅几分钟，他就轻松把截屏搞定。现在的电脑桌面和原桌面是一样的蓝天白云图案，扭头见季琳仍在全神贯注地进行着她的操作。

二十分钟后段智兴的车驶出公司大门，季琳在副驾上笑着。

夕阳曾迎龙舟来。东篱好在，黄菊先开。

晚上八点半钟时，段智兴和季琳在西餐厅坐着就餐。段智兴把切好的牛排放进季琳面前的小碟里。西餐厅环境优美，座与座之间青竹为墙，洁净雅致。

季琳手机忽响，白小琮带着哭音大嚷：“完了，文件全没了！季琳，你动我电脑没？”

“什么？”季琳瞳孔收紧，蓦然看到段智兴眸中掠过一丝诡异。他向她急忙摆动的手使她若有所想，吱唔道：“没，白姐，我怎么会动你电脑？你仔细看看，是否哪里弄错了？”

白小琮满面沮丧，甚至有些绝望：“没错，电脑好好的，我操作也不会失误，可无论如何点鼠标，电脑都没有任何反应！你知道吗？我这都开机关机了十几次，还是找不到任何文件！这是怎么了啊？我走时电脑明明是好好的嘛！”

季琳不由紧张：“先挂了啊，我打个电话给你问问。”怒视段智兴：“你干嘛啊？是段皇爷吗，该叫你东邪、西毒！你在人家电脑上搞了什么鬼名堂？”

段智兴抱臂坐着，脊背挺直，成就感恣肆汪洋：“天机不可泄露！谁让她爱显摆，得罪我一个朋友呢！”

“得罪你朋友？可能吗？”季琳眸流疑惑和歉疚：“你这不是害人家吗？要扣工资的。”站起来：“走，快去给人家恢复去。”

“我不去，让她另找电脑高手。”段智兴只是吃东西，一动不动。

“奇怪了，你怎么整的啊？她自诩为电脑高手，经常笑我只会开关机和本质业务操作，属于最低能的电脑使用水准。这会儿她可抓瞎了，嘻嘻……”季琳幸灾乐祸地笑起来，眸子一转，复为怜悯：“她明天怎么办呢？要罚款的哎！”凑近段智兴，低声祈求：“段皇爷，你不能陷在下于不义，去给人家恢复了，才是奇人风范。”

“不行，后天再给她恢复。”段智兴不为所动。

白小琮没再打来电话，直到季琳回家，已是晚十点钟，她在电话里哭了：“琳琳，我找了朋友来重新拆装系统，一直摆弄到现在都没用……”

季琳发信骂了段智兴的恶作剧，一夜辗转难安至东窗发亮，夜露侵染的树叶在风里发出碎响，绿如翡翠。人远天涯碧云秋，雨笼篱下黄花瘦。

因为段智兴的整治，白小琮受了老板训，做了检讨扣了工资。这天她上午开会、下午帮助外事部搞接待，一整天忙得四脚朝天，临下班时间才想起找人修电脑。此际白云在高楼旁悠悠而过，蓝天一洗，蝶在花间飞舞，落日楼头，花香袭衣。季琳电话请来了段智兴。段智兴一身猎装更添精神，琥珀色瞳孔流光溢彩，带着一身霞光进门，给季琳一盒口香糖。季琳打开盒子要给白小琮分，段智兴说这儿还有接着把另一盒口香糖递给白小琮。她打开盒子的刹那间里面弹出一个蟑螂，吓得啊地一声惊叫将盒子甩出好远。她本是有洁癖的，最见不得虫子，回头又看到凳子上爬了一条眼镜蛇，紧接着亡命般惊叫着躲到墙角。

季琳也吓得面无人色。

段智兴坐在电脑前，哈哈大笑。

季琳觉得蹊跷，慢慢凑近一看原是一条橡皮假蛇，虽是假蛇，她依然觉得恐怖，太阳穴突突跳着回到自己办公桌前，将桌上的一本书摔向段智兴。

段智兴伸臂把书挡落地上，脸上带着置身世外般的从容、淡定，鼠标在手中飞快滑动，侧脸看季琳的头发流泻于肩，和着她的眼眸，明净如流萤。窗外流动的霞，是时光遗留的那片素墨渲染的薄凉。他胡乱在电脑上摆弄了一通，眉头一直拧着。几分钟后，他利索地取消了桌面背景，把转移到内存盘文件夹里的文件还了原。

白小琮拭机，电脑马上运行顺畅。她十分感激，笑影潋滟直视段智兴琥珀色瞳孔，里面清晰地倒影出她的惊喜。

那晚正是周末，白小琮做东，三个人草草吃了晚饭，便去酒吧彻夜狂欢。

年轻的气韵是洒在脸上的日光，经风就翻涌得更加耀眼。

夜总会里的电子乐震耳发聩，令人头晕。禽类般蠕动的人群充斥着每个空间。无数个妖艳女子穿着性感，表情各异地往返于各个卡座中间。灯光如男人们的表情暧昧，一张张粗糙的脸上写满肉欲和新奇。在这里不需要道貌岸然的佯装，表里不一的伪饰，他们狼一般的目光，肆无忌惮地游弋于女子的胸臀之间。在这些可以随意放纵思想的地方，他们有足够的勇气丢弃面纱，和年轻女子搭讪、调情，遇到中意的就带上开房。自解放初期始，经历了六十年代的文革，八十年代的改革开放，至十七届六中全会倡导的文化大发展大繁荣，社会发展进程匪夷所思。性压抑的时代早已过去，找一个有贞操观的女子的难度，甚于找一个处女。有权有势的男人最不缺的就是钱，其次是女人，并不管她们什么样的品性什么样的长相。

段智兴的风流倜傥，引得许多女孩围着他跳舞。热情得几乎使季琳嫉妒，就如一下子认清了被疯狂抢购的商品价值。别人都在抢，丢弃者等同于傻瓜。也通过他对白小琮电脑的操控，童心未泯的季琳对段智兴的创意表示了极大的兴趣，如同修武者想看到武林高手如何以绝技消灭敌人。

白小琮在舞池里机械转动着身子，并没有季琳和段智兴的兴奋，心灵的原野一片荒芜。自大学至今，拒绝过多少男子和热心媒人，她已无法算计。自从迷恋上季涛，她就以季琳为阶梯，借着近水楼台的优势向他施展进攻。

而他心如海洋，一色清流只是表面，海底世界的气象万千，她无法涉猎无法能领略。缓步，灯光旋转，回忆满满盈着，旧日的风流。幽林暄和，鸳鸯交颈。她填她的词，一盏琥珀词一首，在十二画屏里游走；他斟他的酒，乌瞳潋滟着那日的温柔。

那些海棠花开的庭院，那些往事如梦般迷乱，寻寻觅觅，凄凄惨惨。那一夜的雨疏风骤，那一夜的故事被岁月淹没。

七彩灯忽明忽暗，如同白小琮时而断裂的思绪。她承认自己阅尽千帆，看不到海底世界，怎能甘休？一片琼花在风里绿了又黄，她的心深处，早已泪痕如霜。

女人之间的妒火可以杀人。白小琮的目光在旋转的灯影里迷离，眼前浮现出段冰清种种不友善的表情。她看得出她的占有欲并不比男人弱，很可能，她的灵魂游走于季涛季波两兄弟之间，不想让任何人接近她想要占领的山头。

面前晃动的人都好像吃了摇头丸，白小琮夹在人影中动作松散地晃动，思忖着东风无力百花残，大概就是她如今这般光景。又回起中秋节时，两兄弟带动的这个小圈子聚会的情形。

后海的餐吧里，三男三女迎着满屋的光华坐着，貌似三对情侣。坐着的三个女子各怀复杂心事。三男倒是明朗地笑着，段智兴冲着季琳，季波冲着冰清，季涛的参与只为和谐。

季琳在座上向季波倾着身子，拉着水红外搭笑问：“哥，我这个刚买的，你看好看吗？要不好看我就扔了。”

季波笑得温婉：“好看，我们琳琳穿什么都好看。”

冰清在一旁扭头看去，面上笑着，心里恨得要死。季琳依旧故我地找茬和季波攀谈，话语滔滔不绝。她常常借着季波的哥哥身份掩饰，不失时机地作痴作娇。季涛的屡屡阻止，只是增加了她的叛逆。

金碧辉煌的房间里，歌舞升平的表象下暗流汹涌。季琳像握着条神奇丝线的仙女，丝线的两端系着段智兴和冰清的痛感神经。她每每一动，都会牵得这姐弟二人生生作痛。

欲望越多的人，痛点就会多。越是冰雪聪明的人，挣扎、困惑就越多。每当圈子聚会，白小琮看出最费神周旋的就是段冰清。前忌她后忌季琳。左防季波右防季涛。一脸强力支撑起来的笑容，相当的不容易。

吴菲母亲急怒攻心昏倒，医生告诉吴菲：病人因长期焦虑，患了心衰，天热中暑，又受了刺激导致晕厥。今后要定期服药，保持心情舒畅，再受刺激就危险了！

醒来的黄欣拉住吴菲手哭道："菲菲啊，你妈上班几十年，都没和人红过脸呐。没想到临老了，却为你和人当众骂街……"

吴菲痛定，思却不定，所见的每一个男子，她都和季涛比，觉不及。

她生日这晚屋里灭了灯，插着红烛，烛影摇红，满屋馨香。唱生日歌，分吃蛋糕，优美的音乐掩不去黄欣的满面感伤："菲菲啊，我像你这么大的时候，你都上学了。婚事再耽误下去，等将来你有了孩子，妈我都老得不能帮你带了。"

奶奶拿着叉子，将一块蛋糕送进掉了牙的嘴里："欣哎，今儿菲菲生日，咱能不能说点儿痛快的？孩子也不是不努力，她每个双休都相亲。"

黄欣切蛋糕分给女儿和婆婆，叹息："女孩子大了，只有降低条件。以前咱要求名牌大学毕业、研究生、公务员，以后不论这些了，只要有房有车收入稳定就行。以前年龄槛是三十，现在放到四十。"

吴菲吃着蛋糕，耳边响着市场上小贩的叫卖：

蔫黄瓜剩白菜降价处理，便宜了便宜了！

旧货过季货打折处理，快买快买了……

吃完饭婆婆洗刷，黄欣把一张征婚启事递给女儿："菲菲，这是妈昨天看到的，我把它记下来又打印出来，你看看。"

吴菲将启事展开：

郝浩，男，三十二岁，未婚，有房无贷，籍贯苏州，上海某公司高管，年薪三十万。

诚觅三十岁以下，温柔贤淑美丽、知书达理的未婚女性，共创美好未来。

上面附有照片，金领男英气勃勃，踌躇满志，另留有电话号码。

黄欣对着照片赞叹："瞧这小伙子，真是帅气，条件也不错，我这就打电话联系他。"

吴菲茫然地看着桌面，不觉手中启事滑落在地。黄欣在电话里向对方介绍了情况，挂了电话，眉开眼笑："菲菲，他说明天忙，后天——星期六晚上见面！"

吴菲觉得她像被提着行走的皮影人，捱到星期六，四点时被外出买菜的妈妈电话催着打扮已毕。五点时她坐着吃橘子，将橘子皮一片片撕碎。黄欣提着大包小包进来催道："菲菲，你猜我碰到谁了？姗姗老公，正领着一小妖精从会所出来。姗姗该倒霉了！"

吴菲眼神奇怪地盯着妈妈，语气低缓："妈，姗姗倒霉，你就幸灾乐祸？"

黄欣恼怒了："你这孩子，咋这样说话？你妈我是那样低俗的人吗？拿别人痛苦当美食尝了？"看着挂钟催促："快走吧菲菲，初次见面不能迟到的。我今天不陪你去了，人家郝浩说了，他特别喜欢独立、有主见的女孩。"阅读不到女儿的任何情绪，她不由皱眉："这孩子，你咋这脸色？这是去吊丧啊！不能这样的，这是喜事，要高兴……"唠叨着送女儿来到马路上，乘上出租。

吴菲进入装着花束的旋转门时，是晚上六点。高档的餐厅，雅致的布局，男子温文的微笑缩减了时空。

他给她倒水、夹菜、添汤，对着她赞不绝口："菲菲，你真漂亮！原来上天给我这么长久的孤独，只是为了遇到你。"

一些复杂情绪，如一岁一枯荣的离草难泯。昏黄的灯下，吴菲低着头，幽思宛转、连绵。

第十六章　觉来更漏残

饭毕走出酒店大门，郝浩热情相邀："我家就在附近，随我去看看？"

她在模糊夜色里看到妈妈的晕厥、泪眼，对着身边男子的期待，笑容婉然："行，走吧。"

他所在的小区环境十分优美。环形停车场，椭圆形花圃，翠竹、松柏，海棠、芙蓉花树，在迷离的灯火里如霞如雾。

乘着电梯来在二十楼，他在向西的单元门前掏出钥匙。

房间里乳白色的欧式装饰伴着乳白色的家具，尽显尊贵、不俗，使人留恋。吴菲在屋里转着，意兴盎然。不料他忽从身后抱住她，往床上按去。消闲的花园里突见猛虎，猝不及防的吴菲吓坏了，嘴大张着却喊不出来，拼尽力气反抗。

他攻势强烈……

出租车载着吴菲回到自家小区路口，她木然坐着，看到妈妈站在寒风中凝望，已不知多久。司机催下，她付了钱，打开车门走向妈妈，强咽悲泪。

妈妈向她走来，朝她身后张望。她随着妈妈欣喜的表情回头，见郝浩道貌岸然地笑着，朝妈妈伸手："阿姨，我怕菲菲……"

他说了什么，她心已失，嗡嗡作响的耳朵听不清楚，只见妈妈一下拉起两人的手："真好啊，你们要好好相处。"

怕妈妈受不了刺激，吴菲无言挣脱她手，独自站在风口，回顾梦幻般的前尘：桃叶的渡口绿水悠悠，纷纷满楼的红袖。他们走过莫愁湖的重帷庭院，夫子庙的锣鼓喧天，文德桥上晚风徐徐。她醉卧了花柳，轻捻着红杏，助秀色堪餐。春醉了琼楼，芳景如屏，他们要一生携手。那个等待千年的期盼，如桃红，如蝶衣，在流光飞舞中，舒展着变幻。旋而如被风吹过了江岸，消失不见。

萧索北风，夜幕覆盖下的京都静谧如同一幅淡淡的水墨。表面的恬淡下折叠着数不胜数的疮痍。季涛和段冰清刚刚经过销魂一刻。他抚她柔软发丝，目光幽深："冰清，不如咱们……"段冰清无需费一秒钟盘算，忽地坐起，眸光在淡蓝色的灯光里透着寒气："你不就一屌丝……怕什么？"幽蓝的灯光如水，把往事的另一页侵淫其中，慢慢溢开。每当双溪春正好，蚱蜢小舟，茱萸遍插山头。她伫立黄昏时候，山花烂漫，暗香盈袖，就想和他品三杯两盏淡酒。

那次纠纷，梧桐雨一直到黄昏，点点滴滴，乍暖还寒，无他相伴，她不堪消受，梦里不见，唯有单衣试酒，无语泪双流。

季涛的脸埋于黑暗里，语声迟缓："不以结婚为目的的恋爱是什么？我们这样往来着，你心里就好受？他是我哥，咱们这叫乱伦……"曾经想用一些行为，把他的尊严摧毁为齑粉。而这把双刃剑，也同时毁灭了自己。

段冰清直觉憋闷，语气凌厉："你们男人都这样，换女人就像女人换衣服，我知道你……"

季涛已进了卫生间，里面响起哗哗水声。

他放在床头的手机响，她拿过一看，署名棋子：涛子，谢谢你在原料上的帮助，待工程完毕，十万块立即还你。我和她现在很好，我们很感谢你！

段冰清警觉凝望卫生间门，见无动静，便把信息转发自己手机，将他手机放回原处，双眸在黯淡灯影里疾转，疑惑如乱丝将心房爬满。

季涛披着浴巾出来，裸露的胸肌，幽深的目光："你回吧。"

窗外月移竹影，闪闪的银光里洋溢着浪漫和青春激情，随风浮动。在这样柔情似水的夜晚，正是有情人两情相依缱绻难舍之时，他居然无情地试图从两人空间里抽离。

她定定地望他，顾不得柔情被他的冷硬击碎，唯有疑惑："我是你什么？性奴。"

季涛面色是惯常的深水无波，幽然道："我们得有理智……"心中掠过岁月凄苦，仇恨之火如烈焰焚烧，渐渐熄灭，缓缓揽她入怀："我知道，你其实很爱季波。"季波，他抢了他爸，抢了他女友！

现实的冷硬击碎了她韧性的防线，在昏暗中落了泪，哀泣："季波，他对不起你，对不起我！所以我才爱你，可你不爱我！他也不爱我……爸妈一直催着我结婚……他都不答应。"她伏在他肩，啜泣、抽搐不止。

他一瞬悲喜，一瞬冰火，轻轻拍她，如淫雨忽停，语声温和如春：

"我理解你，女人耗不起，得早点儿有个归宿。"温厚掌心滑过她光洁手臂："你们感情基础那么好，你可以晾一下他，活出你自己。他另眼相看了你，那时候他得回头来求你。现在的人，生存压力太大了，生意场上竞争激烈。男人，其实都希望有个会持家理财的老婆。”思忖影视剧中血腥的复仇者，可曾快乐？艺术作品早就告诉人们，血武并不能使恩怨结束，恰能延伸罪恶。可人类并不足够坚强，谁能自控？

段冰清垂眸思忖后停止悲泣，语气肯定：“对，我跟着他干就像在依附他。你的意思是让我另立事业？我可没那能耐！我只会跳舞，可以跳舞赚钱。他会愿意吗？”

季涛的黑眸在室内静寂里流淌着神秘，还有些模糊到难以阅读的东西：“我有一同学叫时亮，在‘一汽海马’做工程师，技术一流人也精明。请他做师傅做汽配，稳赚不赔。”他沉稳的声音流淌在宾馆房间的温暖空气里。

“真的可以吗？”段冰清摇着他胳膊，涨了的精神一瞬消退，软绵绵的：“资金？”

“向他要，他有的是钱。肯给你，那是爱你。”季涛拍拍她手：“我也支持你。”

“你支持？你家刚买了房。”她疑惑。

“没多有少，一点心意呗。就当还你们。”

季波正在酒店应酬商家，双方煮酒论英雄，李子翔替他喝了一杯又一杯。

无法向季波表达爱心的季琳在酒吧借酒浇愁，醉得一塌糊涂。白小琮打季涛电话时，段冰清在季涛怀里依着，看到手机上闪出白小琮名字，仰面季涛目流深意：“接呗。”

季涛关了机。白小琮无奈打季波手机，季波闻讯急忙驾车赶来，将季琳背出酒吧，惹得许多人注目，窃窃私语。

这天段智兴接季琳下班，见一抹流霞在天边灿烂，几缕青树苍翠凝烟。他边开车边扭头季琳，心思宛转：“白小琮你俩处得挺好的，说明我妹妹人缘好，人见人爱花见花开。”

季琳莞尔，露出皓齿：“甭瞎奉承我。人家小琮是个高傲性子，基本没什么坏毛病，很好相处。她还坚持些做人原则和独特的生活习惯，轻易不变。”

段智兴手扶方向盘，凝视前面路道：“不奇怪，人人都会坚持些做人原则和生活习惯。”

季琳加强语气：“她坚持的东西有点儿特殊。”目光扫掠车窗，脸上闪着淡淡的白光：“比如吧：外形看不顺眼的人，她就会疏远；看不顺眼的同事，她最多打个招呼，一般不说第二句话。这么说吧，她好像有洁癖，从来不用别人的毛巾、茶杯，不喝外面的水，不吃地摊上的东西。洗静的衣服她都还要在清水里连续涮很多遍，内衣总要在开水里狠烫消毒。陌生人用了她茶杯，她必定要扔掉……”

“哦，一个妙玉。她长得……瞧着那张大嘴，总是向下撇着。人还看她不顺眼呢。”

“谁看她不顺眼？你姐吧？”季琳扭头，审视段智兴，忽大喊手机忘拿了，得回去。

两人来在办公室，季琳找不到手机，急得乱翻文件。段智兴帮着找，却从季琳的记事本上看到了白小琮生日，记在心里。季琳找不到手机，急得出汗，用电话拨打，手机响起来，在一份文件下压着。

白小琮生日这天，段智兴刚一上班就打电话，说是已定好房间庆贺。接近晌午，季琳白小琮出来乘公交。人很多，两人抓住横杠站着，被挤得站不直。白小琮在人缝里道：“小美女，我跟着你沾光了。”季琳愁眉苦脸：“跟着我倒霉。看被挤的。”在中行雅宝路支行下车时季琳的脸被上车人的伞柄碰住，红了一片。她们跑来跑去，饥肠辘辘却找不到地方。季琳站在高楼的阴影里打通段智兴手机：“你在哪？我们早就到中行雅宝路支行这了，找不到那地儿，你想放我们鸽子不是？”

段智兴把恶作剧搞成惊讶：“我说的是建行雅宝路支行，你健忘哎！”。争来争去，季琳脸皮发绿地吼：“不去了，挤车都把人挤成肉饼了！”

段智兴所处地点嘈杂，听得出他费力提高声音：“这哪成？我姐和季家两哥哥都等着祝贺呢。”

她俩闻知此情，又是欣然又是焦急。季琳扭头看白小琮：“小琮姐，段冰清也在呢！”白小琮嘴撇得厉害：“你怕她？”目光流转，寓意深长。

季琳狠狠把餐巾纸揉皱成团：“才不呢！”

白小琮抬头看看太阳：“你波哥人不错。”

季琳冲着她挤眼：“我涛哥人也不错。”

两人同时道：“段冰清讨厌！男人怎么都看不破？”各自挂念着那个可能唱响她们生命之歌的男人，她们同时往马路边走。季琳看着天空浮云掠过：“听说他们早就订婚了，我不怕。现在什么世道了，讲究一个公平竞争。”

白小琮边往前走边撇嘴：“公平？都被潜规则替代了。”

她们打的在二环中线遭遇堵车，沿二环拐向繁华的雅宝路，在雅宝路中段北拐就看到了建行雅宝路支行。不久，就找到了段智兴指定的东湖人家。二人进了房间，见只有段智兴姐弟俩在那儿坐着，心冰了一下，一根什么弦立即松弛。

段冰清背对着她们正在通话，语气烦躁："算了算了，你做起生意来什么都忘了!"转面笑望白小琮："祝你生日快乐!"笑意盈然地将一盒蛋糕打开，插上音乐蜡烛，又拉着季琳："琳琳，快坐啊，饿坏了吧。"她已多次冷静审视季琳，她除了丢三落四的毛病外，几乎没什么缺点，难得的是心底单纯善良。那次她喝多了酒，她跟前跟后伺候着；她冲她讥讽挖苦，她没心没肺地笑着；她那天晚上丢了项链，第二天中午才发觉。当时下着大雨，季琳拉着她冲进雨幕去寻找。她宁愿给力弟弟，让季琳早日成为弟媳。

"我哥哥他们呢?"季琳双手搭在腹部拎着包，袅袅婷婷站在那儿对段智兴发问，脸上的失意整整齐齐挂着。

"他们啊，相关部门临时去检查，大季请二季陪客去了。"段智兴言之凿凿，招呼二人坐下，另有段冰清满面笑容地倒茶，喊上菜。刚刚坐正的段冰清突然捂着肚子呻吟，满脸的痛苦之色。几人忙问怎么了？冰清噢噢地发呕，口齿不清地说早上喝了牛奶，可能坐车颠簸的了，现在好恶心，要吐了，哦，噢……

白小琮一阵反胃，急忙别过头去，腹底翻江倒海。

季琳惊诧地看到段智兴趁白小琮扭头的一瞬，飞快地将一瓶营养快线倒往桌上和蛋糕上，段冰清狡黠地笑着。

少顷，白小琮捂着鼻子转过身来，听段冰清大声喊服务员快来收拾一下。段智兴却飞快地用汤匙把桌上乳白色的残夜刮进杯子，仰头，一口灌下，连声说："这牛奶味道没变挺好喝的。"又动作麻利地切溅了残液的蛋糕分给几人，季琳、段冰清、段智兴都大口吃蛋糕。白小琮面色大变，眼里血雨腥风飞掠，脸色苍白地捂着嘴直奔卫生间。

天真烂漫的季琳直觉新奇、好玩，这种惊险的刺激压倒了对友情的忠实。她顷刻间理解了顽皮小孩对亲人恶作剧之后所获的快感，和段氏姐弟笑得前倾后倒斜倚桌子。

饭间，段智兴不停分切放在一旁的蛋糕，季琳、段冰清隔一时吃一勺，暗察白小琮。她只说胃不舒服，滴水未进。

段冰清迎着煌煌霞光来到季波办公室，看到窗台上一束杜鹃开得鲜艳，季波捂着肚子倒卧在沙发上，面目扭曲满头冷汗。

“季波，你怎么了?”段冰清惊呆，扭曲着自己，抱着他，被他折腾倒地，又急忙起来，替他擦汗，目光焦灼：“快来人啊——”

人们七手八脚把季波送往医院。

急救室门外，给范依蕴打完电话，段冰清坐在长椅上把裙裾揉皱，神情惶急满目焦虑。见急诊室们打开她急忙迎上医生：“他怎么了?”

医生带着口罩，露在外面的眼睛在她身上打转：“急性阑尾炎，需要立即手术。家属，签字。”刚好赶来的范依蕴头发很乱，脖子里的丝巾滑落地上，被段冰清捡起来。

范依蕴签字时手抖如风中树叶，又惊恐不定地看着一群人拥着手术车，进入手术室，雕花玻璃门关闭，隔断人忧愁的目光。她手足并拢靠墙抹泪，低声抽泣，眼睛哭红，时而怅望时而抱臂失神，心里涌起的尽是纷乱思绪，浓密的忧郁掠过眼眸，又速被冰寒覆盖。

段冰清在她不远处的椅子上坐立无数次，手紧紧攥着，眸子里有着分明的忧患和牵肠挂肚。廊外清风伴着明阳，她们的心沉入黑暗的缝隙。

刺目的阳光，汹涌的流云，飘落的飞絮，攒动的人群，在玻璃窗外构成一幅浮躁红尘图。段冰清一手扒着窗框一手擦着鼻尖上的汗，眸中弥漫着浓雾般的伤感：

若说爱已死，又怎能如此在乎?

她想起和他去藕花深处，看那一滩的鸥鹭。那些恬美时光，曾让人陶醉而忘忧。她飞跑着追上卖花人，买了一枝那年的春欲放，那绯云染颊、云鬓横斜的娇嗔模样，引得他痴迷相望。

韶华悠悠，有多少往事，至今，欲说还休!

季涛、季琳、段智兴及段家父母，李子翔及宏远公司的一些知情者先后来到医院，焦灼等待的队伍变得庞大起来。

手术室门在他们如火的渴盼中打开，等待的众人随着推车涌进病房。

破窗的阳光中，季波脸色灰白地闭目躺着，枯槁如木乃伊。

头扎马尾的护士告诉他们：“阑尾炎术后护理比较麻烦。他是腰椎麻醉，要去掉枕头，平卧12小时，防止脑脊液外漏而引起头痛……”

季波的脸黄如裱纸，薄凉得存不住一丝血液。药瓶高高地挂着，瓶里咕咕嘟嘟地泛着水泡。众人围满了屋子，统统静默。

范依蕴拢拢耳边头发，红着眼眶环视众人：

“谢谢关心！大家都很忙，不如先回去吧。等季波出院，一定当面拜谢。”

众人说手术失血又伤元气，得好好照顾好好补养，说着祝愿早日康复之类的话离开。季涛站在窗边拉拉西服领子，躲着范依蕴目光：“有重要客户接待，我得走。”

范依蕴眼里有水光晃动，声音嘶哑：“你忙去吧，向你妈问好。”

季涛的身影溶进阳光里，病房里只剩下段冰清。范依蕴、段智兴、季琳去医院餐饮部吃过饭回来，季琳对着季波发呆，刺痛段冰清眼球，她推推段智兴：“带她出去转转。”段智兴驾车驶入马路，细读季琳的满面郁色：“开心些嘛，去首都电影院看电影，好吗?”

季琳轻轻点头。汽车向西城区快速驶进。

第十七章　我也很想他

来到西单北大街大悦城购物中心，乘着电梯上了10层，季琳跟在段智兴身后，以好奇的目光四下里浏览，惊叹道："不错啊，五星级标准！"

段智兴把刚才在门口买的一瓶葡萄汁递给她："这个影院经过重建，的确不错。总面积一千三百多平方米，一共14个厅，2008个座位，拥有先进的放映和还音设备。庞大的规模可以说是现阶段中国电影放映业的龙头企业。"

二人随着擦肩接踵的人群进入四号厅10排8号座位坐下，季琳好奇地左顾右盼着。段智兴突然拉住季琳手，被她轻轻挣开。忽听QQ叽叽响，原是段智兴手机上的QQ开着。他低头打字，发送，又看看季琳，把手机调成静音。

下午五点，阳光的影子在风里迷离。同事们刚走，吴菲在写字楼里，一脸任人宰割的温柔淡去，忧伤弥漫，一次次挂了郝浩电话。一个下午，他扰得她处理不好文件。

郝浩站在窗帘后，脸上闪着诡谲之光，把电话打给黄欣："阿姨，我不小心惹菲菲生气了，她不接我电话。你帮我劝劝她，出来一起吃饭，好吗？"

"好好好，"黄欣刚洗过头，正在梳头发，一手拿着梳子，又把电话打给女儿："菲菲，又气我不是？缘分来了你不珍惜，不接人家电话，也不看看你多大年龄了。"

吴菲的泪光里闪出妈妈愤懑的脸，心被妈妈哭声揪碎，声音如风中丝带般抖动着："妈……你……"哽咽难言，心又一次走过旧日的后海。花楼，江畔，桃红与柳绿，重重叠叠，在宽阔的海面摇曳，起承转合，像极了翰墨氤氲的画卷。那个时候，他在彼岸，白衣胜雪地吹奏一曲锦瑟的缠绵。

"我什么？我错了？死丫头，你要气死我啊……"黄欣悲泣难言。

吴菲拿起纸巾胡乱擦泪，只听妈妈止住哭声，话钢铁般坚硬："你爸不在家，你就得听我的！现在我出去买菜，今晚你俩在咱家吃饭，就这了！"

吴菲又打回去，情急中泪水索索：“妈，让他来咱家？别恶心了！他要来我就不回去了。”

“什么？人家对你那么好，怎么就恶心你了？你一定要和我唱反调啊？”

奶奶急忙接过电话，来到里屋，压低声音：“菲菲啊，你妈那病，可不敢生气哎……”

吴菲挂机后啊地一声大哭，捶打桌面，哭声歇时打通电话：“妈，我回去……”

“乖女儿哎……”妈妈的夸赞热情洋溢，吴菲跌坐椅子，心寸寸成灰。

晚上回到家里，见郝浩姿势周正地在客厅坐着，和妈妈相谈甚欢，如同失而复聚的母子。吴菲走过他们身边时，听到郝浩说：“阿姨，我爸妈都在上海我姐那儿。在苏州这儿我一个人，以后正好孝顺您。”

吴菲悄悄感受着他的粘稠目光，如蛇芯子刺向身心。奶奶在厨房忙得不亦乐乎，她借故帮厨，躲避进去。正在炒菜的奶奶让她削土豆，她目光茫然，动作机械，将土豆一片片削落。手中仅剩一小块时，奶奶转身，惊慌地摸她额头：“菲菲啊，你脑子累坏了吧？”

饭菜丰盛，她强颜欢笑，食不知味，筷子从手里滑落两三次。

饭后黄欣对婆母使眼色：“妈，米没了，油也没了，咱们去超市吧。”搀着奶奶走到门口，又回头叮嘱：“郝浩你们好好聊聊，我买馄饨回来，给你们做宵夜。”

门被妈妈哐地一声关上，吴菲陷入惊恐和绝望，眼神如冰雪寒冷：“你走吧，我永远不想再看到你！”打开门，指着门外。

郝浩英俊的五官折射出温柔，走近，揽她入怀，被她挣脱，他强硬地锁上门：“菲菲，我这么爱你！你为什么要恨我？瞧你一家都喜欢我，我们迟早要那个。早一天晚一天，有什么区别？”

去你妈的魔鬼逻辑！吴菲手攥出汗，暗骂。

见她直立着垂首不语，他凑近，蛊惑：“男女表达爱的方式有别。菲菲，我们都这么大了。已经这样了，就顺其自然吧！没看你妈和你奶，都在为咱们制造机会……”

“滚——”她终于怒不可遏，指着门口大吼：“滚出去！”

他猛兽般扑上去抱住她，气喘如牛。她挣扎着撕打着，听到门外有人走动，哭叫着拍门：“救命啊，救命啊！”

她被他拽回去，捂住嘴。她听到有人走向门口，敲敲门，见无动静，脚步远去。他已将她拖在床上，满脸阴气地俯视，拍着她脸："你想让左邻右舍知道被人强奸？要传出去，是你全家丢人还是我丢人？不止丢人，你妈还要被你气死！她有心脏病。"

她闭上眼睛哭着……

黄欣回来时见女儿已睡。

无颜面对，装睡的吴菲听到妈妈快活的声音："他爸，你放心！菲菲这对象真不错，对咱菲菲可好了……"

吴菲眼里不断涌出泪水，捂上耳朵，泪流了一手心，顺着手腕淌。

此后，被强暴的屈辱抹不去，她无比纠结地面对他的纠缠，妈妈的催促："菲菲，你们什么时候结婚啊？"

一切的过往在复制的过程里被分拆、组合，吴菲眼里映着父母鬓角的华发。一切迟早都要发生，一切迟早都要消亡。吴菲心如死灰地试着接受郝浩，吃饭，看剧，闲逛……

觉得女儿终身有靠的黄欣喜不自禁。

这晚吴菲下班回来，见妈妈拿出两套男式西服："我给郝浩买的，八千多哎！你看他会喜欢不？"

吴菲将一些叹惋沉落眸底，将西服扔进沙发："妈，花这钱多可惜。他妈我都没见过呢。"黄欣道："他妈不是在上海嘛。"喜不自胜地："我家菲菲咋真有福气呢！找了个半上海人。听说北京姑娘找对象第一是上海人，第二才是欧美。上海男人多好啊！戴一副秀才眼镜，系一条方格围裙，忙里忙外，做菜做饭。早上送孩子上学，晚上接孩子回家。周末早上不睡懒觉，先去菜场讨价还价，再驮着孩子去练琴去家教。偶尔有空，一手牵小孩一手拥娇妻，一起去丈母娘家。听说上海年轻女人都不会烧菜，老公加班就吃盒饭，人称福气太太。"

正听妈妈絮叨吴菲手机响，姗姗哭得不能喘气："菲菲……他是个不得好死的王八蛋——"

她悲惨的啼哭使人揪心，吴菲霍地站起，来在门口："姗姗你怎么了？"一些预感，随城市灯火起伏、明灭。

"他找了三儿，早把房产证抵押了，说是做生意……昨天，她妈她姐从幼儿园骗走了我儿子……我三十岁了，什么都没有了！还活个什么劲儿啊！"

卷帘日长人静，满屋萤飞无尘，心如杨花漂泊。

段冰清拉着季波的手放进被褥里，用棉棒蘸水湿他口唇，又用毛巾在水里绞了绞，轻擦他面，每一动作都耐心细致、体贴入微。

范依蕴看在眼里，心中默记。

忙完一轮静下来，段冰清看着一缕光斑在季波熟睡的脸上跳跃，心里是悠长的空洞和无底。她扳指细数那些零零碎碎的过往，思想顽固定格在巨大的怅然里。

她的比美貌更胜的舞姿，曾凌空烟花般乍放在多少个男子的绮梦里。

云来，风起，千帆过尽。她却像一朵只对他吐香绽芳的花，心无旁骛。

人们都说以她的美貌和智慧，什么样的男子不能寻得？

她轻笑，他有英俊潇洒，还有温文尔雅和宽容似海。知道他爱她窈窕妍丽的身，更爱她七窍玲珑的心。拥着他，她没有什么不满足，但却有所顾虑。

顾虑有一日，有人横刀夺爱把他抢走。还顾虑有一日，她色衰，他爱驰。每当她对他轻轻诉说，他便握着她手放他胸口："世上鲜花看不完，可我这颗心只为你跳动，至死。"

原以为就这样将地熬老将天熬荒，不料一个叫吴菲的女子，深夜上了他的床。

她说她醉了，他也说他醉了。

自此如魔附体，他们开始相互攻击、冷战。色未衰，爱已驰，心似寒霜。

不堪回首，那些血色记忆总是于夜深人静时刻在她身边瞻顾徘徊，每一次光临便冷寒袭体。她曾想把他们爱情的此页关闭，打开另一网页，来刷新已经千疮百孔的心灵。

手术当天禁食，季波躺在白色铺盖的床上，形如尸体。段冰清依在床前阅读他的苍白，满目怆然。人生涅槃，谁能幸免？重生以后，君当属谁？乍听得窗外鸦啼莺语，惹起新愁旧恨无数。清白色的铺盖，清白色的墙壁，氧气瓶哗啦哗啦，满屋冷寂，因为世间存在着的温情而无倦。闹钟滴答，不放过人间悲喜一秒。范依蕴斜坐在另一张病床上，目光牵着儿子，一边接听手机："……冰清真是个好孩子啊，我没看错的……行，你放心，这次季波出院我就让他们结婚。不会变了，保证不会变了。"满脸的庄严，且打着手势。医生带着一群实习生进来测量血压、脉搏，每小时一次，连续测量三次，至平稳。

第二天午后，阳光温暖花含烟，季波手术后已经24小时，段冰清和范依蕴搀扶着季波起床活动。遵医嘱，促进肠蠕动恢复，防止肠粘连，增进血液循环，加速伤口愈合。术后的饮食调理也很慎密。她们特意去饭店为他加工饭食，第一天流质，第二天软食，第三天普食，鸡汤、排骨汤、鱼汤轮流变换。两个女人殷勤照顾，季波术后恢复情况正常。范成芳心痛这个准女婿，每天变着花样煲汤送来。

苍茫的夜空高而远，月华清冷裹着萧风。喧哗的医院随着夜色的浓重渐趋静谧。病房里亮着白炽的灯光。季波喝完汤后靠在床头闭目喘息，额头爬满细碎的汗珠。段冰清端着水弯着腰，伺候着他漱完口，又拿纸巾给他擦汗，再从一旁的盆子里绞了毛巾，仔细擦了他满脸，反复几次。忙完坐在床头，被季波握住手，黑眸流泻出感动、愧疚，在灯下渐转柔情："冰清，这几天把你累坏了。"

"不累，看着你好起来，我就开心。"段冰清帮他把枕头稍移，使他躺得舒适。

沉睡的爱复苏，此后数日，他们十指相扣着看木芙蓉在霜风里打蕾抽蕊，晶莹剔透；相依着听雨从苍松深碧的枝间落下，滴滴嗒嗒；看绿柳被风剪了风华，随风纷扬、调落。

细雨霏霏的下午，新鲜氧气似被湿气隔阻在屋外。季波看着护士拔了针头，段冰清替他按着针眼，长吸口气说："屋里真闷，要不怕冷，咱出去透透气儿?"

段冰清含笑点头："听你的。"

空气依然冷冽，园林里的一树白花如梦如雾。段冰清穿着海水蓝羽绒袄，一手打伞一手推着轮椅上的季波，毛领上的狐毛在风中一颤一颤。季波穿着厚厚的衣服坐在轮椅上，身上盖着折叠的绒毯。范依蕴打着伞在前面罩着他头顶。三人走过处，但听得雨打落叶，发出迷蒙而凄切的响声。犹闻昆山玉碎，裂成无数细碎水珠。湘竹屹立，玉鸣汨罗，潋滟千里洞庭秋波；盈然在耳的风雨声里，巫诗一般的笛，淹没了屈原大夫的悲吟。

林荫道上是形形色色的行人和陪护者，衰草青树间，风在身后将树叶吹得纷纷扬扬。

季琳推开门，捧着一束香水百合放于窗前桌上，见屋里没人，打季波手机，语含深情："大哥，这么冷的天，你去哪儿了，别冻着了?"

季波笑答："琳琳来了？我们这就回去。"

见季波和段冰清转回，季琳想去搀扶季波，又缩手站在那儿，指着桌上：

“大哥，这花好看吗?”来过几次医院，见段冰清不离左右伺候，冷面以对，她每次怅然而归。

百合花凝着露珠，映着窗外阳光，花瓣玉润晶莹，赏心悦目。季波落座，正接过冰清递上来的水，把杯子往旁边一放，温和一笑：“当然好看。”

范依蕴附和，段冰清冷眼看着季琳。

烂漫的季琳终是按捺不住性子，拉起季波手，笑影潋滟：“大哥，等明年天暖和了，我们去‘瑶池仙泉’玩吧？那儿将开设冲浪、漂流，可好玩了！”伴着一串铃铛般的笑声。

强抑怒潮，段冰清双肩微微颤着，眸光射向季琳，锐利如锋：“这儿是病房，需要安静！”

季琳垂首无语，胸中有热流鼓荡，面色阴晴莫测。少顷抬头，水亮的眸子掠过季波、范依蕴、段冰清：“我走了，冰清姐，送送我行吗?”

两人一前一后来到住院部后面的林子里。红阳高挂，风却裹起阵阵寒意透骨。走在前面的季琳拉拉条纹风衣的领子，回头看段冰清，眸光如水倾泻：“我们是平等的，知道你不欢迎我来看他。”

段冰清看着季琳的目光，是权高位重者看平民的那种，脸在阳光里蒙着寒气：“请你不要忘记自己的角色！你就一漂儿，拿什么和我竞争？我弟弟待你如何？偏偏要搅和别人！我都不知道，你怎么这样不识进退?”

季琳的冷笑如萧风之凛冽：“莫泊桑小说中怎么说啊？女人本来就不分什么等级、品别，外貌和魅力，就是我们的出身、门第。女人之间的高低优劣仅在乎自身条件。不在婚姻之内，大家可以公平竞争！”

段冰清怒极反笑：“咯咯咯……公平竞争？你要搞出一段惊天动地的兄妹恋，笑坏世人吗？真是恬不知耻！”

季琳语声激切：“我们不是亲兄妹，你别拿这蒙我。走着瞧，我一定会让他爱上我！”

段冰清猝不及防地向季琳挥去响亮耳光，切齿道：“不知天高地厚的东西！”转身往回走，疾步如风，头发在风里缠绕，和花香溶为一体。

季琳片刻呆愣后对着她背影哭骂：“贱货！白小琮都说你是个贱货。我不会败给你的！”

她歇斯底里的哭喊随风飞上九天，风灌满衣袖，吹起发丝萦绕身际。段智兴沉默不语站在一树五星海棠后，久久望着身边一丛篁竹被风卷着，上下左右剧烈起伏，如同人难以掌控的命运。

范依蕴趁着段冰清出去，边搀着儿子在屋里活动边说：“要说媳妇啊，最难得的是体贴。冰清对你那是没得说，段姓一家人都还不错。依我看你出院后，择日子把婚给结了?”

他顺从地点头，目光却十分黯然。

待季波出院，段冰清却似把结婚二字删除，这天她来到季涛处诉苦：“忙疯了！做汽配的资金还是短缺着。”季涛从抽斗里拿出一卡：“从货款里挤出这二十万。”

段冰清拿起卡的瞬间捋捋发梢，涨了精神：“我一定会赚到钱的！将来还你。”

执念击透阴影，成为战胜一切的强音。段冰清像一个陀螺，为开店高速运转起来。绞尽脑汁筹款，东奔西走选择店址，找人装修门面，定做柜台，进货等。每天都忙得不可开交，却兴致高涨。

开业前三天万事俱备，她和季波、季涛、季琳、段智兴、白小琮一起到酒吧唱歌喝酒，极尽欢娱。段冰清舞瘾上来，混在舞场里的非主流群里，狂舞引得所有人惊艳。季波季涛段智兴季琳在一旁喝酒闲话。白小琮遇到一群熟人，有同学和朋友。其中有一男同学，看着她目流深意。大家热情相邀，她不好拒绝，又怕等会儿被那男同学黏住，就拉着季涛一起过去应付。段智兴见季波看着冰清跳舞，有些烦恼的意味，就去叫冰清回来。无奈冰清不听，和段智兴吵翻了天。

沙发上只剩下季琳季波。季琳已醉，忽然从后面抱着季波，不肯放手。

迷离的灯光铺展开暖意，季波伸臂，像爱抚小猫一样在季琳臂上停留一刻，然后掰开她手，夺过她重新拿起的酒杯，皱眉无语。

她梦呓般地对着他，目光痴缠：“我喜欢你，我喜欢你，大哥。”醉态迷离，再扑向他。他凝视她，满目怜惜，轻轻叹着揽她，母羊呵护羊羔的那种，双手很快垂落，再无任何暖意，似乎很累，语声极低：“你是我妹妹，你是我妹妹，傻妞——”

第十八章　别为我难过

她环着他腰不放，他重重地叹息，对着墙上的玻璃看他们的眉眼是否相似，低头道："琳琳，你要想清楚这个问题。你喜欢跟我在一起，那是因为我们是兄妹，不设防。万事都要有个度。女孩子家，你别轻易喝醉酒，别轻易跟人感情太近，不设防，那不好。记住我是你哥哥，我们是不可能变成那样的。你是聪明人，该好好想想。即便我没你冰清姐，咱们也不能那样，知道吧？"

季琳酒醉中依然脊背发凉，许多话已到嘴边，见返回的段冰清虎视眈眈盯着她，眼神怯怯地，手极不情愿地从季波身上抽离。

段冰清手机响，一看赵恒的，面带厌恶挂掉，又看到段智兴紧盯着季琳，嘴咧得仿佛口中黄连一直渗到心底。

季琳睁开眼时，窗外灯火透过窗帘，屋子里灰黄暗沉。她发现自己躺在季涛膝上，皱起眉喊口渴。季涛递水给她，咕咚咚喝的很响。闭眼进入梦境。梦里她与段冰清打得头破血流，醒来时天光已经大亮，街道口行人匆匆。

段冰清运营的宏远汽配城隆重开业。

彩球升空、鞭炮作响。门前搭起彩虹门和舞台，年轻的姑娘跳着艳舞唱着流行歌。前赴后继的人拥挤着看热闹。相关的各方人士都来庆贺，有区政府及各委办局部门的领导、部分汽配行业协会的代表、新闻媒体记者、商户代表等。

庆典仪式开始，主持人赵恒受范成芳之托，致辞前往后抿抿一丝不乱的头发："……宏远汽配城是宏远地产开发公司成功打造'安居新城'之后的又一力作……有四个区域：汽车修理区、汽车装饰区、轿车配件区、卡车配件区，另有停车场，功能齐备，配套设施完善……

段冰清高挽云髻，穿着粉色羊绒大衣，黑色长筒靴，在迎来送往中，丽眸始终闪射着迷人笑意。中午，众领导和宾朋分车而行，前往酒店欢宴。当晚，李子翔做东，请季涛、季琳、段冰清、季波、白小琮、维修师傅时亮等人来到金玉酒店，对开业庆典圆满成功表示祝贺。段智兴因为单位有应酬不能前来。众人举杯，欢声笑语在房间的空气里流淌。

陈晓红领着一个绮年玉貌的服务员前来敬酒，众人干杯。

看着众人都向季波和段冰清道贺，季琳一杯杯地把自己灌得酩酊大醉，醉态迷离地拿起杯子走到季波身边，乌瞳潋滟侵润柔情，挽着他胳膊嚷着要碰杯。

白小琮也端着酒杯来和季涛碰杯，因酒颊红，媚态十足。

段冰清眼底燃起怒火又很快自灭，她不愿让自己像电视剧中貌美如花心如蛇蝎妒气冲冲的歹毒女子那样，动辄在人前歇斯底里地斥骂同性。她愿将自己打造成喜怒不形于色的军统女子形象，以置身事外者的姿态静静地观赏表演。

碰杯已毕，穿着无袖旗袍裙的季琳将玉臂穿过季波手臂，黑瞳流转出梦幻般的色彩："哥，咱们喝个交杯酒嘛……"

众人齐向段冰清瞩目。一忍再忍，忍无可忍，段冰清将一杯酒猛地泼在季琳脸上。

季琳遇袭大骂贱货，两人迅速撕扯在一起，又打又骂，闹得人仰马翻。

众人将两个女子拉开，头发蓬乱的季琳双手抱头痛哭。从卫生间返回的季涛拉住段冰清猛地一甩，怒吼："你对她做了什么?"

段冰清抱臂一笑："我是女人，能对她做什么? 他才能对她做什么!"将季波往季涛面前猛地一推。

季涛目光里喷射出三九天的寒流，猛地推了段冰清一把，看着和她站成尺角状的季波季琳，脑子里复现季波和吴菲在床上的情形。累积的怨恨如洪流决堤，他气急败坏地抓住季波衣领，一拳挥去。趁着季波呆愣，又接连把他打翻在地，骑在身上，卡住脖子。

段冰清、白小琮、季琳乱作一团，惶然拉开季涛。季琳哭叫着，抱住鼻血流了满脸的李波大哭。季波擦着脸上的血，推开季琳。段冰清趁势啐了季琳一口，和李子翔驾着季波飞跑出去。

白小琮和季涛拽住疯狂般往外窜的季琳，季涛大声呵斥："你知道他是谁吗? 你应该把他看成仇人!"

季琳的尖声惊破了周边空气："不——我不要输给段冰清!"

梅花不管人憔悴，只顾自芳菲。生性好强的段冰清决不会让她的人生输给他人，她要主宰自己的命运。她打理的汽配城生意火红。门外阳光千里照耀，门内顾客往返穿梭。门前空地上停满了各种大车小车，工人们都忙得不可开交。

汽车修理区内，千斤顶支着一辆东风车的车身，接近三十岁的师傅时亮穿着蓝色工作服戴着黄色工作帽，在车下摆弄了好久，忘却了时间的行走，风裹起尘粒如同烟云。

轿车配件区内，香车宝马进出，络绎不绝。

时亮从车底下灰头土脸地钻出来，霞光映出他满脸的汗珠。他方脸大眼皮肤微黑，正正工作帽，对车主笑得像自家兄弟："你……你……试……试试吧。"他有些口吃。

坐在驾座上的男子踩踩油门，车缓缓驶出，又踩住刹车停下，探头对时亮感激的笑着："好了。师傅，多亏你啊！要不然今儿都误事了。"递出一张百元红钞。

时亮对着霞光，眼睛里流淌着暖色："不……不……不收费，一……一点……小……小毛病。又没……没……换配件。"

时亮是季涛介绍过来的，果真如季涛所言，技术一流人也聪明，性情随和，闪光点把口吃这毛病给遮了。不久，他就和许多顾客建立了良好的人际关系，回头客日渐增多，生意蒸蒸日上。不到半年，他就把汽配城的生意打理得风生水起。

苏州冬日的萧索向大地蔓延，天空安静得无鸟飞过无云飘过。梅花一树树在光影里绽放，素洁晶莹。吴菲正在格子间处理一份领导讲话稿，改来改去，斟酌词句，为迎合领导胃口，绞尽脑汁。

女同事 E 探过头来，压低声音："卫生巾，有吗？大姨妈又搞个突然袭击。谢谢了。"

吴菲宽厚地笑："不用谢，我找找。"低头从抽斗里翻出半包，递给同事："全拿去，备战备荒，放很久了。"

"这么多给我？你不用了。"E 同志为省三块钱就勇于和小贩磨蹭两个小时，乐呵呵走得像逮贼。

吴菲闻言突然想起真的很久没用卫生巾了，起了一阵恐慌，关上文档，跑去稍远处药店买了早孕试纸，返回时走得甚急。到总监办公室拿了一次性杯子，到卫生间一试，竟然阳性！一时万绪纷乱、嚣张，她靠在卫生间的墙上流泪，瘫软成泥，哭成一堆败絮。

在悲绪中浸淫、失魂，不知多久，忽听格子间电话铃响，又听 E 同事在喊："菲菲姐，电话！"她胡乱抿了泪，飞跑回来。见老总的女秘书站在面前，青春靓丽，妆容细致得无懈可击。她一说话青山绿水流动，恰似佩环叮当：“明天上午十点的讲话稿，下班前交上。还有那篇关于企业形象的宣传文章，你赶快弄好，发到公司网站上。”脸上天生欠缺笑意，转身摇曳着身子去了。

心纷乱，愁堆积，吴菲坐在电脑前许久，一个字也敲不出来。拿鼠标，却撞翻了茶杯，撒到手机上。她急忙擦拭，打开，看看手机里面并无进水，庆幸。从抽斗翻找旧稿核对，却撕烂了一份合同书。好一阵忙乱收拾完桌上残局，她狠狠捶自己：“蠢死了！”

消耗了她卫生巾的E同事凑过来，察言观色，鼓励：“菲菲姐，别急，外文你都整了，还怯中文？反正老总很信任你，你的稿都免检产品。要是家里有事，可以告诉朱总明天一早交稿啊。”

她对着她微笑：“谢谢提醒。”拿起手机给郝浩发信息，告知怀孕之事。心被一汪楚痛之潮淹没，在羞愧和煎熬里上网查看有关终止妊娠的词条：

四十天之内的妊娠可以用药物流产，虽有引起大出血的危险，但还是被大多数女性接受。四十天后必须手术终止妊娠……

已两个月没来月经，吴菲屈指一算，若是怀孕，应已六十多天。天啊！她悬空般地一阵惊悸，俯在桌面，如水上飘零的叶，陷入一片惊惶不定的动荡里。

五点后同事们相继下班，偌大的办公楼回荡着空寂。吴菲心如残叶漂泊，惊恐不定，无所适从，第一次打通了郝浩电话。他的声音一如平常，宁静无波：“菲菲啊，我看到信息了。刚才正开会，没来及回。有了孩子挺好啊，他爸正急着请他听婚礼进行曲呢！”

如一场仓促制作的宴席，因粗劣、匆忙而乏味得只想呕吐。吴菲抓起桌上文件扔出去，想爆粗，又极度隐忍：“未婚先孕……我没法向家里交代。忙过明天，后天我请假，咱们一起去医院流产？”

“别急菲菲！”他出人意料地抢白：“我这会刚下班，去接你。”

在办公楼前上了他的车，吴菲低头不语，也没眼泪。

他手扶方向盘，气定神闲中颇显潇洒，温声安慰：“菲菲，别急着做决定好吗？我想留下孩子，但一切随你。明天我得去北京出差，你自己再去医院确定一下。无论怎样，你都要为我，为我们的孩子珍惜自己身体。”

她有些感动的情绪，又暗骂自己不济。两人一起回到他处，他从冰箱里拿出许多东西，亲自下厨，炒菜、煲粥，对着心事重重的吴菲，殷勤劝慰，添汤夹菜：“多吃些啊菲菲，以后，你养的是两个人。”

吴菲又一次感动，低头，脸上，任人宰割的柔情逐渐变凉。心里，一片狂风骤雨汪洋恣肆。饭后她被他抱到床上，他的温热气息吹着她耳垂："菲菲，我明天一早就得走，这一走半月，还真离不开你。"满眼的柔情蜜意，抚她双乳："像是怀了孩子，都比以前大了。若不想要孩子，也别怕流产。现在的女孩儿谁没干过这事儿？技术也发达，还有什么可视无痛人流……"又道了海誓，许了山盟，说非她至死不娶……

在感动里她极力迎合他的冲刺，忘了过去未来和肚里的孩子。

他送她回家时，夜风正然凛冽，摇落了无数芳菲。

第二天浓雾遮路，吴菲起得很早，下了公交车，在小店买了豆浆、茶蛋，七点钟来到办公室。正埋头处理老总讲话稿，忽接到郝浩电话，十万火急似地："霏霏啊，昨晚急着孩子的事，忘了公司的紧急问题……"

"公司出事了?"她脱口，同时吃惊于自己，曾几何时，和他共耻共荣似地?

"是这样，我的部门出了紧急问题，这事我不想让别人知道。公司财物预支程序很复杂。急需六万块钱打点，我得赶快上飞机，你能否先帮我垫上？不然非捅大漏子不可!"

受他十万火急的感染，吴菲语气急促地让他发给他户名、账号。她给妈妈打了电话，让妈妈打给他六万元救急。

同事们来上班时，吴菲已把老总讲话稿送去，回来又专心致志于那篇网络宣传文章。

第二天她在医院拿到怀孕的检查结果，拿着化验单穿行于人堆里，一遍遍拨打他电话，一遍遍语音提示关机。

"这样好的媳妇那里找去？女孩子家，免不了爱虚荣的，这是小节。成大事要舍细谨!"这类话，范依蕴不知说了多少次，直到儿子和段冰清定了婚期。

段冰清神采焕发地到汽配城打理生意，赵恒数次相约，她都冷笑着拒绝。

此际，三月的歌声荡漾在云间，无影无痕。

订婚宴在李子翔的傍家儿陈晓红的金玉酒店举行，双方的家人和至亲全都到场。中午的日光透窗明亮。宴席房间豪华排场，美酒生香。

季波将一卡拉的钻戒戴在段冰清手上的一刻，众人鼓掌欢笑，独他眼底，有着轻若游丝的落寞、寂寥。她已然遥遥，如飘逝在久远岁月、无法触及的林烟。

傍晚的雾霭漫过尚未变绿的树林，苍凉的霞光被干燥的风反复摇曳着，如浮荡难即的心。

季琳悬在西利亚软件公司第十三层楼的窗边，身穿一件薄薄的黑毛衣。离人的泪，飘洒成轻寒的雨。她左手抓着窗边框，伸出窗外的两只脚不停晃动，尖叫着拒绝任何人接近。

白小琮跪在屋内的地上，心瑟瑟抖着，冷汗湿了内衣，声音哽咽，伴着泪水："季琳你好傻，为了一个不属于你的男人，就要寻死，不值！想想你的妈妈，还有你的哥哥……"满屋狼藉，桌上的东西早被季琳摔得到处都是。

季琳的声音带着梦幻气息："结束了，一切都结束了。我要离开这个世界，真的要离开了……"她身体的大部分悬在窗外，情绪十分不稳定，时时有下跳的可能。

凝重的空气，连同人的呼吸凝滞。时间太缓慢，好像一个命运坎坷者的一生。

警察和消防官兵等救援人员谁也不敢贸然近前。无论白小琮和救援人员怎么劝说，季琳均置之不理。看着渐浓的暮色，消防人员目光焦虑、惶急："怎么办？这么高的楼，这些救援气垫很难起到作用。"指指摊在地上的深绿气垫，又猛地一甩手。

白小琮终于打通季涛电话，之前发给他几个信息。她的痛楚、无奈映着灯光分外明晰，满面眼泪覆盖了焦灼："我电话给她，你快劝她。我怎么说她都不听……我现在给她……"哭着站在季琳身后，哀求："琳琳，听话啊，你哥要和你说话。"

"不许靠近！你再过来我就跳了！"季琳扭头冲白小琮尖声喊叫，耷拉着头坐在窗上，脸上渐转僵死的表情。

白小琮仰头看季琳，泪流到脖子里："琳琳，即便你要永远离开，就狠心不和你哥说句道别话吗？"

季琳迟疑着接过白小琮递来的电话，又突然把电话扔向楼下，并关上了身后的窗户。

黑暗一点点侵吞光明，带着狰狞无比的表情。春来了，她酝酿已久的爱彻底零落在这花开的季节。她绝望的眼神俯视楼下，桐树曾经高大的树冠忽然变得渺小，枯秃的树枝上刚刚吐芽，尚未开花，更未长出叶子。树干被风猛烈地抽着，发出无可奈何的嘶声。绝望、酸楚、怨恨，寒冷，如轮番攻击的敌人一样，在季琳眼前张牙舞爪。天黑下来，城市的风貌淹没在汹涌暮色里。京都的夜气很寒很浓，侵入人的肌肤，飘上崇山峻岭直入九重。

人们紧张地仰视，看到季琳整个人几乎悬空在楼外，在并不宽敞的阳台上晃悠，如一颗随时就可能从枝头坠落的熟果。

室内的灯光映出季涛的一路风尘，他头发髦乱着，把窗户敲得哐哐响，嘶哑着嗓子喊："琳琳，你快下来。别做傻事啊，琳琳！你要出什么事了，妈会活不下去的！"

季琳回头，哭泣声被风传了很远："你们都要好好的活着，好好的活着……"

白小琮跪在地上，声音嘶哑地哭喊："季琳，为了一个不珍惜你的人去死，何必呢？你为什么这样傻啊？"

季琳回头，声音和眼神一般飘忽，如在梦里："哥哥，白姐，你们冷静冷静，别为我难过，要好好活下去啊……"

季涛的喊声随风飘散于夜空："琳琳，你都这样走了，我们还能好好活着？小琮在跪着求你。最应该冷静的是你！你才二十出头，就这样想不开了？人生路上总是免不了忐忑，心酸。你不要活在别人的影子里，要擦干眼泪为自己活着……"

白小琮哭喊："琳琳，你要是不下来，我就一直跪着。你一直不下来，我就这样跪到死，去陪伴你。"下面的人都开始喊话劝说。

第十九章　往昔已遥遥

季涛仰头，眼泪滑落脖子，哑声诉说着他们的童年往事：一起到河边摸鱼，一起去地里捉蛐蛐，一起放风筝给妈妈看，一起到地里打猪草、放羊，一起上树摘熟透的桑葚、棠梨，拿到同学那儿换学习用具。当说到八月里兄妹们期盼着刮大风，好早起去捡别人枣树上被风刮掉的枣子时，季涛嗓子里拉风箱般呼噜噜响，哽咽得再难出声。

时间在一分一秒地流过，仅穿一件毛衣的季琳在窗外瑟瑟发抖，一言不发。放眼处灯火迷离，映在她眼里如同阴曹地府的鬼火。她被无边夜色包围着，迷惘的眼神变得莫测，突然抱起膀子打颤，又打开窗户对着季涛："哥，有烟没？给一只。"声音如风中抖动的丝线。

季涛向身后的众人递去眼色，欲趁递烟分散她注意力，让消防人员飞速救援。他对着悬空的季琳喊："琳琳，给你，烟。"就在季琳接烟的一瞬间，几名消防人员箭步上前抓住她的胳膊，两边架着将她拉了下来。

白小琮抱着季琳不肯撒手，如同怕宝物不翼而飞。发着高烧的季琳脸通红通红的，整个身子都热得像要着火。季涛摸摸她额头和唇，神情紧张："她发烧呢，快去医院！"

越窗夕阳映着吴菲悄隐忧伤的眉眼，她对着姗姗，以浅笑粉饰沧桑："每个人都有自己的惨，只是惨法不同而已。半年前，我妈就在会所看到你老公带着个挺妖的主儿，没敢告诉你。"她看到姗姗眼角的细纹，感叹她曾经的妩媚如花萎谢，因养尊处优而过早发福的身子，新近消瘦，倒显出苗条。她身后是玻璃橱窗倒映出的万家灯火、庸碌众生，映出咖啡厅的静谧出尘，起伏的音乐如在水面荡漾。

"现在，我们唯一的关系是没有关系。人生如戏，我总NG。曾想优雅转身，不料华丽撞墙。"姗姗高挽发髻，圆脸上满面泪痕："我这两天正在网上投简历，得去工作了，不然没饭吃。我隐婚的哎，这样成功率高些。”神思悄转：“你呢？真要和周峰结婚？我看他挺自私的，上次咱们一起吃饭，结账时，他装作打电话，躲得远远的。”有一些东西，在嘴角额头，若隐若现。

吴菲低头搅拌咖啡，笑容染了咖啡的滋味：“再不结婚，我妈都急疯了。她夜夜失眠，头发掉得都露出头皮了。我同事小张的姨夫，做生意赔本失眠严重，都成肾衰竭了。”

姗姗惊讶着揶揄：“有你这样的乖乖女啊？稀有品种！得申请国家专利保护。”挑眉：“听你妈的行吗？那天，多危险啊！”

吴菲垂眸，姗姗之言，把她带回碎心的过去：检查出怀孕整整一周她都联系不上郝浩，他好似在人家蒸发一般。她忧心忡忡，每天关注新闻，担心飞机失事，担心他工作中出了经济问题，身陷囫囵。当然也想……不可能！

终禁不住烈火焚烧般的煎熬，一周后，她来到他住处，见门虚掩着，不由一喜，急忙推门而入：“郝浩，郝浩——”

一正在拖地的妇女停止动作，上身的紫红毛衣起了许多小疙瘩，条绒裤子洗得辨不出是黑色还是蓝色。她好奇地审视着她的急切：“你来租房子吗？房东说已有下家了。”

心思疾转，脑子纷乱，吴菲的眼睛空洞地瞪大：“你是保洁工？郝浩呢？”

“保洁工钟点工都一样。”她粗糙的手伸进口袋，掏出名片给她：“需要保洁就给我电话，优质快捷，信誉第一。”吴菲再次发问，一个拿着抹布的极矮妇女出来，站那儿才到吴菲胸部，身高像小学生。她左颊上沾着灰，形象更见滑稽：“你在问哪个？这里房东姓孙。前几天有人退租了。房东让我们打扫、收拾，马上有人要搬进来。”

天在旋地在转心在空，晕倒后醒来，吴菲发现自己在医院里。她面前坐着姗姗，神情关切而痛楚：“保洁工顺着你刚拨的号，给我打的电话。几个月不见，你竟怀孕了。他是谁啊？”

她蒙着头哭得浑身颤抖，妇科医生进来数落道：“这会儿知道哭了？高兴那会儿什么都忘了！你们这些年轻女孩儿太开放了，就算是图新鲜，也要知道保护自己，流产多伤身体啊！”

吴菲羞愧，恨不得找地缝，泪流向下巴，断断续续诉说……

听到最后姗姗大声咒骂：“王八蛋！男人都是王八蛋……”

她由姗姗陪着悄悄做了人流，第三天夜里上卫生间时，头一晕，突然滑倒，腹部奇痛难忍，发出绝魂前的哀嚎。

妈妈和奶奶相继出来，看到她身下血红一片，惊破了嗓子，纷乱地哭叫：

“菲菲，你怎么了？菲菲啊——”

“我的孙女儿啊，你咋了啊……”

急忙拨打了120，她们大声哭喊着，如同许多人扰攘不堪。

吴菲经紧急抢救脱离危险，黄欣这才知道，女儿由流产不全引起大出血，造成子宫内膜异位，可能会影响以后的怀孕。

所谓的感情那么短暂，遗忘和伤痛那么漫长。吴菲躺在床上听液瓶哗哗响着，单薄如一张白纸。明眸凝注不动，痛在心里，无泪无声，一颗心灰到在风中消殒。

走廊拐角处，姗姗局促不安地向黄欣坦白了所知。黄欣脸色苍白额头冒汗，仿佛人生的所有希望都被这番话掏空，身子落叶般坠落。

“来人呐，来人啊——”姗姗嘶声呐喊。黄欣心脏病发作，检查是主动脉剥离，急需开刀，否则生命危急。闻讯赶来的吴菲的奶奶腰弯得像老柳，仓惶拨打越洋电话。

从澳洲机场升起飞往上海的班机，吴菲的父亲坐在机舱里，归心似箭，忧心如焚。

春天已向世人展开它娇媚的容颜，天地间飘荡着一种轻渺而短促的叹息。

季琳坐在医院的病床上，眼神空洞、荒芜，一如干枯已久的井。她一直以为会一辈子为他悲喜，围着他转，隐忍无言地奉献情感和一切，守着这份执恋到天涯海角。春若有情春更苦，暗里韶光度。

人终究会累的，满身的风尘满心的伤痕，不愿做一个让人嗤笑的可怜人，痴心在一日日的随着岁月老去。

也许，命中注定，你不属于我，我亦不属于你。

午后风定，季涛从药房为季琳拿药回来，见白小琮站在走廊里，双臂撑在窗框上，双掌支着双腮，满目的神思悠远。寂寂的眼底里，藏着一些挫折的过去，一些期盼的未来，像个守望的猎户。

想着段冰清的订婚，白小琮平添了快意和安全感。同时又靠着她的观察，顽固认定段冰清和季波未必有幸福结局。此判断是否因着女性间的嫉恨？她又有些自责。

她认为男女情感是朝夕之事，两个人相爱，若要长远，最好是不要在一起。

相爱的人不在一起，终生凝望，是为悲剧；若在一起，终生折磨，更大悲剧。

既然如此，她这些天在医院忙前忙后，大约也不是为酿造悲剧吧。

和季琳同事没多久，就发现她活泼开朗聪慧健谈，她们在一起时，总有谈不完的话。谈及男女情感问题，季琳总是把话说得像情场老手：

“不见面的时候你着什么急啊，得让他着你急。”

“你查他什么岗啊，得让他查你岗。”

“怕什么他冷场啊，你得先冷着他去，让他看着你活得自在，让他急着来求你!”

她见面就叫她白姐，因为长她几岁，她当然乐呵呵应承，从交往中她得知这小丫头的情场理论纯属纸上谈兵。由于持着漂亮女孩的特有骄傲，季琳没谈恋爱是因没有看得上眼的人。因此她在校园里被称为攻不下的碉堡，制造出伤心男生一拨拨，如前赴后继、为理想轻诺生死的勇士。

被风吹乱刘海，白小琮对着窗子遐思，不知是否因遵父母之命的相亲教她苦恼，不知是否因公司的人事关系繁杂让她厌烦。自从季琳来公司，她们很快变得无话不谈，也常常打闹调笑几句，甚为开心。一起吃饭、唱歌、喝咖啡，白小琮仿佛回到小女生般无忧无虑的日子。上班无聊的时候，两个人悄悄溜出来一起去小摊上买水果、零食吃；中午嫌餐厅排队拥挤便去附近饭店，一人一份炒米外加份鸡蛋汤；她们也请假半天背着同事一起去首都影院看新来的电影，跑遍大街小巷找餐厅吃她们喜欢的家乡菜，偶尔还会到酒吧喝酒跳舞彻夜狂欢。

之前白小琮很不愿与二十岁左右的小女孩为伍，毕竟同龄人才有许多语言和共同点。她更渴望和比她年长者交往，吸取她们的人生阅历和智慧。人们也都奇怪，剩女之列的她如何会和小女生般的她相处。谁都不会明白，她原是被她滔滔不绝又极富智慧的鲜活语言牢牢吸引。

语言不等于人格。语言智慧不等于做人智慧。就如一个自名称武林高手者未必是真正的武林高手，很多人都是语言上的巨人行动上的矮子。

季琳很喜欢唱歌，被一家唱片公司看中就常去录音。白小琮颀长的身材，胸很丰满，常去做衣模广告。如果时间允许，她们便相互陪同着，相互交流经历过的人生故事。白小琮告诉季琳有些女性多么可笑，比如她们不顾廉耻和道德要和人家处情人。这个人大家都认识，免不了要因这样那样的原因聚在一起。她常规地和他们说话打交道，她们便以研究的眼神盯视她，以己之心度她之腹，敌视她，把她作为假想情敌。哪怕她不顾后果地告诉她们她很讨厌这个人很看不起这个人，哪怕她从广义到狭义不厌其烦地和她们分析她不会喜欢他们的原因，依然消除不掉她们的嫉恨，由此便诽谤、陷害、排挤，无端生出许多是非……

季琳便说知道知道，这类贱货多了去了！比如某女生喜欢一男生，我根本不鸟他，而她偏偏以为我要抢她的目标。对付此类嫉妒女性的最好方法是，每次大家相聚时你从打扮到言行都要绝对的低调，并当着他们面大赞大夸她们……

白小琮便问怎么夸啊，明明觉得她长得很难看而且那满肚子算计挺讨厌的……

季琳笑着说即便她什么优点都没有你可以夸她气质风度，夸她衣服好看皮肤好……

白小琮说真难，让我这样虚伪真难啊！接着给季琳讲她在衣模生涯里的新闻噱头。她说一次在建国门附近的豪华大酒店拍摄，正赶上一个剧组在进行挑选某剧女一号的面试。六七个姿容出众身材姣好的女孩等候多时，又进来一个穿纯棉格子连衣裙的三高美女十分惊艳。她高身足有一米七五，另有高鼻梁高胸脯，鹅蛋脸十分娴静。从她那绝对无懈可击的完美身材和五官脸型看，她肯定是整过容。

季琳打断她说整容不可能把腿锯断接一截吧？人家天生的准美女也未可知。

白小琮说是是是，她那条子肯定是真的，但我就没见过条子那么好脸蛋又那么漂亮的人，尤其是那胸围，惹得现场男的统统直着眼看。我琢磨哪有这么完美的人？上帝不会把人造的这么美。她那脸要没整胸也整过，我敢断定！

季琳说有点像，我都被你说动了，后来呢？

白小琮说她们把我都比成丑小鸭了，后来又有一拨演艺圈的男人，很有秩序地过去和那帮美女搭讪，以职位高低为先后顺序。她一边讲一边模仿着当时看到的情景，伸手搭在季琳肩上，把脸凑近作调戏状：“美女，我好喜欢你……”她看到季琳脸上的细细汗毛在阳光下很清楚，如同五月桃上的桃茸。

三八节公司组织去北戴河旅游。那夜白小琮和季琳结伴散步，夹岸的万家灯火倒映于水里，似群星璀璨于琉璃海里。蓝天和银月在夜色水波中轻轻摇荡，景致特美。她们兴致勃勃地来到一个摆摊拍照的妇女面前，要求拍快速成像的照片。那五官皱巴的妇女把相机拿过来，拍了她们两人在海水灯火映照里的影子。

照片中她们靠在一起，斜斜长长地映于河岸灯光下，看上去极有深意，可细细品味。

季琳把相片放进包里时说，特别喜欢这张照片和这个晚上。

而白小琮只是将来人去事倒映在眸子里的样子，叫人觉得一双眼睛很有故事。她身边无论谁来谁去，大多已忘记，她会懂得如何争取，活好自己。时间会让所有的才子佳人黯然色变，如花似玉也难以摆脱似水流年。记忆如红颜褪色，她值得铭记的一些特殊事，有小时候对她图谋不轨的一个村邻，也有一个流产掉的把她痛得死去活来的胎儿，和一个在相亲宴上说祝酒词时，露出卡在牙缝里的韭菜的谢顶男子。还有中学暗恋过的少年，某个以冠冕堂皇理由与她搭讪并企图发展成艳遇的、道貌岸然的公务员。

这些年在职场见识不少成功男士，但凡有些身价的，身边无不是蜂拥蝶绕。

曾经，她在心里鄙视那些蜂蝶，把她们统统打入无耻败类之列。后来她渐渐明白，她们中的每一个都比她聪明，比她通晓社会潜规则。

自从迷上看起来有些冷有些酷的季涛，她对季琳更用了些心，锲而不舍地套近乎，并以巧妙手段拉拢，很快使季琳视她为比亲情更重的知己。

她面前高大的身影一闪，原是段智兴端着给季琳煲的汤过来，她急忙招呼："段皇爷来了。"

段智兴手一扬："小琮姐辛苦了。"走进病房，将汤一勺一勺盛进瓷碗，甚是细心。又用调羹一匙一匙喂她，耐心温柔。他但愿时光如此这般走过百年，铺翠冠儿，捻金雪柳，那东篱还醉着她的温柔。哪怕闺中少女早已走出前世秦楼，他捧着李清照的《漱玉集》，海棠还依旧。若说婉约词是一杯甘醇的酒，今日他研磨红豆，尽了温柔，就是为了这爱，就想解开这愁。一梦千年！恍惚中，海棠又开，葱郁翠柳，那南宋的渡口遥遥传来了更漏。他要看尽她轻解罗纱，上兰舟，在醉花阴中，那一阕点绛唇的爱情，粉面含羞，重叙着醉人的温柔。

段智兴陪着季琳直到她出院。其间季涛对妈妈说妹妹这几天陪着外商，住在接待的宾馆。

段智兴送季琳回家后看看天色已晚，空中飘着花香和霏霏的雨，如同离人夹着温情的泪，抹不断理还乱。他上网玩，在天涯社区上看到了"行天下"的群就加了进去。正好碰上群主"粉色"在吆喝去杭州毅行。他电话请示季琳，又动员了哲人、独孤大侠、佚名、百合等人前往杭州西湖，目的是给季琳清肺洗心换脑。

到杭州后安顿好住房稍作歇息，季琳和百合同住一个房间也还融洽，只是她神情还有些郁郁。大家一起坐15路公交车前往西湖，这时季琳郁塞的情绪稍稍缓解，指着车窗外的景色开始说话。车兜兜转转，开了近一个小时才到曲院风荷。下了车，大家都饥不择食，就近到酒家岳湖楼，吃的是三百元一份的套餐。饭后大家激情飞扬地去了平湖秋月，孤山公园等处。然后又去YOUTO酒吧区玩，兴尽而归。

这晚临睡前季琳给段智兴发了短信：最美西湖水，我很高兴，晚安!

第二天众人在酒店大堂会合，匆匆的买了些早点后，就开始往毅行的集合地——少年宫广场赶去。“粉色”已经早到，帮他们领好了红色的毅行纪念T恤。

他们在“粉色”的催促下匆匆出发。段智兴帮季琳提着一方便袋，里面放着水果和饮料。看着季琳乌瞳泛起笑意颊上泛起桃花，他甚为欣慰、满足。

第一段路程是从少年宫上宝石山经一线天、葛岭到初阳台。这里有段山路，大家都走出了一身汗。在初阳台一路往下行，又都觉得轻松愉快。

季琳对着身边的段智兴笑影潋滟：“突然的，我也想订婚了。”

段智兴妖瞳闪亮：“哇塞！你没骗我?”

季琳正在使劲把一瓶绿茶的盖子拧开，她对着阳光眯起眼睛：“若不结婚，我怎么能多些机会看着你捉弄人？若不捉弄下自己人，哪能显出段皇爷的与众不同?”

第二十章　林花谢残红

段智兴的脸，在明亮的阳光下流泻出困惑：“整谁?”季琳歪着头笑：“你姐。”

段智兴警觉：“知道了，你吃我姐醋!”心如锥刺，冷痛渐转酸楚。

季琳朝他翻起白眼：“谁吃醋了，不就和她开个玩笑吗？不行就算了!”转身背对着他：“咱们各走各的!”段智兴一把将她揽住：“公主殿下，我听你的成吗?”

季琳脸上笑着，心上爬满碎裂的感伤：“你能让我开开心，我们就订婚。”

接着他们进入北山路、杨公堤、杭州花圃，一路花红柳绿景色优美。与他们擦身而过的也有一些旅游团队。路旁花圃里的花开的很漂亮，姹紫嫣红一片片。穿越花圃到达后门的打卡点，季琳大喊：“杯具了，杯具了!”她不知何时把在初阳台那里打卡过的路线图丢了，段智兴急去义工那里又拿了一张。经过一个三岔路口便开始攀登南高峰。一级又一级的台阶，似要走到天尽头。到达峰顶时发现这里有些霏霏的薄雾和细雨，更把整条山道点缀得青翠欲滴。而这一行红衫军点缀其中，使得色彩十分丰富，有一种跳跃的美。下山时穿过花港观鱼进入苏堤，一路上草长莺飞花儿明媚，美不胜收。从放鹤亭出来，看着风景闲聊着，大家很是快活。在白堤上，段智兴干脆就打起了赤脚。这一路，满眼的青葱翠绿，山有淑女温柔，水有莲荷妩媚。烟水迷天中有采莲女纵情放歌。江南水乡的那种水灵灵的感觉，实在是妙处难以诉说。

一月后父亲走，吴菲妈妈的病仍需住院观察，她无奈续请事假。

黄欣出院时松松扎着马尾，脸明显消瘦，被一场病整得憔悴、萎靡。由吴菲搀着进门，落座，见楼梯上安装了扶手，木地板上铺了黄花地毯，黄欣惊叹：“什么时候整的?”

吴菲奶奶忙端上茶杯，放于她面前，浑浊的老眼，心痛地收尽儿媳容颜的巨变："菲菲爸临走前弄的，他说你这病，容易晕，安全第一。"

黄欣如流浪的人回到故乡，用目光一遍遍抚摸布置一新的屋子，忽有所思："菲菲啊，咱家那处老房子，你拿去做抵押，入股公司。分成怎么样？那钱你好好攒着，当嫁妆。"面转凄楚："我说不定哪天去了，你爸是个粗心人，只知道忙他的生意。"

菜香从厨房溢出，痛楚前情回归，吴菲故作的轻松无异于掩耳盗铃。季涛、季波、郝浩，沉痛的过往幻灯片般旋转于眼前。情不知所起，一往而深；情不知所灭，痛炙于心。她捂着脸去洗手间悄悄抹泪，见里面也安装了扶把，不由感叹爸爸的细心。忽闻门铃响，她擦了泪，急忙出来，见一个高鼻梁鹅蛋脸的素颜美女立于门前，一袭棉格子裙被风吹起，抖落些繁华尽失的苍凉。

吴菲打量着那似曾相识的眉眼，正思忖着怎样问话才不致冒昧。那女子抓住她手，欢快的神情，声音却摆不脱凌空烟花的冷寂："菲菲，我是林敏敏啊！"

姗姗提着初元走近，和吴菲异口同声"林敏敏！你不是在北京吗？怎么回来了？"

吴菲妈妈黄欣也站起来："敏敏，快来屋坐。"

吴菲、姗姗和林敏敏挨坐于沙发，攀谈中，林敏敏流露出残花萎地般的忧伤。"当明星，好笑！我不去北京了，鬼地方！"她神经质般地说，终忍不住汹涌的悔泪。

饭后搀扶妈妈和奶奶休息，姗姗睡了卧室沙发，林敏敏和吴菲对面躺着，枕上各自一堆乌云般的长发。窗帘的缝隙透进来闪烁的光亮，照出林敏敏满脸的怨恨、甚至散发着些微恶毒。她喁喁诉说北京的艺校经历……

"睡不成了，咱们起来吧。"姗姗坐起来说。吴菲响应，起身拉开窗帘，阳光涌了满屋。

敏敏在诉说中情绪时起时落，时悲时喜：北京的浮华遮掩着多少北漂的泪眼，多次碰壁致使她心浮气躁。辽阔的大地，寂寞的地下室，她取名念奴娇，在新浪注册微博，描述心情：她们都坐着宝马、奔驰走了，各个过得潇洒。其实我并不羡慕那种生活，可是，在严酷的现实里，我难道只有浮萍般沉没？

发出文字她又挥动鼠标，关注了冯小刚、赵薇等一些名导和演员，想及时了解明星动态，沾沾星气。

记得那个明媚的日子，某青春励志剧组来校物色演员。一轮轮面试结束，最后表演的她凭靓丽形象和优美舞姿脱颖，被导演留住："林敏敏，你基本符合N剧女二号条件，三天内等通知。"

"谢谢！谢谢您。我一定努力，不负栽培！"她惊喜，笑得花儿一般，朝导演鞠躬，目送剧组浩浩荡荡离去，转面收尽了同学W怨毒的眼神，不以为意。她跑到校园一隅，打电话向妈妈报喜："妈，我被导演挑中，饰演N剧女二号了！等我成名了，像章子怡、林心如一样，你和爸就不用辛苦了……"

她妈的笑脸，被黄褐斑覆满："好啊好啊！我家敏敏就是明星料，卖了房子，值啊！"

她飞跑着进了宿舍，把W同学冷嘲热讽抛诸脑后，汹涌的情绪在潜心的研读里逐渐平静。

千般期待并没有如期而至，一个星期后她还没接到剧组通知。再也无心安读，百无聊赖上微博浏览，却看到同学W新发的靓照，背景是N剧开机仪式。

她头懵得不能自抑。何时就被挖了墙角了？还一直傻傻地等！

黑社会！为什么这样黑？论气质、长相，我都适合演那个热情奔放的贵族女孩。W同学眼里时时放射出暴戾，只适合演谋杀剧里的黑手党。而她偏偏给我掉了包！导演就这么不负责任？

脑子里有什么东西轰然爆裂，她抱着头向后跌，发出啊地一声尖叫。

同学Z闻声凑近，语气神秘："你还不知道啊？自从上次剧组定你为女二号，W就一直和导演联系，那叫个马不停蹄！约导演吃饭、K歌、打球……"审视周际，压低声音："听说为得到这个角色，人家还主动送肉体红包呢！嘻嘻……"

"肉体红包？"她懵懂和她对视。

同学Z啪地拍她一掌："就是献身，求潜，现在社会流行潜规则啊！要想一夜成名，肉体红包才是'必杀技'！"

林敏敏一瞬呆滞："潜规则我当然知道，但我只想努力提高演技！就不信洁身自好就不能成功了吗？我真的不想做哪些肮脏事！"

Z有些恨铁不成钢的恼火："林敏敏，你别这样死不开窍好不好？我今儿还专拣不好听的说！十年练功不如裤带一松，她们去参加那些演艺赛事，半月时间把一大沓避孕套都用完了。告诉你，我通过朋友，已经与一个经纪公司签约了。大家都有去处了，毕业后你怎么办？回老家？"她曾和她信念相同，只埋头苦读。可终和她们走在一起。每天出去K歌、喝酒、应酬，得到衣服、首饰、金钱等昂贵馈赠，还能在一些影视剧中频频露脸。

“你也签约了？”她自责自怨，梦呓般的哭着：“我不能回家，为上这学，我家里房子都卖了……”

她知道Z交了一个年近五十岁、离过三次婚的男朋友，派上用场了。“我该怎么办啊？”她怔忡着。为赢得拍戏机会，她的QQ加了很多电影群，微博关注了一些经纪公司。群里经常发布些剧组信息，只要剧组有要人消息，无论天气和路况如何，她必然准时赶去，却几无所获。她的多次机会，都被不择手段的同行抢去。砂石之路，血腥而残忍的现实，将要榨干她青春的血液。

Z的语气斩钉截铁：“谁都想单纯、清白、圣洁，可这个社会它不许你这样！要么你就别走这条路了。”

“可我爸妈为我上学，卖了房子不说，还欠了许多债……”敏敏止不住伤心，哭红了眼。此晚辗转难眠，悲酸难耐，靠在床头泣语：“千里马要有伯乐识。别人都有背景，而我只有背影。想在娱乐圈争一席之地，想报答父母，痴人说梦！”忧思连绵，她起床照镜，悲哀无比：这凸凹有致的身材，白皙颀长的四肢，难道就只有作为前景的交换砝码？

痛楚在大哭中逐渐减缓，眼球酸痛时心境变得平和，感受到另一种难以意料的安宁。

她后来通过微博联系，把初夜献给一个叫强哥的助导，一夜激情后助导看到处女红满面惊愕，说真的想不到，想不到啊！他庆幸撞了大运，花了三个晚上，变着各种花样蹂躏她。他承诺让她演OX剧女一号，可她在企盼中等了一个月，没有接到拍戏通知，电话问那助导。他说导演去外地了，又说剧组还在筹备云云……

最后该剧播放，女一号是见面就骂她土包子，面试场上败北的LV美女。

听完林敏敏为维护自尊或删或改的叙述，吴菲长长叹息，不由感慨：

“这演艺圈还是人呆的地方么，这些人怎么都跟牲口似的？”

林敏敏侧着身子躺着，眼睛眯着：“这就是圈子里的规则，你只有当过牲口，才有机会把别人当牲口。你当了别人的牲口，别人也不一定当你牲口。”

吴菲也在报刊上看到过娱乐圈的相关报道，它是一个近似原始群类的野蛮文化圈子。这个圈子每天都在重演着林敏敏身上发生的事，每天都会有野蛮、肮脏的性交易。如社会各界一样，自然是有人欢喜有人愁。

爽亮的早晨，窗棂上结了一层稀薄的露水，伸着枝蔓，绽着花朵，迎一轮明丽阳光的来临。鸦儿胡同附近的四合院前，梧桐树摇曳出俗世的繁杂。

段冰清挽着季波手臂上车，准备去挑选结婚用品，看到段智兴和季琳分别拎着许多包装盒包装袋从车上下来。她凑近一看，挑眉惊叹："Oh，my god！七八个顶级名牌啊！"

隐隐的痛，隐隐的伤，季琳不理她，但向季波炫耀胜利，脸上泛着丽江春水："大哥，我刚从香港回来，走好运了！正赶上卡莱美商场做答谢会。这些品牌都降至一折，门都要被挤破了！"眼有波光动荡的美丽，一如元宵夜燃放的烟花，妩媚而寂寥，望着他们的车缓缓离开。一大片深情的云，凝视着天幕下的众生。

风把柳絮荡到空中，大自然的一切看起来那么无拘无束。季琳折一花枝敲打段智兴臂："段皇爷，有把握吗？"

段智兴仰头看白云悠悠，豪气干云："段家大小姐追求物质，尤其喜欢品牌。她不上当没天理。"

树上大片的花瓣凋落，季琳伸手去抓，却什么也没有抓到。中午时峭风转暖，霞色柔丽，在红墙上映出绚丽图案。段智兴见季琳身子斜依着树，风飘飞裙裾，面色流霞，他接过她拨通的电话："哥，今晚我和琳琳请你和姐吃饭。"朝季琳挤眼。

季波："你姐早去机场了，估计这会儿已登上去香港的飞机。"

季琳凑近听着，心中如有活鱼蹦跳不已。段智兴却对着话筒高喊："糟了！"急打电话让姐姐回来，可她的手机已经关机。段智兴眉心拧出忧患："这茬儿整大了。"

季琳笑得抱着树发抖，摇落了无数花瓣，连拍树身，目光闪过搁在旁边的空袋子、空盒子。当然，卡莱美商场的疯狂打折，纯属虚构。

段智兴看着季琳，目流不安："看把你高兴的。姐回来问罪怎么办？要骂死我！"

季琳笑得诡谲："我扛住，你别怕。"

段智兴挑起刀螂眉："你行吗你？"

季琳靠在树上，姿势优美地撩起裙裾："吓破胆了你？还想要我接受你？也不舍得为我抛抛头颅、洒洒热血，就天天在这儿流流口水、数数脚趾头！"心里的秘密，是那些不为人知的苦涩。

第二天季琳刚在办公室坐下，见段冰清拉着段智兴进来，黑着的眼圈表示她一宿无眠。段冰清推搡着段智兴，杀鸡骇猴："说！是谁出这样的馊主意作弄我？"段智兴挣开，段冰清掂起门旁扫把撵着打他。他抱着头满屋乱窜，段冰清追着不放，又骂又打："打死你这天杀的！没良心的黑心贼！"

季琳见他们撞翻了椅子，弄翻了文件，撞得桌子乱晃，拽住她道："冤有头债有主，冰清姐，你别冤枉好人。"

段冰清指着季琳："承认了吧？我就知道是黑心烂肝的人在背后给他撑着。"

季琳目流轻蔑唇挂讥笑："本小姐拒绝和不说人话的禽兽打交道。我想替我妈整一下我大哥，哪料射鹿的子弹打中了兔子。小兔子完全承受的无妄之灾。"

"你还真是雷锋的传人，雷人啊！"段冰清咬牙切齿，目光低转片刻，将披肩的卷发伴怒气狠狠一甩，说了声走着瞧，气咻咻往外走。

宁静的天像一湖平静如镜的水，波澜不兴。季琳只想在过去的记忆里沉沦。

段智兴朝季琳一挤眼，急忙在后面追着喊姐，姐——

婚期指日可待，婚礼前的范依蕴和范成芳都忙得像打转的陀螺，还常在一起商议婚礼场地、婚庆公司，宴席地点等。在这个繁华而辽阔的京都，老乡成亲家，亲上加亲，她们俱很兴奋。段冰清十分冷静地，一遍遍不厌其烦地和季波商量着婚宴多少桌，红包怎么分，家具、结婚礼服谁买等问题。

季波觉得她这样精于算计也没什么不好，很在乎金钱是天蝎座的共性。

段冰清认为她的结婚，会促进那不耐寂寞的小丫头乖乖投向弟弟，此后大家就是至亲。至亲，谁脸皮厚到乱伦？

第二十一章　且自舒广袖

此年元旦，“安居新城”主体工程竣工，交付使用。宏远汽配城的生意也蓬勃发展。季波和段冰清举行着声势浩大的婚礼。

婚礼由范依蕴出资操办，婚礼地点离他们家比较近，在后海边的北京秦都饭店。为方便来参加婚宴的客人起居，范依蕴包下了饭店所有的套房。还高调聘请了北京两家专业婚庆公司策划、举办，邀请了季段两家在京的所有亲朋好友，共一百多人，另有各自老家的亲戚邻居一百多人。

北京秦都饭店门前，豪车扎堆、宾客如云，专门定制的捷豹、宝马等车尽现风采。

宴会大厅门外张贴大红条幅和喜字，放大的新郎新娘结婚照，向人们展示着他们无上的幸福。大厅里有乐队伴奏，悠扬的乐声飞满每一空间。

几百平米的主宴会场金碧辉煌，整个墙面都被包上绚丽的背景图。身着盛装的礼仪小姐排列整齐地站立，从门口到台阶，盆景般站满各处，面带微笑迎接客人。

各方宾朋齐来庆贺。大厅中央，季波和段冰清拉着手踩着红毯往前走，被一阵阵海浪般喧嚣的气氛包围。人人欢笑，各个喜悦，将五彩缤纷的花瓣和彩纸铺天盖地扔向新郎新娘。

范成芳特意把赵恒请来支持婚礼，他抿抿一丝不乱却有些稀疏的头发，笑容可掬地致着贺词：

“大家好！今天是季波先生和段冰清小姐缔结良缘、百年好合的大喜日子。作为他们的证婚人，参加这个新婚典礼，我感到非常荣幸！同时，我也感到惭愧，因为我这个证婚人是新郎父母的好友，在去美国时认识他们，也没给他们的恋爱做过多少工作。通讯、约会，花前月下的卿卿我我等，都是他们自觉完成的（掌声，笑声）。这也难怪，你们看新娘这么妩媚秀丽，新郎这么英俊潇洒，又有才干，确实是女貌郎才，天作之合。我衷心祝福贤伉俪，情切切，意绵绵，百年偕老，永浴爱河……”

头带礼花身穿礼服，段冰清仪态高雅，更见风姿迷人，赵恒的贺词细针般刺着她敏锐的心，把她带回旧日时光。她到芝加哥宾馆里接过父亲捎去的灵芝时，赵恒已在季波的车上坐着。片刻的照面，一分钟的简介，她转面就忘了那个壮年男子的淡淡一笑，还有那熟悉的乡音。人生原不过如此，挫你伤你的人，起初原不过是，未能错过的一次擦肩。

段智兴在一旁的桌子上招呼着他的同学朋友及公务员同事等人。范成芳段升平各自在桌上招呼他们的老友、亲戚。范依蕴穿着套裙打着丝巾，神采焕发地到各桌握手言笑。

贺喜的人群如波浪滔滔不绝，唯独没有建筑工程师李子翔夫妇。按道理是少不了他的，这个八面玲珑口若悬河人情练达，一切以季波为中心的聪明达人。

白小琮是随着季涛季琳来参加婚礼的，得体的套裙，高颧骨上点了少许腮红，看起来楚楚动人。和一帮女眷同坐一桌嗑着瓜子吃着喜糖相顾说笑着，笑容后掩着斑斓心事。此后，各有所属。

她相信自己的实力，不相信男人的定力。这些年职场生涯，见识很多情场之事。那些事业有成的男人前赴后继的暧昧态，她不屑一顾。实在不屑于用青春铺设一个暧昧的开始，谱写一个不在乎结局的狗血桥段。一个人付出金钱，一个人付出青春和肉体，那种供求的合作关系，她统统鄙夷、唾弃。

当然，曾谈过五次恋爱的她，或情感的渴求或身体的渴求或二者兼之。在不同阶段她曾拥过三个男人的身子，最终都什么也没有，徒留伤感记忆。

如今，奔三的她个人条件不再优越，已没有多少可以抛洒的青春了，仅剩一点儿无足轻重的姿色。若用这点姿色，在某人感到新鲜有趣时，得到他的一点儿柔情或其他，她白小琮嗤之以鼻！比如那个长着鹰勾鼻子蓝眼睛的白人副总。

在平淡的等待中看红尘飞舞，于宁静的孤寂中品世事沉浮。没有声色俱厉的质问，没有亦真亦假的生气。虽然她算不得拥有清白之身，可和那些鲜廉寡耻的蜂蝶比，实在算不得什么！就算她的身子掉价成草木，也须好好守着这草这木。在如今这个杂芜的社会，她的情感单纯得可笑！如同季琳。

突然想起季琳，白小琮四顾不见其踪迹，又在人堆里徒劳地找遍。她忽然感觉到季琳近来有些不对劲儿。一次她发现她把办公桌里锁着的季波画像偷偷拿出来，对着它出神、流泪好久。

随车来参加婚礼的她这会儿在做什么呢？

白小琮走进卫生间，从包里掏出纸巾卷在手上，拉住门把手一推，将门关上。她觉得宾馆房间的门把手就像人民币那般肮脏，上面或许沾了什么病毒。她从来不去图书馆借那些页面发黑的旧书读，怕感染病毒。

将飞扬的乐声关闭在房门之外，白小琮一遍遍拨打季琳手机。语音提示关机。她发现刚才还在人群里的季涛这会儿也不见了，便打他手机。手机通着，但被他挂了。

搞什么鬼？白小琮心里泛起层层疑问的涟漪。

似闻音乐起看彩纸飞，和着满堂的喜气、笑语在耳边回萦，由此而起的伤感，把季涛推进寒冷的深渊。他此刻正站在后海积水潭边，细小的雪粒落在身上、落在水面、落在物什上转眼就化成水渍。他凝神向远，和吴菲往日情形之种种，画卷般一页页翻卷，几多幽思，几多怀恋……

潭水依旧喧嚣地诉说着人间的繁华和离乱，它根本不清楚谁会把爱情写进沙滩，谁把它陷进混乱的浪花里。

哗啦，哗啦，潭水一浪一浪在耳边喧嚣着，将季涛心绪打湿，迷失在水浪里。他弯腰，将泪眼埋进海浪中。时光就这么过去，如潮水涌过掌心，汹涌的冰冷。他无法为丢失的日子哭泣，只能故作安然地活下去。

那年他毕业回到京都，经日升月沉，阅斗转星移，尽管要寻找的终身归属感四处茫茫皆不见，可他不动摇、不妥协。他坚信辛勤耕耘，终会守得云开明月升。曾经，有吴菲相伴的日子过得一伸手就可以拧出蜜糖汁来，他们却不越雷池一步。情仅存于纯粹，他不敢深入。

无端天与噩梦，怆然暗惊。

罗衣留不住，唯有香魂如梦去。依稀听到她在远方呼唤，回眸处碎心裂肝。那些没有她的日子，他会长时间把自己关在黑暗里，一遍遍巡视黢黑的屋子，一如他黢黑的命运。

潭水不停动荡着，深邃却并非波澜不兴，微风之下涌起潋滟涟漪，天际浮云雪影和岸边景观清晰倒影其中。迷茫雪粒，参天大树，凋零垂柳，游人华艇，还有远方那气势恢宏的跑泉，激流跌落，一泻千里。浪花飞溅开去，如雨滴四溢，数里之外可闻轰鸣之声。

接近中午，雪若有似无地下，海面上云影绚丽多姿地变幻。空气里漂浮着梅香，置身此时，仿若天地溶为一体。忽闻远处传来急促的高喊："救人啊！有人跳水了——"

喊声来自一百米外的一处湾流，那里站着一垂钓老者，戴着一顶黑毡帽。

季涛听到喊声愣了一下神，就急忙朝那个方向跑。其间隔着几个滩头，他七绕八绕地踩着彩石路往前走，几次绊住路边青藤，险些跌倒。待气喘吁吁地来到老者面前时，见他白发白须白眉，面庞清瘦，却洪七公般的精神矍铄。他用钓竿指着泛起涟漪的水面，语声急促："快啊，一个女孩就从这儿跳下去了。你说现在的年轻人，怎么回事儿呢？天这么冷！"翻着浪花的地方离岸边足有100米远，漩涡深重，似乎看到一抹棕色在水面上时隐时现。已有好奇的游客向这里集聚。

正是涨潮时候，冷气阵阵，涛声轰轰。海浪前边推着后边涌来，折起的泡沫让积水潭变成一条白色玉带。季涛一个猛子跳了下去，直觉冰冷彻骨，浑身麻痛。游到棕色隐现处，见是一缕漂浮的头发。他用力一拉，一张熟悉的脸浮出水面，被冰冻的血液直冲胸膛，他嘶声道："琳琳！"一只手抱住她，一只手用力向岸边划去。

他的身后，几只白鹭自水面掠起，飞往云烟深处。拍岸的潭水有着音乐般的节奏，哗啦，哗啦，低吟浅唱转金戈铁马，柔肠百转到雄浑激昂。

季琳被送往医院。好则短时窒息，紧张的施救后，生命无碍。

鸟在北京冰冷的楼顶敛了叫声，各色梅花争奇斗艳映着灯火，如明珠砌玉。枝干上的薄霜凝成冰绒，若隐若现。尽管电话一个个的催，季涛没再回到季波的婚礼。京城的暮色恍惚迷离在窗外，他对着远方的苏州遥遥举杯。若隐若现的霞色里，他似乎看到她窗前静默的榕树，记忆之门被萧索之风击碎，往事纷纷扬扬洒落一地。

生活环境恶劣，他身体自幼弱于同龄人。在纺织厂当机修工时突然晕倒在车间，被送往医院。诊断结果出来时，他懵了：慢性再生障碍性贫血。医生说他的造血功能在逐渐衰竭，药物只可以延缓、控制，只有骨髓移植才可能彻底痊愈。

当时，头顶的天空突然暗沉，似有巨物劈面倒倾，他张开双臂奋力自救，跌向墙壁，心仿佛被一双手揪走，痛得发抖。时光在静止，一切静止。

医生以同情的目光看着他说："你有自家兄弟姐妹吗？骨髓源……还得配型。这是大手术，手术费、护理费、药费、治疗费、检查费、床位费等，得花些钱。成功后需要用药，药费每年大概得三至十万，国内的廉价些，出口的较贵……”

他白衣飘飘，一步步踏出伤感的印迹，走过霓虹闪烁的街头，走过人潮汹涌的地铁站台。春去春来，落花流水，都是命运的安排。那些被岁月覆盖的殇，经不起太久的等待。风吹起衣袖生寒，耳边响着医生的陈述，像一台榨汁机，只要榨断他的心脉。

时间无声流淌，烛光点点，摇曳着水的潋滟。沧海桑田的轻叹，带着暮霭将至的黯然，忍把浮光偷换，怎抵似水流年。他蜷在宿舍，眉攒成一道深深的伤：妈妈身体很差，妹妹还在上学！抹去泪水和着惨白的烛光，秋风冷月般苍凉。是男人就该担当，是英雄就该笑傲江湖打马向前！他用药暂时控制病情，和时间竞争，和病魔赛跑。大漠孤烟，长河落日。他看见剑的影子水的波光，在夜色中不断地变换。又仿佛一念间，山花烂漫，马蹄声远，万物复苏，山河肃然。

为了赚到延续生命的几十万，第二天他推开经理窗明几净的办公室，如失去亲人的孩子般蹲在经理面前哭着说明缘故。他请求离开技术岗位，以厂价进购棉纺织品，去跑推销，赚取差价，努力自救。经理惊诧、感慨不已，当即拍板定音，并赠他两万元，且很快以特低价给他一批货。

暗沉的天空裂开一道光斑，他有古代雅士情结，向往诗酒年华，人面桃花；小楼画堂香暖，疾风怒马驰骋，一夜边疆，风过处天地肃杀。怀着对经理的感激涕零，他做起了棉纺织品推销生意。经过数月努力，他拥有了固定客户群和五万元存折，在骡马市大街果子巷附近租了一套一居室，从公司宿舍搬出。

阳光向病房投射一抹亮眼的幻色，辞了医院护工的吴秀兰坐在床前，看着熟睡般的女儿，啜泣声时断时续，低沉压抑。她曾暗自伤心地看她那笑颜，那便如何？如今只能更加悲伤地坐在她身旁。那些往事，她不知晓，她不提起。她一意隐瞒，乃是舍不得她不快乐。悲伤情绪如风蔓延窗外，只把她带回乡下。

那是一片茫茫的、粗糙的土地，有树木也有河流，有许多小动物在太阳下走。一些乱石被一片阳光普照着，那些光明亮又犀利，在地表粗糙的外壳上宁静地流动，完全是一个没有噪音的世界。村口总有一群妇女站在一起喋喋不休，并不知这就是在挥霍生命。一切闪光的东西都不会在她们的八卦中产生，高雅一遇上她们便逃之夭夭。

吴秀兰家的屋顶上如凝白霜，月台上搭出的半间房子里，堆着去年没卖出去的粮，被破麻袋装着，如同一些残破的希冀。正房左边是绿玻璃瓦搭的棚，刚下了崽的母猪被一圈猪崽围着，吭吭唧唧撒娇。门窗都是灰拓拓的颜色，门前的老柳像人累弯的腰。从地里回来的吴秀兰进屋换上一件碎花无袖汗衫出来，把刚脱下的汗湿衣服扔进门前压水井旁的水池里，迎面看到一个俏丽的姑娘，手里提着苹果，另有一套花花绿绿的洋装。

“你，走错门了吧?”她目光穿越她肩头阳光，一丝炫惑在眸底灿亮。

姑娘对着她，笑意后隐着暧昧的意味：“没错，我知道，这是季天正季总的家。”

吴秀兰不是敏感者，憨厚地笑着打量她入时的着装，又看看自家屋里的凌乱，忽有些忐忑、局促：“里头坐吧，可别嫌弃，这穷家破屋的。”

两人对坐在闷热的平房里，姑娘打开包装，拿出做工精致的小女孩洋装，笑意温婉：“燕子的，不知合适不合适。”虽然开着电扇，她依旧热得双颊绯红。吴秀兰递上在冷水里绞过的毛巾，姑娘接过，只擦擦手，放在一旁。

“你知道燕子?”吴秀兰往白瓷杯里倒了茶，放了菊花和冰糖，浸在水盆里冰一会儿，端给姑娘。她接着也不客气，牛饮般咕咚咚喝了。吴秀兰用欣然的目光打量姑娘：“你是天正同事?瞧我们乡下这样子，真是不好意思。”

“嫂子你人真好!”姑娘赞叹着，目光里抑着令人莫辨的东西。

一个大约四岁的女孩满脸都是泥污和汗，从门口跑进来，看到陌生人吓得往门旁一闪，探进头来，怯怯地说：“妈妈我饿了。”

“燕子乖，妈妈这就做饭啊!”吴秀兰朝门口欠身，望着女儿满目深爱痛怜，又急忙给客人添茶，拿起身边蒲扇到厨房去烧火做饭，不大时间满头是汗地端上来两碟菜和鸡蛋西红柿面。鸡蛋西红柿面在桌上升腾着热气，里面搀着细嫩的长豆角和细细的青椒丝，飘着葱花和香油。姑娘喝了一口汤：“嫂子厨艺真好，瞧这饭菜，色香味俱佳。”

吴秀兰端了一碗饭，把女儿燕子送往邻居家回来，两人边吃饭便攀谈。

吴秀兰为她夹菜：“妹子，你来有事?”姑娘眼睑耷拉着：“没事，顺路，随便来家看看。”吴秀兰低头吃着，目中流出疑惑：“你季总有什么事了?”

姑娘低头夹菜，连连摇头：“没有没有，你们都是大好人。”

吴秀兰眉宇顿开，呼噜噜就把一碗饭吃完了，接着又盛了一碗吃完时，见姑娘一碗饭只吃半碗。吴秀兰笑得彻底，说城里人饭量真小，我吃一顿抵你吃一天。

饭后，狠毒的太阳向地上射着火箭。一只白顶门的大黄狗，卧在门前的槐树荫下吐着舌头。一排大雁叫声凄厉，飞跃村庄上空。

姑娘就那样坐着，一直没说走。也许是气候缘故，面颊绯红。吴秀兰没法下地干活，将屋里水泥地扫净，铺了张凉席，两人躺在一起午休。后半晌起来，太阳威力渐失，吴秀兰领着她去桃林摘了新鲜的桃子回来吃，渐渐熟络起来，融洽得像密友。

霞光里的田野看起来无垠的辉煌。落日的光芒温馨无比。路在田野里延伸，曲折得犹如水里鱼的轨迹。两人对坐着，天光在逐渐深入的话题里变得昏暗。姑娘哽咽着向吴秀兰坦白她和季总的关系，最后跪下求吴秀兰成全，她说她已经怀孕五个月了。昏暗的暮色与室内光线融为一体，她的泪在脸上晶晶亮亮。夜色继续浓重，灯光摇曳出满屋的感伤和死寂。邻居送回熟睡的燕子，吴秀兰笑着送走邻居，又放燕子在里屋床上，低吻她红艳脸蛋，泪一滴滴淌在女儿脸上。她擦了泪出来说我真想成全你，真的！我得想想。此时她也已怀孕两个月，依旧做饭，炒了四个菜，让着她吃。

和中午相反，姑娘吃了两碗，吴秀兰一碗没吃完……

那姑娘就是年轻时的范依蕴。

第二十二章　花烛好梦惊

吴秀兰的伤感记忆被季涛打断，他递给她打包的饭："妈，快吃，别等凉了，你胃不好。"兰州拉面热气腾腾，吴秀兰吃的很少，看着儿子吃完，满目疑惑："琳琳这是怎么了？你为啥不告诉我？啊！"耳听季琳呓语："我们不是亲兄妹，可以结婚的啊……"

狐疑、惊惧、伤感、愤怒，在吴秀兰目中交织。她情不自禁抖成一团败絮，又捧住季琳脸："琳琳你醒了？你在说什么？"

季琳闭着眼，眉头依旧皱着："妈，大哥，大哥……"气息微弱，哽咽难言。

吴秀兰对季涛怒喝："你妹妹怎么了？她哪来的大哥？"

晚霞映染的天空已经淡下来，寒星在楼顶眨眼，园子里归巢的鸦雀窸窣鼓翅。

母亲的严厉和狐疑，使季涛面现恐慌、不安："妈……"

心疏忽明亮，吴秀兰发抖的手指着儿子："是不是那家人回来了？你让琳琳见他们了？你们背着我干些什么？我说过不让理他们……"捂着胸口蹲下去，满面不可抵挡的痛楚。

季涛仓惶俯身搀她："妈，你心口又痛了？"吴秀兰五官纠结，额头淌汗，咬牙不语。

季琳缓缓睁眼，慢慢扭头，声音低弱："妈，我不想骗你，大哥从美国回来，开了宏远地产公司，还有汽配生意。我不恨大哥，只恨自己……"

吴秀兰燃烧的目光瞪着儿子，神经质般地埋怨："冤家！你吱唔什么？果真是那家人回来了！他们怎么又来害我的琳琳……"捧着女儿脸抽泣难止，难道她爱上那妖精的儿子？真是要死了！她呆痴的脸色仿佛灵魂已灭："他们害我失去了燕子，还不够吗？还要害我的琳琳……琳琳，你不能理那家人，我们不能和他们有任何牵扯！”

相互鄙薄的姗姗和林敏敏走后，吴菲凝思于窗外榕树，一双大而黑的眼睛，折射着忧伤和疲惫，掩去了常态的超脱和公正。

她接到季波的邀请函，却未去参加婚礼。月光皎皎，随着往事从榕树顶倾泻，铺满胸怀。他说爱长发，她就为他留着，悉心打理。他说爱好文学艺术，她就毫不示弱地秉烛夜读此类书籍。因为他，她懂得了对镜贴花黄的魅力，体会了女为悦己者容的真谛。体会了古往今来那些有关爱情吟唱的贴切，体会了小说里种种关于思恋描写的入神。

黄欣推门进来，康复后的她依旧高挽发髻，雍容优雅，警惕的目光收尽了女儿的满目烦恼：“菲菲啊，你怎么回事啊？和周峰处得怎样了？人家和你一样大的人都生孩子了。女孩子不同于男孩子，你耽误不起的。你爸每次电话都催你结婚呢！周峰这孩子可难得的老实，他妈说了，连恋爱都没谈过。你不是喜欢保守型的吗？依妈看，你们正适合！”

“妈，那次相亲，你不也对人说我没谈过恋爱？”吴菲扭头，讥讽的目光转为阴郁，从妈妈肩膀越过，看到她身后橙色的壁灯：“妈，你让我清静清静，行吗？”这一夜，她向记忆中的那一夜眺望，头痛欲裂，肝肠寸断。相思如一屋落寞的影子，涟涟的泪水把心打湿。

幸福时，头脑的空白导致不幸的结局；不幸时，头脑的空白隐藏着一种沉淀的悲哀。

被人们簇拥着进了洞房，段冰清终于摆脱外面山呼海啸的世界。直至夜深，喝喜酒的人群已散，洞房里此起彼伏的喧闹早已退潮。浓浓的梅香夹着寒气在窗缝里流淌。室内却很温暖，彩灯缓缓流淌着波涛般的光晕，搅动着扑朔迷离的气息。

一拨拨亲朋的迎来送往，段冰清看看窗外雪幕，轻叹一声，斜倚沙发的样子非常疲惫。一整天的装饰性笑容，如今她只觉得面肌发麻发酸。

季波醉醺醺进来，目光似隔着时光之河的生疏。他唇角的那缕琢磨不清的内容隐在皮肉里，间杂着别的什么暧昧意味。他的目光如崖底蛛网，带着隔绝尘世的一抹苍凉，却把她紧紧网住，僵硬到窒息。

她弄不懂，聪明如她，却什么都弄不懂。但他表现的这一切，如河流冲淡了她泥沙般厚重的热情。

她眼神里出现百年长河的沧桑意味，如同被俘幼兽般伏着，待人宰割，直到他一发不可收拾的热情澎湃燃烧起来，却没能哄暖她的体温。她像风吹的柳絮，一任东风飘零，却又无法拒绝，像是被他融化似地摊在他怀里，任凭悸动和楚痛漫向身体的每个细胞。

曾经熟悉的他，急促呼吸着游走在她体内体外的动作，都让她觉着隔膜而惴惴不安。她颤抖不已，身体如同漩涡中激荡的一片树叶。直至他一声低沉的呻吟撕碎了充溢在她周身的委屈，他指甲嵌进她腰部的肉里所引起的疼痛方才缓解。

段冰清皮肤上渗出细微的冷汗，和着他流淌的汗珠汇成小溪潺潺，滴落于她的身体。记忆突然回旋到瑶池仙泉那夜的丑陋，她觉得自己的身体变成了一片不堪的泥泞，套在无名指上的钻戒如此冰冷。床头灯幽暗低垂，混淆着窗外的夜色，哲人般深沉。

窗外的风呜低沉婉转，如同人的幽怨和委屈。从窗外骤然传来一声大喊："季总，不好了！'安居新城'几栋楼都塌了！"

季波正从卫生间走出来，闻言惊悚得浴巾跌落于地，激灵发抖的身子证明他还活着。眼前的一团黑雾旋转着摇摆着，在他的周遭不停翻动。他奋力挥臂劈开黑雾，踩着浴巾走到床前。段冰清神情惶惶地帮他穿衣，又赶着收拾自己。季波歇斯底里的喊叫冲破了夜空的宁静："李子翔，快找李子翔！"

室外鸳鸯瓦冷，月亮漫不经心地挂于树梢。段冰清头顶罩着雾霭，丽眸被泪遮着，一遍遍拨打李子翔手机和家里电话，声音惊恐："电话没人接，手机关机！"

风从窗棂吹进，掠了几片枯叶进来。急促的脚步声由远而近，熟悉的声音在门外响起："季总，李子翔前几天就递辞职信了。"

疑惑、惊恐、迷乱如丝绞缠，片刻，思维又渐趋明晰。季波从沙发上猛地跳起，拉着段冰清："收拾东西，快走！"

柳外兰舟过，不管鸳鸯梦惊破。他把她往外拉，段冰清拼命挣扎着："不能走，只有去交代，才能把事情弄清楚！"打开门，推着季波往外走，突然想起那夜在季涛手机上看到的信息，署名棋子：涛子，谢谢你提供的原料，待工程完毕，十万块立即还你。我和她现在很好，我们很感谢你！

季波翻箱倒柜地拿证件、细软等东西。段冰清急忙换衣，团团转着收拾衣物，秀髻披散开来，犹如刺猬疯长的触须。她脑子机警旋转：大厦坍塌，该与建筑设计和原料有关，该与季涛和李子翔有关。是否两人合伙陷害季波？李子翔是季涛介绍的，他是否就是季涛所谓的棋子？

许多的疑点在脑际缠绕、回萦着，段冰清越想弄清越弄不清，一时呆住不动，手中丝裙滑落在地，身以浮云，心如飞絮。季波拽她往外走：“别呆了！咱们快走。许多事情都弄不清楚！只有走，才能东山再起！”

季波一手提着密码箱，一手拉着段冰清飞跑出小区，拐入铺满积雪的大道。雪路很滑，冷风刀子般地割脸，往脖子里钻。穿着高跟鞋的段冰清几次险些摔跤，提着跨着的她突然把东西扔给季波：“我的钻戒，我的钻戒！”甩着长发向回路飞奔。

季波心如火燎地盯着她进了楼道又很快出来，见她手里提着高跟鞋在跑。他也顾不得天寒地冻她赤脚于雪地了，挥手拦了出租，提起大包小包仓惶上车。

警笛声声由远而近，警灯雪亮割破黑色夜空，丝丝缕缕如利箭，将正要上车的段冰清射穿。

出租车被警车团团围住，车座上的季波脸苍白如纸，颓然闭目：“完了！”

照顾女儿劳累，旧伤又被揭起，数日后吴秀兰心口痛复发，血压骤升，卧了病床。她那张愁苦谦和的脸，似睡非睡中泛着幽幽的光，俨然在深渊里埋葬了多年的记忆。记忆里的许多细节都被生活表面的芳草萋萋所代替，须得用扒人祖坟的力气去扒开草丛，才能找到那些散落在岁月角落的沉寂感喟。她已肌肉松弛双腮下陷目光沉浊，不愿费力却不能逃避。

范依蕴走后的那天夜里停电，她在烛光里一遍遍阅读着女儿睡熟的脸，用毛巾捂着嘴哭。

他从城里回来，她哭求他别让外人知道他城里的那个家，说她可以一人带着孩子在乡下过活。只要别让孩子知道他们没爸，让乡邻们知道她没丈夫。烛影摇红中，他看着她微微隆起的肚子流了泪，说他不会离婚，会设法和她了断。

她信以为真，从来都相信他，如同佛教徒相信佛祖。儿子出生，季天正给他取名季涛。把他们母子三人接到北京，租了一套单元房，说永远不会离开他们。八年后她才知道，范依蕴先她三个月生了儿子，取名季波。而她儿子的名字，恰是范依蕴儿子名字的延续。在双方的争吵不休中家庭战争不断升级，季天正带着那个女人去了美国。

新婚时得到的祝福总是白头偕老永结同心。吴秀兰的人生就这样输了，偕老白头的梦就这样残破了。

破碎的岂止是梦，而是整个世界。没有了经济支撑，又得照顾一双儿女，他们成了京都的饿殍。痛定思定后她斩断悲伤和眼泪，退了出租房，领着儿女回到老家的三间旧平房里，在捉襟见肘的贫困中过活。在繁重的体力活里照顾一双儿女供养他们上学，她几乎没有时间去思考痛苦和委屈，却常于夜里咬牙切齿：用十多年的时间去喂一头兽，想必也会得到反哺。可十多年献给一个男人，仅得到刺骨锥心的痛，和一个伤痕如补丁般缀满的残躯，去抗衡此后的朝来寒雨晚来风。输得惨痛！

不是没有竭力想挽回败局，但费尽笑容，费尽眼泪，费尽心力及所有，对一个变了的男人心，都不起任何作用。

门响声打断旧忆，段智兴拎着饭盒进来，倒出鸡汤递给季涛。白小琮接踵而至，手里捧着带露的康乃馨，笑盈盈地把花放于窗台，接过汤，端给吴秀兰，喂着她喝。

这个黄昏在冬日沧桑的面容下，有几分特别的雪色。它遮挡了斜阳坠落的方向，遮挡了人们的视线。八达岭长城上吹着百年不息的风。

半溪明月，一枕清风。段智兴好性子地哄着依旧虚弱的季琳喝汤。病房与阳光接近，阳光掠过他的脸，有一种不同于昨日的苍白。萧风飒飒摇窗棂，窗帘发出窸窣的响声。

吴秀兰关切地看着坐在面前的儿子，他凝着忧郁的眉眼令她黯然神伤：“涛涛，副食店生意这几天咋样?”

季涛掩起潮涌般的惆怅，脸上铺满阳光：“妈，你安心养病，副食店生意行，店长在招呼着，我很省心!”他歉疚着来到窗前，看千枝修竹迎风起舞，回思童年生活，心灵的原野爬满零零碎碎的伤感。

那年那晚，八岁的他和十二岁的姐姐分别在自己房间写作业，妈妈在卫生间洗衣服。那蹭蹭的搓衣服声听在他耳中温馨、贴实。他的房间直接受着日照，虽说夏天已过，但秋老虎却也厉害。他擦着鼻尖上的汗出来，把所有房间的门窗全部打开，便有穿堂似的风涌进来，感觉十分凉爽。他看到妈妈对着一块洗衣板搓衣服，蹭、蹭、蹭，那声音有力而富有节奏。洗衣机却在一旁闲着。他站在妈妈面前问：“妈妈，为什么你总是不用洗衣机呢？老师说，洗衣机洗衣服可省事了。”

三十多岁的吴秀兰目光明亮脸型圆润，抬头的同时将一些乱发拢于耳后，眼角露出细微的笑纹：“手洗的衣服干净，也不会坏了料子。”

“妈妈，你骗人。你是怕费水电吧?”季涛稚嫩的圆脸在灯光里流淌着疑问。

吴秀兰敛去隐忍，低头干活："儿子，学你的习！只要你将来有出息，妈不怕吃苦受累。"湿热的空气把月光侵得晃眼。风飞进来，夹着桂花的清香。季涛刚回到房间，忽听客厅电话响起。他看看墙上挂钟都十点了，想应是爸爸打的。爸爸白天不在家，晚上也常常应酬到半夜。他想可能爸爸又用电话告诉妈妈，今晚他回不来了。

不管他回不回来，只要有妈妈就好。只要有妈妈，他们姐弟两就幸福、安宁、充实。

季涛看到妈妈擦着手起来将门关上，米色的木门隔断了他张望的目光，又听到妈妈惊诧而火爆的疑问："快说，你是谁!"

好脾气的妈妈从不轻易发火，站在门旁偷听的他被妈妈厉声的质问吓掉了手里的笔。房间里沉闷得像暴风雨将要来临，耳边的一切都静了下来，又听到妈妈的厉声："你是范依蕴……"

季涛想范依蕴这人真可恶，一说话就惹妈妈生气。他悄悄拿起自己房里的分机话筒，这话筒是他接爸爸电话专用的。爸爸会一连数天出差，常在电话里叮嘱他好好学习听妈妈话。

风吹得脊骨发凉，他拉拉衬衫，听到电话里的女人说："……他已经不爱你了，死乞白赖是没用的！我的儿子不能没有爸爸……"他八岁的智商已经能够判断出，爸爸在外边有女人了，心里一阵揪痛，又听妈妈声音颤抖："你咋这么不要脸呢？我的儿子也不能没有爸爸!"

电话里的女人声音冰冷："我再也等不下去了……"

电话断了，屋子里那样安静，再也听不到妈妈的搓衣声。他噙着笔管呆了片刻，来到妈妈房间，见妈妈脸色青得难看，眼睛直直地瞪着床面。他语声迟疑："妈妈，刚才……那个人是谁?"

妈妈狮子般怒吼："哪个人？你真多嘴！快去写你的作业!"

他和闻声出来的姐姐都吓得急回房里，可再也集中不了注意力。又听妈妈在门口说："我出去一下，你们写完作业就睡。"接着他听到防盗门哐地一声响，惊裂心肝。

"他已经不爱你了，死乞白赖是没有用的！我的儿子不能没有爸爸……"

那个女人的声音在耳边反复回响，八岁的季涛已将作业本撕去了几页，索性站起来，隐身在窗帘后，要看清妈妈将去哪里。

透过窗子，在小区昏暗的路灯下，他看到妈妈在花圃里慢慢走动，头垂得很低，又倏忽站住，身子前倾着，用额头顶着一棵树，久久地双手捂脸。

他一直都噙着笔，在窗帘后望着妈妈，他知道妈妈在流泪。直到留不住最后一缕芳华的月影沉没，直到妈妈慢吞吞的脚步声在门口外响起，他钻进被窝假装睡觉，泪流了满脸。

第二十三章　手心里的海

到处都是烟花爆竹，红灯笼如约而至，艳艳地挂满各处。刚考试完的学生们成群结队地在大街小巷闹着。白小琮提着大包小包往前走，见刚放了几个零碎鞭炮的小孩正要继续，她想捂耳朵又怕他们因此更来劲，便冲着他们吼道："别放了！小心挨揍。"几个小孩果真受惊似地望着她离开，鞭炮即时在白小琮身后响起，她仍觉惊悚。

季涛打开门时，看着她的目光亲切、柔和，没有了初识时的冰冷、淡漠。

季涛接过白小琮手里的东西时，她意味深长地凝视他几秒钟，知道起初他吸引她的，正是他的冰冷、淡漠。见惯了形形色色男人们的惊艳、讨好、媚俗、附和，他给她一种超然世外、不同流俗的感觉。当然，白小琮清楚自己条儿行、皮肤也行、眼睛大、颧骨嫌高，而且嘴巴长得有缺陷，身材虽不属肥胖只能算丰满，这种长相基本不属于惊艳的范畴。

但在这个崇尚个性自由注重精神需求的时代，处处都是好色胜过好德的男人。这种男人的倾慕和追寻对象很滥，甚至无需年轻、靓丽、美艳。但凡见了稍有可取之处的女性就会动心。只须女方稍稍迎合，他们的艳遇史上便会多出一些白烂桥段。他们甚至敢于和亲戚、邻居劈腿，自誉为博爱、多情。

看够世间百态，白小琮对这些一见异性就放电，处处时时把握时机的人打心眼里鄙视。觉得社会的混乱、道德的滑坡，都由这些恶俗者引起。

进入房间，她看到季琳正端着碗，坐在半卧的吴秀兰面前："妈，你刚出院，得好好补养。这鸡汤是我哥亲手炖的，你得多喝点儿。"

一榻白云竹径，半窗明月松声。灯光映出吴秀兰眉目的沧桑："涛，这几天你副食店生意正忙，别管我了，有琳琳呢。"

白小琮有眼色有关怀地帮季涛在吴秀兰背后垫了被子，弄了个比较舒服的躺姿。季琳一勺一勺地喂汤，吴秀兰喝得很幸福。白小琮悄悄拉拉季涛衣角，两个人来到楼下，在花坛前站立。梅花玉骨冰肌，洒下一瓣两瓣，香气扑鼻。白小琮满目肃然：“知道吗？‘安居新城’的倒塌，都起大地震了！政府要求相关部门和有关专家成立了联合调查小组，从规划和施工许可、招投标资金的管理、施工图的审核等各个环节进行审查，彻底查清事故的原因。抢险施工队正在集中精力清理土方，回填基坑，消除隐患。还将对其余的10栋楼以及沿线的防汛墙、周边居民的房屋、管线等进行监测。”

季涛从月光的影子里背转身，看不清脸上表情。

“知不知道？死了几十个人。他们新婚就遭遇这茬。”想起段冰清看看季涛脉脉含情的目光，白小琮就如指尖扎了利刺，痛得乱颤。想和小叔子劈腿？和那些蜂蝶比，她的肮脏更胜一筹！

月光覆着头顶，把头发涂上淡银色，季涛伫立不动，逆光处看不清表情，脊背有些强直：“这世间，有轮回报应……”目光从茫茫暮色里移向白小琮，她穿着银灰色羊绒大衣，圆润但不臃肿。

他的忧郁总是牵出她内心潮湿的温情，已拒绝爸妈指定的所有相亲活动。他在她的呼唤里转过身来，听她讲述事件的全部。

半月前的一天凌晨1点30分左右，“安居新城”附近的居民都已进入梦乡，却被轰的一声巨响震醒，伴着震动。他们以为发生了地震，惊叫着向外跑，黑风呼啸中，看到“安居新城”的几栋十五层住宅楼倒塌，睡在夜幕里像一片凸凹不平的冈丘，里面传出的大哭小叫震惊心肺。

月光给了夜幕中极好的能见度，被撒上银辉的地面和景物在光影里如水沉浮。白小琮看着老树顶着巨大的树冠，干枯的枝桠如魔手抓向天空，理着被风吹乱的鬓发说：“我的朋友是记者，她说那倒塌的庞然大物横躺于地时并未完全粉碎，楼房底部原本深入地下的数百根混凝土管桩被整齐折断后裸露在外。连根倒地的地基桩体上，部分混凝土横切面在巨大力量的拉扯下，似乎出现少量蜂窝状空缝。墙体里还混着废纸、木屑。”

季涛眸子里洇染了一些东西：“偷工减料这么厉害？够惊悚了。”

白小琮声音激愤：“听说都是那个李子翔搞的鬼！他现在也不知跑哪了。建筑科学院、地质勘察研究院等权威部门对塌楼进行检测，发现设计图不规范，使工程预决算的弹性区间增大；设计质量差，施工没按设计方案进行，造成设计与实际建筑严重不符，投资无谓增加，而增加的投资又从建筑原材料中给补回来……”

白小琮挽起他臂，说塌楼事件还牵扯到严重的贪污问题：建筑工程师随意提高设计标准，施工单位经营管理水平低，产品质量差，另有多算工程量问题：比如，有意增乘一个大于1的系数；利用定额界定模糊，将一个子目里包含的工作内容分解成几个子目等，重复多算工程量。钻空子故意“笔误”，比如，点错小数点位置，成倍扩大取费额；写错数字，将1写为7，3写为8；或者张冠李戴，低价高套等。

季涛的血液在白小琮的叙述起伏翻涌，一些情绪沉入心底，面上恰到好处的激动和不动声色交替。他们一直聊到市声沉寂，远方的小桥流水人家，古道西风瘦马，在月光里渐渐模糊如水墨画。回到房间时，见段智兴也来了，不顾吴秀兰脸色冰冷，他忙着递果递茶，去厨房刷锅洗碗，拿了拖把拖地，又引着季涛来到卧房，语气有些激奋：“涛哥，刚接我姐电话，我姐夫回来了！”

季涛心神一晃、一敛：“好啊，这就没事儿了吧？”

段智兴的琥珀色眸子闪着亮光，侃侃叙述：房屋坍塌引起伤亡，房主们结伙找卖房方争论、吵闹、乃至大打出手。分局对纠纷的双方调解接待了解情况，并为双方制作了询问笔录。如今双方已经在司法人员的调解下签了赔偿协议，塌楼事故死者家属获赔60万，伤者都赔了医疗费。李子翔逃跑，不知去向。公安局发了通缉令。

季涛听完叹息，望着西方天幕下的一片红光道：“唉！损失这么大。”

两人回到卧房，吴秀兰寒着脸对段智兴说：“天晚了，你该走了，以后别有事没事地往这儿跑。”

季琳嗔道：“妈……”

季涛电话又响，吴菲的长途，他急忙进卧房接听：“喂。”

吴菲那双漠化一切仇怨的黑眸看起来迷惘空洞，声音依旧婉柔得令人迷醉：“我妈今天接了我爸从国外打来催我结婚的电话，哭得饭都没吃，一定要我结婚……”

季涛的楚痛夹着潮涌悲思，渐化作一腔祝福：“只要你能幸福就好。”曾经，思念，无孔不入的伤感，碎心裂肺的迷恋。

夜晚的后海游侠般幽深莫测和变幻多端。月亮行踪诡秘地在云层里时隐时现，照着不同的人世忧患。季波焦头烂额地在屋里走动，忽拽住正在揭去面膜的妻：“冰清，能不能再从汽配城筹些资金？早些完成赔款才好。”

段冰清将面膜纸摔到地上：“为‘安居新城’的赔款，汽配城已经资金短缺了，面临瘫痪。”

季波面目忧患：“我昨天把宝马卖了，换了个捷达。”

“换车了？也不和我商量一声？当我什么了？”段冰清气咻咻跌进沙发。“要过年了，我们还过什么年啊！”

对于新婚夫妇来说，新春必须由拜访双方亲友、和老亲旧眷聚会等许多规矩、礼节组成。负债累累，春节中的程序却不能减少，他们空前的疲惫和苦恼。经常为吃饭买菜，添置物品等生活琐事吵得不可开交。范依蕴便责问：“人家两口子比翼双飞，你们这是比翼双飙啊！”

爆竹和欢歌阵阵证明着除夕繁华。季波把买回的烟酒、饮品、副食、食品等形形色色串亲礼品，在墙角分包打理。段冰清斜坐在沙发上，一次次删去收到的祝贺信：“回一个得花一毛钱，还没人报销。我干脆一个不回！”面对生活中天堂地狱的落差，她神情萎靡如面临枯萎的杜鹃。

“冰清，明天上午咱们拿两套礼品走，先去我干妈家，再去你干妈家。”季波扭头道。

“不行！”段冰清瞪起眼睛：“你干妈能和我干妈比吗？得先上我干妈家拜年，礼还得重些，晌午去你干妈家吃饭。”季波妥协地一笑：“行行行，听老婆话跟党走。”段冰清忽然凝眉道：“你妈回老家过节，说是给她老妈尽孝，其实是怕给咱们置办串亲礼。”季波反驳说妈不喜欢算计，是你多心！段冰清在沙发扶手上一拍：“切！我妈还不了解她吗？我妈都说：她倒是会打小算盘，人娶到家里就变扣了！”又埋怨季波：“要不是你‘安居新城’出事，挪用我汽配城资金，还那些王八债，害的汽配城瘫痪，我们会这样穷吗？”

季波强压怒气：“冰清，说话得讲理。我们要不支持你汽配城，你能运转起来吗？”

段冰清不管，又挑起一个话题：“过年，人家都跑香港、新马泰、意大利玩了，我在这儿做什么？给人做饭洗衣，当老妈子！”

贫贱夫妻百事哀，这是季波记忆里最为煎熬的春节。亲朋好友的拜会中迎来送往，他们为许多具体而繁琐的生活细节闹生分，段冰清常常情绪激动地大吵。季波沉默至无言以对，心痛的无法呼吸：一个“海归”被钱变成“海龟”？

琐事、性格、分歧的见解积淀成隔膜，两个人由争辩到争吵，为一点点不同意见吵得鸡犬不宁，各自搜索出恶毒语言猛袭对方软肋。那些曾以为念念不忘的爱情，就在念念不忘的过程被遗忘了。

春节后的上午段冰清一到办公室就忙着抹桌凳，时亮进来说由于缺货，这几天瞎了很多生意。接着又有几户商家来要账，段冰清又赔笑脸又说好话，费了好多唾沫星子才把他们相继打发。中午时她关上门拉上窗帷拔了电话线，淌着泪倚着沙发，将自己沉于漫无边际的黑暗。

这晚，痛定思痛的段冰清决定尝试着向一个人寻求帮助。

三月的北京，一派天浩水淼风婉转。

季波站在门前抽烟，看一行大雁自楼顶飞往西方的红霞深处。

时亮刚打发走一辆宝马，看着汽车带着尾烟消失，听到手机信息提示。他打开一看，脸色阴影莫测一会儿，忽转冷厉。少顷凑到季波跟前，递上一根烟，替他点着，在阳光里眯起眼，脸色在高楼的阴影里忽明忽暗："季……季总……咱光赚……赚……赚维修费……和……和配件的零……零打碎敲……来……来钱太慢了……"口吃的他说得相当艰难，说汽配城生意本来很好，可现在由于资金问题，收入一落千丈，他看着心里很着急。

季波曾经豪气干云的脸上多了几分沧桑，添了几分成熟韵致："慢慢做，总会好起来的。"

时亮吐出一口烟雾，弹弹烟灰，省去铺垫："可……可以在……汽配上……做手脚。"

季波心里一震，疑惑地盯着时亮眼睛："做手脚？"眉宇间拧出一缕悲郁，和忧郁的季涛更为神似。近来他让蔫花般的冰清休息调养，自己全盘操持起汽配城的经营，每天都早来晚归，勤勤恳恳。他因为年轻而不服输，不仅奔波进货，还抽空跟着时亮学汽修，诚恳请教。

范依蕴没想到儿子面对毁灭性的灾难竟这么豁达，暗自庆幸、祈祷神灵保佑。

时亮眼睛闪亮地告诉他，宝马车的假配件和真配件的外形、材质、色泽一模一样，经销商完全可以以假乱真，可是差价大得惊人。

"不行！"季波语气生硬，如钢铁落地。塌楼事件使他心有余悸，生意场上一不小心就是万丈深渊。

时亮告诉他生意人以赚钱为本，不放过赚一元钱的机会。真配件和假配件本就无甚差别，这是汽配生意的赚钱真经，若放过眼前赚钱机会只有后悔。

现实的许多细节在他脑海里乱丝般缠绕，沉淀、过滤成冒险的念头，垂目良久，心神在阳光里浮荡，警觉巡视四周，声音低缓："你是说，在修理高档汽车时，完全可以神不知鬼不觉地使用假冒伪劣配件?”

时亮在霞光里笑得神秘，之前他给汽配城赚得钵满盆满。

季波依着时亮的意见，试图改进汽配城的经营方针，面临的还是资金问题。这晚他和时亮喝酒，回得很晚，不见冰清，不由皱眉。

范依蕴坐在客厅埋怨儿子：“不是妈说你，好好的生意不做，让她去报什么职业模特培训班？外面可什么人都有，女孩子在外跑多了有什么好处?”

季波对着妈妈温和地笑：“妈，你想过没有？如果没有冰清的汽配城，我们现在怎样？她锻炼锻炼身体，知识面开阔些，挺好。”爱之一字，乃是成全。他愿意她放手汽配城的烦恼生意，去做她喜欢的事。“说真的，混到这步田地，我很残愧，甚至想回美国，打工。”

“去美国？汽配城生意丢不掉吧?”范依蕴扭转身子看着儿子。

“汽配城可以让冰清打理。”

“你去美国，让她在家里？看看她那小样儿！你要不在乎这个家，就去吧！再回来时，这个家都不存在了!”拿起茶杯，表情悲哀：“要走，你们一起走。可我这么大年龄了，一个人在家，说不定哪天一口气断了，尸体放臭都没人知道。”低头擦泪，抽泣。

季波面转悲戚：“妈，我也就是说说，快别这样。”劝得妈妈开颜，坐在沙发上打段冰清手机，她声音十分畅快：“和一朋友喝杯咖啡，马上结束。回去再说啊。”

范依蕴打着呵欠起来：“没事别熬夜，伤身体，早些睡觉。”看看墙上挂钟，又隔窗朝小区路口凝神一会儿，低声叹气，回房。

季波为资金烦恼着，站在窗前看竹影在风里起伏波动，就如人生风雨沉浮。还不见段冰清踪影，他回身往沙发上一靠，拉上窗帘灭了灯，世界变得暗沉，好像找不到一丝光明。

待段冰清从外面回来，开门开灯，看到季波睁眼躺着的样子吓了一跳：“还没睡?”

他坐起来，拍拍身边示意她坐下，捋着她大波浪的发梢：

“等你回来，聊聊。”

段冰清眼底的惶然一闪而逝，眸中浮上温暖笑意：“我也正想聊聊。”

季波盯着她明亮眸子：“你先说。”

段冰清推他胳膊：“你先说。”头低在暗影里，像有心事。

季波拿起她手："以后别回来太晚，我……妈妈都担心。"

段冰清朝里屋看看，低沉的声音透着寒冷："是不是她又说我了？她这人怎么这样！"

季波轻摇她手："别这么敏感好不好？"拉着她回到卧室，发出叹息。段冰清忙问何事，季波说出了时亮的经营计划，说他为资金问题一筹莫展。

段冰清高兴得抱住他摇晃着："老公，这再好不过的主意。资金吗？只要能赚，还怕还不起？"眼波在灯光下流转："我明天回家看看。"

如同被敌围困闻救兵，季波心里突突乱跳，映着灯光，黑瞳晕染出希冀："冰清，说实在的，自打结婚那天起，就整天让你担惊受怕的，没过一天好日子。我……心里实在不好受。"神情忽转黯淡："要不，我回美国打工。你在家料理生意，还账快些。"

"不行！"段冰清反驳，房地产、汽车配件，她觉得太亏了骨子里的文艺细胞。人生苦短，何必总是委屈自己？"这生意我都腻了，整天和油乎乎的铁疙瘩打交道。我也想过返回美国，我想的是咱俩一起，要等汽配城转让了。要不贴个转让告示？"

"不敢贴不敢贴！"季波连声道："一贴告示，那些债主还不疯了？"

第二十四章　柳烟断肠处

“也是。”商量好明天回娘家借钱，段冰清洗漱回来，边低头换睡衣边说：“我们教练说了，以后星期二和星期五晚上都要培训到十点。如果成绩突出，就有可能留校当教练，我喜欢这行的。”眉目间都是欣喜，也有一丝不易觉察的忐忑。

季波担忧道：“那么晚？以后生意忙起来，我都怕没时间接你。这么远的路，让你自个儿走，我实在不放心！”

段冰清热情起来，两手吊住季波脖子：“老公，学校有宿舍，周二周五晚上我就住那儿，好吗？这样你就只管忙你的，不分心。”看着季波爽快点头，窃喜于那个计划，反正她是为这个家。第三天回来，她神情寡淡，拿出一张卡递给季波：

“三十万，我妈家的，卖了一处老宅。”

季波紧紧攥住她手不丢，心里的感激如潮汹涌。被挣扎填满的岁月，许多真实的细节，都随日涨月消被风带走。一些版本不一的关于塌房事件的故事，被街头巷尾口耳相传，散落在街头的霓虹灯影里，被风来尘往掩埋。

桃花含苞，门映娇红。四月的沙尘暴把天空弄成低且昏黄的一块幕布。汽配城前停着的那些等待检修的车顶上覆了一层厚沙。一辆奔驰驶进汽配城，在维修部门前停下。一个脸色黢黑，挺着将军肚的男人从车上走下来，目光四处巡索。

时亮刚修完一辆普桑，手套还未取下，目光复杂地看着那人，心里涌起混乱情绪，难弃沉沉挣扎。

男人谢顶头大眼睛，黑皮肤下隐着一丝不易觉察的诡谲，朝时亮竖起大拇指：“时师傅，你技术好，在这儿可是名声大振。”指着车说：“我前天跑长途，走了段魔鬼路，回来就发现这车响声不对劲儿。你给瞅瞅吧？”

时亮耷拉着眉眼答应着，开始动作，从车内到车尾的忙乎一阵儿，检测已毕，取下油污手套往旁边的工具箱上一仍：“发动机有问题，得换。”脑神经蹦蹦地跳了两下。

挺着将军肚的黑脸男人声音爽朗：“那就换吧。”

时亮眉心拧出纹痕：“您这奔驰配件，这两天正缺着货，您得等。”

男人耷拉着嘴角：“看你们这生意做的……”一挥手间尽显爽快：“主要是相信你技术，我等着。”刚转身走出几步又回过头来：“师傅，你尽量快些。我明天来成吗？”

时亮点点头，看着男人转身去了，悄语走过来的季波：可用同一型号的假配件换上，外观上看仅生产厂家不同，神仙也难区分清楚。这一下就可赚这个，他向季波伸出三个手指。

季波两眼从镜片后射出惊喜：“三万。”

时亮含笑，点头，笑容后面总好似隐藏着什么东西，季波不愿琢磨。一瞬间兴奋莫名，一瞬间神魂飞升。

段冰清从家里借来的三十万加上范依蕴拿出的全部积蓄五十万，汽配城生意很快由荒凉冷寂变得风生水起。季波向空吸气，似闻到时光安然流淌的气息。所有的梦魇都在倏忽间化作空气和尘粒，破碎分裂，他闭上眼似乎就可看到汽配城明亮闪光的前程。

暮色覆盖苍茫大地，忧郁沉寂。傍晚的小径，宛如空山清幽。

季琳挽着吴秀兰臂，在迷离的灯影里散步，医院里的一幕幕在脑际闪过：

段智兴亲口替她偿药，她嫌药苦，赌气不喝，段智兴低声下气地好说歹说。

晨雾弥漫或黄昏霞落，段智兴用车推着她在室外呼吸新鲜空气，看白鸽在林间翻飞。旁边病友们笑着夸赞：你男朋友真好。

她的血管细，难扎，中途走针，胳膊处起了一个大包，针眼周围淤青一大片。段智兴心痛得流泪，熬夜为她热敷。他为了专心照顾她，向单位请了病假，挨了批评也不怕。

……

吴秀兰侧头，灯影在她脸上打出一层淡红：“琳啊，妈是最想看到你幸福的人，但我不赞成你和段智兴确定关系。别拔了萝卜种上葱，还非得一窝抵一坑。你得好好想想。”

“妈——”季琳眼底掠过忧寂，想用一个人填补心底创伤，摇着她臂：“妈你放心，我没把他当成替代品。他一直都对我很好。只是，我以前一直迷糊着。”

吴秀兰低头叹息，眼神犹豫：“我怕了那家人，就冲着他们是亲戚，我就不赞成……”

眼前白花冰洁，她心宛转幽恻，打断妈妈絮语：“妈，人有不同人，木有不同木，各是各的事儿。你甭盯着人家亲戚，好不好？”心神一阵恍惚。纷扰红尘事，似一朵朵盛开的人间烟花。爱情短暂脆弱，如烟花耀眼夺目、易逝。影色坠落无底，只留下夜空隔世般寂寞。

吴秀兰眉眼映出对人世沧桑的深深无奈，那几分执拗也不可去除：“我就再给你说清些。段智兴再好，可他是段冰清弟弟。我们不能跟那家人有任何联系！你跟他好，不行！”

季琳狠揪白花，狠撒地下：“你行不行？妈，别忘了结婚是我的事。你不行，我行！”

吴秀兰眉心拧出伤痕，将身旁树枝咔嚓一声折断：“我命咋真苦呢？养了一对冤家。我让你哥哥娶吴菲，他偏不听。都三十了，还不结婚，活活让人笑话！让你们别和那家来往，你们偏盯住他们不放，离了王八找鳖孙，净在窝里盘。你们都想气死我啊！我上辈子造了什么孽？，这一辈子都要被他们缠着……”几十年的悲愤数十倍地泛滥，洪流般涌至，她蹲在树下抱头痛哭，季琳劝慰不住。吴秀兰哭罢一直怔着，让她回家也只是不理。季琳望着头顶月色黯淡，璀璨星光随风旋转，花露重草色低，林间丁香空结愁怨。万般无奈，她只有打季涛电话。

季涛和白小琮正走在后海酒吧一条街上。霓虹灯闪烁着一张张迷离的脸。两旁店铺琳琅满目，还有歌声鼓乐声自门窗泻出。

白小琮紧走几步赶上季涛，若有所思：“今天上班前我妈又在骂我，说人家都抱孙子了，她女儿这么大了还找不到人家。说女孩子耽搁婚事净被人家笑话。”眸子斜睨，在店铺的装饰灯里蕴涵着光华和诗意之气，裙裾被风撩起，若思绪飘渺难即。

季涛神思悄转，笑得郁郁，雪中寒梅的味道：“我不想草率。但理解你也尊重你，知道你脱俗。没有合适的鞋，宁可光着脚走路。”

白小琮神情黯然，无言以对，只感叹命运如浮萍漂泊，难以把握。

听到手机响季涛来在路边，对着话筒道：“琳琳，有事吗？”

季琳蹙着眉，宛若千般烦愁难消：“哥，哥，你在哪儿？快回来！”顿一下，接着道：“咱妈生气了……”

季涛紧张起来：“你们在哪儿？”耳听那边有些噪杂，是摩托轰鸣和小孩尖叫。

季琳哀声道：“在咱们小区楼下。”

季涛：“琳琳你别惹妈生气，她身体不好，一生气就心口痛。”叮嘱完挂了电话，来在街道拐弯处拦了出租，和白小琮刚一坐上，手机又响，是吴菲的，声音婉柔：“你睡了吗？”

季涛心潮一阵起伏：“在街上。你呢？”

吴菲在单位加班，看着窗外风的舞蹈和云的霓裳，拿着座机电话：“我妈让我马上结婚……”声转低咽。

季涛用眼角余光收尽白小琮的神情专注：“现在车上，随后我打给你，再见。”

柳色堆烟，水榭朱栏外，有着漫天的杨花飞卷。绿柳帏下，谁在临水抚琴，十指纤细，余音袅袅，像细雨春燕，像摇曳的旗幡、画船，流水一样漫过心田。

白小琮在从车窗透进来的灯火里转着眼珠：他在和苏州的吴菲联系吗？他是否曾和段冰清劈腿？

他不言朝夕，她不言过往，只求未来。

适才他已亮明观点，未来黑暗暗得探不到边际，她止不住一阵酸楚，在拐弯处下车。所行处绿荫匝地，双燕翩翩，杨柳堆烟，摇曳船帆，他的身影在风中凌乱。今日的后海边涛声隐约，一切都在真实与虚幻间转换。她看见柳荫后，那远去的油纸伞如落花般，只留下一地轻烟。“落日解鞍芳草岸。花无人戴，酒无人劝，醉也无人管。”那些他们伫守过的海面，白帆点点，渐去渐远。谁在私语谁在盘桓？依稀广济寺外渔火几点，梵唱不断。

远去了温掌抚肩的柔暖，她在夜色里触摸到自己的苍老。

季涛找到蹲在树下的吴秀兰，一见面就被她翻旧账：“吴菲多好的姑娘，可你偏偏就给错过。现在这个白小琮除了嘴巴长得不好看，其他也都没得说，那脸盘倒比吴菲富态些。依我看她不是和琳琳好，是对你有点儿那个意思。你这不杀不放的，二锅水给人家温着……”

季涛俯身将她搀坐在花坛上，寻思后说：“妈，吴菲还没结婚，我们还联系着。”递上手机，让她看刚才的通讯记录。

吴秀兰借着微弱灯光，眯着眼一看，精神十足地站起来，面上光彩四溢："真的？那你就努把力，一定要在她两个中争取一个。"

季琳站在远处接完电话回来，脸上兴奋和犹豫参半，对正要回去睡觉的两人说："妈，哥，你们先回去睡。我有点儿事儿，一会儿就回来。"

吴秀兰立即色变，盯着她目光冷寒："这么晚了，咱回去睡觉。"

季琳坚持："妈，明儿双休。让我自由自由成吗？"

吴秀兰的脸被树叶遮着，昏暗阴沉："你去找谁？段家那小子。瞧他那小流氓劲儿，整天闲的没事干，没明没夜的缠着人家姑娘。你不要被她骗了才好。女孩儿万一先给男人……那什么的，一辈子都被丈夫嫌弃着，没一天好日子过……"

季琳用一连串的疑问来显示她的叛逆："妈，你怎么能这样说话？谁是小流氓了？谁骗我了？你一辈子没过一天好日子就想别人也一辈子不过一天好日子？现在什么世道了？我还羡慕武则天太平公主安乐公主呢！那叫本事！别以为谁都跟你们那时候一样，一辈子守着一个男人一个空巢哭哭啼啼的，只会扮演王宝钏秦香莲的角色。现在谁还在一棵树上吊死了？谁不到附近的树上都试试？为什么女人都不要求处男男人还要求处女？我告儿你老妈，你观点落后几千年了！现在上哪儿找处女去？都假冒伪劣，人造的……"

吴秀兰气得乱颤，胸中怒火如海潮冲撞，扬起手，啪地朝女儿搧了一个响亮耳光。

季琳一下子呆住，大眼圆圆地瞪着，是没有神采的那种，片刻后哇地一声大哭，飞跑出丛林，疯一般朝马路上横冲直闯。

一辆车飞速驶来，车灯刺得她视力模糊。就在她呆愣间它以疯狂之势向她倾轧而来。"琳琳——"一直在暗处跟随的段智兴一声高呼，飞身过来。

季琳被推了很远，跌倒，手掌蹭破了皮。

段智兴左腿被撞，到医院拍片。腿随着医生吩咐弯曲、伸直、摇动，反复几次，他艰难地做着，所消耗的体能皆用在忍受疼痛上，满身满脸都是汗水。

医生举重若轻地说："没有骨折，不用住院，就这点儿痛没事，回家休息几天就好了。"

"但是，"段智兴咬牙切齿，暗道又不是你的腿，当然就这点儿痛了。他真实的感觉，像是受了古代贪官所施的酷刑，整条腿火辣辣地轰痛，冷汗湿了内衣，指着关节处："这儿伸不直，哎哟……"

“嚎什么？多大一点伤？你一大老爷们，就不会忍忍？”医生鄙夷的神情，又变作气定神闲，拿起笔给他开药：“知道吗？吃点药就好了。”

段智兴心里想着“妈的”，嘴上说着好的。

季琳和季涛去拿了药来，医生又小题大做地让他吃了扶他林和芬格欣。

第二天，他请事假，安静在家休息。

普通小职员受了灾难，都打碎牙和血吞，世上没人知道。没有登报和上电视，没有前赴后继的探望者送花和礼品。

此晚星期五，季波应酬完毕回家，见范依蕴正在收拾屋子，没等他落座就埋怨开了：“我的话你就不听，偏要让她去什么模特培训班。那不是正经事，现在倒好，还夜不归宿了。”

季波正在换拖鞋，一抬头，额头露出困惑的细纹：“妈，什么叫夜不归宿？瞧你说得多难听。我那时不想结婚，你天天唠叨着，说她这好那好，说你的眼光没错。现在可结婚了，你又嫌她这不好那不好……”

范依蕴从沙发上站起来，怒指儿子：“娶了媳妇忘了娘，这话不假！我在美国攒那一点私房钱，全给你们投资生意了。我整天为你们担心，担心你们过不好，反落不是了？瞧人家孙子都恁高了，我这倒好，儿媳妇肚子就不见动静，还整天跑得像野猫。自打你们出事，瞧我这头发都急白了，图个啥？我这老妈子一样做饭洗衣伺候着你们，你小子还不让我说话了？我不说你谁说你？谁会像你妈一样为你着想？我告诉你，把眼睛给我擦亮点儿。冰清是聪明人没错，可聪明人心眼也特别多，你得防着点儿！有些话我不想说了……”把心里的话合盘端出，儿子那漫不经心的神态，让她的心一点一点沉到渊底。

此后的许多日子，季波和冰清各忙各的，生命中除了为生计打拼，其他都是奢侈。他们大多数时间都各料理各自的生活，互不追问行踪，也算得相互信任了。

有信任的感情就会无虞吗？

月亮在西方的昊空以宁静柔和的姿态下跌，优雅得像一首古代锦笺上的诗。

姗姗受命于吴菲妈妈，要劝她早些和那个小企业主周峰结婚。对吴菲只说和林敏敏三人聚聚。她俩在咖啡馆等着林敏敏。吴菲挂了一个电话，向外瞩目：“还不来。”隔窗望去，濛濛的雨，将灯光下的城市变得光辉流利。

姗姗不屑道：“林敏敏变了，特别敏感。过去是凤凰花，像在是仙人掌。动辄扎人。”

吴菲轻叹："唉！她爸五十多岁，突然脑溢血死了。她妈风里来雨里去卖豆浆，现在患了类风湿，骨头疼、关节疼，昂贵的药费全靠她。弟弟还在上学，她真不容易！"

姗姗被感染，面现恻隐："星梦破灭，她一个艺校老师，能赚多少钱？被家里那么多债款拖累着，真不潇洒！又看透了男人，婚事高不成低不就的……"忽见林敏敏走进，急忙住口，让座。林敏敏情绪挺好地笑道："高不成低不就的不行，得赶快把自己嫁出去，包括我们三个。"

姗姗对着吴菲笑："敏敏说的是，都这么多年了，周峰一直对你不死心。难得啊，嫁了算了。"姗姗接着说她认识一个三菱电梯厂的人，离异，对她很好，等着她点头结婚，有时机让她们都相相。吴菲和林敏敏情绪高涨地欢迎。姗姗说他有一个十三岁的儿子，她保证会对他好，想起自己儿子，突然哭了。最后都说到吴菲和周峰的事，吴菲低头，只是不语。和季涛，不联系疼，一联系更疼，揪心扯肺。为了妈妈，也许该和周峰结婚了。

一时说倦了，大家无语。想着前程的茫然，喝着咖啡的林敏敏，再次用语言去删减，用心去泣哭，她肠断的从前。那天应约去面试，那个年轻人把她抱到床上，接连折腾着，一直到中午，后推荐她演了抗日剧中一个被日军凌辱的妇女，亦无台词，只有背着包袱狼狈逃跑的两个镜头。

在他们空白的诺言里她日益怨恨，洪水冲破防线后，她开始用肆无忌惮的行为争取角色，向剧组中的摄影、灯光、场记等多人英勇献身，许多的耻辱经历积淀成彻悟：

这些将女人压在胯下、对女人信誓旦旦的色男，充其量只能推荐个"路人甲"的角色。在导演、制片人那里，他们什么都不是。

吴菲向外望望，夜色恍惚迷离。

夜晚的声色犬马只属于侥幸跻身于上层社会者。非富非贵者都像小爬虫，被权贵的树脂包裹、禁锢，终成琥珀，成为这个时代的平民标本。

第二十五章　理想落尘埃

希望几近破灭，林敏敏从懊恼到绝望。

绝处逢生，并不如影视作品中那么容易。盼星星盼月亮地盼到她为之献了处女贞操的助导，他的电话是将军命令士兵的口气：“有几个制片人来北京，都是重量级的投资商。你要让他们高兴了，以后很多角色等你挑拣！”

紫霞飘逸于西天时，黄昏如约而至时。打扮得艳光照人的她准时赶到永定门洋桥附近的一个高档会所。推门而入，见包房内灯光暧昧，几个十八九岁、身材姣好的女孩花朵般洒满房间，其中两个围着沙发上一富态男人赔笑喝酒。

那助导弓着身，把她向富态男人介绍：“夏总，这是我们新来的，演过不少电视剧。”

夏总摆手示意林敏敏近前，急色地捏捏她丰臀，眼不错珠盯着她裸露的乳沟。

林敏敏知道男人心思，成名的迫切欲望战胜了感性，任凭他捏摸着她，将酒一杯杯地灌。

第二天醒来她发现自己赤身裸体躺在床上，胸腹部几处青紫，几个用过的避孕套，乱七八糟地混迹在卫生纸堆里。

屈辱、怨恨、忧虑、恐惧一起袭来，她拿毛巾捂着嘴哭，头痛得像要炸裂。

此后，那助导不断以谈戏为名让她陪酒、接待形形色色的客户，也不乏一些知名导演、制片人。但她在这类人眼里人都不是，只是一个可笑的玩物。

多次毫无报偿地“陪客”后，她理直气壮地电话质问助导：“你说过推荐我演 OX 剧女一号，到底什么时候兑现？”

他斥责：“你以为你谁啊？实话告诉你，在北京，像你这样想靠献身成名的艺校生我见得多了！能被我潜，那是你荣幸！多少人排队等着投怀送抱我都没理，哥功能没那么强，也没时间！”

似看到父母驮着豆浆箱在风雨里走，衰老的脸和苍白的头发浸在肆虐的雨水里；似听到LV美女指着她骂，众人围着她嘲笑奚落。一瞬间天旋地转，她被一大团雾霭淹没其中。

醒来时她在医院的病房躺着，Z同学擦去她不断涌出的虚汗，告诉她："你已经怀孕三个月了，B超显示胎儿先天畸形。可能你喝酒多了吧？谁的孩子啊？"

她蒙着头哭着："做手术吧……"

手术做完她苍白得无一丝血色，接了妈妈打来的电话："敏敏，你声音不对劲儿，病了？"。

她做出笑脸："妈，我没病，挺好。刚拍完一部大戏，累了……"

这次的医院费用是Z同学付的，她告诉她相互帮助不要挂心。

出院后她坐在地下室看电视，在影视同期声里得知OX剧早已开机的信息。女一号是骂她土包子的LV……

一直寄希望在OX剧里出演女一号，她一阵阵抽空般的眩晕，身子朝旁边歪去。

Z同学来电将她惊醒，语气神秘："敏敏，你知道那个制片人夏总吗？他滥得厉害，听说染了艾滋，现在上美国治疗去了。不让传播消息，可圈内很多人都知道了。这下H美女可倒霉了……"Z有些幸灾乐祸。

她听不清Z继续说了什么，头嗡嗡响得像坐飞机，战战兢兢来到镜子前，看到一个面容枯槁、眼神呆滞的女人。往昔的繁华和颓败狼奔豕突而来，再看看镜子里的惨不忍睹，她抱头，哭倒在墙角。

她偷偷去医院检查血液，侥幸无染，拿着化验单甚是开颜。几年来欺骗性的习惯和对幻想中幸福的向往，给了她一付隐形的翅膀，一直在云高雾寒处飞。高处不胜寒。严酷的环境，利器攒心的痛，迫使她抛下翅膀，看清生活，发现曾经的追求，虚幻而庸俗。放开，才能脚踏实地，才对得起父母一生的辛苦。

她离开了北京。却不免常感叹娱乐圈的险恶江湖。

姗姗突然拍着腿道："我还以为敏敏在北京多得意呢，谁知这样惨……"

林敏敏在充足的光线里打个哈欠，揉着眼自嘲："有人撞墙的时候选择回头，有人选择把墙撞到，而我选择把自己撞倒。"看着姗姗，神情有些阴阳怪气："你老公呢？贵妇人怎么就成弃妇了？"

姗姗低头，红了眼睛："他啊，允许我走进他的世界，却不允许我永远走下去。”

“我就说嘛，可怜人永远不只是我。”林敏敏轻蔑的笑，如同敏感的猫，抓人后看着人痛，便觉出存在的快意；如同蚊子，靠人的痛苦过活。

姗姗探头审视林敏敏：“瞧你，过去长得不惊险，现在整的多经典。没成明星，真可惜。”

林敏敏回击：“有一种人只做两件事。你成功了，她妒嫉你；你失败了，她笑话你。”

这世界上有两种东西可以让人改变，一是时间，一是磨难。吴菲觉得林敏敏由小绵羊变成了刺猬，感叹造化弄人的同时朝她们摆手，息事宁人：

“大喜大悲看清自己，大起大落看清朋友。我们是好朋友!”陷入伤感：“在医院那段时间我算想清楚了，世界上最动听的话不是我爱你，而是：你的肿瘤是良性的!”

一声啼鸟，一番夜雨，一阵东风，初夏的晨风不失清冷。北影厂附近的太月园小区，出租屋内部装饰的精美，从外面看不到分毫。这些房子在阳光的背阴处摊晾着，有些沐风浴霜、历经涅槃的味道。

高挑的女人洗完澡湿漉漉地出来，头上戴着浴帽，身上穿着吊带睡衣，脚上蹬着细带高跟水晶凉拖鞋。

她是妩媚到骨子里的女人，在国外的修炼又浓重了风雅。哪怕随便把一件邋遢的农妇装披上，都有艳光夺魄的姿势。那仪态让人以为是流落民间的王妃，名门闺秀的风雅非风尘可以掩盖。

她袅袅飘至门前，打开卧室门，见床上已是空着，梳妆台前放着包三五烟，白玻璃餐桌上的八宝粥还原封不动摆在那儿。总是无声无息的人走室空，她对此似也无甚感慨，在梳妆台前坐下，取了浴帽，边梳理头发边对着镜子，灵魂出窍般发呆。

想着尘世男女的纷扰，她觉得是女人就该去征服男人，而不应是被男人征服。越优秀的男人占有欲越强。女人征服了他们，就能显出自己的分量。这观念就像与生俱来的妩媚一般，深入到她的骨子里。

可自从答应了他们之间的交易，她的感觉突然本末倒置。

既然本末倒置，她也就给自己制定了原则，决不能便宜他人而亏了自己。

过去，她总是用巧笑和美言为外衣，尽力把自己身上冷漠的细胞一再掩盖。在她热情的表象下，谁若能觉出她的淡薄，那么她会佩服他的聪慧、机敏。

这世间，人情似纸张张薄，世事如棋局局新。她早已倦怠，不再没把握地去做没有回报的傻事。她无意清高，却也鼻孔朝天地看人。凡事只为自己前进就够了，如今无心为谁不思量，自难忘。

但她知道，季波与她不同。他患她所不患，哀她所不哀。

这个人更不同，他多次对她说：我喜欢和人玩儿感情，而不是玩儿钱。玩儿钱没意思。感情才是比较纯粹的东西。

每当此时她就对他点头赞同，心里暗骂：别他妈的玩儿虚伪！没有金钱利益来铺垫，谁跟谁感情？

曾经，把多少追随者抛在身后，她要实现和所爱者共同打拼出一片天地的理想。她就不信他们会比公务员活得差。

理想落满尘埃，世事已经变迁。

当“只为前进”的惦念成为习惯，倒真的摈弃外在形式，富富足足地内心充实着。心里有理想放着，变成收藏，填充了生活原形的许多空白。

若干年以后，他也许不会忘记她。她也不需要他记住。她对于他来说是那么轻飘，他在经商之余，将她当做无聊下午天空的云彩般浏览一下，调调被生活所伤的视力，调调被浮华所伤的味觉。他静寂的时候也许会想起她，想起他们共同制造的现代社会白烂桥段，想他遇到过一个被他收购过身体的漂亮女子。

而她却要花一生的精力去耻辱去唾弃，去悬吊在道德和恶俗的斗争中，真是不公平！

世事从来就多沉浮，常不公平。她在无奈中玩一场生命的赌局，赔上一生的高傲。

生命之终的那一天总会到来。羞耻与荣辱，都不会比生命更长久。每个人与那一天之间的距离和空间，都难预测。

所以人还是要做自己想做的，摈弃虚假的形式。

她站在高楼看着窗下人行如蝼蚁，嫌光线刺目拉上窗帘，在地上铺了毯子，蜷在那儿靠着墙看电视，期待在视觉的疲惫里把夜间因他折腾而损失的觉补回来。她在身边摆了水果、零食和绿茶，打电话请假后把手机关住，让自己进入与尘世隔绝的状态。直到晚霞映红西边的窗帷，天光逐渐暗淡下来。

这时候她觉得饥肠辘辘，看看身边的水果核、空零食袋子、敞口倒地的绿茶瓶，跳起来，赤着脚去泡快餐面。吃完后洗了脸化个淡妆梳好头发，走出这扇门时她想起以往在家时妈妈经常性的嗔骂：臭美什么啊你！

哪怕是出门倒垃圾，她总要化个淡妆换了睡衣梳好头发。妈妈总是半笑半嗔地冲着她背影骂：臭美什么啊！

她走出的这个小区因在北影厂附近，蓟门桥西北侧的知春路，交通非常便利。一边走着，她看到一盏盏街灯次第亮着，好像世界因自己而明亮起来，便生欣喜。

走过一家化妆品店时，她看到玻璃橱窗上挂着长串的彩灯，再审视着自己的影子，十分满意。丢失的东西就认丢失，上天是公平的，关上这扇门的同时就会有那扇窗打开。

她往前走，暗叹世界的奇异：没结婚的跟结婚的一样同居，结婚的跟没结婚似的分居。没钱的像有钱的一样装富，有钱的像没钱的一样装穷。小孩子和大人一样成熟，大人跟小孩子一样装嫩。动物像人一样穿衣，人像动物一样露肉。

段冰清跨进门槛时屋内飘着粥香，她边换拖鞋，大声嚷嚷着今天的培训特累。季波也恰好回来，手里提着买回的几种小菜，趁着范依蕴熬的银耳莲子红枣枸杞八宝粥，一家人吃得开心。吃完饭段冰清和季波主动去厨房洗刷完毕，出来时听到范依蕴说："咱小区里像我这个年龄的，人都抱上孙子了。人见我就问：瞧你那儿子媳妇长得那个漂亮劲儿，不给你生个金童玉女才怪！你也快抱孙子了吧？我这尴尬啊，脸儿都没处搁。"

季波暗自推推冰清，冰清抑着情绪，面现柔美笑意："妈，咱家现在状况这样，我们准备先干一段再说。"

见季波笑着在一旁附和，范依蕴脸埋向电视屏幕："干什么啊，冰清这不在闲散着？今儿一天都关着手机……"

段冰清背着婆婆，朝季波瞪眼撅嘴。

季波笑着向妈妈递上茶水："妈，你喝茶。"

段冰清起身回房，朝跟进来的季波瞪眼："看到了吧？你妈总想找茬儿！"

季波捋着冰清头发："哪儿啊，她这是为咱们操心，人想抱孙子没错吧?"

段冰清手机响，范成芳的："冰清啊，你这段时间就学着那什么模特儿，也不回来看看？你弟弟要和季琳订婚了。"

段冰清说着好，语气淡漠。范成芳埋怨起来："你这孩子，说你弟弟订婚你就像没事人儿似地。我这有好多话要跟你说呢。"

段冰清："妈，我这不在听着吗?"

范成芳："你弟弟这事儿，季琳妈那个乡下婆子起初还不愿意。也不想想他们是什么人家，配不配得了我们，还好意思在那儿穷得瑟。那个任性丫头为这差点撞车，你弟弟为救他都被撞伤了。"

段冰清的心快要跳出胸膛："天啊！我弟弟被撞伤了，现在在哪儿?"

范成芳："还说呢！那天都联系不上你。好则吉人天相，一点轻伤，但把我给心痛死了！那丫头那样任性地要跟你弟弟，那乡下婆子管不住只好屈服。但她给咱家提了一个条件：段家要娶季琳，必须得另买婚房。我和你爸都在为房子犯愁，闹失眠。"

段冰清听到这儿便生出更多苦恼，爸妈已退休，之前供养她姐弟俩上学，几乎花光了积蓄。如今哪有钱买新房子?

范成芳在电话里自问自答："买房这事儿挺不容易的吧？可咱得买！你就这一个弟弟，我们为了他砸锅卖铁都行。你爸也见过季琳，对那个大眼睛、皮肤白净、长相好看的甜妹非常满意!"

段冰清眉梢挑出疑虑："妈，咱家哪有钱买新房啊?"

范成芳语气坚定："我和你爸商量好嘞，决定卖掉咱家鸦儿胡同的这座四合院子，再买个小单元俺俩居住，省出的钱为你弟弟的新房增砖添瓦。季家说了，房子弄好就让娶人。"

季琳和段智兴婚事有期。而她的兄长季涛，还和白小琮坐在音乐悱恻的咖啡馆。

季涛夹着烟朝烟灰缸弹弹，郁郁一笑：

"小琮，作为好朋友处着，我们就这样只言欢笑、不言朝夕，不是挺好吗?"

"只言欢笑、不言朝夕，好……"她垂眸低语，止不住伤悲，近段她的不能自控如被恶魔牵引，被动地接受着他的若即若离。"你到底……喜欢我吗?"

"当然，但你还可以有其他选择。"

"其他选择?"她怅然疑问，泪光欲泄，强忍着不让它挣出："我会等着你……"

季涛黑眸蒙了薄霭："我很内疚。你希望你别这样，免得后悔。"

张罗完段智兴和季琳的订婚宴，段家夫妇紧急进行的卖房不像买房那么容易。范成芳去房介所登记许久，也不见有买家联系。为了促成儿子的婚事，他夫妇老着个脸四处借钱。

段冰清这晚躺下时说：

“昨天邻居介绍那人去看汽配城了，但价钱不行。汽配转让不出去，就只有想办法把生意做好。凤姐都到美国了，芙蓉姐姐减肥减到八十五斤了，我们还有理由不努力？”

季波揽着冰清，迎合：“当然，谁不想把生意做好？人就这样，成功了，狗屁都是战略；失败了，一切战略都是狗屁。”

段冰清忽然叹息：“唉！弟弟得买新房。人生的殊途同归，是说以前想当科学家、军事家、飞行员的中国小朋友，成年后的梦想统一变成买房。”

季波：“假如房价真的可以大跌，我就唱首李正的歌，《猪都笑了》”转面段冰清：“自从塌楼，咱们整天手头紧着。要不要凑些钱支持弟弟？”

段冰清：“咱汽配生意虽然凑合，但有外债，算了。”

季波：“做生意像打高尔夫球，总是有高有低。不管高低，都要保持心理镇定、有序，赢的机会才多。”

他们相拥而眠，不会知道，更大的煎熬还在后面。

那个黪黑脸将军肚的男人又一次来在汽配城。他不是一个人来的，还带着经警队、工商局、税务局、打假办的人，且拿着权威部门的鉴定证书。

第二十六章　朝雨又晚风

一大群人气势凌厉地从车上下来，一个穿工商局制服的人用审视犯人的目光审视季波，大手一扬："去仓库。"

季波一打开仓库门他们便抢劫般拿走许多商品，说是要回局检验。

检验结果很快出来，汽配城新进的各款名车发动机及其他配件，全是同型号而质量差异很大的伪劣产品。

经警队长办公室里，季波头垂得像熟透的向日葵，在黯然伤神里接受批评。身穿制服、圆盘大脸的队长滔滔不绝地阐述了他不守法纪、违章经营、以次充优的社会危害性。直到季波无地自容地承认了他以假乱真的不法行径。

日报很快刊出头条："飓风"扫掉假汽配库房……

为保障消费者合法权益，相关部门和议处理，全部没收了汽配城进购的伪劣配件。范成芳哭求赵建委多方协调，最后，几方职能部门达成处分协议。在经警队办公室里，面容枯槁的季波在一张20万元的罚款单上签了字。

信息铺天盖地飞，结合之前"安居新城"的楼房倒塌，宏远地产开发公司老总季波，成了经营假冒伪劣、以次充优坑害商户的形象代言人。

宏远地产开发公司和宏远汽配城均没如想象中的宏远，不久都无法运转，先后破产。

此时，段冰清已于模特培训班结束，升为教练，依然周二周五不回家住。这日周六早上，她满身疲倦地走到自家门前，翻翻包里没钥匙，便敲门，但怎么都敲不开。她踢着门大喊几声，门开了，季波从屋内探头，满目惊惶，又猛地拽她进屋，避祸般关上门。

冰清气得甩开他，大吼："你怎么回事啊？明明在屋，却不给开门。"

季波两眼血丝，面色灰白："我劝妈回她老家住一段时间，她刚走，我就被那姓陈的堵在家里，逼着让还钱。我怎么说好话人都不行，在这儿吵了大半宿。”

负债累累，被许多商户追着要钱，整日丧家之犬般东躲西藏着。他挽起袖管露出手腕处一片带着血痕的青紫：“瞧吧，这是被他们用砖砸的。”眼神呆板地凝滞，下颏激烈地颤动，眼泪流到大张着的嘴里：“昨晚我都不敢呆家，在西站的候车室呆了一夜，又渴又饿，身上一钢蹦都没有。我刚回来，听到门响，以为那些人又来要账。”用毛巾胡乱擦了脸，萎在沙发上颤抖、呜咽：“我想去美国……”

段冰清翻着白眼：“那也得还完债再走，不然让人骂咱祖宗！”

忽然间门被敲得山响，如同门外来了大队山贼。

季波如同温室宠物被抛进虎狼逞凶的冰天雪地，弹簧般跳起来，满面惊惶：“又来了又来了，怎么办哪?!”

他已与以前判若两人，猥琐而胆怯的样子让她深感吃惊。她出神地望着他，目中迷惘、震惊、怜悯、鄙夷纠缠，终化作一声悲惋叹息。

门外的高喝声如警察斥贼：“快开门，你们躲得过和尚躲不了寺，大爷知道你屋里有人！再不还钱，大爷要把你起诉到公堂了！”

段冰清要开门，被季波死拖活拉着，两人争着吵着，季波拗不过，仓惶钻进柜子里。段冰清用悲哀的目光看着柜门合上，开门处，几个彪形大汉捉奸般一拥而进，横七竖八地塞满屋子。

段冰清陪笑递茶，其中一个人接过茶杯摔碎：“大爷是来要钱的，今儿你们不给钱，大爷就住下不走了！”几个人乱七八糟地咋呼着，说出一大堆十分难听的话。

面对一张张凶神恶煞般的脸，和一连串的恶言冷语，说尽好话的段冰清直觉四肢发颤胸口闷痛，凝神思索后她满目凛然地对债主们作出承诺：三月之内，她一定想办法把钱还清！

无计可施的债主们只有答应，临走到门口时，一个粗眉豹眼的男人忽然拐回来，抽出怀里匕首在段冰清脸上比划：“到时毁约，大爷就毁了你这盘儿！”

男人摔门而出的声音把段冰清的心脉震断自尊撕碎，她在门旁萎下来，双手捂脸，泪水从指缝里缓缓滴淌，脚下的地板上一片晶莹闪亮。

屋内回复沉寂良久，季波从柜子里爬出来，腿脚困麻得不能站立，几乎是匍匐着，来到冰清跟前。一把将她揽在怀里，捧着她脸，夫妻二人的泪水纵横交织：

“冰清，让你受委屈，真是对不起。但你要相信我，我一定会还清这些债务的，我们一定会东山再起！”

段冰清心里的荒芜如飙风扫过的莽原，目光茫然嘴唇苍白，胸膛里滚动着惊涛骇浪，把心冲击得像激流中的沙子，沙子中泛起一道灰暗的光斑。

太月园小区的出租屋里，大腹便便的男人半卧着，拧着身边娇媚浓艳的女人脸：

“一星期就这点儿时间，你给我老老实实的履行完一年合同，要不然，剩下的钱你一分都拿不到！不仅这样，我还会让你身败名裂！”

最近，每次床戏后他都这样吼她，因为她枕席间的走神。以前她可不这样，这让他极为不满。

“我难道不老实吗？每次都在这儿等着你。”

原本热情似火，如今她眼神低敛，唇紧紧抿着，不卑不亢中其实就有抗争。

她也知道，他没额外要求她，只是时不时摆出买主的上帝面孔，要挟她一把。她很讨厌这种要挟，却无意摆脱。

“我说过，这一年内，你除了跟我和你老公，不能再跟第二个男人！三精成一毒，可别让你那破玩意毒杀了我。”

“不会，我忠于我的上帝。你……”他出言如此恶俗、刻毒，她胸口憋闷，眼风犹豫、悲伤、躲闪：“能不能把余款，挪用一点儿给我？”终于凝上他既欣赏既鄙视既苦难既快乐的自由眼神，那是如对宠物般的无需遮掩，如反复无常小人般的想一出是一出。

“卖B的骚货，你就想大爷钱。不伺候大爷到时候，你一分钱别想拿！”他左右开弓，拍着她脸，顺着脖子滑到乳房，在乳头上捻着。

“可是……”她吞咽着爆棚的怒火，看着他，眼神无辜、纯净、可怜：“我们等着用钱，有期限的，真的很急。”她望着东窗渐渐透出白光，胸口憋闷。

“急，急就再来一次啊。”他扯掉她的短裤，猛地扑上去，动作，呻吟，眼神迷离。

她闭目，承受，涩痛感渐渐消失，胸口憋闷渐渐舒缓，曲身迎合他。

晨曦满屋，他穿衣起床离开时被她抱住：“可以给些钱吗？我真的很急！”刻意加重语气，面色哀婉。

性欲的满足使他颇感惬意，拍拍她翘起的臀：“下次来再说。”

她欢喜的神情，看着他出门，知道他又去医院和人换班，照顾患子宫癌的老婆。她耳旁响起他的话语：

“乱搞？现在染艾滋那么厉害。花放血价包你，我可不只为解决性欲。我喜欢你，那次我赞助舞蹈大赛，一见你就喜欢，反复琢磨和你搞上的滋味。”

她相信这一点，从他当初看她的眼神里就能读懂他的心思。

因为单纯无法生存，她要做个不单纯的女人，过自己的生活。

夜里他打呼噜，扰得她难受。她头很痛，但无心像往常那样可以蒙头大睡，翻身起床，洗脸化妆梳头，在床头柜上装了钥匙手机在包里。出门前换上米黄色珠绣真丝裙子，珠光细带高跟凉鞋，返身对着镜子，里面映出一个婀娜多姿的影子。她牵牵嘴角，始觉，一个人的时候，想笑出来挺不容易。

夏日的周末，后海附近充溢着挥霍青春和钱财的年轻人，双双对对，相视言笑，不诉离殇。正在商议婚嫁的季琳段智兴，请了季波段冰清季涛白小琮坐在后海酒吧一条街的蓝莲花餐吧里相聚，气氛热烈。

蓝莲花餐吧位于什刹海西海东岸，营业面积近两千平米，功能齐全，环境幽静，由于店里面积比较大而易招揽顾客。

他们坐的是靠窗位置，隔窗可见海水荡漾，游艇乘风破浪，海面上斜飞着海鸥。几个人围坐着一个大圆桌，要了两壶茶。女性喝菊花玫瑰枸杞茶，男性喝铁观音。另有蜜饯圣女果、蜜饯话梅和西瓜子葵花籽，还有一份苞米花。六个人喝着吃着玩着扑克。

季涛连连赢牌，脸上是豪气干云的笑，季波连连输，神情时时迷离、恍惚。段智兴季琳不管输赢地乐呵，段冰清和白小琮貌似礼貌地说笑背后各怀繁杂心事。

吃完六盘点心，喝完四瓶红酒，三壶清茶；爱情与婚姻，过去与未来，困惑与希望……这些问题都被他们翻三覆四地评说。

酒后吐真言，大家都脱去虚伪外衣。

段冰清说以前，她眼里只有两种男人，有范儿的和没范儿的，最喜欢有文艺范儿的男性。现在，她眼里的男人也只有两种，有钱儿和没钱儿的，最喜欢有钱的男性。说着话转脸对着季波面颊，吐出股冰冷空气。

白小琮说过去她眼里的男人有两种，干净和不干净的。现在，她眼里男人有两种，对爱忠诚和不忠诚的。向季涛送去温润眼风。

季琳说以前，她眼里的男人有两种，有魅力的和没魅力的。现在，她眼里男人有两种，爱护她和不爱护她的。在桌下用五指并拢，轻抓段智兴膝盖骨，搞得段智兴猛一抽搐。

季涛说可爱的女人有多少，可恨的女人就也有多少，垂眸，似进入某种沉思。

季波说娶个会过日子的老婆远比不会过日子的划算，欣慰的目光滑过冰清秀丽面颊。

段智兴说女人有四种，纯洁的不纯洁的，要爱情的要面包的。

大家又从现实中列举很多例子，相当集中地证明了爱情的虚幻性，说像云像雾像风像水像空气，飘渺难即；还说爱就是忽悠，不是你忽悠了他就是他忽悠了你；爱是泥巴是草木是垃圾是狗屁。最后都又放声大笑，说就是就是，风、水、空气、草木，离开它们还真是没法呼吸，所以人人都被忽悠，男女相互忽悠。

直到酒吧门前的彩灯璀璨映暗了星月，将门前大树的繁茂枝叶映成大半的金黄色，餐吧门前的地摊绵延了很远，坐满相对言笑的男女。

段智兴的脸上流泻着金属般的光泽，笑着让服务员撤茶上菜。酒过三巡后大家开始话题随意，季波也不想掩饰，说了他如今的窘迫之境。其实他不说大家也知道，唏嘘之中多是些劝慰之词。

后海酒吧一条街和其他酒吧聚集地相比，灯红酒绿的背后仍然持有以静为本的怀旧特色，每家酒吧都如同一个大戏台，上班族在这里很容易寻找到文艺青年的那份优雅、浪漫。

离指定的还债日子一天天接近，季波与段冰清手头积蓄的金额，却不到债务的六分之一。他们一起动手借钱，这儿三千那儿两千的，打了不少欠条，承诺了可以使自己在很长一个时期内举步维艰的条件；签了许多合约，也顾不得将来能否兑现或因此身败名裂。他们对不可知的未来忧心忡忡，不知何时方能搬移压在身上的精神痛苦物质匮之的大山。

范依蕴得知此情，火急火燎地从兰州赶回北京时，闪电和闷雷像一条凶悍的蛟龙在天空驰骋，所经之处乌云被击得七零八落。她坐在出租车里看着顺车身流淌的水帘忧心如焚，下车冲进楼道时衣服已经湿透。进屋交给儿子10万块钱，她泪水潸然："这些可都是我娘家亲戚朋友的血汗钱，你们一定要还啊！你们欠人那么多债，不如我们把房子卖了……"

季波长跪，哭得鼻涕眼泪横流："妈，都是我没本事……"

范依蕴搀着儿子泣不成声："孩子，咱们就不该回来啊……"依稀勾起旧伤，神情凄绝。

这锥心刺骨的一幕让段冰清痛彻，但她坚持拒绝卖房。夜里，她看着在睡梦中皱眉悸动的老公，心碎裂成片，在无边夜色里凝成另一种组合。

第二天早饭后范依蕴不声不响地出门后，季波苦着脸告诉段冰清，有一个同学聚会就在今晚，他不想参加，可又怕不妥。段冰清让他必须参加，说人穷志不短，咱不能掉份儿掉得连基本礼仪都没了，又塞给他一些钱。

季波要段冰清和他一起参加，说虽然咱们潦倒了，可毕竟有许多同学一直都过着工薪族的生活，房贷、车贷，终生都在还债，没比咱现在强多少。

段冰清说要回家看父母，拒绝陪同。她约季涛来到地坛公园的一处幽径，见他手机一直响着，可他不接。

季涛低头缓步而行，段冰清追上来，挽起他手臂。季涛面色凝重："注意点儿影响。"

段冰清赌气似地把他拽住："什么影响?"环视四下青林，远方的楼群被繁茂的枝叶遮挡着，若隐若现。"在这儿谁认得谁啊？你以为你是名人啊。"

"说，什么事儿?"季涛低头，像在询问脚下的土地。

"我想私下再跟你借点儿钱。"段冰清语气并不迟疑，扭头季涛，丽眸在夜色里晶晶闪亮。

季涛依旧低着头："你开汽配城时我已从副食店给你抽出二十万。副食店底子薄，现在，进货资金周转都很困难。"

段冰清凝神盘算一会儿，明亮眼波在小径幽暗的光线里流转："关于你和'棋子'……难道我不够朋友吗？我们现在的处境，与你难道没有关系？至于你的资金周转困难，我不管！要想别让我说出去，你就得借钱!"一些花枝伸到小径上，朝她的脚上滴下露水，冰冷侵肤。

季涛拨开伸往小径的横枝，猛地拽住段冰清胳膊："什么棋子？你别乱设假想敌好不好？我没你想的那么伟大。"往前疾走。

段冰清紧走几步赶上他，挽住胳膊："别把我当傻瓜！我可没季波那样老实。我也不想看着你有麻烦。"把香奈儿包往肩头拢着，这也是季涛送给她的。就这一个包，足矣让她觉得人格升值。

前方的路在视野里梦幻般的延伸，身后是一个灯火灿烂的世界。季涛挣开她，头低在树影里思索片刻："好，我想想办法。"

树枝间传来什么鸟的叽啾，带着清晰的颤音。段冰清看看径上没人就轻吻他："感谢。"

季涛沉思、挣扎、不语，目光渐渐凝注："我这儿没钱，要是朋友肯借钱，你得给搭个欠条，还得按期还给人家。"

段冰清抱着胳膊仰着头，看见满天星罗棋布，如同人密密匝匝的心事：

"借钱还债，天经地义。"

她语声略有迟缓、低暗，听他一丝不苟的和她讲着条件，如同吃了生梅子，酸涩的感觉从喉咙一直渗入心里。

她想世上最可怕的是人，人不会像刀枪、虎狼一样预警危险。兽类非饥饿不会进攻，而人类，仅仅因为你的存在；就会无孔不入地攻击。而你无法预料其何时何地以何招式出手。

季涛顺着她的目光仰头，正走在一颗大树下，树冠硕大树叶浓密，罩得他脸色暗沉：

"还有一条件。"

段冰清扭头凝视，用研究的目光打量他："什么条件?"她心里如被载重车轧过的土路，坑坑洼洼积满泥水。

季涛手一伸："手机给我。"

段冰清："你要删了那信息?"莞尔一笑："不劳你，我自己来。"

她把手机信息翻来翻去，删了很多后，递给季涛，面堆媚笑："你检查检查。"

季涛也不客气，接过来，在昏暗的路灯光线下仔细查看。忽有季波来电，他把手机给她接听。段冰清说有事，忙完就回，挂了。

他们走出幽径时，见夜晚的公园索然安静，一些早凋的残花枯萎而发黄的身子随风起伏，如同水上难以左右命运的萍。

第二十七章　逼债何太急

季涛在前面走，段冰清的高跟鞋踏踏响着，不懈追随，水眸在夜色里闪闪流波：

“去哪儿?”一些情绪在心海飘荡着，忽沉忽浮。

惦着季波那个催促电话，他暧昧笑着，手从她腰部向下滑落：“你不急回家报到吧。”乍夜霜、洗清空。

他们去宾馆开了房，她在他比以往更富温情和冲击力的攻势里感到了做女人的快乐。待他沉稳睡去后她悄悄穿衣，在走过大堂时，一个坐在角落里的男人眼神暧昧地向她勾手，并低声说着什么。唉！段冰清暗叹世风日下，到处都是充满欲望、猎艳寻奇的男人。

午夜的大街上空荡得像被风吹过的荒野，一些七零八落的声音从耳旁飘过，仿佛很久很远的一场幻觉。她回来后发现季波睁着眼睛在床上躺着，失意、落寞浮满面颊。壁灯流淌着清幽的光晕，窗帷随风而动，在地面荡出几分伤感几分迷离。

她在微波炉里热了牛奶给他，说喝了可以安眠，又说了季涛明天帮助借钱的事。

季波坐起来喝奶，目流感激：“我这弟弟啊，真的特体恤人，我们的感情强似那些一奶吊大的弟兄了。”抬头看段冰清，目光里有一些深水莫测的责备：“以后你再别当众说‘最喜欢有钱男人’一类的话，知道你有口无心，可会让人小瞧的，又伤人自尊。”

他曾经明澈如水、英气勃勃的目光在灯影里一点点变得黯淡、忧伤，闷声低语：

“以后我再不参加同学聚会了，都是些狗眼看人低的主儿。聚会，伤不起!”

他说完话却见冰清已去洗浴，再出来时身着粉红杭缎睡裙，细吊带收腰的那种，袅娜妩媚，素颜水眸，趿拉着高跟细带红拖鞋，鞋上面缀着镶满水晶的粉红蝴蝶，展翅欲飞之姿。

她站在梳妆台前，身子倾斜出好看的曲线，拿着风筒，长发鼓荡成浓密的云。

她把风筒往梳妆台边上一挂，坐在床沿，身边散发着使人迷醉的气质。

他忍不住把她往身前拉，在她嘤嘤哼哼的推脱、挣扎中，他由折磨、煎熬到失去征服的信心，神情颓丧地翻转身去。

她转身向他，水眸悄转，低声嗔道："你人还没老，就不行了。近来每次都惹人上性了，你又草草收兵，弄得人怪难受的。"

他低叹一声坐起来："你每次都闭着眼睛不动，我这功能都衰退了。想几十分钟不射啊，那是国足。"

她啪地朝他手臂一拍："强奸的时候人家还打还拧反抗呢，怎么都得逞了?"

季波气得瞪起眼睛拽住她胳膊："谁强奸了谁强奸了？干嘛侮辱人?"

段冰清用力甩开他，朝床边挪挪身子："我是打比方，有合适的时机哪个男人不是那样？无能就无能了，没人埋怨你，还真别在这儿给我装。"

两人你一言我一语地争执着，直到季波再不言语。

入夜的时光空洞、暗沉，风吹窗棂的咯吱声一波波传来，如同一只吞噬宁静的怪物。

段冰清心思杂芜地侧身卧床闭上眼睛，听着季波不停翻转身子的声音，心里有庆幸也有鄙视，有怀想也有愧疚。季涛近来对她的态度强过往日许多，每次销魂后，都要给她馈赠，现金，首饰等。他的柔情和物质，支撑起了她黯然失色的生命天空。

难怪那个男人总骂她财迷，大概看行头。

她暗自感叹命运的不可把握，每每和季涛销魂之后，总是断然拒绝季波的进入。那些个携手看红霞白帆、桅间双燕轻语呢喃，看水中比目鱼双栖浅滩的日子，是诗歌写成的春天。明媚的阳光掠过翠柳的婉约与清丽，掠过小舟摇曳在江面的轻快与怡然，是一生最美，却一去不返。

床头手机响，范成芳的："冰清，你弟弟在西直门儿的新房都快装修好了。这两个月我和你爸跑上跑下买东西，都跑瘦了。看着新房子我挺高兴，就是你爸那脸，就像谁欠他二百钱似的。”

段冰清欠着身子坐起，关上门来到客厅：“鸦儿胡同这个旧四合院是爷爷奶奶留下的遗产，他不心痛才怪。”

“要说心痛谁不心痛？当初你公公婆婆冲着我们才在后海附近那儿买房，想着方便走动。现在倒好了，你家还在旧鼓楼大街附近小区不动，我们这住鸦儿胡同的却搬了，真是亏啊……”

段冰清呵欠连连地听妈妈说了半个小时，包括如何卖那旧四合院子，如何借款，如何在西直门附近天丽家园买了这一大一小两个单元，装修如何费事等等。

上午接到季涛电话，季波和段冰清乘地铁从 2 号线长椿街地铁口 B 口出，不足五分钟路程就到了宣武门西大街，和季涛会和，一起走进一小区。这小区绿化相当好，一小池塘旁鹤立花边玉，莺啼树杪弦，冲锦叶啼翠烟，结伴飞上青天。又有那一弦丝竹在水面上低旋，照见季涛涟漪里的模样，很有些白衣皂甲，气吞山河的味道。他们乘电梯来到十六楼二单元按了门铃，见开门这人三十多岁的样子，稀落的头发像快要落光的树梢。屋内装修精致，他给他们让座，没有明显类型的身子陷进沙发里，朝红格子上衣下配百褶黑裙的段冰清看了又看，惊艳变成倨傲。他叼着烟的嘴角挑起，鼓突的金鱼眼闪射着优越感：“君子好借好还，到时不能耽误。季总那谁？我们好哥们儿。”

季波弯腰点头的样子猥琐又胆怯，像奴隶面对奴隶主的训诫，脸上挤满笑意：“当然当然，一年后，一定还一定还！”

那人回屋，回来时提一黑色皮包，把三十万码于桌上：“三十万。你们数数？”环视三人，目光里含着财主警示佃户不得拖欠粮租的优越感，滞留于段冰清的眉眼。

金鱼眼那警示的眼光如刺扎进心里，好强的段冰清搭了欠条交给季涛和金鱼眼男人过目，

季波将钱收拢进自备的袋子里，手有些发抖，心扑扑乱跳，感觉像一个面朝黄土背朝天的农民，在巨额金币面前畏怯胆寒。

走出门外的时候，阳光撒了段冰清满脸满身，心随着室外温度变暖。她想到时候那个钱一到，就能凑合着归还这款。几时过上拆东墙补西墙的日子了？她的丽眸在阳光里渐渐黯然。

银行门前的街面车流如长龙，门内的凳子上坐满了等待的顾客，电子叫号

声此起彼伏，扰得人不能安生。段冰清来到服务窗口时手机骤响，一看是妈妈的，她急忙示意季波来办存钱手续，她躲到一旁接听。

范成芳的声音有些气急败坏的样子：“冰清，你弟弟结婚的房子装修就要完毕，可那乡下婆子又变卦了。她说要一年后才能娶人，一说她女儿年龄小，没到相对科学的婚龄。二说刚刚装修的房子不能住，有害健康。”

段冰清的耳边被噪音充斥着，不由提高嗓音：“妈，你别急。一年后就一年后，人家说的也不是没道理。”

范成芳：“我也知道这理儿，可她这乡下婆子穷讲究这么多，害我得晚抱一年孙子。”

挂了的电话再次响起，段冰清一看号码立即挂了，隔着玻璃门向外望，天空的阳光似乎暗了下来。

将钱存在卡上，季波拿着那卡和段冰清走出玻璃门，看着蝼蚁般匆忙行走、为生计奔波的庸碌众生。不知其中有多少人在使人窒息的困窘线上拼命挣扎，有多少人可以拥有一掷千金的潇洒？富贵由命不由人，季波走在温暖的阳光里，心却冰冷着沉入黑暗的缝隙。

吴秀兰在段智兴和季琳的引领下来到西直门北大街附近天丽家园，看装修将毕的新房。

南北通透的三居室内油漆味浓重，呛得她连咳几声。季琳急忙搀着她，递上纸巾。

这十八楼的房子完全接近日光，阔大的落地玻璃窗使室内光线明亮而充足。段智兴领着她们这儿看看那儿看看，季琳背着妈妈朝段智兴挤眼，满面的兴奋掩藏不住。

范成芳领着做壁柜的两个师傅进来，一个龅牙，一个眯眯眼。两个男人如技术配合般默契地看了一眼粉面亮眼的季琳就去干活了。范成芳见到吴秀兰，抑着心底情绪，故作亲热地攥住手：“嘿，老吴，我这正惦记呢，你可来了。”指着屋内，目光在母女脸上游弋，眼角挤出深深笑纹：“这房子这个拾掇法儿，你们看着满意吗？琳琳，你有什么建议，尽管说。”想起被迫卖了自家的四合院子，心里面翻江倒海。

吴秀兰觉出她客气的笑脸后隐着些什么。前事种种，难以忘却难以释怀。她笑得勉强：“老姊妹，别见外。只要孩子们满意，我们还有什么说的？”

冲击钻响起很大的噪音，范成芳皱眉关上房门，从橱柜里拿出几瓶矿泉水，让段智兴给埋头叮叮当当敲打着墙壁的龅牙眯眯眼师傅送去。又弯腰拿出鲜桔汁，几个人一人一瓶喝着。她对着穿了一件旧毛衣的吴秀兰，老师教育学生的面孔不经意间就摆了出来："是啊，咱们都老了，眼界儿不行，思想也跟不上形势了。所以啊，什么事咱不能乾纲独断，得多听听孩子们的意见，免得讨人嫌。"

吴秀兰知道她拿儿女婚嫁这事儿说教，这些话看似客气，实则绵里藏针，句句带刺。

她早已抛却往日成见了，她家琳琳确实未到科学育龄的时候，过早结婚生孩子对身体不好。她小孩子家不懂事，她这个当妈的就做主不得么？她活到这份上，还要看未来亲家的脸色吗？想到这里她费了很大力气把惯常的隐忍面孔收起，耷拉着眼皮道："我儿子还没结婚，按道理女儿不能嫁在她哥哥头里。我寡妇半边的，一个人辛辛苦苦地把他们拉扯大，现在轮到他们谈婚论嫁，我还没有说话的份儿了？"面色一半愤然一半悲戚。

范成芳记忆的画卷迅速闪回从前，一些隐秘的情绪把心湖搅成一团浑水，她忙转歉意笑脸："亲家，咱这什么关系？以后就是一家人！我不过对一家人随便说说，你可别恁多心。"

龅牙师傅跑过来，臂上粘些白色粉尘，请示壁柜的侧面上要不要安装玻璃。段智兴说要龅牙师傅便说出几个尺寸，请他选择。段智兴拿出笔，默默记录下两行数字。

阳光如水般洗过吴秀兰的脸，冲刷不掉欲盖弥彰的伤感气息。她看到段智兴手中的黑色金星笔神色一怔，手里的半瓶桔汁掉在地上，白色的地板上逶迤出一片褐色液体。

吴秀兰呆呆立在那儿，心里的一个隐秘湖泊荡起巨大涟漪。这个隐秘湖泊常以平静的姿态潜伏，里面隐藏着等待汹涌的万丈激情。它一旦被激起，就会掀起千层浪万丈涛，把她整个人吞噬。

此时的这种感觉太可怕太奇怪了！她的理智向她怒吼："事情早已过去，你千万别瞎想瞎猜疑！"

"妈，你怎么了？"季琳摇着她胳膊，目射狐疑。

"哎呀，这是怎么了？"范成范看着桔汁残液在地上逶迤出的水渍大叫着拿出拖把，正要拖地，手机响了，她接听："好好好，我这就去挑选。"边往外走边对吴秀兰母女大腔大调道："亲家，你们先在这儿，我得去选卫生间和厨房门上用的玻璃。”

被叫醒的吴秀兰看着段智兴，样子有些失魂落魄：“笔，我想看看你的笔。”

段智兴还没弄懂她的意思，听到范成芳在门口一声尖叫：“哎哟——”急忙出去，原是她关门太急，手被挤破了。范成芳让儿子跟她一起去参考商品，段智兴看着妈妈渗血的指头，点头答应。风吹得头发盖住眼睛，也把他的殷殷嘱托送进正在弯腰拖地的季琳耳朵：“琳琳，今儿外面风挺大的，你和阿姨就在这儿呆着，晌午我回来接你们一起吃饭。”

吴秀兰耳边响着冲击钻的轰隆声，忽然自责自己的胡思乱想和多疑。

上午十点，季波醒来后坐起，怔怔环视屋子，感觉自己被弥漫在周边的悲伤因子密密实实地包围着。怆然回视，屋里已不见冰清影子。回思昨夜两人几乎无眠，整夜的争吵，他目光里折射出痛楚、追悔。看看妈妈房间，门在锁着，才想起她昨天出去就没回来。他从厨房拿了面包和牛奶放在餐桌上，一边吃一边拨打妈妈手机，范依蕴嗓子里如掺沙子：

“我昨晚在你孙姨这儿，准备找个活儿干着。住在外面，倒使耳根子清净些。”

季波心中愧疚无比，语声更见迟缓：“妈，你回来吧，找活儿干的该是你儿子，不是你。你都多大岁数了？该颐养天年才是。”

范依蕴开始抹泪：“我年轻时跟着你爸清闲那么多年，到头来却是个劳碌命，我认了。看你们现在折腾成这样，整天拆东墙补西墙的，我怎么能坐住！再说了，就算我没脸没皮地坐在屋里，看你们东吼西吵的，我安生得了吗？”

挂了电话，季波眼神空洞地盯着面前墙壁，心酸难言。

若总是呆在屋里陷入永无止境的自责、追悔，会磨蚀殆尽残留的青春。季波想他该打开另一份生命的网页，来刷新这份价值缺失的遗憾。

他走在街上，阳光把金辉涂抹得到处都是。轻柔的风从后海刮来，似有海浪声声萦绕，从树梢飞入耳畔。他踩着自己的影子行走，有一种不知魂魄何处的无所归依感。

季波缩着膀子靠在装饰典雅的办公室门框上，季涛坐在老板椅上，高翘着二郎腿正听员工汇报。他的春风得意反衬了他的呆板猥琐。

季涛挥手让穿着职业装的员工出去，对着季波皱眉：“哥，你们开汽配城时，我已支持了二十万。你可以回去问冰清。我现在也是困难重重，等明年，我一定还完借你的钱。”

闻此言他有片刻恍惚，无意于计较他们那时是忽略他还是刻意隐瞒他。人在悬崖行走时，对环境和生存的焦虑感，会使其无暇思及同类的相煎。他耷拉着头，靠着门框站着，阳光把影子萎成那么矮小的一团，声音如游魂般轻渺虚无：“别误会，我是来问问，你这儿，缺不缺保安？我想走，可现在被急帐拖着，走不成。”

季涛的身子猛地前倾，一些意念在眸底一闪而逝，面流喜色：“哥，你明天就来。”

寒秋，杨树槐树的叶子已经落尽，干裂的树枝割破了完整的寒空。一川烟水照雾岚，后海两岸接画檐。

如期还了汽配城那几家急帐，段冰清屈指算算，从季涛朋友这儿借的三十万，还款期限还远着。模特教练加上保安的微薄工资，每月总共不过一万。还账，杯水车薪。她心里每天都忐忑不安，恨那个黑色合同不能到期，挽救不了将要面临的危机。记不清多长时间了，灵魂游走于理智与情感的挣扎之间，常要将心撕碎。

段冰清站在高楼下，被风吹乱头发，想着穷则思变的古训，皱着眉拨打季琳手机：“琳琳，你能帮我留意着找个兼职吗。”

季琳在格子间里，神情无虞：“冰清姐，你放心，我和小琮姐都替你打听着，一有情况就告诉你。”

段冰清长长吸气：“唉！我都跑了许多处，去应聘兼职广告演员、广告模特、企业形象代言人等，可都没有合适的。”

季琳明净眸光射出疑问：“这些职业都要求形象气质佳，薪水也高。冰清姐你准明星范儿，怎么会不合适？”

段冰清望望这京都的楼那么高，湮灭了她的影子，悠然叹息：“这行业要求对影视、广告艺术有爱好，有充分的信心和热情，有强烈的表演欲，有一定的表演天赋，敢于表现自我、勇于表演。且要求谈吐优雅、普通话标准。这些对我都不成问题。我说的不合适，是因为工作时间冲突和待遇问题。琳琳你猜我在哪儿？”

季琳嘻嘻笑着：“冰清姐，你难道在中南海？”

第二十八章　此情须问天

“我在后海的酒吧一条街。”她来应聘领舞的心都有了，却在一次次的瞻顾徘徊中绕门而过。就算她丢弃自尊，可这样的职业无异于掮父母耳光扒祖宗坟。

季琳在旋转椅上转动身子，对着格子窗眸光明亮：“姐姐好兴致，一人喝小酒啊?”

段冰清面色凄凉：“哪里！我在找工作。”日光映着她的影子，散发着几分忧伤迷离的气息。围巾缠着发丝在风里飘荡，她徒步来在后海的野鸭岛，见沿岸许多垂钓者，只让她羡慕悠闲。又突然来了一群城管，赶着训斥着他们。回去的路上，她嘴里含着刚在街口小店买的话梅，路过一栋大楼时，见两边高大的树木遮天翳日，掩去了高楼的许多门窗。门口围了许多年轻姑娘，叽叽喳喳的议论惊飞了树上的麻雀。她好奇地追问，一女孩指给她贴在大门口的一则广告。

招　聘

因扩展业务需要，我公司现招聘试衣模特，要求如下：

1、职位描述和岗位职责：负责公司样衣的试穿工作。

2、任职资格：年龄25　30岁，五官端正，有活力有气质。身高160－165cm，胸围84cm，腰围68cm，臀围90cm，肩宽39cm，误差范围在1cm之内。有服装行业从业经验者优先。

3、此岗位为全职、兼职均可。

4、工作地点：北京市。学历要求：高中。工作年限：一年以上。底薪：4000－4999。

靓姿制衣公司人事部

原来，这就是靓姿制衣公司。心思杂芜、神情莫测的段冰清站在那儿好一会儿不动，目光漂浮地将靓姿的办公大楼一遍遍扫掠。那些油纸伞走过的江南，风清月朗的夜晚，梧桐树下携手的呢喃，兰舟载满的诗篇，幸福流淌的温暖。她被他捉着手，说生生世世都做并蒂的莲，开在水墨氤氲的海边，纤尘不染。那时她紧握他手，幸福颔首。那时的笑容干净，心情透明，清澈得可以看到。

原以为就可以一直这样，锁住深情双眸，走到海角天涯，走到地老天荒，直到红颜变白首。突然间红颜就老了，爱情已经很远。最美的年华，最美的遇见，都成了从枝头凋落的树叶。风在耳边响，她低头沉吟，后拨通电话："公司招人的事儿，你怎么不告诉我？"

电话里的人道："你就那么喜欢钱啊？我觉着你去不合适，尤其你那胸围……"

段冰清低声冷斥："你说的是人话吗？难道不可以通融一下？我只要不耽误你的班，其他事你甭管。我们急着还债，你知不知道被人逼债什么滋味？"

那人语气舒缓："好好好，我告诉你，现在进去报名，要走应聘这关。"

段冰清脸色冷寂如山崖凌霄，说着明白，挂了电话，没吐一个谢字。底气十足地一路打听着来到报名处，向窗口一个很肥胖却皮肤细白五官秀气的爆炸头女孩递上身份证："你好，报名应聘。"

从窗口的方寸之地看那女孩，她正在低头翻阅一份画报。那爆炸式短发与脸型极不相称，活活埋葬了细白的皮肤秀气的五官。女孩递给她一张表格，眉目间有些厌烦："快填表，不然就晚了。"也不看她，依旧神情专注地翻看画报。

段冰清动作娴熟地填了表递进去："填好了。"猜想这就算是办了手续。

爆炸头女孩丢下画报，向她摆摆手："走。"带她进入另一间屋子。房间不大，大概十几平米，四四方方的，试镜用具、灯光设施、三脚架、DV 机等物品摆满一屋子。墙上还挂着一件灰突突的 T 恤。

女孩低头摆弄相机，眼皮也不抬地问道："带比基尼了吧？"

"什么？泳衣？没带啊。"

"没带算了，那你就脱了外衣，穿内衣拍吧，要存档的。"她扒拉一下爆炸头的头帘，涂了绿眼影刷了睫毛膏的眼睛平视相机。

"这……还真有点儿不好意思。"段冰清眉眼间有了几分羞愧、忐忑。

"都什么时代了？这有什么嘛。主要是得照出你身材。你要实在不好意思，出来后我给你设计一下，把那儿打些虚光就成。”漫不经心的目光撒向她的下腹部。

段冰清轻叹一声，慢慢脱衣，只听卡擦擦几声快门响，拍照已毕。女孩带着她来到一颗枝叶繁茂的树下，指给她面试现场。段冰清嘱托她一定要把那儿打虚，女孩答应的时候低头拍拍裤子。

面试地点设在三楼一个宽敞的大厅，窗外的银杏没有硕大而繁盛的树冠，少许的黄伴着大片的绿在树上耀眼。

这大厅原是一个很大的会议兼表演厅，位于大厅前方的高台是主席台兼舞台。台上各类灯具齐明，宛如日月竟辉。前来应试的佳丽大都盛装华服，因自我感觉不错而自信满满。她们的表演一波连着一波，如游鱼撒欢于大海，在镁光灯的咔嚓声里婀娜走动，展示着青春的美好和人生中弥足珍贵的片段。

段冰清深谙这样的招聘，毋宁说是面试。应聘者的身材和形象气质是最重要的，面试现场泳装、才艺、走秀缺一不可。她无心关注台上几个正在走秀的女子，经人指点，自信满满地径自来到坐在前排的面试官跟前，低声说明情况。

大眼睛、鼻直口阔的面试官向段冰清行了几秒钟的注目礼后，客气地点头答应，并让旁边一个秘书模样的清瘦、白净年轻人带她去等候上台表演。

半个小时后，灯火辉煌的舞台上。脱了黑呢子外套的段冰清，仅一件长及膝盖的红色羊绒毛衣搭一黑底白花的长条丝巾，就衬得整个人窈窕美艳。她凭着芝加哥艺术学校舞蹈专科的资历和高挑的身材不俗的气质，走秀和舞蹈均引起一阵排山倒海似的掌声。

面试后她走出公司大门，见红阳西坠寒鸦入林，后海两岸燃起的灯火在月光里如波浪起伏。海水在霞光的宁静里安然流淌，从海面飘来的风无家可归，寥落而来寥落而去。

面试后的几天内段冰清都无任何煎熬情绪，胸有成竹地等着接录用通知。

旧鼓楼附近的这个小区十分静幽。霞光透向楼层，冰清正然酣睡，荷色图案的窗幔围拢出满屋淡雅气息。手机忽响，清晨的宁静就这样土崩瓦解。她急忙掀被坐起，见是陌生号，几分欣喜自心底飙升。电话里是一个甜美女声，说是她已经被靓姿制衣公司录取。

她站在窗前拉开窗帷，又听到附近谁在吹奏，行云流水般的声浪飘拂而来时起时伏，如细雨一般侵淫万物，点点滴滴如珠玑落盘，细细长长如水流潺潺，后化作一条宽阔却单薄的云在天地间飞翔。

隆冬时，段冰清的全职试衣模特日子已过两月。期间让主管巧妙调整时间，兼职做模特教练，不放弃周五周二夜晚。到靓姿制衣公司当试衣模特不久她就了解到，靓姿制衣公司规模不小，业务范围主要是为国内厂家设计时尚服装，她的工作就是穿试各种新款样衣，然后摆 POSE 拍照，待客户看后满意便交厂家生产。

靓姿制衣公司的试衣间里灯光明亮，段冰清换着各种 T 恤摆出各种表情，对着镜头，排下一张张照片。两个衣模进来找丢失的头饰，出门时咬着耳朵：

“瞧她那 A 罩杯的胸，平顶山似地，也敢来做衣模!”

“她试穿内衣效果不好，只能穿试牛仔、T 恤之类的休闲服装，而且上镜率很小，业绩最差。她表面笑脸装逼，其实不苦恼才怪!”

晚霞在天空飞快地逃遁时，段冰清神情寥落地走出办公楼，风吹得鼻尖冷痛。她手缩进袖子，来到马路边的公交站牌前，跻身在等候的人群里，见人们的头十分统一地扭往车来的方向。突然被人拍肩，回头时见靓姿公司的一个小姐妹对着她笑，附耳低语：“现在这世道啊，乳沟就是事业线。乳沟越深越长，事业越火越旺。同事们为了业绩，都在暗中‘拼胸’。你得坚持做我说的那套美胸操，早晚两次，每次每动作五十遍，对丰胸绝对有效!”

段冰清用感激的目光望着她，凝重点头。看到公车来，她们混在一窝蜂似的人群里，上车后还被挤得东倒西歪。

这日早上段冰清被窗外的鸟叫惊醒，急忙起来拉开窗帘，见几只麻雀在窗台的一串红上盘旋着，又忽地飞走。那些梅树上的花，已千朵万朵地拥挤着，招摇着傲雪凌霜的霸气。

在越窗而入的晨曦里她看看时间已晚，胡乱将被子随手一翻，下床匆匆洗漱已毕，也顾不得做每天早晚坚持的美胸操，也顾不得抹进口的丰乳膏，就开始化妆、换衣。换了一件又一件，最后穿着一件敞胸薄衫对着镜子前后左右看，想着妈妈的话：早起三光，晚起三慌。白色的雪纺衫胸口敞开很大，以至于使她不够丰满的乳房也露出那么大一片。她又对着镜子，手伸到胸罩里面，一遍又一遍地挤着乳沟。

范依蕴已把早餐做好，季波一边吃着一边朝房里喊：

“冰清，快起来吃饭，你在磨蹭什么?”

见段冰清口里答应着只是不出来，季波皱着眉来到卧室，见她头埋得像熟透的向日葵，在乳房两边折腾，左边挤罢右边挤。挤挤再站直往镜子里看，看后再挤。窗台上的杜鹃好久没浇水已经日复一日的萎蔫，透窗而入的阳光映得她的脸一半灿烂一半灰暗。

季波目光掠过杂乱情绪，不由埋怨：“你这是何苦呢？今儿抹药，明儿按摩，又天天早晚做操。上学要有这么勤奋，早巨博了。我看到你整天在这儿作业就恶心得要吐。”

段冰清终于挤出满意的乳沟，头也不抬道：“我们公司老总对着装、气质、形象要求很严。”她指着胸口：“这儿直接影响到业绩。你知道人家业绩好的有多牛逼吗？底薪加抽成超过一万。”

季波厌恶地凑近妻子：“就那一月四千块钱，你得在这儿花多少？你们头儿要求你们必须露乳沟吗？这不叫工作叫卖弄风骚！”

范依蕴在外面长声道：“现在的女孩子都露皮露肉的，说叫性感，这什么世道啊。”紧接着一声叹息。她想找事做，可由于年龄关系，碰了很多壁，仍在坚持。

段冰清显然已经对这类语言免疫、不那么敏感了，朝门口射去凛冽眼风又瞪视季波：“这类无聊话你说够没有？我的工资，我爱花哪儿花哪儿。”在公司，上镜试衣率与工资挂钩，因她胸小，上镜率低，公司那么多衣模，就数她这个海归派工资低！

散着暖气的房间很暖和，范依蕴在外听着儿子、媳妇的争吵词，额头直冒冷气，摇头。

季波眉心拧出一缕怒气：“我倒是要弄明白，难道你们公司里业绩好的主儿，都是靠袒胸露乳吸引客户的？”

段冰清噌地蹿到季波面前，推着搡着：“就是，就是！你想怎样？”她 A 罩杯的胸围穿衣效果的确不如别人，而那些胸部“突出”的同事们，试穿起内衣、吊带裙来十分性感，上镜率就高，月薪逾万。段冰清当然不甘人下，为自己胸小的先天弱势，常常陷于苦闷：这什么朝代啊！专业突出不如胸部突出，才思喷涌不如波涛汹涌。苦闷焦躁之余她便疯买丰胸产品，穿塑型内衣，坚持做美胸操。可这些付出都没见什么效果，她每天都想找事发飙。

听着儿子媳妇的吵闹，范依蕴双肘支着饭桌，抱头，满面痛楚和厌烦。

季波急着值保安班，边说边吃，将啃剩一半的面包摔到段冰清脸上：“下流，无耻！”

段冰清啪地抽了季波一个耳光：“谁下流谁无耻了？看到别人的乳沟就心痒

痒的，看到自己老婆的乳沟就这德行啊？有能耐把自己老婆在家养着，这才叫本事！”

季波气得发颤，嘴唇抖动着说不出话来，披上保安制服摔门而去，也不顾范依蕴连声喊着。段冰清从屋里出来，不搭理范依蕴也不看餐桌，冷着脸打开冰柜拿了一盒奶一个苹果装进香奈儿包，又回房拿起黑色羊绒大衣就走，将门在身后摔得很响。

范依蕴正在收拾饭桌上残局，心被摔门声震碎，抚胸叹息：“这日子可怎么过啊！”阳光从窗缝里流淌进来，她却如同掉进黑暗的缝隙。麻雀在窗口跳来跳去自由觅食，她用抹布抹着窗框，只觉得人不如雀。

整理完客厅，推门见儿子房里非常凌乱，她皱着眉进去，先整理被子。见小梳子小镜子口红等在被窝里取暖；春夏秋冬的各种衣服在沙发上胡乱扔着；果皮、瓜子壳钻进拖鞋里，旁边的地上还有很多。卫生间放了一只大胶盆，盆里五颜六色的内外衣在一起搅着，洗衣机偷懒般，依旧故我空着。另有许多双袜子在一只小红胶盆里学青蛙游泳。

范依蕴弯腰在大胶盆里一绞，那衣服散发出惊人的恶臭，熏得她只想作呕。那些衣物显然已不知泡了多少天了。她忍住恶心边洗边心口发堵：“日久见人心啊！她当初的那些好都哪里去了？倒像换了个人似地……”直到接近中午时她才把衣服处理完，又见便器旁纸篓里的纸都堆成高山。她拿了一个大塑料袋回来，先将厨房篓子里的东西倒了，再倒卫生间篓子时，见一只暗红的圆形首饰盒子滚了出来。她拿起，打开一看，里面没有首饰，却有一张发票。她拿起发票一看，1.1卡拉的钻戒，售价58609元，日期是不久前。

“这东西为什么在这儿？都这样了，哪来这东西显摆？”范依蕴凝视着首饰盒，由心痛转为疑窦丛生：“不对，这东西有问题！”

日影掠过，季涛的办公室里十分安静。他手里的笔在日历上不停地画着，记忆如风回到从前。怀怨冰寒的少年，怀恋有她的岁月。

QQ叽叽响，吴菲的头像晃动。他点开对话框阅读文字：醉笑陪君三万场，不诉离殇。

他抑着波荡心潮，迅速按键，发去文字：过去，将来，我都是愧疚。无语了！

吴菲发去文字：妈妈发动了亲友团，天天催我结婚。这天星期一，格子间里，每位职员都在各自的位置忙碌着，筹划本周的计划、应酬、拜访、任务，顺便梳理双休两天被社会各方扰乱、污染的情绪。

季涛敲出：欠你的情，非金钱所能衡量。但那些钱，我一定要还。

吴菲习惯性地摸摸鼻子，向视频里瞪眼：又来了又来了，不说这个！见一个女子的身影在季涛身后一晃，他下线了。

吴菲手里的鼠标久久凝滞，心如蒙霜。

第二十九章　阴云几多重

午后阳光映着格子间的玻璃，氤氲着暖意。白小琮看看全神贯注于电脑上的季琳，低头抄着一份材料。刚才去找季涛遭了冷遇，她此时的脑子里乱得很，被乌七八糟的想法搅得头痛。垂眸看到自己白皙的十指，好美。只是缺了什么？

缺一枚戒指，一卡拉的钻戒。

红颜易老，鲜花易败。她已经将近三十了，寻寻觅觅多年的另一半空中楼阁般难以触摸。

他时冷时热的，在顾虑、徘徊什么？

老妈：小琮，你不要条件太高了！

老爸：小琮，你条件高些。

邻居：放低条件就好了。

所有人都异口同声说她条件高。

什么叫条件高些？我怎么就条件高了？还有没有天理？我不过要求有车有房志趣相投条件般配而已！难不成我找个摆小摊的推车买菜的在巷子口修自行车的，这样就条件不高了？

她将笔往桌上一扔：我条件高吗？

妈妈的 QQ 头像亮着，从视频上看，她在店铺里坐着，发来文字：

小琮，不是妈说你，别恁挑了。人家指不定嫌你什么都不说呢，日子是凑合着过的。

白小琮的怒气可以发动一辆摩托，在键盘上敲出：谁恁挑了？凑合着过是你们那辈人的事儿，你看看现在，谁还凑合着过了？

妈妈的表情在视频里呈现恼怒：还说没挑？老成持重的，你说人家呆板；热情开朗的，你说人家轻浮；圆滑些的，你说人家虚伪；说话直些的，你又说人傻帽；善于辩论的，你又说话不投机；沉默寡言的，你说讨厌这哑巴蚊子；

做事得体、说话有板眼的，你说是太世故。挑来挑去挑过劲儿了，你这是害自己！妈劝你把房子这码减了，房价那么高，很多年轻人都买不起。这房子嘛，要靠结婚后你们慢慢挣……

白小琮打开电脑语音，截断她一贯的滔滔不绝："妈，别说了成不?！今年不行就明年，我保证结婚成不?"

她妈妈在视频里笑了："对头！你别那么挑剔，不要求学历，学历不代表能力；不要求长相，只要不是三等残废个子，鼻子能闻眼睛能看耳朵能听就成；不要求年龄，比你大十至二十岁都成。你没看那些名人儿，都找个比自己大很多的，知道体贴……"

白小琮的怒气可以发动直升飞机，通过语音传送过去："妈，我知道了，只要没进棺材的男人，只要不秃不瞎不聋不瘸，不缺嘴巴鼻子眼的都成。我听你的成吗?"

她妈妈警觉了："小琮，又和你妈斗气！妈能不为你好吗?人家比你小几岁的姑娘都抱孩子了。早知道高中时就鼓励你恋爱了……"

白小琮瞪眼，"我刚考上高中你就三令五申：要是谈恋爱我就让你爸打断你胳膊腿儿，再赶出家门儿你自生自灭去！上大学时我还听你的不谈恋爱，你说大学生性情不稳定，白白浪费时间感情了，结婚后会造成两地分居了，等等等等。还整天亲戚邻居的夸我乖。现在好了，在别人我是剩女，在家里我是罪人！每天一到家就听你声讨，还让不让人活了?"

她妈妈声音发尖："哎呦喂，你挑来挑去挑剩着了，这就把责任都推你老妈身上了?"

白小琮气得下线，泪水不听使唤地打湿桌面：我这是怎么了?这些年都干了什么?一次次跑着和陌生人相亲，和毫无感觉的男人吃饭唱歌看电影，浪费掉大把花样年华，就为在多如过江之鲫般的男人堆里滤出爱情?

直到遇见他。

可他究竟怎么了?

几树梅花红，一夜风吹瘦。范成芳正在餐厅里坐着包饺子，段智兴蹦着进来，把她下了一跳，仰头笑道："儿子，你怎么没上班?"

这是新买的小套，房间里收拾得简约素净。除简单的家具和墙上几幅字画，别无装饰。段智兴的琥珀色瞳仁在屋子里熠熠生辉："妈，今儿我有事儿，请假。我爸呢?"

隔窗的阳光映亮范成芳脸上的疑惑："什么事儿？老请假不好。你爸去钓鱼了，估计天不黑不回来。"

段智兴脾气快活又倔强，在沙发上坐下，歪着头笑："什么事儿我先不告诉你。请假又不扣工资，你紧张什么？没见我单位有些人儿吧？整天都不上班，公务员就这点儿好。我老爸啊，真没浪漫细胞，还整天板着个脸。真佩服你老妈，还跟他叮叮当当一辈子。"

范成芳一手拿着饺子皮，一手指着儿子："小子，不带这样诋毁你爸的！你懂个什么？他当了一辈子领导，现在退下来了，一家人都领导不了，出门没个人理，不失意才怪。小子，以后不准说他了。"

段智兴反诘："咱家谁不服领导了？"

范成芳投去嗔怪眼神："明知故问吧你？我们想抱孙子，你姐偏不要孩子，季琳妈又不让娶人。我们整天纳闷儿！"

段智兴举手抱拳："拜托老妈，我姐他们现在那样，哪有心要孩子？我姐那个性儿你还不知道，死要面子活受罪一个人，还不整天东奔西跑挣钱？你就别老埋怨她了。"

范成芳眉心流出忧患，叹息："唉！这生意做得好好的，楼就塌了，汽配也被查了。又交罚款又还债，什么时候是个头儿啊。一想起这，我和你爸就睡不着。"红了眼眶，抹着眼角："你姐这样，我们以后就靠你了。你这不知道长进的小子，好歹脑瓜子不笨的，不会蒸馍你得会得争口气。在单位要表现好些，争取早些提干。"

段智兴耸起高挺的鼻子："这时代可不是你们那时代，凭着干得好就能提干？潜规则多着呢！没钱没关系，咱就甭想这茬。"

门铃响起，段智兴急忙开门，季琳捧着一束鲜艳康乃馨，把生日蛋糕递给段智兴，对着范成芳，笑得如桃李沐雨："阿姨，生日快乐！"

"哎呀，我都忘了，琳琳真是好记性。"范成芳的神采在阳光里焕发，笑着拍打段智兴脊背："请假为这啊，还给你妈摆迷魂阵。"笑看儿子在桌子上放了包装精美的生日蛋糕，又把花径剪去一截，放于装了水的蓝瓷花瓶里。这样，花可以多日不谢。接着她又从冰箱里拿出些饺子馅和饺子皮，动作麻利地包着。

季琳和段智兴洗了手，都帮着包，很快将饺子摆了半桌。范成芳边收拾桌子边说："人多力量大，这话不假。"

段智兴从果盘里拿了苹果递给季琳，季琳洗了，又拿水果刀削皮，递给范成芳。

范成芳一笑，眼角皱纹明显："瞧我们琳琳，真是孝顺。"

段智兴笑得通透："瞧你俩皮肤都那么白，像是亲娘儿们。"眉飞色舞地谈笑，那一份超然出世之态，似乎是与生俱来的不凡。他轮廓分明的含笑丹唇，闪亮的眼睛，看起来桀骜脱俗飘然出尘。

段智兴打开电视放碟，屋子里音乐袅袅响起，康乃馨在桌上绽放出满室欢欣。透窗的光柱里映出尘埃的影子，上下起舞翩翩。

范成芳欣喜地打量季琳："怀着你姐时我就担心她的皮肤不随我随你爸，结果真的就随你爸了。这琳琳倒像是我亲闺女。"接苹果的瞬间，她看着季琳中指，瞳孔扩大又收紧，忍不住惊诧，咦了一声。段智兴季琳同声询问："怎么了?"

范成芳目光里掠过久远岁月的千山万水，强抑情绪，微笑挂满眉梢："琳琳，你哪年哪月哪日生的?"

季琳不明就里："八九年五月二十。怎么了阿姨?"

"八八年五月二十?"一阵恍惚一阵迷离，范成芳眼里流过狐疑，神色捉摸不定："你在哪儿长大的?"

季琳婉然一笑："我在乡下长大的，这些你不早就知道吗?"疑惑在眸子里一闪而逝。

范成芳拉住季琳手抚摸、凝视，指着她中指间的一个心形印痕："孩子，你这儿，是胎记还是……?"

季琳凝视着中指间的一个心形胎记，上面还有微小的凸凹，让人想起打造的心形首饰。她咯咯地笑："阿姨想问我手指这儿是烧的或烫的?其实这是胎记。但很多人都问我，以为是不小心烫伤留下的疤痕。"

范成芳胸中热流激荡，痛楚、困惑、懊恼等情绪沉落眸底："知道了，孩子。我头有点儿晕。"站起来回房，脊背有些强直。

范成芳关上房门，靠在墙上胸口起伏着。好长时间才走出来，段智兴季琳见她眼圈红红的垂着眼睑，询问，她只说头晕头痛。午饭她吃得很少，饭后在沙发上缩成一团。

段智兴要带季琳去后海玩，范成芳从后窗凝望着他们的背影消失，抱头趴在窗口。从窗口凝视远方，可以闻到风中的花香，阳光下的京城是一个海市蜃楼般的世界。远山的眉黛被高楼遮挡，青山在红霞里，蓝天在青山外只是妙想。

她拨打段升平手机，提示无法接通。她发去信息：开机后速回，有重要事情！发送出去后她就一直看着手机等待回馈，等到夜色渐渐临近，等到星星渐渐闪耀。

段升平还没回来，当黑暗慢慢吞没屋子时，她拨打了吴秀兰家电话。

赋闲在家的吴秀兰接到范成芳电话很惊诧，她们曾为儿女婚嫁之事炒红了脸，心里的疙瘩比前些年更大，就一直没联系。

范成芳的声音透过夜色传递，有些小心翼翼："老姐妹，我……我想问问，琳琳……可是你亲生的?"

吴秀兰握着话筒愣神，出窍的灵魂最终归体。她厉声反诘："老范你这是什么话？你女儿难道不是亲生的!?"

范成芳哑然呆愣，话筒摔落在地，弯而长的电话线抖动着，像她悠然无底的心事。

吴秀兰这边挂了电话，气咻咻在屋里走动："我儿子当初生病时，求你们联系美国做移植，你们都不管不问，现在倒来……"往昔历历随着夜色飘至，扯痛肺腑。

在那个风雨大作的夜晚，乡下的平房里断了电，灯如点豆。

麻疹后期发着高烧，女儿燕子躺在竹椅上满脸通红，气喘如牛。吴秀兰从外面筹钱回来，靠在门口的伞被风刮走，她都顾不得去追。霹雳阵阵，电光闪闪，照着她背女儿去往医院的身影，衣服头发都已湿透。脚下的路泥泞、凸凹不平，霹雳闪电中，周际物体如同伺机而动的魔鬼，她深一脚浅一脚地如踏天梯。恣意流淌的水在脚下分流，水花欢快地追着裤腿。头顶的雨声很响，如同风吹着哗哗的河流。一切都在喧嚣而动，一切都在默默静止。耳朵嗡嗡，脑子时而如被物什塞满，时而空的没有任何东西。面前是一个岗坡，上面的水冲着泥土，一撮撮淌成浊流。她背着女儿往上爬，脚趾用力地扣着地面，身子弯着，手脚并用的样子像爬行动物。快要翻过冈丘时，脚下一软跌了下来。背上的女儿被摔出很远，一动不动地像是生长在泥地里的什么东西。

"燕子，燕子——妈对不起你啊！"她爬过来抱起女儿，哭声凄厉，将浓密雨幕划开一道缝隙。女儿安静躺在她怀里，眼睛紧闭着，浑身没有一点温度。她拭她鼻息，再攥她冰冷的手，一个闪电掠过她苍白的脸和大张的嘴，将她定格在巨大的惊恐、痛楚、悲哀里。耳旁风声雨声电闪雷鸣声，一切都随着母女的呼吸凝滞。紧接着，她的尖声呼叫飘散于雨幕，如同厉鬼长哭。她伸长的手在空中凝滞着，如树木伸在半空中的枯枝。

她的魂魄随着亡故的女儿丢失在那个风雨之夜。此后，蓬头散发衣衫褴褛的她十里八村的跑着寻找女儿，被人们同情、厌恶、凌辱着，名字被运用在嘲讽的笑话或悲剧故事里，提起她来无不面带不屑。她的身影被树为恐吓小孩的标杆，人们远远看到她就对哭闹不休的小孩说：再哭，再哭就把你送给她！

她那时觉得他们都疯了，疯了的他们才会称她这个失去女儿的伤心人为疯女人。于是她总是对着他们吼：你才是疯子，你才是疯子！然后那些小孩拿起砖头瓦块往她身上砸，她在大人们的喝斥里尖声哭叫着逃离如过街之鼠。

她曾鬼魂般幽幽行走在那个五月的夜晚，医院的走廊静得可以听到心跳的声音。一个婴孩的哭声吸引着她前行的脚步，那哭声多像她女儿呱呱坠地时的声音！她循着哭声去找，七拐八转后方向感随着婴儿的哭声消失。她悄悄跟着一个护士来到育婴房外，那护士打了一个电话说有急事这就走，你马上来！挂了电话到值班室换了衣服，又打开育婴室门看看床上安睡的三个婴儿，后转身出门。

躲在暗影里的她一直在默叨着：我的女儿，你终于回来了！推开门抱起一个婴儿，揣进怀里就走，一边走一边蹭着小人儿那毛茸茸的小脸。

在悲伤的回忆里时间凝滞，门铃声一阵阵响起惊醒残梦。吴秀兰打开门一看，范成芳提着水果进来，笑容覆盖的苍老面容下流淌着浓厚的忧郁。

一向有着农民的隐忍和耿直，她如今板着脸对着她："我那死妮子不争气，别以为我会原谅你。"

看得出范成芳的隐忍倒了极限，嘴唇抖了抖："别……你得告诉我，季琳是不是你生的？她到底是哪天生的？这关系到她一生的幸福！"

"她这傻丫头非要在你家那棵树上吊死，我早就管不了了！你什么事都不要问我，我没必要回答你的任何问题。"吴秀兰避开实质性问题，面向窗外，迷惘的心绪与苍茫暮色融为一体。

"老吴，你真得告诉我！琳琳……是捡的吧？"范成芳转到她身边，穷追猛问。

"嘢，"吴秀兰转面过来："你吃错药了吧？别以为你是我女儿的婆母我就不敢撵走你！。"

步态虚浮地出来，范成芳一无所有地面对着月光酝酿的空茫世界。风从面前飞过，似要掠走魂魄及一切。

满世界的灯光璀璨，火树银花，范成芳却陷入冷漠的深渊。一路的悲戚伤感，一路的惴惴不安，跌跌撞撞打开门，她几乎是倒进段升平的怀里：“咱们丢掉的孩子，她生日是五月十五对吧？琳琳，她说生日是五月二十。她，好像就是咱们的孩子，是兴儿的亲妹妹……”

段智兴正从卧房探头出来，闻言一个恍惚，手里的书跌落在地。

晚饭后花落无声灯光安然，段冰清正坐在卧室的电脑前搜索丰胸资料，搜来搜去无非是老一套的药物，什么波莱美、波丝挺、植物丰胸酵素、木瓜丰胸汤，什么“抹上就变大、持续饱满、永不反弹”，全是骗人的狗皮膏药！她看得眼痛气得心痛时扔了鼠标，站起来对着窗外夜色愤愤不平。

整天为胸苦恼的段冰清忘了母亲的生日，做梦都想使胸部丰满起来，待眼部疲劳稍缓后她又坐下来查看。曾听很多网友说男性的爱抚能使乳房变得丰满，她每天都缠着季波左按摩右按摩。手机忽响，是妈妈的电话，她急忙接听，妈妈电话里的声音十分沧桑：“冰清啊，你弟弟的婚事……”

第三十章　沧海一声笑

段冰清放下右手鼠标站起来："妈，他们房子也有了也装修了，这不就等着结婚呗！你着急什么?"

范成芳声音焦急："出岔了，冰清!"

段冰清一怔，瞳孔变大："出什么岔了，熟鸭子还能飞了?"

范成芳的眉深深地皱着，额头皱纹明显："这事儿现在我也说不准，季琳……她可能就是你亲妹妹!"

段冰清眼睛瞪大："妈，她怎么能是我亲妹妹？你没事儿电视剧看多了吧？生活没这么狗血!"

范成芳哽咽，抹泪、气喘吁吁："你有个妹妹，在医院丢了，这事难道我没和你说过?"

段冰清站起来对着窗子："妈，这事儿你已和我说过 N 次了，耳朵都听出茧子了……"

范成芳唏嘘着："你妹妹中指上有个心形胎记，今儿我在季琳手上看到了。只是出生日子错五天。我想是抱养她的那家胡诌的……"走来走去的步子显示着她情绪的激动。

"你得想办法问问季波、季涛，问清季琳是不是抱养的。"

段冰清惊诧："妈，哪有这么传奇啊！人家女儿是抱养的没错，但哪里就是我妹妹呢?"

范成芳有些生气："什么？琳琳是抱养的？我的直觉没错，她就是你亲妹妹！真是冤孽，难不成我会骗你?

段冰清耐心解释："妈，我没说你骗我。我只是想事情哪有这么巧合?"

"现在你必须问清季家是在哪儿捡的女儿，地点问清了，琳琳身世就弄清了。"

段冰清心思宛转，只有妥协："好好，我问问，你别生气了，妈。"拨打季涛电话，一直是无人接听，眼前便闪出白小琮的影子。她不由得向墙角的黑暗处横眉瞪眼。

季波值班还没回来，偌大的卧室被寂寥、烦闷填满。她关电脑，去阳台，做美胸操，沐浴，喝牛奶，擦眼霜，拍爽肤水，抹丰乳膏，按摩。

时间的荒野仿佛只一转瞬，日子流水般淌到夏季，石榴树一夜间开出很多艳红的花朵。

周二下午暖风流馨，段冰清顶着艳阳从外面回来，换了衣服戴着墨镜背着小包出了门。路过小区花园时，见风拂翠枝动，栀子花纷扬成一道优美风景。一群小孩在疯闹，两个小女孩在地上捡花瓣。另有老人、妇女在健身设施上闲话、锻炼。

段冰清穿着火烧云般的真丝短袖上衣，黑色的裙摆随风荡出莫测、神秘。花圃里的蔷薇和月季竞相败落，在风中洒下枯萎的黄色花瓣。她款款走着似有所思，从镜片后向周际射出一串警觉的光。她一边走一边诅咒那些发生在梦里的美好，虚幻得耐人寻味。

生命有它自己的行程，行进中的每一种真实表现都因年龄而异，又因环境制约。

人生百年，沧海一声笑。所谓的前生今世，三生石间篆迹了了。

随着段冰清走过的步履，范依蕴从一棵高大的柏树后探头，拍去掉在肩头的柏叶，紧跟着段冰清来到大道口，拦了一辆出租车，追随而去。

季涛在办公室打吴菲手机，一直无人接听，他就有些担心她。

人类总免不了多疑多虑。

吴菲此时正在熙攘的公交车上，听不到手机响。林敏敏在旁边审视着吴菲的满面忧郁，听她语气悲伤的诉说：

"没办法，家长们都说我们年龄不小了，催促着结婚，已经在筹备了。"

林敏敏似有心事一般，眼神恍惚，声音低缓："该结婚了，祝贺你们。"突然涌出眼泪："我已过二十八个生日了，没有人会再爱我了。"

吴菲扭头安慰："现在这位，我心里淡得像白开水。什么爱不爱的，为了我妈，我也要结婚。"歉意地："这些天和他见面多，咱们在一起时间少了，你得善待自己，咱这年龄了，伤不起。"

下了公交车走过天桥，向西一拐，走过三家服装店一家美发厅，便来到指定的咖啡屋。

着绛红T恤的周峰长着一双刀螂眉，小圆眼挺有精神，见到她们急忙起身让座。

吴菲看到林敏敏和周峰眼神相触的瞬间，都有些惊讶或失神，又很快恢复常态，笑着寒暄，握手。

吴菲款款落座，脸上是接待客户时的客气和热情，与寂寞有关，与爱情无染。

而男人，不过要女性的一个躯体，一张媚而笑的脸，总是来不及深入内心，便想要深入内里。

因此，女性有时候只须有不讨人嫌的外形，一张笑脸。

男人无耐心分辨她们笑脸背后的内容。

吴菲笑意盈盈，向周峰介绍林敏敏：“我发小，林敏敏。艺校表演系老师。”

周峰挥手侍立的服务生，居高临下者的盛气凌人：“三杯咖啡。两份加糖，一份不加。”

少顷咖啡上来，周峰要了不加糖的。

林敏敏聚焦着周峰的圆眼，似有好奇：“不苦吗？”

周峰凝望她一瞬：“苦咖啡，才有味。”

林敏敏笑望吴菲又望周峰，笑容下总似隐着什么，举起杯：“我这杯咖啡，便是没滋没味的了？”又指着吴菲面前的那杯：“她的呢？”

周峰望着她们笑得腼腆：“各有各的味道，胃口不同而已。”

吴菲笑得没心没肺：“什么啊，你们是军统局还是特高科？明明一杯咖啡嘛，被你们说得，像接头暗号似地。”

人笑语，雅乐徊，气氛和悦，喝得开心。

寂寞的天空长长的风，流云成群结伴如同赶赴聚会。正在副食店值班的季波接到季涛电话时，正站在出口处验票。他拿出手机按了接听键，只听季涛在电话里说：“哥，去年你们还账借的那三十万，快到期了你知道吧？”

季波胸口发紧，嗓子开始滞涩：“知道，我正和你嫂子商量这事儿。”

季涛：“钱是朋友的，这几天他都在催还。他这人心肠好脾气可不好。”

季波从平地飘到云间，又从云间飘落平地，眉目间溢着愁苦：“我们会想办法的。你放心。”他和段冰清这段时间攒的钱还不到十万，三十万巨款如今对于他们是个天文数字，已无法再借钱了。忧患、恐慌、凄楚交织着漫过心海，淹没了身边顾客流过的声音如苍蝇嗡嗡。他感觉自己高大的身躯变成一棵草，被一阵风吹进荒漠之中。

天黑的很快，像明亮的房间突然被拔了电源插头，疾而迅猛。树叶在夜色深处轻舞飞扬。月色中的后海两岸十里长堤灯火绵延，映着桃花般明艳的海水。游艇搏击浪花的声音随着花香四处汹涌。

下班后季波乘上公交车，坐在最后排，被电机的轰轰声震得难受，也不想动弹。稀稀疏疏的顾客像零散飘落的树叶。车窗外的行人三三两两，夹竹桃粉瑞的颜色翘在枝头，如馥郁的酒香漫过人唇，流入肠胃，淡淡的温馨在夜色中飞扬。

深感困顿，他在朦胧的睡眠中做了一次思想的流亡，能折磨人的都是梦境的旖旎。

手机响声把他震醒，范依蕴说话有些急促："季波，我有事儿来找冰清了，她根本不在培训班这儿。"

云滑过月亮身际，落月楼头花香馥郁。季波脑际没有轰鸣只有一片混沌："她有事耽误了吧？妈你别担心。她那么大一人，不会有事的。"

范依蕴的声音变得尖利："她有屁事！我在这儿等半天了，没见她个人影儿，我现在回去。你打电话，让她回来！"

季波似是困倦不堪，声音慵懒："好，我这就打。"拨出号码，那边立即接听，段冰清的声音带着似有若无的幽怨："什么事？"

季波紧皱的眉头显示着心底烦躁，语气依然柔缓："冰清，妈去找你，你怎么没在啊？妈发脾气了，让咱们赶快回去。这大老晚的，你跑哪儿啊？"

段冰清声音平静不温不火："她找我做什么？我不舒服，请假，在一小姐妹儿这儿呢，哼！真没自由。"

季波催促："回来哦，别耽误。"

段冰清闷声："嗯，太后圣旨，哪敢不尊？想死啊！"

公交车载着季波在灯火覆盖的马路上行驶。

段冰清背着包，快步走在小区里的荷塘畔，见一朵朵娇荷迎着月色，清逸出尘，也如同置身秦淮桨声灯影里的旖旎温润。远方传来檀板清歌，有折荷为舟褶荷为裙的古韵婉转。她到家时，见季波在沙发上抱着头十分萎蔫，范依蕴精神抖擞地在桌边坐的倍儿直，一开口就像机关枪发射出成串的炮弹："忙得在外面住，至于吗？要是承认是我家媳妇，从今天开始取消你的周二周五。结婚这么长时间了，肚子都不见动静。做那事儿本身就不见得好，还整天没明儿没夜的在外边跑。”

段冰清眼珠疾转后压下怒火稳住情绪：“我做什么事不好了？”

范依蕴隐忍着，手指关节攥得麻痛，勾画着那些羞辱的场景她将要窒息，痛楚的感觉，如同许多只虫子在吸血。儿子如今处境这样，她也只有打碎牙咽进肚里。终于一拍桌子，震洒了杯子里的水，择词拣句后她还是爆发了：“你整天这模特那模特的，工作就是脱衣服，脱得光光的叫人看。那些男的说是去订货，实际就是想去看你们脱衣服……”

季波见冰清脸色煞白，抬起的手在瑟瑟发抖。他急忙起来制止：“妈，你别说那么难听！冰清这是工作，是为这个家拼，欠人那么多钱。还完债我们去美国……”

段冰清眼里滑过狂飙，渐趋风平，挑出极具杀伤力的语言：“我就脱了怎么着？我爱脱了怎么着？我让人看了怎么着？你儿子喜欢，大家都喜欢，你没辙！”

范依蕴伸着的手臂不停颤抖：“我的家庭我做主，我就不让你脱！你再去脱一下试试？败家子！就没见你干过好事。要不是你开汽配城，我们现在至于穷成这个样子吗？”

段冰清瞪着眼睛跳了起来，指着她嚷：“什么败家子？说你自己呢！要不是你撺掇你儿子借给季家那钱开店，我们至于这样吗？现在倒好了！借人的钱肉包子打狗有去无回，害我们一天安生日子都过不了。你还有脸说？”

范依蕴在季波的拉扯下，指着冰清的手风中枯枝般发抖：“路归路桥归桥，你不要陈谷子烂芝麻地胡扯！我这儿也是季家，那些钱不是借的，是还人家的！原就没打算要。”

段冰清仰头冷笑：“呵呵，还人家的？年轻时抢了人家的老公，老了知道愧疚了，拿钱去还情？我告诉你，钱和情永远是两回事儿，钱永远买不到情……”

范依蕴暴喝一声如闷雷轰顶：“滚！你给我滚——”

段冰清抹着泪冲到门口，季波急忙去拉住。段冰清往外挣，季波死活不让。范依蕴啪地掮了儿子一耳光：“让她走——你真没出息！”

段冰清和季波都愣在那儿。

如同海啸过后的平静，范依蕴沉默了几分钟后，神情庄严得像国王在发通牒："段冰清，你也折腾到点儿了，把我的养老钱都折腾光了，还借了我娘家的，我今天就给你一句话，要么你离开这儿，要么你今后每晚都得住在家里!"转身进入卧室，把门砰地关上，捂着嘴痛哭。

老了，那些高雅、那些美丽、那些尊贵，都被岁月瓦解在晨钟暮鼓里，只留下市井人的疲累、无奈、焦躁、卑微。

这个周五晚上，段冰清果然在家里度过，不停走动，不断发出叹息。神情时而寥落，如同杜鹃在风中遗失了花蕊。

接着到来的周二周五她依旧在家住着，第三周的星期一她被辞退。离开办公室时，她将茶杯、梳子、镜子、护手霜等物拎了满满一袋子，另有拆装的豆奶、卫生巾、各类花茶等在另一背包里装着。还有衣物、笔记本、手提电脑、随身听等。

已经知情的季波急忙来接，在公司大门里面等着，体贴地接过妻子手里的大包小包，笑容如雪中冬青，带着几分凄惨意味："东西还真多。"放在借来的车里，打开车门，扶着段冰清坐在副驾上，发动引擎。

他们打开门，见范依蕴不在家，洗好的菜和淘好的米在厨房里放着。段冰清呆呆地倚门站着，流着泪对忙着往屋放东西的季波说是因胸围小，上镜率低，业绩倒数第一，就这被公司炒了鱿鱼。活着真没意义，倒不如死了干净。

季波叹息着："唉！什么破公司啊，什么鸟人!"知道她各种丰胸举措实施得相当辛苦，如果时间允许，美胸操、药物、按摩她一样不漏，经常让他帮着按摩，可都不见效果。

月色中的摩天楼蜿蜒盘踞在城市上空，此起彼伏，气象万千，宛如蓬莱仙境的绝妙。

花花世界的繁音从窗口飘入，冰清侧卧着，眼泪像斩不断的长流水，流湿了枕头和季波的手臂。

午夜，季波被冰清的梦呓惊醒，见她四肢胡乱动着，最后缩成一团，声音低且哀："……求求你，求求你给我点儿钱吧，我们急着还债，啊!"

季波辛酸难忍，眼眶湿润，摇醒妻子："冰清，你做噩梦了，快醒醒快醒醒。"

满怀怨怒，何似青山归去休。琐窗外，一蓑烟云愁。

七夕来临时范成芳做东，和范依蕴两家人合坐在酒店的雅间里。大家相视谈笑着，每个人脸上的喜气下面都极力掩藏着什么。

房间里的装饰顶灯垂下无数亮晶晶的须子，十分美观，照耀着二范由稍多的脂肪撑着，却难掩皱纹的脸。时光变迁，如今她们由无话不谈的闺蜜、乡亲，变成了对坐相看互不顺眼，话不投机半句多的冤家。

段智兴站在门外打季琳电话："琳琳，我们在等你。"

季琳迟缓的语声，完全不是平时的说话风格："和我妈一起，她不让去。我总不能天天惹她生气!"

段智兴回房间座位上左右看看二范，眼中少年英气尽失，毕现古稀老人般的落寞，又低头摆弄手机。

段升平正襟危坐着目不斜视，如同国家要员参加联合国会议。

穿着墨绿连衣裙的段冰清跑着给大家倒茶，婷婷如池中绿荷。她在父母面前作势，喜笑颜开地从每个人身上寻找话题，貌似和季波十分恩爱、和婆母十分融洽。走到段升平身边时看着他喝完的茶水，朝范成芳挤挤眼："爸，再板着脸就不给你倒茶了。笑笑，笑一笑十年少嘛，要是你经常笑着，没准儿和弟弟就像兄弟了。"

段升平的嘴角咧咧，大家都笑起来。

范成芳冲着女儿嗔道："傻丫头，不带和你爸开这种玩笑的?"

宴席开始，段升平首先站起来，大家举杯相碰，饮了第一杯喜庆酒，气氛变得热烈。大家轮番说祝酒词、敬酒、碰杯，相视笑谈。

段冰清敬酒时，二范都要以茶代酒，说是没酒量。段冰清放下酒瓶后出来，到吧台去要红葡萄酒。正和服务员打招呼，被人轻轻拍了一下，扭头一看，季涛那郁寂的黑瞳正对着她："你也在这儿？要不一起坐，樱花厅。"指向左首边。

段冰清指着右首方："我们两家人，在荷花厅。"向服务台点酒，转身就走。

第三十一章　一蓑烟雨愁

季涛要了一瓶酒，随着段冰清到荷花厅敬了酒，引得双方众人相互跑着。段冰清撇开季波，到樱花厅敬酒时发现除吴秀兰和季琳外，白小琮也在。隐隐的伤，隐隐的痛。嫉妒犹如针尖一般锋利，刺向心深处。段冰清目光低转片刻，做着欢颜敬酒。已听母亲诉说季琳身世，给季琳倒酒时，第一次点了一滴，又端杯相碰表示亲近。那季琳却几无表情，眼角余光溜着吴秀兰。

段冰清自知她有所顾忌，环视众人，朗声笑着自寻台阶："我喜欢琳琳这爽直性子。"她已改行，现受聘于一家房产公司，做售楼员。待她和季涛言笑碰杯时，白小琮明目闪闪地看着，悄悄地，快要把嘴撇到地上。

狂欢是一群人的孤单，临散时大家俱有醉态。段升平拍着段智兴背笑骂："你小子，你小子哎……"

段冰清扶着范成芳来吧台结账时，穿着职业装的服务员告诉她们一个先生刚刚结过，母女二人一愣后，段冰清告诉纳罕的妈妈，说可能是季涛结的帐，范成芳说还算他识趣。母女二人走出饭店时，风比先前大了些，花间鹧鸪鸣叫着飞过城市上空。

"香山美家"楼盘售楼部金碧辉煌的售楼大厅设在三楼，阳光透过玻璃窗，映亮并排坐着的数位售楼小姐的眼睛。她们外穿着公司统一配置的职业装，内穿白色小褂，头发绾成相同的髻，一张张面孔上写着青春靓丽。暂时没看房客户，她们有的在接咨询电话、一遍遍打电话回访和记录。有的对着电脑，手中鼠标不停晃动，点击着楼市最新行情。

瘦长脸戴着眼镜的销售主管发给每位小姐两份材料，一份是项目介绍，一份是售楼百问。他有着和眉毛一般浓的八字胡，让人过目不忘。

"主管好!"接过材料的小姐们各个笑着回敬。

销售主管来回走动着，音色饱满表情生动："售楼员其实并没有外界想象的那么好做，动动嘴皮子就能赚钱。它像所有行业一样，要想做好，除了技能外，认真、踏实才是最重要的。所以，我们每个人都得有几把‘刷子’。比如得会侃，天南地北、旅游购物，碰到什么顾客都能给他侃住。也要有热情，三天两头短信问候感动客人。还要有过目不忘、过耳能辨的才能，一看人、一听声就能叫出他们名字。”

“我们会努力的。”

“我们要虚心学习。”几位售楼小姐连声附和。

“你们听清了，别再给我整民工，要整就整那些高素质的。”销售主管抿着纹丝不乱头发的动作有些徒劳：“一名优秀的销售人员，要懂得依靠自身优势去填充项目的不足。”指着段冰清胸口，目光严厉：“跟你说过，你这儿没优势，再低点儿。”

段冰清低头，目流不安，身子拘偻着，拉拉外套西服：“这，已经够低了。”

销售主管指着她：“再低点儿，明白吗?”

段冰清伸伸舌头：“再低……再低不如去桑拿了。”

销售主管：“你就当这儿是桑拿好了。”目光掠过众人，低声清清嗓子：“所谓的敬业精神，就是关键时刻的牺牲精神。你们没看到银行职员穿那么严丝合缝现在都在降薪吗？你们难道也想降薪?”

段冰清无奈，到里边整完衣服出来，多半的乳房都暴露在外，神色有几分忐忑几分羞愧几分自责。

销售主管对着她点头：“这就对了，越是没优势越要有职业道德。”

段冰清正在查阅售楼知识，趁人不备间放下鼠标再从胸罩两边挤挤乳沟。桌上的客户资料本上，记着每位客户的看房时间、穿着打扮，包括对房子的看法，连他们的相貌神态都记得一清二楚。在错落着的一张表格里，冰清写到：男方对房子满意，但女方觉得总价高了，两人决定回去征求父母意见。他们是首次看房。每个周末，都要对客户进行回访。每次都要详细记录客户的答复，为方便以后再接触……

门开处一位女士进来，高个子四方脸头扎马尾，大概 30 多岁。

段冰清看到她急忙站起身相迎，记得她姓苏，上周来看房，对一套小高层的三室比较满意。她引着她来到大厅旁边的侧厅，在一张放了杜鹃花的圆桌上坐下，递上茶水。

苏女士目光在冰清胸口一溜，一抹鄙夷很快湮没："这小区里配建幼儿园了吗？"

段冰清注意到她的目光，有些羞愧，垂目凝思少许，笑得极具感染力："这小区没配建幼儿园，但周边有多家知名幼儿园，业主入住后会有校车到门口接送孩子。这小区与莲湖公园相连，孩子可以在这里无拘无束地玩乐。"

苏女士笑着点头表示满意："行，我这就交订金。"领着苏女士办完手续出来，迎面碰上一位胖墩墩的男人，黑衬衣掩盖不了圆鼓鼓的肚皮。被成功的喜悦鼓励着，冰清急忙打招呼："先生好！"做出请的手势："先生这边请。"

那男人见到冰清眼睛里火花一闪："美女，我想买套房子，听说这儿不错，大热天的，就抽空赶来看看，遇上合适的咱就定了。"眼珠子在她身上肆无忌惮地打转。

段冰清靠着直觉，觉得这单生意可做，抑着欣喜急回座位寻找资料，想要递给他。不料旁边的Z小姐黑眼珠向冰清射出钉子，起身截住男人，椭圆脸上摆着天使般的笑："先生好！"

那男人贪婪的目光自她脸上下滑，见她乳沟深长，饱满的胸是脱颖而出的状态，便眼不错珠地盯着，满脸馋笑："美女，我来看看房子。"把冰清递资料的手晾在那儿。

Z小姐领着男人去侧厅不久，返回，从她脸上甜腻的笑容看出，这桩生意谈得相当顺利。少顷她带着男人去看房时，销售主管在后面叫住她："你有自身优势，记住要多弯腰。"

在座的小姐们相互挤挤眼，脸上是如出一辙的暧昧之笑。

陆续有顾客来，小姐们码着整齐的笑容应付得当。

玻璃窗外的霞色在渐渐变暗，冰清整理完客户资料起来捶捶腰部。手机响，段智兴的："姐，你下班没？"

段冰清走到玻璃窗前看楼下飘落的残花舞得惊心，面色疲惫："还没。你也没嘛，这会儿还在办公室干什么？"她看到来电是他办公室座机。

"单位有接待，我们在等着。姐，你在新单位怎么样？可别太辛苦了。"

段冰清对着玻璃面带苦笑，把攒了很久的话竹筒倒豆般一股脑倒出："竞争强烈，不辛苦行吗？我现在做这行业比衣模辛苦多了。每天有几十个回访电话，领着顾客看房，少不了风里来雨里去的。从售楼部到样板房大都要坐车，高峰的时候一天往返二十几趟。从一楼到三楼光台阶就要上下几百步。还未完工的那些小区里坑坑洼洼，一不小心高跟鞋就报废了。有时候我们中午还得到附近一些企业守门发宣传单。每天下班后还要开‘夜总会’，分析客户来源，总结不足。开盘前后更是忙，每天回家都半夜三更。所以还是公务员好，你得会争气，要好好干。别再为琳琳苦闷了，她真有可能是咱亲妹妹。我知道她是吴秀兰捡的，只是地点不清，我问不出来。等你干好了，自然有美女如云尽你挑拣。大丈夫何患无妻?”

段智兴唏嘘着，咽下自己的酸，神情悲悯：“姐，你也真不容易啊！不行了再换个地儿?”

段冰清：“天下老鸹不是一般黑，是一个比一个更黑。再难我都得坚持，等债务还完就好了。”通完话对着窗子愣神、伤感，只觉得她这朵杜鹃花，几乎要凋落，随风飘飞。

Z小姐和J小姐肩挎背包经过，高扬着头，面流鄙夷。在和段冰清擦身而过时，Z小姐眼角自下而上将她瞭着：“这什么朝代？太平公主早该死了！”高跟鞋踩地声由高到低。

段冰清回到格子间，胡乱抓起桌上的一份文件揉碎撕毁，摔在地上，冲着她们远去的背影瞪眼：“我看你们一点儿都不漂亮，业绩好全凭突出的乳沟！骚狐狸！”

季涛帮助借的三十万到期，季波夫妇仍然凑不够钱，好话说尽祈求对方宽限些时日。债务缠得他们整日愁眉苦脸，折磨和挣扎的许多原形都口述无力，晨昏定省，皆如过街之鼠般的，惶惶不可终日。

午后的阳光向树上射下毒箭。季波下中班后走在路上，感觉有利箭把心射穿，段冰清电话里嘶哑的哭声揪痛人心，摧人肠断：“老公，我们该怎么办啊?我给人家签了字的。他们无数次电话催，要咱们赶快还钱。再拖他们要么起诉到法院，要么就动用黑社会。我要么去坐牢，要么会被黑社会砍了……”

“冰清，办法总会有的，你别怕啊！咱回家再说。”季波的心已被她的哭声撕碎，挂了电话手机又响，一看是季涛的，让他到他办公室来一下。季波急忙返回，转到季涛的办公室，见一树树的石榴花在围墙边渲染了整个夏季的灿烂。他在走廊上碰到几个人，他们向他投来的目光有些怪异。

季涛正坐在电脑前和吴菲视频网聊，彼此间曾经的深情隔着尘俗的薄纱，羽化做短语关怀。季涛仔细凝望着视频里的吴菲，依旧玉骨冰肌，盖过寒梅韵致。多少深情欲说还休，只发去一行字：“希望你比我幸福。”

吴菲在视频里流泪潸然，他看到她摸了下鼻子，便暗笑说过她多少次了，说话时爱摸鼻子的老毛病不改。这时她发来一行字：“多少天没联系了，你就说这？”

她分明是他的解语花，他深夜凝望的那颗星斗。

鸡肋的滋味，他在每一个暗夜里仔细品尝。

季波推开办公室门，季涛也不让座，想着和段冰清昨日的约定，盯着他的目光有些尖锐：“哥，你们去年借朋友的钱，人家已经宽限这么多天了。如果再不还，人家可能要起诉，或动用黑道……”

“涛，让他再等等好不好？钱我们一定会还的，只是……”季波的灰色工作服有些褶皱，一裤脚沾了些泥污，形态猥琐的站着，面色羞愧，眉目间的风霜如同置身冰天雪地的植物，说话声低声下气。

“哥，我一直说让再等等，但怕这样下去，局面会失控。”

季波走出门来，头顶阳光灼热刺肤，身处炎夏的他直觉得足底发冷，仰头见一行大雁飞掠楼层，太阳发射的凌厉光束如同将要割破喉咙的剑气。面前的大道人流如潮，可他何时就站到了人生的0字路口？也记不清过了多少这样的日子，凑钱还债是他们生活的唯一目标。他的保安工作是三班倒，常利用歇班时去车站干装卸工去建筑队打短工。每天早出晚归，超负荷的劳动强度伴着匍匐在地的心，他常常觉得喘不过气来。他擦擦汗，走到树荫下，打给范依蕴电话：“妈，在那儿做饭，受得了吗？”

私立小学的托教处，范依蕴正在水龙头前忙着洗碗，对着手机叹息：“唉！没事儿啊波，你去干那些零工，累坏了吧？打小你就没受过苦。”水池旁放着一大胶盆，里面的碗筷堆成小山。她总是这样默默不语着，低眉敛眼忙活，行动敏捷话语短促，另把那只从垃圾篓里捡的首饰盒牢牢收藏着。

季波心酸不已，揉揉眼睛，祈求的语调：“妈，你还能凑些钱吗？去年的借款又到期了。”

范依蕴心中痛酸，发出悠长叹息：“唉！为安居新城和汽配城的善后，我那点儿积蓄都花完了，真是没法啊！要不，等我这月工资发了你来拿去？还有我上个月的二千多，没舍得花一个子儿，都给你攒着。我这儿包吃住，基本不用花钱。”

季波声音低哑：“妈，不用了。你要注意身体，别太节俭。”

煎熬中的日子不会是光阴似箭。

傍晚的天空一片昏黄，林中乌鸦傍着横枝斜飞。季波利用歇班时间打了半天短工，在城市散乱的灯光里数着一张张碎钱组成的一百多元，心里喜悦与忧患交织。他穿着多处打皱的蓝衬衫，袖子宽大袖口紧束，站在门前正要开门，门被人从里面打开，穿着睡衣的段冰清哭着扑来：“今天我走出公司大门就被两个男人用刀逼着，要我们马上还钱……”

季波眼神呆滞双肩颤抖，揽着妻子跌入沙发。他那一身带着汗渍和灰尘的衣服，还有那髦乱且粘着的头发，与屋里的环境和面前的女人均不相符。

段冰清依着季波哭诉，满面的惊恐、绝望：“再不想办法还钱，我就没命了……”越哭越痛越烈，接着哭诉着她所受的苦。售楼行业的潜规则和衣模行业的潜规则惊人地雷同。新公司里的售楼小姐们为了业绩明争暗斗，说鬼话做鬼事倒行逆施，还常常使出杀手锏——用暧昧的眼神和性感暴露的穿着吸引男性顾客。那些大款、老板，常是被售楼小姐的诱人乳沟吸引而在她们手上买房，为她们带去高额的提成。

季波抽着烟，一手揽着她，意志在她的哭声里摧毁，同时为自己所受的苦自悲，面色惊恐不定，如同面对飞来横祸的惶惶。

无风无月的深夜，鸟在树间鸣叫，声尖而高亢。季波被酒店保安引领着来到库房，那保安边走边说：“你这是帮客户搬运货物的，价钱要和他讲好。看你也挺不容易的，大半夜都不睡觉，出来干活。要钱使用就得玩命啊，啧啧……”灯光映着季波脸上的憔悴、失意、疲惫：“我管干好活儿，他爱给多少给多少。”他尝到了最底层人可怕的生活，脑子每时每刻都纠缠于那些惊心的债务，生命贱如垃圾、草芥。保安撒来怜悯目光：“兄弟，唉！”

灯光昏暗的库房里码着一堆装满货物的纸箱，季波按保安指点，搬起一箱扛在肩上，哼嗨哼嗨地弯着腰走到停车场，装上一辆东风车。

那堆货他用了将近一小时的劳累才搬完，只觉得双腿沉困臂肩麻痛。他在停车场一手接过五十元钱一手擦着头上汹涌的汗，来到酒店门前的灯光下辨罢真假装进口袋，一抹苦笑还未从唇边消失，看到段冰清和季涛一起走出来，他立即呆成雕塑。

他们挽臂走到停车场，季涛打开车门，段冰清正要提裙上车，忽听一声怒吼若春雷乍起：“站住！”季涛冷冷看着季波冰箭般的目光，凛冽的杀气穿胸贯顶。

段冰清被拖回家里扔在地上，哭声随着灯光倾泻满室：“我们没什么，只是在商量事儿。我在求他帮我们还账。我怕坐牢啊，怕被黑社会杀死……”

空气凝滞良久，窗外的一声鸟鸣划破室内昏暗沉寂，季波咕嘟嘟喝完一碗冷水，头深深埋在灯影里，如同断颈。只听段冰清继续哭诉：“我们真的没事儿……你别那么多疑好吗?”

第三十二章　比翼鸟会老

季波将她提起来又摔下去："放屁！贱货，以后再不许和他联系……"

季波的身子抖得像摊晾在风中的败絮，呼呼喘得像进入屠宰场的老牛。

段冰清咬牙切齿地哭："我联系他，只是为了还债，还债……"看着他如被放血的老牛般萎蔫，她猫一般钻进他怀里："你要相信我……"低头在灯光里，脑海里如风般涌起那些关于还债的痛楚记忆。不能告诉他，许久以来她的无奈，及那些自伤自残又夭折了的算计。一些秘密，只能永远留给自己。

"啊——还债啊……"季波哭喊，甩毒蛇一般将她甩开，从沙发上猛地站起又猛地陷下去，像攻击敌人一样凶狠地捶打着自己。

揭开生活的低质，痛彻肺腑的疮痍。让楚痛的泪飘洒成漫天的雨，酿造成醇香的酒，浇透汹涌的愁，淋醉难堪的伤。又可否让柔曼的柳丝绊住迷乱的脚步，让后海的水，载走无语的凝咽？

每日战战兢兢地活着，许久后季波发现并未被黑社会逼债，段冰清再没为此哭哭啼啼。生活回到了许久以前的平静，平静得让他质疑，却不愿打乱，宁愿固守，生存毕竟为第一需求。段冰清早出晚归的售楼工作季波已经习惯，他想说通母亲后返美，却忽然接到这样一个匿名信息：你老婆和她的小叔子劈腿。可怜人，你是故意放任还是被蒙在鼓里？

此时他刚在货运站搬完货物，货主扔给他一瓶矿泉水，用给狗扔了块骨头的那种手法。他转身的瞬间拧开瓶盖，咕咚咕咚喝着，走出悠长的疲累。初秋的风偶尔扫落几片黄叶，已有寒意，伴着淅淅沥沥的细雨，冰凉心脏，轻易就穿透他双层的夹克衫。他看着信息视线渐渐模糊。比翼鸟会老去，连理枝将断！被文人千描万绘的爱情，不过是锦绣图上的艳丽花边。华清池一成不变的温度里，君王的爱情也被浸泡得逐渐干涸。故宫流光溢彩的石舫，汉白玉砌就的池子，都因失去情爱的润泽而褪色，只留下隐晦暗沉的红尘之气让人窒息。

一日夜幕四覆，季波开门进屋，带着一身的酒气，醉醺醺中也没好气：

“我不就是个……明王八……所有人都在笑话我，躲着我……”

段冰清正在拢头发于脑后，用发卡卡住，一手拿着洗面奶，准备洗脸。她今天一共打有五十多个回访电话，嗓子都哑了，心力交瘁，目中怨恨与愧疚交织成虚空、迷离：

“你自己在外胡吃海喝，喝多了猫尿就回来找事。”见季波陷进沙发里如同死去，她收敛心事，打电话叫了外卖，一边洗脸一边伤感：公司那些业绩好的售楼小姐，各个都露出深深的乳沟，将一些来看房的男人眼球牢牢吸引着，售房率高提成才高。她却因胸部平平，尽管把留过洋的口才和舞蹈演员的眼神发挥到极致，可卖房的成交率还是最低。

季波拿起遥控器对着电视机，讥讽中透出怨恨：“你这女人真是奇才，整天在乳房上做功课，在外面还没让人给按摩够，回家来还好意思找我按摩。”

段冰清已洗完脸，拿着毛巾朝他摔去，将脸上水珠和眼泪一起擦着。季波见她幽怨的眼神里有些凄楚、伤感，便步态踉跄着把她拉坐沙发，将一杯水送到唇边，拍着背哄着：

“乖，别哭了，我喝多了说胡话。”

段冰清更觉委屈，哭着诉说着她在公司的不得意：每天都有和她搭讪上的客户，偏是被那些性感的小姐抢走。她们还骂她该死的太平公主……

外卖送到，段清冰擦干眼泪匆匆吃了饭漱了口，少顷便到阳台上做美胸操，然后浑身是汗地去卫生间沐浴，出来躺在床上喊了好久，季波才跌跌撞撞地过来。

季波四肢伸开躺在床上，身子摆出个舒缓、放松的造型。

段冰清凑向他，拉过他手放于胸部：“快，按摩嘛。”

季波哼哼着背转身去，嘟囔：“按什么摩啊……”

段冰清翻身抱住他：“我要你按摩。”

季波转过面来，漆黑的瞳仁在灯光里流转成痛楚：“冰清，作为男人我告诉你，他们比较喜欢清纯。你为什么非要每天袒胸露乳的？说你不勾引男人谁信？”

段冰清忽地坐起来的同时拉起季波，眸光在幽暗的灯影里喷射出怒火：

“清纯？就你这样，还想玩清纯？你忘不了和吴菲的苟合吧？有本事找她去！我袒胸露乳勾引男人了，我不这么着勾引男人，你拿什么来还债养房养车养老人养小孩……”

她满面泪水捶打他，像一只凶残而绝望的母兽，叫声尖锐、凄厉。

被激怒的季波猛地把她推倒，悲恸欲绝使他的面相变得狰狞，指头捣着她脸咬牙切齿：

“我没本事，我没本事才整天做牛做马还债！我没本事你才勾引上我弟弟！你们合伙欺负我，欺负我——”

他往墙上猛擂，拳头流血，一滴滴躺在粉蓝床单上，洇染出一朵朵血红的花。

温和性情的季波如今动辄发火，从没见过他暴跳如雷的段冰清惊呆片刻后急忙拽住他，拿出酒精为他擦拭，又贴了创可贴。然后他们抱在一起痛哭，像所有遭遇不幸者一般，机械地顺从一种将要使他们变得麻木的潜意识。

绿柳有心，离人无意。孤寂的夜里捧着满把的碎月，他把伤痛仇恨连同人名呼喊着。欲说还休的唇，欲吐还咽的念，欲牵还放的指间，不知究竟是金钱成全了欲望，还是欲望成全了金钱？

灯光散漫地照着常青树，在窗子上洒下无数明晃晃的投影。不知名的鸟儿反复吟唱着让人难懂的曲子。哭累的夫妻相拥而眠，季波拍着抽噎的妻，哑着嗓子，语声似眼神凝重：

“男人爱女人是爱她的心，并不是爱她某一部位的大小或性感与否。你每天在胸上这样那样，每天露着乳沟去上班，就没想过我的感觉？”

他抚她乳房：“哪怕你这儿没了，我依旧爱你。我爱你聪明、智慧、有胆识，还有不服输的气魄。以后，请别在这儿下功夫了，好不好？”

“不好！”段冰清一声尖叫，挣开季波。

今夜无眠，窗外风声雨声呼唤起滚滚悲情。在季波强行泄欲后的鼾声里，段冰清将避孕套扔进纸篓，返身扒着窗子，眼神呆滞地盯着窗外，两行泪滴落窗台。不甘于业绩落后，她学着同事们的样子每天在职业装里面穿低胸吊带背心。可因胸小，再怎么暴露也暴不出性感反露出劣势，在昂首挺胸的同事们面前她越来越自卑，而今已业绩落后成倒数第一。

冷雨潇潇，风吹落叶满地伴惆怅如织，正是欲断肠时。同样的凄风苦雨罩着季涛家。

接听完电话后的季琳变得毫无知觉，任凭电话从手中滑落。她失魂落魄一会儿，眼神悲戚地打开门，来到吴秀兰床前，轻轻落坐，目染久远岁月的霜尘：

“妈，我问个事儿。”

儿子婚期一直耽误着，范成芳认定季琳是她的亲生女儿，可又无法验证，就把她的怀疑、及当年在医院丢失女儿的经过，用电话告诉了季琳。季琳听后顿时呆滞。

自从被范成芳追问季琳身世，吴秀兰每日都惶惶不安。如今见女儿神色有异，她坐起来，强抑忐忑道：“琳琳，什么事？”

季琳搀着妈妈：“妈，有人说我是抱养的，我很想弄清楚。”把身子往吴秀兰跟前凑凑，头埋在妈妈胸口，语声恳切，饱蘸深情：“妈，你一个人把我和哥哥养大，太不容易了。你放心，无论怎么着，在我心里，就只有你一个亲妈，我会好好孝顺你的……”

吴秀兰想忍住泪，但它究竟不受控制地流了出来，回想着那些年所走之路，艰难、困苦、无助、痛伤，多少次都将她逼上绝命的悬崖，可不服输的决心迫着她一步步往前走。伤疤一旦被揭起，悲辛和酸楚前浪推着后浪涌至，欲要将她吞噬。

风里的琼花轻轻飘洒，透过紫陌红尘，轻轻将那些岁月的尘埃滤去，和那些承载过悲欢离合的庭院一起，伴着白首偕老的美好希冀灰飞烟灭。残破也好，阴暗也罢，皆已消逝成风。曾经的繁华与衰败，都留于灵魂深刻的伤痕，不敢碰触。

季琳继续追问，吴秀兰由怔忡不语转为呜咽抽搐，将当年如何因女儿丢失导致疯癫，从医院抱回女婴后又慢慢恢复的经过详细诉说。

季琳听得酸楚无比，用长长的悲声喊了一声妈，扑进吴秀兰怀里痛哭不止。岁月已远，烟花易散，梦总是易碎，也最易惆怅、感伤。能够留下的也不过几声叹息几曲幽怨。

灯火安然，流光无息。吴秀兰倏忽推开季琳，从屋里拿出一个绣着花鸟水草图案的荷包，塞在女儿手里。

季琳接过荷包细看，见它是经过精心构思而制的，水红为花另有绿叶作陪的绣花图案十分精美，从底色到配线、绣工、图案，无不费心设计。形状也抛弃了常见的方圆形，而是别致的菱形，四周缀着丝带，编出百结。百结上还有七彩料珠、流苏等物，且将钩、锁、绾、套、挑等多种极具难度的针法穿插并用，花中套花，绣上摞绣。底色是淡绿的湘缎，上面以红为主色调的花鸟图案栩栩如生，呼之欲出。整个荷包精美绝伦，使人爱不释手。季琳把它在掌心里紧紧捧着，见它的棱角处有些类似汗渍的黄印子，乃年陈久远的标志。

灯光融融，栖窗流风。老柳拂得光影似在无边夜色里浮动。紫堇在风中飘落，一瓣，两瓣，三瓣，美艳惊心。

吴秀兰拭泪，鼻音浓重："这荷包当时挂在你脖子里。绣得这么精致的人，肯定难忘。你拿去吧，认识它的人就是你亲妈。"俯在沙发上痛哭。

季琳将荷包紧紧攥在手里，神情低迷如风中衰草。低头，那目光果真黯淡到了极致，亮晶晶的水光随即倾泻下来。隐约笛声穿雨越风传入母女耳中，心痛得没有语言形容。

一夜悲思宛转无眠，第二天晨曦初透时，季琳已敲开段智兴家的小楼。

范成芳穿着睡衣，打着哈欠将季琳让进客厅，坐到她对面，看到她递来的荷包，抢一般攥在手里，反复翻看、触摸，发出呓语般的低声："你外婆是个巧手绣娘，这是她给我做的嫁妆。后来生了你，我就把它给你戴上，原指望它护佑着你，不料……"猛地拽住季琳手，哭声如同突发的海啸："我的孩子啊……妈可算找到你了……"

吴菲和周峰正在苏州的佳人有约酒楼照婚纱照，忽然就出现了梦里的重合：指定的婚礼伴娘林敏敏穿着同样的婚纱走了过来……

"敏敏，你干嘛啊?"吴菲呆愣片刻，投射出疑问眼神，心被一种似梦似幻的潜意识搅得很乱。

林敏敏提着裙摆在吴菲和周峰面前转了个圈，芭蕾舞演员的招式，很美，很惊艳。她笑得更美："瞧，我像新娘子吗？咯咯咯……"

吴菲暗叹她北京的艺校没白上，心却莫名地悸动，安定不下来，连拍几次都没拍好。林敏敏在旁边助纣为孽般叫嚣：

"不行，这样太难看!"

"离那么远，倒像离异的夫妻。"

"啊，这表情像什么？像举行丧礼!"

吴菲祈求的眼眸闪着水光："敏敏，你别闹了好不好？我连照片都照不好，真的好累，好烦!"

"我来给你示范。"林敏敏从中隔开吴菲和周峰，侧身依偎着白衣如雪的他，满面的娇羞："拍啊，拍一张给她当示范。"

摄影师有些无所适从。

周峰皱眉推开她，眼神冷冽："林敏敏，你过了啊。"转身拉起吴菲手，对长发摄影师道：“走，去拍外景。”走出店门，拉着吴菲避祸般地上车，猛地一踩油门。

车飞快地驶出，吴菲急得大喊：“停车，敏敏还没上来!”扭头向后，见摄影车后面，林敏敏被丢弃的孩子般飞奔着追随，却逐渐被抛远。

吴菲大声埋怨：“周峰，你过分了!”

周峰面无表情：“她像个神经病!”

车速不减，摄影车在后面紧紧跟着。两旁的绿树像两道绿色屏障，在苏州大地上无尽延伸。

北京烟雨，寂寞小巷，鸟儿在日渐稀疏的树叶间徘徊。一棵一千多年的银杏树下，风吹叶飘扬。

段冰清整个身子的重量全部支撑在背靠的银杏树上，身边放着大小不一高低不同的各种袋子。她仰头，那金黄的叶子一簇簇的，如同盛开的花朵。她记得这树三人合抱都抱不住，传说是唐代的，历经春夏秋冬而青春不老，而她生命的春天就这样老去。

她在风中无声流泪，今天因又一次业务不成被公司炒了鱿鱼。去找季涛时，见白小琮在和他说笑，她转身就走。

她不肯放弃尝试各种丰胸产品，每天早晚在胸部涂涂抹抹，每天早晨拼命挤出乳沟、穿着性感的服装去上班，越来越使季波反感。他总是冷眉冷眼地嘲弄：“看你这样子好恶心，你们公司敢情是做皮肉生意的?。”他彻底拒绝为她按摩胸部。

段冰清咧嘴瞪眼：“你恶心是吧？没人叫你喜欢，别的男人喜欢就成！你一个大男人没本事挣钱，就侮辱老婆这点儿能耐啊?”

季波猛地打开门，把冰清往外推：“滚远些，让别的男人喜欢去!”

那夜，段冰清向后趔趄着摔倒在门外昏暗的光线里，发不出一点声音，只是擦着汹涌的泪。和季波由战争不断升级而分居，她只有回娘家住。

手机响起，妈妈的声音里充溢着兴奋因子：“冰清啊，今晚能早些回来吗?”

“妈，什么事儿?”

“琳琳回来了，她真的是你亲妹妹！身上还戴着你外婆当年送我的荷包。我想今晚咱家一起出去吃顿喜庆饭，你能早些回来吗？要不，把季波也喊来?”

“妈，就咱一家人，别提他。”冰清闷声闷气的说。

挂了电话，范成芳低头回思。女儿回来的第一天，她就给范依蕴打了电话："那季波看起来人模人样的，怎么就是没人心啊！我家冰清为你家那些还不完的债吃了多少苦？人都瘦了一圈，到头来被你儿子赶出门外。你也不管管你儿子？"

范依蕴慢条斯理说了一长串："芳姐，话可不能说这么难听，兼听则明偏听则暗。你得仔细审视下自己闺女。她太喜欢折腾了，才折腾出一屁股债，怨谁？我这儿有多少话，愣是不想说出来。"范成芳气得只想摔了手机："哎呦喂，亲家，你不想说我想说，我这都为你家好。我家冰清什么人？打小是人见人爱花见花开，亲戚邻里人人夸！还是你亲眼看上的，口口声声说拿她当闺女看着。可自从她嫁到你们家，你这心就变了……"

范依蕴气咻咻打断她，怒气如火星瞬间燎原："芳姐，别一便秘就怨地心没引力。遇事得多找找主观原因。不是我变了，是你闺女变了！我娶儿媳干嘛啊？还不是让她好好给儿子过日子？她倒好，整天跑来跑去的，还夜不归宿。都结婚多长时间了，也不给生个孙子。芳姐，不是我成心让你生气，有些事，你问问你闺女好了！早前她周二周五不回家住，跑哪儿过夜去了？"

范成芳声音粗粝，只要割破喉管："我说范依蕴啊，你懂道理不？会做婆婆两头瞒，不会做婆婆两头传。他小夫妻间即便有点什么事儿，咱还得给瞒着哄着。哪有你这样做婆婆的？净给孩子们折腾些事出来。你活这么大年纪会不会做人哪？倒编排起自己儿媳来了！"气得挂断电话，在挂断前嘟囔一句："真不是东西！"

范依蕴即刻将电话打来质问："范成芳，你有点儿教养好不好？谁折腾出来事了？谁不是东西了？谁编排儿媳了？赶明儿你过来看看，我这儿有一首饰盒，被你闺女在垃圾篓里埋着。我可没告诉我儿子，要不他们早离了！"

范成芳捶胸顿足："离？离就离，谁怕谁！谁是阎王爷，不往我家宅上下雨了？"

曾经的闺蜜吵得不可开交。

第三十三章　醉不寻花柳

从古代遥想花开当年的白发宫女妃嫔，到当代怀揣雄心壮志的文人志士，当梦想不能实现愿望不能企及，所能做的，多是在悲凉的心境中感慨造化弄人，就如长久望着银杏树的硕大树冠，一直发呆的段冰清。

风吹起她长发逶迤，飘荡出绵延的悲伤气息。电话响，她擦泪接听，电话里一个女孩声音甜腻：

“段小姐你好！我是你同事江玲的朋友，协和医院整形科的。我店最近邀请了韩国整形师，特别擅长胸部整形。他在这儿应诊只三天时间，段小姐要不要来看一下？”

工作不顺屡屡被炒，还不是因为胸小、穿衣效果不好？既然那么多丰胸产品用遍都没效果，导致业绩难以提高，那么就只能走隆胸这条路了！段冰清为此挣扎已久，低头，在包里翻出张银联卡，挥手拦了辆绿色的士。

的士在街上疾驰，她望着车窗外飞掠的高楼大厦想着即将面临的手术，倏忽心乱如麻，忧思重重中拨打了季涛手机。

木芙蓉在雨声飒飒和冷风嗖嗖中落了一地，玻璃窗挂满水珠，像泪流满面的伤心人。

段冰清和季涛并坐在主任值班室，不咸不淡的笑，有一句没一句的话，似在证明他们是名正言顺的夫妻。看着墙上手术项目的明码标价，她知道不需要讨价还价。

“你们想好了，真的要做？”医生问话时目光掠过他们肩头，从表像看不清男女间的真实距离。

“嗯，想好了。”段冰清在医生的注视下垂下眼睑，两手交叉搓着。

“好吧，随我来。”医生将她领进内室，掀起衣服，在乳房上抚摸摆弄：“挺好，也不垂。做完后肯定更漂亮，加上你这体形，可以和职业模特相媲美了。你想做多大的?”

“这个，我不太懂。您看呢?”她颊上艳红似染，腿并拢着，手捏着两边裙裾，手心出了汗。

“按你这身材，可以做F罩杯或G罩杯，就像外国女人的那么大。”目光从乳房移向她脸：“但你这乳房，大概A罩杯的吧。基础设施决定上层建筑，按你这基础只能做D罩杯的。反差太大了不好。你要进口的还是国产的?有美国进口假体，三万元。”

“那就进口的吧。”和医生从内室出来，季涛到指定处付款，段冰清进了手术室。

两个多小时后段冰清被推出手术室送往病房，面色有些苍白，平静一如既往。季涛急忙迎上去，和护士搀着她躺在床上，见她脚上输着液，一瓶水已经将完。两个护士一阵忙碌后，她的手脚都扎了输液器针头，看起来像是个危重病人。

护士临走时嘱咐术后一周须进行隆胸位置固定，一月内须天天按指定的专业手法进行胸部按摩和保养维护；既不能做伸展胸大肌的运动，也不能大力度的冲撞或挤压，以防造成假体破裂或移位，进而使手术失败，严重的甚至挫伤乳房内部软组织；假体8－12年后必须更换，还必须经常修复、矫正，以保持美观。

萧风索索摇着窗棂，窗帘窸窣作响。日光穿透窗下雪松，斑驳树影在地上忽隐忽现，依稀梦中残缺的记忆。段冰清已出院，吃着话梅在窗前呆立，只觉旧日繁华如梦，一息尚存。许多事情都随时光湮没，纵使发生时多么轰轰烈烈，终被岁月之手抹去棱角、掩藏痕迹。

范成芳进来埋怨道：“好好的，你对着窗口干什么?”看着她手里的话梅袋子：“叫你别吃这玩意儿吃苹果，你偏偏不听，都而立之年了，还小孩子似地。好好的又做什么隆胸，生生的找罪受!”

段冰清倚着窗子，探身将话梅核吐在旁边的篓里，在光影里朝妈妈皱眉：

“妈，你已退休了。我也不是你的学生，别总是这样埋怨，好吗?”

范成芳坐在床头，朝窗口的女儿别过头去：“季波昨天来，你俩怎么说的?”

段冰清朝窗外眯着眼，神情冷傲：“别提，我不回去。”

“你弟弟现在都成网虫了，每晚泡在网上，我都管不了你们了。”范成芳叹息着走到门口又扭过头来："手术也有两个月了吧?"

段冰清点头："妈你放心，我这手术做得不错，切口不明显也不留疤痕。我前几天在网上投了简历发了证件和照片，刚才接到通知，让明天去上班。这是一家规模很大的地产公司。"

范成芳转回来："还做售楼?"眉毛拧着："我和你爸都不想让你做这行，名声不好。"

"妈你又说这个！我一没偷二没抢，凭劳动所得挣钱，有什么名声不好的?"她下巴上扬着，信心十足，闭上眼睛，似乎看到繁花似锦的售楼之路。

第二天她去公司报到，所过之处，昂首挺胸地说话和走路。所有人都在瞩目这位新来的售楼小姐，她一米七一的身材配着高耸的乳房弱柳般的腰身，如同天使遗落凡尘。

她刚在自己的班位上坐下，就有一面色白皙、衣冠楚楚的男人过来搭讪。她笑着给他递资料："先生，你看看这些。"

男人白皙的脸，质地精良做工考究的西服证明着他良好的处境，目光闪闪地望着她。她含笑耐心介绍，又在另一小姐的引领下带他出去看房，走得风摆杨柳袅袅娜娜。她不用回头，就感受得到身后小姐们射来的目光，含义复杂又各不相同，但少不了嫉恨。

每天穿着性感的衣服，露着傲人的"事业线"，和众多的售楼小姐在堂皇富丽的售楼大厅进进出出，她的勇气和自信心倍增，笑声响亮的同时被她们羡慕和嫉妒着。

她们当面夸她："你这难得的天使面孔魔鬼身材，对于男人就是一性能优良的打火机。"

她们对着她背影挑眉瞪目："百年不遇的骚货、狐狸精，家庭主妇的克星!"

一月后，段冰清的业绩屈指一数。两月后，售楼业绩步步高升，收入达到两万元。上下人等都不敢小觑，人缘也好得不得了。

冷风飕飕搅动碎云从天际飘来，地上晦暗阴沉，就如一个引颈高瞻的老人，欲把黄昏夕阳的景观落泊在脸的纵横褶皱间。下班后的段冰清和同事C小姐刚刚走出写字楼大门，见季波捧着鲜花迎面走来，眉目间溢着几分欣赏和惊艳："冰清，我等你好久了。"

她视若不见地正要绕过去，被C小姐拽住，朝她挤眼："这样的帅哥，你也忍心拒绝？要不让给我？”握拳打她。C 小姐以前在宏远地产公司做过售楼，她们自然较为亲密。

季波已堵在她面前，霜染风洗的眉目明朗如许，低声下气道：“冰清，以前都是我不好，经常惹你生气。妈妈骂我很多次了，让我接你回去。真诚地请你原谅我。”

C 小姐瞪大眼，恍悟后义勇军般将段冰清拉近季波，歪着头笑：

“姐夫，你答应请客，我保证今晚凤还巢。”

段冰清轻轻踢她，撑不住笑了。通过隆胸，事业实现了柳暗花明、峰回路转，梦里都笑着。听腻了妈妈老师教育学生的声势，她接受了季波求和。

两人请 C 小姐吃饭不成，送走她，回在小区门前的快餐店坐了，见这里座无虚席，人满为患。季波又提起赴美计划。段冰清道：“咱们回国时已办回移民手续，再去，一切得重新开始，有许多出乎意料的困难。干得再好，也不过一打工的，免不了受白种人歧视。再说了，我现在刚刚打开新单位局面，实在不想舍弃!”

她以掌支着下巴，闷闷不乐地沉思、怀远。

季波给她倒茶：“职场就像江湖，竞争无处不在。”

她点头：“如今的职场已不再局限于学历、文凭等硬实力比拼，软实力往往起到出其不意的作用，水到渠成。”

季波黑眸闪亮：“软实力就是辅助能力，是专业知识能力之外的社会辅助能力。的确，软实力对于求职、择业，有很大帮助。”

段冰清喝完一瓷钟茶，递给季波。季波拿起面前茶壶，倒满，她端回：

“要想混出名堂，还非得提高软实力不可。”

“软实力的提升需要日常生活的沉淀、积累，甚至要经过长期的修炼，功到自然成。”

她对着他笑得妩媚，引得季波目光痴缠。

夜总会的灯光忽明忽暗，像人时抑时扬的欲望。

季琳和白小琮在舞厅蹦迪，季琳疯狂般一直蹦着不歇，直到人都散了。值班服务生站在她面前喊道：“美女，你明天再来吧，我们要关档了。”

季琳朝齐耳短发的女服务生尖叫：“滚开——”

她曾反反复复地走在那些缠绕的柳丝后，走过那片写满风情的蒿草，走进夕阳渔歌里，幻想还能够有无数像琼花柳笛一般的日子，他们一起十指相扣，一直不停地往前走，不回头。他说她身如琉璃内外明澈净无瑕秽；那一刻，野花也被幸福感染，纷纷举起紫色的蕊，在她的裙裾上蔓延。原以为这样一直走下去，就可以走到幸福，走到黑发变成皓首。没有分开，没有猜忌，更不会有别离相染。

她在旋转的身影里倏忽流泪。

“对不起对不起!”白小琮拉过服务生，对她表示抱歉，又近前死死把伸臂狂舞的季琳往外拽：“琳琳，咱再怎么也不能让人当疯子看吧?”

季琳挣扎着：“别管我，别管我，让我跳，让我跳!”从第一次暗恋失败的漩涡中拔出，她刚刚点燃一簇崭新的恋爱火苗，不料又遭冷水浇。

正在搞店里卫生的几个服务员都停下活来看着她们。

白小琮用尽了吃奶力气把她硬拽到门口：“你手机关着，阿姨找不到你会着急的!”

母亲那张沧桑而慈善的脸在眼前一闪，季琳忽然痛酸，甩开白小琮跳出门来，一下子坐在门口的台阶上，迷惘地环望四周。夜在她们身边，沉着经历了几千年沧桑而容颜不变的脸。

白小琮挨着她坐下，玻璃门在她们身后无声闭合。麻雀在日渐稀疏的枝叶间乱蹿，面对凛然的风瞪大双眼，惊惧不安地等待着灾难的降临。

无边夜色，无尽清冷。厚重的长城象一本沉甸甸的史册，长着苔藓的砖块是它细碎的语句，记录了无数代人的笑容和眼泪。

在台阶上抱起膀子，季琳心上新伤旧伤堆成疮痍。她抱膝坐着，目光与心念所及处，莫名的悲绪与氛围漫成浓重的伤感气息，游离于气势雄浑的长城之外。她趴在膝盖上嘤嘤啜泣，哭声被夜风拉得又细又长。

白小琮拍着她肩劝慰：“人生不如意十之八九，谁能真正把握了自己命运?我们还年轻，机会很多。塞翁失马焉知非福?还是看开些好。”见季琳不理，她又讲了很多有情人难成眷属的例子，一边讲一边不停拨打季涛手机，手机响着却一直没人接。

一种爱情期待的开始就是悲壮的，纯粹而极致，令人魂牵梦绕；如同豪情冲天的泪，真实而汹涌，挥洒成人生的绝唱。死在爱人怀里，也是莫大的幸福。

白小琮的脸在高楼的灯影里染上悲雾：他一直若即若离，所为何因?她的眸子在夜色里流淌着狐疑，继续给季琳讲历史上悲壮的爱情故事，说虞姬和霸王，说唐玄宗和杨贵妃，也说陆游和唐婉。说这些倾心相爱的古人都在生与死之间痛苦抉择，一别音容两茫茫，天壤之隔。况你们是因亲兄妹而离，并无多少悲惨可言。

“你不懂，谁都不懂”季琳呓语般地说。白小琮扭头看她，见她脸上飘着忽明忽暗的光影。

季琳忽而转面，目中亮色在夜幕中游离：“我不想呆在北京了。”沙哑的嗓音飘忽如风中丝线，忧伤情绪久久不散，绵绵的心痛葬送在烈烈风中。泪落在心上，血滴在心上，每一抹殷红都是吊祭爱情的絮语。

白小琮惊疑：“你想逃离?”接着深入她想要的主题：“段智兴姐弟还来你家不?”见季琳不说话，只是摇摇头。白小琮便想：即使不来，也证明不了什么。

季琳声音幽幽：“我想去国外。”忽大叫一声蛇——急忙跑开，把白小琮吓个半死，啊地一声尖叫追着季琳跑向一丛竹林，一边追问：“哪里有蛇？我怎么没看见?”顺着季琳手指所向看去，见一个小指粗细的黑乎乎的长虫在地上蜿蜒爬行。白小琮折了一截儿竹枝，探身近前，壮着胆子、颤抖着手，戳了那东西一下，那东西并不敏感，身子缩了又伸，依旧慢吞吞前进。

白小琮大叫：“是大蚯蚓，不是蛇！蛇很敏捷的。”和季琳用手机的电光照明细看，果然是一条大蚯蚓，她气得狠推季琳：“就你虚惊，吓死人了!”

季琳冷不防被推了一个趔趄，站稳后声音平静：“真真假假，起初都是看不清。”顿了顿，看着白小琮，目光沧桑：“我明白你对我哥哥的心，我哥哥是个好人，你要勇敢些。我走后，我妈身体不好，还有心痛病，拜托你照顾她。”紧紧握着白小琮手，一瞬间略去千言万语。

夜风拂起发丝，空气里流动着失落、伤感。季琳的肺腑之言，让白小琮心中五味杂陈，泪光盈闪：“你知道吗？第一次见面我就喜欢上他了。尽管他冷漠，后来我却越来越喜欢他。可他呢？以前有吴菲倒也罢了，还和那个骚狐狸段冰清……”急忙打住。

翠竹边，青松侧，竹影松声两茅斋。季琳远远看去，目光轻渺，轻拍白小琮：“段冰清是我亲姐……他们也未必就是见不得人的关系。女孩子一在乎一个男人，就会敏感……”泪又开始下落，低头擦拭：“我们女孩儿家，二十五岁以后就会变老，得早些给自己找个下家。我哥，你一定要把握住。不仅要学会温柔、体贴、关爱，而且还要勇敢进攻，否则……”季琳凑近她，挤出些些暧昧笑意，手搭她肩：“他就会被别人抢走的!”

白小琮笑道：“小丫头，你成熟了，理论完全变了。”

送季琳到家，吴秀兰已睡。白小琮偷看季涛房，果然没在家。他在哪儿？和谁在一起？想着这些问题和季琳同眠，听着季琳均匀的呼吸辗转难眠。她想以后的岁月便会如此，拥着满怀的感伤，在每一个夜里温习他的气息。

后海在云水苍茫中烟波浩荡。夹着梅香的风穿越柳帏拍击着海水，呼呼作响。

季涛的办公室外，红霞自西边的树顶泻下，风携着寒冷的味道排山倒海而来。

白小琮提着大包小包推开门，季涛急忙接过她手中东西靠墙放着，含笑让座。那目光彬彬有礼，却隔着时光之河的疏离。

白小琮脱去紫红呢子大衣搭在椅背，擦汗，弯腰，提着一包东西放于桌后隐蔽处，看着季涛目流深情：“这是喝的，有豆奶、油茶、藕粉等，饿了要记得冲着喝。”又提过一包挨住放着，情深意长地：“这是吃的，各种水果都在里面，小心别放烂。”她穿着素白毛衣配着黑色迷你裙，露肉保暖裤配着长统马靴，看起来时尚、性感。最后她打开一硬盒包装，拿出一件质地精良的黑色羊绒大衣，含笑在季涛身上比划着：“你试试看，应该合适。”她依着季琳所言，要以女人的柔情将他征服。

季涛有些难为情，看看她再看衣服，并不穿试。

季琳从外面进来，一边脱羽绒外套一边笑道：“哥哥，君子成人之美呗！小琮姐大冷天跑来跑去的挑拣，你就好意思拒绝？”拿住衣服就往季涛身上套。季涛无奈，只有试穿。两个人围着他转着，异口同声夸奖：“哇塞，帅呆了！”

目送两个叽叽喳喳的女子离开，季涛对着窗外霞光，幽思满怀。社会处处拼爹，一个人会取得多大成就，跟他的老子直接挂钩。权力渐趋世袭，老鼠的儿子即便有龙凤之才，也摆脱不了打洞的命运。后天弱势的他和所有贫家子弟一样看不到出路，通过读书、创业、参赛等方式来改变命运的管道已逐渐狭窄乃至关闭。

第三十四章　谁倚门回首

风裹雪花遍地舞，树木花草都在雪里奄奄一息。白小琮到凉台上搭凉完衣服，手冻得冰冷麻木，搓着手进来："只这一会儿，就要冻死人。不知道那些室外工作的民工可怎么活?"她果然要使他感动赢回爱情，晨昏定省发信息嘘寒问暖，时常关注并为他操办衣食，且常来他家，和季琳抢着做各种家务。

吴秀兰已端了饭菜出来，笑着招呼白小琮："闺女，快坐。"扭头对端着碗出来的季琳："把那瓶放了多年的提子酒拿出来。"

三个人围着桌子坐，三个杯子倒满，酒菜鲜美，笑语盈盈撒暗香。

吴秀兰给白小琮敬酒，温厚的脸上挂着怜惜和欣赏："阿姨的心意，可别推辞。今儿咱娘仨，尽兴吃喝。"

看着白小琮喝下，回敬已毕，季琳端起酒杯，眼里有忧郁如水流泻："妈，我真的要走。冰清姐已和姐夫联系美国了。我把证件也给她了，正在办护照。"

吴秀兰脸上温柔笑意倏转阴云，满目的痛楚、不舍："妈实在不想让你离开，可是……"眼圈发红隐忍态。

白小琮嘴角轻勾出温婉笑意："阿姨，琳琳想离开，你就来个天高任鸟飞。我知道，女儿是妈的贴身小棉袄，你肯定舍不得。但你也别担心，她走了，你还有我这个闺女。"

吴秀兰笑里隐着显而易见的悲凄："儿大不由娘，琳琳只要走，我还能怎么着?"

雪光透过宽大的玻璃窗，在室内撒了一片苍凉。

送季琳登机这天，在首都机场分手后，季涛拉着白小琮手，跟着吴秀兰上了车。段冰清随着季波及自己父母走，不时回头看季涛和白小琮，又低头看看自己隆胸后傲人的乳沟，嘴角流出轻蔑的笑。

几天后白小琮生日，吴秀兰早早地定了蛋糕和酒店，坐上儿子的车，来到金玉酒店庆贺。积雪松间照，床棂的缝隙上凝着雪晶，呼呼作响的风瞻顾着挤不进来。那日他醉了，说才子佳人，枕前檐下，且恁相倚偎。誓言，今生断不让她孤影照灯。她看到自己娇羞的脸颊，被霞色渲染，红透了林子。

他们要流水轻车，桂花煮酒。那个时候，他在前，她在后；他在左，她在右，把一路的风景看透。一直到，月上了柳梢；一直到，人约了黄昏后。

点蜡烛，唱生日歌，吴秀兰竟和年轻人配合得十分默契。

饭间，季涛白小琮谈笑风生，一个谈副食店发生的奇闻迭事，一个谈外国总管的蹩脚中文引出的无数笑话。在热火朝天的气氛里，吴秀兰显出少有的开心，几杯酒过后，她面带红晕，看着白小琮去洗手间，转面季涛：

“涛啊，趁我还能抱孙子的时候，你们把婚结了。有了孩子我哄着，你们只管忙你们的去。”

季涛给吴秀兰添茶，目光幽深：“妈，结婚这事儿急不得，我心里有数。”

吴秀兰看看卫生间方向，探头季涛：“涛啊，你是嫌弃人家姑娘？”

季涛的笑里流着郁色：“没有。”

吴秀兰：“那你？还在惦着那个吴菲？我告诉你啊，过去的就过去算了，千万别吃着这里望着那里。”

季涛摇头笑着：“妈，你儿子不是那种人。”

吴秀兰亦嗔亦怒：“那你就该早点结婚！依我看小琮这姑娘样貌稍次，品性却不差。”

季涛给妈妈添汤，说现在他还有很多事要办，一提结婚心里就乱。吴秀兰说你这都是谬论，你小子甭给人玩心术。母子俩正在悄悄争论，见白小琮来了急忙住口。

饭间季涛出去接电话。吴秀兰趁儿子出去拉拉白小琮衣袖，笑得暧昧：

“闺女，我知道你那个心。男人心野，你得想办法收拢他。”

白小琮轻轻摇头，灯光映出面上一片伤感。回想着季琳的话，她暗自焦急的同时，一抹忧患意识在心底悄悄发酵。

吴秀兰凑近她：“我家涛涛脾气我知道，虽有些任性，但心肠挺好。有句话叫生米做成熟饭，闺女你懂不懂？”

吴秀兰话语和神情一样，巨暧昧。

别人对你如何，如人饮水，冷暖自知。话说的太多，未免像个戏子。白小琮但自垂目不语，心如明镜亮，在桌子下暗暗攥紧拳头，怀想着没认识他之前的种种故事。

她曾经进行过一次次的相亲。不是她小看他们，就是被他们小看。不是她嫌他们年龄大，就是他们嫌她年龄大，还嫌她学历高。也有的就是禽兽，第一次就往宾馆里约，一见面就要动手动脚，连吃几顿饭购几次物的兴趣都没有。有一位倒是实在，对她说大家都这么忙，谁有工夫走过场？现在都什么朝代了？花前月下还不如花钱日下。大伙儿都直奔主题，感觉好就结婚呗！要说想新鲜，歌厅酒吧洗脚房十七八岁的小姐有的是，犯得着跟你吗？

最没劲儿的是那个戴眼镜的白净瘦子，双休要来她办公室见面。多烦呀！平时还没呆够？一点儿也不浪漫，她连想都不愿想起这鬼地方。

可妈妈劝她去，说不要错失良机。

结果一见面三杯茶未过，那人就色迷迷的看着她，说一看你也不是处女我也不计较，咱们配合下试试？说着就很禽兽地把她往地板上按，手忙脚乱地又解上衣又掀裙子。

她气得搧了他几个响亮耳光。

他捂着被搧红的脸，理理被弄乱的头发，雄赳赳气昂昂地出门就走，到门口时又回过头来骂她：你就剩着吧，不识抬举的下贱货！假正经！

那时她真想变成母狼，窜上去咬断他的喉咙吃了他的肉，可她连泛到咽喉的一连串咒骂也无奈咽下。

她还记得和一个科技公司的秃顶男人在一饭店雅间相亲，那男人噌在她身边添汤夹菜嘴巴凑近她耳朵，私语般地一句一个琮，琮，琮……语气亲昵得如同热恋中的情人。搞得她心中作呕身上直起鸡皮疙瘩，后来见他电话就挂。

每想起那一系列相亲镜头她就脑子嗡嗡胸口闷痛，现在的男人怎么都这么现实？怎么都这般俗不可耐？怎么都这般没品味？

遇上他，他陪她吃饭喝酒唱歌聊天，但仅限于此。仿佛他们命中注定，即便擦一百次肩衣服擦破，也擦不出属于恋人的火花。

为什么？

白小琮你怎么这样笨这样不努力？你算什么东东？你算什么东东！

临走白小琮抢着结账，被吴秀兰硬拽走了，说都一家人，还客气什么？

季涛到收银台结账，左右巡视不见陈晓红，忽想起李子翔去向不明，便问穿着红衣长发飘飘的收银小姐：“你们老板娘呢？”

小姐一边在验钞机里验钱，头也不抬道：“在后边休息。”季涛：“我想看看她，老朋友。”

小姐扬手招呼旁边一服务员：“带这位老板去找我们陈总。”又扭头招呼其他人。

这世界到处都是老总。季涛皱眉厌恶，随着服务员来在服务楼后面楼道，在二楼楼梯口拐角处的一个房门口停下，服务员笑着回头走了。季涛扬手正要敲门，又觉鲁莽，便在通讯录里查出陈晓红号码，拨打，好长一会儿，陈晓红才接电话：“季总，好久不见了。今儿怎么想起给我电话了？”季涛道：“我在你门口。”挂了电话约有一分钟，门开处陈晓红头发散乱身穿睡衣对他笑着，也不请他进屋，眉目间溢着风情：“季总有事吗？”季涛正要询问李子翔下落，见屋里探出一个男人头来，脸上布满狐疑和警觉。季涛便说有一小事，以后再说吧，回头就走。

段冰清靠做售楼小姐，几月后已赚了十万块钱，这晚范依蕴回来，一家人坐在一起喝粥吃青菜，季波说他不想在别人麾下吃粮了，想做他自己的生意。

“自己做生意？你以为钱那么好赚啊？好了疮疤忘了痛哎！”段冰清推开饭碗，语气檐下冰条般冒着冷气。

季波把筷子在桌子上一摔，向她瞪眼：“别总是隔着门缝看人好不好？我不愿当副食店的看门狗，不愿跟着别人受气了！这什么世道啊，昨天是‘海龟（归）’，今天是‘海带（待）’！”

段冰清忽地站起来，边往卧室走边说：“你自己给自己投资，爱干什么干什么！”进了卫生间洗澡出来，见范依蕴在沙发上坐着，她急忙挤出笑容：“妈。”

范依蕴手里摆弄着餐巾纸，拍拍身旁，看着她坐下，一言直奔主题：“你不让他做生意，是不想投资？”

段冰清取了包头发的毛巾，起来拿了梳子梳顺，又用毛巾使劲儿擦：“是。赚钱太难了，他以前就把生意做成那样，我怕投资打了水漂儿。”

范依蕴在沙发靠背上一拍，目射寒气：“你开汽配城和还债，把我多少私房钱打了水漂儿？我跟你计较了吗？我这多大年纪了，还出去跟人打工挣钱，我这为了谁？你不让他做生意，不就是不想投资吗？告诉你，我不想让我儿子永远当打工仔！”

段冰清站起来冷笑：“好，你让他当老板去吧！看你有多少钱投资生意？”

范依蕴也站起来：“哎呦喂，你别这么大气势好不好？走，上我屋看看去！”拉着她来到自己卧房，从抽屉里拿出那个首饰盒子，抽出发票，盯着冰清眼睛，意味深长：“认得吧？这一卡拉的钻石，少不了四五万吧？这是我在你屋垃圾篓里捡的，那阶段我们都要被债主逼疯了！买得起这玩意儿？还有，那晚我跟你到太月园小区了……”看着段冰清脸色立变，嘴唇蠕动着说不出话来，范依蕴语声咄咄：“这些事儿我都自己咽了，为的是一家人能平和过日子……”她又说了许多，无非是为儿子的愿望尽心铺垫。

段冰清一直不语，最后点头同意。不是怕离婚，而是她悟透男女之事不愿离婚。婚姻之外诱惑很多，女人大都为利，男人只为过把瘾。她的孤傲不允许自己成为他们换来换去的衣服，移来抛去的棋子。

当晚一家人筹划，要开一五金门市。好处是货物没保质期、季节约束和保存损耗，大部分商品存放数年的和新的没什么两样。房地产、建筑、装饰、堂、楼、会、馆、所，工业企业都可能大量批货，发展前景可观。

又借又凑弄了十八万，开了一个五金门市部。季波以一种全新的姿态忙碌起来。

这晚冰清随着公司老总参加商户接待，和一个港商坐在豪华的天坛饭店里。在段冰清的频频敬酒中，港商喝得十分爽快，并连声向老总夸奖：

“强将手下无弱兵，你们段小姐真是性感漂亮，综合素质好得不得了！”

“冰清，代表咱公司给这位老板敬酒。”港商的夸赞让中国老总觉得很有面子，冰清跟着他的手势站起来，敞胸口的黑色毛衣配着牛仔窄脚裤，脚上穿着紫红珠光保暖靴，靴筒上镶满明闪闪的钻。这样的打扮充溢着青春女性的魅力和神秘气息，散发出强大的磁场。

她倒酒，含笑敬上，吊灯映着芙蓉面，眉若春山远黛，目若秋水流转。

戴着黑色礼帽的港商站起来接杯，说着谢谢，又一次一饮而尽。

当晚欢尽而归，第二天段冰清接到人事部的通知，被调往公关部，任命为部长。

公关部长办公室从摆设到装饰，无不豪华气派。轩窗明亮，隔着玻璃投射进来一览无余的阳光。段冰清坐在黑色转椅上高跷着腿，眸子映着阳光，流泻着桀骜和欣喜。见穿着黑色职业装的秘书小姐进来，她急忙坐直身子：

“去钱总那儿请示，将这一周工作计划制成表格，拿来我看。另外还有和我们公司业务往来频繁的企业资料，我得熟悉一下。”

看着秘书小姐退出她收尽目中笑意，手机响。

季波的：“冰清，新环境好吗？”

她仰于椅子靠背，脚蹬着桌子腿，对着窗子笑意铺展：

“当然，再不用巧言令色地做售楼小姐了。”

“冰清，你要注意形象，现在身份提高了，千万别穿那么暴露了，会让人小瞧咱的。”季波的痛苦、厌烦有增无减，虽说不用再趁着歇班去下苦力，虽说五金门市部经营良好。对她出轨的猜忌和厌恶常是猝不及防而至，甚至在做爱时。就如少年时站在大树下等着看黄昏日落，但视线里却飞出一群巨大的乌鸦遮蔽视野，呱呱的叫声扰乱了期待中的美丽、宁静。

她倏忽收尽笑脸，从椅子上站起：“我懂得如何自处，你甭来说教！”每天随着老总高档会所豪华酒店应酬，她暗喜这样的好运都因沾了隆胸的光。让胸部保持完美状态是她持之以恒的工作，花费时间做胸部按摩是每晚的必修课，她为此牺牲了很多，包括散步、练瑜伽、看电视，做面膜、会朋友。

“好了好了，不说了。冰清，我都是为你好。”季波站在门市部门前的树下，强抑懊恼。每晚看着妻子在乳房上做功课，每早看着她挑拣性感暴露的衣服穿着上班，他一遍遍品尝黄连的滋味。

这晚他关了门市部回来，正在客厅看电视剧《大唐女将樊梨花》，云髻高挽的段冰清醉醺醺进门，倒在沙发上便吐得到处都是污秽，也吐在她自己身上手上衣服上。季波皱着眉帮她冲洗，脱了靴子，抱到床上，在她的胡言乱语里收拾污秽已毕，拉着她手坐在床边，看着她睡姿，过往情怀落于心底：

她跑了许多地方为给他买一本喜欢的书；在他外出谈业务的那个夜晚她秉烛坐夜为他生日祝贺；为他一个未接的电话，在朔风凛冽的黄昏她泪洒芝加哥的长街。

只不知这些，如今她可曾记得一丝一缕？他在梦幻般的灯影里突然流泪，手里攥着的，依稀只是他们的过去。眼前人亦非昨天，他早前已经看到，他们彼此投注在对方身上的心力渐已倦怠、不支。她不在家的时日，他常有悲剧预感。

房间里黑暗冷寂，窗边冷风丝丝，如同墓穴。

此晚失眠，恍惚朦胧一会儿，他被她叫醒时直觉灯光刺眼，看看墙上挂钟是夜里三点，再看身边的段冰清红霞满腮，媚眼如丝地躺在床上敞胸露乳，这景象有些像A碟里的镜头。

段冰清张着的红唇在夜色里颇具性感，浓密上翘的睫毛荡出妩媚阴影。她推他：“昨晚好累，快来帮我按摩，我一定得坚持按摩，才会保持住性感体型。”一手软绵绵搭在他臂弯，一手有节奏地拍着胸部。

若是陌生男人必会气喘不匀吧？季波丹田也有一股气流在迅速游走并汹涌到四肢百骸，但它不是欲火。

去 TMD 保持性感！在胸臆间激荡的怒火澎湃而出，季波端起床头的一杯水，朝段冰清脸上泼去。段冰清愣了片刻，头胡乱地摇着，爬起来，和季波撕打在一处。

季波猛地一推，段冰清滚到地上，哭叫声由高到低，渐至于无。

第三十五章　夜永锦衾寒

季波满目厌烦地走过去，见她已在地板上睡着了。将她拖往沙发，又拿出一床被子盖上，才回到床上躺着，只觉得床很大，心很空，身子很累。看她乌云堆，红粉面，忆那时花里相见……如今他，珊枕腻，锦衾寒，觉来更漏残。

世界上最远的距离，不是爱，不是恨，而是熟悉的人，渐渐变的陌生。

第二天季波刚醒，见段冰清脸上已经抹得山清水秀，穿着整齐地站在镜前挤乳沟。季波下床，拉住正要转身出门的妻，心里涌起一股潮湿温情，满目酸楚和伤痛："冰清，你能不能别穿这么暴露？我真的受不了！"

段冰清一手开门，眉梢在门口的光影里高扬："这是职业需要，你懂吗？我结婚前也这样打扮过，你不是很喜欢吗？"

季波只感觉心底的某种东西在失重、下坠，语声低沉："结婚跟恋爱时，人的想法完全不同。结婚后的男人愿意看别的女人性感，却不愿自己老婆这样。真的！冰清。"

"见不得只会说教老婆的窝囊废！哼！"段冰清推开季波，摔门而去。

季波被掏空般愣愣地站着，目中那抹凄凉、怨愤，深沉而嚣张。

山抹微云，冷漠峰翠。彩霞迅速逃离曲径的黄昏，天若有情天亦老。一直鹧鸪不顾寒径霜冷，亲昵着初开的梅花芳泽。世间生灵，终摆不脱衷情。

白小琮提着一塑料袋走过冥冥薄雾笼罩着的小区石子路，但见小径旁梅花疏影，光彩四溢。红的粉粉，黄的嫩黄，白的如雪，就如一幅来自天国的织锦图。她最爱梅花，爱到骨子里，却并非什么附庸风雅。沃土丹阳下盛开的牡丹海棠没什么不好，梅花于孤寒中守得春天犹值赞叹；孤独者越众而脱颖，才是人生至高至大。正如古人言：佳人守贫者，可储金屋。

自从季琳去了美国，她倍感孤独，迫切需要爱情，从袋子里拿出亲手给季涛织的毛衣，左右翻看，目醉神迷。这毛衣全羊毛的细绒线，红白相间的格子图案，煞是好看。这是她一边上班，一边牺牲时间亲手织的。同事们看着她着迷般一针一线地剜来剜去，惊诧得如同看到了出土文物。上个月偷偷去协和医院做了处女膜整形术，这月的例假过后，她边织毛衣边仔细计算排卵期，并买了排卵检测试纸。

万事俱备，只等东风。

花开无声，云雀鸟的叫声穿透柳烟，荡漾在暗蓝色的云端。白小琮低头把毛衣装进袋子里，抬头拨打季涛手机。

季涛接到白小琮电话时，刚在办公室听店长汇报完毕。他伸着懒腰站起来，见霞光漫于西天，鸽子在楼头的柳梢翻飞。白色的玻璃窗透出霞影，映得室内一片灿烂。电脑上 QQ 叽叽响着，他发去文字：菲菲，我这儿有人。

吴菲在视频里摸下鼻子，向他蹙眉。

手机来电闪烁着，季涛示意短发圆脸的女店长离开，拿起手机接听，脸色和满屋的暖色相得益彰："小琮。"

白小琮音质略嫌粗粝，却不乏甜腻："涛哥，今晚有时间吗?"

季涛的声音如飘在天际的云朵："你说。"

白小宗眉梢扬起："我打了饺子馅买了饺子皮，和阿姨包饺子，你可得及时回来吃啊。"

季涛面色郁郁："好啊。"挂了电话回复吴菲 QQ："生活总是给我们很多机会，让我们改正曾犯下的错误。谢谢你让我知道什么是爱，我们有缘便会再聚。"

吴菲发来一个挣扎的表情让他困惑，便发去问号。

吴菲发来：将面对结婚，怕……

他凝眉，再发去问号。

吴菲在视频里流泪，他沉思，发去：钱我尽量早还你，有事，走了。

季涛回到家里，白小琮已经帮着吴秀兰做好了一桌饭菜。她化了淡妆，穿着紫莓色薄衫，下穿黑色西裙，云髻高挽，看起来比平日多了性感魅力。饭间，两个女性争着给季涛夹菜添汤倒酒，他眉间惯常的郁色被幸福替代。又是自己人完全的放松、随意，三人都畅笑、畅言、畅饮至酣。饭毕，吴秀兰仓促收拾了桌子，也不搞常规性的房间卫生，说是晕，早早回房。

季涛怕影响母亲休息，关了顶灯，打开壁灯的瞬间，只觉满屋升腾起浪漫、暧昧气息。

两个人的世界，壁灯撒在桌子和沙发上，散发出柔和的橘红光晕。

吃着点心喝着茶，一边说笑，闲聊变得十分有意义，从工作到生活，从理想到现实。

白小琮依在沙发上将季涛打量，只见他黑睛闪亮，白色衬衣映着健康的皮肤，风流倜傥又不失英俊。此时的他没有疑惑没有冷傲，目光炯炯，灿亮如星，脸色柔和得令人心悸。

白小琮强稳心神，笑得明朗天真，眼神澄澈如明镜湖水，扭头从沙发上的袋子里拿出毛衣："涛哥，这是我亲手织的，你试试。"婉柔的声音媚人心骨。

季涛凑近试穿，酒意泛滥，头晕乎乎的不辨时日。白小琮替她拉拉前襟，提提后领，眼神温柔，体贴入微。又站立他面前不动，微扬着睫毛将他打量，神情纯净如不谙世事的小姑娘。

她在离他那么近的地方活色生香，饱满的胸部乳沟突出，暴露在他的视线里。他不由揽住她，低头轻吻，意醉神迷。

紧紧依着他，传递甜蜜的同时看到窗外夜色如殇，她倏然落泪。

他眉目纠结，如同承受着难忍的痛楚，抱着她进入卧室。

高楼大厦投影在浅浅海面上，一圈圈荡开的橘黄色灯影，把它们点燃得仙宫般璀璨。

吴秀兰一直守候在门旁，聆听着外面动静。见二人进入房间关了门几分钟后，她悄悄出来反锁了门，透过门旁窗户向外看去，见小区微弱的灯火里行人依稀，梅花在风里闲适地摇曳。

白小琮仰面躺着，他的狂吻使她喘不过气来。她痴迷地抱着他，哪怕癫狂的峰顶是生命的尽头。在进入她的身体之前他突然停住，目光躲闪、犹豫。

她期待着他，眼波妩媚，脸色绯红，娇喘吁吁。蓬勃的青春期，长久的生理渴望，就如浆汁饱满的果实等待采摘。

他擦着额头鼻尖冒出的汗，头低在灯影里："我去小区口，那儿有自动投币箱，去拿个避孕套回来。"他在几个衣袋里翻来翻去，终找到几个一元的钢镚，掏出来丢在床头柜上，从乱滚的它们中捉到一个。

"不用……安全期内……"她半裸着身子坐起，攀着他，目中柔情铺天盖地。他俯身，又一阵疾风骤雨般的狂吻。她在他身下喘息、迎合，身体燥热如同着火。

他在长驱直入前按灭了床头灯，情欲如潮，时起时伏时断时续间，漠化了另一张女子幽怨的脸。

冷雾侵月，幽幽往事难诉说。

段冰清从外面应酬回来，放下包进入卫生间，放水沐浴时，对着镜子发出惊心摄魂的一声惨叫。

季波正在磕着瓜子看球赛，被吓出一身冷汗，急忙扔了遥控器，飞跑到卫生间门口：“怎么了冰清?”他知道她胆量不小，前时他不在家，她自己打死了一条越窗而入的蛇。

段冰清在里面声音平静地应道：“你别管，不怎么。”

季波轻叹一声回到客厅，一边看电视一边寻思。在他潜意识里，她依旧纯洁，脏了的只是这个世界。

心生怜悯，他关了电视来到卧室，拿出她的按摩膏，准备为她做常规性的按摩。少顷卧室门打开，段冰清披着浴巾从里面出来，发未及挽起，美颜冰寒，脸上挂着泪珠。

他有些吃惊：“冰清，你怎么了?”

段冰清失神，不语，面色冷寂如雪中寒梅，浴巾慢慢滑落，伴着她一声伤感的叹息。又猛地扑到床上，拉起被子盖住身子。

季波看到被子不停抖动着，如风中破絮。他附上去，拉住她手，只觉得那手冰冷得没有任何温度。他弯腰，把她冰冷的身子紧紧揽着，语气急促：“冰清你别怕，天塌下来有我撑着。快说，出什么事了?”

她哭声压抑，眼神绝望，似哀似怨地睁着，久久无言，又忽地揭开被子：“你看!”指着右胸。

季波一看心跳立即加速，目光疾转处，惊疑、酸楚、恐惶、厌恶交织。只见她右胸左边奇怪地突起拳头大一个疙瘩，突起处的旁边有着明显的凹陷，突起与凹陷衔接处的皮肤褶皱丛生。面对着她怪物似的乳房，他太阳穴突突乱跳，胸中犹如万蛇齐动，一时惊呆在那里。

她瑟瑟抖着，神情似飘荡落叶般的无助：“假体变形了，怎么能变成这样啊……”哭声凄凉、悲痛、压抑。

他来在门口，背对着她，灯光拖着影子，昏暗孤寂，一连串的斥语如利刃刺入她的肺腑：“这话憋在我心里好久了，今儿不妨说出来。好好的，你做什么隆胸？肉里能掺得假吗？试图靠一个假东西吸引男人的女人，本质就和娼妓没什么区别！我早说不让你在这儿做功课，你偏偏不听。知道我有多恶心你那假东西吗？以后要弄出个癌症来，我可没钱给你治……”转头，面目扭曲：“我……真恨不得用刀剜出你那个假东西来！”

恐惧、楚痛、酸涩、绝望化为愤怒的浆岩，胸口翻腾得像要爆发的火山，段冰清一骨碌坐起，胡乱抿去眼泪，指着他怒骂：“窝囊废，整形隆胸的女人多了，你一个一个摸过了吗？你知道谁的是真谁的是假？倒来辱骂、诅咒自己老婆。我为养家糊口才弄成这样的，你这样胡埋怨，咒自己老婆得癌症，你还是人吗？”骂完猛地跌倒，悲声痛哭。

季波眸中弥漫起浓雾般的伤感，胸中涌起纷乱情愫。数年来，执着和坚毅使她的周身罩着一层奇异的光，如同暗夜里燃起的火炬。使他义无反顾地只想追逐，犹如神驱。虽有短暂失神，但不会永远迷失。

远方月满空山，山峦连绵起伏，一片苍凉。

他依窗而立，口中未执一词，眉宇凝滞着，目光深邃陷入深思：厄运如天降雨雪无法抵挡，人在广袤天地够不上沧海一粟。在阳春白雪、镜花水月的面纱后，是如何谨小慎微极力掩藏着的悲苦辛酸？他转至床前，揽过她，小心抚她右胸凸凹处：“痛吗？”

段冰清心中涌起痛酸之潮，抱着他痛哭：“痛都已经不重要了，我怕去医院，怕医生在这儿折腾，怕被人笑哇——”哭声如风四起，穿越窗棂，弥散于苍茫夜空。

风携着梅香飘越十渡，季涛拉着白小琮手从车上下来，看到天际霞光如彩虹卧波。

十渡镇地处太行山东北端、华北平原西北山区，距北京市区八十公里，东起一渡村，西至大沙地，北到三清洞，南至高粱山。景区实用面积三百平方千米，是北京市最大的自然风景区。时值冬春交替，草萎花谢。雨后山翠如洗，山崖绿树林立，幽林深处浓霜斑驳犹如残雪，梅花散清芳。他们在蜿蜒小径上停驻脚步，见一片如海苍翠中，千百秀竹亭亭玉立，青叶翩然随风婆娑，犹如无边碧海波涛荡漾。丽日映远山，四面涧水响。一溪千年流，绕石碧波漾。另有幼兽鸣叫山雀惊飞，怪石嵯峨悬崖陡立。清冽山泉泻落湖中，珠玉飞溅，源源不绝。

白小琮拍手笑道：“这儿真美！”

“站这儿，往那边靠一下。”季涛指着一丛摇动的篁竹，拿起相机，调整焦距。白小琮依着指点，满面春风地让他给她拍下一张张留影。

馨风袭来，佳人体香侵肤。季涛将相机挂在一截断树杈上，轻轻揽过白小琮，闭上眼睛，感受着她的一呼一吸，愉悦感如此分明。那夜他发现她竟是处女，爱怜之中多了敬重、热烈，并预备确立关系。

母亲的话在耳边响起：你妹妹走了，妈这心里空落落的，妈想抱孙子啊！

数十年沧桑，妈妈多么不易！

吴菲的影子在心里如时光明灭，每当夜深独守，她的不约而至总会洗净他满身的铅华，让他满怀诗人的痛，绵长而明晰。说过要等她结婚，然后再确定自己终身大事。看来，誓言是用来打破的。他抚弄着身边女子发丝，见她转面过来，目光如春水，流盼间不胜婉羞："涛，我有喜讯要告诉你。"

他目光深沉地望着蓝天白云，眉宇清朗一片：

"什么喜讯？加薪？升职？"

她轻轻吻他项颈："我……怀孕了。怕家里人知道，咱们得赶快结婚。"

一瞬惊诧、欣喜，忽想起那晚情形，疑惑涌进双目，心如刺进利刃，他神思飘忽一刻，凝神发问："就那一次，你不是说在安全期吗？怎么会怀孕？"

白小琮心思宛转地依着他，流了泪："我怀了你的骨肉，你竟然不高兴？这样问我，分明是不信任。在你心里，我的人格有问题吗？"她多么怕被爱灼伤，怕激情疯狂燃烧后，苍白的灰烬被失望的冬季耗尽青春的余温。

她的回答令他不满，疑惑更深："你让我怎么相信？你说过在安全期。"那些拜生活所赐的多疑、强硬，不容他轻易妥协。他可不愿把多年的固守搭进去，一辈子生活在谎言与欺骗的阴影里。

为了爱，她把一切豁上，平时虽免不了有人对她想入非非，但她身心为他所系，何曾旁顾？精神的虐待，人格的侮辱，如风撩起彻骨寒意，她双肩微微一颤："你混蛋！"

"我老实，但最讨厌被欺骗！"

"我没骗你，是你的孩子。"

"我的孩子！用什么证明？"

"生下来，做亲子鉴定！"

"到时候要不是我的呢？"

"去死吧、混蛋！"

白小琮啪地抽了他一个耳光，飞跑而去。

发现假体变形的第二天，季波带着段冰清去医院做假体整形修复术。

仪表堂堂的男医生四十岁左右，在医生值班室掀开她衣服，气定神闲地在她的左乳房上揉了揉，又在变形的右乳上指指戳戳：

“修复术比初植假体更有难度，就是剪裁新布料做衣服和修改旧衣服的差别……”

无须羞答，段冰清单刀直入：“那，需要多少费用？”

“老顾客，给你便宜，两万块可以了。”医生脸上挂着恩赐者的仁慈。

季波去交钱时，心和肝都在抽痛。回想起下苦力挣钱的那些日子，他多长时间的耗命，才够她这片刻的折腾？

等到段冰清做完假体修复术被推进病房，一群护士忙完，季波坐在另一张床上，看着高挂她头顶的液瓶，阴沉着脸埋怨：

“这样穷折腾着，你不嫌痛也不嫌丢脸？你不嫌我还嫌呢！”

麻药未散时虽不觉痛，麻木和鼓胀的感觉依然很浓，段冰清平躺着，低声回骂：“畜生，这会子还要精神虐待老婆。”闭目片刻，蹙着眉眼，面呈痛苦之色：“渴，去给我倒杯水。”

季波垂目不动，她将一个棉球打他脸上：“听见没？”忽哎哟一声，缩了下膀子。

季波听她呻吟心生恻隐，急忙在屋角的饮水机里接了温度正好的水，揽着她，看着她饮完，问道：“痛吗？”冰清闷声不响地摇摇头，闭着眼，眼角溢出了晶莹的泪。

术后每天吃药打针输液，预防感染。请假一月后再去上班，段冰清的收入直线下滑，月薪加提成由一万多元降至三千多。她便重整简历，预备实施跳槽计划。

第三十六章　人格的侮辱

段冰清到西利亚软件公司交了简历出来，在林荫道口和低头走路的白小琮撞个满怀。

阳光在东边的树梢来去自如，如同流言的无凭无据。杜鹃鸟在林荫深处卖弄风情地纵情高唱，高枝跳向低枝。一张医院的化验单从满面忧伤的白小琮手里飘落，被风刮到草坪上，又被冬青的枝桠挂住。白小琮正要发怒，见是段冰清，立转笑脸："冰清姐？你怎么在这儿？"

段冰清本来看不起白小琮的商家出身，又鄙薄她对季涛苦心孤诣的追逐，把一丝不屑深藏眼底，颜面堆笑："小琮，是你啊。不怕你笑话了，我想跳槽，来投简历。"

白小琮向她点头微笑着走向草坪，弯腰捡起化验单。

段冰清扭头看她细腰丰臀，身子弯成美妙的弧度，又见白小琮扭头对着她莹然一笑："跳槽很正常。老板用时我们就是人才，不用时我们就是裁人。走，到我办公室坐会儿？"

两人往前走，段冰清看着她手中化验单关切问道："你怎么去医院了？小琮，我们现在都奔三了，身体可不比人家小女孩儿能受折腾，特别得注意健康。早饭吃些枸杞红枣，补气养血。将杞菊搭配泡茶，舒肝明目，尤其对我们电脑族有好处。"

白小琮眼里如蒙薄雾，低转眼珠，将病历放进兜里，折断垂在身旁的细柳，笑着说没事儿，一点儿小毛病而已。来到办公室，段冰清想了解这儿商务情况，便不怕丑地说了她近来状况，说之前已拿着简历投了 N 个地方，都没结果，于不经意间流出满目的荒凉、颓丧。

白小琮想着如今这人不仅不能得罪，还得讨好，给她倒了茶，问询详情，得知她应聘的是公关经理，一抹幽深的笑意在脸上流淌："冰清姐，既然你应聘的是公关之类的职位，就一定要注重形象。照片不要太保守，就像你做售楼时穿的那样。另外啊，未婚女性求职者占着公关经理的绝对优势，所以你最好隐婚。”

段冰清如醍醐灌顶，手在桌子上一拍：“糟了！”

白小琮不觉惊悚，急问：“怎么了？冰清姐。”

段冰清发现失态，面颊涌起些微红晕，慢慢坐下：“今天投到你们公司的简历……怕是没希望了。”

白小琮审视门口，低声劝道：“不怕，你赶快拿一份新的来，我到人事部给你换了，神不知鬼不觉的。我们这里公关经理工资高，比普通员工翻一番。”

一番话说得段冰清心动，千恩万谢地走出门来，右胸部又在胀痛。阳光千里，她的心却黑云戚戚，心潮起伏地回想着她的职场兴衰，真是成也假胸败也假胸。如今的职场越来越复杂，看来想要成功，不仅要有隐在乳房里的假体，还得隐婚。

随着段冰清的离去、电梯门的合上，白小琮收尽满面笑容，脸阴得像暴风雨来临前的天空，回到办公室反复看着那张化验单，拿起话筒：

“你在哪儿？检查结果出来了……在办公室？我这就去找你。”

来到季涛办公室，白小琮脱去外套挂于臂弯，面无表情地把化验单放于他面前。

季涛接过化验单一看，心里如潮汹涌。那天他要去拿投币避孕套，她却说是安全期。安全期又为何受孕？他胸口起伏着沉思，目光坚定，言词躲闪：“这……这孩子不能留……”

满面凄哀之色的白小琮靠近他，摇着他臂，怆然泪下：“涛，为什么啊？他是我们爱情的结晶啊！我们都不再是小男孩小女孩了，我要留下孩子。我们马上登记结婚，好吗？”

季涛将心一横，眸光突然变得尖锐，隔着跳跃的光柱迫得她五内生寒：“我不想结婚，也不想要孩子！”又拉住她手走到窗前，语气忽转迟疑、柔缓：“小琮，婚姻是爱情的坟墓，是一个艰难的工程。我们相互间的了解不够，准备不足，缓缓再进行好吗？现在，我真的没有心理准备。明天我陪你去医院处理掉孩子，行吗？”

“不行！”白小琮尖叫一声甩开他，眼泪恣肆汪洋，胡乱在脸上一抿：“我们已有了孩子，婚姻就算是坟墓，我也要将爱情入土为安，我不会等着它暴尸街头的!”

她怀了孩子，没办法了，就以孩子蓄意套牢他，逼他进入婚姻……季涛一瞬愤怒，一瞬悲悯，轻拉她手：“小琮，这孩子来得不是时候，打掉吧。”

白小琮哭道：“不……不!”

季涛声转狠厉：“我不会和一个善于算计的人结婚!”

白小琮呆愣片刻，一声吼叫歇斯底里：“你不是人，是畜生!”手臂一扫，扫掉了桌上的笔筒茶杯文件等东西，哭着朝外飞奔。

雪映梅韵，梅添雪神。吃过早饭搞好卫生，段冰清便放了音乐，站在阳台上做美体操，见季波在楼下匆匆忙忙行走的身影，越来越虚无渺小。空气因冷冽而清新，心事因希冀而饱满。忽听手机铃响，她急忙接听，里面传来柔美女声：“段小姐你好，我是西利亚软件公司人事部小吴。今天我们老总从美国回来，您能来面试吗?”

段冰清想隐婚还真管用，强抑心中窃喜：“可以啊。”

她挂了电话急忙回屋化妆梳头换衣，从上到下收拾的整整齐齐，迎着嬉戏的阳光来到街上拦了出租。出租车在飞驰，段冰清看着比眨眼还要快速跳着的计程器头皮发麻。眼角余光以对阶级敌人般的愤怒一波波射向司机，一边对白小琮的指点产生感激。

那个瑞雪飞舞的下午，她依着她意去街头照相馆照了胸部暴露的二寸照，去婷美内衣店买了塑型胸罩，又回家整好简历，正要联系白小琮，她的电话就来了。她听得出她鼻音浓重：“冰清姐，你在哪儿?”

段冰清在满室弥漫的暮色里眸光生辉：“简历弄好了，正要联系你呢!”

白小琮道：“我在北三环北段的依兰西餐厅等你。”

段冰清语气欢畅：“好，一小时就到。”

打车来到依兰西餐厅时，见这里门依青柳门内佳人笑，雅致清新。

白小琮独坐一隅，身着浅荷色衣裙，黑色羊绒外套在椅背上搭着，神情寂寥如雨中紫荷，见段冰清来急忙起身让座。

段冰清脱了外套跨在腕间，问白小琮想吃什么。

白小琮说随便，我只想说说话不想吃东西，你点菜我请客。

段冰清回头招呼跟踵而至的服务员：“点菜。人参淮药膏，麻香莲藕，客家炒鸡块，福建炒虾面。”

服务员拿着菜单去了，两人喝着茶，白小琮的神情萎蔫如同熬着寒霜的秋菊：

“冰清姐，我怀孕了。”

段冰清眉目间的惊诧很快平复，一抹淡然笑意起自眸底：

“这有什么大惊小怪的？用流产药呗，四十天之内轻松解决。”

“我要留下孩子。”白小琮闷声低语，摆弄着茶杯，眸光低转，面上是受伤的折磨。

段冰清丽眸疾转：“可以告诉我吗？他是谁？”

白小琮紧盯着她眸子：“季涛。”

段冰清心里狠狠地刺了一下，想这事本非无根之木，震荡很快过去，面色平静如水：

“哦，他人还不错。”

灯光映着白小琮的闪闪泪珠、伤心欲绝：“我想结婚，可他不愿意。”

段冰清略有些快意，不动声色道：“他年龄不小了，还不愿结婚？真不知道怎么想的！”

白小琮语气果断，断泥斩水：“冰清姐，你要能劝他和我结婚，我保证让你到我们公司当公关经理。”

彼此间情意本就稀淡，何况近年职场挣扎，颇多见识，段冰清早把男女之情看淡了，她喝着茶转着眼珠，幽然一笑：“我一定会劝他，但不敢保证效果。你帮了我，我不会忘记！”

白小琮有些感动地拉住她手：“冰清姐，谢谢你。”

段冰清笑得甜蜜：“谁谢谁啊？小琮你弄反了。你帮了我这么大忙，我都不知道怎么感激。你的事，我会尽力。”

那晚交流愉快，酒菜上来后两人共举盛满葡萄酒的玻璃杯：“为我们心想事成干杯！”

出租车疾驰中载着段冰清密密匝匝的心事，停在西利亚软件公司大门外时，她还茫然无觉，直到司机叫她。

面试顺利，眯眯眼、秃顶头的老总简单询问了她的工作经历，还问她酒量如何。段冰清回答得体，老总的目光在她胸前凝滞片刻，便大手一挥：“好了，你明天就来上班。”

到外企来做公关部经理，年薪十八万。

走出西利亚软件公司大门，来到旁边的小公园里，段冰清张开双臂对着冰蓝昊空啊了一声，似看到朵朵花儿在阳光下盛开。

下午阳光晴灿，许多处积雪却躲在角落阴魂不散。很多老人、妇女领着孩子在小区的花坛前玩。吴秀兰手拿着保温杯，在花坛旁坐着晒太阳。她看到右边一颗松树遮天翳日，树根的一滩雪刚刚融化，地皮湿湿的。她才五十多岁，可因过多的顿挫，鬓角已斑嗓音已哑眼已昏花。

一位西装革履油头粉面，鼻梁上架着太阳镜的富态男子，大约五十岁左右，绕过松树来到她面前，目光闪烁：

"嫂子，恭喜，恭喜啊！"

吴秀兰对着阳光眯起眼，面色疑惑："恭喜什么啊？"

那男人煞有介事地翻着相书，又审视她脸，再看相书："我老李看相向来不走眼，几个月后你就要抱孙子了。"

吴秀兰耷拉着眼角沉思片刻，面流诧异："不会吧？我儿子还没结婚呢！哪来孙子？"

那男人一笑间眉梢扬起："命里有时终须有，命里无时难强求。"

一个四十岁左右的妇女凑过来："李神仙，你看的手相真准。俺闺女真的考上清华了！"

吴秀兰看看那妇女，又看看那男人，耷拉会儿眼皮，又犹犹豫豫地伸出手："那你看看我手相。"让出凳子，自己蹲着，顺手拍拍裤脚。

那男人也不客气，坐在凳子上身子前倾着拉起吴秀兰手，拇指在她掌心细纹上慢慢碾过："你有夫若无夫，半生孤苦。生有一男一女，有女若无女，更可惜一女早夭。后半生却有一男一女尽孝，送终者只有儿子。"

吴秀兰一瞬间悲思宛转，悄悄擦擦眼角，目流欣喜和钦佩："遇到活神仙了！你真的算出我有孙子了？"

那男人拿起手机，也不知在摆弄什么。少顷把手机装进口袋：

"我不仅能算出你孙子，且能算出你儿媳。你的儿媳大眼睛双眼皮，高颧骨高挑个儿，虽然说不上美人，但品性也是百里挑一。你的孙子远在天边近在眼前……"

那人又说些生活琐屑，无不正中吴秀兰心扉。在吴秀兰旖旎的心思里他转身离开，魁梧的身躯消失于花坛后的参天古树。

"哎……哎！"吴秀兰正要追着他询问，忽见白小琮从林荫小径上走来。

白小琮嫣然呼唤："阿姨——"

吴秀兰神思悄转，对着她，阳光的暖色沉入眼底："小琮来了，咱回屋坐去。"见此处人多嘴杂不便说话，便拉着白小琮往回走。

白小琮逆光而行，脸随霞影变幻莫测。

两人来到屋里，吴秀兰又拿水果又倒茶水。白小琮神情悲戚如霜中海棠，忽又掩面啼哭。吴秀兰反复追问，白小琮才将一张化验单递上，默默垂泪不语。

吴秀兰看着化验单，内心狂跳不已，连连说着："好啊好啊，我真的有孙子了！"

白小琮捂着脸悲咽："他说不想结婚，要让我做掉……"

吴秀兰气得一下子踢开小凳："小畜生，他翻天了！"拨打儿子手机。

季涛正在办公室坐着，从网上查看一份资料，QQ 叽叽乱响，吴菲发来一行文字：

"我心灰得……爸妈他们催着结婚。婚礼定在五一节，你能来参加吗？"

心中幽思千转，百感交集，季涛发去："到时再看，尽量吧。"

看着吴菲头像变暗，季涛黯然失神，心底的无助如同置身荒漠，四周是无涯的风无边的沙。

手机的响铃惊破一屋死寂，季涛接听。

吴秀兰的声音如同着火："涛，你快回来！"

季涛一惊："妈，怎么了？我这儿还有事儿。"

吴秀兰泪眼婆娑，语声悲伤："翅膀硬了，不把你妈放在眼里了？"

季涛听出妈妈嗓音有异，急忙道："行行行，我这就回去。"

他开车在路上接到段冰清电话："季涛，你甭花心你！"她想以后得和白小琮小心周旋，得马上兑现诺言。

季涛的眉毛凝成漆黑一条线："够了，你别谴责了。"

段冰清哑然失笑："季总，你是大老板，我这打工的哪敢啊？我是在劝你眼睛擦亮点儿。人家白小琮对你那么好，难道你就忍心甩开人家？"

季涛有些恼怒有些尴尬："我没你想的那么伟大。"心里甚念吴菲，声转低沉："每个人的婚姻观不同，我不想太早结婚。"

段冰清在公关经理办公室关上门，冷笑："没玩儿够啊？"

季涛："再说无聊话我挂了！"

段冰清拉长语调："既然她那么爱你，千年等一回似地，你就该和她结婚。这姑娘综合素质不错，可也不是那么好对付，你好自为之吧！"

季涛手扶方向盘往前走，一袭痛楚悄悄漫上胸膛，一种更加强烈的情绪在心里弥散，和吴菲的那些记忆卷土重来。蓦然回首，悲痛的烈焰浸染了灼热双眸。真正的相爱是他们两心相印的顺其自然，而不是白小琮为达目的机关算尽，表象的温情里充满了欺骗，他认定。

决心和她分手，蹙眉不语，他脸色阴沉。

段冰清丽眸突现冷傲："你和吴菲处了那么久，不想结婚，和白小琮又是。这容易让人对你品德起疑。小琮现在已有了你的孩子，处这事儿你得谨慎？别被自由主义毁了。"

季涛默默听着，车窗外街灯如昼，映出他眸中绵延愁思。

霞色瑰丽，映着行人情态各异的脸，路，被风不紧不慢地蔓延着，路旁有树有藤有荆棘。段冰清下班后满怀郁闷地走在门前的石子路上，见藤摇风动，间或向路中间伸出几枝细长的手臂，极具野性美。

段冰清一打开门，便迎上季波的怨夫目光。她也习以为常了，视若不见地放包、换鞋、换睡衣、喝水、洗脸、拍爽肤水。

季波到厨房端了饭菜出来，往桌上一放，见冰清在沙发里蜷着吃话梅，他拉着脸讥讽：

"瞧你这艳光四射的，都快成明星了，我这成了家庭煮夫了！除了双休妈回来做饭，其余全是我的。你呢，永远都在外忙活着，在家作客。你刚买那车多少钱?"

季波如今每天关了店门就是回家做饭，看着妻子每天穿着性感地来去匆匆，心底的怀疑、忧惧之潮常常汇成汪洋，将生命中残存的热情、爽朗以快速递进的速度溺毙。

"人都宝马、奔驰、奥斯莱斯，我花十万买一车代步。人是汗血宝马，我的是驴。"段冰清神情寡淡地答话，收拾了话梅核，来到饭桌前坐下。对季波的冷嘲热讽习以为常，许多话哽在喉间，只是低头吃饭。

相比售楼小姐，公关经理的工作相对轻松些，但要复杂得多。各种社交、应酬，杂草样爬满生活。为方便工作她咬牙买了车，乳房因植了假体而常常隐隐作痛，她在人面前笑得灿烂，心里的苦楚难以诉说。

放在桌上的苹果手机突响，这是一个色迷迷的客户当着老板面硬送的，她因拒绝无效而接受。

她听到瑞典老总的声音："有马来西亚客户，去后海金迪咖啡厅，一小时后到。”

她放下电话扒饭吃的样子像个饿死鬼，三下五去二吃完推开饭碗对季波说：“老总让去和客户应酬。我赶紧收拾一下。”

段冰清急忙洗脸、梳头、化妆。

季波跟过来，抱臂站着，看着她对着镜子抹抹拍拍，满目狐疑：“这么晚了，干嘛非要一个女人出去谈生意？以我看是醉翁之意不在酒。”

第三十七章　婚姻应有期

段冰清也不说话，有条不紊地动作着，打粉底，画眉，染睫毛膏，涂口红，直到换衣出去，在门口被季波一把抓住。她回头瞪视他："怎么了？快别耽误我时间！"

季波执拗地："你等一下，我换换衣服跟你一起去。"

段冰清眸光凝寒："你去干什么？"

"冰清。"季波哀求地："你说我一大男人，看着我老婆这么晚去陪一群男人，我这心里什么滋味啊？"

段冰清变得低声下气："你别多想，不过是应酬罢了。要是不放心，你就跟去看看呗！"远望夜色如酒，她目光淡漠，神情冷寂。

"好，好！我给你当司机，远远地看着你就心里踏实。反正在家也没事儿。"季波如同被大人获准去逛庙会的孩子般语气欢快，急忙回房换衣。

后海在夹岸灯火里熠熠闪亮，海水中泛起金色涟漪，宛如星月集会。

金迪咖啡厅在暮色里优雅神秘，门前有俊男靓女进进出出。另有几十米的地摊座位，各色人等边欣赏京都夜色边喝咖啡，怡然自乐。灿烂灯光映得他们满面喜庆之气，映得两旁树木金辉闪耀。

泊车，夫妻二人一前一后下来，走到门口时，段冰清回过头来叮嘱季波：

"你坐远些，千万不要干扰我工作，否则没完！"

咖啡厅宽大阔绰，有单桌也有青竹围成的雅座。雅座的边缘装满鲜花，赏心悦目。

季波挑选一个单桌坐了，点了一杯牛奶，隔着几个桌子，密切注视着雅座里段冰清的一举一动。他想黑铁塔似的杵在上首的那位男人可能就是马来西亚客户，棕色的脸膛像涂了巧克力。陪坐的那个白种人想必是外企的瑞典老总。他们在交谈什么，外商旁边跟着一个黑种人秘书或翻译，不时地在本子上记着。

瑞典人旁边跟着一位白种人女秘书。另有一白种人足有一米八八身高，和段冰清相对而坐，招呼吃喝。

季波听不到他们在谈什么，只听到嘈杂声很大，谈得十分热烈。

他还看到那巧克力脸色的男人总是笑着瞄向段冰清，他想他一定是在瞄她暴露的乳沟，心如锥刺，又倒上醋和盐。

他在座位上移了又移，十分煎熬，引颈望着，见几个服务员在他们的桌上往返穿梭，端着各式各样的盘子，另有白酒、红酒、饮品。

雅座里欢声笑语不断传出，季波听得出冰清笑声敞亮。灯火迷离，壁灯吊灯相映生辉，坐中衣饰讲究的绅士淑女，无不折射出京都繁华。季波低头独饮，想做出置身事外的姿态，却又忍不住被那桌牢牢牵引。

那巧克力脸男人正对着他妻劝酒，相对饮下，又揽着他妻碰杯，眼睛在他妻胸前瞄了又瞄。

欢歌欲醉，将绿窗上的树影摇曳得支离破碎。

手机响，范依蕴语声谆谆："儿子，这么晚了你还在外面？我听到你身边有些杂乱。"

季波听着手机环顾身际，戚容渐淡："妈，你还没睡啊？"

范依蕴："你不也没睡吗？儿子，方便说话吗？她呢？"

季波不由得虚张声势："冰清啊，那不，他在那边和熟人说话呢。你知道的，她现在不做售楼了。"

"这样就好，你们得早些要个孩子，这样才能稳定，妈才放心。"范依蕴依着床头说教。

"知道了妈，你早睡吧。"

"女人不管年龄多大，有时候都像个孩子，你不能太惯她，太惯了她就不知天高地厚。现在，已经不是在美国的年月了，你得处处小心。"范依蕴半隐半藏着说。

季波连连称是，挂了电话，忽然怀念从前那些无忧无虑的日子，禁不住伤感，拿起牛奶倒向垃圾桶，就像丢弃此时的不良情绪。

灯红酒绿处光阴易逝，季波看手机，发现他不知不觉中已经煎熬了一个多小时。再看冰清那桌，酒菜已经完毕，她正殷勤给众人倒茶，陪着说笑。

季波发去信息：老婆，该走了，你看那个巧克力脸，真他妈操蛋！

发送成功后不久，他看到段冰清翻看了手机，仍神情自若地和众人相顾说笑。季波感受到分明的羞辱，瞪着眼的样子仿佛要找人打架。他正要拨通电话，看到段冰清站起来说着什么，然后众人起身离座。那巧克力脸男人突然从后面搂住段冰清，低头亲吻，一双大手不由分说地袭胸，仪态缠绵。

季波的心房里如有炸弹爆裂，一时间血肉俱焚。突然一个箭步窜上去，狠狠挥去乱拳，雨点般落在马来西亚客商的巧克力脸上："操你妈的巧克力，老子要让你变成臭狗屎!"。

如同平静的湖面投进石子，几个侍立的女服务员发出尖叫，有序的人群突然乱作一团。

巧克力脸遭受突然袭击，猝不及防，哇地一声大叫，鼻孔血流如注。

几个人以歼灭敌人的架势将季波围住，巧克力脸一手擦血，一手指着季波，用生硬的中国话质问段冰清："他是谁?"

段冰清已是朱唇失色，惊慌而不失措地拿纸巾，帮老外擦血，对围着季波摩拳擦掌的一帮人说千万别打，自己人自己人！急搀着老外走到一旁，连声赔笑，赔罪，但欲息事宁人。

季波疯癫般拨开众人，继续发飙："段冰清，你要跟他上床? 好！我再也丢不起这人了！咱们这就离婚!"

马来西亚客商显然听懂了中国话，满脸受了欺骗的屈辱感，咧着大嘴叫着NO，NO！指着横眉冷对的季波，目光如锥，刺向段冰清：

"他是你老公? 你刚才不是说你未婚吗? 骗子，你这个中国骗子!"

季波又要冲上来，被众人拉开，他大吼："段冰清，我一定要和你离婚!"

月华如练，梅花的影子玉洁冰清，可以作为孤标的绝版。

季涛看着吴秀兰的满脸怨色，就知她已彻底被白小琮和谐，满桌的佳肴他如同嚼蜡，草草吃过饭放下碗筷，装作亲热地揽着白小琮走进卧房。

吴秀兰悄悄隔着门缝看去，一边欢喜一边忧虑，又合掌祈祷。

季涛揽着白小琮坐在床上，眉宇深结："小琮，今天索性向你坦白了。不是我不愿留下孩子，而是……"

白小琮难释疑惑，手攥得出汗："为什么……"

季涛望着面前墙壁，面色愁苦："因为之前没任何准备，我每天都吸烟喝酒，烟中的尼古丁和和二甲基亚硝胺等有害成分，都能通过胎盘危害胎儿。同时，烟的有害成分还可使细胞染色体和遗传基因结构发生变化，可能畸变和基因突变。每天吸烟喝酒的人，产生畸形精子的比列超过20%。吸烟喝酒时间越长畸形精子越多、精子活动性越低，流产，死胎及畸形儿的发病率也越高。在无法保障孩子健康的前提下，我还是建议你……”

白小琮瞪着眼，厉声打断他：“别再说了！我很明白你的那点儿心思。你不想要孩子，也不想要我。乡下那些农民们从不讲究什么烟啊酒啊的，生的孩子个个聪明健康。”

季涛见她说话蛮不讲理，像野兽般粗重喘息着，终强压怒火，拉起她手：“小琮，我们都是大学生，应该遵循优生优育的基本常识。我建议打掉孩子，是为大家好。”

白小琮低头欲泪，伤心欲绝，忧思千回，再抬头时目光静远：“就是让我打掉孩子，也得先登记结婚。”

季涛强压怒火，好言劝慰，说我们盼望幸福生活，这有可能畸形的孩子必须打掉！

白小琮哭着说打孩子很伤身体，她这么大年龄了，不敢折腾，想留住孩子，想结婚。

没想到一次冲动下的失防带来如此严重的后果，一抹深深的厌倦、伤感，在季涛心里盘丝结痂。他拳头在床上一擂：“要维持咱们的关系，必须先打掉孩子！”

白小琮拼命把涌出眼眶的泪压回，咬牙切齿：“要打掉孩子，必须得先办结婚手续！”

两种截然不同又互为因果关系的意见相左，两个互不相让者开始争吵、相互指责，面带厉色，言辞激烈。

季涛站在床前，以身体的距离表示着内心的疏离，指着她道：

“你还讲不讲理？请你想好了！即便结婚，这样的婚姻会不会幸福？”

白小琮仰头，眼瞪得如对仇敌：

“瞧你这德性！要不是为了孩子，我永远也不想再理你！还想什么结婚？”

季涛往门口走去，背对着白小琮：“你走啊，没人会拦着你。”

白小琮又怒又怨又恨，眼里涌出泪水：“你赶我走？我偏不走！我要在这里生下孩子，我要孩子的爸爸为我们负责一辈子。”站起来，又在床沿上重重坐下。

季涛转面，一抹冷笑起自幽深眼底：“真想不到，你原来是这样一泼妇，一无赖！”

白小琮扬手甩了他一个耳光，腹内怒火伴着哀怨、悲凉：

“这孩子要不要由不得你，我一定要生下他。女人青春有限，我不会听你摆布的!”

白小琮哭着打开门，飞快地下楼梯，把吴秀兰嘶哑的呼唤声抛置身后，很快消失于苍茫夜幕。

这夜白小琮回到家里关上房门，把衣服胡乱摔了一地，把每日坚持的日记撕得粉碎，扔得满屋满床。然后她蜷着身子坐在墙角，一连好几个小时望着窗外无边黑夜悲思纷纭，各种混乱的画面尘埃落定后都聚焦于季涛。自从那一夜她把自己交给他后，就更加爱他。而他分明爱怜、热切有加的回应使她越爱越深，如同陷入泥沼而无法自拔。

曾经的那么多个假设，那么多个如果，明明都是她自己虚构的框架，可分明又那么真真切切地存在着。

吴秀兰房间的灯光悠悠忽忽地，如同她时断时续的低泣，季涛却无法安慰，也没办法入睡，索性坐在黑暗中，一根接一根地抽烟。

“我不会听你摆布的……”

他想，这句话应该由他来说。

回忆交往以来的细枝末节，他们中间似乎总是缺了点儿什么东西，在一起时他总是难以做到心无旁骛，总会想起另一个她。其实早就应该放弃，可为何走到这步田地?

万家灯火倒影在后海里，在夜色水波中轻轻摇荡，似翡翠琉璃。

段冰清沿着马路踽踽独行，把一颗话梅含在嘴里。小时候伤心的时候吃了话梅会高兴，现在为什么一点儿都不灵？她仔细咀嚼，感受的的只是苦涩。头晕晕的，酒精的作用。她揉揉鬓角，掏出包里的一袋话梅仍在路边。幽暗街灯在她脸上变化纷纭，被风摇曳出伤感、无奈、悲凉、怨愤的气息。

手机响个不停，她知道是季波的，一直不接。

一辆辆车从身边飞掠，旧日情形铺天盖地而来，承接不暇，只是心境不复。

像受伤的蚌要躲进蚌壳，在双腿走得困麻时她挥手拦了出租：

“天丽家园，西直门儿北大街 SN 号。”

弯腰上车，她手背后把羊绒大衣后襟拉放在车座上，不使压皱，看到黑脸膛小眼睛的司机把车开得飞快，又觉得外壳新颖的出租车车座很凑合，坐着腰部很不舒服。

月光渐没，灯火依稀中她看到天丽家园18层的那个单元，是父母为段智兴新婚准备的。婚姻落荒，新房固守。

段智兴的新房是一个南北通透的三居室，两边的玻璃落地窗宽敞明亮。单位集体活动回来，少量的酒精使他的脑神经反常地活跃。他打开电脑，抱膝坐在凳子上发呆，拨了一个号，还没接通又挂断，删掉，却又有所期待地瞟着手机。

虽然他早已从通讯录里删了那号，但删不掉的，是刻骨铭心的记忆。

希望知道她的确切消息，希望知道她在大洋彼岸的真实处境。

爱情不成友谊在，这句最初级的语言，用来诠释男女情变后的往来，可他却拿捏不好。

也许因身份的转换，他只怕一字不妥互成尴尬或心理负担。

当手机屏亮起来的时候，看到的却是网友冯一虹的信息：可以上线吗？

他回：可以。随即上线。

他已到婚龄，可一直都高不成低不就。行政事业单位里的女孩无论美丑，大多眼皮朝上鼻孔朝天。也有那些考进来的农村女孩，她们更知机关里的人事复杂，只想攀上这局长那书记的高枝以图后世有靠，谁会撒一眼他这个小职员？

他寻寻觅觅，前段时间登陆交友网站的交友沙龙，在上百条网友留言中，有这样一条吸引了他：我虽然只是一个打工妹，被命运剥夺了很多东西，纵使时光泯灭，梦想从来不曾褪色。我相信有一天会翱翔碧海云天。

看完这励志留言，段智兴心里的某一根弦如被一双手拨弄，颤动不已。再查她叫冯一虹，照片朴素靓丽，令他心动。段智兴加了这个女孩，她正好在线。网聊很成功，冯一虹的叙述使他产生了怜悯和同情：她出生于山东的一个农村家庭，由于家境贫寒，为了供弟弟妹妹读书，已经考上重点高中的她，只有含泪放弃，到广州佛山打工。每年高招时她都会夜夜梦到考试，然后蒙着被子哭。由于爱好文学，她还经常在报刊上发表一些诗文。

冯一虹把他发表的诗发给段智兴，那细腻的文笔和厚重的思想深深吸引了他。

不久，他发现他爱上了这个比他大三岁的女孩。通过视频网聊，彼此的吸引越来越深。

他一边被吸引着，一边顾虑着人心难测，网络虚幻。乡下妹找个城市公务员，也可实现人生跨越。

又一次网聊，他发给冯一虹一行字：不忍骗你，实话实说吧。我虽然学业优秀，但家里很穷，一直靠打工挣生活费。由于自幼患了甲亢，现每个月医疗费就得1000元左右，经常靠吃馒头过日子。

她发给他惊讶和竖着大拇指的表情，第二天就打给他一千元，并承诺以后每月寄给他500元资助学业，直到他大学毕业。

这样纯真善良的女孩令段智兴敬爱有加，他设法退回了她的一千元，并寄给她一瓶法国香水。现代化的爱情通过网络和通讯炽热地传递，今晚他刚刚上线，她就发来疑问：为何买这么奢侈的东西？为何拒绝我的资助？你做的这一切都使我不安！

他发去：一件小礼物，难表寸心！你有那么重的负担，接受你资助我会不安！

她发来文字：我用眼泪体偿了金钱对贫困者的意义。虽然力量甚微，但我也要努力帮助贫困生不再失学！

段智兴沉于感动，又被敲门声惊动，开门后看到段冰清的脸色吓了一跳，又闻到她身上酒气："姐，你喝酒了？这时候怎么来这儿了？"

段冰清不说一句话，把包放在沙发上，拿出手机关了，不声不响地坐着，温润的唇间溢着苦涩的滋味。

段智兴凝神望着姐姐，摸着下巴歪着头，凑到她面前闻闻："人啊，变化可真大。"

她以前是容易喷发的火山，如今她惯常的沉默比以往的吵闹更让人担忧。她不和弟弟搭话，头扭到一边去，眼神有些涣散，睫毛上似有欲泻水光。

段智兴轻叹一声，倒了杯水递给她。段冰清接过来一口气喝完。他再倒，她再喝，一口气喝了四杯水，毫不客气，眸子里掩着不可理喻的快意。

第三十八章　残梦蓼花深

段智兴冷酷而精致的五官，可以给故事里所描绘的俊人当模板。他弯腰，轻轻拨拉她凌乱的头发，关切地问：

“姐，和姐夫吵了？”

她连连地摇头，歪倒在沙发上一言不发。窗外数片棉朵般的云，从宛如蓝玛瑙的天空背后钻了出来。

段智兴殷勤地放水，扭头喊道：“姐，洗澡。”从柜子里拿出自己宽大的浴袍递给她，然后又在电脑前坐下来。

段冰清一路上都在担心季波今晚的突然袭击会使老板怪罪，季波还不依不饶，还说她这么生气，分明是怪他打扰了她和老外开房。她一气之下直觉胸部闷痛，赌气和季波撕打，然后分道扬镳。

水哗哗地在段冰清身上流淌，失落的魂魄好像重新归位。从浴室出来，她身上宽大的睡袍也并不难看，靓丽的气质如星月之辉难以遮挡。她拿起吹风机吹头发，拍男士爽肤水，擦晚霜，涂润唇膏，护手霜，神情平静地对段智兴说：“别瞎聊了，按时睡觉按时上班。”

段智兴回过头来，瞳仁闪亮，神情显然激动：

“姐，我在网上认识一农村打工妹，还是个诗人，在报刊上发表好多文章。”见段冰清不以为然的表情，他眉眼间有些急切：“姐，这女孩儿太难得了，太善良了，太纯洁了！”

“瞧，这就叫中招。”段冰清目光尖锐，指着弟弟：“你很喜欢她，你就中招！网上乱七八糟的，你能不能别这么二？”

段智兴拿着鼠标连续点，搜索着有关冯一虹的信息。然后扶着姐姐在电脑前坐下，让她看一篇有关冯一虹连续五年捐助一大学生完成学业的新闻报道。

第二天，段冰清打开办公室门，暖气扑面，便脱了花格子外套放进办公室的衣柜里，电话骤然响起，她拿起接听：“你好！”

“段冰清，昨晚为什么让你老公去闹事？还一直给我装未婚。”老总电话里扯出罕见的爆破音：“你懂不懂做人、做事啊？还让不让我做生意？我们这儿公关经理不要已婚的！你赶快走人。”

段冰清听着电话对着窗子，见窗外东风凌乱霞光黯淡，窗上寒霜已经融化成无数水滴，像一个挂满泪珠的人。她低声下气地说出许多抱歉话，且保证下不为例。

老总摆出不可一世的面孔，流泻出领导者只有在下属面前才难以遏制的怒气，一手拿着电话一手拍着桌子，吼着让她立马走人。

对前程的无尽怀想被一顿不容置辩的训斥击得七零八落，段冰清趴在桌上，无言流泪悲思满怀，感觉自己孤独地走在人生的平行线上，与有的线咫尺相望，永难重复。

明霞映染的天空逐渐明亮起来，飞鸟在枝头窸窣鼓翅。

她实在担忧被解雇，穿越走廊，在白小琮门前犹豫会，推门而入，希望她从中周旋。白小琮面色苍白眼窝黑青地呆坐着，那情态像一幅刻板的画儿。见段冰清进来用眉眼间的浅笑粉饰太平。她闻听段冰清来由后急忙打给那瑞典副总电话，讲话用的是英文。段冰清从他们的对话中听出，老总只是发发脾气以儆效尤而并没真心解雇她。

白小琮放下电话笑着看她：“老总责怪你不该让他去搅场，马来西亚客商翻脸不认人，搞砸了一笔大生意。因为老总惜才，因此你可能要被罚款处理。”

高高悬浮着的心一瞬落地，段冰清紧皱的眉头松开，笑容如花铺展，在白小琮没有让座的情况下靠近她坐下来，希望分解下她的憔悴心事。可白小琮什么都不说，只说昨天处理文件搞得失眠为公务损毁青春真是不值！

她们彼此不再说话，不着边际的好听话只让人觉着虚伪。

段冰清正要出门又回过头来，见白小琮正在揪着盆景上芦荟的叶子一片片撕碎，白色的汁液滴下来，滴在她的膝盖上，点滴濡湿。她走到电梯口的时候依稀听到白小琮在哭，回头望望，望不到她门口的一缕烟尘，想也许只是她的心理感觉。

两个办公室之间的路那样短，可她却走得那样惶急。

这一天她不知怎么熬过的，直到看见朦胧的暮色在地板上投下奇形怪状的影子，从洞开的窗户边传来后海的涛声。她想那是海潮从鹅卵石海滩退去时发出的撞击声。一只孤鸟横窗飞行。落日西沉后的古长城在猎猎长风里凄然而立，追忆着昔年的繁华和灾难。

关上电脑拿起包，她却不想回家，今晚没应酬，可也没有地方消磨时间。

心情郁闷地回到家门口，她打开门便看到季波姿势舒缓地半躺在沙发上看着电视。他叼着烟，眯着眼抽一口，恬淡的脸上是丰衣足食的平民才有的悠闲。

想起今天单位之事，她不由恼怒起来，扬臂，用力一摔，白皮小包向季波头上飞去。

季波偏头一躲，四目对视间神情大变，羞愤、狐疑、怨恨、屈辱交织：

“鬼混完了，回来就要谋害亲夫？”

段冰清也不说话，耸着鼻子五官扭曲地扑上去就撕打，恨不能骂出见血封喉的脏话：

“以前我以为你颓废，现在我看你是报废！你这个没有涵养没有忍性的窝囊废！害得我差点儿失掉了高薪工作。我没有工作了你养活啊……”

季波一边招架一边说：“你都被人家抱住了摸上了，还要教我忍？再忍我还是人吗？”

段冰清哭着，在他身上乱锤乱打：

“你这个小瘪三真是少见多怪！生意场上遇到好色男人再正常不过！我巧妙周旋后自然有办法摆脱，谁让你去搅局？你的冲动影响了我的正常工作，也伤了我的面子，让我没法做人！今天差点儿被炒了……这年薪十八万的工作要是丢了，上哪儿再找去啊……”

季波任她捶打着，长时间沉默后，再说话用的是犯了错的学生询问老师的口气：

“你巧妙周旋？我想问问，在那种情况下怎么巧妙周旋？”

段冰清眼里噙着泪水，泪水里掩着悲愤、屈辱或近似恶毒的东西。可能累了，她停止动作和哭泣，瘫软似地蹲着，趴住沙发角声音低缓：

“我可以陪着他再说会儿话，也可以借故跑开，等隔一段时间后，他头脑清醒后再谈生意。要不是你去闹事儿，他就不会这么快地拒绝合作！你害我被老板骂，都是你害了我。”

季波按捺不住，怒火汹汹一瞬燎原：“被他搂着摸着再说会儿话？说到什么时候？到宾馆的床上？设法跑开？你跑得开吗？想跑开吗？我今天才知道，原来这就是你拿高薪的绝技！什么公关部长？还不如名正言顺去做妓女！”

段冰清霍然而起，浑身发抖地去到洗浴间，端了半盆水出来，冷不防朝季波兜头泼去："你卑鄙，你无耻！"

"想当婊子还想竖贞节牌坊，世界上没有这样的好事儿！众人面前和老外搂搂抱抱，究竟是谁卑鄙无耻？"季波挺着脊梁气贯长虹，脸上的痛惜、厌恶、怨毒一览无余。

鸳鸯惊飞去，残梦蓼花深。

这一夜月色澄明，两个人的世界却是暴风骤雨，然后雨过天晴，而后继续争论。段冰清坚持工作挣钱，季波坚持让她辞了工作生孩子。在彼此不能说服对方的情况下，季波靠在床头，满面的沧桑如同秋后的老草，说话是祈求的语气：

"我们都老大不小了，冰清。女人的最佳育龄是二十五至三十岁，你马上就超过了，你给我辞职，老老实实在家生孩子吧。我真的容忍不了你那职业！你难道就不能为我想想为我妈想想？"

"不行！你还让不让人活？"段冰清在枕上向他瞪眼，年薪十八万，不忍放弃！眼下刚买了车，正处于事业上升期，白领丽人如何甘心常为蜗居家里的主妇？即便她愿意，可生活在迫着，不甘平庸的心火急着。那些被人追债的日子每走一步都如履薄冰，想想都颤栗！

季波脸上是忍无可忍的烦躁，噌地坐直身子，指着她道：

"谁不让谁活？我不接受你的工作性质！所以你必须辞职！"

段冰清坐起来，失神片刻，满目懊恼，胸中杂乱情愫难以打理，转身进入厨房，回来时忽然在窗外透入的月影里萎了下来。

季波看到她将一把明晃晃的刀架上脖子，急忙去夺，她却死活不丢，哀声哭道：

"请你不要逼我辞职，否则我宁可自杀。我们都是成年人，你要好好想想。我们的生活才稍稍好转，一步走错就万劫不复！我们再不能鲁莽了你知道吗？假如我没了工作，房子车子怎么供？就算生了孩子，我们能养得起吗？假如我辞了工作，靠你那不稳定的生意，以后生了孩子，我们全家都得喝西北风去！"

她眸中亮光映着刀刃的雪白，看起来十分恐怖。脸上却是亮晶晶的泪水，顺着刀刃淌下。

季波好说歹说，终于哄得她放下手中刀，他将它放进厨房锁死房门，手里紧攥着钥匙，陷入无言的沉思，长时间的呆滞失神后，他的话在暗夜里听起来十分伤感：

“忍吧，这些年都在忍……”声音梦幻般的缥缈，听不出他是在坚持还是要放弃。

段冰清了解他心里的那些刺，伤感中有些愧意，俯身捧着他脸，触到冰冷的泪水时她心里一颤：

“老公，再忍忍吧。等我好好干几年，存一笔钱，再辞职，生孩子……”

她的低语仿若叹息，夹着迷茫之气，回荡在窗外夜月的光华里。

息了干戈朦胧睡到红霞飞上窗棂，段冰清被胸部的奇痒扰醒，见季波闭着眼睛蹙着眉呼吸均匀，她急忙到卫生间开灯一看，胸前长出了成片成片的红疙瘩。她头晕耳鸣起来，倚着墙壁，止不住起了一阵颤栗。到底是皮炎引发的湿疹还是什么？她不得而知，对着镜子久久呆立，心里如坠重石，任混乱思潮将灵魂吞没，绝望的情绪一阵阵袭来，似人生所有的不幸被一个闪电照亮，一股飘忽的气流将她湮灭于无可缓解的悲痛深渊。

绝望和痛苦的情绪在悲泣中渐渐缓解，眼睛哭痛时似乎有了敢于承担一切的平和心境。她悄悄掩门出来，拿出面包和牛奶在微波炉里热了就吃。匆匆吃完就去化妆、穿衣、打理刚刚做过的卷发，待拎着提包出门时季波从卧房出来，睡眼惺忪地看着她未露的胸部，竖指夸赞：“嗯，我老婆今天这样穿着正好，这样才显出白领丽人的端庄高雅。”

段冰清的车驶入马路，见阳光静静流淌，花儿安然倾吐芳香。楼群中闪出公司高大的写字楼时她徐徐拐入斜道，将车泊进停车场，拎着小包缓缓下来，款款走进公司大门。

例会后她回到办公室喝了一杯水，正想着是否现在去医院。娃娃脸细长眼的秘书小姐笑吟吟进来说：

“今天上午吴氏集团可能要来公司观摩，老板说要没特殊情况请尽量别外出。”递上了三天的工作安排表。

段冰清不动声色地低头看表，咬咬下唇似乎在隐忍心事：

“梁氏集团总裁昨天约了今晚一起吃饭，加上。”

她把表单递给秘书小姐，又打开右手边的抽屉，取出文件夹翻看。

秘书小姐甜甜一笑带着孩童般的单纯，退出并悄掩了办公室门。

时光静谧，段冰清的杂芜心事如水泻了一地。她知道刚进这个外企不久，就有人议论她无非是个花瓶，仗着姿色做到公关经理。可不久后他们都对她刮目相看，了解到她不仅艺术造诣高，而且知识面也宽，绝非徒有其表。时光之手捋去了她身上的许多枝桠，她如今学会了收敛和隐忍。职场争斗使她明白了生存之道，待人处事尽量做得很有涵养。对上对下她都能保持一张微笑的面孔，即使对门口的保安她也会宽容，并常常回头嘲笑从前的自己。

阳光从宽敞的玻璃窗透进来，照着她妩媚靓丽的脸，她低头仔细的研究着梁氏的资料，还有跟公司有合作项目的那些集团公司。她常常先把这些弄透弄熟，必要应酬时才能言辞得当抓住要害游刃有余。

上午十点多时秘书小姐进来通知，说客人不来了。段冰清驾车来到医院，挂了号，在医院的走廊上碰到了季涛和白小琮。季涛目光躲闪地转身向走廊那边张望。白小琮和她打了招呼，笑脸如薄雾之后覆着寒霜。彼此的寒暄和询问中皆是眼风和言辞一般躲闪，然后都说着言不由衷的话带着伪饰的表情各奔东西。

段冰清避开白小琮，躲着擦肩接踵的人流，来到外科。好容易等到医生，忽一个粉衣天使进来大叫："快啊，部长太太摔伤了！"

医生实习生一大群呼啸而出，将门里门外的平民候诊者抛于身后。平民们炸了锅：

"我 TM 大清早就起来排队挂号！"

"谁让你不是局长、市长、厅长、部长呢，认命吧。我前三天就挂号了！"

接近中午时她来在医疗整形科。医生医德优良地笑着把段冰清领进诊疗室，大摇大摆地掀开她衣服裸露出她双乳。医生很随意地在她的假乳上抚摸，她不由自主想起那次隆胸手术后住在医院输液的情形。和她同室而居的是一个做臀部整形的圆润女子，她面部圆润身体浑圆只嫌臀部扁平不够丰满，便抽了腰部腹部脂肪将臀部填充。那女子行为也不避人，因手术腰部腹部臀部受伤她不停翻转着观看，没穿底裤裸露着私处，还时时掀起宽大的睡裙站在镜前左看右看。第二天早晨七点她就被男医生喊进医疗室，说是擦拭伤口。一个多小时后，段冰清上卫生间时路过医疗室见房门紧闭着，她好奇地欲推门进去却怎么也推不开门。稍后她听到里面有一男一女呢喃的话声，如同情侣的喁喁低诉。她左右望望还未到上班时间，这里空荡荡的没一个人影。她站在那儿浮想联翩：也许这一个多小时里他一直在擦拭伤口？

也许一切都有也许一切都不存在。她想干这行的男医生也许对女性的身体和器官都麻木到没有感觉了。

阳光耀眼透窗，被医生抚摸着双乳，一丝细微的颤动掠过段冰清心头。

医生对她生活工作进行了详尽的询问，告诉她：经常穿过紧的塑形内衣，影响了乳房汗液的排出，再加上它经常裸露于外，难眠沾上灰尘、粉虫、细菌等，引发了毛囊炎。

段冰清心里那条绷紧的弦倏然松弛。几分钟后她拿着医生开的药单，高跟鞋踏地声极有节凑，摇曳多姿地走在人群里，想白小琮两人来干什么？婚检、孕检、流产？

妇产科门外，为白小琮办好一切手续，目送着她走进手术室的季涛站在走廊尽头，感到了少有的轻松。电子叫号声有条不紊地喊着一个个病人的名字，他用深恶痛绝的目光审视候诊室外的长椅，心里充满排斥却又以和谐的姿态坐了下去，脑子里乱七八糟地回放着过往情形：

房间里的物什被摔得乱七八糟，他们坚持不懈地进行着各持己见的争吵。季涛抱臂站在门口，轻蔑地辱骂白小琮鲜廉寡耻不知自尊，他决不和这样的人结婚！白小琮蹲在墙角捂着脸痛哭她腹中的孩子，骂他是玩弄女性的骗子，说她一定要生下孩子决不妥协。她突然勇士扑向顽敌般猛地向他摔出一巴掌。他暴怒后还了她一巴掌，并绝望到疯癫似地以头撞墙。白小琮惊惶，哭得惊天动地。吴秀兰敲开门，见白小琮面颊肿胀着，季涛的前额磕出了血。

顿挫之后，白小琮想这样闹下去只会恶化感情，她不想放弃他和腹中孩子，捆绑毕竟成不了夫妻。关于腹中胎儿的去留，她时刻都在激烈的思想斗争中忽进忽退，弄得季涛战战兢兢无所适从。季涛采取攻心术，以不能保证孩子的健康为由百般劝阻，说以后他们会生出很多健康宝宝。白小琮答应做终止妊娠手术。

如今，在季涛的紧张等待中两个小时悄悄溜走，望着手术室望得两眼昏花的他已经精疲力尽。行人来回走动，不断有高喊的声音侵扰耳膜，闹的他脑神经发痛发懵。

白小琮还没出来。难道手术出意外了？当这个念头冒出来时季涛脸色惨白，为她承受的残害自责内疚，恨不能拿起刀戳向自己胸口。他奔到手术室门口向里探头就挨了护士白眼，她推开他："你要干什么？没看这是妇科手术室吗？"小声嘀咕："流氓，变态！"

第三十九章　心碎了无痕

突然遭受毁誉季涛持续了几秒羞恼，继续着等待的煎熬，在进出门口的人影间望眼欲穿。一胡子拉碴不修边幅的男子搀着一富态少妇从他身边走过，男的侧脸看着少妇蜡黄的容色：

“慢些，痛吗？要不我背着你走。”

“没……没事儿……刚才挨着我那个，搞成子宫穿空……”少妇的脸上有惋惜也有庆幸。

“啊！宝宝在发烧？早上还好好的，你妈怎么搞的？”一个扎着马尾的瘦高个年轻女人在身边尖叫，季涛看到她正摸着一个婴儿的头，那婴儿病恹恹躺在一个青年男人怀里。男人硕壮的身体和他畏怯的言行形成鲜明对比：“我也不知怎么了，宝宝像平常一样喝了一瓶奶。”

“那你的意思是宝宝装病了？就你妈才会装病！你娘俩，一个老废物合着个家庭煮夫，连一个孩子都不会照顾……”

尖叫声远去，季涛站在人堆里无所适从，拨打白小琮手机，电话响着却一直无人接听。

他走路的步子变得凌乱，突然跌向身后的长椅，冷汗淋淋，顺着鬓角直往脖了里流。许多种可怕的设想纷至沓来，他觉得自己成了祸害女性的罪魁祸首。活着无好报，死了也要下地狱！

沉溺于谴责和悔恨中不知多久，他再打白小琮手机。

白小琮的声音不阴不阳：“我……已经到家了。”

季涛脑子里空白一瞬，忽地站起：“手术……小琮你现在怎么样？我这就赶去！”

白小琮哭声凄惨地将他打入地狱：“涛哥，我舍不得咱们的孩子，还很害怕。进入手术室后，一个正做手术的女孩哭得瘆人，我就吓得双腿瘫软……”

她因此悄然溜出，从手术室的一侧悄悄下楼。

此时正午，白小琮神色悲戚地灭了办公室的灯，拉上窗帘，把自己关在满屋黑暗里，任由纷乱悲绪纵横驰骋。

四周静的没有任何声音，世界仿佛在这一刻死去。

医院的走廊里，季涛身子失重般踉跄在喧嚣的人群中，呆呆发愣。满目的忧伤和疲倦的步态透露出他内心的困顿和彷徨。

下午将近五点的时候段冰清正在把消炎药倒在掌心，秘书敲门进来面色恭谦：

“段部长，今天和您一起去赴梁总裁宴席的是新任副总经理。他的秘书问您是否已经准备好了？他说副总经理已经动身下楼。”。

段冰清朝她挥手：“马上走。你得提前告诉他们，我这几天不能喝酒。”仰头把药倒进嘴里，端起杯子喝水。秘书小姐的娃娃脸上溢出关切：“段部长您病了？”

段冰清一口气喝完一杯水，把药瓶放进抽斗，上锁，语气淡然：“咽炎，小毛病。”

这晚应酬完回到家已接近十一点，酩酊大醉的段冰清忘了拿钥匙，扑在门上用力地敲。

季波被激烈、急促的敲门声弄得很烦，猛地将门打开，不料段冰清身子直挺挺倒进来，摔在地上。

屋里暖气充足，段冰清就那样躺着，动作艰难地脱外衣，手胡乱地在胸口挠：

“痒，痒死了。”

季波把段冰清抱上沙发，拿开她胡乱抓挠的手，看到她胸部的红斑瞳孔紧缩又扩张：“这是怎么了？啊！被老外染上性病了？”猛地将她丢开。

段冰清眼神迷离地骂着八格，忽探身朝季波脸上挠去。季波捉住她手，朝她胸口又揉又推。段冰清哇地将污秽胡乱吐着。季波又擦又洗，好长时间才打理干净，把她抱到床上，拍拍她胸：“你知道吗？我很恶心，看到你这勾引男人的假东西就想吐！”

段冰清已经呼呼大睡，手机在包里响个不停。

季波拿出来一看，是范成芳的，便皱眉接听：“妈。”

范成芳道：“冰清呢？让她接电话。”

季波满腹苦水，倾诉欲十分强烈：“妈，冰清她醉了，吐得到处都是。我刚收拾完她就睡着了。近来她总是这样，这日子没法过了！”

范成芳：“她女孩子家在外打拼，不容易的。好孩子，你得多体谅体谅她。”

季波眉毛拧着：“我还不体谅她？生意刚有盈利，我就凑钱给她买了车，怕她风里雨里受苦。”

范成芳闻言话锋一转：“女孩家总是喝酒，也不是个事儿。”磁磁的电波依稀传送她宛转的心思，接着道：“季波，我知道你是个好孩子，脾气好，教养也好。你们也老大不小了，该早些计划生个孩子，有了孩子就好了。”

季波低叹：“现在门市部生意还凑合，我早说让她辞职在家生孩子，可她不听，刀架脖子上都不辞职。”

范成芳深深叹息：“唉！我这两个孩子，没一个省心的！我抽空得说说她。本是想着晚了，不打扰了。可我愣是给段智兴气得睡不着……”

季波关切地：“弟弟怎么了？”

范成芳：“有多少好女孩他不找，偏在网上聊了一个女孩。这不，为那女孩过生日，他请假去了广州。我和你爸怎么说他都不听……”

挂了电话的季波仰面躺在床上，忧思满怀不住叹息。

本是病酒天气，雨水在玻璃窗上不停流动，制止了气温上升，流淌时呈现出无数晶莹的条纹，有丝丝光亮映射出去。

空气里流动着冷冽和湿润气息，来自午后时刻。白小琮在酒吧已等了很久，她告诉自己别哭，可眼泪还是一滴滴落下来。记忆在幽暗的光线里铺展，伤心情景海呼山啸目不暇给。

入定般的她鲜亮依旧，却如皮影红颜，演着不能自控的戏。又如开在谷底的罂粟，在风尘里摇曳不定。

季涛走得没有任何声音，悄悄接近，双手拢上她肩。

她絮子般微颤，又很快平复。

他绕到她面前，温柔的笑意下覆着凄凉，将一枚一卡拉钻戒戴于她青葱般的手指，又捧着她手，贴于自己脸上。

白小琮抽回手，放在膝上：“已查出，是个男孩儿。我，不做手术。”无泪流淌，声音有藤蔓的柔软，有山石的冷硬。

“小琮，”他拉了凳子挨着他坐，轻轻揽她，温厚掌心抚过她光洁的前额和闪亮的头发："你愿意我们生个傻孩子吗？还是把他做了好。我们还年轻，有的是精力和时间。"

她忧郁的眼神盯着窗外雨幕："我……不做。你……别再劝我。"摆弄着退了钻戒："给你。"他帮她戴回去，伴着温润笑意："别使性子了。"

雨落在遮阳棚上，如同锣鼓交替回鸣，生生将人心底的悲愁激起。白小琮听着雨打窗棂心绪潮湿，唤来服务员上了咖啡和果汁，他们一边喝一边进行着关于孩子去留的交谈。一个小时候后雨点渐稀，打在树顶上是稀稀落落的哗啦声，而他们还未达成协议。想起季涛数日来如此这般坚持不懈的软缠硬磨，白小琮面上挂着冷笑：

"我年龄不小了，一定要生下孩子，谁也不能剥夺我做母亲的权利。"

季涛有些激动地挺直脊梁："白小琮，希望你不要赌气了，你的固执会毁了你。"

白小琮将昨夜写的保证书扔给季涛，又端起果汁咕嘟嘟喝完，把杯子重重一放，站起来，将放在旁边的包跨于右肩：

"你怕毁了你吧？请放心！儿子出生后，无论我们母子生活得怎样，就像这保证书上说的一样，我都不会纠缠你！为生孩子，我已辞职！"

白小琮摔门而出。

深夜无眠的季涛把白小琮写的保证书阅读了 N 遍，只看得眼珠困酸。尽管他知道这保证书根本产生不了任何法律效力，而她的目的就是生下孩子，逼他共赴婚途。

吴秀兰轻轻推门进来，盯着儿子烦躁不安的脸："涛涛，你近来都瘦了。"

季涛扭头，灯光映出他眼里的怨色："妈，我准备把副食店二楼租了，打通，开一超市。我发现这白小琮一肚子诡计。"陷入久远凝思："和吴菲交往那么长时间，她事事都坦白，事事和我想到一处。"纠结于白小琮安全期内怀孕，流产计划又被她流产。

吴秀兰嘴角耷拉眼神黯淡："开超市？那得多少钱？妈以过来人身份告诉你，女孩子太爱一个人，就会生出许多小九九，未必叫诡计。你说她不如吴菲，依我看她处事比吴菲更好些。人和人不能比，树和树不能比。你怕白小琮怀的孩子会不正常，我也怕会有个傻孙子病孙子。既然她坚持，你除了说服她，还有什么办法？"

"妈你放心，现在咱已有信誉度，商家都愿意免费供货。钱的问题你别操心。说服白小琮，难于上青天。”一夜辗转，季涛第二天一上班就给段冰清电话：“你替我劝劝白小琮，只要她肯打掉孩子，一切都好说。她的一意孤行会害了她！”

由于昨晚醉酒，段冰清觉得胃和胸部都在串着痛，皱眉道：“真不知道你想干什么。”

季涛：“小时候因为没有爸爸而被人欺负，我就发誓要出人头地。半夜听我妈哭，我就想长大一定要让她过快乐日子。现在还啥都没有，不想被婚姻套住……”

段冰清唏嘘着挂了电话，又有来电，季波的：

“段冰清，你听好了，我对你的职业越来越不相信。你必须辞职在家生孩子。不用担心其他，我的孩子，我拼死也要养活！”为躲避逐步升级的矛盾，他近来时常住在五金店里。

挂了电话，她面色阴晴难测，心如丝网盘结。长相相同的兄弟，不同脾性的人。一个一意孤行不要孩子，一个一意孤行要孩子。

她眉头深结着坐下，胡乱翻资料，范成芳来电：“冰清啊，你姐弟俩要气死我不是？你结婚这么长时间了还不要孩子，听说还整天醉着。女孩子家，名声要紧！你听妈的话，就把职给辞了，生个孩子才是正事儿！”

阳光温暖，段冰清感受到刺肤寒意，她脸色冰冷语气短促：“妈，我的事，你甭管。”

范成芳：“什么？不让我管？冰清你的争胜心也别太强了，害人！有了孩子才是个真正的女人。你不要整天只想着挣钱，到头来落个空后悔！”

段冰清的淡烟眉紧紧蹙着：“妈，生了孩子怎么办？物价涨得越来越不靠谱，养房养车养孩子，就凭他挣那几个钱，孩子喝西北风就能长大啊？”

范成芳妥协性地：“穷人穷养富人富养，养孩子没你说的那么离谱。我不和你争了，你说通季波就行。你得帮我劝劝你弟弟，他去广州，给那网友过生日了……”

段冰清答应着，嘱咐妈妈放心，说她一定会说服鬼迷心窍的弟弟。打通段智兴电话时那边声音嘈杂，段智兴的身边好像有很多人，听得出他的声音和心情一般阳光灿烂：“姐，我和一虹在白云山最高峰摩星岭。”

段冰清寒着脸斥责：“你这不争气的浑球！天赐你一双翅膀，就应该被红烧！仗着端个铁饭碗，不知道追求进步，还动不动就请假。你小孩子啊？还相信网恋那玩意儿？你脑子左边水右边面粉，一动就浆糊？”

段智兴说：“姐，你怎么和老妈一个腔调呢？我都被你们啰嗦老了！追求进步容易吗？得厚着个脸皮四处求人，混上个级别便像穿了魔鞋，得身不由己地旋转。一个个闪光的阶梯等着攀登，为了铺平道路减少阻力，得把自己磨去棱角榨去血肉，整得油光水滑。整天对着明枪暗箭绷紧神经，笑得肌肉发痛。我讨厌！我都已经和咱妈说好了，卖了她那压箱底货，投资做个生意，一边上班一边赚钱……”

冰清忍不住打断他：“宁和明白人打一架，不跟 sb 说句话。瞧你个 sb 口气比脚气还大！我当初看不上公务员，发誓要自己开拓一番天地，可现在碰得头破血流。我现在可告你了，什么都不如公务员实惠。搞网友，你疯了？快些回来是正经！”

人总是这样身不由己言不由衷，一边世俗着一边鄙弃世俗。

姐弟俩在电话里一番唇枪舌剑，互不相让。

段智兴此时正拉着冯一虹走上一座山崖，站在云雾茫茫处远眺，白云山 30 多个山峰主峰孤峭侧峰连绵成片，白云朵朵缭绕于青山绿水之间，景色端的秀丽。冯一虹细眉细眼皮肤细腻高扎马尾穿着运动装，看起来清纯靓丽。她对着段智兴笑，艳丽若盛开的山茶。

段智兴目光痴痴地看她，她站在光影流转处满面生霞，比照片里更加风情。

“你看，那么多雾，真像电影中一样呢！”她指着山谷含情凝视他，对他的风度翩翩十分倾心，忽眼波流转，水色欲泻：“不过，听说最美风景在北京，那里有八达岭长城、颐和园、天安门……”

段智兴摇头：“我会带你去看，要我说它们比不上这里的自然风景，这才是巧夺天工。”

段智兴指着前方雾霭茫茫处，意醉神迷。

青年男女，没有肌肤之亲的纯情交往在快乐中飞速度过。庆贺冯一虹生日已毕的段智兴买好火车票回到宾馆，拿出一件 1300 元的歌莉娅牌连衣裙，递给前来送行的冯一虹：

“喜欢吗？试试。”

冯一虹接过裙子看来看去后愣住，眼睛里放射出冰封天地的寒气：“你这是干什么？你还是个消费者，就这样玩儿奢侈！”把衣服丢下，在床头柜上翻找：“小票，小票呢？快去退了！”到处翻着寻找。

段智兴无所适从片刻，拉着她坐下：

“这是我的一点儿心意，别拒绝好吗?”

目中渐流柔情，她话语轻缓：

“我不是不要你的东西，等你上班了再说。”

尽管段智兴继续说着好话，再三劝她收下，说算作初次见面的小礼物，人之常情。可任凭他磨破嘴皮，冯一虹坚持去退掉了裙子。

坐上回途的列车已是夜间十点，看着冯一虹在窗外频频招手，段智兴热泪盈眶。他在车上做了朦胧睡客，思想的所有流亡都携着冯一虹的笑脸。

车飞掠城市时，霓虹灯缭绕的高楼剪影如同影视剧中的特写。他毫无倦意，望着窗外夜空浮想联翩，相信她是世界上最值得爱护、珍惜的女子。此生，他决不负她。

列车轰轰隆隆穿越隧道，星星在天幕上泛着寒气，微弱的光纤很快湮灭于另一个城市的万家灯火里。

自从检查出是个男孩，白小琮更是坚持要生下来。期间季涛多多少少地给她些钱，权当生活费。两人的口舌战进行几个月后，挣扎数日的季涛从银行的自动服务机里给白小琮转账十万元，做交易，给她发了信息：款已打你那个账号，请查收，望兑现诺言！看着手机显示发送成功提示，他仰头满天星斗，心里有一种释然，另有一种楚痛、纠结。

前天白小琮突然给他信息，说只要他给她十万，她就去医院打掉孩子。

收到信息后他带着揭开谜底的冷笑：装，装！终于露出狐狸尾巴了！

季涛开车时眉头拧着，惭愧于所欠吴菲的巨款，触摸不到她的脸，却知道她有多憔悴。

第四十章　我和你没完

季涛回到崇文门新世界商场东100米处的新景家园二十楼这个属于自己的家里，强装笑颜给母亲吴秀兰洗脚，一边谈论着季琳在美国那边的生活。突然收到白小琮信息：

“什么诺言？那一点钱，够你儿子将来用吗？钱我不稀罕。今天我问过医生，已经七个月了，引产太危险，弄不好会出人命的！”

季涛给母亲洗脚时几次因下手太重，吴秀兰痛得大叫。

扶母亲回房，他回到自己房间气得猛地一拳擂在墙上，思维纷乱不堪，情绪几近崩溃。手机上又来信息提示，白小琮的：

反正我爸妈都知道这事儿了，我也辞了工作。家里都没法住了，我租了房子住在外面。不登记结婚，我绝不处理这孩子！

季涛眼睛瞪着面前的雪白墙壁关机、关灯，把自己沉于满室黑暗中，任熊熊怒火将灵魂湮灭。熊熊霞光燃烧东窗时，他惯常的一边工作一边视频网聊。吴菲从QQ上发来个挣扎的表情，说她老公又是彻夜未归。

季涛审完上个星期的货物销售、盈利情况表，点开对话框正要回复，见白小琮挺着大肚子闯进来，眼中泪光泛起凄楚、羞愧、无助：“我这样子无法见人，我爸妈要我必须结婚……”

季涛目光掠过门口，急忙做出笑脸：“等等啊，咱们出去说。”锁了房门，开着车来到街上等白小琮上来，一溜烟驶往郊外。

在一处绿林边停车，他拉着她走在幽篁深处的小径上。她步履笨重，企鹅般缓缓地在林子里穿行。一些浅色小花正在高大植物周围悠然开放，灿阳，紫霞，斑驳的阳光在小路上跳跃。

向林荫深处走，他的白衬衫上折叠着月的冷痕。这样美好的林荫，切换场景许是爱的花丛。可如今于他，只是冷寂弥漫的林，与她无语对视良久，看着她隆起的腹部，一抹深深的怜悯自腹底悠然而起："小琮，我早说让你流产，明知不可能走到一起，你这是何苦！"

看尽千帆，她只想做他的解语花，为什么就不可以？白小琮黯然失声："我为你受了多少折磨？就为要嫁给你，为什么你这样无情？连自己的孩子都不要？害得我现在没脸见人，一个人住在出租屋里……"腹部有些酸痛，她背倚古松用手捂着肚子，泪水哗然。

往日种种，不能释怀。季涛拽住一根青条，猛地折断："我最恨被人欺骗和左右，你愿意生孩子你就生，但你不可能达到结婚目的！"

白小琮冲动地上来撕打他："流氓，你这个玩弄女性的流氓！光谈恋爱不结婚，就为了玩弄更多的女人……"

季涛甩开她："你这个言而无信的女人！我不会受你要挟的……"忽见白小琮哎呀一声捂着肚子倒卧地上，脸色惨白："好痛……"汗珠从额头鼻尖滚落，哀呼连连。

季涛急忙搀着她："小琮，你怎么了？啊！"

白小琮的脸上分不清哪是汗珠哪是泪，五官扭曲："我好痛……怕是动了胎气……"

季涛大声说你忍忍啊，背着她走出幽林，扶到车上。

由于动了胎气。白小琮经过医生护士的好一阵忙乱后，母子有惊无险，她安静地闭着眼睛躺在病房输安胎药。日影掠过她的脸，几分憔悴几分凄楚，对苦痛的感受已经麻木。

苦难增人坚韧，长久侵淫其中者，反而对苦难少了感慨。这种无形的意志力，总是超出想象的强大。季涛双手抱臂对窗站着，郁寂的眼神向当头光影诉说着不称心的故事。

风在窗外嘤嘤嗡嗡，更衬得冷清的病房如同坟墓，世界都好像被死寂封冻。

两天后白小琮出院，季涛搀着她上车的动作很快，她感觉就是像饲养员拉着牲口。送她到租住房屋里，他给她烧了红糖姜汤，冲了安胎颗粒，端给她喝了后，扭头就走。

白小琮躺在空落的床上，听他脚步渐弱，看着沉寂的房间，心里的荒凉仿佛置身冰冷暗夜，所追寻的归属感四处茫茫皆不见，触摸不到一丝温暖一丝曙光。

她意诚心痴地跟随着他的身影，相信自己的痴情终能将他心里的坚冰融化，坚信他爱的回报将是她倾尽青春等待的幸福所在，相信他曾经的暧昧会变成明朗的温厚。

错了，她错得如此狼狈！错以为远方的海市蜃楼是奔波劳苦之后的绿洲。在贪玩的云影后消失了家，因倔强而淡忘了走过的荆棘之途。难道她这辈子就注定为情所累为情所伤？

信息响，她忍着腹痛欠身子去拿放在一旁的包，满面痛苦，挪了几次身子才拿到，见是他的信息：好好休息，保重，别多想。她呆呆地流泪，手指攥得麻木，手机滑落床上。

一星期没有他的踪影，妈妈拿来柴鸡蛋、鱼虾、水果等营养品，塞了满满一冰柜，嘴里是滔滔不绝的埋怨话，临走时愤愤不平地说："说你傻你真傻，多少好人家你不找，偏偏看上他！让你打掉孩子你不打，看看现在成了什么样子？我和你爸的脸都让你丢尽了！那天你洗澡，我拿你手机发了信息，让他给你十万，为的是套牢他！结果呢，赔了十万他都不要你！"

正在梳头的白小琮手僵在半空："妈，你说什么？"

满目怨恨的商妇告诉女儿，她让他打给她十万，前提是她必须打掉孩子。

白小琮听到此处啪地一声摔了梳子，委屈得咧嘴哭："难怪他骂我欺骗他，说我言而无信。妈，原来都是你，你这样会害死我的……"

高颧骨、楞楞眉的商妇跳了起来，叉着腰道："没错，是我，就是我！我就是要他十万青春损失费了，就是要你打掉孩子了！我错了吗？我这都是为你着想。你这不知好歹的傻丫头！拿人没办法，就会和你妈致气！明明是人家害你，你却埋怨你妈哎……"顿足大哭。

看着妈妈抹泪离去，白小琮又一次进入折磨境地，被折磨迫得像要发疯，打季涛电话，只是不接，而后他发给她一信：对于你现在承受的痛苦，我深感痛心！事情到此地步，都是你一意孤行的结果。青春损失费我已赔偿，我们不要再见面了！

她只觉得字字剜肉句句锥心，咬牙切齿地继续拨打他电话，一个接一个的，都被他挂了。十万就要买断她此生的追求、幸福及一切？再打电话他依旧不接，白小琮发去信息：

涛哥，你听我说，那十万是个误会，我事前不知道的。

发送成功好久他无回音，再怎么打电话他依旧不接。她悲愤交加发去信息：畜生，没有任何良知的禽兽！我和你没完!!!

季涛回复：天作孽犹可恕，自作孽不可活，一切都是你咎由自取！

白小琮信息：我一定要生了孩子，到时将你告上法庭！季涛回复：无语，悉听尊便！

白小琮的信息如同炮火：别以为你会抱着别的女人过安生日子，你这辈子别想了！我会抱着孩子追着你……季涛怒火又炽：怎么能想到你是这么难缠的下三烂女人？不要脸，低素质，死缠烂打……白小琮信息：你这个人渣，流氓，以谈恋爱为名丧尽天良地玩弄女性，你会遭到报应的，天会打你雷会劈你！

她辱骂的信息接二连三发去，最后的也似软硬兼施，也似求和：我这么爱你，所做的一切没其他意思，都是因为想嫁给你。我哪一点配不上你？我的要求过分吗？遭受你这么多的欺侮、蹂躏！那个十万，和我没关系，我妈发的，她也是为了咱们好。

长时间的一个施压一个反抗，双方的矛盾无可调和，季涛回复：十万和你没关系？又来新台词了！无论你如何表白，我已看透你！你的所有纠缠都毫无意义！

白小琮拿着手机，呆呆地临窗而立，任风卷愁来，然郎已不再。每一个寂寥难耐的夜晚她把栏杆倚遍，红烛烧残，掐断青丝，指尖泛出苍凉的白。今夜，纵使她有百万繁音，千万风情，也弹不出曼妙的音符。

她常常踮起脚，望着通向大街的路，希望来忏悔的他在路的尽头出现，从午后到日落。

晚饭后她百无聊赖坐在一幕星天下，看阳台上的花一层一层地开。夜里醒来时孤寂难耐，她会感受到那些花飘落地面时发出的叹息，同时飘忽的花香便丝丝缕缕扑进来。

身孕一天大一天，他拒绝见她，彼此的联系只是以信息相互谩骂、攻击、威胁。

深夜难眠，她会坐起来哼摇篮曲给腹中儿子听，静静地和空洞的四壁对视，声音以一种无法言表的哀伤飘向夜空，飘散于静寂花丛，连那些鼓噪的虫子都停止低鸣。

段智兴的车开进西直门北大街附近的天丽家园，冯一虹在光华千楼中下车，等着段智兴将车开进车库回来，头顶有什么鸟在唧唧喳喳地欢迎他们。两人拉着手进入电梯，走进18层装饰华丽的房子，冯一虹惊疑地瞪大眼睛：“你租这么好的房子？”交往已经半年，她接受他的邀请来到北京，觉得这里果真物华天宝，一切都陌生、新奇。

说是回京过暑假的段智兴笑而不语，当看到屋里摆放着一大堆一大堆的玫瑰时，冯一虹眉毛挑起，嘴张成大大的O字：“天啊，这么多玫瑰！你花了血本了，就为迎接我吗?”

段智兴刷地拉开紫莓色窗帘，这南北通透的屋里立即灌满金色阳光，他立于阳光中，满脸的温和、宁静：“一虹，是的，我准备了九百九十九朵玫瑰来欢迎你。”

冯一虹眸光里惊骇、奇异、温暖和愧疚交替，任时光悄逝，呆呆不发一语。

打电话叫了四菜一汤，吃过饭，段智兴说：“走，带你去看一地儿。”

冯一虹也不便过问，坐上车后见他驾驶技术娴熟，心里暗自惊叹、疑窦丛生。

西边的太阳如同挂在天边的硕大柑橘，隔着车窗映亮了冯一虹的脸。摩天大楼和奢华的店铺从视野里飞掠，她面色温润，心里涌起的稀薄温暖和欣喜，被接踵而来的愁闷、无序淹没。如同破旧的家具摆在豪华的家饰店里，因为担心所处位置的不合时宜，它只能在不安、羞愧、自责、愁闷中妄自菲薄、惶惶不可终日。

车飞速前行，冯一虹到了陌生地方就会迷向，不辨东西南北地坐着，隔着车窗看到了海淀区政府，车又转了几次方向走了不远路程，在“南安会所”门前减速，缓缓转过花草喧闹的草坪，驶进停车场。从车上下来，冯一虹看到会所周围种着高大的乔木，瓜子黄杨，红叶石楠，小龙柏，法桐、合欢、银杏、五角枫等植物相映成趣，另有一些球状灌木。她跟着他往前走，一步不敢拉下，听风吹动裙裾，如叶声飒飒。一只黄莺在树上歌喉委婉。

被段智兴拉着进入会所，她看到这里豪华、高档，集休闲娱乐于一体，美容保健、洗脚按摩，高尔夫球、保龄球、游泳池等应有尽有。他们所经过处，皆地铺锦毯，壁挂彩灯，室嵌珠玉，装饰精美，堂皇富丽，所有服务员都笑着问好、鞠躬。

段智兴领着她在走廊间七拐八转，踏过褐黄色撒金花地毯，见处处屋宇巍峨，轩窗华丽。来到一拱形红木门前，冯一虹见门上是经理办公室的牌子，段智兴掏出钥匙开门，拉着她进去。里面的装饰高雅大气，办公家具都显高档。如同进入了穿越剧，冯一虹不知此身何地，呆呆地晕晕地摸不着北。

段智兴把冯一虹拉坐在褐色真皮沙发上，向她和盘端出了自己的真实身份，及隐瞒实情和她交往的初衷。

一切都如电影情节般的带着传奇色彩，冯一虹惊喜、错愕、迷乱过后就是恐惧，也不能不为段智兴对爱情的执着感动。她明净眸子里的所有情绪到最后都转换成忧郁，扑扇着散乱的睫毛，声音如同呓语："我真的想不到，我们差距会这样大。"抱头，面色挣扎、痛楚，那样子十分无助，惹人怜悯："我们不可能走到一起，你的家里人不会同意的！"泪光在灯影里闪闪。

段智兴笑得魅惑，自信满满："我的婚姻我做主，谁也干涉不了。"握紧纤手，歪头看她，言之凿凿："你以为我二吗？我无论如何都不会放弃你！"

她痛楚地摇头："不，不，我不配，真的！"抽回手，神情仓惶如身陷危城。微尘在光影里浮动，如同群魔乱舞，心乱得不能形容。段智兴靠近她，她却迅速地后退。他站起来，颀长的身影在光影里疏朗英挺："你知道吗，你是值得天下所有人倾心相爱的好女孩，我段智兴这辈子非你不娶！"。

非伊不娶，非君不嫁。自古以来多少人发过这样的誓言，可多少人能够真正履行？她在泪流潸然里，激动如潮退去，心里是满满的忐忑不安，如同坐在悬崖边上，一不小心就是万丈深渊。长久的等待换来的是一场惊心，接下来，无论段智兴如何信誓旦旦，冯一虹再也笑不起来。

为表心志，为安慰她，段智兴拨通了父亲段升平电话："爸，我喜欢上一个女孩很久了，我要和她订婚。"

段升平疑惑地说："是不是你从网上聊的那个？"

段智兴站在窗前，对着阳光笑着，湖泊色的瞳仁溢出快乐："是，就是她，她叫一虹，从广东赶来了，我带她去看看你们？"

段升平语气生硬："她是干什么的？"

段智兴："在佛山打工，一个公司的文员。"

段升平厉声道："你没听说过吗？网上的大喇（骗子）多得很！她肯定没安好心，以恋爱为名骗钱。你快让她走！"段智兴不好当着冯一虹面和父亲争执："爸，我挂了。"

两人在办公室喝茶聊天吃水果点心，段智兴尽量以各种行为逗冯一虹开心。闲散处时光飞逝，不知不觉已至傍晚。晚霞滞留天际不肯散去，似乎为遗失的青春做最后吊祭。风拂柳丝，袅袅娜娜如美人长臂善舞。

多少日的梦中相思，多少日的激情积累，彼此相望的目光都胶着态，情深意长自不待言。段智兴让服务员端来了饭菜，灭了灯点起满屋红烛，进行了一场烂漫的烛光晚餐。餐后驾车返回西直门北大街的天丽家园，在冯一虹沐浴时段智兴又喊了一个会所的服务员过来陪她睡。

他回到父母处时夜色沉寂，高楼的投影在地上拖出阴沉的气息，石榴树在风里抱香敛艳不甘颓废。他一进门，范成芳就迎着他埋怨："我的傻儿子啊，你脑子进水了？把大喇都领回家了？也不怕被人笑掉大牙！"段智兴靠在门上摇头，神色苦闷："妈，你别这样说成吗？她不是什么骗子，是世界上最好的女孩！"他将隐瞒身份，考察她好长时间的事绘声绘色描述，希望父母会被感动，哪料他们都是不以为然的表情。范成芳在屋里来回走动，不停搓手。段升平一直埋头于手里的报纸，又猛地将报纸揉成一团，扔在地上踩了几脚，腔调生硬语气决绝："我不管她是不是大喇，反正我们不要一个打工妹做儿媳！"

段智兴绷着脸，噌噌向前窜了几步，又面色缓和落座于椅子："爸，妈，婚姻是我的事，都什么年代了？我不希望婚事被你们包办。"

段升平脖子一拧，将拿着遥控器的手臂伸得僵直，猛按开关打开电视，燥音大得震耳。

"你咋了?!"范成芳拿起被段升平扔下的遥控器调好音量，拉把椅子坐到儿子近处，满面恨铁不成钢的怨恨、无奈："儿子，我知道你大了，凡事都有自己的想法。可你总得听听我和你爸的意见吧？这世上谁都会害你，只有你爸妈不会，我们都为你好！你听过那句话没？不听父母言，一辈子受艰难。我们不让你理那网聊上的打工妹，想她多半是个大喇、跑头子货。我们只怕你以后不幸福，怕你受罪。"段智兴烦躁地朝她挥手："别侮辱人了，妈！她不是你们想的那样，她人特好，离开她我才会不幸福！你们根本就不理解我。"

段升平坐在沙发上怒指儿子，一声大吼如惊雷骤起："小子，你必须离开她！那个乡下打工妹，她休想踏进我家门槛儿。"

段智兴站起来，满脸岩石般的坚韧，声音不高却阳刚十足："我偏不，除了她我谁都不要。你们要不让她进门，我就辞了工作，和她一起打工去！"神情坚毅，目光笃定。

段升平的寸发在灯光下斑驳，因恼羞成怒而面孔扭曲："畜生，反了你了！"猛地跳起来，啪啪扇了儿子两个耳光。

"老家伙，你疯了？儿子，儿子啊……"范成芳嘶哑的哭声让人全身冰冷，一种彻骨彻髓的冷。

段智兴捂着脸飞跑出去，把范成芳苍凉的一声声呼唤抛在身后。

第四十一章　等下个天亮

段冰清在洗手间吐得脸色发白，想想例假已过了一星期，右胸部在隐隐作痛，轻轻触摸痛处，似有硬结，再触又无。她走出大楼，见满阶的花，衬着一阶的绿，密密匝匝地簇拥出一个明丽世界。她到附近的药店买了早早孕试纸回来，到洗手间一测试，竟是阳性！才想起那晚季波拒绝带套，所谓的安全期并不安全。一时间神思恍惚，心里如生满杂草无法打理。

试纸测试未必准确！她稍有释然地回到办公室，喝着茶吃着瓜子翻阅网上新闻。

午饭后阳光明媚，她交代秘书后便开车去医院，挂号、排队、候诊、递上病历，拿起医生开的检查单，交费，抽血，检查结果依旧：怀孕。她拿着化验单呆立成化石，仰头望头顶阴云弥漫，风卷着树叶奔腾如野马。半小时后她开车来到季波的门市部里，不见季波影子便询问店员。五短身材圆胖脸的店员正在爬上货架给顾客取货，拍拍手上浮尘，笑容后似有暧昧和神秘洋溢："老板啊，他和一个女老板去打保龄球去了。"

段冰清如同吃鱼时喉咙卡了鱼刺，用手捋着脖子干咳几声："经常去吗?"

店员的微笑后总似藏着暧昧："要是没特殊事儿，老板坚持天天锻炼。"

段冰清转面朝外，心被风吹着融入地上尘埃：他近来经常夜不归宿，难道有外遇了？打他电话，一遍遍无人接听。她望着欲暮的日色，心一瞬沉落渊底。开车回家路上，她几次险闯红灯，回家后独自吃了泡面，直等到夜里十一点，季波才闷声不响地打开房门，对她视若不见，缩进沙发里一根根抽烟。

段冰清正在网上查阅处理早孕的资料，回头看看季波，发出深长叹息。记不清多长时间了，他要么不回来，要回来就半夜三更。她关了电脑，凑他身边，斜倚沙发，轻柔笑着："你天天回来这么晚，在外……"

他侧身，向茶几下的烟灰缸里弹弹，迷离的影子和她孤傲的影子难以重合：

“家里像战场，我在躲避战争升级。”

她坐直身子，侧脸望他：“我今天到你店里了，你和女老板出去玩了。”

他仰头，嗤儿地一笑，伸出双手比划着：“你去看看，那水桶腰，水牛见了都羞。”揽过她：“冰清，从中国到美国，你应该知道我有多爱你。”

“这话应该我说。”她紧盯着他，探究着他的眼神：“打保龄球，你们天天去?”

他霍然起立，以居高临下的姿势指着她：“要连这你都怀疑，可没意思了啊！我还怀疑你天天跟客户出轨呢！咱们都这样怀疑下去，就只有离了!”

段冰清告诉自己别生气，一生气胸部就会奇痛，况且怀着去留未定的胎儿。她左眼跳了几下，胸口激烈地起伏一阵儿，将孕检单仍给他，转身进了卧室，趴在床上兀自垂泪。

“啊，冰清，你怀孕了！怀孕了好啊，这就辞了工作，在家生孩子。我保证听你的，你让我往东我不敢往西，你让我打狗我不敢撵鸡，成吗?”季波满目欣喜地走进来，抱起段冰清，替她擦泪：“冰清，快别哭了。咱们终于有孩子了!”

段冰清脸上一抹忧患一抹恍惚：“我怕……”

季波揽着她：“怕什么？赶快把工作辞了。我这就告诉妈，让她回来伺候你。”拿起手机就要拨号。

“不，”段冰清急忙夺过他手机：“你听我说，咱们现在事业没巩固，要孩子，只怕养活不起，不如……”言辞犀利的她，竟也有些口吃：“不如……”

“你想打掉孩子？那咱们还过个什么由头!”季波情绪激烈地跳了起来。

放在床头的苹果手机又响，段冰清一看急忙接听：“妈。”

范成芳的声音带着爆破音：“冰清，听着没?”

段冰清擦着泪：“妈，你说。”

范成芳：“你那败家子弟弟，把你爸气得犯了心脏病，来住院了，你快来啊!”

段冰清惊得脸色苍白，一边拿包一边电话问清了医院地址，拉着季波就往外走。

段冰清开车走着，雨中飘来幽怨沉思，风中刮来伤怀情感，心中无限凄凉。一路上只听季波怨夫般唠叨不绝：“咱们那时被逼债逼疯了，也不见你爸妈把那宝贝卖了救急。现在倒好，低价折腾出去给你弟弟做生意。你弟弟得势了，网上泡妞去了，家里事概儿不论，活活糟践了那宝贝儿。再这样下去，你爸妈都得找根绳儿……”

段冰清瞪着他：“找气儿啊？尽在这儿甩片汤话。那是爸挖四合院角门口的向日葵树时挖出的，买段智兴结婚房子时都不敢确认那就是金砖，后来才拿到鉴宝认定的。”

两人推开病房门，见段升平带着氧气罩输着液，闭着眼睛躺着。正在垂泪的范成芳拉着段冰清来到走廊，见冷月斜挂东天，树叶被雨一片片打落。绝望伴着伤感无情撕扯心房，她手搭在冰冷的栏杆上，叙述事因：

他们坚决拒绝一个打工妹成为儿媳，可段智兴今天晚饭前，却带着冯一虹上门拜见。范成芳打开门一看，儿子和一个细眉细眼的女孩带着大包小包的礼物站在门外。儿子对女孩介绍：“这是咱爸妈。”拉着她就往屋里走。“你是谁？快出去！”段升平一把将冯一虹推出门外。范成芳把他们放下的大包小包一股脑朝外扔。凄凄夜幕，戚戚冷风，看着从地上爬起来的冯一虹哭成泪人，段智兴怒视父母：“爸，妈，你们眼里还有我这个儿子吗？”

段升平指着门外：“那个女人和我们，你只能选一个！”

段智兴：“真的？你们在逼我走？”

段升平：“畜生！我们养你这么多年，就赶不上一个女人？”

段智兴：“你们不是为我好，你们是为你们的虚荣！”商量好攻守同盟的段升平推着儿子：“畜生，畜生，你给我走！我们没有你这个儿子！”段智兴猛地一挣：“好，我走，你们可别后悔！”见父母完全不近人情，段智兴拉着冯一虹：“走，咱们去广州打工。”他要以离家出走捍卫爱情，向父母甩下怒吼：“我永远不会回来了，你们就当我打小死了！”

白小琮独倚栏杆望尽天涯，黯黯无尽悲凉意。一片树叶落在头上，她惊悚地猛一缩脖子。看栏杆边垂柳凋零，一如她凋落的青春。

“小琮，你还好吗？”段冰清来电：“在家呆着真没意思啊，我算服了你了。本来不想要孩子，可我妈她跟我急……”

听起来像是讽刺，白小琮柔肠百转五味杂陈，费力拿捏好腔调：“挺好，冰清姐你放心，我这儿一切都好。”段冰清站在窗前，看琼花在风里摇摆，心思宛转幽测：“小琮你吃饭怎样？我一直都胃口不好。”

她知道白小琮并非嘴上说的挺好，如何能好呢？人总是口是心非。

“还行。”白小琮在阳台上转着应声。常说不好者，是盼着被人心痛被人娇宠。而她就不需要对人说不好了。自怀孕四个多月始，腹腔常饱胀，吃点儿东西就胀得难受。夜里睡觉也不能安生，常常胀得转侧难眠，或抱膝坐起，脊背靠着床头，整夜整夜折腾。她不知别人怀孕了怎样，她不能如别的孕妇那样带着自豪或娇慵，四处和人交流孕产经验，且被众多亲人保护珍稀般的特护。

段冰清在窗前拉开窗帘："小琮，我身子整天倦怠的要死，光想睡觉。你呢？你大概快到预产期了吧？这时候可不敢多睡，不利顺产，我妈说的。"

白小琮："谢谢你提醒……"

她们继续聊，白小琮一概前边说后边忘，不知自己心不在焉地在表达些什么，挂了电话转面，泪潸然而落，悲伤的潮流激荡着墙壁。一切都是自作自受，自作自受！

夕阳滑落成伤怀的摸样，在地面撒了一片微薄的红光，如同薄幸人最后的一丝温情，惹人迷恋的同时又难抑伤感。

白小琮腆着大肚子，从阳台上一件件收回洗过的衣服，满满抱着往回走。一条内裤掉在地上，她无法弯腰，直着脊背蹲下去，手探来探去，颇费力，却还够不着。

去者不能留，有什么脂粉能挽留已逝岁月遮掩憔悴容颜？在月光下顾影自怜的，是一个将近三十的女人，世间最寂寞最凄凉最无依靠的女人，都市夹缝里的孤魂野鬼。她只能面对尘世浮躁强颜欢笑，再不能莺歌燕舞，长袖翩翩！

她抱着满怀的衣服，因捡起那条掉在地上的内裤而费尽力气，累得气喘吁吁汗流浃背。站起来往屋走，掉落的百褶裙裾扫过地上浮尘，发出风扫落叶的声响，脚从后面稳稳踩上来。

她倒在地上时发出的一声惨叫阻断了流动的空气，血很快将裤子流湿，腹痛得难以喘息。她不知忍着怎样的奇痛爬进屋里，面部扭曲着向桌上伸臂，艰难地拿到手机，拨通电话后觉得掉进一片弥漫的雾里。她就那样趴在地上，好似熟睡。脖颈的扭曲使左脸蹭着地面，头发刺猬般扑散在周围，四肢安然不动，如同进入休眠的动物。

吴菲的新房挂着彩带，贴着大红双喜，喜庆之气依稀，空气里却是淡漠、疏离。

吴菲陷在沙发里看小说，听到周峰手机信息响。他从电脑前起身，拿起手机看着往外走。吴菲把书本摊在腿上，习惯性叹息。新婚不久她就基本上一个人散步，基本上不知为什么，基本上没有人回答。

QQ叽叽响起来。她要清净，去关电脑。想关了他的对话框，倏见他的网友栏里，一个女子头像和林敏敏的一样。她再看网名和说说，是林敏敏无疑！

原来他们联系着，为何却无任何迹象？

她点开他们对话框：

那时太生涩，不懂爱。——知否离开苏州前我哭了一晚上

那时不敢反抗父母。——你父母嫌贫爱富要你娶吴菲那样的儿媳妇

现在才知道后悔！——后悔什么，她家境好我家里负担重

我说过不爱她！你懂……——想到你们在一起我就要发疯

敏敏你等等，再等等就好了！——等到头发白。

你妈近来怎样？要钱说一声。——不用那些钱还没花完我告诉我妈是借的……

吴菲想告诉自己，那个女人不是她的闺蜜，可林敏敏那不用标点的网聊，再也无法欺骗她的双眸。吴菲如遭蛇噬般地呆着，脑子里没有任何东西。

他们的网聊是最近几天的，它告诉她：他们是初恋情人，不得已分手，通过她重逢，如今相互喜欢着，她爱他爱得发疯，他爱她爱得痴狂。他们依她而吃饭、喝酒、K歌、出席场合……

他们把她当什么了？她吴菲是不折不扣的傻子！她林敏敏是豺狼闺蜜！她陷入深深的羞愤和惊惧之中，幻想着他们的幽会……

其实她早该明白的，只是她太相信他们：照婚纱照那天林敏敏的闹，进洞房前她发现房门掩着，里面似在低声争执，高一声低一声，不甚分明：

我要……你……这样……我的心……我知道……只有这样……

她有些奇怪地推开门，一进门的瞬间，见男女的影子模糊重合着。她擦擦眼睛，定睛处，林敏敏麻利地整理床上用品，鬓角处一缕头发耷拉到脸上。周峰似乎愕然，又似激动地铺平已经起皱的床罩，看看吴菲又盯着林敏敏："敏敏，这床单菲菲选的，你就别换了！"

林敏敏笑望吴菲："菲菲，你看他多不男人！一直和我争。我说你喜欢红色的，因为这是冬天，看着温暖。我要重铺，他非要说这浅绿的你喜欢。你倒是说说，到底喜欢哪个？"

吴菲拉起林敏敏手："敏敏，谢谢你处处想着我，别累了，就这个，你歇着。"

结婚旅游时林敏敏硬缠着要伴游，吴菲也乐得有个大灯泡罩着。女人不会

如男人，可以理性地把感情和肉体划分开来。

景点上的当晚林敏敏喝醉了酒，哭着赖在他们房间不走……

她如今回思，伤害的细节那么完整，无懈可击！而她一直傻得可以！把虎狼当绵羊，手足视之。她呆呆流泪，直到晚霞焚烧西窗，肚子里的空城计唱的激切。

病房飘散着凄凉的光。白小琮躺在床上，脸色虚白，如同窗外月亮的幻影；头发蓬毛，如从残秋的乱蒿。妈妈抱着儿子给她看，那毛茸茸的胳膊腿，粉红的脸蛋，蠕动着的红嘟嘟的小嘴，直看得白小琮仰面痛哭，粗粝的喘息声上气不接下气。人生苦短，她不知如何走下去。感情的伤害就在这里，明知道是一座无法询问收获的园，是一条荆棘丛生难觅出口的路，走过去就会遍体鳞伤，却依然执迷不悟地往前走，孜孜不倦地走到底。

悲伤如水蔓延，这一夜她哭累了停，停了再哭，胡乱想来想去，无休无眠，直到晨曦透过木窗，在地上撒了一片苍凉的光。

两天流食，失眠使她觉得身上没有任何力气，四肢沉困无力，感觉血液都在凝滞，苦熬一时算一时。第三天早上妈妈端着猪脚红参汤来，她喝完，已是满头满脸的汗，擦也擦不完。妈妈红着眼框告诉她，这是身体十分虚弱的表现，再不好好休息，再胡思乱想，月子病就留下了，治不好的。妈妈终于哭出声：

“小琮，你得好好歇着，什么都别想，行吗?”

她点头答应，拿着毛巾擦汗，那汗却似斩不断的长流水，泉涌般擦不干。看着妈妈踽踽而去，阳光在墙上拖出她伤感的影子。白小琮靠着被子，在透过玻璃的阳光里静静地坐了不知多久，仿佛灵魂飘远，走完一世浮生。

她一直痴心追求着所谓的爱情，却不知何时在爱情游戏中败得如此彻底，毫无底线可言。只觉得前路渺茫、黑暗，四面的暗影朝她倾压而来。忽眼前一黑倒卧床上，来不及发出一声惊呼，沉沉睡去又幽幽转醒，没有人知道她冥冥中走过的阴阳界线。

中午妈妈炖的是乌鸡汤，晚上是鲫鱼汤，她喝完，望着窗外暮色默默流泪，神思百转后给季涛发去一信。

季涛正在办公室加班算账，接到“喜讯”后笑对店长：“今天晚了，就这样，就这样，我还有事。”

看着店长的身影在楼道处消失，季涛关了房门来到卫生间，怔忡地望着镜中自己沧桑的神情，没有一丝一毫的喜气。又以神一般的目光透视自己，看自己是怎样一个连亲生儿子都不要的无情人、作孽人。最后他爬在镜前嚎啕大哭，举起双拳捶打自己。停止嚎哭时他拿起一瓶酒，咕咚咚灌了下去，然后牲畜一般倒卧在地，形态和死尸十分相似。第二天早上醒来时他头痛欲裂，胃部也不舒服，手机一遍遍提示。他趴在沙发上看到这样一条匿名信：白小琮的孩子是瑞士副总的。

如同雷电在头顶轰响，他只觉头懵头晕，身子轻飘飘的如伏在水上的羽毛，大脑里呈现出一幅幅混乱不堪又不可辨识的图像。被许多的猜忌、想象占据着思想，他没去医院探望白小琮和她的儿子。接到“喜讯”的第四天上午，他正神思恍惚地在超市巡索，接到白小琮母亲的电话：“险些都一尸二命了，我女儿多危险你知道吗？剖腹产我家花了那么多钱，还有你儿子的养育费，小琮的营养费，你给不给？别愣逼着我们玩儿你难看！”

杂乱情愫如水漫过心海，季涛语声低沉：“我这会儿忙着，等会儿就去打钱。”他明白，在无法澄清真相前，他无法逃避责任。在超市噪杂的人声中穿行，他低头抽烟，眉毛紧紧地拧在一起：以孩子作盾，这女人以后还会使出什么招数？要想澄清真相，就只有去做亲子鉴定了。烟蒂烧到了手，他的脊背霍霍冒出冷汗。走出超市，抬头阳光如箭，似要将他的肉体射穿。

第四十二章　无尽悲凉意

季涛开车去银行，打给白小琮三万元，刚出来他就接到母亲吴秀兰的电话：

“涛啊，我去医院了。你儿子都有了，又不残不病的，你还执个什么劲儿？干脆瞅个日子结婚。人家一个黄花闺女都给你生了孩子，这要多大的勇气啊？你再执拗下去，可是作孽啊！”

琪花瑶草碧云天，映入季涛目中，尽是疮痍。远方峰峦如聚，波涛如怒。季涛在阳光下缩紧瞳孔：“妈，我们早就闹成仇人了，结什么婚？就结婚了，以后怎么过日子？”

吴秀兰满脸焦躁和恼怒：

“涛啊，你说你一个男子汉，就不会豁达些？你就不会不和她斤斤计较？看在我孙子份上，将就一下不就好了？”

许多的伤害、疑惑如潮漫过，没有信任和体贴，连猜想和嫉妒都没有，他问自己：因爱生恨的男女如何再去同床共枕一生一世？他站在温暖阳光里，眼神苍凉如背阴处的青苔：

“妈，你不明白！我不会认这孩子的。”

“什么？你不认自己儿子？作孽，你要气死我啊！”吴秀兰痛心疾首。

段智兴正和冯一虹打着同一把伞，站在村边的小桥上，看乡间村野的一川烟雨漫。

细雨霏霏，打在植物上，窸窸窣窣。伞下暗影，罩着青春，收紧两人之心。名利场尘世恨，都挤不进来，此情似画，可以卷也。小河里溅起无数漩涡，如同河流不可掩盖的岁月伤痕。丘陵上植物苍翠，油菜花一大片一大片被雨擦洗得金灿灿的，煞是壮观。

冯一虹温情脉脉地依着段智兴：“智兴，你别急，听我妈说前头百源村有一个很大的牧羊场，正在找放羊人，咱俩明天去试试。”段智兴的琥珀色眸子里，有着凌空烟花般的落寞，轻抚她肩：“陪着你，我不会着急。”因和父母赌气，他在单位请了长假，随她去到佛山。

从未想到打工族的生活那般辛苦。从早到晚流水线作业，分毫不得迟缓、走神；上厕所走路慢了还遭班长训斥；夜晚挤在几十人的屋子里睡上下铺，待所有人洗漱已毕上床休息已是夜半；早餐自理，中晚餐吃的是洋葱炒大肉和一份大米，数百人在饭堂里挤撞得像养猪场猪圈里放出来的猪。失眠和吃不下灶上的饭，体力不支，他在进厂和辞工的往返轮回中度过了几月时间后，身上所带的钱已花完。高不成低不就地挑拣工种的过程他才知道，想找个类似公务员般清闲的工作难如登天。最后，无奈的冯一虹带着他回了乡下老家。

雨停时天边挂着彩虹，处处萋萋芳草，桃李沐浴分外妖娆，茉莉花香，掺在风中。段智兴如临世外桃源般的兴奋，琥珀色眸子闪闪发亮，手握成喇叭状，对着清新的空气大喊：“家乡，我们来了！我们要在这里扎根——”

冯一虹一袭水紫色嵌银线长裙，被风鼓荡得波涛汹涌，裙裾在风中发出飒飒的欢快响声，转面看他，眼波妩媚流转，笑语盈盈：“真的吗？只怕你又要后悔。”一抹失落和隐忧，极快地沉于眼底。段智兴心思一定，气度从容，琥珀色瞳仁光华四溢：“当然是真的。”

脉脉花香袭衣，他们来至油菜花丛。段智兴取出包里相机给冯一虹留下一张张倩影。冯一虹提着塑料袋，不顾雨水沾衣，在油菜地边上拽出一颗又一颗绿莹莹带着水珠的荠荠菜。

中午云开雾霁，池塘里小荷尖尖，一泓碧水波光潋滟。农家院里桌凳摆得整整齐齐，段智兴端出荠荠菜炒鸡蛋拌蘑菇饺子馅，冯一虹拿出饺子皮，和妈妈兴致勃勃地围坐着包饺子，相互说笑间穿插着城里乡里的奇闻轶事。鸡鸭在院里不分你我地跑，喜鹊在门前的槐树上喳喳地叫。狗在门口蹲着，面对人间幸福流着涎液。冯一虹因工致残的父亲在一旁坐着，目光沉重地偷眼打量段智兴，目光明明灭灭中透出些迷惘和疑惑。

冯一虹母亲干瘦的脸使人想到食不果腹衣不蔽体。她对段智兴笑，目光弯弯曲曲，流出她的欣喜，打量出他的幼稚：“智兴啊，你去歇着，我们包就行了。智兴啊，这穷乡僻壤的，你要呆不住了就提前说一声。智兴啊，你弟弟妹妹星期天回来，看到你一定很高兴。智兴啊，你爸妈就你这一个儿子，怎么也不舍得让你在这儿扎根儿，你们早晚得回城里去……”

冯一虹朝妈妈瞪眼制止，她妈妈反驳：“妈说的这不都实话吗……”

冯家极尽热情地款待，倒让受了几个月凄凉的段智兴如沐春风般的温暖。冯一虹父母托亲戚介绍，两人顺利地到了百源村的羊场，当起了工资月清月结的羊倌。

晓风伴露洒满山岗，如洗雾岚飘满山头，无名鸟在枝头叽叽啾啾。段智兴和冯一虹赶着群羊在绿草丛中奔跑，羊的咩咩声伴随着青年男女的欢声笑语飞满云层。朝阳映着两张朝气蓬勃的脸，让世人只羡鸳鸯不羡仙。

当太阳挂上高大的胡杨树梢时，羊儿在自由自在地吃草。段智兴和冯一虹时而牵手在旷野里奔跑，时而相拥躺于草地，让满天霞光伴着希冀的光束沉落眼底。

长河落日将层林尽染，孤烟袭人欲破禅。一群大雁齐追着夕阳故去的荣光时，段智兴和冯一虹踩着晚霞的倒影哼着小曲赶着吃的饱饱步履缓慢的羊群入圈，淡淡的倦意被新鲜和浪漫冲击得不见踪影。

午后风急，雨打残花，吹起落絮憔悴损。段冰清拿着体检单靠在医院的回廊上，身上的温度，被冷硬的墙壁一点点吸走。寒意侵入骨缝，她不躲闪。眸中哀伤如水四溢，身子抖动不已。廊外的树，枝干弯曲着长，举起团团簇簇绿叶，绽开层层叠叠的花，撒芳华于雨幕。

怀孕三月后她辞了待遇优厚的工作，纤细的足穿着做工秀美的平地鞋，好似舞蹈鞋的样子，让她喜欢。她反复步量着旧鼓楼附近这小区的每一寸土地，郁郁的目光打量着每一棵花草。回屋，她对着镜子看着发黄发暗且生了雀斑的脸勾画着产后种种，包括美容美体脱骨换胎。

她常于月落乌啼霜满天的时刻对窗坐着，嘹望着漫天星斗，暮色和鸟叫缠绕左右。花落也无声，温存地伴她打发时光。她的眼底，有着掩饰不住的落寞、忧伤。好则现实的一切纠结都只是人生的片段，事业会在产后重新开始。这样想着的时候她会牵动嘴角，笑意稀淡。

怀孕六个月后的今天，她拿着乳腺癌早期的检查单，走向停车场。细雨淋湿了头发，她浑然不觉，木然移动步子，耳不闻人声车声风声雨声，只有医生的话那样清晰：

“早期好治。大量的药物治疗影响胎儿，你必须引产!”

“引产就能保障治好癌症?”

“谁也不敢给你保证!”

“再有三个月就要生了，等孩子生下再治病，可以吗?”

“这样肯定错过了最佳治疗时机。”

生命转眼间成了将凋残花，却什么也没有留下。她的泪涌泉般地流，双手下意识捂住腹部：“我不引产……”逃也似向外跑，泪一路和着雨水流。诊室到停车场的距离，她似走过幽幽漫漫的生死隧道。车窗上挂满水珠，像一张泪流满面的脸。雨打在树上哗哗啦啦的响，雨点节凑忽而紧密，像古代的将士在擂响战鼓。健康时，本欲为了理想中的事业，不惜轻诺生死甘抛热血。生死攸关，一切正常的思维及人生理念都被推翻。她驾车往回走，街面因着下雨而显出空落，一些不知起自何处的声音七零八落的，仿若一场幽远的幻觉。

季波接到电话赶回来时看到段冰清抱臂蹲在屋角，身边乱七八糟地扔着香奈儿包、梳子、镜子，还有一袋包装精美完好无损的话梅。他急忙搀她，她却挣着不动，他指着话梅袋子：“说过不让你吃这个，你又买了？有色素和防腐剂，对宝宝不好的。”费力地半拉半抱弄起她，扶坐在沙发上：“你这样蹲着不难受吗？你不难受就不怕咱们宝宝难受？”

段冰清不语也不动，脸无丝毫血色，像固定的标本，又像干尸。窗外雨声潺潺，在阑珊春意中形成一片潇潇雨雾。尘声静寂，罗衾不耐寒。似有野鸦凄厉鸣叫于楼旁林梢。带雨的残花纷落于水里、行人的脚边、肩头，零星的红百转千回，迷万人眼。

季波凝视雨幕片刻，开了灯，拉上窗帘，只当段冰清又为不想要孩子和他怄气，端茶递果，抚面捋发，百般讨好，滔滔不绝地描绘他们美好的将来，当然少不了“生了孩子你不用带，还安心做你气质出众风采照人的白领丽人”一类的安慰之词。段冰清一直木着脸不发一语，突然一声呜咽如同海啸，紧接着的哭声如同自来水管打开阀门，汹涌的飞流带着弥天漫地的姿势。季波从香奈儿包里翻出诊断书，天旋地转，时光回旋到遥远的从前。

似是从中学起，他冷眼看她身边女友成群地围着打转，男生追逐者添了又添；身子由麻杆般的细长条变得错落有致，举止一年年出脱得更有分寸。出国后，她连笑脸都收敛起来，行为端庄矜持，风姿绰约到无懈可击。

从中国到美国，从美国到故土，他就这么看着她在人海沧桑里轻盈地舞，旋转了一个又一个舞台，动了一个又一个男子心。他曾看得热泪盈眶，而后渐渐面目从容。虽也见过她凌乱糟糕怪异的节奏、动作，但终属一时之误，人非圣贤，孰可避免？无论有多少人进出彼此的生命，他只决意做曲终人散时最后一个离开她的人。

却不料，人生之舞，旋转得如此之快，失控只在瞬间。曲正畅人正欢，她却将水袖折断，猝然跌下舞台。与万物相比，人的生命何其脆弱！一唱三叹，泪湿栏杆，离情盈抱终无语。共有那些繁华与衰败的历史，就像轮回中的物是人非，萧索秋风今不是。华丽篇章翻过，默默烙于历史，舞者终将无能为力地等待一场必将到来的宿命。

季波心痛如铰，愁绪纷纷，悄然抹泪，而后揽住段冰清："老婆，打掉孩子吧，治病要紧。我们还会生一大群孩子……"晦暗到极致的心调和着夜的黑，段冰清哭声嘶哑。六个月的宝宝虽未谋面，但小手小脚的每一次踢腾都牵动母亲的魂。

季波漆黑的瞳仁蒙着悲雾，心思悄转，挣扎过后轻拍她面颊："老婆，我明天到医院咨询下，看能不能留着孩子保守治疗。"昏黄的灯光落在脸上，有一种迷离的冷寂。

欲盖弥彰的悲伤气流在灯影里涌动。段冰清拢着手，不胜寒凉，末世来临的绝望，眉眼映着灯影，似是被沧桑风尘滤得分外清丽："我要孩子，一定要留下孩子……"泪一滴一滴，将他胸膛打湿。他的安抚，使她被忧伤洞穿的心得到些许安慰。直到季波入睡，昏暗的光线笼着她身，在一室死寂里是一个薄薄的浅色轮廓。夜，泼墨一般漆黑，浮云如暗流汹涌。阴风乍起，掀动窗帷，荡起巨大阴影，寒气自足底而起，冲破室内灯影离离。

段冰清醒来后打着呵欠，吸入了空气中的悲伤因子，看窗外朝霞飞升，圆圆的红阳给人世间渡上温暖的红色。她胸口却一片冰冷，似身陷巨大漩涡将被溺毙，扭头唤醒酣睡的他。夫妻两人来到医院。季波道："医生，有没两全其美的法子？大人和孩子都得保住啊！"

医生悲悯地收尽了这对夫妇的悲痛欲绝，沉吟片刻，开出药方递给季波：

"这病麻烦，发觉不舒服就赶快来。"

这日冰清起床后拉开窗帘，只觉肢体困倦，在黄白色的晨光中坐了好久。周边空气稠密，使她喘不过气来。她遵医嘱每天服少量中药、喝大量开水，以保持身体机能正常运转和排毒。她的身体随着时光流逝日益虚弱，动辄心悸，乳房痛经常搞得她无法入眠。

伸展着手臂，她来到阳台，风过处一树梨花纷纷，细碎的花片飞过地面，漂泊难即。肚里的胎儿东一脚西一拳的踢打，她欣慰抚摸："孩子，你怕妈妈不够坚强吗？"

目光瞬间又黯淡到极点，在凛冽的阳光里她抚着腹部浑身冷彻。难衡量到底需要多大的勇气，才能在这充满荒谬和灾难的世界继续活下去。

回到厨房打两个鸡蛋，兑一小把枸杞七个红枣，在电磁炉上煮好吃完，她心事重重地打段智兴手机。几个月来一直都是欠费，想必是换号了。这个因少年轻狂而不顾一切的弟弟，要掐断和家里人的联系。

卧房里依旧有着人的体液掺在被褥上所散发的气息，还有夜间人呼吸出的浊气，混合成一股莫名的难闻之气。感觉缺氧，她打开窗子，探视后窗，见圃中茉莉花开千朵万朵，馨香馥郁，随风袭来，扰乱此际宁静。想往年此时，必要约上三五人去郊外踏青赏花，此后，生活中再也无此章节了吧？与大自然亲近，采一束花揪一棵草；与好友畅饮，说一声苦道一声甜，都只能为健康者所有。她倚着窗框看花纷花谢飞满天，眼神空茫，满面哀伤。弟弟失踪，让不再年轻的父母情何以堪？

她决定回家看看，洗脸，梳头，背包，拿钥匙，门砰地一声在身后关上。一腔悲绪进门，见二老正在愁眉苦脸地相对叹息。范成芳看到女儿的脸色吓了一跳，急忙拉着坐下，将她反复打量："冰清啊，你这是怎么了？脸色真差！"见女儿神情郁闷低头无语，又急忙从果盘里拿了苹果削了皮递给她，目光紧盯着她黑青的眼窝："不是妈说你，现在怀着孩子，你得休息好。别胡思乱想的，想来想去就容易睡不着觉。看看，都熬成熊猫眼了。"

段冰清安慰低头叹息的父亲："爸，你别太忧虑，让他在外受些苦也好。"

段升平鬓发已花，话语透出心伤：

"他兔崽子要是一直没音信，被单位开除了可怎么办？"

段冰清眸光低转，语气幽幽：

"爸，你别担心。他受一阵子苦后，厌烦了，新鲜感消失了，一准儿会乖乖回来。"

"回来？我担心他回不来了……"段升平站起来，觉身子似有千钧之重，又沉沉地跌下去："我派了一保安去佛山，保安回来说，他已经随那个乡下妹走了。"

心猛地一颤，段冰清惊得瞪圆双眸："走了？"

段升平面色苍凉目光凄然："他们一起，回那乡下妹老家了。"颓然抬头，老泪纷落。

段冰清苍白颜面浮起悲凉、冷寂：

“他要去当农民，种庄稼？真是鬼迷心窍了！她老家哪里的？有没确凿信息？”

段升平探身向前，头低低垂下：“山东乡下，穷乡僻壤的，他在那儿放羊，当羊倌。”

段冰清眸中掠过惊诧、迷惘、怨愤、不屑：“放着公务员不做，他去放羊。真是雷锋的传人，雷人！”只觉胸中热流激荡，起伏汹涌，久不能平。

段升平情绪激动，双手发抖：“我这……真拿他没办法了。我暗中派人到那里去查看，他每天和那女的早出晚归放羊。乡下风野，他皮肤都晒得黢黑了，活脱脱成了一乡巴佬。”

段冰清正自暗叹从公安局刑侦科退下来的爸爸居然把刑侦经验用到儿子身上，见妈妈指着爸爸埋怨：“我都说不要逼他那么紧，你偏偏要我听你的！这下好了，儿子被你逼走，成人家的了……”趴在沙发上，伤心落泪。

段冰清心思随目光流转：“爸，妈，你们放心，我有办法把弟弟弄回来，明天就去。”

范成芳急忙挥手制止：“不行不行，你现在这样，不能劳累的。万一怎么了，你婆婆可不把我埋怨死！什么亲上加亲啊，我们这闺蜜，都快闹成仇人了。”

段冰清强撑着笑脸：“妈，我现在整天窝在家里，怪闷的。出去跑跑，对生孩子也好。你放心，凡事我心里有数。”

第三天晚上彩霞满天时，段冰清的车停在一个杂木丛生的乡村路上。路一头穿越村庄，一头连着一个荒凉的大空场。村庄很大，路从中间穿过，路旁排列着整齐的房子。荒凉的空场里有野树、杂乱的木头堆、沙堆、石灰堆，还乱七八糟地码着砖瓦，另有高大的柴垛，柴垛后一座木屋。几只散漫的鸟，在小山似的柴垛顶飞来飞去，尽情挥洒无虞年华。一片片树丛掩着一座座农舍，在霞光里的原野上星罗棋布。

段冰清往前走，脚下碧草成蹊，间杂着紫色七星小花和金黄的蒲公英。路旁是半人高的青芜，喇叭花迂回在丛生的杂草和刺藤间展示风姿。高大的胡杨被风吹着，发出哗哗的响声如同雨打芭蕉。远方的村庄错落于暮色里，如蒙轻烟。乡间路上，牛羊散漫地走着啃草。

充当司机的会所保安曾以侦探身份被派往这里，他身躯不够高大，和脑子一样精悍。他指着柴垛那边的小木屋，神情悲悯：“你看，他们就在那里住着。”

第四十三章　无法再回头

连天芳草无穷碧，映衬了她的粉衣如荷，长发如丝。段冰清在微凉的风里眯起眼，见木屋在霞光里泛着微红，它附近还有一个面积很大的建筑物——姑且称他为建筑物吧！它木板为墙石棉瓦为顶，里面的空间应该很大。

段冰清指着它问穿了便服的保安："那是羊圈吧？"

乡野的静远无边无际，颇具宗教气息的氛围笼罩着荒凉空场里的羊圈，有一种都市中难以觅得的安谧宁和。保安站在路边点头，身后是半人高的荒蒿，在风里苏苏作响。

那木屋升起炊烟，如同笼着淡淡的雾，如同早上的晨光熹微。段冰清远远凝望着，目光凄迷："你先去看看情况。"待他离开时又挥手喊回："小心我弟弟……"

"放心，我不会让他跑掉的。"那保安挺着腰板雄赳赳气昂昂而去，少顷转回，面露喜色："那圈里有些羊，小段总没在，应该还没回来。他们俩有时一起放羊，有时分开。那女的现在正在烧火做饭。"

段冰清眸光凛冽，语气庄严如同警官在紧急办案："你去路口拖住段智兴！"

看着那保安的背影被衔山的夕阳拉得雄伟，段冰清收回目光，向木屋走去。沿路的瓦砾、石子、灰土，将逃不脱恶劣环境的葳蕤青草欺倒、染脏。小路尽头霞光跳跃处，一颗老榆树在木屋旁葱蓊着，树上榆钱如花朵绽放。段冰清拂去飘落在肩头的榆钱，来在木屋门口，见屋门敞开着，门两边各有砖块堆砌的花坛，左边石竹右边海棠，煞是宜人。她探头向屋里望去，见一个头搭毛巾腰系围裙的女孩儿正在锅上锅下地忙着，好长时间才埋过头来，目光极快地打量罢段冰清，面有惊诧："你？不是买羊的吧？"热情让进屋。

段冰清走进这座由两间房构成的木屋，见水泥铺地白纸糊墙倒也清爽。女孩半弯着腰，往锅灶里添了几根细木棒，火熊熊地烧得很旺，屋里泛着微微粥香。她被女孩引领着来在里屋，见白木桌旁围着两个白木凳，里面靠墙放着一张木床。床上一张橘红底色的床单，铺展出满屋的馨香。她坐下，看着女孩的细眉细眼，语气亲切却难抑隔膜："你是一虹？我是段智兴姐姐。"冯一虹已给段冰清倒了茶，在她对面坐下，头低垂唇轻启浓睫微眨："嗯，我猜到了，常听他说起你。"

段冰清身子挺直，手在包里探摸，目光如锋锐利，以商人谈生意的语气说："物质社会，一切都讲究个对等。双方的筹码差距太大，交易就不可能成功。请开个价，要多少钱？你才能放弃这场生意？"从包里拿出三万块钱，码于桌上，盯着冯一虹眼睛："够不够？"

大木窗敞开着，微薰的晚风徐徐吹送阵阵花香，丝丝弥散于幽暗之中。

冯一虹怔忡盯着桌面已经好久，眼泪顺着下巴流到脖子里，被她抿去，话语直白，是村姑的淳朴："请不要以你商人的眼光去衡量一切，你以为我会为了金钱背叛爱情吗？"慢慢抬头，目光里有一种滴水穿石的柔韧："我爱的是他，不是钱！我认识他时，他说他是个穷学生。"身子僵硬，步态凌乱地走到灶台边，用一铁棍向火道处一投，那火便烧得更旺，火光染红了整个屋子，迫得阴暗无处可存，益浓的粥香飘溢满屋。

段冰清丽眸流转环视陋室，有什么东西在心底如水荡开，眸光由繁杂渐转湿润："生命苦短，爱不是唯一。你们之间的悬殊太大，坚持下去不会幸福。"稍顿，继续说道："别把我当说客。我说这些是为你好。要不信我的好意，以后你后悔不及。若收下这钱，你我功德圆满。"

冯一虹捂着胸口又揉鬓角，身子慢慢转向一旁，再扭头看段冰清时，眼里有细碎雪光："你说来说去，还不是想用钱买断我们的爱情？别以为穷人就会看重钱，你想错了。"慢慢站起来，语气如石坚硬："钱不是万能的，请你收回。"

她们在屋内静谧流动的空气里各持己见地争论，又互不妥协，直到灶台里的火灭下去，天际霞色渐渐黯淡，雾霭般的暮气铺满木屋前蔓草夹径的蜿蜒小路。

冯一虹垂首不语只是流泪，段冰清目光杂乱地捶着腰走出木屋，沿着曲径走向原野，迎着那白云般缓缓移动的羊群立着。风吹起她细长发丝，眸中忧患和阴郁浓密如织。

段智兴和那保安逆着天边的最后一缕霞光走来，彼此疏阔的脚步表示着他们发生争执后的心里隔阂。看到姐姐突起的腹部，段智兴有些塌陷的双目里流出惊喜：

“姐，你怀宝宝了？”

看着弟弟曾经白皙的脸经过风吹日晒变得黝黑，现实的纠结、痛楚如乌云当头罩着，段冰清心如万蛇齐噬，一时间五味俱全：“嗯，因为宝宝，又没工作了。若是公务员多好，生产、生病都不影响发工资。”抬头，目流祈求：“智兴，跟姐姐回去好吗？你知道爸妈为你弄个工作有多不容易吗？”

段智兴目中浮起雨中漂萍般的惊乍：“姐，你不是来看我？是当说客来了？你会很失望的姐，我不会听的！上次在北京你拒绝见一虹，是因为你根本不知道她有多好。见多了城市里那些唯利是图，虚伪势利的女孩儿，我很讨厌她们！这一辈子，除了一虹我谁都不要！”

他脸色铁青言语铿锵咄咄逼人，态度十分强硬。

段冰清心底的一块壁垒剥脱、碎裂，现实的伤痛盘根错节。她失控般地上前拽住弟弟，放声痛哭：“放着公务员不做，却来乡下当羊倌，你疯了吗？知道爸妈多牵挂你吗？你走时，爸心脏病都犯了……你必须回去，你必须回去！我……你就忍心让爸妈老境凄凉……”欲说出患癌的事实，竟是难以想象的艰难，究竟是怕，怕弟弟不够坚硬的脊梁难以承受生命的残酷和伽拘。段冰清临风而立，心里是凌空雪花般的凄冷，双腿在裙裾下发飘，脚下的土地似在一寸寸下陷，弟弟在对着她暴喝：

“是他们赶走我的！除非他们接受一虹，否则我不会回去！”不被理解不被尊重的怨恨深重，段智兴冷冷地挣脱段冰清，扬起鞭子赶着羊群，消瘦的身子很快和暮色融为一体。

北京市法庭科学技术鉴定研究所里人群熙攘，季涛挤在人群里办完手续，和抱着儿子的白小琮来到采血处。

他们的儿子贝贝自进大门那一刻就哇哇啼哭不止，似乎在以哭声抗议他们这荒唐的举止。白小琮从包里拿出奶瓶喂他，不行。她惊慌地触摸他额头、耳唇、嘴唇，也不见烫，又从包里拿出体温计测量，挤在身后的长椅上等足五分钟，再拿出看时，体温正常。

她拍着他，抱着他乱抖乱晃：“贝贝，别闹，别吓妈妈好吗？”季涛别着头在一旁站着，视若不见白小琮的手忙脚乱。

白玻璃窗口捋着袖子按着胳膊的人一拨拨来了又去，海水一样绵绵不绝。

白小琮耳畔响彻儿子的哭声，对白衣工作人员喊牲口一样喊着自己儿子的名字置若罔闻。

季涛上来捅捅她，指指窗口。她朝他瞪瞪眼，急忙抱着儿子过去。

工作人员满面肃穆有条不紊，也不管白小琮儿子哭的似要窒息，和白小琮同时按住他细嫩的胳膊。针头扎进去的瞬间小家伙停住哭声，像自来水管猛地关住水龙头，接着哭声又潮水般汹涌而起。看着那人目光淡漠地拨出针头，针管灌满儿子的血液，白小琮心突突乱跳，按住儿子胳膊上的针眼在身后长椅上坐了三分钟，才放下儿子被挽起的袖子。

朝大门走去的那一刻，白小琮怀里的贝贝停住了哭闹。季涛不管不顾地独自快步前行，似乎下意识地以距离表示着和他们母子的心里距离。附近的花园苗圃都开满了鲜花，姹紫嫣红的芬芳飘散在晴空里，上面飞满采花的蝶，拥挤纷乱不堪。

白小琮站在街上，看着季涛有些生硬的背影，再看看夕阳掠过儿子的眉眼，她满目满怀的沧海桑田。儿子刚一满月时她就向他讨要名分，哭着祈求他和她办理结婚手续，说一切都为了儿子，怎能让儿子不明不白地长大？他是你唯一的亲骨肉，你于心何忍啊？

他以观赏戏剧者的眼光收尽她的悲恸、折磨，惊叹于她把戏演得如此催人泪下。曲未终人已散，观赏者很快地回到生活现实。他避而不见她，不接她电话。

可她真切地活在无比纠结的现实中，现实的冷硬、残酷，使她饱尝未婚妈妈的悲苦和尘世的炎凉。那时，虚弱苍白的她还在医院的病床上躺着，咬着牙发信息："只有我们领了证，儿子才能上户口。等儿子上了户口，我们再办离婚手续，好吗？求你!"

季涛硬着心肠回信：不办，这不是我儿子！此晚夜幕四伏时，白小琮妈妈趁她熟睡，抱着贝贝来找他，将婴儿往他的办公桌上一放："世界上有你这样的狠心人吗？连自己儿子都不认！我家小琮做了什么孽啊？遇到你这样的负心人！你想让我们告上法庭?"

季涛急忙关上门，看着襁褓里的那个小人儿咕噜噜转动着不知风霜的眼睛，心沉入一片深深的柔软和濡湿里，终转理智。他在老板椅上转身，给她一个冷漠的背影："他不是我的儿子。可我已给他抚养费了。"白小琮从门外走进来，遇上妈妈抡起的巴掌，声如急雨："小琮你瞎眼了！他说不是他儿子，他说不是他儿子啊！这个天杀的王八羔子……”

白小琮站在那儿气喘吁吁汗湿内衣，唇失血、干燥，纹痕很深：“咱们去做亲子鉴定。贝贝要不是你儿子，我退回一切费用，咱们永不牵连。他要是你儿子，咱们必须去办结婚证。”一丝乱发在面颊上飘动，徒增了厚重的苍凉。

“好，这样也好。”季涛从椅子上站起来，有一种揭穿谜底的激动，摆脱控制的欣喜。

白小琮母亲高耸的颧骨黄白色脸，眼睛里激射出仇恨的子弹，指着季涛咬牙切齿：

“你就不怕坏良心？遭天打雷劈……”狠狠一甩头，爆炸头凌乱如仙人球。

霞光漫天，映红了远山、高楼、树梢，街上的行人和车辆。

白小琮的脸被映出温暖的色调，心里却如处冰渊，觉得抱在怀里的贝贝有千斤之重，让她不堪承受。

季涛在离她十米左右的地方招手叫车，脸色冰冷，如同在雪山顶上侵淫了千秋百代的石头。

白小琮气定神闲地等了十天，待鉴定报告出炉，笑得风生水起。铁证如山，季涛就是儿子的生物学父亲。她来到季涛办公室，扬起复印的鉴定，向他脸上摔去，转身就走。

季涛拿着报告单呆住，目光游离、茫然。

两人来到西城区民政局办理结婚手续。白小琮背着包走上台阶，包里装着沉甸甸的喜糖，回头看季涛把车泊好，随着他走进这个无数人向往又无数人讨厌之地。进入大厅，她感到今天是个吉日。进进出出的人很多，一对对青年男女神情可亲可近。白小琮拉着季涛来到登记处，笑嘻嘻地从包里掏出喜糖，和证件一起从窗口递给穿着灰蓝色制服的工作人员。

那女的大约三十多岁，鼻翼有几颗零散的雀斑，看看一旁板着脸的季涛，又把目光移向白小琮，意味深长：“自愿结婚？”

白小琮暗中踢踢季涛，两人同时笑道：“嗯，自愿的。”

工作人员低头忙碌，头顶露出几根白发。

在柜台前拿到红本本的一瞬，白小琮颊生红晕，笑得桃花灿烂，对工作人员道谢，挽着季涛胳膊走到门外，对着他那张死了许多年一般的脸，她笑容尽收：

“现在都这样了，贝贝又那么可爱，你难道就不会笑一下吗？”

他不理，大步流星往前走。她亦步亦趋跟着，心一瞬怅然、暗沉。

春天的风里飞舞着花香和彩蝶，一群少女穿着裙子裸露出丰盈的小腿，踩着细细的高跟靴走过草坪，与花蝶媲美。

季涛快步躲过她们，目光低迷，如在深水中挣扎而后涉出，望着远方神情莫测：

“你赶紧去给儿子上户口，我希望早些来办离婚手续。”为给孩子一个合法身份，他来登记办证，惦着她“上完户口就办离婚手续”的承诺。

白小琮一时心神恍惚，脚下如拌棉絮，一个眩晕抱住身边的树，五官扭曲，面容凄惨：“为这张结婚证，我付出了多少心血？流了多少眼泪？刚拿了结婚证，你这就又提离婚？贝贝那么小，那么可爱，你这做爸爸的怎么忍心……我为你受了多少苦？受了多少难？你难道从没有爱过我？我费尽心力和你来领结婚证，难道就是为了再来离婚？”只觉周围稠密冷气封喉，呼吸困难，身如落叶任风飘，四周是无可依傍的风。

“我问你，”季涛两眼瞪着，隔着两棵树向她放射寒气，忍无可忍地切齿：“你喜欢自始至终被人算计，被人要挟着走向婚姻吗？是，我曾喜欢过你，可这喜欢早就被你的精于算计破灭了。我不会再钻进你的圈套里！想拿儿子作为手中法宝，你会失算的！”

季涛打开车门，挥手示意白小琮上车，白小琮赌气不理，朝反方向走。

季涛冷笑着上车，发动引擎绝尘而去。

白小琮听到引擎发动的声音转回头来，望着车尾的烟雾捶胸顿足，哭骂：“畜生——”

几个过往者向她投来狐疑的目光。“真是怪了，他们刚才领证，这会儿那男的就不管她了。”一个头扎马尾的年轻女孩指着白小琮目流轻蔑，对身旁挽着她手臂的魁梧男人说。

“鸟大了，什么林子没有啊。老婆，我永远不会不管你。”那魁梧男人挽着女友，从神情怔忡的白小琮身边走过，翻着红色本本，满目喜悦。

结婚乃人生大喜，可季涛和白小琮却在领证后的怨恨和埋怨里分道扬镳。悔恨的情绪相伴，直至午夜浓云遮月。季涛站在窗前，对着城市的万家灯火流泪。他也不愿这么冷酷地对她，甚至想委曲求全成全她。可他无法背叛自己的感觉，他过不了自己心里这坎儿。

房间冰冷沉寂得如同禅房，憔悴的白小琮听着妈妈均匀的呼吸凝视着儿子熟睡的脸，进入了空前的绝望和心灵折磨。原以为有了儿子他会接受她，如今看来，一切都是她自作聪明，一切都是她白费心机。一切艰辛忍耐、屈辱泪水，都是一厢情愿的作茧自缚。

这租住公寓的幽暗似乎比以往更甚，夹杂在嘈杂的市井中像一块渐渐下沉的荒岛。

如此对他心灰意冷的她，如此被他伤害又伤害他的她，还是一如既往地沉于无际黑暗之中，那么不可救药地渴望被他喜欢、痛爱，一遍遍描摹着被他温暖着、呵护着的场景。也知道这些描摹那么荒谬那么矛盾那么不符合逻辑，可她的日子就是在抚摸着这种矛和这种盾的交叉点过活。折磨，疲惫，痛不可言。她就那么呆呆坐着凝思，满目痛楚地任黑暗吞没。

睡醒的妈妈揉着惺忪的眼叫她快睡。她答应着，心事沉沉地躺着睡不着，泪珠在黑暗中颗颗滑落。妈妈用胳膊肘碰碰她，说话是沙哑的嗓音：

“我担心你一个人吃不消，让你爸看店我来照顾你们母子。给贝贝喂奶粉、做饭洗衣，这些活也不累，可我看着你那样子就累得不行。贝贝吃奶粉一天四次，好吃好睡，拉的便便也正常，多好！今儿证也领了，你该安心些。有他儿子在这儿，还能狠心到哪儿？小琮，别总在这儿给自己执劲儿。”

白小琮答应着，强迫自己闭上眼睛。如今比不得以往，夜里睡不着的时候起来放碟听古筝和大提琴，伏在书桌上看香港张小娴的言情小说。看得眼睛发困到睁不开，倒床便睡，到第二天白天常头疼欲裂。如今她因思绪百转难眠，夜色里不断闪出季涛那张极不情愿的脸，躲闪、逃避的眼神。他的怒吼随风而来，覆盖了她的天空：“你这个泼妇，无赖，骗子——”

她知道她错了，错得彻底！可她不甘！

季涛常常拷问自己如今对白小琮的深恶痛绝，源自她起初的欺骗和屡次的反悔。他的一颗自幼就对信任缺失的心，面对白小琮爱的表白时，产生的是越来越严重的排斥。因此在白小琮迫切渴望他能接受他们母子时，他只有两个字：离婚。白小琮忍无可忍伤无可伤时，也只有两个字：畜生！他就又给她两个字：骗子！她就又回他两个字：流氓！他再给她两个字：泼妇！她再回他两个字：禽兽！

矛盾不可避免地激化。相互不见面的他们经常通过电话、短信激烈地争吵，恶毒地咒骂。

怀孕七个多月的段冰清脸色苍白，肚子虽大，肌体枯瘦如柴。她拿着水壶浇花，每走一步都非常艰难，可她坚持着，不松懈。她往回走，突然风筝般飘落在地，失去知觉前发出一声沉闷叹息。

范依蕴刚好熬好药端出来，见此色变声嘶：“冰清，冰清——”

医院的灯光映出一群医生护士忙绿的影子，检查完毕的医生告诉季波：

她带着重病，养着胎儿，身体已到了承受极限，再不把孩子拿出来就不行了！

季波含泪在手术单上签字，看着时昏时醒的妻子被推进产房。聚光灯下，打完催生针的她，肚皮薄得像层纸，透着隐隐血丝。生与死像两辆背向而驰的列车，将她剧烈地撕扯着。

忽一声微弱的婴儿啼叫，产房内外的所有人都长长舒口气。

范依蕴范成芳季波等人齐声欢叫。

冰清在分娩中大出血，嘴和脸全是紫的，亲眼看到宝宝被医生高高举起时又晕了过去。

“快，送到重症监护室！”医生对护士们喊。

一女护士抱起洗完澡的婴儿：“宝宝早产，体质虚弱，得送急救保暖箱监护。”

重症监护室门外，护士告诉季波：产妇出血量超过1000ml，活下来的几率很小。

季波死一般的目光盯着身上插满仪器却一动不动的妻子，忧心如焚。

第四十四章　必须得离婚

段冰清终是闯过了多器官衰竭的关口，昏迷三天的她被推出重症监护室，季波流着泪抱着婴儿："冰清，你看囡囡长得多像你。"

季波在快乐中痛苦着，祈祷女儿强壮妻子病愈。

女婴虽小，却粉琢玉雕。范依蕴抱起孙女，见她咕噜噜转动的黑眼珠嵌在一张粉嫩雪融的脸上，漂亮到令人纳罕。

冰清强撑着参加了囡囡的满月宴，众人来贺，都夸她生了个小天使。

客人走后季波把最后一份红油肚丝装进塑料袋。段冰清皱着眉站起来，向后拢头发，准备走时却向后跌去。

季波急拨了120。

医院里，戴着口罩的医生道："乳腺癌中期，必须手术了！"

段冰清在病房睁着失神双目，紧抓着季波手如抓救命稻草，脸像涂层淡灰，声音暗哑：

"我知道，我不行了，别让我，爸妈知道，千万别……"

瞒着父母在医院做了右乳切除手术，术后一星期恢复情况良性发展。段冰清在床上保持着半躺半卧的姿势，嘴唇无一丝血色，崩着细血口子，望着医生气息微弱道：

"医生，是否要，做化疗？我不怕痛，只要，能治好病。我一定，要治好，站起来……"

室内光色半明半暗，医生拿着听诊器说：

"我建议不做化疗只用中药。中药抗癌有杀灭癌细胞、扶正、排毒、消瘤止痛，还有消积水的功效，可以达到标本兼治。能把体内残留的癌细胞彻底铲除，预防复发、扩散、转移。只要有信心，你就一定能好起来！"

段冰清灰白脸上一抹惨笑如死水微波："我还有，女儿，要照顾……"

范依蕴递给儿媳开水："多喝些，利于排毒。"送医生和护士走远，站在门外叹息、抹泪。忽见段升平范成芳前来，她迎上去："冰清做的是纤维瘤切除术……"

段冰清术后一月出院，接续着中药治疗。医药费价值不菲，还要养女儿，生活幸福也艰难、沉重。

每当关了门市部回家，季波脸上像一滩死水，无论如何都泛不起微笑的涟漪。这晚他伺候段冰清服药已毕，见女儿在妈妈房间嗷嗷哭着，又急忙过去招呼。忙完回来虎着脸，将似有千斤之重的身子跌入沙发，沙发不堪承受般的发出吱吱咛咛的响。

段冰清斜倚在床头道："我现在病了，就每天看你脸子。"

在医院那夜心伤累累加着刀口处的痛，再苦不过如此。衰弱，无助，她倾诉了那些不为人知的痛和苦，满望着会唤起他心头旧情，多些怜惜，孰料他是那般疯狂态……

如今他身子从沙发上弹起："又照看生意又照看你们，都累死了！你甭闲的发霉就找事。"

段冰清胸口憋闷，笑容冷月般凄凉："咦，越来越厉害你。忘了以前，靠我挣钱那会儿?"

沧海桑田褪尽曾经的淡定、优雅，现在的季波日趋世俗，喜怒无常，动辄埋怨、爆粗。他扭头瞪她，如王子鄙视牢囚：

"别提你挣钱，提起来我就觉着丢脸。你不就是靠勾引男人吗？你不觉得肮脏吗？要不是你为了勾引男人整天拼命挤乳沟，现在怎么会得乳腺癌?"

青春的俊美经过剧烈透支之后，如今只剩下赤裸裸的丑陋。段冰清胸中似有洪流激荡，有什么纷乱错落的东西被洪流冲碎，眼神残花般的炎凉、悲伤："你说的，这是人话?"

季波斜睨她脸容的凄惨，鄙薄这张在病中也化着淡妆的苍颜，透过灯光的虚白，有虚弱也有那么几分哀婉。他觉得这才是真正的金玉其外败絮其中，而他竟为这一具曾经光鲜的皮囊，经历那么多的忧思转侧。在曾经的希望与绝望之间，他一直像个悲情戏的苦主，该谢幕了，从今不复！他理直气壮挺起脊梁："我说的都是实话，你这完全是自作自受!"

她用尽力气，掂起抱枕向他砸去："这些天，你要么不回，回就不说人话，怎会如此歹毒、残酷、绝情？出去潇洒吧，我不想，看到你。"

彼此间那些依稀薄的情爱，就如到晚春必然凋零的花，曾经鲜活的生命岌岌可危，浇水、施肥都属徒劳、无助。

季波打开抱枕，噌地从沙发上站起，走到门口，扭头，脸色莫测："咱们离婚吧！"

灯光映着段冰清的脸，一片真切的凄凉、哀伤，掂起床头玻璃杯向他扔去：

"离就离，你给我，走远些，再别回来！"

悲伤和怨愤如长河一泻千里。段冰清再也难以安睡，感伤绝望的泪水无休无息。

"好好好，我可就听你的了！"季波摔门而去。

儿子连日未归，范依蕴只是干活，默无一语，唯囡囡的哭闹打破屋里死城般的静寂。

段冰清茕茕卧床，心里那股悲愤的激流越来越大，潮水褪尽后只剩下沙石般坚韧的孤傲。她要站起来，不能这样圈养的牲畜般活着。只有站起来，才能重新面对一切。屋里药味呛鼻，被袅袅白雾和雪白灯光笼罩着的她的苍白脸容，闪射出一抹奇异，那是对生的渴望对死的蔑视。

段冰清坐在客厅里喝药，漱口已毕，笑对范依蕴：

"妈，你以后只管忙你的，我现在精神很好。"

段冰清把已经熟睡的女儿抱回房，关上门，在灯光下摸着囡囡粉红的笑脸和花瓣般的唇，泪水又一次决堤。她无声地流泪四顾，有些惶然，如处坟墓。

夏天的早上晨曦满窗，栀子花飘满尘埃，季波失而复归。

季波一进门就看到许多晾着的小衣服占满阳台，闻着房间里飘散的中药味。他低头抚摸在摇篮里安睡的女儿脸，见小人儿眉目更见秀丽，光滑得像绸缎一般的皮肤包裹在米黄色的纯棉单衣里。

段冰清比前时稍胖些，十分安静地躺在越窗而入的霞光里，目光静谧。这静谧就像被拔光青芜的土地，裸露着地面干涸的裂纹。这样的情形里她看人物看世界的眼神都有了变化。

段冰清初看到季波时眼里有什么东西向外溢了溢，很快敛住。

季波的格子短袖很整洁，头发理得纹丝不乱，把一张离婚协议书扔给她："签字。"

宽大的粉红杭缎中袖睡衣上绣着莲花，围拢出段冰清身子的纤瘦。她并不看飘到地上的离婚协议书，一动不动地沉默，声音淡凉如水："离吧。"

摇篮里的贝贝突然哇哇地哭，任凭段冰清又放音乐又喂茶又摇铃铛。她抱着女儿在屋子里、阳台上乱转，左哄右哄都不行。囡囡激越的哭声覆盖了所有空间，慌得段冰清满头大汗。湿透的那么大一缕头发绞着状贴在鬓边，脊背上湿乎乎一片如同泼水，睡衣的粉红色变成深色绯红。

季波向女儿伸出手，她向他骨碌碌转着眼珠哭得更欢。季波听到段冰清不堪重负之牛般的气喘吁吁，突然朝着她们母女跪下："我争取……早些复婚……"

段冰清迷惘、凄伤的目光望着季波。

季波几乎是匍匐在地上，耷拉着头：

"那个富婆答应结婚后送我一家装潢公司。我想借跟她结婚把公司拿到手，到时再找个理由跟她离婚。她比我大十一岁，我爱的永远是你和女儿。我不能看着你们受苦！"

女儿好似哭累了，沉沉睡去。段冰清隔窗凝视路旁石榴树，繁华已谢尽，秀气却繁茂的绿枝陪着浅黄的果实，寂寥不胜。她眼神空洞，反复琢磨他的话，终哭得撕心裂肺：

"当初我们结婚，就没为金钱名利。后来穷成那样，纵有多少过错，也不过是为了爱，为了共同的这个家。林林总总那么多，我们都没有分开。我愿意跟你过日子，不管你是穷是富！现在你移情别恋，分明是嫌弃我这病，说什么为了我和女儿？"

段冰清倒在沙发上，哭声惨痛绵长，久久不歇，将久积的委屈、痛苦、郁恨一齐排泄。

季波匍匐着，攥住她睡衣一角，似握着内心深深的愧疚，神色悲戚：

"一个男人没有昌盛的事业，就是条被人踩着的狗！我真的爱着你，若不和她结婚，我就得不到那家公司。咱那个门市部的生意已不行了，现在家里又是这样……"

人终会沦于世俗。这晚熄灯后他们一个躺在沙发上一个躺在床上，对离婚的细节进行商谈。协议把房子、女儿判给冰清，季波净身出户。

季波和那富婆的婚礼如火如荼地举行。得知此情的段冰清把女儿送给在私立学校做饭的范依蕴，发给季波一个信息："别了，永别！"

癌魔关都能闯过，却闯不过情殇。她回家关上门，将刀片滑向手腕时没有皱眉。

季波接到信息就丢开富婆急赶回家，见卫生间里是血的汪洋。冰清伏在血泊里，眼神恍惚面色虚白，生命如同将熄的烛。

经过紧张抢救，段冰清又一次脱险。

季波在病房里紧紧抱着她，困兽般喘息："冰清，请相信我，等我成功了，就马上离婚。"

曾携手走过西湖畔，在白蛇和许仙的画像前，他诉说着许仙的失聪，许诺一世不变。说断桥虽断，忠贞的爱依然在人间。小楫轻舟，直入藕花深处。

段冰清的脸映着灯光，死一般的吓人，如抹白灰："我相信你，只是，接受不了……"

如今物是人非，爱情忘记了告别，便已消失在人海。只有那飘在风中的诺言，像断了线的风筝，苍白着，空作了招魂的旗幡。那些美好时光，凝固成生命中最美。今天，湖畔定是满天的琼花漫卷，依然的风丝雨片，烟波画帆。

在满世界的恶俗里她不知道，谁还会对她无瑕一笑，再说冷暖，到泪下潸然。

季波的手机不停地响。

季波到一旁接听："朋友家出了车祸，处理完就回去。"

出院回到家里，季波告诉哄着囡囡的范依蕴："你别出去干活了，妈，在家哄孙女。"回房来抱紧段冰清："老婆，谢谢你……"

月华如练，将段冰清虚弱的影子拖在地上："我是你老婆？那富婆才是！"

段冰清推着他走，季波捂着她口："小心别让妈听见！你放心，等时机一成熟，我们就复婚。我舍不得你和女儿！不见面的时候总是想着你们。"

季波抱回熟睡的女儿，吻着那粉嘟嘟的脸蛋："囡囡，爸爸爱你！"

段冰清依窗站着，忧伤如夜间昙花弥散。她没有眼泪，看着街道幽深处走过的女子步态踽踽，不知为谁失意。

季波每月给她们 5000 元生活费，每周都回来一次，对范依蕴只说生意很忙。

白小琮会偶尔抱着儿子来坐坐，两个抱着孩子的年轻女人话题很多，聊得比孩子更多的是她们的男人。一个无名有实，一个有名无实。

人终究会相互了解，待在这个过程渐渐剥去妆容，各自皮囊下的真相昭然若揭。适才彻察这并非当初所求，于是便开始了折磨、猜忌、伤害、抱怨、算计、索取、斗智斗勇。

天高云淡风和景明，碧山湖上柳阴阴，人影碧波澄。季涛在西湖苏堤和吴菲携手而行。

关于未来的浪漫勾画对于妙龄女子来说，总是无穷无尽。那片虚无的理想王国，常是千篇一律地魅惑。

吴菲长发如瀑，折一段杨柳，翦水明眸溢出哀愁：

“我们本来就无话可说，一开始我就怀疑他外面有人，但没想到会是我闺蜜！他经常夜不归宿。直到前天，林敏敏大着肚子来找我……”

正逢拂面青柳，季涛抓住柳条狠狠一甩：“世界那么大，林敏敏她干嘛非要伤害朋友？”

逆着阳光，吴菲面色寡淡，一半明亮一半灰暗：“他是她初恋，也许她后来境遇不好，家庭累赘大，前途无着落，就抓住他不放了。”

“也许主要原因不在林敏敏，而在他，男人的劣根性。”季涛愤愤然，似听到白小琮对着他骂：“流氓！人渣！”

季涛惭愧、纠结，不由低头。湖畔上三三两两的归舟，临水的身边蛾眉，十里外的笙箫，柳外的柳，楼外的楼，记取了今日的情愫。

“我想成全他们，又怕我妈……”吴菲凝目向远，目中泪落。谁还在二十四桥盘桓，吟着豆蔻诗篇。江湖上的风百年不散，多少年的情与怨纠缠。她常于梦里和他对白，用的是亚当和夏娃的语言。那些语序或存在着语法错误，或极度贫乏极度可笑却极度富足。

“你瞒着家里？”季涛轻叹：“唉！够为难的了。”

“我们闹得过不下去了，我妈有心脏病，不敢受刺激……我也不想委曲求全，现在都不知道该怎么办……”

季涛站于灼灼光影，魁梧的身影十分宁静：

“我也不想再委曲求全，我想通过法律途径解决我们的难题。”

吴菲直视他瞳孔：“她一个人带着孩子，挺不容易。”

季涛眉梢挑起郁闷，笑容淡薄如月下水光：“那又如何？我们即使不见面，语言战争从未间断，实在是疲惫至极！”

过去的挫折和未来的迷惘，他们需要相互理解安慰和鼓励。

临别时他们流泪拥别，竟然异口同声：“你等着我……”

纵情几天后他回到北京，雪亮的灯光下，季涛手中笔尖刷刷响，起诉书字里行间处处怨愤：

……被告白小琮为达和原告结婚目的，不择手段地“骗婚”。她算准了受孕期以色相诱惑原告中招。怀孕后试图以肚子里的孩子逼迫原告结婚。在原告不情愿的条件下，被告一厢情愿地生下了孩子，并以孩子为要挟，逼迫原告与她办理结婚手续。被告当时骗原告说：办证只为给孩子上户口，上完户口即办离婚手续。原告为了孩子的将来违心地依从被告。但办完孩子户口后，被告却拒不履行承诺，不去离婚。如今孩子已经一岁，原告的忍耐已到极限，请求依法了结这有名无实的绑架婚姻……

金风玉露，芙蓉金菊斗芳艳。小区的公园里，花坛旁的范依蕴看着孙女在学步车上东西南北地滑行，花瓣般鲜嫩的唇里发出咿咿呀呀的声音，不由把笑意铺展到发际。

段冰清坐在花坛上翻看手机信息，看着九个月的女儿伸着小手和路过的儿童搭讪，露出难得的欣慰。

白小琮来电：“冰清姐，自己的孩子他都不要，我实在没法，现送到我表哥表嫂那儿养着。他们没上班，家里寄养了几个留守儿童，以这为生，我每月都给人费用。你看那季涛厉害不？他竟然把我给起诉了！”

段冰清在阳光里倒吸一口冷气：“他也真敢作。”视线绕着学步车里的女儿，目光晨曦般的清冷：“你们这事儿，依我看啊，告到法院法官都为难。你俩的婚姻说合法也合法，说违法也违法。法官如果不判离婚，他会想你们这样长期对立、相互攻击和伤害的两个人，怎么携手走完一生？如果给判决离婚，他会想你们这些情感经历及结婚生子的事实，必将对今后的人生道路产生很多不良影响。小琮啊，你这种不理性的婚姻选择，会为未来生活埋下祸根的。不知道你想到这层没有？”

话筒里传来白小琮的哭声：“我什么都想过，但从没想到，我会输得这样惨……”

段冰清的劝慰声和心一般柔软：“小琮，我真替你抱屈。有些话说重了，请你担待。你青春妙龄没有享受婚姻中的任何该有的幸福，却被自己的好胜、率性、执拗，捆绑在单身母亲的十字架上……”

白小琮的话变得恶声恶气：“这一切我都知道，我都认了！作为孩子的亲生父亲，他就想轻易摆脱该履行的责任吗？”

段冰清的语气悲天悯人：“以后，受害最多的是你们儿子贝贝，他多可怜啊。”

挂了电话，段冰清看着远处随风飞落的夹竹桃花陷入沉思：

贝贝，这个被母亲视为逼婚武器被父亲视为缠身麻烦的无辜孩子，人生路漫漫，他该如何走到尽头？

忽有一个重量级的女人来到段冰清面前，腰粗过水桶，被赘肉拥挤着的眼睛放射出冰冷的光："段冰清，你不明不白地当着季波情人！就不嫌丢份儿，不嫌不要脸？"

第四十五章　老婆变情人

段冰清眼风凛冽地抬头。

重量级女人那似曾相识的五官把她吓了一跳：

李子翔老婆！

超级发福成富婆的李子翔老婆？

段冰清腹内海呼山啸，经过压抑、多战洗礼的她，冷静与富婆对视：

“你就是破坏季波家庭的富婆？小三儿就这成色？”

富婆傲然扬头“脸会看够，钱却玩不够。”

段冰清隐忍得肌骨发痛，冷热相煎，冰火交替。头顶阳光爆烈刺肤，松针飘在身上如雪花冰冷。

荒谬的现实，如何逃离？

段冰清片刻后收拢心神，引着她来在僻静处。这里的参天古树遮蔽了阳光，墙上生出碧绿的苔癣。阴风阵阵吹起脚下落叶，满目寒冬般的萧索。

李子翔老婆又厚又大的手拍着挎包，财大气粗：“给你30万，马上离开他！”

冷风袭向单薄脊背，寒意起自心底。段冰清扭头瞪视她：

“你以为他离得开我吗？他真正爱的是我而不是你！”透过枝叶的缝隙，见阳光明媚处花开无声，范依蕴推着女儿，正笑着和一老太太说话。

重量级的女人冷笑着，肥胖的身躯和冰清的瘦削，高亢的声音和冰清的低缓，都显出势不两立：

“男人爱女人的最好方式是什么？是给她婚姻！你就算这样当他情人，和他鬼混一辈子，充其量是个见不得光的陪衬！”

情人，鬼混，她的话如锥刺心。段冰清脊背森然发冷，羞愧、悲伤不已：

自己由妻子变成地下情人，不可否认不可逆转的事实！

忽难忍伤心、绝望，落泪，段冰清身子失重般后倾。

之前她还傻傻地相信他与富婆只是一场交易，就像当初她和别人的交易。

段冰清不甘示弱地扶着墙尖叫："他说过不爱你，只为拿你的钱养活我们。你让大家都看看！"她指着公园里的人群："让大家都评评，他是喜欢你还是喜欢我？"

看着重量级女人眼里的受伤、失意、颓丧，看着她步履凌乱地离开，段冰清的快意稍纵即逝，被悲伤、凄凉、怨恨之潮淹没。

段冰清抱着女儿回了娘家，准备常住。

这日双休，她开着车来到白小琮处，见她一居室的出租屋采光倒也可以，正午的阳光从门口直射到屋内，后窗的钻天杨苍翠欲滴，屋角依然摆放着许多玩具。

知道白小琮儿子已送亲戚那儿寄养多日，段冰清不由悲思宛转。

白小琮捧出一大堆吃的，瓜子、榛子、板栗、糖果、苹果、桔子、香蕉。她们谈着心事喝着茶，直到瓜子吃光苹果吃光。白小琮拿出应诉书递给冰清："冰清姐你看看，不知道我这应诉书能不能推翻他的指控。"

"这么信任我啊，你放心，我不会起副作用的。"

段冰清将纸展开，看到她的应诉书措词十分激烈：

……原告和被告认识不久，他就以甜言蜜语的欺骗和天长地久的许诺与被告发生了性关系。这说明原告有着玩弄女性者共有的流氓本质。被告怀孕后原告不仅不承认是他的孩子，还屡次恶言恶语诽谤、攻击、威胁，欲迫使被告打掉肚里的孩子，试图达到将她一脚踢开的目的。被告一腔痴情、委曲求全地独自生了孩子。期望落空后，原告为了不使声誉和利益受损，就自愿和被告结婚。结婚不久他就又要离婚的恶劣行径，表示他是个把恋爱婚姻当成玩弄女性工具的人渣、流氓……

正午时分，白小琮在电饭锅里蒸了米饭，炒了一个土豆丝一个龙虾，端上来时对段冰清说："放心吃，又营养又不会发胖。"

段冰清笑得凄然："我倒想胖些，可根本不会。"

吃过饭，看着白小琮洗刷，段冰清依着门框："你应该抱着孩子到他家去住。"

见白小琮诧异望她，她转身拿起一小孩摇铃，晃着说："这摇铃啊，不晃不响就没人知道。"同为女人，异曲同工的悲惨处境拉近她们的心理距离。

白小琮低头沉思："她妈倒是挺喜欢孙子，我住院那阵儿还煲汤送去。贝贝没被送走时，她常常来看我们，买了许多吃的用的穿的。看到贝贝她就喜欢得不得了。"

段冰清浅浅笑着："你得想办法得到他妈支持。"

从白小琮处返回正是夕阳普照时分。段冰清鬼使神差般地开车走了季波门市部的那条路线，车速很慢地从路边经过，见几人正在围着一人殴打。隔着许多人影，段冰清看不清楚，便停了车，戴上墨镜，摇下车玻璃向斗殴现场注目。

一高大黑脸汉子一脚踢在季波下腹，季波飘飘然倒地，汉子指着他斥骂："操你妈的什么玩意儿，还敢骗钱养婊子……"说着又打，边打边骂出一连串脏话。

段冰清冲进人群，厉声呵斥："住手!"

季波被从地上搀起时有些惊骇有些疑惧，嘶哑的嚎哭夹着喘息和模糊不清的语言表达。上车后他孩子般依着她发抖，又突然对她狂吼："你不该出现的!完了，我的计划完了!"

季波随段冰清回到家里，第二天和她去民政局复婚路上，庆幸道："幸亏没和她领证。"

散而复聚的夫妇满希望以一种新的姿态重新面对生活。季波再没出去过夜，门市部经历了几次打闹，经营萧条。究竟是隔膜太多，纵是千回百转也难以消除。温情无法挽回，两人常吵得不可开交，都挑拣出最具杀伤力的语言相互攻击、揭短。曾经的媚眼、笑脸已变成照面就白眼、红脸。季波变得暴戾，冰清益发沉默。他们又闹着离婚，在财产分割等问题上达不成协议。

芙蓉映水菊花黄，满目秋光。季波在门口扭头：

"屌婆娘！每天就会吃药。熬的这什么粥，药也没这么难喝。"

段冰清将药碗推开，翻着眼皮："一等男人宠老婆，二等男人骂老婆，三等男人打老婆。"

"哼！都是你，将我'海归'变成'海带'了。"季波拂袖而去。

忽听门铃响，段冰清打开门，惊喜地："小琮，快进来。"

白小琮坐在沙发上倾听段冰清诉苦：

"我得预防癌细胞复发、扩散，一直都吃着药。"段冰清面色凄惨，眼眶发红，再也无力维护虚伪面纱。

白小琮叹息着，拨弄着摇篮里熟睡的囡囡头发：

“这药很贵吧？”

段冰清凄楚点头：“他起诉离婚，我爸舍着老脸去法院求情，法院以我病着，孩子小等理由，判决不准离婚。我知道这样拖着也不是办法，但也没什么好主意。他现在住在门市部里，拒绝支付所有费用，他妈也走了。我卖了车，囡囡吃的奶粉原是圣元，现在是力多精。我想把囡囡送回我妈那儿，我得出去找工作，现在更需要高薪……”

白小琮看着她被胭红遮盖了苍白的面颊，不知人类能在故为平静的坚强外衣下隐藏着多少波澜起伏的伤感，想她重操旧业是不可能了。不久她听说她去了后海的酒吧，将女儿送给妈妈照看。凭着舞蹈科班出身很快艳压群芳，在酒吧造成很大影响，因此也引出了强烈嫉妒的同行。白小琮知道现实社会的鄙劣女性因妒同性才色，排斥、打击的技能绝对不比宫剧里的佳丽们差。她们时刻审视着嫉妒对象的一言一行一举一动，说话声音细柔被说成卖弄风情；随意捋捋头发被说成骚首弄姿，低眉轻颦或浅浅一笑她们都有着颇具艺术手法的解说词。

深夜的京都，风飞雪舞，路灯亮的刺目，商店的霓虹灯碎金烁银，五彩缤纷地闪耀着满天的雪花。银白的世界以退潮的姿态渐趋宁静，酒吧里鼓乐震天价响，舞场里呈现出一种末日快乐的气氛，沸腾得像要把世界变成水蒸气。人们都触电似地在迷离的灯光下疯狂晃动，头好像变成了为自由主义献身的死士，左右甩动得要随时断掉。一张张脸上幽幻迷离，另有陌生的男女借着这样暧昧的氛围相互搭讪。

酒吧里的舞台是一个比地面稍高的台阶，段冰清站在舞台上领舞，带着梦幻般的感觉，失去了一切思想和约束力量，在地狱般的音乐里找到了肉体狂欢的场地。她眯着眼睛跳着，感觉自己的肉体和灵魂一起飞上九霄。生活中接二连三的不虞，都随着暗火狂烧到灰飞烟灭。

到酒吧不久她就知道，有钱男人装腔作势地到酒吧喝小酒，不过就为找些新鲜刺激，搭讪下年轻漂亮女人，将她们的脸蛋和身材刻进脑海。

灯光忽暗忽明，电子音乐震耳欲聋。台上红飞翠舞，流雪回风，台下喝彩声如海浪起伏汹涌。宛若烟水间，红尘外，人从天上，载得春来。段冰清轻步曼舞像燕子伏巢，疾飞高翔像鹊鸟夜惊。美丽的舞姿闲婉柔靡，机敏的迅飞体轻如风。她的妙态绝伦，修仪容操行以显其心志，独自驰思于杳远幽冥。

下面响起排山倒海似地喝彩声。站在她身后的舞伴带着妖魔般的表情，以一个故作失手的舞蹈动作倏然将她的舞衣揭开，一个棉球做的疙瘩从胸部滚落下来，她空荡荡且露出丑陋伤疤的右胸就一览无余地暴露在众目睽睽之下。在众人的一片哗然声中段冰清仓惶逃离没顾得发出一声屈辱的啜泣。在这个黑漆漆的夜晚她有投身大海的欲望。

她在寒气逼人的街道上盲目地奔跑，雪在脚下吱吱嘎嘎地作响，随风灌进耳膜，刺向五脏六腑。树木的枝干在风里悲鸣，发出呜呜的声响，像是在寒空里颤抖的枯手。车从身边飞过，如同闪电刺破夜幕。她眼神空茫地穿越渺无人迹的大广场，身子像漫无边际的雪花，不知不觉飘到后海，依在被雪包裹的栏杆上，衣服被濡湿一片。

她望向被欲海穿越的这个城市，目光茫然，不知道东西和南北。有那么一瞬她陷入静止，眼神像久远的时光，足以积淀一个世纪的沧桑。人类历史久远，有许多消融在时空里的东西并无变化，只不过换了不同的角色而已，谁都不能埋怨谁。眼前雪花在飘，时光在飞逝。她幻想着天到尽头地入洪荒，海是最后的容器，盛下世间所有的传奇。

海水正待漫向体肤时，她被人从后面拽住，回头看到伴舞的乡下女孩纤瘦的身子水汪汪的眼："冰清姐，你舞跳得那么好，不能死！"

她手机乍响，妈妈的声音着火般焦灼："冰清，团团发烧，你快回来！"

挣脱稠密夜色的包围回到家里，见患了感冒的囡囡脸红得像熟透的果子。抱着囡囡去医院的路上，幽暗街灯映出妈妈鬓边的白发和苍老的容颜，段冰清觉得身系责任万均，不能死！

囡囡患的是急性感冒，脸蛋通红四肢抖动呼吸粗重得像拉风箱，被年轻护士扎了数针都扎不上，哇哇哭得像要断气。年轻护士在范成芳的怒斥声里喊来另一护士，一针扎上。

妈妈按着囡囡稚嫩的小胳膊输着液，病房里窒息般的空气使段冰清头痛欲裂。她依着窗口想，一个女人终究无法放弃对爱的奢求，需要呵护却受到伤害，需要爱情却惨遭离弃。她觉得命运如同荡在湖边的柳丝，飘来飘去直至冬季的荒芜。

第二天清结费用时她香奈儿包里的钱竟然不够，害得父亲段升平一大早冒着冷寒赶来。

惦念着票子房子车子，依然决定再次隆胸，她想人不能行尸走肉般地，活在人歧视的目光和讽刺的句子里，那将会把人最底质的东西踩碎在地。

风雪弥漫大地，气吞山河之势。人在街上成了图画中的剪影。雪中松柏虬枝苍劲，寒梅更显夺人风姿。段冰清打着伞走进整形科。检查已无癌细胞，她再次对医生要求做隆胸手术，熟识的医生面带痛惜连连摇头说别折腾了，这是何苦！经不住她苦求，他点头答应，目光里含着义士的慷慨，给她打了较大面积的麻药，咬牙将B罩杯的假体垫进去时，她还是感到强烈的胀痛和不适，没流一滴泪。

她躺在床上输液看着鹅毛般的雪花贴着窗口飞，不知什么树丛生着数不清的细小枝桠，每一枝桠都因着厚厚的雪，比原来粗了几倍，如同缠满厚厚的棉絮。她在心里就不管逻辑地叫它雪绒花树。

两个戴着口罩的护士一起进来，一个换液瓶一个量体温。换液瓶的护士个子有些矮，踮着脚，颇显吃力。末了和量体温的护士同站在窗口向外望着："这雪真大，听说地坛公园里的雪松树干都被压断了，黑松、樟树、玉兰树等都受到不同程度的损坏。"

季涛打来电话："冰清，你能不能劝劝白小琮，她拒绝去领离婚证有什么意义?"

心绪甚恶，自顾不暇，段冰清道："我忙着。"挂了电话。

两月后段冰清重新找了酒吧，用优美的舞姿再次赢得了喝彩、赞赏和金钱。

"要忘记过去，一切从零开始。"

每当这般告诫自己，段冰清都感受着深深的痛，不能自控地流泪，一点想哭的意念都没有可就是流了泪。她把此归结为正常行为，就如婚前遭遇、新婚巨变，以及与季涛的那段暧昧，患癌后又遭遗弃，李子翔老婆的咄咄相逼……这些并非扑朔迷离的真实，都没影响到她抗争的心态。她依然对人生怀着期盼和希冀，虽然有些抑郁，但绝不自暴自弃。

从酒吧女子的生活经历中她更懂得了感谢父母、家庭出身及环境。这一切为她略去许多种民间女子的无奈、挣扎、困危。

风狂雪骤，夜班归来，次日上午她睡眠被惊醒，直觉亮光刺目，见季波在拉窗帘，发上沾着灰屑，脸上写满失意，正弯腰往橱柜里放衣服。

往日怨恨狼奔豕突而来，她拥被坐起："不是去傍富婆了吗?又被富婆甩了?"

季波不语，只低头摆弄东西。五金门市部又被李子翔老婆派人砸了一次，终于倒闭。挫折感刻骨铭心，他耸鼻咧嘴："每天在家视睡如归多好，嗯。"

星期六下午范依蕴回来时，季波死长虫一般在沙发上躺着，昏黄阳光映着他脸上如水死寂。她凑近儿子坐下，抚他眉心纹痕，满目痛楚：

“看看，都瘦成这样了。你一个大男人家，这样在家呆着总不是个事儿，你得出去工作。”

“妈，我要能再去美国多好……”他缓缓坐起，头发髦乱衣服打皱，蹭蹭几下踢开脚边果皮、纸屑、烟蒂。

范依蕴内心纠结面带深爱痛怜：“不知怎么你们都混成这样了。我这把年纪了，连照看孙女儿的福气都没有。冰清又到酒吧去了？那是个什么地方哎！没法了没法了哎……”

季波手指攥得咯吱响：“不管她个下作婊子！她不离婚，我就天天在这儿白吃白喝她的。”

季波一天天变得粗野鄙俗，说话粗声大气，动辄骂出脏话，唠叨起来没完。

“白吃白喝她的，你一大老爷们说这话就不害羞？看在囡囡份上，你们将就一下行吗？闹成这样，我想囡囡都不能去看她了。”范依蕴眸现细碎水光，额头的纹痕雕刻一般。

“她又霸占我们囡囡又要房产，怎么迁就？现在我们不是夫妻是仇人。”他语调沉缓冷静，嘴角流出怨恨，紧握拳头。

范依蕴叹息着收拾了衣服，临走说：“她得过那病，活着不容易，以后都不能生了。咱们该体谅体谅她。你们要和解了多好！日子将将就就也就过去了。”

现实困扰盘根错节如麻凌乱如丝网难以挣脱。曾经的深情恋人矛盾越来越深。

又一个紫霞满天的傍晚，季波斜靠在沙发上边抽烟边猛灌啤酒，锥心的往事柳絮般一片片滑落在心里，一块块结成痂瘊，愁闷、怨愤之色一览无余。

段冰清正在仔细打扮，粉底、眼影、睫毛膏一一用过后又脱了宽大的水绿丝质睡衣，换上了性感的吊带裙后挤了又挤假体糊弄成的乳沟。左边假体 D 罩杯，右边假体是二次整形的 B 罩杯。她每每对镜，无不心绪纷纭。

几杯啤酒下肚的季波接连又喝了白酒，两种酒搅在一起他有了熏熏醉意，仰头将又一杯啤酒喝下时他嘴边沾着啤酒残液，又抓了几颗花生米嚼着，瞪着发红的眼睛看着亭亭玉立的段冰清，发出冷笑：

“看看，看看，这每天打扮得像个狐狸精，露着假东西去勾引男人。”

段冰清仰着头，在鄙夷里轻笑：“咱的命啊，我不勾引男人，拿什么养活吃软饭的老公?”

“你还有脸不离婚?既然不离婚，我就是你合法男人。既然是你合法男人，我就有权对你询问。请问狐狸精，请问婊子，你这是要去哪里接客啊?”

拎着包拿着钥匙的段冰清正要出门，忍耐的极限怒火在肺腑激烈冲撞，回身将手中香奈儿女包劈面摔去，再三下五去二把他面前酒瓶呼呼啪啪摔在地上，又端起花生米倒进垃圾篓。最后摔了他手机，吐他一脸唾沫，左右开弓掮他耳光，母狮般怒吼：

“滚，你给我滚出去！滚到李子翔老婆那儿吃软饭去，少在这儿赖着我！我有义务养囡囡，没义务养少爷!”

酒醉的季波在这样的连环攻势里益发没了理性，红着眼捡起摔烂的啤酒瓶便往段冰清裸露的胸部刺去，又把她按倒在沙发上，用夹在手里的烟头朝她乳房上烫着，吼道：

“不要脸的骚鸡子臭婊子，我看你以后还露着这东西去勾引男人，我看你再去勾引男人……”不顾段冰清惨叫惊心，他将烟蒂和玻璃片交替着乱刺乱烫，叫骂声歇斯底里：“老子叫你露，老子叫你露！老子娶了个靠勾引男人挣钱的婊子，这辈子都被你这婊子给毁了！你知不知道啊!”

绵羊变豺狼，猝不及防的段冰清发出一连串惊摄心魂的惨叫，倒在地上，只觉被一大团黑雾包围着，难以涉出。

看着段冰清倒地，季波有些不知所措和心神恍惚。片刻后，他拿起家里座机拨打急救电话，打完电话后飞跑着下楼，身影在迷离的灯火里渐渐暗淡直到消失。

120 车到小区时找不到接应，医护人员通过总部一遍遍拨打报案座机。电话铃响把段冰清从昏迷中惊醒，她爬着去接电话，又拨打白小琮手机，在电话里喘得上气不接下气：“救我……”

第四十六章　玉峰那堪破

白小琮此时正带着儿子住在父母处，挂了电话就急忙赶往医院。因表哥表嫂离婚，表哥另娶表嫂打工去了异地，她一岁多的儿子只有依赖父母。

经检查，段冰清只是过渡惊吓造成昏迷但没有生命危险，她双乳表面的多处不太严重的刺伤和烫伤说明季波下手不重。段冰清打着点滴，面色平缓，情绪渐趋平复，看着白小琮，语声透出无尽哀痛：

“小琮，我现在很后悔。”

白小琮蹙眉：“你后悔和他结婚?”神色转厉：“我不后悔，我爱儿子，再艰难我都舍不得打掉他。”眸子映着阳光，折射着梦幻般的光彩。

段冰清眼里蒙着泪雾：“我后悔，隆胸。真不该，追求‘事业线’。虽带来一时好，却破坏了，一生的健康……”低头，呜呜啜泣：“我真后悔……”哭声歇时陷入沉思：“季涛一直不妥协，可能有心结……”迟疑地：“或许，和吴菲有关……”

“他想和她结婚？男情痴？早绝种了！”白小琮或讥讽或自嘲，神情古怪，递给她纸巾：“冰清，你有这觉悟就好。婚前，‘事业线’或许无伤大雅；婚后，就要考虑老公的感受……”

段冰清的目光在往事里游历，一瞬间已是千丘万壑：

“谁没在乎他的感受？是他不在乎我的感受。以前许多事你不知道，我也懒得说。我完善了他的事业，我们才结婚。后来他倒霉，我们被逼债，都活不下去了。我没办法，才注重‘事业线’……”

段冰清泪水哗然，泣不成声。

白小琮想两次隆胸，得要多大勇气？不由为她叹惋不已，又想起自己的诸般困惑，脱口道：“女人付出一切，男人并不珍惜。”拿起手机：“我给他打个电话，让他来看你?”

段冰清一霎失神，胸中涌起纷乱情绪，浓密阴郁掠过眼眸，又速被寒冷覆盖，摆手制止：“别打，他不会来的。他要离婚，很久了。我想好了，离吧，离了大家干净。等我出院就离，还要起诉他故意伤害。”在光影里凝目白小琮：“你们的事，现在，想怎样？”

“法院还在调解，希望我们共同抚养孩子。他离婚态度坚决，我……”白小琮扭头看一行燕儿从窗前枝头飞起，脸上是分明的依依不舍。

一星期后段冰清出院不见季波踪影，向法院递交了起诉书，要追究他故意伤害罪。

季波此时已到广州白云区，和曾经的汽修师傅时亮走进了越秀公园旁的一家湘菜馆。菜馆门前的不知什么花那么高大开出了天空的一片绚丽。阳光洒落在花上明媚灿烂光彩四溢。他们拣了一个僻静的位子坐了，穿着唐装的湘妹子笑靥如花地走过来：“先生，请点菜。”

时亮做东为他洗尘，点了四菜：剁椒鱼头，农家小炒肉，干锅手撕包菜，闯王山珍煲。

少顷端上酒菜，二人三杯四盏说笑，浅口小口大口。

季波和时亮碰杯，饮尽，长叹一声：“得亏找到你的电话，要不然，我都没法活了。”

时亮夹口菜吃了，把筷子放在小碟上，依旧结巴：“季……季……季总，算你好……好……好运气……”他说正赶上汽配厂招工，今儿让他歇一天，明天他带他去应聘。劝他既来之则安之，不要多想。

季波挥手制止：“时亮，不要喊我季总了。你比我大几岁，我得喊你亮哥。”

时亮在季波的哥哥声里喝了很多，临走丢给湘妹子两张大钞不让找零，被季波搀着歪歪斜斜的往外走。他伸手比划着，酒后说话更显结巴：

“自，自来广东，就，就没有这样畅快地喝过了。酒，酒逢知己，千，千杯少。季总咱，咱啥感情？你来这里，不在，在季涛那干了？要我，我，我说你早就该，该离开……”

季波搀着他回到汽配厂附近的住处，这是个一室一卫的开间，地面和四壁还算干净，一组沙发一张桌子一衣柜一张床，布置得简单实用。

时亮一进门就栽倒在沙发上，大口大口地吐着酒气。

季波摇着他喊道：“时亮，你醒醒啊！下午还要去上班吧？”

时亮推开他手，在沙发上一个转身："你甭，甭，甭担心，我请，请，请，请假。"呼呼噜噜地睡了。

阳光从玻璃窗投射进来，映亮季波覆着阴郁的双目。他拿起薄毯给时亮搭上，抱臂站在窗前看一丛翠竹发呆，手机在口袋里震动，他拿出一看，语声悲咽："妈。"

范依蕴目流忧患，语带叹惋："波啊，幸亏你走了。不过你那样伤她，也太狠心了哎！她这回真恼了，起诉你了。"季波面上波澜不兴："妈，我安全了，你甭为我操心。"

范依蕴忧思满怀："实话实说，我也是看不惯她整天打扮得妖精似地，你们俩还整天磨牙斗嘴。我还是不赞成你们离婚，磨合着过呗。离了囡囡怎么办呐？妈也知道你心里苦。我今儿去看了囡囡，回来心里不是个滋味。我不去上班了，现在身体不好，常这儿痛那儿痒的。她不在家住，我就回来看门儿……"

季波："妈，瞅准时机我还去美国。都过去了，你别难过啊！"抿去泪水。

母子在电话里互通款曲，互嘱珍重，各自苦不堪言。季波挂了电话喝会儿茶，看着窗外日影西移，对未来的不可预测使他情绪低落，忽然被时亮抓住手臂。

季波扭头一看，时亮脸红得像熟透的红果，醉态迷离地翻身："季，季、季总，我，我，我心里愧啊……"翻身趴在沙发上，岸上金鱼一般吐气："你，你，你不知道吧……"他告诉他，让汽配城出事的宝马车主是季涛的朋友，受季涛指示故意去搞他……

季波闻言，惊恐不定如风中荒草，蹲下："亮哥，你喝醉了吗？你喝多了，喝多了……"

时亮说他没喝醉，他是被季涛派到他那儿的。季涛要复仇，要彻底整垮他。时亮说他早听说，李子翔也是季涛派的。

为何眼前飞起金星？为何心景如此混乱？如猛然倒塌的房，横七竖八、无法打理的凌乱陈于眼前。季波如遭蛇噬般猛地弹起："不，不可能！"空中掠起血雨腥风，他浑身颤抖，语序断层："他是我弟，不过男人的好色，对冰清有非非之想……我资助他，因为我家对不住他……"

时亮咬牙切齿，说季涛当初答应事成之后重谢他，可他违背了承诺！

在阳光里浮动的空气静了下来，屋里的摆设都变成了不可辨识的模糊影像。季波脑子里的空洞荒芜，如同冬天落光叶子的树梢。

一道闪电伴着几声霹雳，大雨倾盆而下，一瞬间花憔柳悴。群羊如同着魔，咩咩叫着四处狂奔。段智兴激越的结集号子根本起不了作用。

“快，截住！智兴，你去那边！”

“一虹，你快往北，有几只羊朝那边跑了！”

“啊，知道了——我们得把它们赶回去！一只都不能少。否则要赔偿的！”

“知道！一虹，你小心别摔跤——”

他们的话声极快地被风以气吞山河之势卷走，淹没于茫茫雨幕。

天空雷电阵阵乌云翻滚，四野沉入黑暗，看不清附近的庄稼，田园、沟壑、树木。

段智兴和冯一虹浑身都已湿透，一边抿着脸上不断淌着的遮蔽视线的雨水，一边四下堵截受惊的羊群。泥水溅湿了裤腿，时而一滑险些跌倒，又挣命般站稳继续堵截。他们焦灼得像左冲右突地跑得气喘吁吁精疲力竭，段智兴不停地吹着聚拢羊群的哨子，哨声尖锐高亢，冲破密集雨幕，却震慑不了亡命奔跑的群羊。

见两只羊咩咩叫着钻入玉米地里，段智兴追进去左右手并施将它们往外拽。玉米硕壮的叶边如锋，在他臂上脸上割出数道红印子。两只羊拼命挣扎着向相反方向退，段智兴回头猛拽的瞬间脚下一滑，倒向身后的几棵硕壮玉米杆，又挣扎着站起来和羊拼命。玉米地那边，一大一小两只羊在奔跑中翻进水沟，冯一虹不假思索地跳进去，将它们一一托出，撵进羊群。

风狂雨骤，他们如带兵征战的两个将军互为左右翼，赶着由狂躁渐趋沉默的羊群往回走，疲惫的身影和茫茫雨幕渐融为一体。

当羊群穿越布满杂草瓦砾石子灰土的小径进入羊圈时雨声渐稀，雨点一声声打在石棉瓦上如同乐师敲击着琴键。树叶依旧在雨中颤动，发出的哗哗声如同小河欢唱。

段智兴擦着头上的汗，把手中羊鞭靠在门口，背靠土墙双脚并拢站着，只觉得四肢麻木，浑身骨头散架般的酸痛。

冯一虹抿去脸上雨水，又低头捋着长发，在发梢形成下淌的水线。然后她邋遢老妇般毫无避讳地坐在地上，背靠着大而粗糙的房柱，双腿叉开，脸色呆板。一只羊羔站在她面前，瞪着眼睛看她，又低头嗅嗅她糊满泥水的运动鞋尖，跑到墙角拉下珍珠般的黑色颗粒，撒了黄色的尿液。

风夹着雨丝从门口飘进来，益增寒意，空气里充溢着浓烈的腥膻之气，令人作呕。冯一虹在地上抱起膀子。一只在门口蹲着的公羊，用长长的羊角慢慢移动房门，渐渐合上。

羊圈沉入黑暗，时间似乎凝滞，房顶雨声稀疏，腥膻之气一如既往地稠密，头顶的石棉瓦缝泻进来通明天光。

咩——咩——听门外传来清晰的羊叫声，冯一虹触电般一下子跳起来，打开房门。一只大绵羊在门口站着，近前蹭蹭她，传递着分明的悲伤、欣喜。

“糟了！”她尖叫：“肯定还有些羊没回来！”引着这只大绵羊进门，顺手关门，她开始点数，然后大惊失色：“段智兴，快走，我们丢了十二只羊！”

“啊！十二只？”段智兴中镖般猛地一抖，脊背挺直。

他们顾不得换下嗒嗒滴水的衣服，锁上羊圈门，飞快地走向雨幕。

天幕那么广袤，雨徐徐点缀其中。两人的身影在放牧的冈丘上走动，远视如两只蠕动的昆虫。直到暮色覆盖大地，他们踏遍青野心已老，没找到一只离群的羊。一前一后往回走，目光茫然，步子凌乱如漫无边际的风。

打开小木屋门，冯一虹动作迟滞地换了衣服，把湿头发用干毛巾反复揉搓。段智兴靠着木门伫立，裤脚沾满泥污，身子僵直，面部线条生硬，如同木偶。当羊倌，新奇感消失后他一天天厌倦。檐头断线，空中丝乱，一如他此时心情，京都的欢景常是铺天盖地袭击。

她走近，摇着他央求：“智兴，快去换衣服，小心别着凉了。”心存愧疚地拉着他来到里屋，从布衣柜里翻出他的衣服，服侍着他换了，态度温厚仁慈，像母亲在伺候儿子。

换完湿衣他倒床便睡。她开始生火做饭，呲地一根火柴，燃着了一把稻草，瞬间满屋通红，似要把人间阴冷燃烧殆尽的样子。凄清灯光从小木屋透出，冲淡了四周雨雾。

干柴在火灶里毕毕索索地响，通红的火光伴着烟雾映红了冯一虹的脸。

段智兴放在床头的手机突响，对方声音响亮：“段皇爷，你猜我是谁？”

段智兴侧着身子，语声沉闷：“猜不出。”平日里电话很少，此时因丢了羊心情愁闷，他想挂机。那人呵呵笑道：“你没看这是美国的长途？”

段智兴弹簧般坐起：“你啊？你怎么知道我这电话？”

那人道：“我在芝加哥中国人的聚会中见到你妹妹季琳了。”

段智兴这才想起他在一次放羊百无聊赖时给季琳发过祝福信息，还想起大学时，这个同学项项活动都是他手下败卒，科科成绩都远低于他。段智兴一阵心酸一阵悲凉，见冯一虹扭头瞅，他声音低沉："你一直在美国?"

那人道："我在美国杜邦公司做市场销售，年薪十万美金。段皇爷你在哪里发财啊?"

段智兴目光黯淡，面流羞愧："我在农村放羊，也就是，当羊倌。"

那人道："你段皇爷在农村放羊？我有没听错啊？哇塞，天方夜谭!"

段智兴坐起来，看窗外雨丝在灯光里银线般闪亮，觉空气冷冽，拉拉被角盖住两腿："这是真的，你不信就算了。"

那人惊奇道："听说你在政府公干，大概是去乡下体验生活吧？唉！真是想不到啊，我们班的头号潜力股竟然躲到乡下加马力去了？下次回国，咱哥们儿聚聚，你可记住送我一只亲手养大的纯天然无污染的乡下羊啊。"

也许他是无心之言，但听在段智兴耳中字字显摆语语讥讽。挂了电话他打着伞出去买了一瓶二锅头回来，倒了半茶碗。这时冯一虹已做好饭，把两碗米粥和花生米、咸萝卜干摆在木桌上。段智兴也不说话，端起碗一口气把酒喝完，又拿瓶倒酒，猛饮。

冯一虹情急夺过酒瓶："别喝酒了，你今天那么累，快喝点粥吧，不然就凉了。"

段智兴满脸通红地如瞪仇敌，猛地夺过酒瓶，砰地一声摔碎在地上，怒指冯一虹："这是什么破地方？鬼不生蛋鸟不拉屎的乡下！出了门什么都看不到，只能看到荒山、野鬼和畜生。闷了喝个小酒，还被你管着？你还让不让人活了?!"伏在桌上，抱头痛哭。

破碎的玻璃片在灯光下刺人眼目，冯一虹怔怔地看着地面眼神空洞，心如微尘浮荡。从京都到山村，从公务员到羊倌，太大的生活落差使他性情越来越不稳定，经常为鸡毛蒜皮大发雷霆。她念他为爱牺牲良多处处忍让着，可他的坏脾气和她的忍让成正比增长。

冯一虹来在后窗，看栀子花在夜雨中曼舞，飘落成一地白色，宛如在成就一曲死亡之祭。理性在反复折磨，她自语喃喃："爱情没有前途，生活变得这样不堪……"

拂动的栀子花勾起她思绪翩翩，看花儿飘落无着处，随风污尘埃便是终点。之前它为争得一时绚丽拼尽了力气，不能抱香敛艳，吃亏的总是自己。她闷闷地吃饭，闷闷地收拾完毕屋子，早早地熄灯上床，扳指算计着丢失的羊的价值，得赔掉他们几个月的工资。

白木桌上，段智兴面前的那碗粥已经冰冷，两个小菜几乎原封不动地放在盘里。段智兴伏得浑身酸痛，哭得没有力气，倍觉疲惫沧桑，便也上床休息。屋子陷入亘久的沉默。

冯一虹侧身，抚着身边的段智兴，只觉他棱角分明的面颊有了凹陷。她不由凄楚，心生怜惜和愧疚："智兴，你想吃什么？我再给你做，瞧你都瘦了。对不起，都是我连累了你。"

段智兴闭目躺着如同木头。每天忍受着风吹日晒算不得什么，最可怕的是遭受雷雨。羊群受惊四处逃散，每次都赶得精疲力竭。对比过去生活，段智兴觉得他如今在地狱里遭受惩罚，婊子养的死神在一步步靠近他。这晚，无论冯一虹做什么，他都毫无反应，没有任何温情举止。青春和激情，似乎都泯灭于该死的雨幕。

一只老鼠叽叽地叫着，胆小的冯一虹一个惊乍："啊——"

段智兴仰面躺着不动，用肘捣她："冷惊什么?!"他的冷漠和拒绝令她心伤，她懊丧地在黑暗中瞪起眼睛，语声冰冷："我冷惊？你真会埋怨。明知道我怕老鼠……越来越不像话。"

段智兴身子僵硬地扭头望她："我一个国家工作人员抛弃工作抛弃一切来到这穷乡僻壤，你还这样不理解？我图个什么？"

冯一虹忽地坐起来："我不理解你？还是你不理解我？你爸妈对我那样我都不计较，你却越来越挑剔我！"

段智兴也坐起来，开了灯，怒视冯一虹："桥归桥路归路，你别连带！我挑剔你？我舍弃一切来到这鸟不生蛋的地方，就为挑剔你？"

冯一虹的怒气被激起来，毫不示弱："谁让你来的？没人拉你来！这样没用的男人，连羊都看不住，还有脸跟人急。想走就走，没人拦着你！"

段智兴勃然大怒："我是没用！可你也不想想，我落到这步田地，是谁害的？"

冯一虹大吼："我死心榻地为你奉献青春，反说我害你了。既然我害了你，你为什么还要赖在这里？你走，你走，我绝不拦着你！"又推又搡。在歇斯底里的争吵中耗尽力气，合着雨幕中的劳累，两人渐趋无声。

入夜的时光空洞、暗沉，他们背向卧着，不停辗转。

第四十七章　谁没忍着痛

季波再次回到京城是一个风高夜黑的夜晚，天际墨云如潮涌动。他站在窗前望着诡秘夜幕，反复触摸着匕首，瞳孔里倒映出熊熊烈火。他已给季涛打了电话，请他来住处喝酒。

季涛接到季波的邀请后犹豫了一刻，喊来一超市保安陪他一起去。

车在城市的灯火里穿越，季涛打着方向盘说："我到楼上后，半个小时候要没下来，你就上楼叫我，就说有急事。"

季涛泊车，来到 A 区北楼二层 206 号房前，忐忑片刻，他敲响房门。

季波打开门，扑面冷风吹不散他的满脸笑容：

"还真准时，好久不见了，今儿咱兄弟们好好喝一杯。"

季涛用左顾右盼掩饰心绪："这房租的？"

"租的。"季波在桌上摆着白酒、小菜说："闹得过不成了，房子留给她了。"看着季涛坐下，季波斟了满满一杯，端起给他，自己也倒了满满一杯，两人碰杯，喝起。

两人摆着相同的笑脸怀着不同的心事，满喝满倒数次。季波事先吃了东西垫底，到季涛醉意醺醺时，他含笑的脸色渐转冷厉，摸着怀中匕首，满目仇怨、破碎和伤感：

"婊子养的，你太阴了吧?！爸临终前嘱咐让我照顾你，我拿你当兄弟！我帮你还少吗？你为什么要害我……"

片刻的恍惚，季涛的目光凄迷游历，一瞬间滤过二十载沧桑，索性让胸中的挤压合盘倒出，饶是酒醉，目光已然变得尖锐如钉："你敢说我害你？是你害了我，害了我全家！你和你妈害了我妈、我姐……"他摇着头，满目悲戚如同鲜花萎地："你们害我从小失去父爱，害我妈失去丈夫孤苦一生，害我姐病死……我们受了多少苦？每听到我妈哭，想起我姐死，我就想着报仇！你们施舍那几个钱，是从你们挥霍的指缝里漏下来的，我说过会还你们！善恶有报，我们所承受过的一切，你们难道不应该尝尝吗？”

季波呆住了，短暂的失神过后酸楚、悲愤不已：

“上辈人的恩怨，你却要这辈人清算？你这个卑鄙小人，这是为你的恩将仇报找借口！”

季波扬起匕首未及刺出，却见季涛纸人经风一般，晃晃悠悠地倒于地上不省人事。

季波吓得手中匕首当啷坠地，失魂般地看着他。

季涛闭着眼萎在那儿如同死去，脸煞白得如同瞬间被抽尽气血。

季波心里如风掀起往昔：父亲临终前紧紧握住他手不丢，弱息奄奄，“照顾季涛……你弟弟……”

父亲的嘱咐犹响耳边，心中涌起悲怆情绪，季波拨通季琳手机，敲门声骤然响起。保安进来见此情状大惊失色，和季波把人抬到车上，汽车冲破灯光的迷离虚影向医院疾驰。

深夜的医院比白天安静了好多，病房里偶尔传出几声惨叫惊摄人魂。

季波站在医护室外，黑色的风衣被风灌满，涌动如潮。窗外风舞树梢哗哗作响，猫头鹰在夜幕里鸣叫凄厉。

从屋内走出的医生满目庄严：“他是急性再障，必须得做骨髓移植！”

季波的脑子里乱花飞泻，接着，黑眸里一抹光束亮得炫惑。他拿着检查单回到病房，灵魂便淹没在吴秀兰惊天动地的哭声里。

季涛闭着眼，在梦呓里呼唤：“菲菲，菲菲……”

吴秀兰给吴菲打完电话，抚着儿子脸哭：“涛，涛……”擦去眼泪，久久失神。扭头季波，看到的是熟悉的眉眼，酷似季天正的神情。她目光绕着他游历千山万水，渐变成一览无余的悲苦、无助、绝望、伤感。她站起来，朝着他跪下：

“你是范依蕴的儿子？涛涛是你弟弟，求你救救他，救救他啊！”

苏州和美国的上空，分别有飞机飞向北京方向。

吴秀兰浑身颤抖，如寒风中的枯叶那般无助，在泛着白光的地板上磕头：“求你答应救他，求你答应救他，他是你亲弟弟！”

过往种种回到心房，他刚刚变得柔软的心灵地带转而水泥浇水般的冷硬，仰头纵笑，又蹙眉咬牙，面色变幻莫测处，门被推开。

几个警察涌进来，其中一个亮出证件：“季波，你涉嫌对妻子故意伤害，走！”扭住他胳膊戴上手铐押进停在外面的警车，所行处引起一阵骚动。

段冰清迎面匆匆走来，看着拼命反抗的季波，一抹惊悚，一抹快意，心突突跳着奔向病房，和哭着追出来的吴秀兰撞个满怀。吴秀兰大哭大喊：“不能带走他，别带走他啊！”

段冰清眉眼溢着怜悯，搀着吴秀兰安慰：“阿姨放心，我一定要他顺利做手术。”

感念昔日那些情愫，感念曾经金钱相助。厄难、职场的洗礼，此时她的胸怀，可以容纳后海。她掏出手机，拨号：

“爸，季波被抓走了，我现在撤诉管用吗？……我没疯！清醒着。咱们现在一起去法院，情况特殊，见了再说。……好！这就去。”

吴秀兰却又叫着：“我孙子，我孙子……”掏出一张卡递给冰清：“这十几万，本是留给我孙子的营养费，你去找白小琮……”

吴菲擦着泪走下飞机，赶到病房，拉着季涛手大哭。

悲惨的夜晚结束在人的唏嘘、叹息声里。世界对人类的困危永远狠心地无动于衷，只是缄默。

林荫道上落叶天天被清扫，却天天堆积。从美国回来的季琳眉间凝着阴云，语声低缓：“请你救我哥哥，好吗？”

季波挣开她，满面痛楚：“你知道他害我多惨吗？”无限悲苦和伤感地诉说了一切，末了语气激愤：“我帮了他，他却害了我，掠走了我的一切。我不杀他已经够仁慈，决不会救他！段冰清为他撤诉放我出来，她枉费心机！”

季琳显然震慑在他的叙述里，目光迷乱而惊恐，终归宁静，叹惋不已：

“真没想到会有这些……”脸上是烟雨潇湘的迷蒙，娓娓诉说幼时情形：“小时候我和哥哥睡在一个屋里，他发癔症，总是喊着报仇。一天夜里听到妈妈哭，我悄悄开灯，看到哥哥瞪着眼、攥紧拳头，咬牙切齿地重复着两个字：报仇，报仇！我问他时，却什么也不说。”季琳对着霞光追忆过往，请求季波原谅她受了很多苦的哥哥。

季波向季琳猛一挥手：“我更明白了，从见面开始，我拿他当兄弟，他拿我当仇人！狼心狗肺！”转面向着西天霞影，黑睛里一抹怨恨嚣张：“原谅他？原谅他就是对我自己残忍！”

望着他气壮山河离去的背影，季琳拨通国际长途：“请把我桌上那相框寄来，谢了！”面对绿树，一抹微笑渐化于无。

不放过希望的一点一滴，去法院撤诉回来，段冰清来到白小琮住处，见她正在门前草坪上逗着一岁多的儿子学步。阳光流水般在草坪上倾泻，另有四季海棠相依成诗。看似歌舞升平的世界，太阳光艳艳地照着，照不出人心底的疮痍。

见段冰清匆匆而来，白小琮急忙喊着贝贝，把儿子揽进怀里，蹲在草地上问道：

“冰清姐，你来有事吧?”

段冰清羊绒大衣下的裙裾被风鼓起，飘扬出那么几分伤感气息，强撑着头晕：

“季涛是急性再障，现在医院里，等着做骨髓移植。”从包里拿出卡，在手里扬着：“贝贝奶奶给他的营养费，让贝贝去医院做血液培养吧。对于你，正是转机……”

白小琮缓缓站起，在阳光下爆发出冷笑：“咯咯咯咯……他也有今天?”忽又怒颜转哀，将白白胖胖的贝贝紧紧抱着，像神仙怀揣着稀世法宝，泪眼婆娑：“早听说他有再障，治好了。冰清姐你也不想想，贝贝自在娘胎，几次都险些被毁掉。我怀着他过的什么日子？干活时摔跤，害的贝贝差点儿夭折。自从他生下来，他爸爸都没看他一眼。贝贝活得可怜不？这么小，怎么能去给他做骨髓移植？是的，我想得到丈夫，我想得到婚姻得到幸福。可如果这一切要拿贝贝去换，我死也不干！况且，父子的骨髓源不如同胞的好。”

白小琮抱着依依呀呀的贝贝，转身走得像一阵风。

红霞变紫，折射的冷辉覆盖了远处疏林，几只鸟跳上高枝，拍打着翅膀向寒流挑战。

季琳收到美国发来的邮件，即约季波出来。她打开手提袋，递给他一幅画像：

“我一直由它陪着。”

依稀回到那些青涩记忆，小女子用心如此良苦。而他一直视她若亲生妹妹。如今沧桑历尽，才知此情可堪雕琢。他捧着自己画像心潮起伏：“你学过书画?”

“从小喜欢胡乱涂鸦。”她点头，拂过头顶疏枝，一片黄叶从肩头滑落，紧攥他手，满目悲伤：“小时候，因为没有爸爸，我和哥哥就常被小孩们追打，哥哥从不还手，他说怕人家爸妈一起来找妈妈。哥哥十四岁时就得干所有乡下男人该做的粗活，扛着一百多斤的粮食袋子，拉着堆得高高的车子，他别无选择……”季琳视线模糊，哽咽难言：“哥哥成绩优秀，本可以攻读研究生、博士学位，可他只有放弃，为了赚钱让我完成学业……”她擦泪，在霞光里转过身子，留给他一个纤秀的背，浅蓝色绣花裙裾随风摇曳：“他慢性再障多年，都不让我和妈妈知道，自己攒钱治疗。他很喜欢那个吴菲，可为了不连累她，他一直和她保持清白，即使他们同室而处那么长时间。他最终痛苦不堪地失去她……”短暂的沉默过后，季琳啜泣：“妈妈年轻守寡，还先后带着三个孩子。姐姐生病，为借钱拖延了时间，在送往医院途中死了……”

季波震荡在季琳的叙述里，回想着美国生活被爸妈呵护备至，仿佛侵泡在蜜糖罐里。他经常坐着飞机往返于西方城市名山名水之间，从来不曾设想过痛苦。原来他的一切幸福，都凌驾于另外几人的痛苦之上。生活的原形苍白到令人惊悸！

季波一时呆住，思绪和目光迷乱不堪。

季琳拭泪，又轻拽飘摇柳枝，白皙的面容在紫霞里黯淡：“你要肯大度原谅他，就去配样。要是哥哥有救，去美国，咱俩一起走……”

季波凝视她的目光由黯淡转为灿亮如星，缓缓点头。

季琳激动地给他一个热烈拥抱，引得行人侧目。

病房里，吴菲正在给季涛喂茶，吴秀兰拿着毛巾给儿子热敷胳膊，盈泪看着进来的女儿：

“靠每天 4 小时的血透维持。血透时，护士用长穿刺针扎进动脉，几次扎了偏针，痛得……你哥胳膊上都是密密麻麻的创口……”

季琳擦泪，点头：“妈，可以配样了。”指着季波。

吴秀兰呆愣片刻，紧紧拉住季波不丢。

许多种根深蒂固的情绪从体内剥离，季涛就枕上垂泪，看着季波，黯淡的目光渐转明亮，脸上是懊悔、羞愧、感激。

半月后配样结果出来，医生兴奋地告诉他们血型相容，符合亲体骨髓移植条件。

季涛、季琳、吴秀兰抱在一起痛哭。段升平范成芳随着段冰清来看季琳，也在一旁陪泪。

被沙尘暴污染的低暗天空，又被一场夜雨冲刷得明净高远。手术后的季涛静静躺着输液，蚀骨销魂的痛苦之后，是获得新生的快乐和感动。

吴菲喂饭完毕，端着汤碗坐在一旁，明眸静静凝视他，不觉流出深情。她的嘴角微微勾起，笑若月下花影："手术很成功，静养一段你就好了。"

吴菲端着汤碗到里屋水池边冲洗，对正在洗毛巾的吴秀兰流出欣慰：

"阿姨，他今儿喝了一碗汤。"

吴秀兰笑着点头，掩饰了心上沉重：手术费昂贵，药不能停，后续治疗仍很费钱。她一边拧着毛巾，阅读着吴菲的满目欣喜："菲菲，你老公待你好吗？"

吴菲扭头窗外，不语。当月冷西厢，那些凄凄惨惨，寻寻觅觅的，是庭院深深的落叶堆积？一路吟唱，蜿蜒而来的，是红藕香残玉簟秋？还是春花秋月何时了？

吴秀兰扶墙感慨："年容易节容易日子不容易，都是将就着过来的。"

白小琮拉着刚会走路的贝贝进来。

吴秀兰急忙迎上去，抱起贝贝，亲昵发自心底："我的乖孙子啊！"轻轻拧他脸蛋："我琢磨着，你们娘俩就搬回来住吧。"

"妈，我也正这样想呢。贝贝小人精，整天嚷着找奶奶。"白小琮说着扭头和吴菲对视，一种欲盖弥彰的不友善气息在空气里膨胀、激荡。

白小琮近前拉儿子白嫩的小手，对着他笑道："快叫奶奶。"

贝贝转着骨碌碌的黑眼珠，咿呀道："奶奶，奶奶——"

吴秀兰激动地亲吻贝贝脸蛋："好——我的乖孙子啊。"

贝贝把手里薯条递到吴秀兰嘴边，以示友善。

白小琮抱臂站着，微窥吴菲，得意地仰着下巴。

看着这亲情一幕，吴菲一瞬欣慰，又一瞬酸楚。

白小琮眸子悄转，要帮季涛饮茶。

季涛心思暗转，笑道："小琮，你别忙乎这儿，照看孩子你也够累了。"

白小琮认定他在赶她走，从吴秀兰怀里抱过儿子，含泪走向门口。

吴秀兰追着："小琮……"低叹："这孩子，唉！"

医生护士一大群进来，进行着每天三次的无菌检查。医生凝目季涛："没有腹胀吧？"季涛声音苍白、微弱："没有。"

医生吩咐护士检查他体重是否正常，还抽血检查肝功能和凝血功能。

另一间病房里，季琳拿着湿毛巾给病床上的季波仔细擦拭，不放过耳垂和脖子：

“你为什么坚持不用麻药包呢？还痛吗？”

窗外霞绕花影，渐赋深情。

“医疗费开支太大了，这样，可以省些钱。”季波呐呐而言，黑瞳在暗影里流转：“琳琳，以前我都没看出，你还这么细心。”

范依蕴端着鸡汤进来，放在桌上，一勺勺盛在碗里。

季波扭头道：“妈，你别忙乎了，我这都快好了，有琳琳在这儿呢。”

范依蕴苍眸在往昔里流转，如月冷阑干：“波，这世上事啊，总是一报一还的。以后啊，我们就会好了。”

范依蕴又盛了一碗鸡汤，让季琳端给季涛。

季波目光掠过季琳走在门口的窈窕背影，心中悸动：“妈，我要和琳琳去美国。”

范依蕴眸中一亮，眉梢扬起：“好啊！妈不拦你。”

术后一个月，季涛病情逐渐好转，吴菲推着他出了病房，在林荫道上漫步。

“菲菲，这些天难为你了。”季涛在轮椅上扭头看吴菲，眉宇间长驻的那缕羞愧，深琢细雕一般。手术使他如被泡进消毒桶里从里到外细致的清洗，除掉了曾经的污渍和印记。他要微笑着去唱生活的歌谣，把尘封的心灵敞开，让豁达宽容回归。

“哪里为难，看到你好起来，我说不出来的高兴呢。”吴菲的脸映着阳光，熠熠生辉。她向单位请了假，一直在京伺候着他，要等他痊愈。“你们儿子很可爱。”

季涛突然唏嘘：“他，不会为难你吧？”

吴菲眸中涌起怨恨，终化作释然：“他早已有了他的生活，我们互不干涉。”路旁一丛无名花，开得英英艳艳，花气袭人醉。季涛示意吴菲停在花旁，他从轮椅上下来，轻抚花枝，深情凝视她：“你们离了？”

吴菲的笑容如同开到最后的蔷薇：“结婚离婚，都不过一张纸而已。”

此时她正好接到姗姗信息：出生一张纸，开始一辈子；毕业一张纸，奋斗一辈子；婚姻一张纸，折磨一辈子；做官一张纸，斗争一辈子；金钱一张纸，辛苦一辈子；荣誉一张纸，虚名一辈子；悼词一张纸，了结一辈子；淡化这些纸，明白一辈子；忘了这些纸，快乐一辈子！

季涛出院的当天吴菲踏上归程。第二天，季涛和妈妈一起，送季波、季琳到机场时，看到满目凝重、沧桑的段升平范成芳夫妇也来送行。

范成芳握着季琳的手，老泪纵横，久久不肯松开。季波远远在一旁站着，难抛却心底的尴尬。机场上空响起喇叭提示：前往美国芝加哥的旅客请注意，您所乘坐的航班很快就要起飞了。请前往 XX 登机口登机。在提示登机的声响里季琳怆然转身，扑进吴秀兰怀里：

“妈妈——”

季琳泣不成声，被季涛拉着：“别误机了。”塞给她一张卡：“卡上存着开副食店时借他的钱，记着给他。”

季涛站在满空的阳光里和他们挥手道别，在熙攘的人流里猜想着段冰清不来送行的原因。黄发少年时，他即在母亲的怨恨里被迫剥脱了应有的单纯、快乐，在生活的困厄里飞速跳过少儿期，用成人的眼光和思维去审视现实，童趣和稚气被年华的沉重粗暴地搁置。成长过程中不同阶段的起承转合，边缘不清地相互过渡。价值和道德观自成体系，他不屑于听任何人的自高自大或妄自菲薄。在和吴菲的交往中，他如在学校一样控制爱欲，视红粉绿裙若无物。像一棵要积蓄所有能量努力成长的树，收紧自身绿色，一意高耸入云，不蔓不枝。

第四十八章　北风笑人瘦

段冰清领着一帮敢用青春赌明天的妙龄女郎，在夜总会的舞台上排练新舞。数不尽的痛苦让她越来越淡定、从容。跳舞时神情冷酷如慷慨赴死的勇士；不跳舞时眼神冷漠如长空孤鸿。她做完一套婀娜多姿的示范动作，抚着有些沉闷的胸口，在一旁观看。只见眼前身轻如燕，瑞彩蹁跹，衣袂飘飘，凌波踏水。她不由默诵苏东坡的菩萨蛮：

珠缨旋转星宿摇，花蔓抖擞龙蛇动。舞低杨柳楼心月。歌尽桃花扇底风。涂香莫惜莲承步，长愁罗袜凌波去。只见舞回风，都无行处踪。偷穿宫样稳，并立双趺困。纤妙说应难，须从掌上看。

自和季波拿了离婚证书，她就应聘到这里，专跳艳舞。她特意定做了两套特体装，胸口部位缀着黑纱，肌肤若隐若现，遮掩胸部疤痕。

在舞台上赢得的掌声填补了生活的苍凉、悲苦，她便心生感激：舞台给了她倍受宠爱的场地。震耳欲聋的乐声里潜伏着久违的骄傲感，伴着表现欲，海水般漫过心房漫上头顶。人群在她脚下海呼山啸般呐喊、欢呼，除了崇拜和迷醉，谁还在乎谁是谁？

工作时陶醉在舞蹈里，回家又有咿呀学语的女儿相伴长夜，她觉得日子还是可以过下去的。唯想起弟弟段智兴，惆怅感分外明晰，顿感虚弱、无力。

段智兴要和农家女共赴婚途，段家父母欲以强硬逼儿子回头，坚决不给户口薄。他们用北京人特有的矜持将农家女看得一文不值，声称即使再过一个世纪，靠网恋猎取高富帅的女人，已然是城市街衢里的垃圾。

忧心忡忡的风将怔忡失意的人带到春节将至，冷冽的空中漂浮着梅花的香气，寒号鸟在枝头叫得凄切。

段智兴怀着剑兰错植沙漠的懊恼在羊圈喂完羊回来，将沾满饲料的大盆放在小木屋外，搓着手进屋，见冯一虹正在接电话。

冯一虹向他投来警觉一瞥，说了声好，立即挂机。

段智兴提起暖瓶，往脸盆里倒些开水，又从水桶里舀了冷水兑上，弯腰洗手，扭头望向略嫌陌生的冯一虹："谁的电话?"

冯一虹正在拉开衣柜门精挑细拣外套，将孤傲的背影对着段智兴：

"我妈的，要我回去，可能得住几天。"

段智兴拿起毛巾擦拭冒着白气的手，微弯着腰，像老农祈求老妻："你近来总是一个人出去，很让我担心。这天儿不能放羊，一个人呆在屋里闷死了。要不，咱俩一起去?"

"不行!"冯一虹有些恼火，面凝寒霜，语气不容商量："俺们一家人有事说，你去了反而不美。"

"怎么就不行了?"他面色郁闷地发问，又像自语，彼此的陌生感如同隔着千丘万壑。他不知何时已开始惊讶——她的不可捉摸早已将她与往日的纯洁一刀断开。一种无形的伤感早已充斥着他的灵魂。他将之理解为神谕，提醒他正在度过的将是他们的最后时光。

她不理他，怀着对不通世故者的强烈鄙视，试了一件又一件外衣，最终换了新买的宝石蓝羽绒袄，临走时以胜利者的姿态对他轻瞥。

望着冯一虹的背影在一簇枯树后消失，段智兴对着冰冷的窗棂空荡的屋子深颦长叹。火热的爱情被生活的细枝末节焚烧殆尽。自姐姐来此探望后，他明显感受到冯一虹的忽冷忽热。自发生了暴雨丢羊事件后，两个人的关系变得紧张。冬天以来不能放牧，她频频独自外出，他一人呆在孤独的小屋，相伴着枯枝荒草冷风鸟雀，任千般混乱的思想侵吞神经。他时时期待爸妈和姐姐的电话，然一接到电话就争吵不休。

对"最后时光"的琢磨使他惊惶、悲伤，最令他不安的是，他似乎无法再相信和控制自己的理性。

北风也似笑人瘦，空自凝眸。

段智兴百无聊赖时常常女子般凭窗，空洞的灵魂无法赴一场时光的约，花开花落经年。

几天的落寞时光对于深陷煎熬者并非一闪而逝。段智兴正在外面晾衣服，见冯一虹从远处走来，红丝巾在风里飘着，如同召唤爱情的旗帜。

段智兴立即丢弃一切情绪，笑道：“虹宝宝，天这么冷，快进屋烤火。”

他紧走几步迎上去，拉着她进屋，把火盆里添了木柴，靠近她放着，见她眼窝有些发青，便忍不住轻抚过去：“在家住这几天，怎么没睡好?”

冯一虹扭身照镜子，眼风躲闪，呐呐道：“我也不知道咋了，夜里总做噩梦。”

段智兴给她倒茶暖身子，见她无话，又觉无趣，便拿起斧头到屋外劈柴，累得满头满身的汗。几只鸟在头顶喳喳地叫，他也觉烦躁，放下斧头，抓起一把碎木屑向空撒去。

晚饭后冯一虹在屋子里吊起一个塑料浴罩，又烧了满满一锅开水准备洗澡。她一边脱着衣服一边告诉段智兴要及时给她添加热水。

段智兴说这样洗澡也太窝囊了，不如到镇上浴池。

冯一虹说那得跑几十里，没那闲功夫。

浴罩里面热气腾腾，一会儿，蓝色的薄塑料里就灌满白色的气体，看不到里面人影，只听到哗哗的撩水声。

段智兴给冯一虹添了一次水后，嘱她快洗，别冻着了。

冯一虹在浴罩里的声音有些瓮声瓮气：“要不你进来一下试试？一点儿都不冷。”

段智兴打开电视，开始被《甄嬛传》的精彩情节牢牢吸引。他记得以前在家时喜欢搜索网上文学作品浏览，觉得这个网络小说写得还行，想不到很快搬上荧屏还一直热播。

电视剧里没有硝烟的脂粉战正酣，冯一虹的手机在桌上震动。段智兴拿起一看，脸色立即苍白：

“爱虹，弃暗投明当及时！你跟他啥时了结？我实在不能忍受……”

暗沉已久的心被霍然点亮，阵阵刺痛，她近段时间频繁外出，原是幽会他人?

不！这不是真的。他那么爱她，为她舍弃了一切！

陡然而至的伤害如此具体细致又如此残忍暴虐。

段智兴的世界一瞬间阴云密布。

他握着手机，眼眶通红，记忆的荧屏上呆呆回放着往昔。妈妈的唠叨姐姐的讥笑爸爸的沉闷，都让他渴得发痛又伤心欲绝。滚烫的液体落下点点滴滴，仿佛是泪，浮荡起落梅漫卷的京华。

衣襟上斑斑点点，他不知道，是哭了的泪，还是碎了的心，撒下满怀的颓然。

电视剧仍在继续，段智兴却陷入沸水般的煎熬，随手关了电视，耳听冯一虹连声喊着。他昏昏晕晕地过去，只听冯一虹在浴罩里埋怨：

“你磨蹭什么啊？要冻死我不是？快舀些凉的出去，再加进热的来。”

段智兴拿了葫芦做的水瓢从浴罩逢里递进去，提着装饲料的红胶桶在旁边候着。等冯一虹将洗澡水一瓢一瓢地递出来，他一瓢一瓢地倒进红胶桶里，又急忙用另一只瓢从锅里舀热水倒进浴盆。伺候完毕回到里屋，段智兴双手抱头双肘支着木桌，陷入苦闷、恐怖的思索。

少顷冯一虹洗澡已毕过来，一边穿衣一边问：“你怎么了？”

段智兴胸中凄楚、悲伤、绝望、怨恨交织，默到将死，终拿起她手机，打开信息发问：

“你……我太小看了你！什么时候开始脚踩两只船了？要了断……就该明说，总给人设个闷箱子是什么意思？”

冯一虹一丝慌乱一丝坦然，看着手机，终泪流满面，断断续续地说：

“我们的爱没前途，你爸妈，永远不会接受我。我爸妈见我年龄这么大了，就发急……”

仿佛所有的生命活力都在瞬间被生硬抽走，段智兴眼前一大片黑影乱晃，头痛欲裂：

“别找客观原因。我想知道，你什么时候就另找男人了？”

冯一虹眸光里的迷乱如灯火明灭，片刻后珠泪滚滚：“大你三岁，我今年已经二十七岁，成老姑娘了。在我们乡下，像我这个年龄的男孩女孩都有了孩子。我爸妈说咱们的婚姻没指望，就又托人给我介绍个男朋友。他家虽穷些，但一家人对我都很好……”

天际暗云，南来山隐隐，东去浪淘淘，只叹归路杳。怒气在胸臆里激荡，直灌头顶，段智兴猛地掴了她两巴掌：“骗子！”

冯一虹借着桌子的支撑没有倒下，头发被打乱，捂着发烫发红的面颊哭道：

“我也没想骗你……可都怪我不能被你爸妈接受。我……耗不起了……”

两人经历了很长很难耐的沉默时段。

冯一虹拿着手机道：“这信息，人家也不过说说而已，我也只是应个景，终究舍不得你……”掩面哭着，哀婉欲绝：“要不相信我，你就走吧，回去当你的老板、少爷。我就和门当户对的乡下人结婚……”

多日的疑虑变为现实，每一个自尊的微粒都在嘲笑、讽刺他的愚不可及。段智兴心里的什么东西空了，虚弱得难以支撑自己，蓦然跌坐在地，只觉得如坠冰渊般的浑身发冷。

手术后的季涛苍白之中更见儒雅稳健，他渐转明朗的眼神，是已经将生命里的暗沉过往踩碎在脚下的表示。他铿锵地收起往日诸般，就如同魔鬼收起黑色的羽翼。

生命不易，需要人加倍珍惜。尽管业务主管把超市管理得有条不紊，季涛还是每天要到各处查看，在收银台前巡视，防止意外。在超市转了一圈后他感到有些累，知是身体尚未完全复原之故，就回到办公室检阅出入账单，发现这半年收入可喜。他从会计那儿拿了十万块钱下楼，开车直奔银行。

一轮白日高挂，昨夜的雨雪消融在甘洌空气里。树叶葱郁蔚蔚，画眉婀婉转如诉。谁家四合院屋檐下的冰条化作一串晶亮的水滴。

在银行办完手续出来，风吹乱了整齐的头发，一股寒意起自足底。他上车关上车门的一瞬，只觉暖意萦心，拿出手机拨打吴菲电话很久，一直都无人接听。他发去一信息：

打你卡上十万，余者慢慢还。请放心，超市在滚动发展，也许再过一年，可开连锁店。

他怅然等候好久，一直没回音。他发动引擎，将车驶入街上宛如飞龙的车流里。

直至晚睡前，他打开家里电脑登陆 QQ，吴菲一直没有回音。他心里一片忐忑，鼠标飞快地点击，进入吴菲空间。在她的空间里，发现一名叫“刺玫”的网友留言：

天使菲菲，我们共同为你祈祷，盼望你早日醒来！

菲菲，她怎么了？

纷乱的思想如同杂乱的乐章横空，两眼是灵魂出窍后的空洞。季涛双手发抖如同落叶经风。失神片刻后他灵机一转，急忙添加“刺玫”为好友，在添加留言上注明“吴菲的好友”。添加成功后，“刺玫”很快回应，他急忙发去握手的表情和一行文字：

我是吴菲朋友，有急事联系不上她。她究竟出了什么事情？

“刺玫”发来惊讶的表情和一行文字：

我叫姗姗，吴菲老公和她闺蜜劈腿，生了孩子，逼她离婚。她不敢让家里知道，压力特大。下班路上分神，被一辆违规行驶的卡车撞飞。送医院抢救了好几天，现在仍然只会呼吸没有意识，可能要成为植物人。我们都很难过！

头顶的装饰灯和桌上的电脑都成了飞速旋转的物体，季涛伏在桌上许久，天旋地转的感觉方才平息。他从 QQ 上问清了吴菲所在的医院地址，急匆匆站起时门却被推开。

灯光将白小琮的身影拖得很长，她满脸温婉的笑掩饰着眸底浓重的疑惑：“这么晚了，还出去啊？”

她于前不久带着儿子住进他家，甚得吴秀兰喜爱。

季涛目光黯淡暗藏惶急：“有点儿急事出去，回头再说！”

他面色苍白、冷冽，心里一急将白小琮撞个趔趄，走得像去撵贼。

从屋里出来的吴秀兰慌忙搀扶白小琮：“小琮，涛涛肯定有急事！”她眉间凝着深愁，心思宛转，陪着笑脸：“小琮啊，婚姻是什么？是文火慢熬的粥。你看贝贝多可爱啊？他总有回心转意的那天…”

白小琮如遭重击，胸口闷痛，轻轻抹泪，眼前凌乱丝帕，纷落猩红桃花。回到卧房她轻抚熟睡的贝贝脸，凝思不语，一双乌瞳在灯下折射出晶亮的雪光。

万里江天水一色。同样的阳光照着不同的城市。

季涛驾车赶到吴菲所在的苏州人民医院时，见太阳将住院部大楼铺上金色。他推开脑外科病区 207 房，映入眼睑的是一张病床。

吴菲在病床上闭着眼睛躺着，俨然熟睡，脸色灰黄苍白，如同蜡像。

血在体内澎湃汹涌，季涛颤栗着进去，蹲下，握紧她手。

她的手冰冷得没有任何温度！

季涛悲从中来，极力的克制使牙齿磕碰，摇着她手，一声声呼唤：“菲菲，菲菲……”

透窗的日影映着她脸，细小的茸毛清晰可见，可她的眼睫毛都不会动一下。他只想放声大哭，又费力抑着悲绪，嘴唇蠕动着，半跪在她面前，头伏在床沿上，颤抖不止。

黄欣长着和女儿酷似的眼睛，擦着眼泪拉起季涛，向他介绍了女儿病情：

她被撞成重度闭合性颅脑损伤、脑疝、脊椎 5、6、7 节骨折、大腿粉碎性骨折。已做了微创开颅手术，对骨折部位进行了椎板减压，还有骨折复位内固定手术，她却一直昏迷不醒。肇事者先期赔付了十万元。

说到最后，黄欣满目的忧伤和疲倦：“周峰，菲菲老公，一直都不来看她……”

季涛心头爬满破碎和伤感，颈上血脉突突跳着，强自撑起自己：

“阿姨，你放心，我会唤醒她的！”

黄欣低头拭泪，万分的感动滑过指尖，目中疑虑重重：“你身子也不大好……”

季涛扶着行动机械伤心欲绝的黄欣在床头坐下，低声安慰：

“我已做了移植，现在都康复了。阿姨千万别过意不去，我这也算是报恩。前几年我病着，菲菲给我的四十万，我现在仍没还完……”

黄欣霍然起立，眉毛扬成惊讶的弧度：“四十万？她哪来的钱？”目光低转，流出狐疑，又一拍脑袋：“她偷卖房子的事被我和她爸发现后，她说是把钱拿到公司入股，原来是这样……”

两人一时感慨万千，唏嘘着再无言语。

踏着一路阳光，随着吴菲母亲来找医生，季涛得到了这样的讯息：

她如果能在三个月内醒来，就无妨碍。否则，就成了植物人。

出了医生值班室，季涛走在肆虐的风里，感觉每一缕风都有穿透五脏的力道，都能冷彻他的肺腑。他步履机械，眼神空洞，只是沿直线往前走着，不知转弯和闪避行人，引来人们奇怪的眼神纷纷躲避。他听不到跟在后面的黄欣急切的呼叫，过往种种历历在目，红颜瞬间变腐朽，不堪承受的生命之重让他几近崩溃。

如同被提着行走的木偶一般进了病房，他扑在病床前嚎啕大哭。黄欣费了很大力气方才劝止。他神态怔忡，眸底冷辉闪烁，发红的瞳仁如困兽犹斗。忽然站起来，直愣愣往外走，把黄欣的呼唤置之不理。出门见路两边衰草残萎更助凄清，天空灰的没有一丝生动的颜色。

她的柔媚笑影扑面而来，他只想毁掉这个世界。

那个夜晚清风摇竹影，月冷阑干，海棠临水，益见静幽。他走在租住处门前的小巷，脚步声落在地上咚咚作响。忽见前面高大的梧桐下站着一位女子，风吹起她紫罗兰色的裙裾，飘渺如仙。待他走近，女子从背阴处缓缓转身，走出，冲他灿然一笑。

他顿失魂魄，惊得五官移位：“菲菲……”

清明玉宇下，风吹起她的长发，婀娜身姿沐浴着银色月华。她把一张聘用协议举在手里：“我要和你住一起，你把那个小间腾给我，我们平摊房租。”

情不知所起，一往而深。每逢午夜梦回，有粉色的蝶飞过红墙。那一瓣一瓣带着芳香的粉蕊，是谁捻梅微笑留下的香？

自那时起，他曾经呆板、凄怆的日子，因着她的照顾而生动、温暖起来。他不跑推销时，俩人一起吃饭、作曲、修改。每当制出满意的作品，便一个吹笛奏出旋律，一个用吉他配声，录制下来……

季涛边走边看着路旁的招牌，苏州特色小炒、苏州如意小吃……

季涛走得心慌时，终找到一个网吧，登陆QQ，在空间里向网友诉说了目前的困惑，求大家出谋划策，给吴菲提供有价值的治疗方案。又从百度里查阅了大量有关脑伤患者护理的资料，资料告诉他，每天需给她做有营养的流食，给她翻身、做肌肉按摩等。

他想，只要耐心、周到地护理，植物人的唤醒已不是奇闻怪事。

另一位网友发来文字：很多人都说，靠按摩和呼唤，植物人会醒来。但我不知道是不是真的，你试试吧。祝福你们！

残阳销尽，夜色生寒，水月映翠烟。回到病房，季涛拉起吴菲手，言语铿锵：

“还有足够的时间，菲菲，相信我一定能唤醒你！”

手机音乐在房间响彻，是初识时他们共同创作的那首《别恨》，幽幽荡荡，充满着每一个空间。

季涛按摩着吴菲手腕，晶晶闪亮的眼睛望着黄欣：“这是我和菲菲共同创作的曲子。”

黄欣点头，洒落两行泪水。

第四十九章　人生如初见

季涛一丝不苟地做着按摩动作，胸中热流激荡，目中倒映出濯濯光华。

她仿若沉睡，安祥静美，把他带回从前。

他机械大学毕业，应聘于一家纺织品公司，做机修工。酷爱音乐，工作的间隙常常制作一些原创歌曲自娱自乐。还以“残木”为网名，向一些原创歌曲网站发。一天，一位名叫“香雪无痕”的网友，在他放于音核原创网上的一支曲子后面发帖：

“请问，这首曲子是您原创吗？有事相求，把我的QQ给你，别忘加我啊！”

他加了她。

“香雪无痕”在QQ上说：

“我叫吴菲，苏州人。现在在上海大学音乐系，读大四。因假期作业要求每人完成一首自创曲目，我想借一下您的，再稍作符合自己风格的改动，当作业交上去，可以吗？”

他发去微笑的表情：“喜欢就送给你。”

此后，经常的网上交流成了精神食粮。当一日她告诉他，这首曲目作业被老师打了个A，他高兴得跳起来，给她发了朵玫瑰。

人生羁旅，难以把握，不是有玫瑰就可以长久。

通过网聊，他们成为知己。一天他看到她的QQ留言：

那个女人欺负我，我要报复她，今晚去和她老公开房！

明亮的电脑屏，文字如炸弹在他胸膛炸开，深邃的眸子充斥着血雨腥风，叹千里关山，万里长风。他权宜了缓兵之计后回复：

“那你得好好准备一下啊。”

他随之发去个笑呵呵的表情，接着敲出：“找个好酒店，第一次，可不能亏待自己！”

她发来挣扎的表情，跟着一行文字："外滩茂悦大酒店6618房，我都订好了。今晚他在外地，明晚八点在那儿等他。他苦求我……都两年了。"

她接着发来文字：我的生活变得面目全非，全是那个恶毒女人搞的。嫉妒我的女生都在冷嘲热讽，骂我是个被包养的金丝雀；系主任找我写检查；最要好的朋友也和我反目；全校师生都用鄙夷的目光看我，相遇时面孔高傲鼻孔朝天……

报复的方式那么多，她却以自我毁灭？季涛立即在网上订了飞往上海的机票。

第一次坐飞机，飞机的发动机声让他感觉坐在一辆破车里，正路过一段魔鬼路。他隔窗看到尘烟飞扬中的脚下土地，落满了元明清三个王朝兴衰变迁的传奇；盛世繁华与战事离殇的悲喜，沉落于砖瓦石缝间，写满了真实与荒谬，悲情与诗意。

空姐从身边走过，他觉得她笑得像白痴，杂乱的脑子如同被风吹过的树梢，开始描摹上海酒店房间里的情形。男人的偷情伎俩看起来比任何滥剧的出轨戏都狗血，脸上挂着暧昧的笑口中说着白烂的台词，然后他们携着凝重的爱情、缅怀曾经的心迹，心怡神驰地扑向男女两情相悦的极致。

心窒息般的痛，他又自慰式地设想：她的行为只是赌气，她心思百转地和他周旋，仅一个国际礼仪式的拥抱，在侃侃而谈中将友情升华并画出圆满句号。

接着他又开始责备自己，耳边充溢着吵嚷、哭闹、尖叫、人声、警笛、蝉的鸣叫、风的喧嚣。各种声浪的喧哗又一瞬远去，世界成了个白茫茫的空壳，层出不穷的想象被一个抛物线扔向远处的海洋，如一幅巨大的织锦抽丝还原。

他走出机场，穿越擦肩接踵的人群，夜幕渐深，上海外滩湖光荡，一钩新月，万缕荷香。东风夜放花千树，映出他脸色的变幻莫测。

他挥手拦了出租："黄浦路199号，外滩茂悦大酒店。"

车载着他穿越重重夜幕，穿越灯海人潮，无心浏览大上海夜市下的芳馨无涯，艳若织锦。他松松领带，看手机还有两个小时。

车正穿行于一处通幽曲径，穿杨度柳，他望着车窗外，怅然一声叹息。

他在外滩茂悦大酒店门前下车。

这个五星级酒店位于虹口区，靠近外滩、人民广场、南京路步行街。灯火璀璨，画船撑入柳阴凉，一派笙簧，地理位置的优越吸引了海内外游人。抬头明月如霜，玉宇静幽，无一丝尘埃。他年轻而轩昂的身影披着月色和灯光，脚步雄健有力地走过旋转门。在大堂一隅的沙发上坐下，见对面一个戴眼镜的老男人在看报纸。他拿起面前圆桌上报纸却看不进去一字，目光透过玻璃门向外凝视，流出挣扎、困惑和焦虑。

望见她袅娜走近的身影时他急忙起身，消失于电梯间。

他站在电梯里想：因为伤害，她要以激烈证明伤害？因被污为贼，便要以贼人手段使人齿寒？

他的眸光冰寒如霜，心如落雪万里，一片凄凉、茫然。

站在走廊里向6618房门瞪着眼睛，他有些无措，万一因故调房……

看到一个挺着将军肚的男人走进去三分钟后，他挺直脊梁敲门：

“您好，服务员，送水果的。”

门开处，橘黄的灯光映出室内优雅的装饰，圆鼓鼓的男人打开房门后扭头看吴菲，目光在欣赏、欲望、渴盼之间游弋。

季涛捉贼般地冲进来，反身将门锁上。

男人满面惊诧，未及叱问，季涛就挥臂劈面打去，又一脚踢翻在地：

“你这奸商，活得不耐烦了？敢抢我马子！”

灯光洒落他棱角分明的脸，英气勃勃，眸凝执着坚韧，神情狷傲，看起来孔武有力。

吴菲惶然不知所措，要上去拉开，被他用力一甩，落叶般向后，滑向墙角。

中年男人皮球般在拳脚中翻滚，两眼变成恐怖的黑青。

他拉着她飞速离开、穿越金碧辉煌的长廊，耳边由喧嚣到静止。她的长发被风鼓起，在壁廊上荡起一团惊心黑云。

夜色清幽，月挂斜柳，春光烂漫三月，花开依旧，人间纷扰依旧。

梨树下，阴暗的夜，睁着阴沉的眸子，盯着季涛和吴菲。

他看着她，目光忧郁，精神却苍松一般的矍铄。

她惴惴不安地扭头，见他站在树下，清瘦的身影，被风吹得凌乱的头发，苍俊的脸略带悲怆，似曾相识。

她心念电转，辉煌灯光倒映出眸中惊愕：“你，是你！”

一片片梨花落于她发间、身上，莫名的伤感、寂寥。

他清爽仪态无尽风流：“是我，乔木。万般无奈，对不起！”

这深潭般的目光，郁寂的神情，她于网上视频中见过多次。他就是网友残木，她说这名字不好，给他改名乔木，他欣然接受。

“你不在北京吗？空降了？”她盈盈一笑，婉柔的嗓音媚人心骨。

月色被云层遮住，天空暗沉。他仰头，浮云映着脸庞，有一种铁质的坚硬：“知道吗？我第一次坐飞机，不能看着你往火坑、泥潭里跳！”

尴尬、羞愧如潮，又一瞬化作惊叹、感激：“乔木，看不出，你还是个大侠啊！”

她拉着他慢行，路过花圃，折一枝海棠，月光倾泻在皎洁如玉的花瓣上，倒影于她剪瞳，折射出一片熠熠的光。她的声音和神情皆转欢快，像穿行于铃铛间的风：

“为对大侠的拯救表示谢意，我请你宵夜。”

她对着他浅笑，仪态美得炫惑。

“我请你。”他脸上绽放出迷人光彩。

多少个午夜梦回，是谁在他的诗词里轻舞飞扬？是谁在凝眸处醉舞胭脂泪裳？

饭罢在露天咖啡馆临窗而坐，闻幽幽竹叶清香随着夜色飘过，融入无边静寂。

她纤纤玉指滑过杯沿。他仰头明月斜照。

身边庸碌众生，远方琴如天籁。那深深浅浅的脚印，那灼灼烈烈的杜鹃，在这个奇异的夜晚，在这一弦琴音流转的琐窗，把相聚和离别演绎，把伤感和欢愉交织。

灯月交织，映出吴菲脸上羞惭、懊悔，那满心谢意哽在喉间，只得一滴泪相报了：“我鲁莽，荒唐透顶……”拿纸巾擦泪：“你会笑话我吗？”

他黑眸在灯影里闪亮：“我哪里会笑话你？我们是好朋友嘛！”

琴韵婉转低回，如缠缠绵绵的相思诀。她低垂眼睑，娓娓诉说：

一年多前，在同学的饭局上认识了那个三十多岁的男人。他做玉器生意，见她惊为天人，经常约她出去吃饭，打球，游泳，给她买衣物首饰，还每月给她生活费。无论他如何暗示、哀求，她都坚守。谁知不久前，她老婆到学校对她又打又骂……

电话铃声打断她的泣诉，男人的声音气急败坏：“我他妈真是瞎了眼！你才多大年龄？心就这样歹毒？不想和我睡我也没强迫你啊？犯得着这样整我？喊来男朋友闹还不够？还让我老婆来抓现行？人不可貌相，太魔鬼了你……”

一丝恼怒拢于眉梢，吴菲把疑窦丛生的目光射向季涛：“你，找了他老婆？”

季涛莫名其妙：“我？这是大上海，我在这儿不认识一个人！况且这事儿……”神色羞赧、迟疑：“我怎么会让别人知道？”

吴菲倏现惊恐之色：“看来她老婆早已在跟踪，要不是你……”眉间平静粉饰太平，心里涌出捉奸在床、身败名裂、无颜见人等大段字句，凌乱而喧嚣的片章不断闪回，与黯黯夜色融为一起。

吴菲微微闭目，心瑟瑟发抖不已。

咖啡喝完，又点了果汁，喝完谈累，他看着她离去，风吹起T恤那一抹粉红，混淆着橙色灯火，清丽、淡雅；黑色的长发青烟般飘于空中，渐至于无；粉衣在芳香的斜月中渐行渐远，终被高楼旁的人群阻断。耳旁曼妙的五音缠绵低回，如泣如诉，如怨似慕，季涛的整个人被寂寞淹没，覆盖，无声无息。

仿若在她转身的那一刻，抚琴人手指僵硬，步履开始蹒跚，那些音色已不辨轻重，那些音阶已舞步凌乱，眼前唯见猩红一片。

过目不忘之景，心头难释之情。

当上海至北京的列车在林荫大道的上空奔跑，车厢被南方中午的闷热笼罩，窗玻璃大敞着。窗帘在疾风中飞扬，热烘烘的柏油路味道从地下隧道里飘袅而来。

季涛在车上昏昏欲睡，收到吴菲的短信：“谢谢你的拯救，我一定努力摆脱过去！”

季涛隔窗怅望北京方向，寂寞宫墙，明月依旧照西厢。谁家红妆将心底那抹浅浅的醉，在朱唇边绽破成诱惑的笑靥？

他的记忆里有一片海，夜夜盛开出硕壮的花朵。

经历宾馆事件，吴菲迷途知返。

“我爱上一个善良智慧，潇洒英俊的人。他在漫漫长夜里给了我一炬烛光，在我落寞失意的时候给了我力量。最难忘他冒充我男朋友那一场……”

他一遍遍阅读着她的QQ日志，泪流满面，惊喜、忧思、困惑滑过瞳孔，沉入眸底，硬着心肠回复：暂不谈论这问题。我有事，下了。

退出QQ，他闭目、抱头，把桌上一支笔生生折断，咯吱一声脆响，仿若心脉断裂，奇痛如绞。

除夕姗姗而至，辞旧迎新的鞭炮声伴烟花洒遍城市乡村。天上人间，尽是明澈银华。山河丘陵倒影在视野里，宛若浮光掠影。

段智兴呆呆地坐着，看手机的频率几乎是一秒一次。此起彼伏的爆竹声一浪浪从木框窗里透进来，如同扰乱宁静的兽。在刻骨痛楚的侵吞里，他一边盼望着电话、信息，一边沉浸在少年时除夕的旖旎回味里。

妈妈总是做好各种荤素菜，屋里打理得纤尘不染，一家人围坐着饮酒、吃饺子。

如今，四下透风的小木屋如同冰窖，白木桌上放着昨夜冰冷的茶。灶台上没有鱼肉、菜食也没有汤圆和饺子。孤凄的灯，澹澹的光晕在地上流淌，如染了颜色的水流。

鞭炮声一时淡去，四周寂然无声，但听门前枯蒿被风摇动的沙沙声，鸟儿起飞时拍打翅膀的声音扑棱扑棱。段智兴来到窗前，透过木窗再次审视这个远离村庄的独立单元，屋顶的茅草随风呼呼作响，每一声似乎都在喧嚣着嘲笑他的肤浅和愚蠢。

他们冷战已久，冯一虹一大早就出去了，说是回她家里过年。

远方传来几声零星的鞭炮，手机依旧保持静默，没收到一条贺年的短信。

屋檐下的茅草起伏汹涌，一如他此时心情。尘世的热闹和喧嚣远在天边，他好似陷入了与世隔绝的冰城。

爱情逃离，亲情流亡。家徒四壁的木屋如同牢房。

他这样一个一无所有的牢囚，不知生命在新的一年里将如何延续。

他修长的身躯映着晚霞，像折翼的大鹏。他的下巴有些尖削，黄白色的脸看起来冰冷、执拗。他伏着窗子嚎啕大哭，悲切的哭声伴着恣肆的风。

他哭着看着晚霞在窗外一点点沉没，一只麻雀咕噜噜转着眼睛，在窗口跳来跳去，直至黑暗吞没了一切，他的灵魂在此起彼伏的爆竹声中一片片碎裂。

风嘤嘤嗡嗡地打破宁静，墙角什么虫子的叫声很有节奏地响着，为他肚子里演唱的空城计伴奏。他饿得有些支撑不住，在屋子里寻找食物的步子蹒跚、虚浮。

灶台冰冷，灶台前干柴横七竖八地放着，锅盖上蒙了一层微尘。没有饺子，没有糖果和点心。他掀开锅盖，拿出块冷馒头咬了一口，一些碎粒沾在嘴角，落在黑色羽绒服上。

他的眼泪像浆溶从炽热的火山口不停喷涌。

明明梦已醒，为何还有梦？

明明心已碎，为何还沥血？

这夜他不停地做梦，每个梦中都是有关他和冯一虹爱情的片段。事件和时序都匪夷所思。梦中她跪下来向他忏悔，然后他们幸福地重温初恋时光，那些温情脉脉的细节，缱绻得催人泪下让人痴狂。他们不停地做爱，带着末世沉沦般的疯狂。一次次的纵情，似乎没有明天。

梦中醒来，黑暗而冰冷的屋子和窗外呼啸而凛冽的风，都在鞭挞、拷问着他的智慧、忍耐，以及承受力。冥冥中他似乎听到了亲人们的呼唤，可他不能回去，因无法对自己的行为做个总结。

他付出了那么多，不愿轻易服输。

第五十章　送归烟火冷

除夕爆竹覆万物，梅香无处不楼台。欢快的辞旧迎新乐伴着笑语阵阵。季涛被痛苦、煎熬包裹着，片刻不离地守着病房。

病房里的《别恨》随月色流泻于窗外：

枝头春寒，黄昏庭院。悄无言，销魂孑然。粉泪空弹，但望楼前，心中想，梦中盼。归去来兮，行乐休延。命由天，富贵何年？小窗静坐，水声澹澹。恨风来劲，云来卷，月不圆。

别恨绵绵，屈指五年。再相逢，情分依然。君初霜鬓，我已华颠。多少恨，不堪言。小庭幽槛，菊蕊阑斑。近清宵，月已婵娟。莫思身外，且斗樽前。愿花长好，人长健，月长圆。

季涛弯着腰，给吴菲翻身、做肢体按摩。他动作反复，忧思不能停止。

她爱上他，那时他选择逃避。从连续三天的苦思冥想中涉出，发给她留言：

至清至明日月，至亲至疏情人。便是自然恩泽，也不能轻易占有。适度的疏离才是明智之举。

她回复：谢谢坦诚！我很理解你。毕竟我有着一段耻辱的过去，我以后不会再提这事了。

季涛在京做推销不久，又一次晕倒，住进医院。

吴菲打季涛电话，接听的病友李子翔告诉她实情。第二天她从首都机场降落，风尘仆仆来到医院。季涛正在吃着盒饭，面色晦暗而孤寂，行动机械而呆板。

视线交织，一个恍若隔世，一个痛楚、幽怨。

她哭着扑到床前："你什么时候得的病？为什么不告诉我？"双肩起伏，泪如滚珠。

玉箫横吹月如钩，北京城亮起温婉灯火。月光在林子里轻舞，落花纷纷扬扬。树木古老而宁静，蝉声高亢而苍凉。

生活终不是童话，无法阻挡岁月的风沙。病痛相伴的时光，绝不像文字形容的一闪而逝。生命不如草芥，一岁几枯荣。他递给她纸巾擦泪，故作的轻描淡写：

“你看我不也挺好的吗？这样坚持下去，三两年就可以做手术了。你什么也不用做。”

他举重若轻，她更加断肠，相顾无言，唯有泪婆娑。他的伤逝，她的怜惜，一念起，千丘万壑；一念绝，时光明灭。流年总不停歇，青春那几笔，遒劲而执着。

房间温度适宜，季涛穿着薄毛衫给昏睡的吴菲按摩一轮下来，鼻尖有了汗。刚站起来，放在桌上的手机响，吴秀兰的：

“我对小琮说你去你外婆家，有事耽误了。你趁早赶回来，听见没？明天争取一起过初一。”

季涛语气急促：“妈，菲菲这样，我真的走不开！这是道义问题……”

吴秀兰打断他：

“菲菲是咱家的恩人这我知道，可她现在是别人媳妇儿！你儿子、媳妇儿在家住着，你却不回来过年，让我怎么说？都没法圆谎了！早知道这样，我就对小琮说你去美国找你妹妹了……”

大年初一早晨，鞭炮声穿越红尘的悲欢惆怅，刺透遍野的青山和荒凉。被震醒的段智兴睁开眼睛，冷冰困倦的目光和墙壁、物什对视。破窗帘在屋子里荡着，弥漫着忧伤气息。

他拉开窗帘看着窗台，冯一虹前几天搬回的杜鹃在霞光里静静地萎谢，殷红的花瓣散落了一大片。他拧拧发酸发困的鼻子，回想着梦中那些个欺骗了他的虚构情节，痛彻肺腑。

红灯笼、红对联、新衣服、新陈设，美味佳肴、水果点心、欢声笑语、问好祝福，人们把积攒许久的笑容码在脸上行列整齐，把扎堆成捆的忧愁困厄放置进身体里那不足为外人见的角落。

这一切都与段智兴无缘，只有他坐在这阴暗的木屋里茕茕伤感。

电话响时，他激动得跳起来。

范成芳的声音濡染着新春喜气："智兴，儿子，除夕过得好吗？昨晚咱家的会所特别忙，有些员工回家了，我抱上小囡囡，和你爸你姐齐上阵，咱全家忙乎到半夜。这会儿睡醒，还是忍不住问问你。哪像你这做儿子的？为一个女人，就不要你爸妈了。"

段智兴又听到破女人三字，并没像往常那样发火，沉默片刻，孩子气十足道：

"我也想家，想爸妈，想姐姐，想姐的小囡囡……"

范成芳的哭声随着电波传来："我儿子乖，都是那个破女人把你害了……"

段智兴听着妈妈的哭声十分不忍，心里闷痛一会儿，忽又听到姐姐的声音：

"段皇爷，姐姐好想你啊！总对小囡囡讲他舅舅长多帅，多么楚留香！爸妈身体也一年不如一年，妈梦里都哭着叫你……"

段智兴挂了电话抱头痛哭。

夜幕降临时分，天上飘下纷纷扬扬的雪。他再次把自己蒙进被子，依稀进入了城市的街道。夜空里不时有烟花爆竹璀璨绽放，此起彼伏的响声仿佛要炸开天幕。雪在路灯里落絮般下着，模糊了视线及一切。高楼朦胧如同虚幻背景，人走在雪幕里面容模糊。夜色在灯红酒绿里变得卓越瑰丽，街头巷尾人影疏落。他独自在雪幕里深一脚浅一脚地走，看着高楼窗户透出的灯光，凄凉、落魄湿了心绪，他感觉成了树梢上残留的荒叶。雪落在脸上，将睫毛打湿。他走在无尽的虚空中，神情茫然地对着愈加清冷的街道。

路灯的光晕四下弥散着，和人的目光一样冷漠、迷离。他不知有多少人在城市冷艳的表情后恣意狂欢纸醉金迷欲壑难填，有多少人孑然一身守着清灯躲在暗角垂泪伤感。

再往前走，雪光里映出她的身影，婷婷静立于雪地，宛若长虹卧波。风拂着长发，雪花般素洁、静雅。

他伫立不动，看到她的明眸泛起一片灵光，神情安宁、静谧。她微微一笑融化了冰天雪地，让他不觉间双目泪湿。他慢慢地向她伸出手，却看到她依着一个男子，撇着嘴唇对他发出冷斥，如同公主在怒斥乞丐。他不知何时在这场爱情中败得如此血本无归。看着他们郎情妾意的背影渐远，愤怒的血液周身乱窜。他拿着匕首冲了上去，对着那个风摆杨柳的丽影乱戳乱挥。路灯给了近距离的极好能见度，被照得通明的地面上是被血染红的雪，四周的景物在雪花的魅影里迅速起落。她倒在红色的血里，五官扭曲，眼神苍冷如荒园里的青苔：

“智兴……这是我……邻居家的……哥哥……我是爱你的……我爱你……爱你……”

他的心却不再为她的话柔软，此刻，即便月落乌啼花飞花谢都不再媚人心骨。

当他被自己的一声惊叫唤醒时，满头的冷汗湿了被子。他发现又一个傍晚来临，屋里黑漆漆的，四周如深渊不可见底。

段智兴下意识地描摹着过往幸福，欲循着自己的描摹走下去。隔着门缝看到冯一虹时他兴奋得大叫：

“一虹，你回来了！伯父阿姨新年好吧？”

冯一虹似乎毫无情意，木着脸，没说话，直往屋里走，审视着黑暗暗的屋子埋怨：

“才几天，这屋就像狗窝了！”

“虹，我想你……”他温情脉脉揽住她，话声柔软。

“这话好没用！去去去……”她挣扎着，推开他。

他一次次求和，她一次次冷言冷语相向，一次次将他的自尊和热情撕碎、摔毁。

两个人之间横着那么一条无形的丘壑，矛盾的丝缕混乱而嚣张，在乱云飞渡的心田凝成一张网，包裹着被怨恨和敌对填满的心脏。

情人节和元宵同至。冯一虹一早起来又剁肉馅又擀面皮，神情是难得的欢欣。

屋子里阳光明亮，窗外春风和畅，她温柔的笑意铺展开他对已逝甜蜜时光的神往。一只小羊羔在在门口咩咩叫着探进头来。

段智兴拿起斧头到院里劈了一堆柴，抱在灶台前，靠着墙壁拢成整齐的一堆。

冯一虹站在灶台边包饺子，穿着粉红印花棉睡衣，臀部肥大而饱满，面容清纯如二八年华的不谙世事女子。

饺子馅、饺子皮把灶台上摆放得爆满。灶前生着一盆炭火，袅袅冒起青烟。

火光映着她脸，腮上那两片绯红的云忽明忽暗，宛如心头暗疮斑斑。眼前情景，寻常夫妻人间烟火图。段智兴的眼前铺展开一幅幅美好甜蜜的未来生活画卷。

他的一些叹惋在心底沉落，眸中星光璀璨，从背后抱住她，拿出一个金镶玉吊坠，系在她颈间的一瞬，感觉到她肌肤的细腻，润若凝脂。

“别胡闹！你手脏，我睡衣，大冷天的不好洗晒。”冯一虹垂着眼睑娇嗔，把包好的饺子放在案板上，低头看吊坠上的玉佛，打掉沾在围裙上的面粉：“我不是小姑娘，不要这假玩意儿！”

段智兴绕到她面前，捏着坠子：“真的。”

冯一虹拿起吊坠再看，眼里光华退去，疑惑如水面浮上游鱼：“真的？哪来这玩意儿？”

段智兴吐出热气：“前天你没在家，我坐村里的拖拉机去城里买的。”

冯一虹转身拿起一片饺子页，怔了很久却没有填馅，眼睛里有了湿热的泪雾。

段智兴帮冯一虹包完饺子，将一应物什拾掇完毕，拉着她手蹲在火盆前，盯着她细长眼里的水光：“别冻着了，快暖暖手。”

段智兴要生火烧水下饺子。冯一虹说不急，又动作麻利地收拾了两个菜的料：腊肉炒萝卜干，白菜炖豆腐。她边切白菜边说：“这是我妈种的，豆腐是大奶奶磨的，都没污染。可不像城里卖的那些，都这药物那保鲜的，对身体有害。”

看着冯一虹低头切葱和姜片，段智兴开始烧火：“谢谢你，一虹。”

通红的火，袅绕的烟，共酿出满屋的温暖，映出围着灶台忙碌的女子窈窕的腰身。

饭菜端上桌，看着段智兴真诚的笑从棱角分明的脸漫到尖削下巴，冯一虹心绪纷乱如麻。“来，碰杯，祝贺我们回到从前！”段智兴给自己倒了满杯二锅头，和冯一虹的半杯相碰后一饮而尽，放下酒杯，欢欣的笑伴暖意溢满全身，四肢百骸都充斥着快乐。

冯一虹暗察他于生活的细枝末节里获得的巨大快乐，心紧紧揪着，倒了满杯，猛喝，又倒了一杯端到唇边，被段智兴夺了：“一虹，你这是怎么了？没酒量，这样喝酒伤身！”

午后他们拉着手去了村里，和乡亲们一起观赏狮子旱船，看穿着彩衣化着戏剧装的青年把手中斑斓的彩带舞成长龙，看踩着高跷的美人凌空起舞翩跹。乐声飞扬，人声鼎沸，歌声伴着人们的喝彩声嘹亮响彻。段智兴再一次领略乡村有别于城市的美好，直到日落西山，他胸臆里激荡着一股飞扬之气，紧紧拉着冯一虹手不丢。他极端自信于潜意识：

这个情人节是一个分水岭，划开了旧年的悲伤和新年的奔放，美好的情感地老天荒。

曲终人散时，太阳落进西山的雾霭里，村落笼上轻烟。村支书派人来请他们去家吃饭，尽兴而归。回到屋里拉开电灯，见盆中炭火气数将尽。段智兴弯腰加炭块时，身子一趔趄，把几疙瘩炭仍到火盆外边，又低头捡起，放进火盆。

他抱着冯一虹上床，求欢。

冯一虹用力一推："醉的你！"

段智兴软绵绵歪倒在一旁。

冯一虹的脸在白炽灯下如同沐霜：

"我得和你说，我必须得和你说了。"

段智兴醉眼迷离，又起来揽她，手探向胸部："虹宝宝，说呗，有什么不能说的？"

冯一虹挣开他："这是我们最后的情人节。"

段智兴的心徐徐下沉，另一手搭上她肩："虹宝宝，不能开这种玩笑的。"

冯一虹盯着他琥珀色瞳孔，语气和脸色一般的笃定、宁静：

"我不是开玩笑，是真的，我们必须分手了！"

他被她满脸的静肃震慑，倏然被她推进冰天雪地，随着血液涌到头顶的还有呈几何基数递增的恼羞："为什么？我们好好的，为什么要分手？"

"我们……不适合……"她神色恍惚，眼神躲闪："我家里，想让我快些结婚……可你家，坚决杜绝农村人进入。"

从幽暗的隧道九曲八转，终回陆地。段智兴失控地将她按在床上，双臂紧紧箍着她臂："你家里让我们分开的？一虹，别听他们的，我求你……"他眉目间全是坚硬、迫切和痛楚："这局面是暂时的！我们会回到城里，我爸妈就我一个儿子。到时候，我上班，你打理生意。我们有房子有车子有票子，什么都不愁。一虹，你别傻！嫁个乡里人，你一生完了！"

"你才傻！你家不接受乡妹，连儿子都不要了……"冯一虹神情痛伤，泪水横流："房子车子票子？那是你们城里人的。我这个乡妹享受不起！和你在一起，我只能连累你……"心痛到无法喘息，她痛楚、怜惜地捧着他消瘦的脸，这张脸因冬日少晒而泛白：

"看看你现在瘦的，我内疚、我负罪，你知道吗？我知道你早想回北京，你没错。你可以回去，可我呢？我等到三十岁，等到头发白，你家里还是不要我！

咱们就这样争着耗着，有什么意义？命中注定，我只能嫁给乡下人。你倒是反过来想想，我这样也是为你好，让你解脱……”

段智兴想起那个信息，紧拽她手，如拽住一缕将要逝去的晨光：

“一虹，我们明明好好的，你说反水就反水了？你早铁了心要离开我，要和那个人结婚……”

段智兴痛哭起来，在哭声中陈述过去，畅想未来，求她回心转意，他们会爱到山无棱天地合。他费了好长时间，语气诚恳神情迫切感情真挚。

不管他如何说尽好话如何哀求，冯一虹只是哭着摇头，痛楚而决绝。

室内终陷于沉默，段智兴抱头坐在床上神色黯然一言不发，白炽灯清冷的光晕在屋内流淌出隔膜和疏离。冯一虹在灶台前铺了厚厚的稻草，又铺了绒毯，再将炭火盆里加了些炭，打开柜门抱出一床被子，脱了绛红羽绒袄盖在身上，面朝里躺下。

炭火盆里啪地一声爆响，她惊风般地转面，隐约的炭火映出瞳孔里的迷乱、复杂。世俗的厚壁障压着她，不得挣脱。

段智兴在床上翻转，目光在夜色里愤怒、痛伤、绝望、不甘。

“我连那个农民都不如吗？就这样被她遗弃、让她移情别恋？”

想着她最近的反常行动，他对着墙壁发问，万分的屈辱和羞耻，逼迫他发疯。曾几何时，生活的精彩片段已如落尽的繁花。

无奈所致悲苦，别离所致创伤，背叛所致仇恨，杂草般葳蕤丛生着，他不堪承受。悄悄起来，走出屋门，让滚烫的血液在寒风里一点点冷却，将无限沉凉的心事抖露给冰冷的夜色。

他靠在枯秃的树上拿出手机，十分庆幸打通了姐姐的手机，闷声闷气道：

“姐，没关机？”

“刚给囡囡喝完茶，心电感应，等你电话。你怎么了，和她吵架了？”

“我……想和她同归于尽！”

“开什么玩笑？在乡里呆久了，智商和素质一块儿下线了？丢不丢北京人的脸？她是真心爱你！”

“那是过去。”

“嗨，她变心了？我们求之不得。你就快些回来吧，安心做你的公务员。长得帅又能怎样？这世界，不仅看脸，还看钱！”

“我想杀她。”

“胡说什么？法制世界，爸妈养大你容易吗？还要为你陪葬？你回头想想，人家姑娘也不容易，干嘛陪你干耗青春？好合好散，各取所需，你还是回来吧。现在到处都扬正气转作风，再吃空饷就要出问题了！别把世界看孤单了，你总念念不忘某些人，还有某些人也念念不忘你。”

“我讨厌女人，都神经!”

挂了电话回屋，段智兴激动得浑身颤抖，木板床吱吱咛咛地做出回应。

太阳透过窗帏没有合严的那丝缝隙，天光从屋顶的亮瓦倾泻进来。段智兴从床上披衣而起，三叉神经跳着痛，他抱住头揉揉。

冯一虹睁开眼，满目凄冷：“这两天我们找村支书把这摊子交了，你回家做你的公务员，我也回家……”她渐渐释然的面色，是将往昔忍痛割弃的表示。

段智兴心里刀剜般地生痛，拧着眉来到她面前，低俯着搀起她，为她披了袄子，将她紧紧抱在怀里，如抱着最后一缕希冀：

“虹，我们这么长时间了，说完就完了？我真的舍不得。难道就没有丝毫回旋余地？你，可不可以放弃他?”

他情绪激动，声音和身子同样发抖。

她轻轻推他，若有所思，低语喃喃：“晚了，真的回不去了……”

她穿好衣服，一边蹲着收拾铺盖一边扭头，淡定从容：“我妈让我今晚必须回家住。你可解脱了，一回北京就是段家大少爷。收拾行李吧，还能耗出什么来?”

他望着窗外，看着孤鸟以忧伤的姿态飞过，神情呆滞。

之前他有一种无法抗拒的强烈愿望，希望他们从头开始，把过去做错的都重新做好，把所有没说出口的话都告诉彼此。可面对她的毫不妥协，他只有缴械。

此刻，他在潮水般袭来的痛楚里，产生了对世界对自己的盲目怨怒。回家的希望给他注入了自控力，及面对孤独失意的勇气。

他对着墙壁骂了声“他大爷”的!

第五十一章　不用诉离殇

清风响万松，寒玉奏孤桐。段冰清拿起车钥匙要走，看着女儿囡囡朝她摆动的小手好一阵感动。已不再去酒吧领舞，身体常感不适，她殷勤帮助父母打理“南安会所”的生意。

“早些回来啊冰清，囡囡一到晚上就闹着要你。”范成芳抱着囡囡，和冰清同时走出楼道时扭头叮嘱。

“妈，我知道。”段冰清说着走向车库。

昨天是一个没有情人的情人节，没有玫瑰没有爱语，她已看淡。虽然也对奔走在大街小巷里卿卿我我的青年男女，难弃羡慕。仔细品味生活二字，不过是生下来、活下去。

活下去，十分不易。

这一天，范成芳正在收拾屋子，门铃响起时，放下拖把，慢吞吞去开房门。

段智兴衣服破旧，头发髦乱，风尘仆仆站在母亲面前，未语先咽：“妈……”

“儿子，我的儿子啊……”范成芳激动得一把抱住儿子，泪水纵横。

段智兴抑着激动情绪，环视装饰清雅收拾整洁的屋子，那么熟悉又那么陌生，觉自己是丢进阳春白雪里的一堆臭垃圾。

他琥珀色眸子不觉流出一抹卑微。

段升平拉着囡囡在屋里玩，铺展在胖嘟嘟的圆脸上的情绪，是丘壑在胸的满不在乎：

“芳，你哭个什么啊？儿子，这是你自己的家！拘谨什么？”

他元旦时在安南会所接受过冯一虹的来访，此前刚刚看完冯一虹发来的信息：

叔叔、阿姨，请原谅我不能登门拜访！只好这样说：虽说现在城乡差异在慢慢缩减，可我和智兴挣扎这么久，仍不能跨越彼此间的鸿沟。看到他在乡下过得很不快乐，我心里无比难过！你们看不起我，但我理解天下父母心。曾经恨过你们，现在却不，因为我也有年迈的父母，他们也在阻扰我艰难痛苦而无结局的情感续曲。

农村人思想观念比较僵化、保守，但也有城里人所没有的朴实和憨厚。而作为城里人的智兴见识广、思想开明、思维现代、比较活跃，和乡里人的思想观念格格不入，易生碰撞。我们磨合这么久，城乡隔膜终难穿透。我已逼回他，所谓要嫁的那个“乡下人”纯属子虚乌有。但我相信那个人不久就会出现，以告慰我的年迈父母……

随着现代社会物质生活水平的提高，我们农村人的生活并不比城里人差。我们这儿空气好，蔬菜水果肉类都是天然未加工的，对身体健康有益。若有空闲，我想请二老来乡下住住。冯一虹敬上！

“儿子，这次回来有什么打算。”范成芳把儿子拉到沙发上坐下，倒茶、削苹果，又将满脸好奇望着段智兴的小囡囡揽进怀里，小心翼翼地问：“好好到单位上班，争取做个好公务员。”段智兴将苹果放进果盘，笑容略有生涩：“妈，我又不是我姐，我不爱吃水果。”

段智兴向囡囡伸出手，笑道：“囡囡，来，让舅舅抱抱。”

小囡囡鹦鹉学舌般地说：“来，来来来来。”

小囡囡也许不懂“来”的真实含义，怕生，不让段智兴抱，依在范成芳怀里，头埋在她左肩上，温顺如猫，用怯生的目光反复打量段智兴。

“网恋不靠谱。遇到靠谱的好姑娘，你就谈一个。”

“嗯。我听妈的。”

伺候着儿子洗澡换衣，见儿子没了往日桀骜不驯，由刺猬变成了温顺的小鹿，范成芳喜不自胜。又督促儿子去理了发，叙旧到半晌，决定发动所有亲友，举行一场2013年以来最具社交性的，并且具有划时代意义的家宴，为未来儿媳妇的人选夯实基础做好铺垫。

范成芳打女儿手机，语音提示关机。她无奈把电话打到“南安会所”总经理办公室。电话响了很久才有人接听，范成芳浑身轻飘，声音充溢着欣喜：“喂，冰清。”

一个工作人员期期艾艾地：“段总……她……”

“我找冰清，快叫她！”范成芳嗓门敞亮。

小囡囡闻听冰清二字便大声叫妈妈，推着话筒，大意是让外婆用电话叫妈妈回来。

话筒里的声音刺激着范成芳耳膜：“她，住院了。”

“冰清……住院？早起走还好好的啊！”范成芳的汗毛一根根竖起，脊背如浇冷水，话筒从手里脱落。

小囡囡捡起话筒，急切地塞给外婆，口中不停地叫着妈妈。

“妈，我姐怎么了？”段智兴敏感的神经受了恐吓，跳起来问。

“你姐，这一向身体都不好，不知又怎么就住院了……”范成芳哽咽着，嗓音沙哑，将小囡囡抱紧。

一切都曾发生，一切都会消亡。三千丈的白发掩不住人眸中伤痕。生活遗落的诗篇如秋风中的黄叶，飞向后海，撒满京都。

啼乌夜月。段冰清躺在病床上，一颗灰到极致的心，在如殇夜色中沉没，悄然垂泪。

城市的灯红酒绿里倒映着车水马龙川流不息。这个角落乐声震天，那个角落阴暗冷寂；有多少人抱着膀子对着冷风在伤心垂泪？有多少人披着面纱口中谬论指鹿为马？

段冰清又一次晕倒，检查是乳腺癌中期，癌细胞侵及淋巴管，向其局部淋巴引流区转移。乳房周围皮肤粘连、发红、水肿，出现浅表静脉曲张，乳头也开始糜烂。

她心里并没有晴天霹雳的感觉，如同亲眼看着物什的积累从一到一百，唯黯然接受。

白小琮轻轻推门而进，往放于床头柜上的杜鹃花上洒水，无言阅读着她的绝望，悲凄。

她看着她，眼神如脸色灰暗无彩，唇微启，每吐几个字都要换气：“对不起，你帮我，去公司，我却没，帮好你……”

白小琮费神打理完那些伤感、悲悯，淡淡一笑：

“冰清姐，你是说顺利去西利亚软件公司的事？举手之劳。”突觉苦涩难忍：“现在还行，我在他家住着。”

段冰清皱紧的眉头微微开些：“我花钱，那个，算命的……知道季涛，孝顺……”

白小琮不由攥紧她手：“冰清姐，难为你了。无论如何，我都该感谢你！”

“我，对不起……唉!”段冰清黯然摇头，伴着轻若游丝的一声叹息，诸般惭愧、悔恨。

她终是从化疗中苦熬过来，十分虚弱，像一把枯草，像一块薄冰。她对着人的时候笑容泛滥，背过人的时候黯然无言。曾以为隆胸是辉煌人生的起点，绚烂多姿的生活从此开始，却不曾料到这是个铺着诱人幻色的陷阱、沼泽。待到警觉，想抽身时，早已不知不觉地陷入，跋涉不得。人生在这场彩色铺垫里，败得彻底。

她看着白色的房顶，觉得它就像她失败的人生。好石好灰好砖好瓦的集，累死累活看尽眉高眼低，原不过想积起来一个无与伦比的靓丽、温馨、实惠。哪料费尽心力后，也不过如此腐朽，等待着在岁月中轰然倒塌。

她躺在病床上，怀旧情结常常被窗外明月撩拨起来，潸然而泪流，洗刷不掉面上风霜。心境戚然，所思所想的，也就沉于冷静、理智。无奈与沉重纠结在分外敏锐细密的心思里，曾经繁花似锦的欢娱风流、荣辱浮沉，铸成心底永恒的伤，抵死不休。

他们物质的充盈因着安居新城的坍塌而化作烟雾，为赢得资金扩大汽配城产业，无奈中她寻求援助，拨出了那个男人的电话。人与人可以一面定缘的。她知道一些男人善于对美女怜香惜玉。

她那晚约他在一个欧式装饰的茶坊里。窗外竹影，窗内音乐低回，穿着傣族服装的服务员笑容甜美。她挑帘张望门口，见大腹便便的男人穿越大堂而来，步伐依然不改往日，有些失重的样子。她迎着他站起，颊染笑靥，做出请的手势。

烛影摇红，薄凉如水浸纱窗。一男一女相对坐于雅间，一言一语由洗练到家常，身子由挺直到前探、靠近。

她寻得时机，拍着香奈儿包：“日子不是太难过，但却需要靠钱增温。”

靓姿制衣公司的老总五十多岁，一双被情欲充溢的桃花眼不会放弃打量任何一个女性。机心和金钱组成的老中青三结合的情人队伍颇为壮观。黑白高矮胖瘦各异的情人如百花缤纷随季枯荣前赴后继。他如今的桃花眼饱蘸欲念，浏览于她的脸与胸之间，圆胖脸上的温厚与语言里的信息背道而驰：“只要有适宜时机，我不会放弃对你的援助，但我有条件。”

他紧盯她丽眸，舒缓地探究。

在她听来却是“我不会放弃对你的猎狩”。

她笑笑，不排除特别个案，男人对女人援助，多因色欲。非此，他们情愿以耶稣自居救助一个看似值得同情的陌生人，而不会对圈子里的深度不幸人产生任何悲悯。

原是病急乱求医。他如此态度并不出乎她的意料。她欠身为他添茶时添撒了，掏出包里纸巾擦拭，笑容婉然：“只要你肯增援，我答应你条件。”

世界静默，红烛影里无一丝尘埃。他高翘着二郎腿，眼里流出迅速递增的暧昧：

“大美女，你就不问问什么条件?”

段冰清眉梢挑起妩媚笑意，音韵优美若珠玉相撞：

“只要你不要我命，一切都好说。”

“一切都好说？有意思!”男人笑得下巴颤着，满面云淡风轻，眼神里写满猎人的自得。

“说出你条件。”段冰清说话间低了头。

“你只要每周陪我两晚，期限两年，酬劳四十万。”他补充说明：“当然，房租归我。我可以先给你一半订金，余下的二十万期满付清。”

不愿做奴隶的人民，都愿做人民币的奴隶。段冰清从来不为自己不能脱俗自责。她委身于北影厂附近太月园小区的出租屋时，并没有多少羞耻感。她是个喜欢征服男人的人，此时她明确告诉自己：我是被金钱征服，为生存努力。

这样的臆念驱使着，在每个周二周五偷偷前往太月园小区时，她只须剔除那点儿被抓住的不安。

对月把酒，对酒放歌，哪怕酒是穿肠的毒，月是刺心的刃。

她将似水似浆的月色融进酒里，不敢碰撞心中最柔软的伤。

男人首付给她二十万的卖春钱投资了汽配城，如沙粒洒进海水。汽配城被查封，负债累累。段冰清惦念着余额二十万，只盼望两年期限如梭飞过。

季波那时为欠债迫于奔命着，因经营着生意而忽略了一切。

那个傍晚，夏日的晚霞涂满层楼，热力十足。因电梯口一个男人黏糊的目光她绕道，擦着汗走上楼。

一抹残留的红霞落入墙上仕女的眼眸，漾起湿润的气息。寂寞的暮色摆脱霞光的樊篱，从窗缝里一丝丝的挣扎着涌进楼道。

段冰清拍死一只叮了手臂的蚊子，一只波斯猫噌着裙边飞跑，颈间铃铛嘀铃铃响着。她想这是个价值颠倒、伦理错位的时代，这只猫的作用是讨主人欢心，以响亮的铃声向偷窃的鼠类预警危险。就如一些地方，无能者的专长是陷害、污蔑、诽谤、打击有能力者，以夺魁世界的说谎能力指鹿为马、颠覆善恶及道德体系。

这世界真是疯狂了，猫认老鼠做娘了！

冰清进屋时已汗水淋漓，手臂挂包、换鞋、喝水、盘发、脱衣，正在洗澡时门被敲得山响，她搭着浴巾，顺着猫眼向外看时，却看不到人影。

分明是敲门者有意躲避。自从走进这道门的第一天，他就告诉她：凡来敲门者一律不理。

她怀着一些近似恶毒的臆念甚至想打开门。她不知自己极力平衡的心理，是否在渴望雨水的洗礼？但她没开门，且打电话告诉男人，让他十点以后再来。然后她独自坐在柔和的灯光下吃话梅、饼干、苹果、奶酪、喝水、看电视。然后她躺在沙发上昏昏睡去，季波的一个电话将她惊醒。她忐忑着、猜疑着回家，一家三口在那个夜晚吵翻了天。

范依蕴最后通牒她不能再在外面过夜，第二天她接到她的警告信息。

那时她正在求大腹便便的男人提前支付些钱好让她还账。范依蕴使她所有的努力都前功尽弃，浪费了笑脸和体液。他们夫妻为那些欠款，被刀架上脖子。

被追债的每一日都风刀霜剑。一日季涛告诉她：多陪陪我，债务我替你还。

聪明如她，把回国之后的所有事过滤，恍悟：他在复仇，借着季波母子的歉疚之心，为他儿时的苦难和母亲一生的伤痛做一种价值昂贵的吊祭。她只是他手中器具之一。

非此，他起初拒绝她爱欲的炽烈，后来被动接受的过程一直忽冷忽热，还常常劝散；在他们陷入危境时他激情倍增的种种，都会显得荒谬和违反逻辑。

那时，夜色中的京都灯火依旧璀璨、迷离，宫墙与长廊，在月光的挥洒里暗示着悬念与轮回。空气里充溢着酒气和墨香。多少人，在与彼岸对望的灼热后悄然转身，只留下安然的怅惘，游荡的离殇。

那时她才清楚，季涛对她，非为情非为欲，只为报复。白小琮那时正对他强力追逐。他们每聚，总有不厌其烦的电话追随。岁月之轮从未停住流转，那些碎碎裂裂的往事，悠悠荡荡的浮华，已不知散落在谁家的门扉。被风吹开的那扇门后，已非往日情愫，唯有那个悬着的手势，在轻霜染就的尘嚣痕里，无言诠释着悲喜。

白小琮摇动床上转杆，把段冰清身子摇成半卧，她一手碗一手汤匙，给她喂饭。

段冰清的脸纸一般苍白，唇同样毫无血色，且干裂得绷着血口。她的身子瘦成了搓衣板，细长的手指如同干枯的枝条，上面青筋暴露、粗大、蜿蜒。

段冰清皱着眉喝了几口粥，摇头："不喝了……"

不管白小琮再三劝慰，她就是不喝，刚刚侧身躺着，她又哎哟一声要坐起。

白小琮忙问："冰清姐，你怎么了？"

段冰清示意她把门锁上，动作迟钝地撩开衣服，咬牙切齿，却不再是为胸部的面目全非。

她重新隆过的胸再一次经历了切除的折磨，另一个侥幸保全的乳头溃烂不堪，不停往外溢着汁液。她艰难地伸臂向侧，拿起瓶里沾了消毒水的棉球，擦拭乳头。擦过的棉球被仍在一边，散发着的难闻气息充斥着屋子里的每个空间。

白小琮扭过脸皱起眉，她知道这种现象是癌细胞侵犯皮肤引起溃疡，合并细菌感染。

段冰清将一块棉球捂住胸部汁液流淌处，话声细弱如掌心里漏下的水：

"我爸妈，得瞒住。"从小包拿出钥匙，递给她，粗重喘息："进我房，抽屉里，有钻戒，拿去卖，药费……"

白小琮想起护士板着脸催费，点头表示同意，看着面目枯槁的她，回想着当初情形，只叹人生无常，人不如物。

段冰清在床上艰难蠕动："我弟弟，在外受罪够了。我这样了，也该让他，知道些。万一我，不行了，囡囡，得靠他……"汩汩流泪，指着床头手机："我，没精神，骨头痛，全身痛……这儿有，手机号，弟弟的。我眼困，你帮我找，打通。"

白小琮拿起手机，翻出"段皇爷"号，拨出去，却是空号。

段冰清惊诧不已，脖子伸得像久病的鸭子，呜咽着："弟弟，我弟弟，怎么了？"

握在手心的温情轰然而碎，伤情撒落成一地惨白月光。

窗前有人嘀咕着走过："癌症入院那人是建委赵恒，老色鬼，真是活该！"

段冰清闻言瞪大眼睛。

白小琮忙问："冰清姐，你哪儿不舒服吗？"

"这儿，有些闷痛。"段冰清指向胸口，声音低弱如同婴孩。

后海白浪滔天，船帆像破旧的被单在海面乘风破浪。流浪之途凄苦和辛酸的宣泄，共同回荡成破碎的声响。

第五十二章　爱之欲其生

雨送黄昏花易碎，打落了满地柳絮，处处的水洼是大地不可胜数的创伤。段升平夫妻看着儿子轻轻推开病房门，觉空荡荡的房间充溢着死亡之气。

形容枯槁的冰清蜷着腿侧身躺着，床头的小闹钟滴答滴答打破孤寂。

段智兴已是第六次到姐姐病床前，心里深度楚痛，拉起她手劝道：

“姐，人心坚韧，才能克服病魔。”

范成芳难忍悲酸，在一旁哗哗落泪。

段冰清正眯着眼似睡非睡，枯枝般的手捧住弟弟脸，气息微弱：

“段皇爷，你每天，跑两次，不累？瞧，都黑了，掉肉了……”

范成芳坐在床沿看着一双儿女，偷偷抹泪，拢拢女儿头发，满目伤痛：

“冰清，你好好吃饭，好好睡觉，病才能好。”

囡囡扑在段冰清床前，连声叫着妈妈。

段冰清紧紧攥着女儿小手，一阵抽搐，片刻后问弟弟：“和她……彻底，掰了？”

段智兴抱起囡囡，神情黯然：“我现在明白了，在爱情上，并不是一往无前和全力付出就能得到。这个冷硬的俗世没有纯粹的爱情童话。恋爱，也需要能力和智慧。我昨晚又梦到一虹，理解她了。她比我大三岁，在我不能给他幸福保障的同时，她不能不考虑自己的前途。而我太幼稚，这份理解和悔悟也来得太迟……”

段冰清苍白虚弱道：“嗯，这样，就好。”无力地推他：“你，快去，上班……”

杨柳吐翠，燕雀正慵飞。昏黄的路灯被雨淋着，如意象派的画幅一般迷濛。

音乐，在温暖如殇的夜色中流淌，一遍遍重复着《别恨》。季涛在灯光下静静流泪，紧握吴菲手，不弃生死的姿势：“还有一个多月时间，菲菲，我一定要唤醒你！”

门开处，周峰取下墨镜进来，小圆眼流着暧昧笑意。

正在绞着毛巾的吴菲妈脸色突变，身子站得像木板，声音冰冷：“你来干什么？”

周峰阴声阴气地说：“这不有人把菲菲伺候得好好的？我在这儿多余。”

他将一张纸仍给丈母娘，摔门而去。

黄欣一看是离婚协议书，咬着牙揉搓成一团，蹲在地上抽泣。

季涛难忍心酸，丢开吴菲将她搀起：“阿姨，这样的无情人，离开是福。您别难过了。”

每天喂饭定时按摩，他认定对她有一种责任，如同宿命。虽于血缘和肉体无关，但与亲情和灵魂有关。这种感觉如同一团来自巫山森林的云雾，缠绕在他们之间，挥之不去，飘飘澹澹。

那年季涛面临手术，接到她的汇款时，蹲在小巷的青石板上抱头痛哭。

她是百合，晶莹剔透如童话，在俗世中绽放着无瑕。

他的哭声在青石板上回荡起沉重的回响，他看到自己的悲伤以歉疚的形式结束，绝望一扫而空，起伏的思想如尘埃落定：做手术，全力以赴地做生意，尽快把钱还给她。

他和从苏州赶来的吴菲来到协和医院。医生告诉他们：最好最省钱的是同胞骨髓源。医院里人来人往，他们在脚的缝隙里走的很慢，一些人声在耳边如风肆虐。他们出生，相爱，争吵，相互折磨，然后陆续离弃，衰老，生病，死亡，一切追随着时光。

忽有幽香袭来，才知来在花坛。那树无名花在艳阳下灼灼其彩，灿若云锦。他们紧紧挽臂，誓要走过生死，抬头向空，不觉间温湿液体滑向颈部。

他们踱步街头。灯火如醉，梅花吐蕊，花好月圆的世像。她要在梅花旁拍照，他便拍了她，又拍了几张两人合影。

她捧着手机看了又看：“月亮远得看不见，但月亮一定守在那里。”

后来，他有了一张宝贝挂饰，装裱的一张梅花图，花开得像云雾，神秘、雍容、典雅。梅花深处有个美人，如瀑的秀发飘飞着，似世外飞仙，可望不可及。

是开始隐忍的暗喻还是中途陷入荒蛮的无奈，谁都不能弄清。她散乱飞扬的发丝，成为他雕琢于心的飞扬记忆，滑落于生之年轮死之寂寂。

母亲到血液中心抽血，化验数项，结果点位不合，配型不成，不能移植。

吴秀兰风一般在京都陌生的大街小巷数次辗转，大海捞针般的艰难，终找到段家，跪在地上，一把鼻涕一把泪：我儿子的命，只有季波才能救啊，求求你们给美国传个信……

段升平夫妻点头答应。吴秀兰却等不到任何音讯。

三月春寒，迎来又一个夜晚。白小琮和段智兴及他爸妈在门口相遇，看到段升平满头的白发如雪，范成芳提着饭桶进门，蹒跚的步履如迟暮之年的老妪。段智兴的悲色下面隐着英武、刚建、干练，又像一棵精神饱满的向日葵。

白小琮把嗒嗒滴水的雨伞甩甩，靠门边，笑望段智兴："段皇爷，在单位挺顺意吧?"

"扬正气转作风，一切挺好。"段智兴说着，走近姐姐。

段冰清拉着弟弟的手十分无力，目光空洞、忧伤，环视大家："你们别想着……和我说话……别问我……你们……什么……都别说……陪我坐……就开心……"

白小琮欠身在她身边坐下，扭头如酒夜色，倏然落泪。

段冰清的唇黯淡如灰，犹豫着，伸手到小琮膝盖，艰难触摸到手指，固执抓住，渐渐扣紧，语声轻飘："谢谢……小琮……谢谢……"

段冰清拉着白小琮手再不吱声，目光划过爸妈、弟弟的脸，享受着有人陪伴的舒畅，思绪迟缓地回到往昔。

那年熬得相当痛苦，屡战屡败，他们夫妇不可遏制地陷入颓废。她既要瞒着他应付那个男人，又要隐藏住痛苦安抚季波。满望以曲意迎合，使靓姿老总大发慈悲，提前预支些钱，供她还账；满望两年卖身合约结束，她接过他的余额，看都不再看他一眼，昂首走出那屋。

在那次手术后的虚弱、痛楚里，她满脸泪水地讲出和靓姿老板之间的交易，及她为此承受的痛苦、压抑，满望唤起季波的怜惜。不料他一把揪住他头发，劈面一顿暴打：

"你这下作货，勾引我弟弟不说，还被别的野男人包养。快说！你究竟还有多少肮脏事瞒我?"

她怀疑牙被打掉了，摸摸却在，抹掉嘴角的血，理着被打乱的头发，神情凄绝：

"我们离吧……"

他铁青着脸沉默了一阵，又突然跪下，紧紧抱着她痛哭：

“冰清，你都是为了我啊！现在离婚，我还算人吗我？”

接下来他们相拥痛哭。

季波紧紧揽着冰清：“放心，我发誓，一辈子都爱你……”

可他像很多人一样背负誓言，嘴脸渐转恶劣，竟然提出离婚傍了富婆。

多少红颜恨当今，蓦然回头已是白发苍苍。

冰清闭着眼睛皱着眉，嘴唇蠕动，似在梦中诉说。

白小琮轻轻掰开她手，来在窗前推开窗子，风停雨住时的月光洒到脸上，在冰冷彻骨里思量自己处境。人生无常，原以为一个孩子可以羁绊季涛，哪料给自己添了更多的伤害和艰阻，添了终生铭心的痛楚。

美人泪，寂廖情，怀旧酒，和着泪湿红笺的相思意。不一样的情怀，却同样在忆旧的月色中倾泻得淋漓尽致。她曾给季波发去这样一信息：

你老婆和她的小叔子劈腿。可怜人，你是故意放任还是被蒙在鼓里？

那时，她的精神自慰是捍卫自己的爱情。爱情却是这世间最为易变的东西，直到彼此伤害得体无完肤，才会彻悟。

段冰清轻哼一声，段智兴急忙扭头，见她皱着眉换个姿势睡去。

QQ 叽叽地响，不知窗外谁的手机。

段智兴想起一段子：当我从十一楼跳下去……

当我从十一楼跳下去：看到了 10 楼以恩爱著称的阿呆夫妇正在互殴。9 楼平常坚强的 Peter 正在偷偷哭泣。8 楼以完美爱情显摆的阿红，逮住未婚夫跟闺蜜在床上。7 楼的阳光女孩丹丹神情怔忡，一次吃下几片抗忧郁药。6 楼失业的阿喜还是每天买 7 份报纸，持之以恒地查看招聘启事。5 楼诲人不倦的模范男老师正穿着女人的内衣登陆黄色网站。4 楼爱情至上的 Rose 又和男友互殴，吵着要分手。3 楼阿伯的寂寞目光力透墙壁，渴盼有人探望他。2 楼的莉莉还在看那个人的照片，他是她结婚半年就失踪的老公。段智兴想，人一生莫不如此。你看看我，我看看你。

彩霞万缕往树梢上飞，季涛已给吴菲喂完饭，又耐心十足地为她按摩，默祷：

“菲菲，你知道吗？我每天每夜都在等着你醒来，你一定会醒来的。”

日复一日的忙碌，他面容消瘦，目光放射出心底的坚毅，一些忧伤、挫折，如寒冰牢牢凝结。

吴菲妈悄悄推门，带进来数缕阳光，忽尖声惊叫：“菲菲，你醒了！”

季涛倏忽丢手，见吴菲眼睛水汪汪的，在室内明亮的光线里转动。

惊喜伴着狐疑，如临梦境的茫然，他揽着她，手指轻轻在她眼前绕动。

吴菲目光如水，随着他手指的晃动静静流淌。

黄欣激动得猛摇女儿：“菲菲，你看见我了吗？看见季涛了吗？”

吴菲在枕上轻轻点头，眼角流出晶莹水珠。

如潮的激动情愫奔涌起伏，季涛失态地扑上去抱住她，失声哭喊：

“菲菲，你听见我们说话了，你看见我们了是吗？”

吴菲就枕上下颏轻点，泪珠成串地流。

多少黑暗的挣扎无望的煎熬，一瞬间百鸟朝凤祥云升腾。季涛挥臂大喊着往外走：

“医生，医生——”

“菲菲啊……”黄欣抱着女儿痛哭，“季涛，他真的把你救活了？我们的恩人啊！”

医生被一群实习生簇拥着进来，详细地检查，转面季涛，惊喜和赞赏交织：

“年轻人，你真行啊！她完全醒了，状况良好，就等着康复了！”

人群散去时他紧紧捧着她脸，无语泪咽。也许，一切希冀都在招手；也许，很多东西无法企及。

他们不需要对话，感受着彼此的心跳，时间在分秒中悄然流逝。

季涛一日日全程陪护，喂饭、按摩，放共同制作的音乐。

吴菲的四肢渐能活动。

季涛每天用轮椅推她晒太阳，呼吸新鲜空气，讲他们的过去，独角戏百唱不厌。吴菲的鼻子一耸、眉头一皱都能使他赏心悦目。

晨昏在他的蜜语里飘失，时间在她的沉默里流走。

她的表情日渐丰富。每听到《别恨》，就显得特兴奋，嘴长久地蠕动，似有许多心思要表达。她一日日恢复使他激情四溢，每一天都意气风发。

一月后的早晨，太阳透过窗帘，把病房映成半透明色。桌上百合花含露乍放，晶莹剔透，婉然娇美。

季涛正在沉睡，忽被一尖细女声惊醒，那是苍若青苔的一声感喟：“唉——”

季涛急忙坐起，惊奇环顾屋内，又跳下床拉开窗帷，见朝霞涌了满屋，吴菲的眼珠在霞光里熠熠如星。

季涛心情大畅，开始播放《别恨》。

吴菲的语言随眼里的深情泻出："别……别恨。"

像大雨降落时突然见彩虹跟在后面，惊讶过后无限感叹。季涛紧紧攥着她手，拼命摇着："菲菲，你真的能说话了？真的吗？你能叫出我名字吗？"

她紧盯着他脸，深情款款："涛涛，我怎么能，忘记你？怎么能，忘记'别恨'？"

拨云见月的惊喜，他猛地把她揽在怀里，泪流了满脸：

"菲菲……菲菲，请你记住，我们以后没有别恨了！"

他低伏她胸前，颤抖不已。

他们在满屋的静寂里长久对视，充满着对生命的渴望、对死亡的蔑视。

黄欣带着乞丐中状元的喜悦，打了许多电话。

亲友们惊叹于这人间奇迹，踏破门槛前来探视。

吴菲坐着享用季涛尝了温度的汤。姗姗指着季涛，意味深长地笑着：

"菲菲，他是谁？"

明亮的光线里，吴菲脸刷地通红："他，是我……最好的朋友。"

昨日俱已远，今时堪珍惜。在众人的祝福声中，季涛情不自禁抱住吴菲，在她额头印下深深的吻：

"菲菲，我会永远爱你，照顾你一辈子。无论前面是沟是壑，我都会陪你走到底……"

季涛接着说出许多贴心贴肝之言，众人在一旁俱感动流泪。

姗姗嫁了电梯经销商，重又丰润，扭头凝视季涛："帅哥，你真棒！"

闻讯赶来的医护人员，检查过后断语："估计还有半月，她就可以出院了。"

季涛紧张地睁大眼睛："医生，她智力和语言能力恢复了，但下半身仍没知觉。"

医生："她离完全康复还有一段距离，半月后出院在家静养就行。这类病人都这样。"

半月后吴菲出院，季涛住进她家照顾。周峰又一次送来离婚协议书。

阳光灿烂的上午，暖风流转，花开盎然。季涛和黄欣在沙发上坐着说话。

"季涛，我们全家都感谢你，菲菲的救星！"

“阿姨，菲菲救过我，我又救她，一报一还。”

忽见吴菲来到面前，他们惊得弹跳起来，分两边搀住她，异口同声：“菲菲，菲菲！”

吴菲神情目光如水静谧，轻渺地掠过两人，拿着离婚协议书：

“离了好，我来签字。”

从惊喜到平静，黄欣心里鼓荡着不可名状的情愫，拉着女儿手，递给他：

“涛，我把菲菲交给你了。”

“阿姨，我要和菲菲结婚。”

黄欣含泪点头，转身，心潮起伏着回屋。

季涛和吴菲在满屋的阳光里伸展手臂，紧紧相拥。

这一刻他们不知等了多久，等着阴影散尽，等着从挣扎中解脱，等着彻底埋葬噩梦。

吴秀兰正给贝贝讲小蝌蚪找妈妈的故事，听到门铃响，顺着猫眼看到段升平她吓了一跳，犹豫着打开门，瞥见他满头的白发颓然的神情，不由惊诧：

“老段，你咋变成这样了？出什么事了？”

段升平跪在地上，大悲抵达心中底线，如大言无声。

吴秀兰搀他不起，急得搓着手在屋里打转：“咱们都小事，犯得着这样吗？”

段升平穿着洗得发白的褶皱衬衣，黑裤子的膝盖处有几个灰坨坨，脏得好像许多天没洗。他将一塑料袋递给她，白发在抖动，神情是将终之善：

“我造孽，女儿在医院躺着。”

他嘴唇哆嗦着，生硬而凄惨地揭开往事：“当年老季去美国，你赌气出走。他把这些给我，说这，能保障俩孩子长大。他最信任我，我那时正在风口浪尖，竟把它……想着以后还，谁知盘根错节的事情，我一直耽误……”痛惜、追悔，他挥拳擂向自己：“作孽，报应啊……”

室内索然静寂，倏然的巨震将要使生命失重。吴秀兰看到塑料袋里是一支金星笔，一串生了铜锈的钥匙和发黄的房产证，笔上刻着的兰花刺痛她的眼球。

旧日血痕，斑斑点点。陡然的辛酸奔涌于胸，迟来的惊喜，交织的仇恨，她捂着胸口站立不稳。

门开处，季涛看到段升平十分惊讶：“伯父……”

段升平神情忐忑，腰拘偻着，像是谁在胸口踢过，鞠躬退出。

吴秀兰让儿子看钥匙和房证，情绪波动地说明事由。

季涛接过钥匙和房产证，顾不得感叹、惊诧，飞奔着去追段升平。

吴秀兰大惊失色地去追儿子，却见楼道上，季涛将钥匙和房证硬塞给段升平：

“伯父，我们现在有地方住。冰清治病，你需要很多钱。以后再说还。”

段升平的白发被风吹成乱草，在光影里呆成雕塑，一种怆然的感激，因内心震动而无法出声，目中隐约泪光覆盖一切。

季涛回来见吴秀兰伏在沙发上哭得伤心，拍着她肩膀安抚：

“妈，别难过了。无论以前多难，毕竟都过去了。现在咱在崇文门这儿有房子，超市生意可滚动发展，总算融进北京了。”

贝贝哭着闹瞌睡，吴秀兰将他哄睡，放在沙发上，搭了小绒毯，忙着做丰盛午餐，喊醒贝贝一起吃。饭后小憩毕，季涛说了吴菲那边状况，吴秀兰神情欢欣：

“吴菲这孩子大难不死，必有后福。”

季涛热情勃发地挽住妈妈手臂：“妈，我们要结婚。她家人都通过了。”

吴秀兰猛地扭颈，脸色映着墙壁的灰白，又冷又硬：“吴菲是好，可我孙子媳妇都有了！”

季涛手机响，他看着屏幕上跳动的菲菲二字，目流深情。

吴秀兰在一旁焦灼又束手无策地走动，五官皱巴着，在无奈里看起来衰老、狼狈。终要过季涛手机，喉中梗着莫名干涩，不得不残忍：“菲菲，你对我们好，可阿姨对不住你了……”吴菲电话里的哭诉将吴秀兰的心一点点撕碎。

贝贝醒来，穿米色纯棉衣裤，戴着米色小帽，露着白嫩脖颈凑近，听到电话里女声，扔了小皮球，神情激动地踮脚抢手机：“奶奶，我要和妈妈说，我要妈妈……”

稚嫩童声传入耳中，吴菲站在椰子树下怔住。空中滚着乌云，雨声激越由远而近，一直响到头顶。曾经的那些凄美，如今困惑到无法用词语描绘，一个男子痴情的妩媚。原以为经历过千丘万壑的爱情，会长久到永不落幕。可谁能挽住离别的袖？使它不要先期抵达？那些由浪漫铺垫的记忆、由花开点缀的往昔，仅一个转身，瞬间就淡成陈年旧事。树上哗哗地响，像哭泣的河。吴秀兰劝她另嫁的一番话在雨声里渐渐模糊。

她就那样默于雨幕，雨水顺着衣服下淌。

大爱无言，只留于日后漫长岁月咀嚼、茕茕思切。

长夜缝罗衣，思君此何极!

远方明灭的灯火，身边稀落的雨水，如刀捅开她多年的愁肠和守望，梦幻般的情生情灭。

图书在版编目（CIP）数据

婚前诱惑 / 郑洁著. 一北京：华文出版社，2014.9
ISBN 978-7-5075-4232-5

Ⅰ. ①婚… Ⅱ. ①郑… Ⅲ. ①长篇小说一中国一当代 Ⅳ. ①I247.5

中国版本图书馆CIP数据核字（2014）第207684号

婚前诱惑

著　　者：郑　洁
特约编辑：戴　昕
责任编辑：胡慧华
出版发行：华文出版社
地　　址：北京市西城区广外大街305号8区2号楼
邮政编码：100055
网　　址：http://www.hwcbs.com.cn
电子信箱：hwcbs@263.net
电　　话：总编室 010-58336239　发行部 010-58336270
　　　　　编辑部 010-63421256
经　　销：新华书店
印　　刷：北京明恒达印务有限公司
开　　本：710×1000　1/16
印　　张：23.75
字　　数：386千字
版　　次：2014年10月第1版
印　　次：2014年10月第1次印刷
标准书号：ISBN 978-7-5075-4232-5
定　　价：38.80元